U1047574

荣如德译文集

IX

上海译文出版社

西蒙诺夫《军人不是天生的》

军人不是天生的

〔苏联〕康·西蒙诺夫　著
丰一吟　冯鹤龄　李俍民　荣如德　译

第一部

第一章

各团团长在师长这里迎接新年之后，分头散去。最后离开的是三三二团团长巴拉班诺夫少校。谢尔皮林一声不吭地同他握手，意思表示："我知道，你还想补充几句，可是你别多补充啦。明白我的意思吗，巴拉班诺夫？"

他真想把这话说出来，可还是忍住了。人家到底是团长啊。如果老是让一个人感觉到你不信任他的良心，他就可能连剩下的这一点良心也丧失掉。

这次接待客人是在参谋长皮金上校的掩蔽部里。这是所有掩蔽部中最宽敞的一个，床边还挂着参谋长的妻子寄来的壁毯。送走了客人，谢尔皮林、皮金和政治副师长团级政委①别列日诺依三个人穿上外衣，走到户外。

"二十三点整。迎接新年的第一步按计划完成了，没耽误，"皮金卷起皮袄的袖子，用提灯照一照手表，说，"在除夕的钟声敲响以前，他们都可以回到自己团里，各人尽各人酒量，举杯庆祝了！"

"我总希望有些人喝酒能节制点，"谢尔皮林说，"我为巴拉班诺夫担心。……"

"没关系，列瓦绍夫会制止他。"别列日诺依说。

"是嘛，你的列瓦绍夫会制止他的！"

"怎么，钉头碰铁头？……"

谢尔皮林没有回答。他既不想争论，也不想说话，只希望在寒冷的高空下默不作声地站一会儿，体会一下苍穹的高远和庄严。

万籁俱寂，只能隐约听见风吹积雪的微弱的沙沙声。从这儿望不见伏尔加河，它位于左翼战线后面老远老远的冰天雪地之中；尽管如此，此刻谢尔皮林却能在想象中感觉到它：既感觉到它的寒气，又感觉到它的辽阔，河那边沿岸伸展着一片无边无际的雪地，雪地上有几条给狂风吹得盖满了雪的道路，还有一条细得好像丢在雪里的黑头发似的单轨支线，这条支线从红库特通往厄耳顿，那里是大后方，医院，医院……

前面是斯大林格勒，德国人到底没能完全占领这座城市，而现在已经被我军包围了六个星期。在那儿的冰坑里，驻扎着德军——共有二十二个师，他们据守长达二百公里的大包围圈内的环形防线，坐在那里等着！谢尔皮林可以清楚地想象，被包围的人能等到些什么：他们等待我们冲击，等待救援，等待突围的命令，等待奇迹，等待覆没，——就是这么一些。

我军在十一月和十二月的战斗之后，已经两三个星期没有冲击，一直在做准备工作。今天，在这新年的前夜，斯大林格勒西北这一带，战争很少动静。前沿阵地上爆发了一个迫击炮弹，打了一梭机枪子弹，后来，在包围圈内的德国人那边发生了一次猛烈的爆炸，爆炸声隐约地从远方传来，好像一声叹息。接着，一切又都寂静无声了。

整个战争规模之大，实在难以想象。可是谢尔皮林在他的师驻扎着等候进攻的这一小截包围圈上倾听着一片沉寂，却能清楚地设想：今天这一夜对于那些正在进行主力战的地方来说，意味着什么——例如南方，在往罗斯托夫半途光秃秃的草原上；或者在西南方，塔秦斯卡亚近郊的那一片草原上；或者在此刻正拦断离此三百公里的德国人后方的沃罗涅日战线上，切尔特科沃和米列罗沃两地附近。

那里可以闻到战争的气息：汽油味道啦，烟子啦，燃烧的铁啦，火药啦。坦克的履带轧轧地响，机枪频频地射击，犹如战神在摩拳擦掌。它翻倒在雪地里，在火力下重又撑起胳膊肘和膝盖爬了起来，嘶哑着嗓子喊“呜啦”，骂着粗野难听的话，轻声地呼唤“妈妈”，这样一步一跌地向前走着，跑着，在自己身后烟雾弥漫、脚印凌乱的雪地上留下皮袄和军大衣的痕迹。

在战斗正酣的地方，今天对人们来说根本谈不上什么除夕，他们

---

① 在当时，部队里的政委制已改为政治副指挥员制，但政治工作人员的军衔如营级政委、一级营级政委、团级政委、旅级政委等，还保存着。——原注

已经记不得这个日子了。

他是军人，知道军人在战争时期不该东奔西走、寻找战争激烈的场所，而应该静待时机的到来。现在他不可能把自己的师开到震撼南俄罗斯平原的大动乱的正中心去；可是，尽管他理智上知道不能这样做，他的心却感觉到从那里传来一阵阵庄严可怕的震动。这一点可以从他说话的声音中听出，他在沉默良久之后说："是啊，我们这儿现在是一片寂静……"

"在这样的夜晚，其实我们也不该沉默，要能打仗该多好！"别列日诺依说。

"好哇，那你就到前沿去扫一阵子机枪！至少政治报告上就可以写上这样的材料了：积极的军事行动，我们在作战，并没有沉默，并没有丧失战斗意志……"谢尔皮林用嘲讽的语气回答。

别列日诺依的话激恼了他。人们竟还有这样愚蠢的习惯：来到前沿阵地，如果此刻那儿恰好是静悄悄的，他就非得开火而引起对方回击不可，仿佛当兵的所经受的遭遇还嫌不够似的。别列日诺依说这是"提高积极性"，实际上不过是顽童的轻举妄动。况且就年龄来说也不相称：他都快四十啦！你要冒自己生命危险和别人的生命危险来逞能，只怕逞不了多久吧！

"难道我指的是这个吗，费多尔·费多罗维奇？"别列日诺依说。他差点儿冒起火来，可是忍住了。

"那你指的是什么呢，马特威·伊里奇？"

"我是一般地说说……"

"什么叫做'一般地'？你是建议今天夜里发动攻势吗？怎么，由我们通知司令部，还是自己先动手，让他们配合作战？"

"你干吗老是盯着我，费多尔·费多罗维奇？是为了过节才这样吗？"别列日诺依同他顶嘴。

"我老是盯着你，我的好朋友，那是因为我昨天在司令那儿开会，就听见过这个绝妙的主张，说是要在今天夜里闹它一阵子，不让德国人太太平平过新年。同时也不让自己太太平平过新年。我听了这话就反对。我提出自己的看法，说如果要利用新年前夜正式进攻，那是有道理的。可是如果仅仅为了闹一阵子，那就应该体恤自己，也体恤战士们，别搞掉他们这一夜了。再说，德国人过新年，没有过圣诞节那么隆重。在圣诞节的时候，倒是该闹它一阵子。幸亏军委支持我。可我刚把上面顶回去，你又从下面冒出来……”

谢尔皮林带着黑暗中看不见的笑容拥抱别列日诺依，亲切地拍拍他的肩膀。

“看在节日面上，别生我的气，不然我们要吵一年架了！让我们再看一下，是不是所有的地方都按兵不动，——司令把这任务留给各师师长处理。”

“左右两个团现在没吭声。”皮金说。

“两个团长在巴久克那儿也没吭声，”谢尔皮林说，“直到我反驳，扎哈罗夫支持我的时候，我才从他们面部表情上看出，他们也是赞成按兵不动的。”

“他们自己不愿意提出反驳来打扰巴久克。”皮金挖苦地说。

“你以为我愿意吗？”谢尔皮林说，“大家一样都是人，我也是坐在那儿等别人先提。”

“已经二十三点十分啦。”皮金又用提灯照一照手表，说。

“我看你天不怕地不怕，待会儿还会开亮了汽车的前灯行路呢……”

“咳，他们现在才顾不到这个！”皮金向德国人那儿挥一挥手，“我们回去吧？不然要冻僵啦。……”

“欢迎你们到我屋里去，”谢尔皮林说，“让我们听听除夕的钟声，喝喝茶……”

“你们先走吧，我随后就来，”皮金说，“我还要去拿一样东西。”

他转身走向自己的掩蔽部去，谢尔皮林和别列日诺依来到谢尔皮林的掩蔽部里。

“普季津，想办法给我们弄一壶茶来。”谢尔皮林对自己的传令兵说，这时候他和别列日诺依正在穿过掩蔽部里被他戏称为“澡堂脱衣间”的前室去。

“澡堂脱衣间”里放着普季津的木床，上面挂着一块两用大油布[①]，

---

① 一种既可作雨衣又可作帐幕的油布。

还砌着一只自制的炉灶，灶面伸展到掩蔽部的另一个正房里。

“怎么，真的要喝茶吗？”他们在桌旁坐下之后，别列日诺依问。

“真的。除非皮金打破我的计划。刚才我当他的面批评了你，你没见怪吧？”

“当他的面不当他的面，有什么两样？我和皮金在各种场合下打过多次交道，还有什么可保密的！”

“这话倒也不错。”谢尔皮林说。

可是他心里想：要不是为了别列日诺依的地位新近发生了变化，本来他不会问别列日诺依见怪不见怪的问题的，——他以前是师部的政委，在单一指挥制的命令发布以后，当了政治副师长。谢尔皮林深信这道命令是完全正确的，它只是证实了战争中实际形成的局面并加以总结而已，如果说这道命令在某些地方改变了指挥人员和政治工作人员的关系，那么，这种对战争不利的不正常关系也只是由于指挥员的弱点或双方互不了解所引起的，——现在的战争可不比古罗斯时代诺夫哥罗德的市民会议啊！他和别列日诺依之间，幸而没有这种情况。但谢尔皮林还是感到：别列日诺依心底里着实惋惜这个年轻时就习惯了的“政委”的高贵称号。尽管他们之间的关系非常好，但职位上有这样的变更，毕竟使他痛苦。

不知是别列日诺依猜到了谢尔皮林在想什么呢，还是他自己正在想这件事，总之，他在桌旁坐了一会儿，开口说：

“费多尔·费多罗维奇，你别老是担心，生怕我刚担任新的职务会不痛快。你要知道，我们政治工作人员对于自己的职衔总是放在最后考虑的！”

“这话该怎么理解？”谢尔皮林问，“你们政治工作人员，是为理想而奋斗的战士；而我们指挥人员，就专门为官衔和名位打算？是这意思吗？”

“你扯到哪里去了，这一下我可认识你啦！”别列日诺依笑了起来。“往后我们俩就一直抬杠吧！最近一段时期，我还以为你把我当作孵化器里的小鸡，老是裹在棉花里呢。”

“还裹在棉花里呢！”谢尔皮林尴尬地一笑，突然问起他早就想问的话来，“你那些个政治副团长对他们的新职位能习惯吗？”

“没什么。既然是党的命令，他们总会习惯的，”别列日诺依说，“只有列瓦绍夫一个人找我谈过话，他请求在授予新军衔的时候，立刻就给他一个队列职务，他不愿意当巴拉班诺夫的政治副团长，他们两个人在一起，就像猫和狗一样合不来。你看他当一个顶刮刮的营长能行吧！”

“行，比营长再大些也行，”谢尔皮林沉思着说，“可是团里少掉这样一个政治工作人员，很可惜。如果巴拉班诺夫还是留在团里，更不用说了。”

“他还是留下来吗？”

“你别触痛我的伤口。你也知道，有人强要我用他！如果你让步，不把问题摊出来，以后就会几夜睡不好觉：你的罪过会有多重啊？带着我最难信任的团长开始进攻——我心里总有疙瘩！”

“别难过，费多尔·费多罗维奇，”别列日诺依说，“我们这一师很好，单是一个巴拉班诺夫，坏不了事。”

“这该怎么说呢！”

传令兵端来了茶壶、茶叶和杯子。

“就是这么回事，政委。”谢尔皮林等传令兵出去之后，这样说。他习惯了这样称呼别列日诺依。“只怪我自己不该任用巴拉班诺夫。开头几天我仔细观察，一心希望证实司令是对的，我错了，可是现在事情已经明摆在这里，原来他还是个酒鬼！那还有什么希望呢！你怎么，要浓一点？”

“要浓一点。谈过这样的话之后，倒真想喝点茶。”别列日诺依笑了。

“皮金来了，”朝着门坐的谢尔皮林说，“你拿来了什么东西呀？”

皮金脱下皮袄，得意扬扬地把一瓶香槟酒放在桌子上。

“嘿，这真意想不到啊！”谢尔皮林说。

“我自己也意想不到，”皮金说着，靠桌子坐下去，“还是我生日的时候，太太托人给捎来的，我一直留着没有喝。打开吧？”

“我们挨到二十四点再喝吧，”谢尔皮林说，“现在你先把茶喝了。”

"那我就等着吧，"皮金说，"费多尔·费多罗维奇，把你念给我们听过的那份总结给我，我要亲眼瞧瞧……"

谢尔皮林伸手到军便服的口袋里，掏出几页写得密密麻麻的、字迹清楚的纸来。这是《我军六星期进攻总结》，从莫斯科拍发，由师里的无线电兵记录下来的。在今天迎接新年的会上，一开始就宣读这份总结。后来把它复写成好几份，分发各团团长，要各团各营在一夜之间尽可能多复制几份，在第二天早晨军报送到之前让每一个士兵都能看到。

看了总结之后会产生何等强烈的印象，谢尔皮林是按照他自己的体会来判断的。世界上没有一样事情像战争那样吞噬着整个人心。今天，当他还不是朗读而是初次默读这份《六星期进攻总结》的时候，他突然感觉到整个战事的具体规模，而在平日，这规模总是被从早到夜充塞师长头脑的日常事务遮掩着的。他这一师只不过是最近六星期来所完成而且还在继续完成的伟大业绩的一小部分。但这感觉同自卑感毫无共通之处；相反地，这是促使心灵高尚的感觉，他觉得自己的力量虽然渺小，却无疑地参与着一件惊天动地的大事，像这样的大事，此刻在他意识中还容纳不下，而以后将被称为这场伟大激战的史迹。

其实，何必以后呢？就是现在也已经成为史迹了。

"拿去，你再念一遍吧。"谢尔皮林说着，推开茶杯，把那叠纸递给皮金。

"'由于我军突破成功，进攻顺利，斯大林格勒地区德军下列各兵团及部队被围：第十四、十六、二十四德国坦克师……第七十一、七十六、七十九、九十四、一百、一百一十三、二百九十七……'"皮金念着，谢尔皮林把臂肘靠在桌上倾听，好像所有这一切他都是初次听见。

皮金念着被包围和被击溃的德国师团的番号，被击毁和被缴获的大炮、坦克、飞机的数字，斯大林格勒方面军、顿河方面军、西南方面军和沃罗涅日方面军行军路程的公里数：他们曾到过斯大林格勒以南、以北、以西的顿河上游和中游，到过卡利特瓦河和契尔河，到过顿河区的和卡耳梅次的冬季草原……

皮金的单调的声音显得庄重而威严，谢尔皮林心中却产生了一种奇怪的感觉。他不再把臂肘靠在桌上，却坐在墙边，离开读战报的皮金，离开别列日诺依都很远。他坐得远一点，仿佛是为了更清楚地打量打量他们两个。就是这么回事。

他听见皮金诵读的声音，好像从远方传来的一片逐渐增长的可怕的喧哗声；听着这种声音，头脑中只能考虑自己的师和坐在他面前的这两个人。

如果实际情况真如皮金所谈的那样，那么，他们的师在这以前就该完成了它应当完成的任务；既然他们的师还没完成这些任务，总结所说的就不可能。

不错，此刻这个师停滞不前，静待时机，而其他各师正在别处冒着炮火，浴血进攻。可是，为了让这几个师现在能够展开冬季攻势，他的师曾经在整整夏秋两季里使自己置身于枪林弹雨之中，战士们曾经叫坦克给压死在战壕里，叫炸弹给活埋到地里。他们曾经撤退过，也反攻过，放弃了阵线，又坚守阵线，接着重又放弃阵线；曾经遭受极大的流血牺牲，得到过补充，然后又是流血牺牲……

人家说谢尔皮林懂得爱惜人。可是所谓“爱惜人”是什么意思呢？他总不见得叫他们排起队来，带他们离开前线，跑到既不打枪又不轰炸、不可能使他们死亡的地方去吧。在战争中爱惜人，不过是指不让他们遭受毫无意义的危险，同时又要毫不犹豫地把他们推向必要的险境中去。

这所谓“必要”，如果你的见解正确，便是真实的，如果你的见解不正确，便是虚假的，——掌握这“必要”的尺度，责任全在你身上，全凭你的良心。在这儿战场上，没有预习的机会，不可能先作试验，试下来不对再改正。在这儿战场上，没有草稿，不可能撕掉了再誊清一份。这儿的一切全都用血写成，——从头到尾，从第一个字母到最末一个句号……

一方面，超越权限会导致流血，另一方面，在必要的时刻不使用权限，也会导致流血。那么你的权限的尺度何在呢？要知道，归根结蒂，多半不是由首长，或者在最坏的情况下，由法庭，事后再来确定你的权限，而是在你发命令的当儿由你自己确定！事后，首长们首先注意到事情的结果——是成功还是失败，而不去考虑你当时如何想法，如何感觉，是超越自己的权限，还是相反，不使用自己的权限。

他在夏秋两季奉命行动时所遵照的那些决定和指令，现在有许多在他看来并不是顶好，而是不正确、不恰当的。但是归根到底，这一切总合起来，又显得正确了，因为它终于导致了皮金用单调的声音朗读着的胜利。皮金就要读完，此刻正在读方面军的名称和司令员的姓名。

“嗯，是正确的。可是人呢，人呢！……最好能让所有这些人都活过来，坐在四周围……”

他觉得自己身背后有一群默不作声的死者，他们永远也听不见他现在所听到的东西了；想到这里，热泪几乎夺眶而出。

皮金和别列日诺依，从这一师最初投入战斗的七月里的那一天起，就同他并肩作战。而现在他们两人倒还健在，此刻就坐在他旁边，虽然也谈不上怎样顾惜自己的身体。

瞧，这儿坐着皮金，又瘦又长，像根竿子。师参谋长根纳季·尼古拉耶维奇·皮金，是参谋部里年龄最大的人，他今年已满五十了。这儿坐着皮金，他在沙皇的军队里就当过上尉，后来在国内战争时没有参加作战，而是在后备团里服务，因为上头不信任他。谁知道呢，也许在当时这是正确的。

这儿坐着皮金，他在二十年代曾被步兵学校免职，因为他妻子是新经济政策时期一个资本主义分子的妹妹。于是他只得重起炉灶，读了函授大学，顺着办公厅的长梯级一直爬到人民委员部会计主任的职位。

这儿坐着皮金，他在战争开始时是志愿后备军中的一员，后来当上了师参谋长；对他可以像对自己一样信任。现在在战场上，他在精确和固执这两方面仍然保留着会计主任的特点。

这儿坐着皮金，他彻夜不眠，孜孜不倦，但从来不忘记按时吃东西，喝酒。皮金嘴唇上蓄着一撮棕黄色口髭，一张军官面孔干巴巴的，身材瘦削，师里的人为此戏称他为弗兰格尔；他经常郑重其事地给他的胖太太写家信，并且一本正经地说她在二十年代是莫斯科最美的女人；通讯连里有一个小姑娘，不知为什么对他非常倾心，虽然她可以爱上比他年轻的人。

关于皮金，凡是能够知道和必须知道的一切，谢尔皮林全都知道。现在他望着皮金，对他怀着感激的心情，为的是他活了下来，现在正坐在这里诵读这份总结……

别列日诺依也活了下来，虽然这是完全意想不到的事。他现在也坐在这里听皮金诵读，他眼睛里涌出泪水，因为他是属于想笑就笑、想哭就哭这一类人的。

别列日诺依为了他那以前担任顿巴斯市委书记的哥哥而受到的严厉的警告，已经在战争时期取消了，——就谢尔皮林记忆所及，他一次也没有提到过这个哥哥。他显然不相信自己的哥哥是人民公敌，但他不可能大声地说出这一点，小声地说吧，他又不会。

别列日诺依头发剃得精光，身材矮小而结实，脖子粗大，还长着两条粗实的铁臂，喜欢喧闹，多愁善感，说话常用矿工词汇，哼唱矿工的歌曲，具有二十年代顿巴斯的青春活力，曾在《煤仓报》上发表过不高明的诗篇。不知为什么，他至今一直把这些诗篇和一张年青时代的照片一同带在身边；原来他曾有过一头那么松软美观的黑鬈发，现在望着他的秃头，简直难以想象。

别列日诺依是在共青团里教养大的，在这以前他是一个流浪儿，十五岁上父母患斑疹伤寒死去，他便成了孤儿，按材料记载，他还是个犹太人。关于这一点，师里很少有人知道，而且这对他本人也未见得起什么作用。

别列日诺依性情急躁，喜欢偏袒人，但同时又毫不犹豫地随时准备为任何一个同志牺牲生命。

谢尔皮林对他也很感激，因为他活着，现在就坐在自己身旁，要是失去了这个别列日诺依，他会感到十分伤心。

谢尔皮林知道这两个人的全部情况或者几乎全部情况，可是现在望着他们，只思索着关于他们的一些杂乱无章的片段回忆，在他看来，这些回忆此刻就代表着别列日诺依或皮金本人。

皮金令人回想起斯大林七月的命令，这就是在放弃罗斯托夫和诺沃切尔卡斯克之后那道可怕的命令：“一步也不许后退！”这道命令在队列面前宣读，当时一师人刚从军用列车上下来，就受命立即投入战斗，去堵塞离斯大林格勒还很远的顿河中游那一边的窟窿。可是去堵塞窟窿为时已晚，这一师就成了一块磁石，从早到夜把来自地面和天空的打击往自己这边吸。它承受了理应由别人遭受的一部分命运，救活了某些人，自己却濒于灭亡。敌人已经砍去它的两翼，迂回到它后方，可是撤退的命令一直不下来，递送这道命令的两个联络官在路上被打死，直到来了第三个人，谢尔皮林才知道这情况。

但是在这第三个人好不容易来到之前，骨瘦如柴的皮金晚上已到谢尔皮林的战壕里来过，他把一张纸塞到谢尔皮林手里，说：

“这是我的申请书。”

谢尔皮林起初由于来得突然，弄不明白这是什么申请书，（他头脑里甚至掠过一个荒谬的念头：会不会是申请退伍？）后来明白了，便说：

“这不该给我，要给政委。”

“打早晨起就没见到他，”皮金说，“也不知道还能不能见到他。您拿了吧！”

谢尔皮林接过来放在军便服口袋里，只问了一声：

“您仔细考虑过了？”

“也算考虑过一个时期了。”皮金说完话，转身顺着战壕走了。

谢尔皮林虽然当时和过后都没有问他，心里却明白：皮金在那天晚上想到了可能被俘的事；人家早就猜想他要呈递入党申请书，而他在这时候递上来，正是因为考虑到了可能被俘。如果敌人把他们俘虏了，向他们吆喝：“你们中间谁是共产党员？”这时候，师长会向前跨一步，而他——师参谋长、沙皇军队的上尉、非党员皮金，也不愿受诱惑，不愿留在队列里。大概在师团眼看将被包围而遭受覆没的那一个绝望的晚上，他想从自己心中彻底驱除被俘后可能受到宽大处理的念头。

皮金令人回想起半个师在顿河彼岸覆没后横渡顿河时的情景。那一天，谢尔皮林正在被围的一个团里，日暮时分，他终于突围而出，率领着团里的残余人马来到渡口，他生怕在渡口看到嘈杂纷乱的状态，想不到却是秩序井然，而这井然的秩序是带着师的中坚力量来到这儿的皮金给整顿起来的。已经渡过顿河的炮兵连用火力掩护渡口，草原上升起烧毁的德国坦克发出的一圈圈半圆形烟环；有两组四挺机枪合成的火力点安置在浮桥边，正对准着向渡口俯冲的飞机猛烈地英勇射击。

渡口的环境像地狱一般难以忍受，每一分钟都有人死亡，可是这儿还是秩序井然，而维持这秩序的是皮金，他不是躲在为他挖好的战壕里，却是直挺挺地站在岸上有生命危险的地方，因为当前情况要求他这样做。

离开皮金五步，草地上躺着伸展两臂的侦察团副参谋长勃鲁斯金上尉的尸体。

“勃鲁斯金给打死了。”谢尔皮林望着尸体说。

“请允许我向您报告，师长同志，”皮金把手指并紧，稳稳地举向帽檐，说，“前任渡口司令勃鲁斯金擅离岗位，给追了回来，由于情势所迫，已经枪决了。是我亲自处决的。”

这时候谢尔皮林方才注意到：勃鲁斯金躺在地上，军便服上的领章已被扯掉。

是啊，皮金令人回想起渡河的那一天，以及其他类似的一些日子，总之，大概是因为皮金在这些日子里崇高地尽了自己的职责，所以一想到皮金，就不由得令人回忆起最艰苦的日子。其实在这一年里，轻松的日子本来就很少……

别列日诺依也令人回想起并不轻松的日子。别列日诺依使人想起斯大林格勒大火的反光，那一天，德国人冲向伏尔加河，我师只好将部分翼侧部队向北面撤退，使翼侧形成弓形。半夜里，地平线上映射出斯大林格勒的火光，他们两人坐在通向后方的两条大道交叉处一所孤零零的农舍里。别列日诺依哭了，因为他很伤心，多少昼夜以来，他们俩还是初次单独在一起，可以尽情抒发一下自己的感情。

他受了伤，但并没有退出队列。一块迫击炮弹碎片把他一边面颊和眉毛上方划破了，剃光的头斜扎着绷带：一只睁开的眼睛淌出眼泪，而在肮脏的绷带上，另一只闭着的眼睛下边，有一块湿漉漉的印迹，因为别列日诺依这只闭着的眼睛，在绷带里面也在淌眼泪。

“我们俩干了些什么呀？”别列日诺依怒气冲冲地边哭边问，“七月里得到斯大林的命令，赌咒发誓，可现在还是退到了伏尔加河——

人倒活着呢！做出这样的事来，我们真算得是流氓了！”

别列日诺依的声音里虽然带有绝望的语气，但这绝望只不过是他要殊死作战的决心所带有的一种暂时的表面现象。

别列日诺依令人回想起九月里，在斯大林格勒以北发动进攻的第一天，那时候，得到向斯大林格勒突进的命令之后，在最初几个小时内就推进了三公里。大家都认为事情进行得很顺利，别列日诺依半走半爬地经过两个团，军帽上积满泥土，军大衣给弹片刮破，他就这样闯进了谢尔皮林的观测所，贪婪地喝着杯子里的水，笑着叙述他在路上如何险些儿两次被打死的情景。当他听说第三个团里发生意外障碍，被轰炸切断了联系，他还是很乐观地挥一挥手，把帽子往额上一拉，说一声“没关系，到得了”，就横冲直撞地向那个团走去了。

但别列日诺依又令人回想起那次进攻的第二天，到那时候方才明白：德国人已经阻住我们，从空中扼杀我们，把我们压倒在地面上。那一天，在大白天，集团军司令巴久克冒着被轰炸的危险，坐着自己的“惠尔斯”牌吉普车，直闯师观测所，一走到门口，就毫不留情地向谢尔皮林骂了一顿粗话，为的是这一师从早晨起连一公尺也没有向前推进。

谢尔皮林默不作声，因为如果他开了口，说出自己对巴久克和他这一番话的看法，那么，失去自制力的巴久克就可能动起武来，那时候就只好开枪，或是打他，或是打自己。

可是血却涌上了别列日诺依的光头，他打断巴久克的咒骂，用异样的、颓丧的声音问：

“司令同志，能允许我说几句话吗？”

他的声音异乎寻常，巴久克不由得顿住了，朝别列日诺依望了一眼。

“我不知道师长为什么不作声，”别列日诺依说，“不过您怎么可以这样对我们说话，就好像我们是您老爷的用人，是偷懒的奴隶！司令同志，您说出这样的话来，还配当一个共产党员吗？”

巴久克脸色大变，向别列日诺依逼近过来，谢尔皮林已经跳起身，准备站到他们两人中间，但别列日诺依退后了两步，退到了掩蔽部的角落里，两手放在背后，血红的脸变得煞白，他说：

“司令同志，您别走近来，否则，我连亲爹也不容情！”

巴久克冷静下来了。他虽然性情粗鲁，甚至蛮横无礼，但心中的军人的正义感还是没有泯灭。

在顺利地开始的第一天，他已经深信可以向斯大林格勒突破；可是后来灾难接踵而至，使他大为懊丧，按不住心头怒火，要向别人发泄。他正是抱着这样的目的，冒着炸弹的危险，驱使吓得死抱住方向盘的司机驾着汽车来到这里。这里已经白白地牺牲了许多人。管它呢！他也准备死在这里。同眼前发生的事情相比较，同他的军队进攻失败的事情相比较，他自身的死亡就算不得一回事了……

他为此而闯到这儿掩蔽部来，可是现在听了别列日诺依的话，他突然站定了，沉痛地坐到板凳上，对谢尔皮林说：

“给我一张地图。”

他把地图往自己这边一挪，但是还没有看地图，先举目向四周环顾了一下，——掩蔽部里除了他们三个人之外，幸而没有别的人。他转向别列日诺依，抬起一双困倦的眼睛望着他说：

“你真傻，政委。你以为有人给我好嘴脸看？你以为我心里会好过吗？……给我点水喝。”

是啊，回想起来，生活中的各个时刻都同别列日诺依、同皮金紧相联系着，而这一切都发生在流血的一九四二年，今天便是这一年的结束……

“费多尔·费多罗维奇，念完了……你怎么啦，想心事了？”皮金的声音仿佛从远处传到谢尔皮林耳朵里。

“我听见你念完了，”谢尔皮林说，“倒酒吧。只剩下两分钟了。”

在皮金倒一杯杯香槟酒的当儿，别列日诺依开了收音机。开得正是时候：午夜报时前的音乐声闯进红场上的噪音和汽车喇叭声里来了。他们三个人全都起立，直挺挺地站在桌子边，倾听来自莫斯科的遥远而宏亮的报时钟声。

当收音机里奏《国际歌》的时候，别列日诺依也用高亢激昂的嗓子唱起来，一直唱到曲终，谢尔皮林和皮金则默默地站在那里听。

他们刚喝完酒，电话叮铃铃地响了。谢尔皮林拿起听筒。

“谢谢，司令同志。我们很感激……也祝贺您。祝贺集团军军事委员会。谢谢，一切都正常，大家按兵不动……天亮前我打算到各团去走一趟。对，我们在庆祝……谢谢……司令要我向你们转达军事委员会的新年祝贺。”谢尔皮林放下了听筒说。

“按时间判断，”皮金看一看手表说，“他是首先给我们师里打电话。”

皮金对这种事很敏感：他的师被重视的时候，他感到骄傲，而邻师受到了赞扬，他就嫉妒。

“咳，”别列日诺依说，“我心里是什么滋味，自己也弄不懂。这一九四二年算是什么年头啊！我们遭遇到了什么，发生了什么！”

“是啊，要是没有斯大林同志和他的钢铁般的坚毅精神，我真不知道这一年会怎样结束。”皮金说，“去年在莫斯科近郊，到了最后关头，他把三个集团军结集起来，发动进攻，不让兵力分散，这就给了敌人迎头痛击！现在在我们这儿，他也善于等待时机！有铁一般的沉着精神，在战争中是一件了不起的事，是整个战略的一半。”

谢尔皮林没作声。他没有必要同这种见解争论。不但不可能争论，而且此刻在取得节节胜利之后，也不想争论。

不过，尽管最近一个时期发生过这么一些情况，他心灵深处依旧像一块石头似的存在着那个老问题：怎么会这样？产生严重后果的一九四一年六月的意外事件，究竟是怎样发生的？当时，在六月里，斯大林怎么会这样盲目地相信战争不可能爆发？不错，是盲目的。关于这一点，不能大声说出口来，不过要找另外的字眼，无论怎样费尽心机，也找不到。要知道，如果正视事实，归根到底，正是去年的意外事件把我们带到了这儿伏尔加河上来。是啊，皮金说得对：我们现在能粉碎德军，全靠意志和坚毅精神，——而这要归功于斯大林。

那么，起初发生的事又怎样解释呢？该归罪于谁呢？……

“怎么，你真的要在天亮的时候到各个团里去吗？”别列日诺依问谢尔皮林。

这一问，就把话题引到同除夕无关的关于师里大大小小的事情上来。

谢尔皮林几天来一直打算在夜间巡视一下前沿各条战壕，看看勤务执行得怎样。

“我要睡三小时再去。从茨维特科夫这一团开始。我可以带你一起去。”他对别列日诺依说。

可是别列日诺依早已有他自己的计划。他想趁天还没亮的时候到后方祖博夫卡去，因为明天凌晨，有两百名补充兵员将到达那地方。他打算在那边同他们见面，在分派他们到师里来之前同他们谈谈话。

“急得忍不住了。”谢尔皮林说。

“是啊，简直不相信有这么好的运气。要是换了我，像现在别的战线都打得这么厉害的时候，一个人也舍不得补充给这里。”

“唉，这话该怎么说啊！我们也不会呆守在这儿直到战争结束的，”谢尔皮林指出，接着又补充说，既然别列日诺依要到祖博夫卡去，就让他白天回来的时候顺便到卫生营去一趟，“看看那里是不是由于暂时的沉寂而造成了过分平静的气氛。有许多迹象表明沉寂快要结束了！”

“我担心别列日诺依到了卫生营就要耽搁下来了，”皮金说，“听说那儿新来了一个外科医生，是个挺漂亮的女人。”

“别担心，不会耽搁的，他不是像你那样的好色鬼，”谢尔皮林说，“对了，讲起你啊，你最好把身体变个样儿，前几天后勤部副主任对我说：将军同志，我在通讯连里远远地望见您，可是等我转了两个身，就赶不上了，您已经坐上车走了。其实我根本没有到过通讯连！”

皮金的青筋嶙嶙的瘦长的身躯，从远处看，的确很像谢尔皮林，这已经不是第一次成为他们周围的人们谈笑的话题了。

“你提起过战争结束的事，”别列日诺依嘲笑了皮金一阵，重又变得严肃起来，对谢尔皮林说，“照你看来，战争什么时候可以结束？你说得准吗？”

“你是指哪儿？我们这儿，斯大林格勒，还是全部？”

“全部。”

“去年冬天有人给我讲起茹科夫的事，那时候他还在指挥西线方面军。好些人都去怂恿他的司机：‘你问问茹科夫：战争什么时候结束？’要问茹科夫是不大容易的事，可是有一回，只有他们两个人在车上，司机还是下决心问了他……刚一开口，茹科夫就伸了个懒腰，叹一口气，说：‘唉，这场战争要到什么时候才结束啊！……’”

“得了吧，”别列日诺依笑着说，“就算茹科夫不知道。那么你呢？”

“如果到今天算是过了一半，那就是说，还要一年六个月零九天。一九四四年七月九日……”

“那么照你看来，今天能不能算是过了一半呢？”别列日诺依问，因为他从谢尔皮林的语气里听不出他是在开玩笑还是说正经话。

“照最近一个时期的情况判断，可以算得。”谢尔皮林说。

“要是那样的话，太长久了一点，”别列日诺依忧郁地说，“我真担心战后女人只能靠‘圣灵感孕’了！”

“什么盟军，说得多好听！”皮金说，“难道今年第二战场还不开辟？”

“嗯，既然我们谈到第二战场，可见已经有点苗头了。我不知道你们怎么样，我可要睡觉啦！”谢尔皮林说着，两手托住后脑，甜蜜地伸了个懒腰。

别列日诺依和皮金走了之后，他吩咐普季津整整三小时后叫醒他，然后他铺好床铺，脱衣睡觉。上了床，他又一次想到：“难道战争真的还只过去一半？”

他很想把情况想成不是这样。想呀想的就睡着了……

第二章

清晨四点半以前，谢尔皮林已经按照预定计划，来到茨维特科夫的团里。一路上他差点儿改变主意，想到巴拉班诺夫那儿去，可是后来气愤地决定：“没关系，到底不是小孩子。”于是他便从左翼茨维特科夫的团开始。

谢尔皮林来到那儿的时候，中校茨维特科夫正在睡觉。谢尔皮林吩咐作战值日官不要叫醒他。

“让他睡吧，没有他不要紧，给我一个向导。”

可是茨维特科夫还是给叫醒了，他在前沿交通壕里赶上了谢尔皮林。

“你这儿的一套做法真有意思，茨维特科夫，”谢尔皮林假装生气地说，“师长吩咐这样做，而你的军官偏偏要那样做。”

“我自己醒来的，将军同志。”茨维特科夫撒了个谎。

他早就下过这样一道必须遵守的命令：无论什么人，什么时候来到团里，要是他睡着，不管怎样一定要马上叫醒他，要是他不在，要立刻通知他。而且，即使来的人吩咐不要叫醒他，不要去找他，也得执行他预定的命令！茨维特科夫总是把一切都预先规定好的。

“你是怎么睡的，茨维特科夫，穿着衣服还是脱了衣服？”

“我脱衣服睡的，将军同志。我信任我的士兵，我不会穿着衬裤当俘虏。”

“你到现在还是穿的军大衣？”

“没关系，将军同志，我不是麻雀，冻不死的。”茨维特科夫说。

他喜欢穿制服，在隆冬严寒的日子里，也只穿军大衣和长统靴，至于皮袄和毡靴，他不认为是制服，至少他自己有这样的看法。

“茨维特科夫到底是茨维特科夫。”谢尔皮林走在要求到前头带路的茨维特科夫后面，心里这样想。他所想的这句话，当师部里的人提起茨维特科夫时，常常可以听到。

“茨维特科夫到底是茨维特科夫，”——说这句话时有各种各样的语调。当茨维特科夫准确地完成了一天的任务，但是还没有接到新任务，留在原地，而不自作主张，求取进一步的胜利的时候，人们就说这句话；当他在毫无出路的形势下死守阵地，既不打算擅自退却，又不打算请求允许撤退的时候，人们也说这句话。“茨维特科夫到底是茨维特科夫，”——当他在会议上坐着不开腔的时候，当他呈请奖励的名额比别的团少得多，认为自己团里并没有什么特殊功绩的时候，当人们从政治报告上得悉，只有茨维特科夫团里没有一个士兵故意枪伤自己、企图逃避战斗，没有发生一次特别事故，没有一次不按时把热伙食送到前沿阵地，——在这些时候，人们也总是说这句话。

茨维特科夫既是一个普通的团长，又是一个模范的团长。由于情况不同，占据首位的有时是他的这种特点，有时是那种特点。人们很少赞扬他，但要不尊敬他是不可能的。

不用说，在今天夜里，他团里也是秩序井然。该睡觉的人都在睡觉，该值班的人都在充分的战斗准备状态中值班。

谢尔皮林和茨维特科夫在前沿的战壕里走了一公里半的路程，他们在战壕里一个值勤士兵身旁站住了。

这个士兵接岗以来，德国人那边一点动静也没有。被炸弹彻底炸毁的田庄旁边，伸展着他们的战壕，那儿整整一夜都是死一般的寂静。

“只是在一小时以前，有一次哨声，还听到有人轻轻走动的声音。”士兵说。

“可能是在招呼哨岗派班员。”谢尔皮林说。

“整整一夜德国鬼子都没吭声，”士兵说，“空着肚子不能多说话。”

“你们的伙食、人民委员部发的口粮，怎么样？有意见吗？”谢尔皮林问，同时感觉到茨维特科夫在他背后非常紧张。

“回禀将军同志，没有。”士兵说。

“真是天知道，”谢尔皮林想。“我们并没有采用‘回禀’这种字眼，也没有加以推广；可是它自然而然、不知不觉地从旧军队里搬了过来，又用上了，现在说这字眼的人越来越多了……这小伙子还年轻，不是他自己带来，而是在这里学会的。”

他问了这士兵的姓、年龄和籍贯。这士兵的姓很少见，叫季米特利阿季，他是从马利乌波耳[1]附近来的希腊人，生于一九二〇年。

“将军同志，听说斯大林格勒方面军已经开到通向我们亚速夫海的半路上了。”

“大概是这样，”谢尔皮林说，“关于《六星期进攻总结》，你们听过没有？”

“据说内容挺丰富。讲好早晨送到连里来的。”

谢尔皮林已经打算朝前走了，可是士兵的一句问话又使他停下脚步：

“将军同志，我可以问您一个问题吗？”

“问吧！”

“无线电广播说，盟军今天夜里在欧洲全线登陆，这话是真的吗？”

“这是谁告诉你们的？”

“士兵们说的。他们说：丘吉尔答应一定要履行他给斯大林同志的诺言，——他们登陆的日子哪怕是在最后一天，总算是一九四二年内的事。”

“轻点儿。”谢尔皮林说着，把一根手指放到嘴边。

士兵诧异地望望谢尔皮林，小声地问：

“为什么？”

“德国人会听见的，”谢尔皮林说，“这个军事秘密是从什么广播里收听到的？莫斯科广播还是士兵广播？”

“士兵广播。”那士兵懂得这句戏言，笑着回答。

“不，战士同志，”谢尔皮林说时，态度已经变严肃了，“我们敬爱的盟军并没有登陆，暂时也不打算登陆。因此我们今后还得靠

---

① 日丹诺夫市 1948 年以前的旧称。

自己。”

“当然。”士兵带着赞同的语气回答，从这语气里可以感觉到一种失望的情绪。士兵广播胡说一通，他觉得很遗憾，这样看来，又不会有任何奇迹来缩短战争的时期了。

同谢尔皮林交谈的另一个士兵，是他以前就熟悉的。姓什么忘记了，只记得他立过一次功：九月里有一夜，师里迫切需要一个舌头，这个相貌丑陋、年纪已经不轻的士兵自告奋勇去捉舌头；一捉就捉来了。

“‘英勇’奖章给您了吗，啊，马尔蒂年科？”谢尔皮林问，他终于记起了这士兵的姓，心里很高兴。

“给了。”马尔蒂年科说，但从他的声调里可以听出：这一切早已过去很久了。现在他一心想着另一件事：他生在伏罗希洛夫格勒州美洛伏耶城，今天他听说无线电广播里播送了战斗总结，他想知道这总结里有没有提到他们的美洛伏耶。

“三天以前，战报里就说攻占了切尔特科沃车站，从切尔特科沃到美洛伏耶是七公里。”

谢尔皮林说，总结里一般不提我们所收复的居民点的名称，只指出它们的总数——一千五百个光景。

“可我老是等呀，等呀，等战报里写上我们美洛伏耶的事。如果切尔特科沃和美洛伏耶之间成了火线，那是最糟糕不过的了，那样一来，所有的一切都要变成炮灰了。”马尔蒂年科痛恨地挥一挥手。

他是对的，他从士兵的角度来认识战争，并且还能开导别人：什么是战争。谢尔皮林只是安慰他说：他由于参加过国内战争，还记得这一带地方，我军拿下切尔特科沃之后，未必会在美洛伏耶前面卡住，因为那儿没有显著的天然界线，我军很可能立刻越过美洛伏耶向前挺进，直到卡梅舍瓦亚河。

师长原来也知道他们这条顿巴斯的河流，这一点使马尔蒂年科很高兴。这条河突然仿佛成了他俩共同的熟人。

“那么，您认为已经一下子到达卡梅舍瓦亚河了吗，将军同志？”

谢尔皮林两手一摊。

“按理说应该是这样，不过从这里望不见。”

“那么我们这儿什么时候向德国鬼子发动进攻呢？什么时候消灭他们呢？”马尔蒂年科用生硬的语调愤恨地问，声音里带有不耐烦的调子；尽管到了德国鬼子在这儿消灭的那一天，不是别人，而正是他，要首先从这个最接近德国人的战壕里爬出去，冒着枪林弹雨穿过空旷的原野，奔向远处那片积雪的山岗。

“进攻，进攻，”谢尔皮林同马尔蒂年科道别后，一面在战壕里继续往前走，一面心里想。“以集团军或师的规模拟订进攻计划而迫不及待地等待进攻，——这是一回事；像士兵们等待进攻那样地等待，——这是另一回事。炮火准备阶段已经过去，那你爬出战壕冲吧，可是不能冲，在枪林弹雨下必须伏在地面上，那时就没有任何进攻可说了。你不能对人喊‘前进’这句话，除非对你自己喊。至于是谁在第一次冲锋时就被打死，是你还是别人，——这一点在首长那里已经计划好，那士兵也知道已经计划好，不计划是不行的。他知道，可还是要问：什么时候消灭德国鬼子？而且不是为了装装样子，而是认真地问。尽管你胸前的勋章无论现在或将来都比他多，可是至高的英勇精神还是属于士兵的。如果你是一个有价值的将军，人家讲起你的时候，就让他们说‘这是一个士兵！’吧；如果你不是一个有价值的将军，想要听这样的话都听不到呢。”

“怎么，将军同志，我们要到连长那里去吗？”茨维特科夫问。

“现在谁在你的连里？是阿尔费罗夫吗？”谢尔皮林在战壕里站定下来，转过头去问。

“是阿尔费罗夫。”

谢尔皮林把胸膛靠在战壕的胸墙上，甚至透过皮袄，也还是感觉到冻得像石头般硬的泥土的彻骨寒冷。

前面静悄悄的地方，是德国人。

他们在这新年前夜，在自己的冷冰冰的洞穴里干些什么呢？他们在想什么，盼望什么呢？他们指望活下去呢，还是畏惧死亡？不管他们个别的人在想些什么，大家共同的想法总是同我们所想的恰恰相反。我们的每一个愿望同他们的相反的愿望发生冲突，我们的每一个希望同他们的相反的希望发生冲突，我们的每一种打算同他们的相反的打算发生冲突。凡是对我们说来曾经是好的、将会是好的，对他们说来都是不好的。这种情况一直要继续到战争结束，继续到战争的最后一刻，因为打仗好比滚铜钱：不管滚多久，总是要倒下的，——不是鹰的一面倒下，就是字的一面倒下，有人居上，有人在下，无论现在或将来，我们都不会得到他们的饶恕，他们也不会得到我们的饶恕……

从前沿阵地的这一条战壕望出去，不论前面或者后面，一切都显得非常巨大。而你这个人，在这一片寂静中，仿佛正处于默默地顶住敌人胸膛的大尖楔的顶端。你后面的力量不管多么大，只要一发动进攻，这股力量就会把你的身体逼进前面这块沉默无声的敌方空间去。

“是啊，士兵的职务可不轻松，”谢尔皮林想，“可是担任这种职务的人有多少啊……”

“好吧，我们到阿尔费罗夫那里去一下。”

当他们走进掩蔽部的时候，阿尔费罗夫中尉，一个脸色苍白的瘦瘦的青年，头上戴着滑向后脑的护耳帽，身上披着皮袄，蹲在小铁炉子旁边，把电话听筒紧贴着耳朵，若有所思地微笑着。“喀秋莎”油灯——一只压扁的炮弹壳——的火光照亮着阿尔费罗夫的微笑的脸和随便倒在地上睡觉的人们。

阿尔费罗夫看见首长进来，就放下听筒，抖掉肩上的皮袄，把护耳帽拉到额上，笔直地站定了，开始报告。

“您自己留下来替别人值班吗？”谢尔皮林听完报告后问。

“是。我决定让他们睡一会儿。反正我睡不着。”

“您刚才在跟谁谈话？”谢尔皮林问，“拿起话筒来吧，既然开始了，就谈完它。”

他从连长的尴尬表情上看出，似乎连长不是在谈公事，而是在闲聊过新年的事。也许他在跟一个熟悉的卫生指导员谈话，虽然由于茨维特科夫竭力避免在团里用女人，他的卫生指导员几乎全是男的。

“我跟谁也没有谈过话，将军同志，”阿尔费罗夫说，“我是在听唱歌。”

“有这样的事！”谢尔皮林感到惊奇，“你说给我听听，我不大明白。”

“我们这里中继站上有一个女通讯兵，”阿尔费罗夫小心地朝团长这边瞟了一眼，说，“唱歌唱得非常好。有时候，碰到她值夜班，我们就请她在电话里唱歌。”

谢尔皮林觉察到阿尔费罗夫的神色，就向茨维特科夫转过身去。茨维特科夫带着又怒又惊的表情望着自己的连长。由于惊奇，茨维特科夫的两条眉毛竖得老高，好像马上就要从他脸上飞掉似的。

“那么她唱些什么歌呢？”谢尔皮林问。

“各种各样都有，将军同志，”阿尔费罗夫说，“现在是在给我唱《掩蔽部》。”说着又向茨维特科夫瞟了一眼。

“一支好歌，”谢尔皮林说，“或许我和团长也可以听听吧？”

阿尔费罗夫犹豫不决地向他瞧瞧，看他是不是在开玩笑；他确定他不是在开玩笑，就拿起话筒。

“谢里维尔斯托娃，喂，谢里维尔斯托娃……谢里维尔斯托娃……你再唱吧。”他用疑问的目光望了望谢尔皮林：告诉她唱给谁听呢，还是别告诉她？

谢尔皮林摇摇头，表示：“不必。”

“唱吧，谢里维尔斯托娃，”阿尔费罗夫用央求的口气又说了一遍，“不过要从头唱起，因为我刚才给打断了。”

他等了几秒钟，向旁边让开些，把听筒递给谢尔皮林。

谢尔皮林拿起听筒，听到从干巴巴的哔剥声中传来一个年轻女人的嗓音，唱着熟悉的词句：

> 小炉子里火焰在颤栗，
> 木柴上的树脂像眼泪……

他喜爱这支歌曲，因为歌曲的音乐和歌词里都有一种特殊的东西，使战士听了愁肠寸断，同时又使人觉得非常单纯，真是再单纯没有了。

> 我要到你身旁多么不容易，
> 到死神那儿只有四步距离……

“正是这样，四步的距离，其实只有两步，一步。”

不知为什么今天他比往常更多地想到死的问题，不是关于自己的死，而是一般地关于人的死。

他叹了一口气，在女通讯兵开始唱最后一节歌词之前，把听筒递给茨维特科夫：

“你也来听听你团里的人唱歌吧。”

茨维特科夫拿起听筒，好像拿一条蛇似的，不满意地把它贴在耳朵边。从他的面部表情显然可以看出，无论是悦耳的歌声（他对这一点并不怎么感兴趣）也好，或者是师长对这种破坏制度的行为所采取的自由主义态度也好，都不能改变他即将采取的措施：阿尔费罗夫占用通讯线路，搞各种无聊的玩意儿，事后一定要受到处罚。师长可能一时心软，他有什么关系呢，坐上一会就走掉了，可是茨维特科夫得留在自己团里维持秩序，任何人，包括师长在内，都不能剥夺他这个权利，也不能免除他这个义务。

谢尔皮林用手掌摸摸那只小铁炉子——根本是冷的。

“你日子过得很清苦，大学生。”他对阿尔费罗夫说。

“连一块木片都要算一算，将军同志，我们很节省。到了熬不住的时候，才生一点火。”

谢尔皮林叫他大学生，因为他确是一个没有毕业的大学生，在少尉短期训练班结业后，七月里正当最混乱的时候，直接从训练班开赴前线。

起初他并不在他们师里，而是由于偶然的机会进来的，那时候他带着自己排里的几个战士，没有武器，到处乱跑。跑呀跑的突然碰上了谢尔皮林，谢尔皮林叫他立定，并用预示不祥的口气问：

“你是谁，是红军指挥员还是逃命的胆小鬼？回答呀：你是谁？”

就在那时候，他抖动着嘴唇，说出了那句荒谬的、谢尔皮林至今还记得的话：

“我以前是大学生，将军同志。”

他自己清楚地记得那一个时刻，而且知道谢尔皮林也记得，因为师长在碰到他的时候叫他大学生已经不是第一次了。

不过现在他并不由于他们两人都还记得那个时刻而感到害羞，因为他知道此一时彼一时，现在他胸前挂上了一枚因十一月战斗而获得的崭新的红星勋章。师长看到这枚勋章，不但看到，而且还亲自在他的奖状上签了名。

谢尔皮林望着这位现在是中尉连长的大学生，庆幸他当时没有开枪打死这个吓破了胆的小子，虽然打死他是完全有可能的。当时的情况如此，没有必要加以姑息。

茨维特科夫放下听筒，轻轻地咳了一声，好让人家注意他。

“我想不出办法来解决燃料问题，”谢尔皮林朝着小铁炉子点了点头说，“只有一个办法：快点把斯大林格勒……”

他没有说完，因为这时候外面传来好几声几乎同时响起的爆炸声，在掩蔽部里引起了沉重的回声。

“我们出去听听，”他对茨维特科夫说，“不知道是我们自己人还是德国人在胡搞。”

一走到外面，马上明白这声音来自三公里外巴拉班诺夫一团的地段上。爆炸声频频不绝；根据声音来判断，是德国人的迫击炮弹在爆炸。后来，在隆隆的爆炸声中又夹入机枪的点射声。

说是德国人在偷袭吧，难以置信。他们的心情是不适合于偷袭的。

“大概是巴拉班诺夫自己在搞什么新名堂，而德国人在向他射击。”谢尔皮林带着不妙的预感这样想，于是他不再回掩蔽部，跟茨维特科夫一道往团部去了，到了那里可以同皮金联系，探听事情的究竟。

谢尔皮林在到团部去的路上继续倾听着爆炸声和射击声，越来越确信第一个念头是正确的：巴拉班诺夫在这新年之际，打算出出风头，攻下那个矗立在团前面的碍事的高地，师里的人把这高地称为“土岗”，团里的人则由于它的危害性而称它为“疖子”。巴拉班诺夫一心想快一点显显团长的身手，已经有好几次强求上级准许他攻取这块高地，但谢尔皮林至今还不同意，一直在制止着他。

当他们走到茨维特科夫团里的时候，战斗已经平息。只听到零落的迫击炮弹的爆炸声。

谢尔皮林跟皮金取得了联系，预料不会有什么好事。但他听到的消息却使他大发雷霆。皮金用他那平稳的吱吱呀呀的声音说：他刚刚同巴拉班诺夫团里的参谋长屠玛年通过话，据屠玛年报告，他曾经设法把巴拉班诺夫留住在团部里，但是巴拉班诺夫喝得酩酊大醉，就往营里去了，绝口不提此去的目的。到了那边，显然又大喝了一番，然后组织兵力夺取土岗。土岗并没有夺下来：起初他们误入布雷区，后来被迫击炮和机枪的火力打中，好容易才退回来，受到了伤亡，伤亡多少，还不知道。但是已经知道营长给打死了。

“那么巴拉班诺夫呢？”谢尔皮林朝着电话机大嚷。

“他平安无事，不过还没有回到团里。”

“列瓦绍夫在哪里？”谢尔皮林又愤愤地朝着话筒大声叫嚷。“政治副团长列瓦绍夫在哪里？他的良心到哪儿去了？……”

皮金回答说他没有接到关于列瓦绍夫的报告。他一查明列瓦绍夫在什么地方，马上就打电话来。

“不必了，”谢尔皮林说，“我自己到那儿去。”说着就放下话筒。

他在到巴拉班诺夫团去的一路上很不顺利。汽车在冰丘上滑行，差点儿没翻倒，后来陷入炸弹坑里，陷得非常之深，三个人也拖不出来。

谢尔皮林把司机骂了一顿，让他留下来找人拖汽车，自己带着传令兵步行前去。

在巴拉班诺夫那里，仍然是每隔三四分钟就发出零落的迫击炮弹的爆炸声。德国人不知是想阻挠搬运伤员呢，还是仅仅由于神经不安。

当谢尔皮林到达团部的时候，巴拉班诺夫已经在那里了。他已经从皮金那儿知道师长快要来到，所以在自己掩蔽部门口踱着步子等待。

他一看见谢尔皮林，就跑几步迎上去，挺直身子开始报告。报告的时候他并不把手举在护耳帽边，而是藏进帽子里面，以免颤动，这坏蛋想要装出没有喝醉的样子。他笔直地站着，安然无恙，没有一点儿受伤的痕迹，可是他没有觉察到：虽然他那只手没有发抖，他的身子却在左右摇晃。

“醉得这个样子，”谢尔皮林厌恶地想，“到现在还醉意未消！”于是，他打断巴拉班诺夫的断断续续的报告，转身对愁眉苦脸地站在巴拉班诺夫旁边的参谋长屠玛年少校说：

“您来报告吧。”

屠玛年报告了详细情况。营长塔拉霍夫斯基大尉牺牲了，另外没有死什么人。但是受伤的有十一个，其中有重伤员；已经把他们送到卫生营去，但是不知道送到时是否还活着。在布雷区爆炸的时候，塔拉霍夫斯基还活着。巴拉班诺夫把他从那儿背了出来，可是等到用拖架把他拖到这里的时候，塔拉霍夫斯基死了。

“他就躺在那儿。”屠玛年指了一下。

他本来就是个忧郁的、不爱说话的人，现在叙述的时候，话是慢吞吞地、忧郁地一字一句挤出来的，他对所发生的事感到很痛心。

谢尔皮林对死者看了一会，然后挺直身子望了望也走到拖架旁边站着等待处理的巴拉班诺夫。巴拉班诺夫不管喝得怎样醉，总还明白这件事是要处理的。

巴拉班诺夫看到谢尔皮林望着他，竭力想说些在他认为必要和适当的话，表明责任完全在他一个人身上。但是谢尔皮林用那样憎恨的目光望着他，使他没敢把话说下去。

“政治副团长在哪里？”谢尔皮林想起列瓦绍夫，就转身问屠玛年。

“他受了震伤。”屠玛年说。

“震伤！”谢尔皮林又怒上心头，高声叫嚷，“是跟他去的吗？”他指了指巴拉班诺夫。

屠玛年解释说：不是，政治副团长在另一个营里，不过开始搬运伤员的时候，他赶到了。他要证实一下是不是所有的伤员全都运了出来，这时候，一个迫击炮弹爆炸了，他就受到了震伤。

“那么所有的伤员都救出来了吗？”

“都救出来了。”

“一个也没有留下吗？”

“我亲自检查过了。”巴拉班诺夫挥动双手，插嘴说。

但是谢尔皮林连看都不看他，向屠玛年重问了一遍。

“是的，”屠玛年说，“据营里报告，都救出来了。”

“您亲自去检查一下，”谢尔皮林说，“不要叫他去，而是您亲自去检查一下，来向我报告。”

随后，他仍然不瞧巴拉班诺夫一眼，异常沉静地——在这沉静中隐含着极度的愤怒——补充说：

“我解除巴拉班诺夫少校的团指挥权，命令您执行团长的职务。现在您送巴拉班诺夫去睡觉，过两小时等他酒醒以后，把他送到师部去。还有什么话要说吗？”

“我们要把营级政委列瓦绍夫送到卫生营去，可是他在您到来之前，一直不肯走，他想见见您。”

“还有这样的事，真是！……”谢尔皮林冒火了，“您就不能早一点说吗？”

“将军同志，我认为不应该打断您的话。”

“瞧您，这会儿还来跟我讲什么纪律！列瓦绍夫在哪儿？”

“在他自己的掩蔽部里。”

“您不必陪我了，”谢尔皮林看见屠玛年跟在他后面，就说，“您有更重要的事。”

当他已经走到政治副团长的掩蔽部门口时，回头一看，屠玛年仍旧站在原来的地方，大概由于新的职务落到身上，他正在考虑什么。

“你这会儿总该转身走了吧！就算不能用第三挡的速度，至少也该用第二挡的速度[①]！”谢尔皮林准备向这个聪明、能干、但过于慢性子的人这样叫嚷；要不是他有这样拖拖拉拉的作风，他早就当上称职的团长了。

屠玛年仿佛听到了谢尔皮林心里想说的话，终于转过身去，像熊一般跨着缓慢的步伐走了；谢尔皮林便打开掩蔽部的门，走了进去。

政治副团长列瓦绍夫躺在木床上。一看到谢尔皮林，他就把头上的一块白色的东西猛地拉了下来，扔到地上，挂下两条腿，跳下床来。但是他站不稳脚，重又坐到床上。

---

① 这里是用汽车速度作譬喻。

“坐着吧，”谢尔皮林扶住他说，“你在用什么治疗啊？”他从列瓦绍夫的脸上看出他并没有听见他的问话，就大声地重复了一遍：“你在用什么治疗啊？”

“我在冷敷。”列瓦绍夫说；他脸上流着水。地上丢着一件卷成一团、装满正在融化的雪的衬衫。

“这样会着凉的，”谢尔皮林说，“你到卫生营去吧。那里的人知道该怎么办。如果震伤不太重，躺着好好地休息一下就可以回来的。”

“我一定去，”列瓦绍夫顺从地说，“他们要我躺多久，我就躺多久。我原是想等您来了再去。”

“我明白你的意思。”谢尔皮林说，没有责备列瓦绍夫不肯立即到卫生营去。从他脸上的表情看来，他好不容易忍受着疼痛，既然痛到这种地步，还是不肯到卫生营去，其中必有原因。

“将军同志，我一直想当面告诉您，在发生了这件蠢事之后，士兵们都有这样的想法：不管怎么说，一定得攻下这个土岗，而且越快越好。面对着这些士兵，心里感到又羞又愧。他们恨透了德国人……”

“也恨透了你们。”

“也恨我们。”

“这就是你想告诉我的话吗？”

“是的。”

“你怎么会这样搞的啊，列瓦绍夫？在这种时刻，你怎么跟巴拉班诺夫不在同一个营里？”

“是我错，”列瓦绍夫说，“跟他这个醉鬼搞在一起，听他胡说八道，感到厌烦了，他说：‘你不尊敬我，政治副团长……不跟我一起喝酒，政治副团长。既然你不喝酒，那就表示你准备打报告告发我！’我不理他这个傻瓜，就到营里去了。”

“你生气了吗？”

“我生气了。”

“你生气了，可是士兵们吃了苦头。政治工作人员是不可以生气的。”

“这一点我知道。”列瓦绍夫痛心地说。

他那张漂亮的面孔苍白得没有一点血色，平时愉快而无所畏惧的眼睛，现在痛得微微眯缝起来，显出通事达理的老年人的神色。

“好吧，列瓦绍夫，”谢尔皮林说着，站起身来，“我现在有公事。还得向上级报告你们的杰作呢。”

他向列瓦绍夫伸过手去，列瓦绍夫紧紧地握住这只手，用坚决的口吻央求说：

“请您命令我们攻占土岗吧，将军同志。如果我们能在那儿把法西斯分子打个落花流水，那么士兵们心里的不痛快总会减少些！我们还可以把塔拉霍夫斯基埋葬在那个土岗上。”

当谢尔皮林走出掩蔽部，来到汽车旁边的时候，巴拉班诺夫还站在那儿等他。

“少将同志！”巴拉班诺夫向谢尔皮林走近一步，高声喊道。

但是谢尔皮林什么也没有回答。

“杀人的魔鬼！”他心里想，这时候他已经坐进汽车，最后一次看到还想透过蒙霜的玻璃喊叫些什么的前任团长巴拉班诺夫的面孔。

谢尔皮林回到师部，用电话向集团军司令报告所发生的事情和他解除一个团长职务的经过。

按照他久已养成的习惯，不论好事或坏事，他总是一进掩蔽部立刻毫不拖延地用电话向上级报告。

集团军司令正在睡觉，这没有什么奇怪，因为时间还早。

“要叫醒他吗？”副官问。

“不，等他醒来，告诉他我来过电话就是了。”

他自己睡不着觉，也不想去睡。眼前出现了死去的营长的面孔，不是粘满了凝血、仰卧在拖架上的死人面孔，而是因十一月战斗有功而接受他所颁发的红旗勋章时的生气勃勃、微露笑容的面孔。

“才两天以前的事啊！”

谢尔皮林想起了这桩事，从纸夹里取出一份和履历表的摘录抄本放在一起的已经准备好而还没签名的关于已故营长的报告。

“可怜的人，没有活到获得新军衔的日子。”

从摘录抄本里可以看到：按文书的说法已于今日“因死亡离队”的塔拉霍夫斯基大尉，现年三十二岁，出生于叶尼塞河的下沙德林，入伍前为职业猎人，服役十一年，有妻室和子女五人。

“太快了！”谢尔皮林用责备的口气说。

塔拉霍夫斯基如此不合时宜地生下的五个孩子，使巴拉班诺夫酒后的豪勇显得更加可鄙了。

“都是我不好！”谢尔皮林想，“当时不应该到茨维特科夫那里去，而应该先去看巴拉班诺夫。”

他把两手捏成拳头，按在桌上，痛苦地沉思起来。

如果自己要对所发生的事承担一部分过错，这过错并不在于他先到哪里后到哪里。

早在一星期以前，他已经看出：巴拉班诺夫不是一个很可靠的团长，而且可以取而代之的人就在近旁，那就是屠玛年。可是，巴拉班诺夫直到今天还是个团长。

什么缘故呢?

这里有两个事实：的确，人们无法指责谢尔皮林是一个喜欢把自己身边不称职的干部往别处推的人，他有刚强的性格，愿意为他们受罪，——这是第一个可以自慰的事实。另一个不能自慰的事实便是：他不愿意因急于要把巴拉班诺夫调走而跟集团军司令搞坏原来就不太好的关系。在接任团长以前，巴拉班诺夫在集团军司令身边当了一年半的副官，跟他一起突过两次围，第一次是他救了司令，第二次是司令救了他。谢尔皮林理解由此产生的依恋之情，并不认为这是司令的弱点。弱点倒是在另一件事上：巴久克对自己宠爱的巴拉班诺夫的请求让了步，授给他少校的军衔，派他到团里去“培养”，其实巴拉班诺夫没有能力当团长，应该从别的职位上开始“培养”他。

“你让他当你的团长吧，不会后悔的。”司令对谢尔皮林说。

这是一道请求式的命令，谢尔皮林当时服从了这道请求式的命令，可是等到后来看清楚巴拉班诺夫指挥团队不在行的时候，却没有立即提出他不称职的问题——把事情给耽误了。

巴拉班诺夫是竭力想用蛮勇来弥补自己一切缺点的那种人。这是一种危险分子。他有勇无谋，喜欢发号施令，不容异见。除此以外，他还是个酒鬼。

在那份没有签名的关于塔拉霍夫斯基的报告里写着：“勇敢而有主动精神。”

“是啊，有主动精神，”谢尔皮林想，“他当营长的时候不止一次地证实了这一点。可是在劝阻团长不要酒醉误事这件事上，主动精神就不够了！……可是怎样劝阻呢？”他如实地设想了塔拉霍夫斯基营里出事那夜的全部情景，心里这样想。“用武力来劝阻吗？巴拉班诺夫会毫不犹豫地拔出手枪来！解除他的武装，越过他直接打电话到师部呢？巴拉班诺夫一定会冒称他有师里的命令。要求他拿出书面命令来吧，会给他当面骂胆小鬼！‘好吧，胆小鬼，你待在自己指挥所里，我不要你陪，自己去！’我们这里的人不喜欢这个名称；给人当面扣上‘胆小鬼’的帽子而怂恿他去做任何荒唐事，是最容易不过的了。不幸事实正是这样。像巴拉班诺夫这类人，官级不论高低，都会利用这一点……是啊，塔拉霍夫斯基在劝阻巴拉班诺夫这件事上还做得不够。他没有劝住巴拉班诺夫，却跟着他一起去，而且牺牲了……人已经死了，不咎既往！”

“而我自己呢，”谢尔皮林突然想到自己，“我们自己呢？在这样的情况下所需要的一切，我自己是不是都具备呢？”

巴拉班诺夫穿着一件用新皮带束紧的黑色皮袄走进来，随手把门掩上，挺身直立，报了到。

谢尔皮林愤恨地看了看这件熟悉的黑皮袄。在一星期以前，巴拉班诺夫由于这件皮袄在前沿阵地不但暴露了自己的伪装，也暴露了别人的伪装而受到了批评，可是现在他还是穿着它。在巴拉班诺夫这种愚蠢的固执脾气里，就表现出他的整个性格。

巴拉班诺夫的脸上现出又是厚颜无耻、又是可怜巴巴的神色。谢尔皮林站起身，把从一只肩膀上滑下去的皮袄拉上。就连师长的掩蔽部里，炉子也生得不旺。

“报告一下你的……”谢尔皮林说。他原想指明巴拉班诺夫应该报告什么，但是找不到要说的话：留在嘴边的只有一些骂人的粗话。“说吧！”

巴拉班诺夫开始报告；谢尔皮林看也不看他，在掩蔽部里踱着步，心里想：照巴拉班诺夫的报告看来，他还在梦想摆脱困境呢。

“他在指望集团军司令，或者在指望我不愿扩大自己师里发生的事件，以免对自己不利。”

不管是不是这样，他总想一下子扑灭巴拉班诺夫的希望。

“如果你指望我不彻底处理这件事，那你错了。”他打断巴拉班诺夫的话说。

“我什么也不指望，”巴拉班诺夫说，“我要用血来洗刷自己的罪过，只是请您给我机会。”

是啊，当然啰，如果巴拉班诺夫仍旧当团长，他为了洗刷自己的罪过，明天就会闯到任何一个战斗最激烈的地方去，而且他不是一个人去，还要拖带一些没有罪过因而也用不着为自己洗刷的士兵们一道去。

这个念头不容许谢尔皮林心软下来，虽然巴拉班诺夫准备为赎罪而去拼命这一点没有引起他的怀疑。

“要你到惩戒营里拿着步枪洗刷自己的罪过。”谢尔皮林本来想这样说，而且也已经打定主意为此采取一切必要的措施，但是最后的决定权不在于他，他不愿意说些落空的话，因此没有作声。

“您允许我说下去吗？”巴拉班诺夫为沉默所苦，这样问道。

“说吧。”

当巴拉班诺夫把全部事实从头到尾——从他回团后喝了多少酒，到他亲自把塔拉霍夫斯基从炮火中背出来——一一报告完毕之后，谢尔皮林问：

“你组织进攻的时候，是不是冒称有我的命令？”

巴拉班诺夫在回答“不”之前略微停顿一下，谢尔皮林由此确定：他冒称过！他之所以冒称，是因为喝醉了酒；清醒的时候，他富有军人气概，不会做出这种事来。

“塔拉霍夫斯基提出反对意见的时候，你骂过他胆小鬼吗？”

“我记不起来。”巴拉班诺夫说。后来他望着谢尔皮林的眼睛说：“我骂了。”

他的声音震颤了一下，这在全部谈话时间里还是第一次。

“你毕竟还有良心。”谢尔皮林心里想，一面仍旧注视着巴拉班诺夫的眼睛，不知不觉间给一个突然想起的念头吸引住了。

“你坐到桌子边来写。”

谢尔皮林走到桌子边，把桌子上自己那本笔记簿翻转过来，推到巴拉班诺夫跟前。

“写什么，将军同志？”巴拉班诺夫问，一面用红肿的手指笨拙地拿起铅笔。

“昨天夜里他冻坏了。”谢尔皮林望了望他的手指，心中掠过这个念头。

师长从巴拉班诺夫脸上看出：后者以为现在是要他写一份给师长的书面解释；他怎么也不会想到根本是另一回事。

“你用个人名义，亲自写阵亡通知书给塔拉霍夫斯基的妻子。告诉她，你是怎样杀害她丈夫的……告诉她和她的五个孩子……你干吗瞧着我？”

但是巴拉班诺夫仍然默不作声地注视着谢尔皮林的脸，冻僵了的手指用力紧握着铅笔。

谢尔皮林对他说的话，是不可思议、难以置信的。

“这怎么可能，说是我杀害的？难道我是胡闹的小丑？我宁可受法庭审判，随您怎样办好了。”脸色惨白的巴拉班诺夫终于开口说。

但是谢尔皮林并不打算放弃他那突然想起的念头——硬要巴拉班诺夫亲笔写信给被害者的妻子。这个念头是残酷的，却是公正的。

“我不能写是我杀害他，将军同志。”巴拉班诺夫重复一遍，脸色显得更加苍白了。

谢尔皮林的神情始终是镇静的，这就使得巴拉班诺夫更加害怕。

“我并不要求你照样写，”谢尔皮林沉默了一会说，“你只要把事情的经过写信告诉他的妻子和孩子（他把桌子上塔拉霍夫斯基的履历摘录抄本向巴拉班诺夫推过去）。如果你老老实实地写，他们就会自己得出结论：是谁杀害他的——是你，还是德国人……你干吗瞧着我？……我不是在开玩笑。”

巴拉班诺夫本能地把有关塔拉霍夫斯基的文件挪到自己面前，看到“家庭状况”一栏，突然感到眼前一片昏黑，他放掉铅笔，站起身来。他虽然是个粗野有力的人，但受到这种精神刺激，几乎昏倒了。

“将军同志，我向您保证我一定写，不过请允许我回到团里去写，我不能当您的面……”巴拉班诺夫用死气沉沉的声音说。

“你不能，”谢尔皮林说，“可是按理说，不但要叫你给已故营长的妻子写，还要叫你给那些被你白白葬送掉的士兵的家属写。卫生营已经来电话报告过，说有三个人死了，”他压低了重又激怒起来的声音。“你可以走了。”

巴拉班诺夫用棉花般的不听使唤的手行了举手礼，朝门那边走去，但是走到门口又转过身来。

“信写好以后怎么办？”他张皇失措地问。直到现在他所想到的仅仅是怎样写这封信，“以后怎么办？”这个念头，他到现在才想起来。

“我们寄给她。”谢尔皮林说。

“难道可以把这样的信寄到后方去吗？”巴拉班诺夫高声叫嚷。

“那有什么关系，”谢尔皮林说，“你可以在这里当着大家的面做出这样的事来，难道在后方就不应该有人知道一点儿关于这方面的事吗？”

谢尔皮林尽管极度激动，心里自然也知道：任何一个军事检察机关都不会准许这样的信寄到后方去，而且即使没有检察机关，他自己也不会把信寄出去，因为这是不可能的。

但是巴拉班诺夫无论如何得写这封信。

“去吧，我这里没事了！”

巴拉班诺夫默默地转过身子，走了出去。

第三章

当九点多钟谢尔皮林打电话向集团军司令报告解除巴拉班诺夫职务的时候，巴久克伤心地骂了几句，同意在事件查明之前解除他的团长职务，接着又说：因为他那里马上有客人要来，等客人走了，他再主动打电话给谢尔皮林；说完以后，就把电话挂上了。

“大概是方面军司令到了。”谢尔皮林心里想，随即叫皮金到他这里来。

十二月，斯大林格勒方面军在科帖耳尼科沃城郊阻住并击溃了增援保罗斯的戈特集团军之后，继续向罗斯托夫推进，此后，驻扎在斯大林格勒周围的各军开始作猛攻准备。这次战役预定将会产生决定性的结果，所有的部队都联合起来，归顿河方面军统一指挥，最高统帅部的代表们则坐镇前线。

像大多数师团一样，谢尔皮林有他自己那个局部性的战斗计划，这些战斗目前需要进行，以便改善发动总攻前的出发位置。

今天在那儿发生悲剧的可恶的土岗，本来预定在三四天后占领，但是列瓦绍夫说得对：发生了这次事件之后，首先就得把这个土岗解决掉。现在，这样做不仅在战术上需要，而且在心理上也需要。

“嗯，你认为怎么样，根纳季·尼古拉耶维奇？”当怒气冲冲、睡眼惺忪的皮金腋下夹着他那永不离身的纸夹来到谢尔皮林的掩蔽部时，师长这样问他。

“巴拉班诺夫是个坏蛋！至于塔拉霍夫斯基，是个意志不坚的人，我以前对他评价还要好些。”

“讲到死人可要客气点啊。”

“没关系，他在阴间听不见！”皮金用不妥协的口气说，“他当时应该打电话报告：团长喝醉了，硬要我去冒险！”

“是啊，根纳季·尼古拉耶维奇。是啊，看来事情非常简单。不过在责备别人之前，有时自己也该想想：如果对着镜子照一照自己，又是怎样呢？”

“我每天早上刮脸都照镜子！”皮金说。从他回答时的生硬急躁的语气里，可以看出他对这次发生的事感到多么痛心，不过各人有各人的性格。

“好吧，我们不谈这个，”谢尔皮林说，“对于塔拉霍夫斯基，你反正不能用神水浇活他；那么对他这个营，对这个团，你怎样看法呢？”

“应该把土岗拿下来。所需要的火力，我已经大致计算过。”皮金说着，打开他的纸夹。

谢尔皮林很高兴，因为他和参谋长又是不谋而合——这样的情况有过不止一次了。

他们两人一起工作了约摸一小时，考虑着即将进行的战斗，后来皮金走了，谢尔皮林刚打算睡上一小时，突然电话铃响起来，屠玛年报告说，巴拉班诺夫少校在自己的掩蔽部里开枪自杀了。

“我马上就到你们那儿去。”谢尔皮林说着，放下听筒。

后来他重又拿起话筒，给集团军司令部打电话。司令不在，参谋长也不在。最后他和军委旅级政委扎哈罗夫通了电话。

“我听说过关于你们的情况。”扎哈罗夫说。

“这还不是全部，”谢尔皮林说，他打消了要想先到团里去然后再报告的念头。“巴拉班诺夫开枪自杀了。我就要到团里去。”

“真是个傻瓜！”扎哈罗夫在电话里叹了一口气，“是怎么回事？”

“不知道。”谢尔皮林说。

“那么，别列日诺依在哪儿呢？”

谢尔皮林说明了别列日诺依不在的原因。

“好吧，你到团里去吧，”扎哈罗夫说，“我会通知司令的，不过他还要忙很久，我大约过两小时到你那儿。你已经可以回来了吧？”

“可以回来了。”谢尔皮林说。

他乘汽车往团里去，路上一直默不作声，他心里想：虽然团里的人不喜欢巴拉班诺夫，但是他开枪自杀，还是会使士兵们产生不愉快的印象的。

就是现在出事之后，他也没后悔命令巴拉班诺夫写那封信。他的过错在另一件事上，那就是他没有及时提出解除巴拉班诺夫团长职务的问题。显然是应该提出的，可是他没有提。一切都由此造成。

他走进巴拉班诺夫的掩蔽部，以为可以在那里看到他的尸体。但是掩蔽部里床上只丢着巴拉班诺夫的黑皮袄，在给毡靴踩平的地上有一块发黑的血迹。

屠玛年报告说，他打过电话之后，发现开枪自杀的巴拉班诺夫还有一线生机，就把他送到卫生营去了。

“那么怎么样呢？”谢尔皮林紧接着问。

“现在还不知道。”

谢尔皮林坐到桌子边，吩咐挂卫生营的电话。他手里拿着话筒等电话接通，同时看着放在桌子中央的一张没有写完的纸。

“尊敬的瓦尔瓦拉·安莫索芙娜，”纸上这样写着，“作为一个团长，我应当向您和你们一家通知一个不幸的消息。您的丈夫尼古拉·康斯坦丁诺维奇·塔拉霍夫斯基大尉已于昨天夜战中英勇牺牲了。我个人，作为一个团长……”巴拉班诺夫的信写到这里中断了。他就此写不下去，究竟他“个人，作为一个团长……”做了些什么。他认为与其说明这一点，不如死了的好。

卫生营里的人说话的声音勉强听得见。好像故意作难似的，电话联系很不顺利。谢尔皮林说出自己的姓名，便问巴拉班诺夫的情况。对方回答的一句话，重复了好几遍，他一直没有听懂，好一会儿才明白，原来是：“正在取子弹。”

手术刚开始。不知什么原因，没有转送到医院去，而决定在卫生营动手术。

“正在取子弹，”谢尔皮林对屠玛年和几个聚集在掩蔽部里的军官说，“也许还能活。”他吩咐对方等手术结束后打电话给他，随后放下话筒。

屠玛年同平时一样不慌不忙地开始叙述详情细节：他如何进来，如何看见躺在地上的巴拉班诺夫，如何叫传令兵，他们如何把巴拉班诺夫抬起来放到床上，他如何先打电话给谢尔皮林，过了一会女医生才赶来，发觉巴拉班诺夫还活着。

“那么她在哪儿？”谢尔皮林向他打听医生。

“同他一起到卫生营去了，”屠玛年说，“那个女人简直发疯了！”在他那张忧郁的、长着长鼻子的脸上，在这全部时间里初次显出激动的神色。

谢尔皮林什么也没有回答。他知道巴拉班诺夫是个单身汉，跟一个年纪已经不轻——比他大——的野战医院女医生同居，当他到团里来的时候，她也设法调到了这里。

“您没有进来之前，他在这里躺了很久吗？”

屠玛年耸耸肩膀。

“不知道。”

谢尔皮林在团里逗留了一小时，对即将到来的攻占土岗的战斗作了安排，然后看了看表，急忙回师部去了。

他刚要离开的时候，卫生营来了电话，说子弹已经取出，不过情况还很严重，生命不能保证。

谢尔皮林回到师部时，扎哈罗夫还没来。别列日诺依也没回来，他已经离开祖博夫卡，可是还没有到达卫生营，所以不知道该到哪里去找他。很可能他决定跟补充队伍一起走上十公里。他的性格就是这样。

“他要知道了这件事，才够受呢！”谢尔皮林心里想。此刻别列日诺依不在他身边，他觉得很遗憾。

“有别列日诺依在，跟扎哈罗夫谈话毕竟会轻松些。已经有第二个自杀的人印记在我的心里了。前些时候是巴兰诺夫，现在是巴拉班诺夫。”

他思想上把这两个人的名字并列在一起，因为他突然发现这两个名字发音很近似，觉得不胜惊讶。其实，除了名字的发音近似之外，无论是这两个人本人，或者是他们自杀时所处的情况，都毫无共同之处。

那时候，在一九四一年，他对巴兰诺夫的妻子撒过谎：“英勇牺牲了……”现在却没有必要对任何人撒谎了！现在，卫生营里的这位女医生，对她的巴拉班诺夫的一切情况，不论好坏，全都清楚。也许，她在昨天夜里还跟他一起喝过酒，他在她面前说不定还卖弄了一番，然后闯到前沿阵地去……但也可能不是这样。列瓦绍夫提起过她，说她对巴拉班诺夫有很好的影响。

“没有必要对任何人撒谎了。”他出声地重复了一遍。

“怎么没有必要对任何人？那么对塔拉霍夫斯基的寡妻呢？还有，对那些负重伤而死在卫生营里的士兵的家属呢？我们不是也要略去详情细节而在信中写上所谓英勇牺牲这样的字眼吗？……此外毫无别的办法，即使有办法也行不通。”

他重又想起巴兰诺夫，便沉思起来：为什么在一九四一年有这么多人张皇失措、经受不住呢？

据说，如果把一个潜水员毫不停歇地一下子沉到深水底下，那么血就会从他耳朵里流出来。士兵在战争中也是如此。有的经受得住，而有的，如果一下子叫他负重任，血就会从他耳朵里流出来……现在已经开始取得胜利了，但是无论怎样，战争永远不是蜜糖，尤其是如果不忘记每时每刻都有人死亡的话。谢尔皮林在命令里写上一个字母，就有人死亡。他在地图上标上一厘米，就有人死亡。他在电话里对团长喊一声“加劲干”，——应该这样喊，因为情况需要，——就又有人死亡……谢尔皮林少将在六月里结束了本师的整编工作，一共九千人……可是今天在队伍里还剩下多少人呢？况且不单是要对这九千个人负责，还要包括他们的孩子、妻子和母亲（独子的和非独子的）在内，大概，在一九四二年六月里，他至少得对四万个人负责。而且在战争中已经不是第一次，在这以前就负有责任了……战争是坑害人的事，最坑害人的一点，便是不到结束的时候总是没完没歇。地图上的每一个箭头，每一道命令，都给人带来死亡……“你这个混蛋，怎么可以喝醉了酒下命令呢？”谢尔皮林想到巴拉班诺夫，重又激怒起来。

但是，这一次激怒没有发展下去，倒不是因为激怒得没有道理，而是因为引起他激怒的人现在正处在生死关头，于是他拿起话筒，给卫生营打电话。

一位外科医生报告说，巴拉班诺夫还没有脱离休克状态。

“我明白了。以后您主动打电话给我吧。”谢尔皮林说。

旅级政委扎哈罗夫没带随从，独自一人走进掩蔽部来，听完报告后，跟谢尔皮林握了握手，开始解皮袄的风纪扣。皮袄没有立刻从他的厚实的肩上脱下来——一只手卡住在袖子里了。谢尔皮林跨上一步去帮他，但扎哈罗夫避开他，退后一步，急忙把皮袄从身上拉了下来。

“谢谢你的好意，费多尔·费多罗维奇，不过，我不好意思，因为你比我大好几岁。”

他挂好皮袄，摘下护耳帽，用手掠一掠滚圆的头上的灰白色短发，在谢尔皮林对面坐了下来。

“老实说，你幸亏把这件事报告给我听，而没有报告给司令，——我打电话告诉他自杀的事情时，他对着电话机大发脾气！怎么，别列日诺依还没回来吗？”

谢尔皮林回答说，别列日诺依还没回来，接着就开始报告，先说到最近一次给卫生营打电话的情况。

扎哈罗夫听他叙述时所感到的一切，毫无掩饰地在脸上表现出来。

旅级政委扎哈罗夫没有隐瞒自己感情的习惯，思考时随便自言自语，想到什么讲什么，很少有例外。虽然他们在一起作战还不那么长久，可是谢尔皮林觉得好像他老早就跟扎哈罗夫熟识了，这不仅因为扎哈罗夫到谢尔皮林的师里来过许多次，而且还因为他们两人的命运大体上是一样的。一个在内战时期当过营长和团长，另一个当过骑兵连政治指导员，两人在红军中苦干的时间正好同红军存在的时间一样长久。的确，扎哈罗夫不像谢尔皮林那样中途间断过四年，但是，虽然他们从来没有谈起这一问题，谢尔皮林却觉得，性格直率的扎哈罗夫在那些年头大概也是好不容易才对付过去的。他虽然并不明确知道，心里正是把扎哈罗夫想成这样。现在，在这不愉快的时刻里，在他对面坐着的不是别人，而是旅级政委扎哈罗夫，这一点使他感到轻松。部队里的士兵背地里都称扎哈罗夫为高斯嘉[1]，为的是他心灵坦

---

① 扎哈罗夫的小名。

率，勇敢精神有目共睹，又为了士兵们对他有亲近之感，俄罗斯人用“纯朴”两个字来表达这种感情，在这两个字里贯注着最崇高的褒奖的意义。

当谢尔皮林谈到自己如何命令巴拉班诺夫写信的时候，扎哈罗夫叹了一口气，皱皱眉头。他宁愿不听到这番叙述。

谢尔皮林自己也明白他现在对扎哈罗夫叙述的事使自己感到多么沉痛。假定巴拉班诺夫死了，毫无疑问，一定会有一些好事的人，说他愚弄团长，弄到他自杀的地步。可能闹出事来，撤去师长职务……

然而，不管今后事情怎样变化，谢尔皮林认为有必要把全部实情都说出来，并不由于顾虑到巴拉班诺夫的死活而有所隐瞒。

“姑且让我们来议论议论：你认为自杀的原因何在？”扎哈罗夫始终竭力保持缄默，直到谢尔皮林全部讲完后才问。

“原因就是我同他的这场谈话。”

“要是你克制不住，气头上打了他这个醉鬼的嘴巴，对他这样的人说来倒还好受些！”扎哈罗夫说。

“这一套我学不会，”谢尔皮林说，“人家打过我，我可没打过人，我认为这样做没有好处。”

“那么你的谈话倒有了很大的好处！”扎哈罗夫说，“一个人本来还可以打仗，可他给自己吃了一颗子弹……”

“我没想到会这样。”

“你太不了解人了。”

“大概是这样吧。”谢尔皮林说，虽然他并不同意他太不了解人。

扎哈罗夫知道他的回答是不坦率的，便问：

“这么说，你没有指望他良心发现吗？”

“没有指望。”

“既然没有指望，当时又为什么逼他写信呢？就算他给你写了信而没有开枪自杀，你又拿这封信怎么办？总不会寄到后方去吧？”

“不会寄去。”

“那么究竟为什么要逼他写呢？要他良心发现吗？除非是这样，否则我就不了解你！请你别跟我兜圈子说话！”

“我没跟您兜圈子说话，军委同志……”谢尔皮林刚开始说，扎哈罗夫就打断了他的话。

“得啦，得啦，听见吗，得啦！”他喊叫起来，“我以同志的态度跟你谈话，你别跟我来这一套！”

他气得额上青筋暴起。

“我没跟你[1]兜圈子说话，康斯坦丁·普罗科菲耶维奇。”谢尔皮林又说了一遍，声音很轻，已经没有挑战的意味了。“碰到这样的事情，我自己也不是一下子就搞得清楚。我当然想到了良心问题。可是会发生什么样的后果倒没有想到。”

“就是说啊，”扎哈罗夫说，“当一个人的良心从保险柜里跳了出来，特别是，如果他的良心生了锈，那时候他什么事都干得出来。就因为你没有想到，害得大家现在手忙脚乱……”他不明确地用手比划一下。“你的意见怎么样，要拿巴拉班诺夫怎么办，假如……”他没有把话说完。就是不说完也很清楚了。

“送法庭和惩戒营，”谢尔皮林说，“如果上头不救他的话。”

“这‘上头’是指谁呢？难道是指我吗？”扎哈罗夫问。

谢尔皮林耸耸肩膀，没有回答。他这样说了，人家心里明白，而在这种情况下提名道姓，他不愿意。

“是啊。团长毕竟是个人材。”扎哈罗夫站起身，在掩蔽部里踱来踱去。

谢尔皮林没作声。

“干吗不说话？”

此刻他不愿说巴拉班诺夫的坏话，但是对于直接提出的问题，只好用想到的话来回答。

“就是说啊——是个人材。”谢尔皮林说。

“对，”扎哈罗夫说，“司令说过，巴拉班诺夫在一九四一年表现很好，非常好；在一九四二年，从哈尔科夫突围的时候，也有过好的表现。可见他过去很好，现在变坏了？”

---

① 这里谢尔皮林起初称军委为“您”，后来改称“你”，而且不叫“军委同志”而叫他的名字、父称，是表示亲昵。

“不知道，”谢尔皮林说，“大概现在也可以给他找到一个称职的工作。我只知道一点，就是他不能指挥团队。我只恨自己以前没有想办法解除他的职务。”

“没有想办法！瞧你说的！”扎哈罗夫说，“怎么，难道你有这样的权力——一下两下就有办法了？”

从表面上看来，他的话使谢尔皮林碰了一鼻子灰，实际上他这句话里有着另一种更重要的含义：司令是一个固执的、不容异见的人，——和他共事，不仅谢尔皮林觉得困难，扎哈罗夫也是一样。

“不管怎样，”谢尔皮林说，“既然我认为如此，我就应该提出问题！”

扎哈罗夫对他望了望，转过脸去，在掩蔽部里来回又走了几次。

谢尔皮林拿起听筒。是卫生营打来的电话，外科医生的语气是满意的。

“一切都顺利，将军同志。病人已经脱离休克状态，直接危险不再存在。不过，当时如果再偏左三毫米，就完蛋了！”

谢尔皮林放下听筒，深深地抽一口气。

“这么说，他活着。”扎哈罗夫说。谢尔皮林还没开口，扎哈罗夫从他的脸上就已经看出了这一点。

“费多尔·费多罗维奇，你想，他会不会是故意打偏些？他怕负责任，可又不愿意真的自杀。有这可能吗？”

“不，”谢尔皮林说。他的语气很坚定，因为他想起了巴拉班诺夫在要求放他回团时的死气沉沉的声音。当时谢尔皮林不了解这种声音，现在回想起来，明白了。“他是个军人，不是胡闹的小丑。他是真的自杀。”

“我马上打电话给司令，”扎哈罗夫说，“如果那边没什么急事，我就跟你一同到各团去走走。”

“您允许我离开一会儿吗？”谢尔皮林问。

“如果你是为了安排吃中饭，”扎哈罗夫说，“那我们到团里去吃吧。”

“您允许我离开一下、马上回来吗？”谢尔皮林又请求了一次，并没有说明原因。他原想去安排饭餐，但如果不在这里吃饭，而要在团里吃，那么打个电话到那边去，总不是多余的。

扎哈罗夫挥一挥手，就开始打电话。

五分钟后谢尔皮林回来的时候，扎哈罗夫已经穿好衣服站在那里。

“我们走吧？”谢尔皮林问，同时也穿起皮袄来。

“我们走吧，不过不到原来打算去的地方。”扎哈罗夫的脸上显出不满意的神色。“司令要我去，还要我带你一同去。莫斯科那边召你去，”谢尔皮林觉得好像他还想补充说些什么，但他停住不说了。

扎哈罗夫坐在前面司机旁边，谢尔皮林一个人坐在后面的座位上。

一路上大家默默无语。扎哈罗夫在军队里干了一辈子，当然知道他的司机在首长待在掩蔽部的那段时间里已经听到了一些情况。可他还是不愿意当司机的面谈到巴拉班诺夫的事。

关于谢尔皮林为什么给叫到莫斯科去，也没有谈论的必要。扎哈罗夫曾在电话里问过原因，巴久克简短地回答说：“你来了，我会告诉你的。”

他这老粗刚才又毫无必要地发了一次脾气！现在谢尔皮林坐在后边，正在徒然生他的气。

那么究竟为什么要叫他去呢？一个师长不是那么了不起的人物，需要在战斗前通过莫斯科把他从一个战线调到另一个战线。而且根本也不像是调遣，因为恰好今天一早方面军司令来谈过一次话，谈的完全是另一回事。集团军参谋长被调到方面军作战处去了。这是预先决定好的事。方面军司令提出接替的人选，但是没有得到巴久克的同意。

“好吧，”方面军司令说，“既然像往常一样，您不愿意任用外面来的人，那就考虑一下自己人吧。譬如说，你们这儿有谢尔皮林，他是师长，又是军事学院毕业的，以前在我们学院里被认为是班里能力最强的学生之一。考虑一下他吧。”

“让我考虑考虑。”巴久克含糊地说。

谈话的结果如何，扎哈罗夫不知道；方面军司令带着巴久克一起乘车到刚刚拨归他指挥的总指挥部后备队重炮旅去了。

但是，即使问题已经决定，也还是没有必要叫谢尔皮林到莫斯科去。用通信的方式也可以批准任命的。

“那么究竟为什么叫他去呢？为了巴拉班诺夫自杀的事，要把他撤换吗？但是已经知道巴拉班诺夫大概可以活下来，而且也向司令电话报告过。不过，万事难以逆料！”

扎哈罗夫知道，有时候有些事情，鬼知道通过什么途径，突然传到最高领导的耳朵里，一昼夜之间酿成了一场大火。尽管你是个军委，可是一转眼，这一切都从你身旁嘘的一声过去了，仿佛根本就没有你这个人似的。

“不，为了这件事，我可要挺身而出，管它呢。”扎哈罗夫愤愤地想。

他摘下帽子，弄得头发蓬松，向司机转过身去。扎哈罗夫是不耐烦长久保持沉默的，甚至在心情不好的时候也这样。

“尼古拉，谢尔皮林师里的士兵们关于进攻的事说了些什么？”

“我来不及打听，旅级政委同志。”

“那么昨天在布赫伏斯托夫那里我和你一起过了一夜，那儿的人说了些什么？”

“他们说：再过一星期，我们要进攻了。”

“为什么要再过一星期呢？”

“司机们到卡梅申方面去运载过压缩干粮，据说，有许多总指挥部后备队的炮兵开往前线。”

“那么为什么一定要一星期呢？”

“他们是这样考虑的：炮兵到达以后，进入阵地，再领受命令——这就需要一星期。他们认为不会更长久。这些炮兵干吗要白白放在那里？到底是总指挥部后备队的炮兵啊——不光是我们这里需要。”

“那么你认为什么时候可以攻占斯大林格勒呢？”

“我个人吗？”

“你个人。”

“能在二月二十三号红军建军节以前攻占才好呢！”

“我看你制订的作战计划太长久了！”扎哈罗夫微笑一下。

“德国鬼子攻占的时候还要长久。”

司机把方向盘一转，绕过迎面驶来的牵引车，右边的后轮差点儿驶到路旁去了。“爱姆卡”吼叫着，用第一挡速度慢慢地驶上路面去。这时候谈话猝然中断。

谢尔皮林一直望着坐在自己前面的扎哈罗夫的两只紧紧裹在皮袄里的阔肩膀，他总觉得扎哈罗夫是知道他为什么被叫到莫斯科去的，但是不肯说。未必是什么好事情。假如是好事情，扎哈罗夫是忍不住要说出来让他高兴高兴的。而且凭什么指望好事情呢？最后，谢尔皮林确信他第一个想到的念头是正确的，那就是司令等不及任何审查，就要亲自彻底处理这件事了，而且还会要求把师长谢尔皮林调走。巴久克在碰到军队里发生不愉快事件时，一向认为为了整顿秩序，宁可从速处理，从严申斥，而不主张从宽。从自我保全的观点来看，他直到现在始终是对的。

“只是这一次他处理得太快了一点，”谢尔皮林心里想，“有什么办法呢，只好再一次证明你不是驯服的骆驼。”

就算他准备这样做——不打算卑躬屈节；但是在你得到证明之前，反正是要把你像拔牙那样从师里拔掉的。

他望着道路，望着从车旁掠过的一切，目光特别敏锐，因为他想到也许要跟这一切告别了。

这是一条覆盖着冰的、给载重汽车压坏了的道路，两旁的土岗和洼地被压得亮光光的，冻结得非常坚硬，好像到了春暖时节也不会融解似的……乘在载重汽车上的战士们把皮袄的领子竖起来，把护耳帽直拉到眼睛上……军需机关总算没使人为难，——虽然皮袄给晚了些，但是给了很多，几乎全部满足了需要。如果战死的人遗留在火力圈以外的中立地带，而有可能把他们收拾起来埋葬，就把他们身上的皮袄脱下，让他们只穿一套制服葬入合葬墓里。这是理所当然的，不可能不是这样，但是现在谢尔皮林想着这件事，感到很悲伤，甚至冷得肩膀也颤动起来了，仿佛不是把他们，而是把他，只穿一套制服，不穿皮袄和毡靴，葬到冷冰冰的不很深的坟墓里去……

这一带地方对冬季进攻来说，真不是滋味！一眼望去，一个居民点也没有。所有的活人不是待在掩蔽部里挨冻，就是在秋季战斗后仅剩的少数废墟上歇足。就拿离开公路半公里的养猪场的这堵两公尺的砖墙来说吧……这堵砖墙是在十一月进攻的第一天占领的。这里先是师观测所待了一昼夜，接着指挥所待了一昼夜，后来是炮兵团团部，但也已经开拔了，现在呆在那里的是第二梯队，已经住了一个月。那里挤满了人，一个挨着一个，好像装在桶里的鲱鱼，但他们还是坚持待在那里，因为毕竟有一堵墙，而且离公路又很近。

在一辆迎面驶来的载重汽车里，运载着熟悉的装压缩干粮的箱子。

“又是黍米的，够吃整整一个星期。”谢尔皮林心里想。

最近一个月来，前线的伙食并不坏。可是燃料很困难。离开公路稍远处埋在深雪里的电线杆，是最可靠的见证！从公路到每一根电线杆旁，都有好几串锁链形的脚印。而那些电线杆，在不熟悉内情的人看来，样子很奇怪。从电线杆柱脚到一人一手高的地方，好像都在大车床上车成了一个式样：上端和下端保持正常粗度，中部逐渐缩小，尽可能多砍掉一些。每根电线杆上留下的木头，恰好足够支持，不至于被风刮断。这一切都是士兵们在夜里没有人看见的时候亲手干的。譬如一个士兵走夜路，顺便从路上拐过去，走到电线杆旁，砍下几块木片，塞进毡靴里，然后继续往前走。在这样的隆冬，每个人都想生火。可是拿什么来生呢？周围一棵树也没有，凡是烧得着的东西，不管什么篱笆啦，栅栏啦，干粪块啦，麦秆啦，早就给烧光了！对他们进行过解释，处分过，下过命令，而且有些命令还是谢尔皮林签署的，但毫无用处。生活最要紧……

当他们驶过师的第二梯队驻地的时候，谢尔皮林不由得回头看了一下，这里虽然没有把师的驻地同别的部队划分开来的鲜明可见的界线，但他无论在地形上或是在地图上都记得这条界线。

“如果从师里调走，那毕竟是痛苦的。”他又这样想。

他已经有过这样的一次情况，那是在一九四二年二月里。战争中往往会有这样的事：人家认为你是有罪的，其实你却是对的，不仅你自己明白你是对的，就连应当认为你是有罪的那些人也明白你是对的。

那时候，在一九四二年二月里，他被解除师长职务，原因是他没有执行命令，没有在规定期限以前攻占卡卢加州和布良斯克州交界处的区中心格拉奇。

这个期限的唯一的意义只是在于：从德国人手里夺回格拉奇的消息，一定要在方面军的晚间战报上登载出来，随后于一九四二年二月二十三日红军建军节，在情报局早晨的战报上刊登。这一点之所以被认为必要，是因为：虽然我们在莫斯科近郊的冬季进攻已经搞得精疲力竭，拼着最后的力量在进行，而且有些地方简直弄得失去了任何力量，可是最高领导却认为，二月二十三日的报道一定得公布几个大居民点。

谁也没有预先问过谢尔皮林能不能在这个日期以前攻下格拉奇。根据总的情况看来，他是能够攻下的，而且一般地说，德国人待在格拉奇，真像待在已被砍伤的树枝上一样；不过，要把这根树枝砍断而不遭到特别大的损失，至少还需要一昼夜。可正是这一点，上面事先并不想知道，事后更不想知道。集团军答应方面军攻占格拉奇，方面军答应了最高统帅部，于是要求谢尔皮林哪怕费尽九牛二虎之力，也得在二十四点以前攻下格拉奇！

费尽九牛二虎之力，他是准备好了的，本来就已在费九牛二虎之力了，——但是他不愿把格拉奇前面空旷雪地里的自己一团人投入正面冲锋。正是为了占领这格拉奇，同时又不让疲于久战的团队的残余人马受到损失，他编了两支机动队伍，甚至还带着其中的一队用拖车把几门大炮拖过树林，为的是要堵住德国人后方的林间道路，迫使他们放弃格拉奇。

但是，结果呢，正如人家在电话里对他说的：祖国要求他不是在他能够占领格拉奇的时候占领它，而是提早一昼夜。他在心底里知道祖国不会提出这样的要求，祖国可以要求自己的儿子建立功勋，却不会要求他们毫无意义地丧命。

当司令要求他无论如何得在二月二十二日二十四点以前攻下格拉奇的时候，他就是这样想的，虽然他没有说出来。他只是在电话里报告了他所采取的种种措施，并且说，据他推测，最迟再隔一昼夜，德国人将不得不主动地仓卒撤退，他可以紧跟着他们的退却冲入格拉奇，夺到一座完整的，而不是被烧光的城市。

司令不可能不明白这是真理，任何别的真理是没有的，也不可能有。他不可能不明白这一点，因为他是个聪明人，而且谢尔皮林深信他还是一个有天才的人，他也像谢尔皮林那样在两个半月的进攻期间已经学会了很多东西。但是这一次他对他的这番话置若罔闻，而且毫不容情地固执己见。

“非得在二十四点以前占领格拉奇不可，——否则我就解除您的师长职务。”这就是他们谈话的结论。

“那就请您解除我的职务吧！”谢尔皮林想在电话里叫嚷。然而他没有叫，只说了声“是”，这不单是因为解除师长职务毕竟会使他感到痛苦；更痛苦的是他想到：他一旦拒绝执行这道不合理的命令而被解除了职务，上面还是要强迫他的副师长驱使在区中心格拉奇前面雪地里的一团人去送死。

他说了“是”，却没有执行命令。这就是说，他发布了炮火准备的命令，起初指定在某一时刻进攻，后来临时改动时间，指定在另一个较晚的时刻，那时天色已黑，可以减少伤亡。天还没黑的时候，他冒着枪林弹雨走到暴露在格拉奇面前的一个营里，把自己的观测所搬了去，他不顾危险一直留在那边，为的是可以长久不跟司令部通话，凡是司令部来的电话，都由别人代复，说师长不在，他在准备进攻的步兵队伍里。到了第二个进攻时刻，也就是推迟了的那个时刻，他不再撤销命令，于是几小队士兵——实际上这就是营的全部兵力——从他们躺着的雪坑里爬出来，向前推进了一百五十米，在德国人迫击炮的轰击下重又躺下来。半小时后，谢尔皮林获悉德国人的火力并没有被压下去，不可能继续推进，于是他命令挖壕避弹。

他没有办法压制德国人的火力，这一点他事先就知道，因为他的每一门炮只有不多几颗炮弹。他当然可以发动团的残余兵力再作几次进攻，再推进一百米，把团里留剩下来的全部人马投到区中心格拉奇前面，但是他就是不愿意这样做。

午夜前不久，司令终于给他打通了电话，在格拉奇前面的雪原上找到了他，他正和营长一起躺在那里。

“为什么不报告占领格拉奇的消息？”

“因为没有占领。”谢尔皮林说。

“这个我明白。那么什么时候占领呢？至少已经冲进外围地区了吧？”司令带着强求的口气说。

谢尔皮林报告说没有，连外围地区也没有冲进。

“那么，究竟什么时候冲进去呢？作为一个师长，您剩下的时间很有限了！二十四点以后如果到不了格拉奇，您就不是师长了！马上进攻吧！”

谢尔皮林深深地叹了一口气，开始说明自己所处的情况。现在要是出现这样的情况，大概毫无疑问是会受到重视的，而在当时，在一九四二年二月里，人家听都不愿意听……谈话猝然中断了。焦急不安的德国人用迫击炮全面轰击，把联络又切断了。谢尔皮林并不设法去恢复它，他从谈话中明白，有一种因素参与在攻占格拉奇的事件中，这因素不仅使他受到压力，而且还使司令，或许使再高一级，也受到压力。这件事从何而起，怎么会搞成这样，他并不知道，也一直没有打听到，但是，他因为完全看清楚了后果，所以仍然没有组织新的进攻，——他舍不得自己，但更舍不得士兵。

第二天早晨，当他穿着被弹片刮破的皮袄，冻僵着身子回到自己的指挥所时，无线电正在广播情报局的报道，在列举的许多大居民点中，包括昨夜“收复”的区中心格拉奇。

由于预感到以后的情形不妙，他很想回到营里去，挺直身子，在大白天冒着枪林弹雨冲到空旷地方去牺牲。至少一切事情可以顿时了结了！他感受到这种诱惑，但并没有屈服，虽然就他那时的情绪来说，死亡既不是最可怕的，也不是最困难的。

这以后发生的事情，他很不愿意回忆。晌午，他被召到集团军司令部，不仅集团军首长们在那里，而且还有方面军首长们。关于被占领的格拉奇其实并没有被占领这件事，已经呈报到最高当局；灾祸临到大家头上了。

要是谢尔皮林肯低首下心、默不作声的话，开头也许会严厉叱骂他一顿，以后却会悄悄地把他从不幸中拯救出来。但是他并没有低首下心，而是执拗地把所想的一切说了出来。他是在受到侮辱和送法庭的威胁下说的。他说话的时候，对一直受他尊敬的那个人没有表示尊敬，而且，虽然自己是他的部下，竟让他感觉到了自己对他的不尊敬。可是他没有去受审判，因为傍晚时候他的副师长已经按照他的计划行动，没有伤亡地占领了格拉奇。

他没有去受审判，但是也没有回到师里。

他在后备队里闲待了两个月，证明自己不是驯服的骆驼。他从跟他谈话的人们的眼睛里，常常看到谅解和同情，但是，既然他因欺骗而受处分的事已经呈报到最高领导，而格拉奇又是由于上级的干预而占领的，那么，他们要为他重新打报告，不是拿不定主意，就是无能为力了。甚至连他的副师长的自我牺牲的报告也帮不了他的忙。好在这时候正是春季暂时平静的时期，不然的话，他会感到更加痛苦。后来他再度被任命为师长，派到后方去编组一个师，这并不是因为他证明了自己有理，而只是因为时过境迁罢了。如果他不是那么执拗地强调自己是对的，那么，这段时间或许还会缩短一些。只是因为时过境迁，需要师长这类人材罢了……

当时把他作为替罪羊的那个人，他再也没有碰到过。他知道后来在一九四二年的几次激烈的夏季战斗中，表现出罕有的大无畏精神的正是这个人，但是这人在那一天的那种表现，是他所忘不了的：白纸上写黑字，永远揩不掉。他很想忘掉这件事，因为他们两人是攻打同一敌人的同一部队里的人，但他却不能……

“难道我要重蹈覆辙吗？”谢尔皮林在驶近司令部时心里这样想。“不，胡说，我决不屈服！而且时候毕竟不同了：有些事情大家理解了，有些事情永远给摒弃了，——这是战争教会的。”

第四章

军长巴久克中将坐在自己的指挥所里喝茶，他等待着谢尔皮林，拿不定主意该怎样同他谈话。

一般地说，巴久克是个不喜欢犹豫不决的人，他认为这是自己的长处。他喜欢凡事一清二楚。可是这件事偏偏不清不楚。

一方面，既然巴拉班诺夫已经做出蠢事，也就给巴久克造成了痛斥谢尔皮林的机会，巴久克虽然很器重谢尔皮林，但由于他性情执拗而不大喜欢他。

另一方面，方面军司令听到巴久克报告夜间发生的事，并不加以注意，又一次坚决地说："您还是得考虑一下让谢尔皮林当参谋长的事。"巴久克回答他说，用不着多考虑，既然方面军提出这个人选，他也就没有异议。

谢尔皮林性情执拗，这固然不好，但他毕竟是自己人。巴久克至少是知道他的，可是外面派来什么人，那就不得而知了。

"不要紧，任务他担当得起来，至于其余的事，我会说服他的！"他满怀自信地考虑着关于谢尔皮林的事。

他之所以这样满怀自信，是有其原因的。在巴久克服役的漫长岁月里，经他"说服"的部属不止十个。他同现在离开他的那位参谋长，关系搞得还不错，因为那位参谋长能迁就司令的性格；从巴久克的观点看来，那位参谋长的缺点不在于性情固执，而在于上面方面军司令部里的人对他评价过高，而巴久克是不喜欢他下面的人出人头地的。

在这样的情况下，尽管是一位好参谋长，巴久克也愿意让他离开。可惜的只是他被调到方面军里去了。方面军作战处处长并不是那么了不起的角色，集团军司令跟他相比，毕竟是个大人物，不过巴久克不喜欢他的旧部下在他的上级司令部里工作。

关于巴拉班诺夫开枪自杀以及他仍然活着的消息，巴久克都是在方面军司令离开之后才知道的。巴拉班诺夫开枪自杀，比他在酒醉后干出来的一切更使巴久克愤懑。巴久克看不起自杀的人，也不承认自己有采取这种行动的可能性，他认为一个人在没有牺牲以前，应该为生活斗争到最后一口气。“嘿，他竟害怕惩戒营！其实，首先一点，事情还没有到山穷水尽的地步，最后决定权不在于师长；其次，即使到了惩戒营，也可以只受点伤就应付过去，然后可以东山再起。万一在那里子弹穿进了胸膛，那毕竟是战死的，而不是开枪自杀啊！”

巴拉班诺夫酒后闯祸的事，激怒了巴久克，虽然巴拉班诺夫可能饮酒过量的事对巴久克说来不是一件新闻。“给人找麻烦，这狗崽子，”巴久克生气地想，“自己要求到团里去，却又来给我找麻烦！他还不是全靠了我。谁会给他这傻瓜当团长？他担任了这个掌权的职务，就大显威风，给我找来麻烦……不用说，谢尔皮林如果愿意的话，开头就可以把这件事暗中了结，他知道不这么做就会给司令个人带来不愉快，但他没有加以注意。”

巴久克从早上起一直在生谢尔皮林的气。但是现在巴拉班诺夫开枪自杀了，这种怒气就退居到了次要的地位。现在不再存在可不可以暗中了结的问题。此刻再要暗中了结已经不可能了。

“这下子不见得会送巴拉班诺夫到惩戒营去了，因为他已经自己惩罚过自己，再惩罚一次是不会的；不过为了这样的事，会把这傻瓜开除出党。在这件事上，一定争不过扎哈罗夫。”巴久克这样想。

巴久克对于像巴拉班诺夫那样地位显然和他不相等的人一旦发生了好感，总是以家长式的既粗暴又和善的态度来对待。他对另一些人的态度可就完全不同了，因为他们对他的见解能采取批判的态度，而且照他看来，还能跟他捣蛋，或者不让他升级，——而最近不让他升级的人越来越多了。

士兵们谈到巴拉班诺夫救过巴久克一事时，常常夸张地说：不是救他，只不过是和别的人一起把他这个伤员拖出来而已。但是巴久克倒是真的把巴拉班诺夫从死亡中救出来过：一九四二年，在哈尔科夫近郊战场上全面混乱期间，巴久克把他放在自己粗壮有力的肩上背了出来。背出之后没多久，突然遇上德国人，他就把巴拉班诺夫放在自己身旁，用冲锋枪击退他们：打死了四个德国人，剩下的逃之夭夭，寻找较容易对付的虏获物去了，他们不知道这是中将巴久克本人单枪匹马把他们击退的。后来他又把巴拉班诺夫背在肩上，好容易到了自己人这边，来到一个仓惶撤退的团队里。他把怯懦的团长降为列兵，整顿好团队，把它带出困境。他同巴拉班诺夫的关系实际上就是这样，巴久克由于亲自为巴拉班诺夫做过事而喜爱他，胜过由于任何别的原因。就是现在，他也还是喜爱他，虽然恨透了他。

“有什么关系，”巴久克这样想，把思路从巴拉班诺夫拉回到谢尔皮林身上。“让他当参谋长吧，不过当然是指批得准的话。”

由于莫斯科来了电话，巴久克就把谢尔皮林叫了来，并且吩咐准备好“y-2”飞机，以便把谢尔皮林送到与莫斯科通航的飞机场去；这次电话表明，谢尔皮林多半会被批准的。他在那边有旧关系，有身居高位的同窗；要不然，参谋总部绝不会来电话征询能否让一位师长因家事请假去莫斯科四昼夜。巴久克马上回答说：“让他走吧。”再说，这家事本身……

巴久克想到谢尔皮林家里的事，终于拿定了主意，尽管发生过巴拉班诺夫事件，他还是要跟谢尔皮林好好地谈谈。人总归是人嘛。今天他家里出了事，明天你自己家里也可能……

谢尔皮林料想当他进去向司令报到时，司令会像往常跟他发脾气时那样欠一欠身子，两只拳头撑住桌子，低下他那变成血红、剃得精光的头，眼睛不朝你望而望着地图，翘着小胡子嘟囔一句：“报告吧。”

但是像这样的情况并没有发生。当谢尔皮林同扎哈罗夫一起走进去，开始报告师里发生的事件时，巴久克阻住了他，向扎哈罗夫这边点了点头。

“主要的情况康斯坦丁·普罗科菲耶维奇已经告诉我了。没有时间让你做长报告。”他看了看表，“你的妻子病势很重。你要想看到她，就得飞往莫斯科去。”

他把谢尔皮林妻子的病情一下子开门见山地告诉了他，这不是因为巴久克心肠硬，而是因为他本来就是这样对待事物的。假使他自己发生这样的事，他也不希望人家对他转弯抹角地说话。

谢尔皮林的面色一下子变得煞白了，他用手摸到了椅背，默默地坐到椅子上。仅仅这一点就表现出他所受到的刺激是多么沉重：他，这个在军队里干了一辈子的人，竟然当着司令和军委的面不加思索地第一个坐了下去。

“允许我抽烟吗？”他用异样的声调问，随即从口袋里掏出一盒“卡兹别克”烟，把烟嘴在烟盒的盖上敲了几下，划了一根火柴，然后把它插进火柴盒的底里。

巴久克说“y－2”已经准备好了，准假四昼夜，电话是副总参谋长亲自从莫斯科打来的，吩咐谢尔皮林在起飞前用高频电话通知他。

从巴久克所说的话中，谢尔皮林起初只抓住四昼夜假期这几个字眼。准假四昼夜，可见不是去送葬。

“怎么，打高频电话吗？”巴久克问。

谢尔皮林这时候才觉察到自己坐着而司令站着，便从椅子上站起来，默默地点点头。

他一面望着巴久克，看他走向桌子边，拿起话筒，要求挂莫斯科的高频电话，一面自己继续思索妻子濒于死亡的原因。一定是心脏病发作。第一次心脏病发作的时候，他还在科累马河；第二次发作时，他已经回来了。那么现在是第三次了。

他已经惯于不跟她住在一起，长久地不看见她；但是她将离开人世这一点却是那么难以想通，使他怎么也弄不明白。

他体验到童年以来从未体验过的感受：他觉得他好像马上就要哭出来了。这种奇怪的念头使他着起慌来。

“司令同志，”他说着，向巴久克坐着的桌子那边迈了两步，“趁我们等高频电话接通的时候，请允许我报告……”

巴久克不满意地看了他一眼。他看到谢尔皮林痛苦的神情，真心地不愿意重新谈到巴拉班诺夫的事件。

“不必啦，”他说，“一切都明白了。巴拉班诺夫自己处分了自己，而死了的人反正已经死了。等你从莫斯科回来，我们再谈吧。”

扎哈罗夫也不满意地对谢尔皮林望了一望。他担心谢尔皮林要把巴拉班诺夫自杀前的经过报告巴久克，他认为在这时候讲这种事是多余的。

然而谢尔皮林要报告的并不是他们两人所想到的事，因此当巴久克阻住他的时候，他坚决地重复了一遍：

“我还是请求您，司令同志，请允许我报告……”

巴久克点点头，他虽然不赞成，但没有理由禁止他。“好吧，既然你急于要说，那就说吧。”——这就是巴久克当时的面部表情。

于是，谢尔皮林开始报告当前的战斗情况。他在报告的时候，还只讲到一半，自己就已明白，他——谢尔皮林——不进行这场战斗，不占领这个可恶的土岗，是决不会离开前线的。

巴久克听完报告，问明了一些细节，已经打算回答说：他同意让皮金代替师长执行这场战斗任务。

但是他没来得及把这一点告诉谢尔皮林，因为莫斯科的高频电话已经接通了。他报了号码，便把听筒递给谢尔皮林。

“中将同志，”谢尔皮林听到听筒里伊万·阿列克谢耶维奇的熟悉的声音，便说，“谢尔皮林向您报告。是您吩咐我给您打电话的。”

他开始谈话时完全按照规定的方式，因为他不愿意当着巴久克的面表现出自己同首长的亲密交情。

“真糟糕，费佳[①]，”伊万·阿列克谢耶维奇的声音在高频电话的嗡嗡作响的听筒里远远地传来。“你的瓦利娅患了血管梗塞症，躺在你的寓所里。病势非常严重。昨天夜里我去看过她。”

“她神志清醒吗？”谢尔皮林问。

“神志清醒。她叫我不要通知你。可是我没听她的，决定叫你来。巴久克已经批准，我跟他谈过了。你到了莫斯科之后，直接从机场上打电话给我，我派汽车去接你。”

“我尽可能明天起飞。”谢尔皮林说。

“为什么不是今天？”

“今天我不能。”

伊万·阿列克谢耶维奇似乎想要反驳，可是没有反驳。他知道在

---

① 谢尔皮林的小名。

战场上常有“我不能”的事，这是无法避免的。他也就不去弄清楚“我不能”的原因，只是忐忑不安地说：

“你自己看着办吧，”接着，他又重复一遍，“你别忘了，巴久克亲口答应我让你走的。”

“全都明白了。”谢尔皮林说，随即放下听筒，这时候他和巴久克的视线碰在一起了。

“我想亲自作战。”

“你为了巴拉班诺夫，想在这个土岗上争一口气吗？”巴久克问。

“我不是想争一口气，而是想占领这个土岗。”

“你不在，人家也会占领的。”

“可是我要亲眼看见占领它。”

巴久克耸耸肩膀：他认为自己没有权力在既成的局势下禁止谢尔皮林这样做。

“不过你以后不要抱怨自己，也不要抱怨我。”他说。

他认为事情已经结束，就把值日官叫来，吩咐他别让“y-2”飞开，明天早晨要用。

“您允许我到师里去吗？”谢尔皮林问。

“听我说，康斯坦丁·普罗科菲耶维奇，”巴久克转身对扎哈罗夫说，“我当着你的面跟方面军司令谈开的话，还有下文。我认为应该告诉谢尔皮林。你看怎么样？”

扎哈罗夫点点头。

谢尔皮林用困惑莫解的眼光望着巴久克。

“司令提名要你当集团军参谋长。”巴久克说。

他习惯于对所有的部下，不分地位和年龄，毫无例外地都用“你”来称呼，虽然要是部下突然也用同样的称呼回答他，他会觉得很惊奇。不过，如果他的上级对他称呼“你”，那他也认为理所当然，尽管他的年纪已经不轻，而且身居中将的职位。

“你对这件事怎样看法？”他问默不作声的谢尔皮林。

“您自己呢？”他反问一句，并不设法隐瞒自己的惊奇。

“我的态度是肯定的，否则我也不会问你了，你自己该明白，你又不是小孩子！”巴久克带着挑战的口吻说，接着心里想：“是啊，我个人不大喜欢你，你自己也知道为什么，可是对于委派你当参谋长的事，我还是表示赞成，因为我是一个公正的人。而你呢，尽管你自己认为很了解我，其实你对我很不了解。问题就在这里！”

谢尔皮林没有赶紧回答，仍然默不作声。

“嗯，究竟怎么样？”巴久克又问一遍，他耐心不大，已经在生气了。

谢尔皮林回答说，他一定尽可能不辜负信任。

“在你去莫斯科期间，这件事反正总会决定的，”巴久克说，“如果是肯定的，那么，你一回来马上着手……皮金对付得了师里的任务吗？”

“我已经向您报告过，他是值得推荐的。”

“我记得你报告过，”巴久克说，“不过那时候情况不同。”

“您允许我到师里去吗？”

“去吧，”巴久克说，“可是你别在炮火下乱闯。现在事情的重心不在你的土岗。”

他虽然这样说，但对谢尔皮林感到尊敬，因为后者并没有利用合法的机会飞往莫斯科而把攻取土岗这一未完成的重任推到别人身上。

“但愿明天天气没有变化！天气预报不大妙，也许会不适于飞行……”巴久克说这话时，已经在跟谢尔皮林握手道别了。

扎哈罗夫也跟谢尔皮林握手，但是默默地没有说话。有什么话可说呢？在这种情况下，个人的命运是由自己来决定的，不懂得这一点的人才傻呢。

刚刚为个人的私事经受了强烈的精神震荡，却又不得不去完成紧急任务的人，他的心灵犹如一条这样的河流：那里有两股不同的水流，一上一下，互不混合，以不同的速度流动着。

谢尔皮林既已决定不攻占土岗就不去莫斯科，在返回师部的路上就不再考虑自己能否改变做法的问题了。

他坐在自己的“爱姆卡”里考虑着未来的战斗，想到他吩咐自己的汽车跟着他一同来到司令部，这样做很高明，现在他可以毫不拖延地回去了；剩下的时间不多，决不可再浪费掉，虽然他已把一切事情都同皮金商量好，而且当他在这里的时候，师里的事也已经在进行。

现在，在归途中，刚才去司令部时所见到的一切，又在道路两旁出现，有的飞快地掠过，有的徐徐地移动，在他脑海里起初只是偶然地、随后越来越顽强地出现了这样一个念头：要是他当上集团军参谋长，那会怎么样。

但是，在与他当前需要进行的事有关的一切念头的后面，第二股深水流纠缠不休地活动着：在莫斯科，他的妻子快要死了。

应该攻克土岗这块高地，可是他的妻子快要死了。应该决定派哪一个能力较强的营长接替已故塔拉霍夫斯基的职位，可是他的妻子快要死了。应该把通讯营第二梯队撤离公路稍远一点，以防轰炸，可是他的妻子快要死了。应该在进攻开始前及时在雪野里再开辟一条通向前线的、同现在通行的那条平行的道路，而且保护这条道路，不让它在进攻前就被使用得高低不平，可是他的妻子快要死了……

在经过自己师里第二梯队驻地的时候，谢尔皮林在十字路口差点儿跟一辆从支路驶出的救护车相撞。救护车的司机想给首长乘坐的“爱姆卡”让路，刹住了车，车轮空转起来，车子挡住了道路。

有一个战士从救护车的驾驶室里跳出来，跑步绕到车子后面，开始同谢尔皮林的司机一道推车子。但是救护车的轮子继续在空转。后来救护车后面的车门打开了，一个女人从里面跳出来，开始同男人们一道推车。

谢尔皮林马上认出了这个女人。这是巴拉班诺夫团里的女医生，就是不久前从医院里调来、巴拉班诺夫和她同居的那个女医生。车子里显然躺着巴拉班诺夫，她是陪着他走的。

谢尔皮林打开“爱姆卡”的门，走向救护车，也想帮忙推车，因为一则有女人在推，再则他本来就认为这样做是理所当然的。但当他走近时，大伙已经把汽车推动了。

司机、卫生员和女人站在那里喘口气。这女人有着一张还比较年轻、但已显得憔悴的脸，还有一对又大又漂亮的犹太人的眼睛。她好容易喘过气来，便把手指按到护耳帽上去。当她推汽车的时候，从她那歪到一边的护耳帽下面露出一绺黑里带斑白的头发。谢尔皮林看到这些斑白的头发，觉得这个女人很可怜，这不知是因为他想起了自己的妻子呢，还是因为他看到斑白头发而认为：巴拉班诺夫虽是活了，但这个女人跟他一道过幸福生活终究不会长久，因为她对巴拉班诺夫来说太老了。

“将军同志，”她开始报告。

但是谢尔皮林止住了她，问：

“您护送的是谁，巴拉班诺夫吗？”

“是的。”

“他感觉怎么样？”

“很好。”她愉快地大声说，几乎是在叫嚷。

这时候她忽然想起，她说巴拉班诺夫感觉很好这句话可能对他不利，便开始用毫无生气的声音解释，枪弹是怎样打进去的，再偏左三毫米，一切都完了。

“可是您是说，现在很好吧？”谢尔皮林再问一遍。

“医生认为可以运送。”

“神志清醒吗？”

“神志清醒。”

她猜想谢尔皮林要去看看巴拉班诺夫，可是她不知道这件事好不好。

“作为一个医生，您不反对吗？”谢尔皮林向救护车后面的车门走去时，这样问。

“我不反对，将军同志。”

他打开车门，爬进车子，随手把门掩上。车子里光线暗淡。

“出了什么事啊，索尼雅？”巴拉班诺夫低声问。

谢尔皮林顺着车帮上打开的座位摸索着走，看到了躺在吊着的担架上的巴拉班诺夫的脸。巴拉班诺夫的眼睛睁开着，用惊奇的目光望着谢尔皮林。

但是谢尔皮林根本不想解释，他怎样遇到他们的车子，为什么忽然来到这里，——这一切都是无关紧要的。

“你觉得怎么样？”他问。

“据说，我不会死了。”巴拉班诺夫说，声音微弱，却很清晰。

他用舌头舔了舔嘴唇，又说：

“将军同志，没想到在我的一生中还会见到您。”

从他说这句话的表情上，谢尔皮林明白：“巴拉班诺夫并没有在枪口前跟自己耍滑头。他当时完全没有存‘万一……’的念头。这个人是受到良心上的致命打击而自杀的。其余的事都是偶然的。”

虽然按照纪律条令的精神来推论，自杀的企图并不能减轻巴拉班诺夫的罪名，相反地还要使罪名加重，但是谢尔皮林向巴拉班诺夫俯下身去，望着他的眼睛说：

“你好好养身体吧。我不要求把你送惩戒营。”

他沉默了一阵后又补充说：

“降级的事我是坚持的。不过关于送惩戒营，你不必放在心上。等你回队以后，我要派你当侦察连连长。”

“这一下我要被开除党籍了。”巴拉班诺夫轻轻地叹一口气说，因为深深地叹气会觉得疼痛。

“不管怎样，我要派你到侦察连去。”谢尔皮林说，这时候他根本忘了自己多半不会再指挥这一师了。

“我要把自己的一半军饷寄给营长家属，”巴拉班诺夫突然说，“当我动过手术醒来的时候，我就这样打算：如果我活得成，我就要寄。看来这是命里注定的！”他稍停片刻，就像担心谢尔皮林会反驳他似的，又补充说：“有什么关系，我是个单身汉，母亲也不在了。”

至于站在路边汽车旁的那个女人，他连想都没有想到。“不是他的妻子，以后也不会是他的妻子，”谢尔皮林心里想。

“好吧，你好好地养身体吧，”他说。

但是巴拉班诺夫用目光留住了他。

“如果您愿意的话，请您自己写信给营长的妻子，说他是我害死的。让她知道一下。”

“我不写，”谢尔皮林说，“如果我写了，她就不会接受你的军饷。”

他这样说，因为他明白，巴拉班诺夫说要寄军饷，并不只是一时的冲动，而是整个战争时期的誓言，即使以后后悔了也不会取消的一种誓言……

谢尔皮林从车子里出来的时候，又清楚地看到了军医索尼雅的脸，——这时候他心里暗暗地用这名字称呼她。她已经把那绺斑白的头发塞进帽子里，她的脸现在显得年轻些了。

“反正你是不会有幸福的。”谢尔皮林对她怀着同情心这样想，等到他打算转身走开的时候，他才想到巴拉班诺夫的团里将有战斗，应该预料到夜里伤亡的情况。

“您把少校送到医院去，”他对军医说，“马上就回到团里。快要有战斗行动了。”

回到师部后，谢尔皮林径直去找皮金。皮金不是单独一人待着：炮兵团团长正在他那里。

“嗯，怎么样，将军同志？”皮金忐忑不安地问。他知道谢尔皮林到司令部去过，但不知道是干什么去的，他以为是为了巴拉班诺夫的事。

“没有什么，一切正常。”谢尔皮林说，他在回师里的路上就已决定：战斗结束以前，他不向任何人，甚至也不向皮金说起他被叫到莫斯科去的事。

“别列日诺依在半小时以前回来过，回来以后就直接到团里去了，他要我转告你，他将待在那边。”皮金说。

谢尔皮林点点头。

“我们会碰见的。我也要到那边去。现在报告你们的方案吧。”

皮金开始报告，他把削得尖尖的铅笔从容不迫地放到一张画得极好的略图上，不时对那位炮兵团团长看看，表示这些方案是他们俩一起搞的。

关于作战的大体计划，今天早晨皮金就跟谢尔皮林预先商量好，现在是以这大体计划为基础，再辅之以全部必要的战争会计学。

谢尔皮林听着皮金报告，心里想，跟这样一位参谋长分手是很可惜的，但是试图拉他一道进司令部，那连想都不用想。这样做会变成拆师部的台。即使巴久克不愿提升皮金为师长，那么，皮金尽管对不提升自己而委任别人会多么难过，但在这种情况下，他在没有看到新来的师长充分发挥作用之前，还是不会请求离开师部的。

谢尔皮林想到了未来，此刻在自己的参谋长面前感到有点内疚，于是，在批准皮金的方案时，突然用超乎寻常例行赞语的口吻说：

“好极了，根纳季·尼古拉耶维奇，很感谢你。能一辈子跟这样一位参谋长共事才好呢。”

皮金听了这称赞很高兴，但是谢尔皮林的声调里有些异样的东西使他警觉起来，于是他用留心的目光向师长望了好一会儿，不过什么也没有问。

“是啊，我们彼此很了解，”谢尔皮林想，“甚至在我们不说话的时候也彼此了解。不知道将来我跟巴久克的关系会搞得怎么样，不过当然是指会有关系的话。面前摆着沉重的苦难，但是沉重到什么程度呢？问题就在这里。”

谢尔皮林带着炮兵团团长到团里去，一路上谈起了炮弹的使用量问题。炮兵团团长踌躇不决：他预感到即将发动进攻，所以在个别任务上绝不愿花费超过绝对需要量之外的炮弹。说不定以后弹药的补给达不到标准量呢！

“别小气啦！”谢尔皮林生气地说，“昨天夜里您舍不得炮弹，却损失了士兵。”

“我没有小气，”炮兵团团长反驳说，“人家没有向我们要求火力支援。”

“问题就是人家没有要求啊。没有向你们要求火力支援，可是把士兵们投到火里去烧死。我们打暗语，在电话里把步兵叫做：火柴，木棍！德国人要不是十足的傻瓜，对这种电码译法，早就知道得不比我们差了。如果仔细想一想，单就电码来说，某些个字眼，——见它的鬼，——也是很不好的：‘火柴，木棍……’我们在使自己惯于冷漠无情！”

他沉默了一阵，严厉地对炮兵团团长说，以绝对正确的火力充分供应即将来临的战斗，是他的良心问题。这一营本来就已伤亡很大。士兵进攻时缺乏防御物。只有皮袄、军便服、衬衣，而衬衣里面就是身体，子弹直往身体里飞。

“你们的火力掩护，就是士兵的全部防御物。他们没有别的防御物。”

“将军同志，照我看来……”炮兵团团长开始抱屈地说。

“照您看来，照您看来……照您看来，您是个好团长，照我看来，您也是个好团长。因此我跟您谈自己的想法，我认为您会了解我的。”

“一切照办，将军同志，”炮兵团团长说，“不过，说老实话，我担心在发动总攻以前上面不会给我们补足基数。”

“不管多么困难，一定会补足的。”谢尔皮林有把握地说。

他对这一点的确很有把握。是结束斯大林格勒战斗的时候了。虽然其他的方面军继续在顺利地进攻，但是他们的兵力也不是无限的；它们越是往西推进，就越需要抽调在这儿斯大林格勒周围后方执行任务的七个集团军去支援它们。

谢尔皮林认为完成斯大林格勒战役是一件可以实现而且为期不远的事。对谢尔皮林个人来说，这将是他战时生活的第三个阶段：第一个阶段是从莫吉廖夫到叶尔尼亚近郊突围，第二个阶段是在莫斯科近郊，从被委派为师长到解职，第三个阶段将在这儿斯大林格勒完成。以后呢，补充队伍啦，军用列车啦，调赴其他战线啦，接着就开始新的、第四个阶段。

“这第四个阶段……”他又想起了妻子。

是啊，当然啰，她要求人家什么也不要通知他。可是人家还是通知了他。有一次她对他说过：如果她命里注定要死，最好当他不在她身边的时候死去。他也知道她当时说的是真话。她要在自己生活的最后时刻里使他免受苦痛，这愿望比想看见他的愿望更强，因为她爱他甚于爱自己，而这并不是一般人彼此间经常随口说说的那一套话，事实确是这样。

当谢尔皮林同炮兵团团长一起到了团里，走进曾经是巴拉班诺夫的、而现在是屠玛年的掩蔽部时，屠玛年从桌子边站起来，用手遮住话筒，要求谢尔皮林准许他打完电话。

“将军同志，我在跟后勤部副主任谈伪装服问题。”

谢尔皮林点点头。这场谈话是需要的。他曾亲自吩咐收集并添发伪装服给团里，让今天夜里所有准备出击的人都有得穿。

屠玛年打完电话，便报告情况和已经做好的准备工作，还报告说，别列日诺依在团里。

“他是一小时以前来的，一来马上就到塔拉霍夫斯基的营里去了。我想留他到天黑再去，因为沿途有个别的迫击炮弹打过来。今天有一个联络兵受了伤，可是……”屠玛年没把话说完，耸耸肩膀。

他这姿态不说也能明白：别列日诺依同平时一样没有听从。

“我也要到那边去一趟，看看士兵们。”谢尔皮林说。

他在到团里来的路上就已决定，要预先到夜里即将分头夹攻高地的两个营去看看。

“将军同志，我已经向您报告过：政治副师长到那儿去了。”屠玛年不赞成谢尔皮林的决定，说。

“那更好了，”谢尔皮林说，“我跟他今天还没见过面呢。”

“您允许我陪您去吗？”屠玛年不满意地问。

他自己刚刚从谢尔皮林准备去的地方回来，他一点也不想再到那里去。但是他又不能不这样建议。

“不必了，”谢尔皮林说，“您和炮兵团团长一起留在这里，核对一下他和您的资料吧。我在营里不会待很久的，两小时后就回来。”

陪谢尔皮林到营里去的有两个人：不久前来到师里的青年中尉侦察团副参谋长，还有谢尔皮林的传令兵普季津。

天色逐渐朦胧，他们走了一半路程，也就是大约六百米光景，谢尔皮林估计到他从营里回来时天已经黑了。他跟别列日诺依一样，时间不允许他等天黑再到营里去，但是一想到他们回来通过这个空旷地方时已经天黑，他感到高兴。

一颗迫击炮弹在前面轰地响了一下，扬起一股夹雪的烟柱。跟在谢尔皮林后面的传令兵普季津向前迈上几步，同谢尔皮林距离那么近，以至于谢尔皮林后脑勺上可以感觉到他的呼吸。

“别着急，普季津，您要踩到我的脚跟了。”他说时，并没有加快脚步。

普季津是由于偶然的机会到他这里当传令兵的。在八月战斗的一次大轰炸中，普季津和另外几个从前沿阵地逃跑的士兵，在师的指挥所驻地上被扣留了。指挥所里的人坚决要把他和其他几个人送交军事法庭，但是谢尔皮林——他在得悉这件事时已近黄昏，那时大局已经挽救过来——想亲自瞧瞧这几个逃兵，因为他没有轻率行事的习惯。

普季津的垂头丧气的样子和他那头很久没剃的斑白的、浓密的硬发，引起了他的注意。这头硬发使他看起来几乎像个老头儿。

谢尔皮林问他哪一年生的。原来他生于一八九五年，和谢尔皮林同年。

谢尔皮林吩咐一有机会就把所有其余的人送回前沿阵地，但把普季津留下来当自己的传令兵，代替上一天被炸死的那一个。

“我要亲自考查一下，你是个什么样的人，”他对普季津说，“要是你再逃跑一次，我就亲自枪毙你。”

这样，普季津就留在谢尔皮林那里当了传令兵。他不再想逃跑，由于他不爱说话和绝对诚实——一个传令兵的相当重要的品质，——而赢得了谢尔皮林的欢心。

谢尔皮林认为，这个年纪不轻、子女很多、原来以会计员为业的士兵，是上帝亲自安排他来当传令兵的。毕竟一家有七口，当传令兵而被打死的可能性总比在连队里要少。

说到勇气，普季津不比别人勇敢，也不比别人胆小，就像一个普普通通的人那样。只有一点表现出他很怕死：在炮火下，普季津总是尽可能靠近谢尔皮林，心里以为当将军的一定不会被打死。

现在他又来踩谢尔皮林的脚跟了，使谢尔皮林觉得好笑。

中尉相距几步走在谢尔皮林前面。远处又有一颗迫击炮弹爆炸，谢尔皮林发现中尉的肩膀抽搐了一下。

“是啊，总有一天在近二百米的地方偶然会有这样一颗迫击炮弹爆炸，把上帝的奴隶们不分军衔一齐打中。”谢尔皮林不由自主地想。他不愿意想，可是禁不住这样想。

在前面，在莫斯科，明天等待着他的只有痛苦。但是，想到他可能在没有经受这痛苦之前就死去，毕竟是难受的。

离他们前进方向三百米的地方，在营指挥所的近旁，轰然响起了第三颗迫击炮弹。

“现在事情的重心不在你的土岗。”谢尔皮林想起了巴久克那句话。他叹了口气，加快脚步，心里想：不，今天事情的重心还是在这个土岗，要是他不采取现在所采取的行动，他就算不得是谢尔皮林了。

第五章

这是一架由轻轰炸机改装成的通讯联络机，机首领航室座舱盖上的机枪已经拆除，但拆除后留下的窟窿没有堵密，缝隙里有逆风钻进来。

谢尔皮林在引擎已经发动的最后一刻赶到机场，他们把他从下面推进座舱，在他脚底下咯嚓一声关上舱盖，于是他，作为第三个乘客，挤进运送秘密邮件到莫斯科去的两个信使之间坐了下来，开始飞行了。两个信使虽然穿着皮袄和毡靴，也冻僵了。他们挤得不能转身，动都不能动；因为不能动弹，就越感到冷了。谢尔皮林幸好赶上。再迟一分钟，就得等到明天了。

飞机飞得很低。透过领航室的颤抖的有机玻璃，可以看到冬日积雪的大地上一切详细景象：埋在雪里的农舍和屋顶上笔直的寒烟，雪地上灰蒙蒙的雪橇路，黑洞洞的冰窟窿和一连串一连串的脚印，顶上结冰的运货列车，挂着山羊胡子似的冰柱的给水塔……地面上也冷得很哪。

谢尔皮林不止一次地感觉到：天气虽然冷，却很想睡觉。但每一次都设法驱除睡意，生怕睡着后会冻坏。

谢尔皮林担心驾驶员不能在天黑以前按时赶到莫斯科而要在中途降落宿夜。直到右面机翼下掠过梁赞城的时候，他才放下心来，因为在梁赞和莫斯科之间没有地方可以降落。

这次夜战顺利地过去了。我军包围土岗，把它攻了下来。还捉住了四十个俘虏。付出的代价也相当大：有阵亡的，有受伤的，还有冻坏的。不久前从团部来到这里的中尉，也就是送谢尔皮林到营里去的那个人，正好在战斗结束的时候被迫击炮弹打死了。这可怜的人当时大概以为一切都已平安无事。谢尔皮林自己也被那个炮弹的碎片割破了皮袄袖子靠近肩部的地方。把皮袄交给人去补，时间不容许；另外换一件穿吧，他又不愿意，因为这件穿惯了。于是他就穿着这件上飞机。破洞里一直钻进寒气来。

要不是巴拉班诺夫的袭击惊动了德国人，伤亡可能要小些。但总的说来，就结果而论，这次伤亡还是所谓抵偿得过的，谢尔皮林对这方面没有什么痛切的感受；他只是突然想起了在他眼前牺牲的年轻中尉，——这个人打算从这次战斗开始立业，结果却在战斗中送了命。

飞机几乎掠地飞行，因此使人感觉到速度非常之快，事实上，这种飞机是达不到这种速度的。这种飞机初制造时，被称为“СБ”，就是高速轰炸机的意思。为了速度关系，减少了它的装备，没有给它安上防弹装置。“СБ”的大小同旧式战斗机一样，但速度超过旧式战斗机。可是经过实地试验之后才知道，“密塞尔施米特”飞机可以轻而易举地追上它并把它击毁。现在这种飞机已经停止生产，幸免于难的少数几架，就像这一架一样，一辈子充当通讯联络机了。

当一九三七年谢尔皮林离开部队的时候，人们提到这种“СБ”，把它看作未来的飞机。现在它已经成为过时的飞机了。实际上，这一次还没有真正的现代轰炸机，就开始作战了。为了这个，在空中和地面上有多少人送了命，只有天知道!

放在皮袄口袋里的方面军军报，他只看了第一版。没有耐心翻来覆去看，因为冻僵的手指不听使唤。第一版上刊载着情报局昨天的报道：在南方，我军占领了卡耳梅克的首府厄利斯塔、托尔莫辛和下库尔莫亚尔镇——都是重要的居民点，而且已经很远，几乎在从斯大林格勒到罗斯托夫的半路上了。

在沉默两天之后，重又提到了北高加索进攻的战斗。这样看来，那边也在继续进攻。中央战线上攻占了维利基卢基。很难设想那儿进攻的规模，但有一点很明显：他们不让德国人从北方撤去后备队。

我们追赶德国人已经有一个半月，——想到这一点，如果不感到轻松些，那么至少对个人的不幸也会看得淡一些。至于因此就减少一些不幸，那是不可能的，绝不可能！但是可以感觉到有一种东西比其他一切都要崇高、重大，比你自己的死亡——如果昨天夜里你和那个中尉换个地位的话，——更重大，比你就要看到的那个死亡更重大。

“是去送终还是去奔丧？”他心里想。现在飞近莫斯科了，他无法驱除这样一个念头，那就是：给他耽误了的这一昼夜，也许已经改变了他生活中的一切，虽然他现在正在飞回去，还想向她说些什么，听到她的话语，但实际上一切都完了，他早已在世上孤独地生活了许多小时，完全孤独一人……

飞机开始着陆，前面黑魆魆的地方闪现出两盏微弱的着陆信号灯。飞机摇晃一下，重又急剧地往上冲。

“没降成！”一个信使紧张地喊一声，“这家伙要在莫斯科过夜，把人家的性命不当一回事！……”他惊慌地骂了一阵。

“不要紧……像上次一样，会安全着陆的。”另一个信使说。

他们两人把身子稍向前弯，隔着谢尔皮林大声交谈。

驾驶员来了个急转弯，重又急剧地降落。坐在右边的那个信使一只手抓住谢尔皮林的膝盖，默默不语。坐在左边的那个又重复了一遍：“不要紧，会安全着陆的。”说时声音很紧张，分明是意识到了危险，但又竭力不愿向死亡的恐怖示弱。

“我们马上就要坠毁了。”谢尔皮林听到这声音，哆嗦了一下，心里这样想。

飞机碰到地面，往上一跳，又碰到地面，随即向前滑行，机身继续一跳一跳地震动着。

“对不起，将军同志。”信使说着，把手从谢尔皮林膝盖上拿了下来。

当他们下了飞机，在机场上朝值班室走去的时候，跟谢尔皮林并肩走着的、黑暗中难辨身影的驾驶员说：

“这机场保养得很差……跟他们说过多少次了！”

“既然时间来得及，应该在梁赞过夜，”着陆时老是用“不要紧，会安全着陆的”这句话安慰自己的那个信使说，“可你老像害瘟病似的。”

“他担心老婆，生怕自己不在，她跟别人睡觉了。”另一个信使说。

“我什么都不怕，”驾驶员回答，“就连运送像你这样的傻瓜，我也不怕。人家为你们日夜操心，因为你们急着赶路，可你们还不满意呢。”

“我们急着赶路，可不是赶到阴间去啊。”信使说。

值班室里暖和得使人难以置信。谢尔皮林搓揉着冻僵的手指，要求作战值日官打一个电话到参谋总部去叫汽车。

“不是很快就能来的，”作战值日官拿起话筒说，“或许您就和信使一起走吧？他们的汽车已经在等着了。”他朝那两个信使点了点头。“如果您到参谋总部，那他们也是到那儿去的。”

“我要到伏龙芝军事学院区，”谢尔皮林说，“不过也一样。”

汽车开了很久，好几次开到路面被雪遮没的空旷地方，轮子空转起来。两个信使跳下去推车。谢尔皮林没有出去。他冻得牙齿直打战，再说，两个信使又都是身强力壮的小伙子。

最后半小时，汽车开得比较快。坐在谢尔皮林背后的两个信使，谈论着自己的业务。他们谈到一个同事由于怕飞行而常常逃避值班；又谈到另一个同事，前天在拉多加上空被打下来；还谈到他们明天会不会再飞行的问题……

当他们来到市中心时，谢尔皮林吩咐汽车在地下铁道入口处停下来，因为他认为不便多耽搁信使送邮件。

地下铁道车站上很暖和，人很多，这么多人使他感到惊奇。上一回，一九四二年春天，他在莫斯科乘地下电车，也是在同样的时刻，人可要少得多。

在车厢里，他周围的乘客议论着战争和与战争无关的事，他听到与战争无关的事，由于没有听惯，印象特别深刻。有一个戴帽子的高个子，两只大耳朵冻得通红，吊在电车的把手上，醉醺醺地向坐在他面前的一个可爱的妇人弯下身子，谈论着十分无聊的琐事，说什么某某柯尔巴科夫，自以为有沙皇和上帝的本领，其实完全不是这么回事，只要她愿意，根本用不着什么柯尔巴科夫，她明天就可以到温室去，在那里弄到生葱和麻姑——他竟然把“蘑菇”说成了“麻姑”；那妇人听着他说，眼睛却不望他，惭愧地望着谢尔皮林这边。在她的目光中，在她那困窘的面部表情中，毕竟也含有战争的意味。

谢尔皮林身旁有两个女人，他因为侧着身子坐，看不见她们，从说话的声音来判断，年纪不轻了。她们谈论着一个女钳工的事，说请她修蒸汽取暖装置，她讨价两公斤黑面包，要她减低到一公斤半，她连听都不要听。一个女人骂她，另一个女人替她辩护，说这女钳工家里也有孩子。在这远离战争的谈话中，在“两公斤黑面包”中，在谈论的不是男钳工而是女钳工这一情况中，也含有战争的意味。

下了地下电车，谢尔皮林步行到家里。他一路走着，并没有连贯地思索什么，只是越来越加快脚步。要是有气力的话，他准会跑起来，可是气力已经没有了。

他顺着黑暗的扶梯登上三楼，伸手到摸惯了的地方去找电铃，没有找到，便用拳头敲门。来开门的是一个女人，他好像不认识她。

谢尔皮林用脑子里最先想到的一句话问她：“您是医生吗？”但立刻就明白她不是医生。这女人身上穿着一件绒布罩衫，一只手略微挡住他的胸口，另一只手拿着一只煎锅，里面盛着炸马铃薯。

谢尔皮林还是没有弄清楚这女人是谁，他只知道她不是医生，便绕过她身旁，朝自己的房门走去。

“她不在了！”那女人喊起来，也不放下煎锅，就奔到谢尔皮林身后，抓住他的皮袄袖子，那样子好像是不让他进自己房里去似的。谢尔皮林从她这一激动的动作中意识到：已经死了……他放开门的把手，转过身来望着那女人的眼睛。

“什么时候？”他只问了这么一句。

“昨天白天送医院的，”女人说。

谢尔皮林坐到放在墙边的箱子上，觉得身不由主了，就把发抖的手指伸进皮袄口袋里去拿香烟。

“真的吗？”

“当然啰，”女人说，“您以为怎么啦？”她从他的眼神中明白了他是怎样想的。“不，不，相反的。昨天白天她觉得好一些了，所以才决定送她到医院去，那儿有人照料，还有医生，这儿可只有一个护士和我……”她说话时，手里还一直拿着煎锅。

从厨房里走出来一个十四岁光景的男孩，站在她的身旁。

“去吃吧。”女人说着，把煎锅递给男孩。

男孩用上衣的衣裾裹住煎锅的柄，把它拿到后面的那个房间里去了，这房间以前是谢尔皮林的书房，现在这两个人就住在那里。

这时候谢尔皮林方才明白：这女人是谁，这男孩是谁。这是和他们同住一套房间的邻居，是一九三七年凭房屋占用证搬到这里来的，那时候他进了监牢，瓦林琴娜·叶果罗芙娜的住所就紧缩了，原来有三个房间，如今只给她留下一间。他连这家邻居的姓也知道，他们姓普利瓦洛夫；他还知道这女人的丈夫是在军事学院当教员的普利瓦洛夫少校，这人现在在前线。他也知道这女人，这男孩。大约六年前他看见过他们，那时他们也住在这个院子里，不过从另一个大门进去，住一间小房间。可是现在，要不是他猜到了他们是谁，一定认不出来了。当时，六年前，这男孩还小，那女人很年轻。从此以后，谢尔皮林没有见过他们，因为战争开始的时候，他们出门去了，后来又疏散到了别处，他们的房间经常锁着；而在两个月以前，瓦林琴娜·叶果罗芙娜来信说，他们回来了，她同这个女人玛丽雅·亚历山大罗芙娜和她的儿子——好像叫格利沙的——相处得很和睦……

"在哪个医院？"谢尔皮林一连吸了好几口烟，问。

"在季米利雅捷夫医学院。那儿现在是医院。您知道在哪儿吗？"

"知道。我在那儿住过院，"谢尔皮林说，"这电话通吗？"

"通的。"

谢尔皮林走到挂在壁上的电话机旁，从口袋里掏出记事簿，拨了伊万·阿列克谢耶维奇的电话号码。

副官回答说，中将不在，汇报去了，他问对方是谁。

"少将谢尔皮林。"

"您在哪儿，少将同志？"副官说，"我们等了您两天了。让汽车开到哪儿？您是在哪一个飞机场打的电话？"

"在家里。"谢尔皮林说。

"我这就派汽车去。"副官说。

"把地址写下来吧。"

"不必啦。中将到您夫人那儿去过，司机知道地址。"

"我到了医院，就让汽车回去。"谢尔皮林说。

"不必啦，少将同志，"副官说，"中将吩咐我告诉您：您要用多久，就用多久吧。只是过后请您打一个电话来，他吩咐的，要您打一个电话来……”

“您可知道我妻子的情况？”谢尔皮林问。

“我按照中将的吩咐，十三点钟打电话到医院去过，他们说没有变化。我马上又要打电话去了，少将同志。”

“不必啦。”谢尔皮林说。他不愿意再从别人那里听到任何消息——无论是坏消息还是好消息，他要亲自去，亲眼看到。

他放下听筒，转身对那女人说：

“请原谅我，玛丽雅·亚历山大罗芙娜，我没有马上认出您来。”

“这……”女人说，她的脸变成就要哭出来的样子。

谢尔皮林惊奇地看了她一眼。难道她对自己的衰老竟这样敏感？或许是他把话说得太粗暴了？

“日子一年年过去，我老了，记性比不得从前了。”他认为这样一说，可以补救刚才说得不恰当的话。

可是那女人仿佛根本没听见他说的。

“瓦林琴娜·叶果罗芙娜怎么样？电话里怎么说？”

“说是没有变化。”

谢尔皮林用烟头又接燃了一支香烟，四下里张望，寻找可以扔烟头的地方。

“扔在地上吧，反正我要打扫的，”女人说，“昨天那些卫生员来把地上踩脏了。可我实在没有气力收拾。”她的脸又变了样，下巴颤抖起来。不过这一次她仍然没有哭出来。

谢尔皮林抓住自己房门的把手一扭。可是门没有打开。

“我有钥匙，”女人说，“那个房间我还没有整理好呢。先到我们屋里待会儿吧。”

她凭女人的敏感觉得：现在不应该让他走进妻子刚刚从那儿抬走的房间里去，那里完全没有收拾过，凌乱不堪，会引起他不必要的伤心。何必让他看了伤心呢，往后伤心的事多着呢！

“汽车快要来了，”谢尔皮林看一看表说，“我到楼下去。”

“就是坐上十分钟也好，何必在楼下挨冻呢？”

谢尔皮林想，她也许以为他不愿意到自己以前的书房里去。于是他便说声“好”，轻轻按住房门，让她先进去。

男孩坐在桌子边，一手托着腮帮子，正在吃煎锅里的马铃薯。房间里完全变了样：壁纸换了，家具什物换了，连地上也变了样，铺上了列诺伦油漆布。

他的目光匆匆向四壁一扫。相隔已六年之久了，可是六年前离开这房间时的最后的印象，却永远不可磨灭地留在他的记忆中：柜子全部打开，沙发床翻了身，缝线被拆开了，桌子里的抽屉都扔在地上，桌上堆满书信和纸张，地板上摊满了书本——书堆里也翻寻过，看有没有藏着什么文件……

他和男孩并坐在桌子边了，看见对面墙上挂着普利瓦洛夫的照片，是战时新拍的，穿着上校的制服，挂着两枚红旗勋章，那是普利瓦洛夫在战前还不曾有的。谢尔皮林撇开自己痛苦的念头，把一只手放在男孩肩上，愉快地说：

“你瞧，你和妈妈我认不出来，可你爸爸我一看就认出来了，伊万·捷林季耶维奇一点也没有变……”后一句话是他转身对那女人说的，说完之后，方才发觉她的脸完全变了相：她最后一次试图忍住不哭，可是熬不住了。她侧着身子坐到椅子上，叉开两臂，把头倒在桌子上，大哭起来。

男孩摆脱了谢尔皮林一直搁在他肩上的那只手，站起身，咬着苍白的嘴唇，在房里走来走去。

谢尔皮林在最初一瞬间想要做些什么，说些什么，或者拍拍那女人的肩膀，但他遇到了男孩的目光，觉得这目光里含有警告的意思：“请您什么也别做吧，反而会更糟糕。反正您已经对她说了这话，现在就不要再表示什么了，什么也不要表示了……”

谢尔皮林默默地望着挂在他正对面的已故上校普利瓦洛夫的照片。男孩在房间里走来走去，女人坐在那里哭。

后来她抬起头来对男孩说：

“到枕头底下去拿块手帕来。”

男孩走到他双亲睡的那张宽阔的床边——这张床放在以前谢尔皮林摆书桌的地方，——从枕头底下拿出手帕，交给母亲。母亲用手帕擦干了下巴、面颊和充满泪水的眼睛。

“是这样的，”她握着手帕说，“维利基卢基攻下了……”她的声音震颤了一下。

“妈妈！”男孩尖叫了一声。这是他在全部时间内第一次开口。

“不要紧，我不会……我昨天晚上听到消息说维利基卢基攻下了，哭得好厉害……我以为自己要犯歇斯底里病了。我怎么也抑制不住。他就是那个星期一死在维利基卢基城郊的。就是他的师攻占了这座城。他葬在托罗彼次的广场上。托罗彼次城也是他的师攻下的。他们派车来接我去送葬。他也跟了我去，”她把头朝男孩点了一点。“我不想带他去，可他一定要去。十一月里，他荣获列宁勋章，写信来说：他请求在莫斯科颁发勋章，利用这个机会，可以回家来叙叙。唉，”她深深地叹了一口气，“干吗要提这个？还是让我把您夫人的事讲给您听吧。……不，不，我要讲，”她用手阻止谢尔皮林说话，因为她看见谢尔皮林想不让她讲，表示自己马上要去，全都会知道的。“你出去，”她转身对儿子严厉地说，“你没有必要听这些，到那个房间里去！”

她目送儿子出去，等他随手掩上了门，才转身对谢尔皮林说：

“您的儿子瓦季姆，星期五晚上来看过她。大概是从前线来的……她没想到他会来，从来没跟我提到过他，我也没问。”

“你没问，是做得对的。”谢尔皮林的眼神在对她这样表示。

“我替他开了正门。他走到她房间里，跟她说起话来，可是她骂得他好厉害！……我回到自己房里来，免得听到他们说话。可还是听得见。后来正门砰的一声关上，他走了。过一会儿我放心不下，去看看她。我知道她有心脏病。她倒没有什么，不过躺在床上。我问她可需要什么，她说不需要。我就回到自己房里，忍受着苦痛，——我是上一天才送葬回来的啊。第二天早晨，我去问她要茶壶。她不回答。打开门一看，她躺在地板上，病发作的时候她从床上掉下来，就此失去了知觉。她的头在桌子的腿上稍微撞了一下，喏，就撞在这儿……”玛丽雅·亚历山大罗芙娜指了指自己的太阳穴，表示谢尔皮林的妻子撞在哪里；她这个动作使谢尔皮林浑身抽搐了一下。“我把她抱起来放到床上，就打电话到处找医生，医生还没来的时候，我真担心她会死去。后来医生来了，替她打了针。她神志清醒了些。白天，您的瓦季姆又来了，这一回我可不让他进来了，就在楼梯口把情况告诉了他。他说他要去把所有的医生都请来。果然，不久就来了几个医生，规定了轮流值班，后来中将来了……”

谢尔皮林站起来。窗外传来汽车的喇叭声。

“汽车来了。”他说。

“她和她儿子是怎么一回事？”玛丽雅·亚历山大罗芙娜走到谢尔皮林面前问，这时候谢尔皮林正坐在前室的箱子上，脱下毡靴，把皮箱里取出的冷冰冰的长统靴穿上去。她的问话中并没有好奇的意味，只是对别人的难以理解的不幸感到惊讶。

谢尔皮林并不回答，默默地穿上第二只靴子，从下到上看了看那女人，照样不答一语地穿上皮袄，戴上帽子。

“今天我不一定回来了。”他说。

谢尔皮林没有回答的那个问题，已经有好多年成为他妻子生活中最难解决的问题，最近两年来，也成了他自己生活中的一个难题。

谢尔皮林最后一次看到儿子，是在一九三七年，那时候他在装甲坦克学校毕业，要到外贝加尔地区服役，谢尔皮林送他上火车。他走之后，来过几封信，讲到他怎样安顿下来，怎样服役，怎样从一个共青团员准备申请入党。最后一封信是在谢尔皮林被捕前一天收到的，此后四年间，直到他从集中营回来，没有得到关于儿子的任何消息。

起初，他从监狱转移到准许通信的集中营后，曾在给妻子的信中两次附信给儿子。但妻子置若罔闻，回信时绝口不提儿子的事，他以为儿子也被捕了。在当时，要相信这一点是不难的。

后来他被转送到不准通信的集中营。把他同以前的生活隔离的那道门上的钥匙，又转了一圈。

他在六月二十二日清晨回到莫斯科。那时战争已经开始，但不论是他，或者是到车站上来迎接亲友的人们，都还不知道这件事。当列车驶近雅罗斯拉夫车站站台的时候，他从踏板上就已经看到人群中他妻子的脸，她是接到了电报来迎接他的；但儿子却不在她身旁。

“瓦季姆在哪里？”他拥抱着扑在他怀里默默地哭泣的瓦林琴娜·叶果罗芙娜，这样问她，希望听到她回答说“在办公”，就怕听到“在坐牢”这样的回答。

“他不在了。”瓦林琴娜·叶果罗芙娜用异样的、喑哑的声音说，很费力地抬起眼睛望着他。他从她的眼神和异样的语调中知道儿子并不是死了。讲到人死的时候，是不会用这种异样的语调的。

“活着，活着，”瓦林琴娜·叶果罗芙娜继续望着他的眼睛说，“我们到家里再谈。”

到了家里，她就跟他谈了这件事。虽然谢尔皮林体会到释放的幸福、会面的欢乐、夫妻恩爱的深挚，虽然在几小时之后突然听到关于战争的第一个消息，而且狂热地考虑到第一个问题：“放不放我上前线？”——虽然如此，这次关于儿子的谈话却使他终生难忘。

一九三七年五月，中尉谢尔皮林同人民公敌前旅长谢尔皮林断绝了父子关系，向司令部打了关于这件事的报告，后来又在军区报上发表了一封信。他把在他们家里从来不成其为秘密的事说成是他突然发现的秘密。他在报告中说明：经查明，他的生身父亲是在察里津近郊阵亡的国内战争英雄瓦西里·雅科夫列维奇·托尔斯蒂科夫，而后来成为人民公敌的谢尔皮林——他母亲再婚的丈夫——是在他五岁的时候成为他的继父的。他不愿意使用人民公敌的姓，申请回复他生身父亲的光荣姓氏。

他的申请被批准了，当瓦林琴娜·叶果罗芙娜对这件事还一无所知而把谢尔皮林的信转寄给他的时候，他复了一封信，要求母亲不再跟他以前的父亲通信。信后的署名是瓦季姆。信封上写寄件人姓名住址的地方写着：瓦季姆·瓦西里耶维奇·托尔斯蒂科夫。起初她甚至猜不出这是什么意思。

以上是事情的结局。至于开始的情况、关于向司令部打报告和在报上发表信件的事，是后来她的一位女友从远东回来告诉了她，她才知道的。

她什么也没有回答儿子，也没有回答问起儿子的谢尔皮林。她不能原谅自己的儿子说出“以前的父亲”这样的字眼，不能原谅他对谢尔皮林的背叛行为，因为谢尔皮林从他五岁起，一直为他操劳，胜过周围所有别的生身父亲。甚至操劳得太多了！后来尽管人家老是对她说：现在是“这样的时代”，这是迫不得已的，大概儿子特意寄给她这样一封信，好让她在需要的时候给人家看看，——这一切为她儿子辩护的理由都不再能打动她的心。对她来说，谢尔皮林始终是费佳，是费多尔·费多罗维奇·谢尔皮林，是世界上最好、最高尚、最诚实的人，不管他发生过什么情况，不管人家说他什么，不管他受到什么判决。现在她自己倒真的成为以前的儿子的以前的母亲了！她感到自己非常对不起谢尔皮林，因为儿子——她的儿子，现在已经不是他的而只是她的儿子——原来是这样一个人。她思想中撇不开幼年时候的他，这一点使她感到很痛苦。最近几年的他，已经撇开了，可是幼年时候的他还是撇不开。仿佛这是两个完全不同的人：一个是小时候的儿子，一个是现在身在远东某地的儿子。

谢尔皮林被捕后第二年，在除她以外已为大家所忘却的——她认为如此——他生日的那天，伊万·阿列克谢耶维奇突然来探望她，并亲手交给她一些钱。他来这里的事连妻子也不让知道，以免她对别人说漏了嘴。瓦林琴娜·叶果罗芙娜当时知道周围所发生的一切，知道在军事部门的公共房屋里有多少被封闭起来的空寓所，并且十分清楚，在这样的时候来看她意味着什么。因此，她叹了一口气，说："随你怎么想吧，凡尼亚[①]，你也许不相信：要是瓦季姆吃点苦，而不同费佳断绝关系，我心里会感到轻松得多，——纵使他们把他从部队里赶走，放逐到什么地方去当移民，干粗活，不管到哪里我都会跟他一起……住在土屋里，半饥半饱的，只靠咬菜根过活。为了留在部队里，难道要付出那么大的代价吗？像这样的人，留在部队里又有什么用？谁需要他们这样的人？……有些女人安慰我，说不单是我的儿子这样，大家全都是这样。这些傻瓜在胡扯！要是大家全都是这样，我就会去寻死！"

那时候，逮捕之风已成尾声，伊万·阿列克谢耶维奇回答说，事情总会水落石出，恢复原状的，他们家庭的情况一定会好转，那时候她自会忘掉儿子的过错的。

"忘掉，对，"瓦林琴娜·叶果罗芙娜费劲地说，"可是能吗？……不，我不能忘记！我不能忘记你今天来看我，我也不能忘记他一脚踩到费佳胸口，把他当作死人一样站在他身上。一切都会改

---

① 伊万·阿列克谢耶维奇的小名。

变，可是我对他的态度决不会改变，我决不能。”

事实上她的确不能。不能，而且也不愿意，——不能够和不愿意这两种感情逐渐变成了一种感情。她的儿子曾经几次试图动摇这种久积在心、变得硬似铁石的感情。但都枉费心机。第一次是在一九三九年，有些军人被释放的时候。儿子到莫斯科来休假，女邻居替他开门，他连军大衣也没脱，车里还拎着提箱，就走进了母亲房里……

“怎么，找不到旅馆吗？”她轻蔑地想，尽管一看见他心里感到非常激动。

她竟一句话也没有对他说。他待在房里的时候，她一直不作声。他在房里焦急地走来走去，有时坐坐，有时又站起来，有时想要装作没事似的随便谈谈，有时先吞吞吐吐地说一阵子，然后坦白地请求饶恕……可是她始终默默地坐着，等他离去。

最后，他走过去坐在她身旁，抱住她的肩膀，可是他望一望她的眼睛，吓了一跳，连忙走开。他明白：再过一眨眼的工夫，她就会打他耳光了。其实，要是他不赶紧躲开，要是他不惊慌失措地坐到另一把椅子上去，要是他继续目不转睛地望着她，让她打耳光，认为这是饶恕而感到高兴的话，人的力量毕竟是有限度的，也许会把那座高高地沉痛地筑在她胸中、压在她心头的石坝冲破也难说。……

然而他惊慌失措地坐了开去，于是她照旧沉默不语，直到他拎着提箱走出房间。

第二次是在战争爆发前不久。他寄来一封信，说他结婚了，还生了一个女儿。信里附着几张照片。他表示想寄些路费来，邀请她去做客，看看孙女儿。瓦林琴娜·叶果罗芙娜看了信后，没有回复他。

第三次就是现在……

“他是从哪儿来到莫斯科的呢？从远东还是从前线？”谢尔皮林在车子快到设在季米利雅捷夫医学院的那个医院时，心里想。他希望使自己相信：他不经过前线的洗礼不敢来见母亲。“可是她呢？为什么她见到他来会有这样的反应？出了什么事吗？”他走出汽车，登上医院的楼梯时，像祷告似的小声自语说：“但愿她神志清醒。”他准备遵守一切禁规——不许说话，不许惊动病人，不许询问病人。他只希望能听见她的声音，哪怕声音很低，而且能感觉到不仅他看见她，她也看见他。

“不是说她昨天好了一点，今天又说是没有变化吗？……”他顺着医院的长廊越是向前走，那种对病情好转的渴望就越使他激动。

可是科主任——一个个子很高、背有点儿驼的女人，样子很像一匹疲乏的骆驼，——没有立刻让谢尔皮林去看妻子，却把他领进自己的一间小办公室里，那里放着一张桌子、一把椅子和一张铺着漆布的木床。

“请坐。”

谢尔皮林坐到木床的冷冰冰的漆布上，预感到以后的一切情况一定非常不妙。

“将军同志，我认为我们应该照实际情况谈谈。”

谢尔皮林默默地点点头，重又觉得一切情况都非常不妙。

科主任谈这件事的时候另有她自己的一套叙述方式。她开头先说，此刻他的妻子反正没有知觉，因此他在这儿办公室里耽搁几分钟也没有关系。

“根据病历来判断，她的血管梗塞已经是第三次了。或许以前也有过小血管梗塞的情况。一个对自己不关心的人可能并不注意到这种病……”

“她对自己嘛……”谢尔皮林开始说，但是没有说完。

科主任继续解释，说这是第三次梗塞，而且是极其严重的一次。昨天白天，病人的情况大有好转，把她从家里接到医院来的那些医生，甚至表示很乐观……——科主任的声音里带有懊丧的声调。——可是在这里，到了晚上，病人的情况又恶化了。大家认为她要断气了；今天早晨进行了会诊，一位教授检查病人之后得出结论说：我们已经无能为力；现在不是有没有办法的问题，仅仅是时间问题了。很遗憾，她这科主任也认为是这样。

“病人非常衰弱，今天只在晚上五点左右恢复过一次知觉。她问值班护士：丈夫来了没有？”

“十七点左右，”谢尔皮林想，“正好是在米雅奇科夫着陆的时候。”

“就是这样。”科主任说着，把两只洗得干干净净的、冷漠的大手放到自己面前的桌子上。她的脸表现出同情，两只手却显得很冷漠，也许是因为它们再也不能起什么作用了。

谢尔皮林听着她叙述，一动也不动，两只冰凉的手掌撑在木床上冰凉的漆布上。他听完之后，什么也没有回答，也没有再提问题，因为没有什么可问的了。而且这个严肃而安详的女人跟他说话的时候，就把他当做一个不会再提问题、不会说出谁也不要听的话来的人。

“我要去看看。”他说着，站起身来。

当他同科主任一起在走廊里走着的时候，他突然站定了，问：

“那么，一点希望也没有了？”

她也站定了，在走廊里微弱的蓝色灯光下对他望了望，大概又考虑了一下，认为对这个人说谎是不必要而且也不应该的，于是老老实实地回答：

“一点希望也没有了。”

他的背微微朝前弯，弯得比平常更厉害了，他顺着走廊继续往前走，但走到转弯的地方，被她叫住了：

“隔离病室在左边，她在隔离病室。”

谢尔皮林不明白“隔离病室”[①]是什么意思，为什么她在隔离病室里，直到后来他费力地摆脱了他一心想着的那件事，才想起来隔离病室是每间只住一个病人的小房间。

隔离病室里宽阔的窗台上点着一盏台灯，一个护士坐在台灯旁边，正低着头在看书。一块台布罩满整个窗台，上面放着几只发光的镀镍匣子。“装着注射器的。”谢尔皮林心里想。这是他进病房后所看到的第一样东西。

当他朝着摆在房门左边的那张床转过身去的时候，他才看到了妻子。挂在床栏上的一条被单遮住了床上的光线；瓦林琴娜·叶果罗芙娜的脸在阴暗处，因此他不是一下子就能看出这张脸上所发生的种种变化。他向床前跨了一步，但一想到妻子没有知觉，又退回来，不走近床头去，就在床脚边站定了。他的双手使劲抓住床栏，仿佛是在克

① 原文“БОКС”有拳斗、分线匣、铬鞣细革、隔离病室、博克式头发等五种解释，谢尔皮林由于精神上受了震动，一时弄不明白。

制自己，不要做出自己可能做出的可笑的事来。他紧抓床栏站着，仿佛这是一道只能用视线通过的壁障或栅栏，目不转睛地望着躺在他面前的妻子。

在他离开她的那一年半以来，她的头发白得更厉害了。在左太阳穴上，在她跌下来撞到桌子腿上的那个地方，有一个发黑的伤痕。两只手伸在被头上面，而在那瘦削的脸上，显露着疲倦和与世隔离的神态，这种神态他在某些垂死的人脸上看见过不止一次，——他们不是一下子就死去，而要拖上好几天，为的是让自己意识到自己正在死去。一九一八年，被哥萨克人砍伤、得了坏疽病的团政委瓦西里·托尔斯蒂科夫，就是这样死去的，当时，部队在行军，他躺在板车上，谢尔皮林照料着他。他临死时要求谢尔皮林写信到奔萨通知他的寡妻。他写了；后来，国内战争结束以后，他又去看她。而现在，做了他二十二年的妻子的她，自己快要死了。她的眼睛闭着，他紧张地注视着，看她是否还在呼吸。后来终于觉察到了这微弱的呼吸，于是自己也闭上由于紧张而疲乏了的眼睛。而当他睁开眼睛的时候，她的眼睛也睁着，他觉得好像在望着他。

“瓦利娅！”他叫喊一声，就绕过床向床头走去。但是护士急忙从椅子上跳起来，迎上去拦住他。

“她没有知觉；常常是这样：眼睛一会儿闭上，一会儿睁开。”

可是他不相信，又叫了一声：

“瓦利娅！”

他看到她脸上毫无动静，睁开的眼睛还是向前望着，不是望他，而是望着旁边的屋角，这时候他才明白护士说的是真话。

可是护士似乎觉得他还没有明白，还是不相信她的话，便继续拦住他，向他解释，说最好不要去碰病人，现在只要稍微动一动，病人就有危险，反正她没有知觉，什么都听不见，如果恢复了知觉，马上可以看出，——那时候她的嘴唇就会微微翕动，低声地说话，三小时以前她就是这样低声地接连问了几遍：“他来了没有？”

“好啦，您不要拦住我，我又不是小孩子，”谢尔皮林说，“我决不会这样做。”

他离开床头，重又回到床脚边，站在床栏后面了。

现在，当妻子的眼睛睁开的时候，就更难设想她仍旧毫无知觉，看不见他。

他站在那里，等她神志清醒过来。假定能把他一心期待的全部力量转化为另一种有所作为的力量，那么，这种力量大概不仅能使活人恢复知觉，而且还能使死人复活。这个在他眼前奄奄一息的女人，在他的生活中起着什么作用呢？大概从表面看来，作用不怎么大，因为他服过役，打过仗，有过半生的离别。然而这不过是外表而已，反正他自己是明白她对他起着什么作用的！

他的生活是她生活的目标，可是现在她快要死了，而他仍旧活着，不但不能设想今后在生活中可以用什么人或者什么事物来替代她，甚至也不能设想生活本身总有一天会逼使他想到这件事。但是即使到那时候，他反正是不能再过那种和她一起度过的生活了，不能再向别人说他在这一生中对她说过的话了，也不能再从别人那里听到他在这一生中从她那里听到的话了。试图用别人来代替她，无异于试图用另一种生活——不是他而是别人度过的生活——来代替他自己所过的生活。

他自己也不知道这样站了多久，一直希望她清醒过来；而且他完全丧失了时间观念，这种情况他在过去是不大有的。有一会儿，他站在那里睡着了，身子一摇晃，差点儿跌倒。护士看到这情景，就给他端来一把椅子，想要放在床头，但他自己把椅子移到了床脚边，坐下来望着妻子，继续等待着。

有一次，她的胸口呼哧呼哧地响起来，她的头在枕头上颤动了一下，然后呆然不动了。谢尔皮林以为她咽气了，急忙站起来走过去，对着睁开的、视而不见的眼睛俯下身去。但她还在呼吸，虽然非常微弱，可终究还在呼吸。

护士也以为病人要咽气了，跑去喊医生，把科主任叫了来。谢尔皮林让在一旁；科主任按了按脉搏，听听呼吸，说：没有，目前还是老样子。

“或许您回家去睡一会儿，明天一早再来？”科主任问，“请放心，今天夜里我亲自值班。”她补充说，仿佛这样多少可以改变一些情况似的。

但谢尔皮林只是摇摇头，重又坐在椅子上等待。

“是这样，”科主任把一只手放到他肩膀上，安慰说。“连我们自己也说不准，什么时候……”她的意思是“什么时候死去”，——谢尔皮林明白了。

“昨天您的儿子来陪了一整夜。他始终在走廊里。我们还给他在那里放了一张木床，他不愿意进病房来。我们以为昨天夜里就会出事，对他也这样说了。可是您瞧，也许还要过一夜，要到明天，那时候您已经支撑不住了……还是走吧。”

但谢尔皮林又摇摇头。这番话也许说得合情合理，可是他不能离开这里。

后来，过了一会，两个女卫生员把一张木床——就是他在科主任办公室里坐过的、上面铺着漆布的那一张——搬进病房里来。

但他轻声地却很坚决地对她们说不需要，她们明白他不会躺下睡觉的，便把木床搬了回去。

后来，又过了一会，——过了多久他不知道，——进来一个女卫生员，接着护士就请他出去。

他出去了，在走廊里站了好一会儿，前额紧贴着冰冷的玻璃窗，这时候，她们在病房里不知在做些什么。后来她们告诉他说，可以进去了，于是他又走进去，坐到自己的位子上。妻子像原来那样躺着，只是眼睛闭上了。在她睁着眼睛的时候，他似乎觉得当她的面不可以说话，现在她闭上了眼睛，他便向护士问起儿子来：他是什么时候离开这儿的？

“今天早晨，他说他要去值一昼夜的班，以后再来。”

“怎么，难道他在莫斯科工作？”谢尔皮林心里想。接着他问：“病房里一直没进来吗？”

护士摇摇头。

“只打开门来看看。”

对于这件事，谢尔皮林明白其中的缘故，她却感到非常惊奇。昨天夜里，她好几次劝大尉不要坐在走廊里，坐到病房里去，况且走廊里很冷。但他始终不愿意，因此她以为他怕看到人死的样子。男人往往有这种情况。

“您在医院里工作很久了吗？”谢尔皮林问护士。

“在各个医院里工作了三十五年。上次战争的时候，还在军用卫生列车里待了三年。”

“您多大年纪？”

“五十六岁。”

谢尔皮林感到惊奇，因为在他看来她还要年轻些。

“有丈夫吗？”他问护士，希望听到：“有的。”因为既然她已五十六岁，按年龄他大概不会被征去作战了。

“有过，”她说，“在志愿后备队里牺牲了。”

“那时候他多大年纪？”谢尔皮林问。

“快满六十一了。”

“他是当什么的？”

“是个老党员。”护士说，那语气仿佛想一下子把提到的和没提到的问题全都答复掉。她回答以后，叹一口气，沉默了一阵，又叹一口气。“开头接到通知，说他下落不明。可是后来同志们证明他牺牲了。”她说到这件事时，那语气仿佛表示开头给她带来的消息要比后来的更沉痛。

不管这是多么可怕，谢尔皮林却认为事实上确是这样。如果按照文件记载，是牺牲了，那就可以死后获得哀荣。如果下落不明，那么，为什么“下落不明”？怎么会“下落不明”？倒好像有人要他们报告自己的情况而他们却不愿意似的；倒好像一个人在牺牲以前还应该选择恰当的地方和时间，好让大家都能亲眼看到他牺牲似的。

谢尔皮林凭着坚强的意志抑制住从一九四一年起早就像泥炭蕴藏在地底下一样蕴藏在自己心头的这股怒火。

“牺牲了，牺牲了……又是牺牲了，”他望着护士，心里想，“到处只听见：牺牲了。”人们已经渐渐忘记：人可以不死于炸弹，不死于地雷，不死于子弹，而可以正常地死去，死于疾病。连他自己也忘记了这一点。可是此刻他坐在这里，重又明白了这一点，而且觉得，如果有什么事情比死亡本身更可怕的话，那么这一点比死亡还更可怕。

天快亮的时候，谢尔皮林睡着了，睡得很熟，却不安定，头靠在妻子的盖着被头的脚上。他实在支撑不住了，因为两夜没睡觉，加之接连几小时一直紧张地注视着妻子的脸，更容易引人入睡。他没听见瓦林琴娜·叶果罗芙娜吐出最后一口短促的气，她竟没有睁一睁眼睛，没有动一动，没有哆嗦一下，就此与世长辞了。他也没有觉得在他面颊下的她那双脚渐渐冷了起来。

护士也没有立刻觉察到奄奄一息的病人已经死了。她最后一次走到她跟前去的时候，她还在呼吸。可是后来她打起瞌睡来，有半个钟头或更多的时间没有走过去……

"她去世了……"护士碰一下谢尔皮林的肩膀，说了一句，就走出去，留下他和死者两个人在病房里。

谢尔皮林走近床头，俯下身去吻了吻妻子冷冰冰的闭着的眼睛。她死去时闭着眼睛，好像她到这时候还想让他轻松些。

后来他身不由主地在床边地板上坐下来，把那斑白的、渐渐变秃的头紧贴着她的冷冰冰的肩膀，哭起来了。幸而这时候没有人看见他……

当护士带着科主任回来的时候，谢尔皮林背朝她们站在已经透进晨光的窗子边，正在用粗大的手指把军便服的褶襞塞进腰带里去。他听到门轧吱一响，便转过身去，干咳了几声，仿佛喉咙里发痒似的。他问她们，按照她们的规章制度，是不是今天就可以给妻子落葬。他想趁自己还在这里的时候办好这件事，明天早晨他就得飞回前线去了。

科主任听到他的平静的语调，感到很高兴，因为她非常不喜欢男人当着她的面哭。

"我们分内的事尽量做好，"她说，"如果您不坚持要求解剖，也许来得及。"

谢尔皮林相当急躁地说：他什么也不打算坚持。说过之后，觉得喉头涌起一团东西来，便朝门边走去。

"您到哪儿去？"科主任问。

"到走廊里去走走。"

他在走廊里来回走了约摸四十分钟，也许是五十分钟，总之，时间刚好足够使他镇静下来，并感到这团东西不会再涌上喉头，至少在这儿医院里，当着人们的面。

在这段时间里，科主任从他身旁经过了两次。第二次经过时，她手里拿着一张纸，大概是死亡证，她告诉他说，她们快要办完手续了。

他什么也没回答，只是默默地点点头。

后来护士走过来问：

“您要领回家去吗？”

他摇摇头。

“这么说，您是把棺材送到我们这儿来？”

他点点头，虽然他不知道这件事该如何办理，他该往哪儿去，从哪儿去弄棺材来。

“那么，”护士说，“暂时我们只好把她放到楼下去。”

她原想说“放到停尸室去”，但是说了“放到楼下去”。

“什么时候？”他问。

“现在就该放下去。您还要去看看她吗？如果要去看，您就去吧，我们过一会儿再放下去。”

他打开病房的门，走了进去。病房里已经亮足了，而且很冷。一扇气窗敞开着，从窗外吹进清新彻骨的寒气来。

妻子躺在床上，被头盖到腰部，两手交叉在胸前。在最初一刹那间，他吃了一惊：他觉得她好像受了伤。这是因为她的下颌包扎着一条宽阔洁白的绷带，这条绷带缠在头上，看起来好像她头部受了伤。

“我们通常是用毛巾包扎的，”他听见护士在背后说，“可我给她扎了绷带，因为接班的人把毛巾交出去了。”她在谢尔皮林背后对他道歉，因为她没有按制度办事。可是他却一直望着，看不惯这张变了样的、死气沉沉的、下颌包扎着的脸，看不惯这个缠着白绷带的负了伤的头……

他在明亮而寒冷的死气沉沉的房间里，背靠着门框站了几分钟。

后来他觉得后面有人碰他的肩膀，便向一旁让开些，以为妨碍了护士走路。但他让开后转过身来的时候，方才看到这不是护士，而是儿子。儿子站在那里默默地哭泣。在他那苍老了的脸上淌着泪珠。现在，谢尔皮林退到一旁，不再挡住他的路，但他仍旧站在老地方，好像人家不许他走进这个房间去似的。

“你怎么站着不动，进去呀。”谢尔皮林说。

儿子急忙从他身旁跑向母亲床边，谢尔皮林不再看他以后在这个房间里做些什么，径自到走廊里去了。

第六章

谢尔皮林去看科主任，科主任要他稍坐一会儿。

“护士马上就要回来；她给您打死亡证上的图章和号码去了。”

值过夜班之后，科主任越发像一匹疲乏的骆驼了。她微微拱着背坐在那里浏览病历。后来她从抽屉里拿出一块方糖，从一个小药瓶里滴上几滴药水，送进嘴里。

“我看您也够受的了。”谢尔皮林说。

护士拿着死亡证走进来，谢尔皮林的儿子跟在后面。

不管以前发生过什么情况，谢尔皮林思想上已经习惯这样叫他，改不过来了。现在还是这样。

“手续办好了，”科主任说着，从护士手里接过死亡证，递给谢尔皮林。“等您全部准备好之后，随时可以来领她。”

“两点钟以前全都可以准备好，”谢尔皮林的儿子说，“我马上到户籍登记处去，然后去买棺材，再到诺伏杰维契耶公墓去……在两点钟以前，汽车和棺材都可以到这里了。我听说你决定今天办理安葬的事？”他问谢尔皮林。

谢尔皮林点点头。

“也许不能那么快办完手续。”科主任表示怀疑，但谢尔皮林的儿子有把握地说，“没关系，办得完。”

他的声音坚决而响亮，他好像全都懂得，全都能办到，一双眼睛哭得又红又肿。

“不过，将军同志，为了替她打扮，请您把全部东西先送来，”护士说，“我们的助理护士会尽力设法办妥的，只是她们需要时间。您最好现在就把东西送来！”

“我们会送来的，会送来的，全都会送来的。”儿子连忙说。

他这样急急地答话，大概是希望不要让父亲在这些事上多费脑筋；谢尔皮林由他作了主，自己走在头里，离开了医生的办公室。

“等一等，”当他们已经来到走廊上时，谢尔皮林说，“我马上就回来，我去叫一辆汽车。”

“我的汽车就停在这里，”儿子说，“这会儿我们回家去拿东西，是吗？”

他问这话时的语气，好像他们照旧有一个共同的家似的。

医院门口只停着一辆汽车——崭新的敞篷美制“惠尔斯”牌吉普车。这种汽车出现在部队里还没多久，是反坦克炮兵团里的高级首长坐的。谢尔皮林看到过这种汽车；但自己没有。

“您坐到后座上去，”儿子吩咐司机，“我来驾驶。”

谢尔皮林一声不吭，和他并坐在一起了。

“瞧，我们在出差，乘着车到处跑……”他们默不作声地走了约摸五分钟之后，儿子说，“我现在在潘克拉季耶夫那儿当副官。他说你知道他的。”

“原来如此，”谢尔皮林什么也没回答，心里想，“这么说，他在潘克拉季耶夫那里混。”

他的确知道潘克拉季耶夫，不过，尽管潘克拉季耶夫本人是个好人，但儿子在潘克拉季耶夫的汽车部队的队部里当副官，总是不愉快的事。他找到了轻松的职务！

他们又默不作声地走了几分钟，后来谢尔皮林问：

“你们经常到哪些战线上去？”

“比较常去的是西方战线和加里宁战线，最近一次到西北战线去过，”儿子高兴地回答。沉默使他难堪。“怎么样？”

“没什么，”谢尔皮林说，“我以为你在前线……”

他们到家之后，儿子打算和谢尔皮林一道下车。

“你只要告诉我该拿什么，让我拿了送去，然后我到户籍登记处这些地方去……”他说。

“不。”谢尔皮林回答，并没有说明为什么“不”。“东西我自己送去。”

他不知道这件事该怎样做，不知道在妻子的衣物中哪几样需要拿到医院里去作入殓用，哪几样不需要拿去，可是不管怎的，他想独自一人做这件事，不要儿子参加。

“不过……”儿子刚开口，谢尔皮林就打断了他的话：

“我全都明白，不必重复啦。”

“我只是想说，请你把死亡证交给我，我要拿到户籍登记处去。”

谢尔皮林拿出死亡证来交给了儿子，头也不回地走进大门去了。

“既然他在莫斯科工作，”谢尔皮林费力地登上楼梯，心里想，“为什么到现在才去看母亲？”

他并不把她的死归罪于儿子，——这是偶然的。也可能发生不同的情况。医生说，按她的心脏情况判断，她的生命早已危在旦夕，他相信医生的这种说法。不过有一个纠缠不休的念头始终萦绕在他的头脑里，那就是：儿子究竟为什么事来看她？为什么她大声叫嚷起来？她不喜欢叫嚷，也不善于叫嚷。甚至在他遭到逮捕、家中一连被搜查七小时的那一夜，她也没对任何人说过一句话，只是把两手交叉在胸前，从黄昏到黎明一直在房间里走来走去，直到他们把他带走。就是在那个时候，她也没有叫喊一声，没有嚎啕大哭。可是这一次却大声叫嚷起来。为什么呢？

他敲了很久门，以为里面一个人也没有，就在这时候，男孩来给他开门了。

“妈妈不在。我在后门锯木柴，没听见……”

“妈妈什么时候回来？”谢尔皮林问。

他想到需要同这女邻居商量商量，入殓该拿些什么东西去。他不愿意同儿子商量，同她商量倒是可以的。

“去买面包了，大概马上就会回来的。您的事情怎么样啦？”男孩问，抬起眼睛望着谢尔皮林。

“死了。”谢尔皮林说过之后，转身朝着墙壁，取下电话筒。

副官说，伊万·阿列克谢耶维奇在休息。

“还没来吗？”谢尔皮林问。

“不，他在这儿。每逢工作延长到天亮，他总是在这儿休息的。他说，请您在十一点三十分以前来。您的通行证已经办好了，”副官说，“什么时候给您派汽车去？”

谢尔皮林请他此刻就派车来，随即挂上听筒，转过身来，看见男孩手里拿着一把钥匙站在他背后。在这男孩的眼睛里，显出疲乏的、像成年人那样的神色。孩子们往往有这样的情况：生活会不顾一切地突然要求他们在几小时之内变为成年人，他们也就这样变了。

“谢谢。”谢尔皮林说着，接过钥匙，打开自己的房门，走了进去。

一看这房间的样子就可以感觉到，女邻居已经把房里所有的东西仔细收拾过了。可是，仔细收拾过之后，反而令人回想起不幸的事件。房间整理得那么干净，简直好像不是住人的。床上放着套上洁净的枕套的枕头，被头装在新被罩里，窗台上和桌上的两只玻璃烟灰缸擦得亮晶晶的。瓦林琴娜·叶果罗芙娜虽然照医生嘱咐不能抽烟，还是要稍微抽几支，所以当她住在这里的时候，烟灰缸里经常放着吸剩的半支香烟，留待以后再吸。

谢尔皮林站定了，不知道该从何着手。这个空落落的、整洁而寒冷的房间，很像医院里那个空落落的、整洁而寒冷的病房。他站在房间中央，又一次想起：在目前战争时期，把他叫到莫斯科来看望奄奄一息的妻子，是特别优待的做法；可是他是否因此而轻松了些呢？也许轻松了些，可是也许反而更加沉痛。那些完全没有可能离开前线探望奄奄一息的妻子的人，由于他们在这件事上身不由主，在某一点上也许反而会感到轻松些。这大概是一种不公正的想法，但还是出现在他的脑际。他又想到：现在，在战争的第三个年头，关于什么是不幸，怎样帮助不幸的人，他自己遭遇不幸时应该有什么感受，——关于这种种问题的概念，早已模糊而混乱，飞到九霄云外去了……他记起了自己有好几次没有批准别人迫切需要的请假；这时候他走到衣橱边，坚决地把橱门用力一拉。不管怎样，必须做这件事了！

挂在最靠边衣架上的，是他的军大衣。他知道这大衣挂在这里；所以穿了皮袄飞到莫斯科来，没有另外带衣服。不过那军大衣不是随随便便挂着，而是裹在被单里别上大头针的。瓦林琴娜·叶果罗芙娜有一个习惯，总要把她特别爱惜的东西包起来用大头针别住。谢尔皮林想起了要到参谋总部去，便拔去大头针，把大衣丢到椅子上。余下的全都是妻子的东西了：一件也是裹在被单里用大头针别住的夹大衣，还有几件连衫裙。这些连衫裙他都很熟悉，都是旧的。一九三七年以后，她一件新衣服也没有添过。他还没决定她入殓时该穿哪几件连衫裙，先弯身到衣橱底上摸了一阵，摸到两双鞋，就拿出来放在床边。一双是旧的、穿破了的船鞋，另一双是新的、绒布里子的暖鞋，样子像短统靴。他以前没有看见过这双鞋。这样看来，她到底还是拿他去年在前线得到而寄回莫斯科的铬鞣革皮靴的鞋面定做了这么一双鞋。

“我就拿这双吧，”他想，“这双暖和些。”

后来他打开另一扇橱门，他知道还应该拿一些内衣，但他无力做这件事。他站在打开的衣橱面前，望着橱里折叠好的妻子的内衣，反剪着双手，一直没有把手从背上放下来，仿佛他的双手上了镣铐，没法伸过去把内衣拿出来理好了，包到包裹里去……

当女邻居进来的时候，他还反剪着两手站在衣橱前面。

她走进来，看出他在做些什么，便默默地代他做起来。她现在所能帮助他的，充其量只能是替他解决疑难问题。她正是这样做了：她挑选了一件连衫裙——黑色的，还有那双船鞋，后来在橱里翻寻了一阵，拣出几件内衣，拉出一条被单来铺在桌上，就把东西一样样放上去。

他一直站在房间中央，她就像绕过一个柱子一样，绕过他身旁，在衣橱和桌子之间来回走着。

“全都在这里了。”她说着，打好包裹，坐了下来。

这是她进来之后所说的第一句话，他为此对她很感激。

她坐下来，他也坐下了，抽起烟来，把烟灰抖落在烟灰缸里，这才想到这间寒冷的房间收拾得很整洁，便说：

“谢谢您给收拾了房间。”

她点一点头，出乎他意料之外地谈起往事来：

“你们的屋子要紧缩的那会儿，伊万·捷林季耶维奇曾经想拒绝搬来，他不愿意搬到人家住的地方去。可是我劝他说：要是我们拒绝了，说不定人家会有别的想法。您也知道，那是什么时候。我们搬了进来，就像犯了错误似的，起初一个时期尽量避免正对着瓦林琴娜·叶果罗芙娜的眼睛瞧。”

“她向我提起您的时候，总说您很好。”谢尔皮林说。

“我们没有做过对不起她的事，”玛丽雅·亚历山大罗芙娜说，“不过起初一段时候自己觉得不好意思。”

“那有什么不好意思的。”谢尔皮林说。

他认为这一切现在已经完全没有任何意义，但后来又觉得不对，还是有意义的，于是他同坐在对面的女人握一握手，替妻子表示谢意，因为她不再能亲自向她道谢了。

女人的眼睛里出现了泪水，是由于回想起自身的不幸而引起的，但她克制住了，没有当着谢尔皮林面哭出来，因为他的不幸是今天新发生的。今天应该考虑的是他的事，而不是自己的事。

“我跟您一起去，到那儿去替她打扮打扮。”她说着，站起身来，拿了那包东西。

谢尔皮林穿上有樟脑气味的军大衣，他们走到前室里。谢尔皮林想把她手里的包裹接过来，可是她不给。他们就这样下了楼，并坐在汽车里了，——他空着手，她膝盖上放着包裹。

他们坐在汽车里默默无语。走到一半路程的时候，玛丽雅·亚历山大罗芙娜说：

“我送了葬回莫斯科以后，她日夜都不离开我。”

说过之后又默不作声了。

他们在医院门口停下来，走出汽车时，谢尔皮林踌躇起来。他知道自己不可能跟她一起到那里去，但又不知道自己该在这里等她呢，还是到参谋总部去。

“您别等我，您去好了，”她自己先说了，“我办完了事就回家去。墓地上我就不跟您一起去了。到了那儿会想起自己的伤心事，——自己控制不住，只会凭空给您添上些不快……”

他没有在参谋总部的通行证办理处里等待，通行证已经准备好放在那里了，不过伊万·阿列克谢耶维奇却不在自己办公室里。副官说，他回来过，又去汇报了，他预先关照过，如果他不在的时候少将来了，就请他等一等。

谢尔皮林开始等他。等了很久。好几次有不相识的将军来到这里，副官看见他们来了，就从桌子后面站起来，千篇一律地回答：“汇报去了。”

由于无事可做，谢尔皮林不时朝着副官打量，试图从他的言行上猜测：在他和伊万·阿列克谢耶维奇分离的一段时间里，伊万·阿列克谢耶维奇有没有什么改变？如果变了，变在哪里？

副官是一个中校，高个子，阔肩膀，红头发，身体结实，腿有点儿瘸。这军衔对于这职位来说，是稍为高了一些，但是，可以看到，中校不是一辈子在高级首长手下当副官的，他也在作战队伍里打过仗。两枚红旗勋章和一枚金色的荣誉军人胸章说明了这一点。他在电话里同所有的人谈话时，一概不用阿谀奉承的语气，只有当他称呼对方军衔的时候，才可猜到在电线的另一端是谁。有人进来的时候，副官就像弹簧那样霍地一下从桌子边站起来，迅速而准确地回答问题；至于其余的时间，他全都用来阅读一册很厚的文件，用红铅笔在其中一些词句上打括号，大概是在标出伊万·阿列克谢耶维奇所需要的地方。

“瞧，像这样的人受伤以后才有权利当副官。”谢尔皮林想。他认为只有蠢汉和奴才才会一辈子当副官。“以后，如果他不图享受，就会自己申请加入作战队伍。常常有这样的人申请的。”谢尔皮林懊丧地想到儿子，他既没有勋章，又没有荣誉军人胸章，却已经捞到了副官的职位。

他忽然苦恼地想到，儿子办任何事都没有困难：户籍登记处啦，棺材啦，墓地啦。他全都熟悉，全都会办，全都应付自如。虽然他明白，儿子是在竭力设法减轻他的痛苦，免除他过多的操劳，但儿子的这种本领还是使他感到苦恼和惊奇：“瞧他多会钻营啊……”

副官第十次拿起话筒说“我是中校阿尔杰米耶夫”，接着，答应说，“等他回来我就报告他，将军同志”，然后，挂上了话筒——这时候，谢尔皮林对他说，“请您告诉我，中校，我好像在哪儿见过您？”

他认人的记性很好，他朝着这个红头发的中校看得越长久，就越确信曾在哪里看见过他。

“不错，将军同志，”中校从桌子后面站起来说，“您在一九四一年十二月，在波多耳斯克公路上交通阻塞的地方看见过我。我带领着自己的团，您坐在‘爱姆卡’汽车里，叫我过去，吩咐我消除交通阻塞现象。”

“那时候您喉头缠着绷带，喉咙痛。”谢尔皮林回想起来。

“不错。”

“既然您记得，为什么自己不跟我提起？”

“我不应该先向您提，将军同志。我还记得您以前的事。您在我们伏龙芝军事学院教过作战术的课程……”

谢尔皮林斜看他一眼，沉默了一会。

“哦，原来如此，”他想，“这么说，在那个时候他就认识我了……”

他当然记不得军事学院的这个听讲者，在当时一九三七年，这人大概还只是一个大尉或上尉，况且他只是几十个听讲者中的一个；不过他讲的这些课，他还记得很清楚。在那一个学年里，他一共讲了四次，第四次是最后一次……

副官打了一个电话，接待室里送来了茶和面包圈。

谢尔皮林喝了两杯茶，看一看表，站起身来。剩下的时间极少了。

“你们的飞机每天飞往我们那儿去吗？”他问副官。

副官肯定说，是的，当然，顿河战线上每天都有飞机去……

“乘明天的飞机，该跟谁联系？跟飞行员吗？”

“中将打一个电话去，全都会办好的。”

副官说话带着惊奇的语气。“您的夫人究竟怎么样了呢？”他似乎想这样问，但忍住了。

“等中将回来的时候，请您转告一声，就说我请他替我联系一下飞机的事，”谢尔皮林说，“现在，如果可以的话，请您叫一下汽车，我刚才让它开走了。”

“中将马上就要回来了。”中校说话的语气，暗示谢尔皮林这样做是不恰当的。

副官不但了解到，而且直接听自己的上司说起过：他和谢尔皮林很久以前有过一段短短的关系。不过，从他自己的军人观点看来，凡事都有个界限：朋友归朋友，副总参谋长吩咐他在接待室等待，他却擅自离去，毕竟是不能容忍的放纵态度。

谢尔皮林在中校的脸部表情上看出了这意思，认为这在原则上是正确的，便觉得不该让他困惑莫解。

“我必须在十四点钟以前到医院，”他说，“请您转告中将说，我走了，因为妻子死了，要去安葬。等安葬好了，我会打电话给他的。”

他说这些话时态度淡漠而安详，这种态度是他培养起来对付生活中最沉痛的时刻的。

“这是怎么回事，将军同志？您怎么不早说！”中校忧伤地高声说。

可是谢尔皮林用目光止住了他，这目光表示：“感谢你的同情，不过这与你有什么关系？在没有真正的必要时，我凭什么要先向你提这个呢？”

“就是这样，”谢尔皮林说出声来，“那么汽车的事怎么样？”

谢尔皮林的汽车来到医院门口时，儿子的“惠尔斯”已经停在台阶前了。

“请坐到我车子里来，将军同志，”司机从“惠尔斯”里跳出来说，“这一回要从另一个门进去！大尉同志已经在那儿了，他吩咐我在这儿等您，把您送过去。”

谢尔皮林坐上“惠尔斯”，他们驶出院子，绕过一道很长的石墙，就在同一座大楼的后面胡同口停下来。胡同里有两辆卡车等着。其中一辆卡车上放着两口棺材，此刻有人正在把它们移动一下，好放上第三口棺材。在这辆装着棺材的卡车周围聚集着好些女人。另一辆卡车是空的。

“我们的。”司机把头朝那辆空卡车点一点。

谢尔皮林登上结了冰的肮脏的台阶，走进一个房间，看见地上停放着一口在他看来非常大的、盖好的棺材。儿子站在棺材旁边，正在把一包东西交给一个又高又瘦的助理护士，谢尔皮林昨天曾看到她到瓦林琴娜·叶果罗芙娜的病房里去过。

“您放心好啦，我准定照您说的，全部转交。我们这儿不会不转交的。”助理护士说着，接了那包东西。

儿子转身对谢尔皮林说：

“我给她和护士准备了一些吃的东西。”

儿子做得对，但谢尔皮林却感到不快。

“谢谢。”他说着，向助理护士伸过手去。

她把纸包夹在腋下，同他握手，说：

“全都办好了：也洗过了，也打扮过了。她在我们这儿还算是非常年轻的呢，可惜死得这么早……”

“谢谢。”谢尔皮林又说一遍。

“我叫他们在动身前把盖子盖好，钉上钉子，”儿子说，“要不，这儿……”他没把话说完，嫌恶地望一望踩脏的地面。

后来他走到门口，高声对司机说：

“瓦维洛夫，把卡车上的司机和战士叫来。”

一会儿，三个人一同进来了。

“抬吧？”儿子问。

谢尔皮林向棺材的一头弯下腰去，手指碰到地板，开始把棺材往上抬。

他们把棺材抬出去，放上卡车之后，儿子用头向旁边那辆围着人群的车子摆了摆，第四口棺材又在装上去了。

“他们就是这样运送的。到了墓地上还得排好长的队。”他气愤地挥一挥手。“我们开车吧？”

棺材放在无篷的卡车中央。两旁的车帮上钉着板凳。谢尔皮林默默地爬上车。

“你不会着凉吗？还是坐到司机室里去吧，啊？”儿子跟着他爬上车，一边问。

“关上车帮吧。”谢尔皮林并不答话，对徘徊在卡车旁边的战士说。

战士扣住车帮，两手攀着，也想爬上来。他觉得既然将军乘坐在没遮盖的地方，自己就不好意思坐在司机室里。

“您到司机室里去吧。”谢尔皮林说。

“惠尔斯”走在前头，卡车跟在后面。此刻，谢尔皮林和儿子分别坐在卡车里棺材两旁的板凳上，这棺材在他看来就显得更大了。

“两米二十五厘米，”儿子说，“不能再弄到别的尺寸了，这一口还是……”他又没有说完，挥一挥手。

谢尔皮林最后见妻子一面，是在诺伏杰维契耶公墓，在坟墓旁。

他们在大门口下车，驾驶“惠尔斯”的司机留下来看守两辆车子，并给它们保暖。谢尔皮林和儿子、另一个司机、战士四个人抬着棺材穿过整片墓地，来到它的尽头。

谢尔皮林并不觉得棺材沉重，不过他在走路的时候，老是担心跌交。墓地上盖满了雪，不得不通过一些荒芜的坟墩。

他们来到墓穴前时，才知道掘墓穴的工人还没有掘到底。他们站在里面，颈部齐地面；一个工人用铁棒敲打泥土，另一个工人用铲子把冻结的泥块铲出去。他们的头时隐时现，从地底下传来低沉的骂声。他们诅咒寒冷的冬天和冻结的土地……

谢尔皮林看见儿子打算去呵斥他们，便阻止他。他对这些全都满不在乎。但求快点把工作结束。

棺材暂时放在邻近一块新坟地上。

“想打开吗？”儿子问。

谢尔皮林点点头。不错，他想打开。

儿子撬开钉得不很牢的棺材盖，把它搬起来，靠在棺材旁边，然后把遮掩着母亲尸体的被单撩开一半。

瓦林琴娜·叶果罗芙娜躺在隆冬的露天下，穿着黑色的连衫裙，一双手交叉在胸前，好像怕冷似的。

风吹刮着，把雪从一个坟墓吹到另一个坟墓，几点疏疏落落的雪花落到死者的黑衣服上，落到鬓角有一小块伤痕的苍白的面孔上，落到斑白的头发和发青的眼皮上。

“可以盖上了吧？”儿子问。

谢尔皮林摇摇头。他正在向已经不存在的人告别。棺材里这个人看起来似乎还存在。其实已经不存在了。等到棺材上盖、入土之后，这人不但不再存在，而且连外形也看不见了。虽然谢尔皮林亲眼看到的死亡多得不可胜数，——但此刻，这一经历却对他毫不起作用。

他不知不觉痛苦地咬紧嘴唇，站在那里望着妻子。有一件往事老是排挤着所有别的回忆，好像一个硬块涌向喉头，使他非常难受：他回想起了自己从集中营回来那一天她的忧伤而抱歉的神情。他们两人一同度过了最初的几个小时，饭后，他到前室打电话给伊万·阿列克谢耶维奇，因为他能回来同他有关系。电话没有打通，他回到房里，看见瓦林琴娜·叶果罗芙娜坐在床上，身体靠着墙，已经失去知觉。他连忙奔过去把她安放在床上，跑去打电话叫紧急救护车，打好电话又跑回来，试图恢复她的知觉，拼命回想还是在对德战争以前从医务专科学校学的但早已忘记了的那点知识……紧急救护车来到之后，给她打了针，她才恢复知觉，睁开眼睛。这时候她满脸表现出抱歉的神情，仿佛她做了什么见不得人的坏事，仿佛她有什么地方对不起他！不，她从来没有什么对不起他的地方！不管别人做了什么事，总之，绝不是她，她从来没有做什么对不起他的事。

他不能再站在棺材旁边，不能再站在那里看她了；当一个掘墓工人走过来说要落葬的时候，他甚至感到轻松。

“一切都准备好了。怎么样，将军同志，我们可以盖上吗？”

“好。”谢尔皮林放开他那咬得麻木了的嘴唇说。

儿子俯身吻了吻母亲的手。这时候，她已经身不由主，不能再禁止他了。

儿子吻过之后抬起头来，用被单把母亲的身体盖好，两个掘墓工人就习惯而熟练地用钉子把棺材盖钉上。

谢尔皮林动也不动。

掘墓工人把棺材抬到墓穴边，在棺材下面垫上两根长绳子，就把它吊进墓穴里去。后来他们把绳子抽出，接着出现了短暂的、使人纳闷的片刻寂静。

“你扔吧？”儿子在这寂静中开口问。

谢尔皮林明白了：原来他们在等他扔第一把黄土。

他弯下身去捡了一块冻结的泥土，扔在棺材上。接着儿子也扔了几块泥土，然后铲子挥动起来……全部结束了。

他们走出公墓的大门之后，儿子问：

“你到哪儿去？”

“到参谋总部。”

“我用车子送你去？”

“好吧。”谢尔皮林冷淡地说。

又像早晨一样，儿子坐下来驾驶，让司机坐到后面去。一路上默默无语。有好几次谢尔皮林觉得，儿子好像要同他说话了。可是儿子没开腔。要是谢尔皮林能在这当儿看一看他自己的脸，他大概就会明白，为什么儿子保持缄默，不敢同他说话。

直到他们的车子在参谋总部近旁停下来，谢尔皮林已经一只脚跨到地上的时候，儿子方才小声地问：

“你要回家吗？”

“不知道。”谢尔皮林说过之后，望望儿子的期待回答的脸，又重说一遍“不知道”，就转过身，迈着铅一般沉重的脚步，走进胡同去了。

他在通行证办理处打了一个电话，但伊万·阿列克谢耶维奇又不在办公室。

“他在总参谋长那儿，”副官回答，“不知道他要在那儿待多久，也许从那儿直接到……”他没有说出“直接”到哪儿，又补充说：“可能要待到半夜。我报告过了，将军同志。您的票已经订好，八点十五分从中央机场起飞。到时候派车子到哪儿去接您？”

“到我家里。”谢尔皮林说。

“车子七点整到您那儿。中将要我转告您，请您晚上待在家里，他一有空就打电话给您，甚至可能是在半夜里。他要我转告您，说他一定要见您一面。您可得待在家里啊。”

“好。”谢尔皮林说。

“今天您还需要汽车吗？”

“不。”谢尔皮林说，他心里想，今天他什么也不需要了，除非到哪儿去吃点东西。从昨天到现在，除了伊万·阿列克谢耶维奇接待室里那两杯茶和几只面包圈之外，他竟什么也没有吃过，什么也没有喝过。

“那么祝您一路平安，将军同志。请接受我对您的不幸的同情。”

“谢谢。”谢尔皮林说过，就放下听筒。

他走出参谋总部时，还没有决定往哪里去：吃饭可以在小市民一街城防卫戍司令部餐厅吃，也可以在家里吃。普季津在他离开前线之前，给他放了一包食物在手提箱里。

“嗯，看来还是回家吧。”可是他不愿意立刻回去。他想独自在街上走走，使自己的感情平静下来，因为没有人能和他分担忧愁。他从容不迫地走到了基洛夫街上，拐入富尔卡索夫胡同，绕过一所房屋，——从前有一天半夜里，他曾被押送到这房屋的院子里。在不同的时候回忆起这件事来，有不同的想法，此刻只是匆匆地想起，甚至还冷笑了一下：瞧，没什么，还从旁边走过，平安无事！

“我平安无事，瓦利娅却为了这个付出了生命的代价。”虽然他有权发怒，但他想到这件事时并没有发怒，只觉得烦恼得要命。

他绕过一个广场，拐向小剧院。

寒冷而寂静，天放晴了。阴暗的街道明亮起来，甚至可以看清过路人的脸，要是他们走得离他很近，而且和他一样从容不迫的话。

他走到小剧院门口，想穿马路了，突然后面有人抓住他的衣袖。他转过身，以为这是一个男同事，想不到站在他面前的却是一个个子很小的女人，戴着护耳帽，穿着饰有军医领章的军大衣，一只手仍旧拉住他的衣袖不放。

他很诧异：在大街上拉住将军的军大衣袖子，照规矩是不应该的，——可是他的疑团一下子就消释了，这个穿军医制服、眼睛里表现出惊喜神情的小个子女人，他非常熟悉。

“您好，医生同志。”他脱下手套说。

小个子女医生微微一笑，也赶紧去拉手套。手套拉不下，她就跟孩子一样用牙齿扯下来。她那只结实的小手以一股意想不到的力量握住谢尔皮林的手。

“刚才我从您对面走过来，”她说着，并没有放开他的手，“突然认出是您！可是后来我想：不可能，这不是您，我就走过去了。可是后来又想：不，说不定倒真的是您呢？于是我就追您来了。您瞧，我还抓了您的衣袖，假如这不是您，我准会给人家说上几句，可我顾不得这个了。原来真的是您啊！”

“为什么您认为不可能是我呢？”谢尔皮林问，“您已经把我报销了吗？”

“不，不是为了这个，”小个子女医生说，“不是为了这个，只不过是因为……”她踌躇起来。

她遇见谢尔皮林，真像是神话里的事，这倒不是因为谢尔皮林不可能活着；相反，他完全可能活着。她和所有别的人一样，在突围之后第一个早晨就知道他已经动过手术，人家用救护机把他送往莫斯科去了。她觉得他们俩相会像神话，那是由于另一个缘故：她自己经历过一切遭遇之后，竟还活着，现在能在莫斯科街上走，甚至还能遇见她以前认识而已经不指望再见到的人。

成为奇迹的是她自己和她的命运。但她不惯于这样看待自己和自己的命运，因此，在她看来，平安无事的谢尔皮林却成了奇迹了。站在她面前的这个身穿将军制服的人正是那个军大衣上有一条破缝，制帽上的帽檐折断了的人，他在突围前最后一天对他们说：“明天这个时候，我和你们不是死在德国人的脚下，就是活在自己人当中，第三条路是没有的！”

她望着谢尔皮林，一面仍旧握着他的手，好像他马上要飞走似的。

“我倒是真的没想到会看见您活着。”谢尔皮林说。

“是啊，您可知道，下一天……”小个子女医生开始叙述，但谢尔皮林打断了她的话：

“我知道，关于这一次糟糕事件，什马柯夫后来全都写信告诉我了。这么说，您那时候还是脱了身？”

“不，我不是那时候，”小个子女医生说，终于放开了谢尔皮林的手，“我是现在……不，不是现在……”

“究竟是怎么回事——是那时候还是现在？我有点听不懂您的话，”谢尔皮林说，“或许您还是照军人的方式按次序讲给我听吧？”

可是按次序讲，她仍旧讲不来。

她先说到她已经在莫斯科街上逛了三天，因为她出院之后，有休养的假期；后来又说明，她之所以进斯克里福索夫斯基医院，是因为在游击旅里受了伤之后给送到那里去的；不过她不是一直待在游击旅里，因为以前她在斯摩棱斯克做地下工作；在这以前，她也在游击大队待过，但那时候还不叫游击大队，而叫做游击队；至于参加这游击队……

如果她写起自传来，她现在连珠炮似的告诉谢尔皮林的这一切，大概要占很大篇幅呢。但在阅读这些篇幅的时候，要弄清楚事件的实际进程，可得反过来从末尾读到开头。她好容易叙述到了开头，讲到自己怎样由佐洛塔列夫（“您记得吗，个子小小的，他到我们这里来以前，是巴兰诺夫的司机，巴兰诺夫就是那个开枪自杀的，记得吗？”）和辛佐夫两人轮流背着逃出来，接着担心地问：

“您可知道他们两人怎么样了？也许您偶然知道吧？”

她的声音里表示着希望：“为什么她活着，他们却不能活着？她有哪一点比他们强？”

谢尔皮林不大愿意回答这个问题，但他还是回答了，他说，佐洛塔列夫在一九四一年底还活着，至于辛佐夫，根据他所获得的消息，已经牺牲了。不幸这消息没有引起怀疑。

“牺牲了！”小个子女医生伤心地说，“真的牺牲了？”

“遗憾得很，正是这样。”

“我还以为他活着呢，”她悲哀地说。

谢尔皮林望着她，回想起自己在到卫生营去的路上，曾在汽车里关照辛佐夫，要他照顾她。

“这么说，是他把您背出来的？”

“是他。”

“他临死以前，还是履行了诺言。”谢尔皮林怀着追念的敬意想起了这个久已逝去的人。

“我们干吗站在路当中啊？”他说，“您往哪儿去，医生同志？”

“您别跟我开玩笑。”她抬起眼睛来望着他。“要是您还没忘记的话，您该知道我叫塔尼雅……”

“好吧，”谢尔皮林说，“这个我当然没有忘记，也忘不了，只是有点儿不习惯这样称呼军人。”

他微微一笑，——这是他那种慈祥的、她所熟悉的笑容，于是她想，他还是和从前一样，是个非常好的人。而他望着她那瘦削的脸，心里想，虽然她自己轻描淡写地谈到受伤的情况，其实这次伤势大概很重呢，再说，医院里的伙食又不能使人满意。

“那么您现在往哪儿去呢？”

他们两人从人行道边走开，现在正站在小剧院墙边，靠近堆满沙袋、钉着木板的奥斯特罗夫斯基纪念碑。

“回家。我出院以后住在医院的一个助理护士家里。她邀我在莫斯科期间住在她那里。”

“您从哪儿来呢？”

她用头朝大剧院那边摆了摆。

“本来想去看戏。”

“现在又怎么啦？”

“我听说今天是乌兰诺娃表演《天鹅湖》。我想去要求弄一张随便什么样的票子，只要一张就够了！可是人家对我说，想都别想。”

“这么说，您就为了这个情绪不好，”谢尔皮林说。

“我起先是情绪不好，可现在不啦；您知道，我碰见了您，多么高兴啊！”

“我也高兴，”谢尔皮林说，“真是太好了——突然在莫斯科，好像天上掉下来似的，碰见了我们的小大夫。我们以前背地里这样叫您。您知道吗？”

“知道。”

“我们在被包围的时候，都很喜欢您，常常拿您来给男人们做榜样，您知道吗？明白吗？”

“瞧我马上要哭出来了，”她用压抑着的声音说，两只眼睛泪光闪闪，“请别说下去了。”

“您什么也不知道，什么也不明白，”他说，“现在您怎么也哭不起来，因为您没有什么可哭的，您平安无事地活下来了。您还会活到战争结束，您的幸福还会有好多好多。至少，如果有人问我情愿给她多少幸福的话，我会说：我一点也不吝啬！我会主张给她那么多！”

他把两条长手臂尽可能张开。

“瞧，多么多，您还想哭呢！”

“我已经不哭了。”她说着，用手套擦擦眼睛。

“这么说，你想去看戏，没看成？走吧，或许让我们一起去想办法弄一张票子吧。”

他说的是“一张票子”，可是她听作“两张票子”，她以为他要和她一起去看戏，非常高兴，甚至比知道他能弄到票子还高兴，因为她还要告诉他许多事，也要打听他的情况。可是在这儿街上，不好意思再耽搁他，她刚才已经决定同他告别了。

“真奇怪，他们竟不能给她一张票子！”他同她并肩向大剧院走去，心里想。“当时在被围的时候，为了不让自己从人变成禽兽，有时候需要把全部意志力集中起来，——她在那时候，对任何人都不惜付出任何代价，可是这儿的人连给她一张票子都舍不得！对于有些个涂脂抹粉的家伙，他们倒很慷慨，对于有些个酒店经理，他们也很慷慨，偏偏对她就这样吝啬！”

她自己弄不到戏票，要设法看戏非得借重他将军的身份不可，他想到这一点觉得很气愤。

“你暂且在这些圆柱中间走走，等我来。”他像对小孩一样，对她称呼“你”。他让她留在外头，自己走进剧院的前厅去。

票子没有了，但管理人听说将军同志只需要一个座位，不过非得是今天的，便签给他一张经理处包厢的票子。

“不过要请您早点儿来，将军同志。因为那儿的座位是不编号的，如果来晚了，要坐在别人后面。”

谢尔皮林走出来，起初没有看到小个子女医生，后来看到了，笑起来。她没有料到他这么快回来，正在一根柱子周围徘徊着，思索自己的事，一面用手指在柱子上画些什么，好像一个小姑娘。

“真的弄到了？”她问，不好意思地从柱子上缩回了手。

“喏，拿去。”他说着，把签票递给她。“你要注意：到得越早，座位就越好。你一直进包厢去，坐在头一个座位上，不要让别人给占了去。离开演时间不多了！你现在就去吧。”

“那么您呢？”她惊奇地问。她怎么也没想到，他去弄票子单是为了她。

“我明天早晨要飞回顿河战线去……”

“那不是还要早晨嘛……”她非常渴望他和她一同去看戏，尤其是因为他刚才提到座位是在包厢里，又叫她不要让别人占了自己的座位，这些话使她心里很不安。

“我不能。”他说。

“怎么回事，您怎么啦？为什么您不能？”她看到他那难看的脸色，不觉惊慌地问。

“不，没什么，一切都正常。”他回答，根本什么也不打算让她知道。可是自己也想不到突然会添上一句：“我妻子死了。我刚刚送葬回来。”

她听了这句话，听了这个低沉、疲乏而忧伤的声音，竟大叫一声。仿佛这声音刚才还在高高的山上，突然她亲眼看着它落下来，砸成了碎片。

“费多尔·费多罗维奇，这是怎么啦，这是怎么啦……”

她抓住他的手，凝视着他的眼睛。

他望着这个为了同情他而几乎哭出来的年轻女人，想到了他自己，费多尔·费多罗维奇·谢尔皮林，今年四十八岁，今天葬了妻子，以后要一个人过日子，要习惯于过孤独生活了。

“就是这样，”他说，“我不该告诉你的，只是白白搅乱你的心情。我本来不打算说，自己也不知道为什么说了出来。好吧，进去看戏吧。我也该走了。”

塔尼雅惘然若失地望着他。当他刚刚说过要回顿河战线的时候，她就打算问他：现在斯大林格勒怎么样了？究竟什么时候可以完全收复？她头脑里甚至掠过一个念头，想请他在她病假期满后帮助她到他服役的前线去。但在他说过这番话之后，已经不可能向他提这些问题，也不可能向他提到自己和自己的职务了。

“好，去吧，去吧。”他说。甚至轻轻地推她，仿佛预感到她就要对他说，她什么戏都不要看了。

她顺从地走了，但后来回过头来，看见他还没有走，正在目送着她。

“费多尔·费多罗维奇，可以给您写信吗？”

“写吧，要是你不懒惰的话。”

“你们的军邮信箱号码是多少？让我记在心里。”

“五零四一三——Д.。去呀，干吗停下来？”

于是她又转过身去，嘴里反复念着“五零四一三——Д.，五零四一三——Д.”，随手去拉一扇很重的门的把手。

谢尔皮林回到家里已经很晚。他不愿意下去乘地下电车、在人群中间挤来挤去，因此一路步行回家。

“妈妈在哪儿？”他问替他开门的男孩。

“上工去了。”

“那么晚！”

“她要工作一昼夜：一昼夜上工，一昼夜在家。”

“在哪儿工作？”谢尔皮林不知为什么昨天没有想到，女邻居是有工作的。

“在喀山车站担任疏散工作。”

“你在管家务吗？”

“我也刚回来。”

“做中班吗？”

“不。在铁路上替学校卸煤。”

“怪不得，我看见你的手……”

男孩看一看自己的手，什么也没回答。

“你念几年级？”

“七年级。”

“你们学校里现在学生多吗？”

“很多。我们三个学校并成了一个。我们的学校指定作医院用了。”

“你们有电气水壶吗？”

“你们的。”

“你煮两个人的茶。茶归你烧，吃食由我来。”

“不过让我们在厨房里吃吧，”男孩说，“那儿暖和些。”

谢尔皮林打开自己的房门，招呼男孩进去。

“你把手提箱里那包东西拿出来，准备好了，再来叫我。”

男孩点点头，拿到了那包东西，走出房间去了。

谢尔皮林独自一人待在房里，抽起烟来，来回走了好几趟。后来他打开那半空的衣橱的门，像按琴键似的把挂在衣架上的几件连衫裙抚摩了一遍。

东西啊，东西啊……东西虽然不那么多，可是拿它们怎么办呢？

把它们往哪儿搁呢？幸好他明天早晨要飞走了，不知道今后什么时候再到这房间里来。可是东西啊……管它的，或者干脆都送给女邻居吧？恐怕她会见怪？……其实为什么要见怪？她可以拿到市场上去卖掉，买点什么给儿子。瞧他那双毡靴打过补丁的。就让她买一双毡靴给他吧。我准定跟她说……

他忽然想起他已经见不到女邻居了，便坐到桌子边，马上写一个小字条留给她，免得过后忘记。

“可以喝茶了。”男孩在门外说。

“拿去，明天把这字条交给母亲，因为我明天要上飞机，见不到她了。”谢尔皮林走到男孩跟前说，然后和他一同走进厨房。

看来普季津动过一番脑筋，男孩已经把食物统统摆开在桌上，虽然由于礼貌关系，什么也没有切，没有开。三听罐头肉，一圈熏肠，一大块干酪，一只枕头面包，——整整一份口粮！还有一瓶“塔尔洪”土烧——谁知道这种“塔尔洪”是从哪儿来的，战前根本谁也没听说过有这种酒。

“烧酒吗，我们俩大概不会喝吧，啊，格利沙？”

男孩初次露出笑容。

“你有刀子吗？”

“喏。”男孩把刀子递过去。

谢尔皮林切下几片厚厚的熏肠和干酪，然后把一听罐头推到男孩跟前：“你来开一开。”自己开始倒茶了。

“您在顿河战线上吗？”男孩问。

谢尔皮林点点头。

“在哪儿？在斯大林格勒以南还是以北？”

“在西北。”

“今天战报里提到的是不是你们的部队？”男孩问。

“在哪儿？”

“我马上拿给您看。”

男孩跑进房间里，拿来了报纸。

谢尔皮林戴上眼镜，开始阅读情报局昨天的报道。其中有一段报道前天夜里攻占土岗的事。既没有指明地点，也没有指明攻占的部队，但看了详情细节就不容置疑：说的是土岗的事。

这报道不免有不准确的地方：这里写着在攻占高地时击毁并缴获了七辆德国坦克。这不能说是谎报，但也不能称之为事实。前天谁也没有击毁德国坦克，因为这些坦克很久以前就被击毁，德国人早已利用它们作为固定火力点。只有一点是正确的，即坦克是七辆，而这些坦克所在的地方，现在被我们占领了。

谢尔皮林冷笑一声，对男孩说，这里的确叙述了他的师所参加的战斗情况。

“你们的师是不是近卫师？”男孩问。

“目前还不是。”谢尔皮林说。

“我父亲的师是近卫师。他们把父亲的近卫证章给了母亲。”

男孩的脸上表现出紧张而焦躁的神色。

“我跟母亲到那儿去的时候，我请求把我留在师里，可是他们说，这件事无论如何不行。这是真的吗？”

他问得很认真，使人不能对他说谎，再说，谢尔皮林也认为没有必要说谎。

“你知道，是这么一回事，”他说，“如果我接替你父亲担任他这一师的指挥工作，而你来要求收用，那我不会拒绝你，不过我会提出一个条件：你和母亲一同回家，跟她一起待上半年，等她的痛苦稍为平静一点儿，你自己念完了七年级，那时候再打报告。”

“假如他们到那时候再不收用我呢？”

“那你就写信给我，我会收用你。你拿一个本子来，我把我的军邮信箱号码写给你。”

男孩马上出去，拿来了一本杂记本，把它翻在空页上。

谢尔皮林用很大的字在这本子上写上自己军邮信箱的号码，忽然想到自己显然就要调任，便说：

“如果改变号码，我会通知你的。”

他说过之后，觉得男孩相信他了。男孩相信他，是做得对的。

“你们现在在斯大林格勒郊外的情况怎么样？”男孩问。

“情况不坏，”谢尔皮林说，“我想不久就会变得很好。”

“你们不是已经把他们完全包围起来了吗？”

“完全包围了。”

“已经很久了吗？”

“相当长久。快一个半月了。”

“那为什么呢？……”从男孩的眼神里可以看出，他实在忍耐不住，巴望快点消灭待在斯大林格勒的全部德国军队。“他们在那儿占据的地方，已经不过手掌大一块了。”

谢尔皮林冷笑一声，他心里设想着这“手掌大一块”，其实这地方至今还有四个莫斯科大呢。

“‘手掌大一块’！……在这‘手掌大一块’的每一米土地上，还得不断地扔下好多公斤的钢铁，以后还非得在钢铁之外再加上鲜血。还说这‘手掌大一块’算不了什么呢！这男孩说出这种话来，是由于年幼无知，对他情有可原。可是还有一些成年人，至今仍然不明白：战争的每一步会产生多少士兵的坟墓。”

“你希望事情一下子就解决吗？”谢尔皮林说，“我也很希望这样，可是事实上这种情况很少！”

“为什么呢？”

“如果你到我那儿去了，你就会明白为什么。闹钟有吗？”

“有。”

“你什么时候起床？”

“六点半。”

“你一醒来就叫我。我怕睡过头。很久没有好好地睡一觉了。”

谢尔皮林伸一个懒腰，自己也不相信，怎么终于想睡觉了。还在一小时之前，他觉得自己永远不会想睡觉。

“你叫醒了我，我们喝一会茶，然后各干各的事去：你上你的学校，我回我的师部。”

“您肯赌咒吗？”男孩突然问，意思是指谢尔皮林答应他的那件事；他的眼睛显露出期望和激动的神情。

“我除了宣誓以外，从来没有赌过咒，我决不赌什么咒，”谢尔皮林认真地说，“不过如果我说过能做到，那就一定会做到。如果我怀疑自己不能做到，那我就干脆不说。我劝你也要这样。吃的东西要放到明天早晨，你拿报纸盖一盖……”

他走进自己房里，忽然想起了伊万·阿列克谢耶维奇要打电话来。

“你什么时候上床？”他打开门，高声问。

“很晚。我还要做功课呢。”

“要是有人打电话来的时候我睡得很熟，没听见，你就叫醒我！”

他让通走廊的门就这样开着，脱下军便服，把系着手枪的皮带挂在椅子上，脱下靴子，把军大衣和皮袄全部蒙在头上，软弱无力地一头扎在枕头上了。

第七章

谢尔皮林醒了，睡梦中他觉得有人来了。眼睛还没有睁开，他就把盖在身上的皮袄拿开了，两脚放到地板上，接着睁开眼，看见儿子站在洞开着的门口。儿子穿着军大衣，戴着一顶护耳帽。格利沙的脑袋从他的肩后探出来。

“将军同志，有人找您。”男孩子简截地说，仿佛他已经到过前线。

“好，进来吧。”谢尔皮林说完，就使劲地把放在地板上的那双冰冷的靴子往脚上套，头也不抬，又对儿子说道：

“站着干吗？把军大衣脱了吧。”

儿子正在前室脱军大衣的时候，谢尔皮林穿上了军便服，但是他没有把那条挂着手枪皮套的腰带束上。因为梦被打破了，他觉得浑身累得没有一丝力气；他把皮袄披在肩上，靠桌子坐下了，两个臂肘支在桌上，用两手揉起脸来。

“坐吧，”他说，还是不看儿子，接着又用两手揉一下脸，并把两手攥在一起，投在面前桌上，问：“嗯，你有什么话？”

他看看儿子那张漂亮的、饱经风霜的脸，看看他那开始衰老而且稍微看得出有点秃的前额，看看他那刻划着一条显明的横纹的刚毅的下巴；他边看，边在心里寻思：这些意志坚强的人有时在战场上却原来是多么靠不住的角色啊。当他们被恐怖的魔爪攫住的时候，他们常常被掐得叫人认不出来——面无人色，像是奶渣做的……

这张活像他妈妈的脸为什么当时却不能使他想起她呢？大概因为这张脸上没有一对跟她同样的眼睛。她有一对固执的、从内心深处看人的眼睛，仿佛老是一个劲儿地要把不能用言语表达的一切意思说尽。可是这个坐在他对面的汽车部队的大尉那目光呆定的灰眼睛宛若两个炉盖，拒不接纳它们害怕的东西。谢尔皮林蓦地想到了，有一种眼睛给予什么，另一种眼睛拿走什么，而第三种眼睛拒不接纳。

“别这么看我，”儿子说，“你还是叫我走吧。”他的声音发抖了。“你这么看我，好像妈妈发生这样的事是我的过错……我已经来看过她了……”

“原来是这样，”谢尔皮林打断了他的话，“你不是医生，你不能预料她往后会怎样。如果你上这儿来还要谈什么……那就谈吧。但是，如果是为了这件事来，那你徒劳往返。请你别叫嚷，这使我讨厌。”他补上一句，看见泪水从炉盖似的眼睛里滚了出来。

儿子抽噎起来，擦干了眼睛，请求让他抽烟。

“抽吧……你有什么香烟？”

“‘卡兹别克’牌。”

“给我一根。”

父子俩默默地抽了一会儿烟。

“听我说，你怎么个看法，”儿子说，“请原谅我此刻提这件事，但是往后我们大概会很久不能见面……”

谢尔皮林探询地瞥了他一眼。

“如果我把妻子和女儿从赤塔送到这儿来暂住一下，直到我配得房子，你觉得怎样？她们在那儿生活很苦，常常挨饿。我接到了信，可以让你看。”

谢尔皮林摇摇头。儿子把这理解为不同意的表示。

“你不同意吗？”

“不，”谢尔皮林说，“你不必给我看，我相信。”

“那么你对这怎么个看法？”

“我同意。”谢尔皮林说。

“那么可以把她们送来吗？”儿子高兴地说。

“如果能批准，送她们来吧。”

“还没有。通知书和登记证我会去办。我去请求我的将军打个电话……”儿子甚至把手一挥，表示他的将军在这种事情上帮个忙是不费吹灰之力的。“只要你同意就行。”

“你大概也是为这个目的来看你妈的，”谢尔皮林心里想，“可她为什么向你吆喝呢？你跟她说了些什么？不是从这件事谈起吗，那么是从什么事谈起的呢？”

可是他没有让自己继续想下去。

“你要我干什么？”他提出了另一个问题，因为他明白：儿子需要他帮忙。

“请你写张便条，”儿子说，“写给后方管理局，说你同意了。”他有点儿着急得不必要，拉开预先放在桌上自己身边备用的一个图囊，拿出一本拍纸簿。

谢尔皮林用眼睛在屋子里找，一边回想着，墨水瓶可能摆在哪儿；可是儿子已经从图囊里掏出一支红铅笔说，可以用铅笔写。

“她姓什么，你的？”谢尔皮林问。

“我的？”儿子讷讷地说。

“姓名的第一个字母？”

“‘安’·‘彼’——安娜·彼得罗芙娜，我马上就给你看看她们的照片。”儿子说着，摸起军便服的口袋来。

谢尔皮林没有回答，握紧铅笔用力地写：“请让安·彼·托尔斯蒂科娃和她的女儿迁入为我保留的住所，皮罗哥夫街九号，二十七室……”

“你的女儿叫什么名字？”

“奥尔迦。”儿子说，把妻子和女儿的照片在桌上推过去。

“……奥尔迦。”谢尔皮林补写道，签了字，把便条递给了儿子。接着从桌上拿起照片，短促地瞥了一眼，又放回桌上。

儿子难受地等待了几秒钟，一边小心翼翼地、仿佛怕打破沉寂似的把照片移到自己身边，藏入了军便服的口袋里。

“把军大衣披上吧，天气很冷。”察觉到儿子瑟缩发抖，谢尔皮林说。

“瞧我军便服里。”儿子解开一颗钮扣，让他瞧瞧穿在军便服里的羊毛衫。

“违反规定。”谢尔皮林说，这句话的意思是：军官也应该同士兵一样有冬天的感觉，不穿规定以外的衣服。

儿子耸耸肩膀。

“既然发下来，我就穿上了。”

“直到现在我还不知道，汽车部队人员有特殊的被服供给。”谢尔皮林说。

“不是每个人都有这样的供给。”儿子说，但说了后，才明白，父亲的嘲讽正含有“不是每个人都有”的意思。

他觉得，虽然受到嘲讽，但是同意他的家眷搬到这儿来也就是间接地原谅他过去的一切行为。他并不了解父亲的真实心情，这不是因为他愚蠢或观察力迟钝，而只是因为他心里另有一种衡量事物的尺度。

对谢尔皮林来说，同意让人搬入自己的屋子根本不意味着什么。他也会同样答应任何别的人，甚至伊万·阿列克谢耶维奇的那个副官，为他的妻子和孩子们……

“我想告诉你，这一切是怎么回事。”儿子说。

“有必要吗？”谢尔皮林问。他这样问并不是他不愿听，而是认为有必要警告一下：他决不宽恕，可是儿子不了解这个意思，固执地说：

“不，不，有必要！我相信，这会使我们减轻痛苦。”

“未必。”谢尔皮林心里想。他心里虽然这么想，但并不表示反对，只向儿子再要一根香烟，点了火抽起来，一边把披在肩上的皮袄往上扯了一下，心里瑟缩发抖，两个臂肘更重地支在桌上，准备倾听。不管儿子对他说什么，他都没有打断儿子的话。

儿子述说了，这一切是怎么回事，从他的话里听出来，他当时不得不这样做。可是谢尔皮林边听边想，即使是这样，如果他处在儿子的地位，他也绝不会像儿子那样做。

儿子大概没有把话说完，但是当他向父亲解释的时候，实话毕竟多于假话。他说，一旦他掉入了这个轮子里，以后不得不跟着它转，并且不得不转得跟它一样快，因为要不然，在某个时刻就会掉入轮辐中间而粉身碎骨。

儿子没有使用“粉身碎骨”这一类字眼，也没有说过轮子和轮辐，他谈到一次斗争激烈的集会和毫不留情的反诘，谈到人家威吓他，要他去见上级，谈到一些不好的主意，在出这些主意的人看来，这些主意也许很好。他谈着这一切，可是谢尔皮林边听边想着轮子和轮辐，想着当时在这个轮子里转意味着什么，粉身碎骨是什么意思。

他自己在这个轮子里有没有粉身碎骨呢？对，不用说，如果提到前旅长、前伏龙芝军事学院教官、前红旗勋章获得者、前共产党员谢尔皮林……那整整四年受尽折磨的命运……生命被折成了几段，似乎永不愈合了。这一切的结局十分可能象许多人的结局一样——难逃一死，甚至没有经过判决，就这么死了，不是死在押解途中，就是死在山岗中间的雪地上，在那个地方看不见一株可以用刀刻个记号的树木。他亲眼看到别人就是这样死的。归根到底，如果说实话，死会改变一切。人不会从坟墓里爬起来，不会问：我怎么死的？是否粉身碎骨……诚然，死后，讯问笔录也能透露出一些什么，可是谁会读这些讯问笔录，这些讯问笔录是否还保存着？

从前，在集中营里，想到死的时候，他也想到过这点。但是他活下来了，并且恢复了自由。不管人家怎样折磨他，他的创伤还是愈合了，不但愈合了，而且他活着，也不想到他有着创伤，必须更加谨慎小心，虽然他在心灵深处认为有可能再遭横祸——难免又会出现使你那愈合了的创伤折裂的人。

可是儿子滔滔不绝地说个没完，他越说越有劲，因为他觉得自己越来越没有过错……那时他设法开脱自己，现在他也在设法开脱自己……虽然他在设法，但是并不了解，坐在他面前的人，——他曾经不认他，但那时和现在心里却都暗暗地叫他做父亲，——假如能不听他的辩解，愿付出高昂的代价呢。

“什么样的惩罚临到了我和你妈头上？要知道，我们没有纵容过，也没有溺爱过你。说不定，在你的童年时代，我有时候有过这样的事。可是她从来没有过，根本没有过。”谢尔皮林又苦恼又惊讶地望着儿子，在心里寻思。“我不是你的生身父亲，你的亲爹早已死了，所以，他没有被牵连在所发生的一切事件里面，——不用说，这当时对你起了作用。假如你性格刚强，你尤其不会不认我——你的非生身父亲。可是对于一个性格懦弱的人，走方便的路——这当然是一种诱惑。何况是被迫的。这一切就是这样。可是你却强调说，别人都和你一样，他们都不比你好。可我不相信。因为我亲眼看到，在两年的战争中，有不少跟你同岁的人都为国家献出了生命。这些人都不贪图轻松的生活。他们的牺牲或者是由于聪明的行为，或者是由于愚蠢的行为，但是你不能把他们当作自私的人，也不能叫他们做胆小鬼。虽然我在战争中很少有机会阅看他们的履历表，但是在你跟我谈到的那个时代，我简直不能而且此刻也想象不出他们中间有谁是跟你一样的人。姓无论如何没有关系。问题不在于姓什么，而在于胆小。改姓，这仿佛是乔装开小差……”

“你说完了吗？”等到儿子终于不说话的时候，谢尔皮林问。

他这样问并没有打断谈话的意思，而只是由于多年来的军人习惯。

儿子举目望着天花板，仿佛回想着忘记了什么没有，过后看着父亲，说：

“是的，是这样的时代嘛。”

“对，是*这样的*时代！的确是*这样的*时代！”谢尔皮林心里想，暗暗地强调着这个词儿。“*这样的*！你再也找不到更合适的词儿。一切都包含在这个词儿里。”

此刻他有一种奇怪的感觉，仿佛当时存在的不止一个而有两个邻接的不同的时代。一个时代是光明的、可以理解的，在这个时代里，飞越北极，支援西班牙革命，憎恨法西斯主义，实施了几个五年计划，活干得满头大汗，愉快地相信祖国在日益富强，有爱情和友谊，建立着正常的人与人间的关系；跟这个并列的——你只要往一边迈一步——却是另一个时代，一个可怕的、一天天越来越变得不可思议的时代……

“当时你不认我，事实证明，你错了。”沉默了半晌后，谢尔皮林说。

儿子做出抗议的姿态，表示他没有选择的自由，可是谢尔皮林止住他。

“……事实证明，你错了，”他重说了一遍，“可是有些和我一样的人，目下还在我关过的那个地方，因为他们的问题还没有弄清楚……现在我看看你，不能把这个忘掉。我不能，你妈也不能。这你懂不懂呢？”

儿子站起来了，无可奈何地耸耸肩膀，像是在说："嗯，可我有什么办法？"谢尔皮林觉得，他立刻要穿上军大衣走了，因为他再没有什么可说了。儿子在屋子里走了几回，耸耸肩膀，仿佛默默地回答着对自己提出的一些问题。"他立刻要走了。"谢尔皮林心里又想；可是相反地，儿子却走到桌子跟前，又坐下了。

"随你的便，"他说，"你相信我也罢，不相信我也罢，但是我从来不，你要明白，从来不，我向你保证，从来不，不管人家对我怎么说，一分钟也没有过，不论哪一年，从来不相信，你是人民的敌人……"

他悄悄地说着这些话，几乎不希望父亲会相信他，可是他说得非常诚恳，使谢尔皮林不觉怔了一下。从前这个想法也好多次在他的头脑里出现，可是他每次都把这个想法驱走了。从前他在心灵深处企图为儿子辩解：他说，他不相信，这是撒谎；他撒谎是因为他感到害臊，不敢当面说，实际上，当时，也就是在那个时代，他已经相信了！他们把他搞糊涂了，把他的头脑搞昏了；他们把他吓糊涂了，他终于相信了。他相信了——所以不认他了！

当他妈那么可怕地向他吆喝的时候，他企图申辩，他对母亲说了这样的话！他对她这样说的，正是这样说的！

"难道你不相信我吗？"儿子的声音仿佛从一个遥远的地方传到了谢尔皮林的耳朵里，虽然儿子仍然坐在他对面，伸手够得着他，并且摸得到他。

"我告诉你，"谢尔皮林说，一边站起来，往上扯了一下从肩头滑下来的皮袄。"我们已经解释得够了；我认为，我们彼此并不了解，但是这并不重要。眼下生活里有更重要的问题。有什么对不起我的地方，——忘了吧。但是，如果我们的谈话不限于父子间的事，那么照我的理解，你来找我是为了请求原谅你的胆小。是不是这样？"

"是这样。"

"如果是这样，那你找错了地方。胆怯的心理是要在战斗中消除的。还想不出别的办法。你为什么直到现在还不上前沿阵地？"

"情势是这样嘛。"

"你打份报告来，改变一下情势。尤其是因为你姓了托尔斯蒂科夫。你曾经鼓起了这样的勇气。既然鼓起了这样的勇气——那就不许使这个姓蒙受耻辱！瓦西里·雅科夫列维奇自己从来没有胆小过，他也不会原谅胆小的人。明天打份报告来。要不要我帮助？”

“不要。”

“什么时候送来？”

“你不是说过了——明天。”

儿子的声音里流露出痛苦和慌乱的心情，可是谢尔皮林不愿看到不论哪种心情。

“那么完啦。给我留下几根香烟。”

他跟儿子握了握手。虽然一星期或一个月后他会发觉这次握手的代价是死亡或受伤，但如果听到另一种回答，他就不伸过手来，他会不告而别，让他爱到哪里就到哪里去！

儿子来到了前室。谢尔皮林又靠桌子坐下了，他隔着洞开着的门看见儿子怎样穿上军大衣，戴上护耳帽，束上皮带……

儿子穿戴完毕，走到门口，站住了。

父亲靠桌子坐着，觉得冷，肩上披了一件皮袄。此刻他的脸又瘦又苍老；两鬓暴出硬化的青筋，因为一夜没有睡好，此刻特别明显。那双青筋毕露的大手疲劳地放在桌上。

虽然这个靠桌子坐着，固执的、渐渐衰老的人甚至眼下处在从四面八方包围他的痛苦中，也显得是不可摧毁的；但是儿子却忽然可怜起父亲来。可怜他那秃头上偏向一边的斑白的头发，可怜这张疲倦的、苍老的脸，可怜这两只投在桌上、布满青筋的瘦手；觉得他在这个寒冷的空荡荡的屋子里孤独地坐在桌旁，是怪可怜的。

儿子站在门口，望着父亲，忽然对他、也对自己起了怜悯之心，突然说：

“怎么，你愿意只剩下自己一个人吗？”

“可我本来就是孤零零的一个人。”

谢尔皮林抬起头来，儿子却忍住了他那无限长久的注视，没有补充一句，转身走了，并随手带上了门。

听到第二道外门砰地关上了，谢尔皮林这才站起来，在屋子里像钟摆那样来回踱起步来，边不时往上扯着从肩头滑下来的皮袄，边一根接一根地抽起烟来。

跟儿子的谈话勾起了对一切他平常已经不想的往事的回忆，这不是因为他怕想这些事，而是因为战争把这些事抛在一边了。在战争中，这些往事并不是在他头脑里已经不留影踪，而是被撇在脑后了，几乎没有时间，也没有必要想这些事。可是此刻这些往事突然涌现出来，你不能不想它们，就像必须不等射击停止而冒着弹雨通过开阔地一样。这些事情中间主要的和最伤脑筋的不是他个人的问题，而是那些直到现在还关在那儿的人们的问题，从前要把这些问题撇在一边也是最困难的。在战争刚爆发的时候，他觉得，那些像他一样在战争前夕被释放出来的人们，有的忘我地工作过，有的在大家眼前鞠躬尽瘁地牺牲了——这一切会有利于那些还监禁在那儿的人们。

后来，在一九四二年，当他在格拉奇附近被撤去师长的职位的时候，这个想法使他很痛苦：如果往后他受审判，人们会想起他的往事，这会不利于那些人，就是还关在那儿的别的人，他们都抱着这样的幻想过着日子——参加战争，负伤，甚至不惜牺牲生命来澄清对他们的诬蔑。

可是岁月消逝着，希望没有实现，忧虑也没有被证实。他虽然被撤去了师长的职位，但是不论是在被撤职的时候，或是在重被任命为师长的时候，谁也没有想起过去的事。在前线有几百个和他一样的人在各个岗位上作战，他们都是不久前或在战前恢复自由的；他们中间有许多人他认识或听说过。有些人已经牺牲了，另一些人升了职：四个指挥着集团军，一个指挥着方面军。可是，显然，还没有任何人急于要从这当中作出什么结论。最近他没有听到过一个新的名字：那些回来了的人都在打仗，而那些还关在那儿的人仍被拘禁着。

可是回来的人不多！一九三七年和一九三八年，在军队里，每个团、每个师和每个军都有指挥员、政委或参谋长，或者这三种人员一齐被关进集中营。那些没有被枪毙或获释的人现在还关在那里。仅仅在他谢尔皮林被拘禁过的最后那个禁止与外面通信的集中营里，除他以外，还关着三个能在战场上指挥师或军的人。就算这几年破坏了他们生活的常态；那么，好吧，你们不要一下子让他们当师长，让他们当个团长或营长。要知道，他们无所冀求，只要能证实自己的无辜，他们愿意不计较名位而献出生命!

当谢尔皮林被从单人牢房押解到集中营的时候，不觉大吃一惊：万万想不到跟他关在一起的都是和他一样的人。

他什么也没有招认，逼他招认的那种酷刑使他深信不疑：确实存在着一件可怕的大阴谋案，因此，“伐树难免飞掉一些木片，”因此，像他那样的人，就得不到信任，因为某些比他得到更大信任的人原来都是敌人。他这么想，只能这么想，他不能有别的想法。日子一天天、一月月、一年年地过去，他渐渐相信没有这个阴谋，这个阴谋根本不存在。他深信，除了极少的例外，所有按照那该死的第五十八条被逮捕的人（他也是按照这一条被逮捕的），都是和他一样的人。有些人经受住了各种酷刑，拒不认罪，较多的人经受不住而认了罪，可是这些人和他一样都是无辜的。

事情就是这样。更可怕的是直到现在还是如此。集中营里仍然关满了甘愿为苏维埃政权鞠躬尽瘁、死而后已的人们。这是难忘的，但是把那种情况声张出去，这无异于进行无意义的自杀。

一九四一年秋天，红场检阅之后，在陆军医院里一个值得回忆的晚上，妻子问他：那些年月他忘了没有?

他说：对，已经忘记了。这是真实的吗?就她所问和他当时所答的意义来说，这是真实的。

不错，他打仗去了，他想得最多的是战争，是跟他共同作战的人们，他们和他本人一样，都应当学会战胜法西斯分子的本领，因为，不然的话，我们和苏维埃政权都会同归于尽。他考虑得很多而且经常考虑着的就是这点，他难得而且很少想到自己和自己的过去。对，就这方面来说，他当时说了实话；而且，现在，当她已经死了，再也听不到他的话的时候，这还是实话。

可是，当他不是想自己，而想着还关在那儿的别的人们的时候，他不可能忘却那四年。这个他不能不想。

大家都很高兴，因为对他们的误会总算弄清楚了，这符合他们的心愿。虽然他有时也偶尔看到一些不同的脸，这些脸上摆出这么一副神气：“你回去啦——说声谢谢吧。我们认为你不过是个别的事实。由于你获释这个事实而产生的那些想法是很有害的，所以还值得考虑：放你回去有没有意义？虽然你没有罪，因为，不然的话，你就回不去，但是提到高度来看——还有比这更重要的问题！”

这一切跟妻子怎么说呢——开头，也就是从他们在车站上头一次相会的时候起，就有另外一个困难问题。瓦林琴娜·叶果罗芙娜这么崇拜斯大林，崇拜斯大林个人，正是崇拜斯大林。她非常相信，一切坏事都是别人干的，他并不知道，是瞒着他秘密地干的。她非常感谢他把丈夫释放回来，以致谢尔皮林不知所措：怎样把他所知道的事情告诉她呢？如果把一切都告诉她，如果她完全相信了，由于她的天性，她会声张出去，这会害她自己，也会害他，谁知道还会害什么人！

他们见面的第一个晚上，她对他说：“你应当写信给斯大林同志，感谢他把你的事情调查清楚了，恢复了你的自由。”他不作声，心里明白，她不会赞成他的意见。在她看来，他不作声是不识好歹。

他给斯大林写过四封信：两封是从监狱里写去的，另外两封是从集中营里写去的，他在信上说，斯大林在察里津见过他，并且肯定地说，他是无辜的，请求斯大林下命令检查这个案件。按理来说，他既已恢复了自由，那就应该写第五封信。可是有个什么东西却不让他只为自己道谢，而不提别人的事。但是要谈他们的事，先得上前线去，证明你能干些什么，证明你不比还关在那儿的其他的人好，但也不比他们差。

他当时也没有把心里所想的告诉妻子。他只说，他在集中营里碰到过许多无辜的人，其中有军长格林哥，他从前当过自己的团长，她是熟知他的为人的。

这个姓当时最使她震惊。她说，她不相信格林哥有罪。当格林哥的妻子来莫斯科设法营救丈夫的时候，她叫她住在自己家里。她住了两个月，因为没有结果，又回到外贝加尔地区去了，她从此没有音信，后来才打听明白，她在归途中被捕了。

“可是格林哥到现在还不知道这件事哩，”当时谢尔皮林脸色阴沉地回答说，“瓦利娅，想起格林哥这些人的事，心里很痛苦。想到他们的时候，会使你想起很久以前的事来……”

他边说，边看她那惘然若失的脸色，不论当时或以后，他再也不提这件事。

谢尔皮林不再在屋子里踱步，而在桌旁站住了，瞥了一眼塞满香烟头的烟灰缸，试着不想这一切事。

可是他办不到。军长格林哥在他眼前浮现出来，跟最后和他见面时一模一样：一个疲惫不堪的魁梧大汉，坐在森林里刚推倒的一棵松树上，那双干瘦的大手按住了呼哧呼哧作响的胸部。

这个站在狱中侦查员旁边的就是格林哥。当他和谢尔皮林一同被传去跟一个揭发他们从事间谍活动的人去对质时，他拉出侦查员坐着的方凳，猛砸这个家伙的脑袋，后来他被拖过走廊的时候，大喊斯大林：“费多尔，写信给斯大林，把一切都告诉斯大林！……”

这正是那个格林哥。因为知道他的性格，他们决定不在外贝加尔他家里，而在夜里他被召赴莫斯科途中，在会让站上拦下他所坐的车厢，逮捕他。当时，他手里拿着一支刻着人民委员会字样的毛瑟枪，下了车，走到通过台上拒捕，直到人家直接从车厢里替他接通了人民委员会的电话为止。半夜里被叫醒的人民委员会问他有什么事，格林哥说：“人民委员会同志，他们要逮捕我，怀疑我叛国！拒捕还是就逮？”听到听筒里说：“就逮吧，我报告斯大林同志，一切都会弄清楚的！”在就逮前，他用臂肘打破了窗子，把刻着人民委员会字样的毛瑟枪扔到一列驶过的列车车轮底下。后来，当他们一同在科累马砍树的时候，他把这件事告诉了谢尔皮林，他们还一同回想格林哥担任团长、谢尔皮林当他的副团长的那个时期，当时，刚被任命为革命军事委员会委员的斯大林头一次来到察里津附近他们团的阵地上……

格林哥坐在一棵被砍倒的松树上，咳呛着，咯着血。因为逼他承认背叛斯大林，他的两肺被打伤了。但是他绝不承认，他活下来了，来到了科累马，在那儿砍树，他边咯血，边说，他无论如何要活到他们向斯大林报告了真相的那个时刻！

他，谢尔皮林，直到现在还没有为这个格林哥的事给斯大林写过信；在莫斯科附近的战役中获得了勋章后，他已经动笔写了；可是后来横祸飞来，他被撤去了师长的职位。

“斯大林格勒战役一结束，我就写信：这才是适当的时机。”谢尔皮林心里想，证明自己是对的，同时又感到惭愧……

前室里的电话铃响起来了，伊万 · 阿列克谢耶维奇直截了当地说，他半小时后来。

“怎么，不早啦？你已经起来啦？会客吗？”

“会客！”谢尔皮林愉快地说。他相信伊万 · 阿列克谢耶维奇会来看他，但是他并不等门铃响：担任这种职务的人是身不由主的。

放下听筒，他就摘下手上的表开一下。四点五十五分，实际上是早晨了。

“对，他们那儿很晚才结束……”

第八章

正好过了半小时，伊万 · 阿列克谢耶维奇敲门了。谢尔皮林已经准备好见他，并且也作好了即刻动身的准备：他修过面，洗过脸，穿上了军便服，挂上了武装带，锁上了手提箱，甚至把烟灰缸里的香烟头也倒入了厨房里那只垃圾桶里。

“费佳，你好。”伊万 · 阿列克谢耶维奇边说边进来，他很短促地打量了一下谢尔皮林的脸，过后热情洋溢地拥抱他，吻了一下他的脸颊。

他赶到这儿来，毫无顾忌地对朋友的不幸表示十分同情。但是谢尔皮林那如常的、不变的、刮得干干净净的脸使他心头感到轻松。谢尔皮林已经做好了那种所谓“控制自己感情”的精神准备，虽然他有着对人说来是沉重的心情，但他还是能够使周围的人感到轻松。所以，不但早已熟知他的伊万 · 阿列克谢耶维奇，而且站在伊万 · 阿列克谢耶维奇背后的那个跟谢尔皮林几乎素不相识的副官也从他的脸上看出谢尔皮林已经作好这个准备。

“离你动身的时间还有一小时三十五分钟。”伊万 · 阿列克谢耶维奇说。拥抱了谢尔皮林，并借此表示了自己怎样同情他之后，现在他不说不必要的话了。“假如你同意，咱们一块儿吃早饭吧。”他把指头一屈，从副官手里接过一个不大的手提箱。“巴威尔 · 特罗菲莫维奇，现在你照咱们所谈的，坐汽车到飞机场去，检查一下飞机起飞前的情况。”

副官说一声“是”，在门外不见了。

“别脱军大衣啦，”谢尔皮林看见伊万 · 阿列克谢耶维奇在脱军大衣，说，“我这儿很冷。”

“不要紧，”伊万 · 阿列克谢耶维奇说，还是脱了军大衣，快步走进了房间。

他们从一九四一年十一月以来就没有见过面。当谢尔皮林被撤去师长职位的时候，他避免在职务上跟他有联系的人接触，所以他没有上莫斯科去找伊万·阿列克谢耶维奇设法帮忙。他不愿使他为难。可是后来事情解决了，他奉命去编一个师，当时伊万·阿列克谢耶维奇上前线去了。

虽然有五十岁了，他直到现在还是瘦瘦的，仪表整洁而端正。谢尔皮林从对德作战[①]的那个时期起就记着他，记得他曾经是个胸前挂着三枚士兵的乔治十字勋章的、雄赳赳的军士，完成了夜间搜索任务后，来找营医士谢尔皮林包扎伤腿；记得他和自己同是团委委员，他是侦察队的代表；记得他当过驻扎在察里津附近的一个团的参谋长。当时大家看到他那讲究服装的外表，看到他那少年就白了头的银灰发梳成偏分头，常常认为他是个旧俄军官，其实他从来没有当过旧俄军官。如今那套将军的制服穿在伊万·阿列克谢耶维奇那瘦小的匀称的身上是那么合适，就像他在内战时期穿那种有腰身的弗列奇式上衣一样。他的头发还是一样斑白，略带银灰色，整整齐齐地梳成偏分头。伊万·阿列克谢耶维奇还是不见老，可是此刻谢尔皮林并不喜欢他的脸。他满脸倦容，这是可以理解的。可是他那对平常活泼而灵活的眼睛此刻却变得令人奇怪地呆板，仿佛某个想法使他惊讶，他怎样也不能摆脱这个想法似的。

“谁知道他在转些什么傻念头。”谢尔皮林心里想，可是他却大声说：

“你的气色不好啊。”

伊万·阿列克谢耶维奇那灵活的、但在深处仍然是呆板的眼睛向他投了一瞥，打趣地回答说：

“不是头一次听到你这句话了。你们这些前线战士，气色很好，可是我们这些参谋部的小职员都被那些公文搞得憔悴不堪。”

“吃饭到处都难嘛。”谢尔皮林回答说，脸上没有一丝笑容，还

---

① 指第一次世界大战期间，德帝国主义政府破坏休战协定，大举进攻苏维埃共和国，遭到红军的坚决回击。

在看他的眼睛。他首先打消了彼此不谈严肃的话的主意，虽然他们俩心里都有这个意思。

伊万·阿列克谢耶维奇问，谢尔皮林把妻子葬在哪儿。当后者回答说，葬在诺伏杰维契耶时，他说："很好，"——仿佛这件事还有好或不好的问题。他接着问，谢尔皮林赶到时，她是否还有知觉，谢尔皮林咬紧牙关，摇摇头。

"我打来过电话，你为什么不立刻搭飞机回来？"伊万·阿列克谢耶维奇责备地问，"我答应过她，最后我会利用职权，当天就叫你回莫斯科。可你没有搭飞机回来！……"

谢尔皮林暗自注意到出乎意料的"最后"这个词儿。可是他表面上没有表露出这个词儿引起了他的注意，并且解释了他为什么不能立刻搭飞机回来的原因。

"可以理解，可以理解。"伊万·阿列克谢耶维奇听了开头几句话就明白了，并表示了同意。"我以为巴久克留难你。可是后来我看到，当天从前线送来一件公文，要求批准你上巴久克那儿去当参谋长。"

"那么怎样啦，他们批准吗？"谢尔皮林问。

"还用说吗，"伊万·阿列克谢耶维奇说，觉得奇怪，"我叫副官首先要代表我来向你祝贺！难道他只准备发命令而忘记了吗？见鬼，这几天我简直变得糊涂了！该下部队去了。"

"怎么，部队生活轻松些吗？"

"怎么，部队生活更艰苦吗？我告诉你吧……"伊万·阿列克谢耶维奇把话缩住了，一只手用力一挥，表示不再谈下去，又问："你们那儿的军委委员是个什么样的人？"

"我们的扎哈罗夫是个老实人。"谢尔皮林说。

"我不明白你的意思。你骂他，还是夸赞他？"

"我夸赞他，"谢尔皮林说，"我可以说得更正确些：一个直爽的人。"

"直爽的人，这很好，"伊万·阿列克谢耶维奇说，接着又沉思地重复了一遍，"很好。"

从他脸上的神情就可以看出：他在想另一个不老实和不直爽

的人。

“他们跟巴久克搞得怎样？”

“在师部里不是什么都看得到的，”谢尔皮林说，“可是，依我看，扎哈罗夫同他一起工作很痛苦，虽然他毫不表露。在这方面他有充分的党性锻炼。”

“巴久克大概也没有经过旧制度的锻炼吧！”

“可是在性格上他还有富农的特点！”

“咳，你别说这样的话！”伊万·阿列克谢耶维奇放声大笑起来，“他是中农出身，这我记得很清楚：一九二六年在军事学院学习期间，他是党委书记。”

“啊，他也算学习过！”谢尔皮林把手一挥，“我知道那些和他一样的人是怎样学习的！我们这些职位不高的，不过是团指挥员，的确孜孜不倦地努力学习。妻子和儿子都在帷幔后面睡着了，可你却坐在桌旁，几乎每夜用功到天亮……”

“这话你大概说得过分了！”伊万·阿列克谢耶维奇反对说，“他们也不是一样的！哪怕拿那个格林哥来说吧！他也和巴久克一样，内战结束时，他是师长。”

他们一会儿争论，一会儿取得了一致的意见，逐一追忆着内战结束后从集团军、军团和师调到军事学院去学习的那些人。他们里面有些人用功得好像着了迷，失眠头痛，一级级地重新爬上那条军事学的梯子。在内战时期，他们已经大胆地头也不回地爬上过一次。其他的人既缺乏足够的意志来建立这样的功绩，又缺乏自知之明，所以他们在陆军大学里苦恼地混到了规定的期限，成为有过去的光荣历史而无前途的人，回到部队去了。

“得啦，这都是从前的事，”当他们回忆了十来个人，并且一致认为各人的情况不一样的时候，伊万·阿列克谢耶维奇说，“那么，从你的立场，就是从师的立场看来，巴久克目前究竟是个什么样的人？”

谢尔皮林极力主持公道，照他的看法述说着，巴久克在他生活的不同时期——最顺利和最糟糕的时期，是怎样的一个人。

伊万·阿列克谢耶维奇冷笑一声。

“你现在知道啦。在你看来，不过如此；在我看来，这个人不大好；在方面军看来，也不大好。据我了解，他没有做出令人高兴的事，可是人家高高在上，只看见那挺出的胸膛和自内战时期以来就熟悉的那撇小胡子。可他从那个时候起就变得幼稚无知了——这不是他们用望远镜看得见的。或者他们不想看见。一切理由丝毫不能影响那回忆的力量，显然，你知道，回忆有时也有好处。”

对，谢尔皮林知道这点。他知道，既然现在他在这儿，而不是在科累马，那么这又应当归功于那些回忆的力量。战前不久，当某些军人已经获释并且还要释放人的时候，伊万·阿列克谢耶维奇刚刚调到总参谋部，有一次，也就是头几次当中的一次，他去向斯大林报告，斯大林突然由于某种缘故谈到察里津，伊万·阿列克谢耶维奇已经有这个准备，就使他想起头一次去他们团部的情况，并且还向他提到格林哥和谢尔皮林。提到格林哥，斯大林只当耳边风，但是提到谢尔皮林，他立刻拿起话筒，打电话叫人查阅一下他的案件。

“对，就是这样！”伊万·阿列克谢耶维奇说。

谢尔皮林看着他的眼睛，觉得他们俩此刻似乎想着同一个念头：这到底使人感到屈辱，因为你的一辈子取决于别人头脑里突然掠过、但也可能不掠过的回忆，取决于在电话里顺便提到的三四句话……

“你听我说，万尼亚[①]，”谢尔皮林唯恐被人听见似的悄声说，“难道格林哥没有救了吗？”

伊万·阿列克谢耶维奇耸耸肩膀。

“我不知道。或者格林哥从前早就失宠于他，或者后来在什么地方说错了话……第二次我不敢再提了。我老实告诉你，就是这么回事！”

“可是，也许你现在的地位……”

在伊万·阿列克谢耶维奇的眼里，一种孤掌难鸣的、几乎含敌意的眼神闪现了一下。

“你可知道我现在的地位怎样？……”

“我自己想试一试。”谢尔皮林说。

---

① 伊万的爱称。

“好吧，你去试试，我已经试过了，现在轮到你了。”伊万·阿列克谢耶维奇几乎脱口而出。但是，他喜欢谢尔皮林，甚至此刻心情和他来这儿时一样沉重，他对谢尔皮林还是很和善，而这种善意像是充满他心灵的各种矛盾洪流中的一个砥柱。他没有说“好吧，你去试试，”相反地，却说“我不劝你”。因为他用第六种感官知道：对格林哥已经无能为力了，应该阻止谢尔皮林走这冒失的一步。这一步的危险性，只听说或者凭一些旧的记忆来了解那个人的人们甚至一点也不能想象；一小时前他是从这个人的办公室里出来的。

听到虽然是友好的、但含严重威胁的“我不劝你”这句话后，谢尔皮林不说话了。说是无益的，必须干，或者不干。干不干，什么时候干——必须由自己来决定。

伊万·阿列克谢耶维奇站起来，打开了副官留下的那只手提箱。

“来，咱们把早饭和晚饭并在一起吃吧。我不知道你怎样，可我通常就是这样。我们为瓦利娅祈祷安息，并祝贺你就新职。生活是生活，你拿它没办法。”

他拿出一瓶伏特加和几包用白纸包着的东西。

“喏，给你，拆吧……不必，你别忙，”他阻止住站起来的谢尔皮林，“这里什么东西都有，有玻璃杯，也有叉。我从来不知道，自己什么时候要走，上哪儿去，也不知道什么时候睡觉，什么时候吃饭。所以副官预备好一切东西，以防万一。”

那几包东西是灌肠三明治、红鱼子、干酪和煮熟的鸡蛋，甚至还有两条新鲜黄瓜。

“还是继续谈巴久克吧……”伊万·阿列克谢耶维奇说，一边用纸擦玻璃杯，并不时把玻璃杯朝亮处照，“说实在的，他们提出你的名字来请求批准的时候，我感到惊奇。”

谢尔皮林压根儿不打算再谈巴久克，可是他明白了，伊万·阿列克谢耶维奇有意识地想把他刚才引起的谈话岔开。

“干吗惊奇？”

“因为处在巴久克的地位和根据他的看法，他会给自己找个被刨得更光滑的人来当参谋长。他碰上你，手会扎上刺的。”

“如果说处在他的地位，你不会要我；那么处在我的地位，你会上他那儿去吗？”谢尔皮林问。

伊万·阿列克谢耶维奇眯起了眼睛，仿佛远远地用评价的目光打量着站得很远的巴久克，奋激地说：

“为什么不去呢，我当然要去。巴久克没有一个能力强的参谋长，就不能打现代化的仗。如果为了证明他不能，而给他一个能力薄弱的，那么这是把两臂在鲜血里直浸到臂肘。当你正在向他证明的时候，他不知道会糟蹋多少条人命呵。巴久克其实就是你那儿的巴拉班诺夫，只不过他能力强。不错，他不酗酒。说实在的，你被批准的时候，我很高兴。与其说是为你——正如你所说的，往后你的这碗饭不好吃，——倒不如说是为工作。不要紧，你们那个方面军指挥员是个有远见的人。如果往后你做得对，他永远会用委婉的方式坚决支持你。虽然，他没法跟巴久克分手。我们挨打的时候，容易犯错误。——把好人也撤职，可是等到我们打了胜仗，那么，要把中级以下的人员撤职也困难了。在胜利的顶峰上，巴久克这个人不是那么容易看透的。”

“那么从前呢？”

“从前是指什么时候？我们挨打的时期吗？一九四一年，我们大家都有点儿灰溜溜。可是去年在哈尔科夫附近——必须对巴久克作出应有的评价——他不惜牺牲自己的性命。因此他受到了器重……”伊万·阿列克谢耶维奇用指头朝上面点了点，表示巴久克受到了谁的器重。——可是他并没有察觉出面临部队的惨祸，因此，不仅仅他一个人，而且那些察觉出的人们，甚至整个方面军，也被上面的命令推入了陷阱里，这是一；第二，还奉命不许把所发生的一切后果看作惨祸。懂不懂啊？如果不懂，反正无人可问。你问我，我也不知道！

伊万·阿列克谢耶维奇把杯子都倒满了伏特加，可是在坐下前，先微笑着，用心地看了一下谢尔皮林。

“你可读过去年在《真理报》上发表的《前线》[1]那个剧本吗？”

“读过。”

“我听说，有很多将军看了这个剧本表示不满，可我大体上‘肯

---

① 考涅楚克所作的剧本。

定’。我认为基本上是有益的。那么你呢？”

“我也大体上肯定。”谢尔皮林说。

“可这是个有趣的问题：为什么呢？”伊万·阿列克谢耶维奇又是只做个手势，表示他指的是谁。“他既然不挺喜欢批评和自我批评，但又称赞这个剧本，并命令在《真理报》上发表，这是为什么？你没有考虑过这个问题吗？”

“没有。”

“我可考虑过了。因为，如果你愿意，可以从这个剧本里得到这样的教训：一九四一年到一九四二年，我们在各方面都发生了倒霉事儿。戈尔洛夫[1]们是有罪的，除了他们以外，谁也没有罪。过去所发生的倒霉事儿都应当由他们负责。别人不能负责。他们因此受到了处分！要注意，这是重要的一点。以后怎样呢？以后戈尔洛夫们换了欧格涅夫[2]们，情况就开始好转，总之，接近了真理，虽然你现在还是去当巴久克的参谋长。可是现在问题在于：在剧本里没有回答的是个什么问题呢？没有回答的问题是，戈尔洛夫是从哪儿派来的。他怎么会当上方面军指挥员，为什么？是在全体会议上选举出来的吗？据说，剧本里对这个问题讳莫如深，大家也都没有一下子想到，我也没有一下子想到……好吧，我们来为你就新职干一杯，对巴久克本人可要抱公正的态度，他也不是自己委任的……我所说的这一切话，你可不能告诉别人。”

谢尔皮林耸耸肩膀——这还用说吗！伊万·阿列克谢耶维奇的坦率态度并不使他惊奇，他感到惊奇的是另一种情况：今天在这个稳健的人身上所表露的那种愤恨的激昂情绪。

“怎么，叶莲娜·彼得罗芙娜在这儿，跟你住在一起，”谢尔皮林问，“还是尚在后方？”

“在后方。她在这儿能为我做些什么呢？我至少可以写信到那儿去；可是在这儿，她即使跟我住在一起，也见不到面。你以为，我今天很晚才结束吗？早得很呢。七点钟结束，八点钟上床睡觉，十一点钟又开始工作。说实话，最近几天我很累，忘记叫副官来祝贺你就新

---

①② 剧本《前线》里的人物。

职。我累得简直没有一丝劲儿……可是，在别的问题上，在报告的时候，如果我松了劲……”

“那又怎样呢，你可不是万宝全书！”

“正是因为我不是万宝全书。可是有这样的一些人，他们的思考力差，可是记忆力强。而人家却认为，我有时要求太多时间思考问题。我可以毫不隐瞒地告诉你，最近我的地位发生了动摇。这个地位我保不住啦，如果上前线去——我什么工作都愿意干！我跟你到底不仅仅是将军——你的星少，我的星比你多！星，我可不希望再增加，可是共产党员的良心我还有！在前线，这对我也有用处，不管干的是什么工作。可我感到苦恼的是：这儿不是教堂附设的小学：神甫要把我逐出教室——我就站起来，砰地关上门，径自走掉了。去他的！这儿还有事情的另一面，更困难的一面。我不珍惜自己的职位，我珍惜的是那按照自己的见解影响事件进程的机会。我不愿让活的便条本[①]来担任我的职位！”

“我明白，事情确是如此。”谢尔皮林说，看到伊万·阿列克谢耶维奇情绪很激动，但不十分了解他激动的原因。“可你到底发生了什么事啊？不过，如果你不愿说，可以不说。”

“眼下我没有发生什么事，”伊万·阿列克谢耶维奇说，“问题不在我身上……当前的作战计划并不是完全像所希望的那样制订的。一星期前，戈特兵团被驱走的时候，我提出过建议，在你们斯大林格勒周围留下最低限度的必要兵力——只要这样就行！我不相信，德国鬼子在科帖耳尼科沃附近被击溃后，会突围逃跑，或者会有援军赶到他们那儿去。虽然希特勒许下了各种诺言，但除非投降，他们都会活活饿死。因此我建议，从你们的方面军里抽调三个集团军，尽快地开到将要加强新的攻击力量的地方去。或者——可能发生意想不到的事——打退反攻。也得考虑到这样的可能性！争论的不是我们今后的攻击问题：攻击计划大家都明确，并且已经批准了。争论的问题是要不要尽快地再抽调几个集团军，使计划的实施有更大的把握。可是对这一点，意见不一致……‘哪有这样的事？！坐等他们投降

① 意思是唯命是从的人。

吗？……哪有这样的事——斯大林格勒可以推迟一个月夺取？！’眼下，在科帖耳尼科沃的战役结束后，德国鬼子冲破包围的危险性实际上已经消除了，在这种情况下，请问，为什么不能推迟一个月夺取斯大林格勒呢？既然有这么良好的开端，并且展开了战斗，现在只要静悄悄地在自己后方，以少量兵力，把他们当作臭虫饿死，而把那几个腾出来的集团军在尽可能短的时期内调出去补充即将解决今后战斗任务的那些方面军，或者重新配置作为它们的预备队。在这样的时候，为什么会突然丧失耐心呢？这些天我简直不得安宁。而我的地位不稳固是因为我既没法硬叫自己懊悔不该提出这个建议，也没法因通过了别人的建议而表示高兴。现在我根据命令制订着计划，并在祈祷上帝，让你们一星期内在斯大林格勒完成一切任务，并尽快腾出部队。你办得到吗？”

伊万·阿列克谢耶维奇说这些话时微露笑意，可是他的笑是苦笑。从声音里可以听出，他在祈祷，不是向谢尔皮林祈祷，而是向头上某处，向战争的命运之神祈祷，请求他面对着我们，而把背向着德国鬼子。

“说实话，这一切都出乎我意料之外。”谢尔皮林说。

此刻他简直不能想象，斯大林格勒的突击可以突然推迟，就是说，甚至不但推迟，而且根本取消，因为归根到底，就是这么一个问题。

“慢着，怎么是这样……”他开腔了，可是伊万·阿列克谢耶维奇打断了他的话：

“问题恰恰在于：怎么是这样？你把我所说的一切忘掉吧。我说这些事正是为了把它们永远忘掉。何况谁是对的这个问题实际上早已成为过去，谁也不会对我的心情感兴趣。告诉你吧，现在我有这样的一个愿望，或者说我希望我是错的。我梦想有可能证明自己的错误！我心里总是怕岁月的消逝和事件的进程会证明我是对的！有时早上我躺在床上，觉得很累，可是睡不着。睡不着，就会胡思乱想：的确，我们这些军人必须极力约束自己！我们的职业是辛苦的，而我现在的职位简直是过分地辛苦！”

“你辞职吧！”

“‘辞职’？”伊万·阿列克谢耶维奇冷笑一声。“谈何容易呀。你自己知道：在战场上，不但在进攻的时候，而且在退却的时候，都会断膀失腿。可是我现在要离职也得选择时间，使我能够保全四肢而去。我还想打仗，而在战争结束前，我不愿在某个偏僻的军区做个不起作用的人！总之，铃已经响过两遍，我等着第三遍。”伊万·阿列克谢耶维奇突然说。

这会儿他毫无苦痛地说着话，甚至愉快地对命运进行着挑衅。可以感觉到，在这种挑衅后面潜藏着一股精神力量。

“万一你错了呢！”谢尔皮林在心里寻思。

在伊万·阿列克谢耶维奇那些议论里有着铁一般的逻辑，如果同意这些议论的出发点的话。谢尔皮林，作为一个师长，不敢根据初步印象就妄自断定，在这个牵涉到各条战线的辩论中，到底谁对；大概这是在最高统帅部里发生并激烈地进行着的许多辩论之一，这些辩论要到最后决定的时刻，才得结束。他只有一种感觉：如果突然取消已经准备好的进攻，他心里是不能同意这个决定的。他像他们顿河战线从上到下其他一切人一样，过分热情地而且急不可耐地等待着尽快消灭在斯大林格勒的德国鬼子的机会！他感觉到这点，并且知道，他的感情中也含有真理。伊万·阿列克谢耶维奇的建议遭到否决，也许就是由于考虑到这个真理。

谢尔皮林心里这样想着，但没有说出来，保持着缄默。而且，实际上，伊万·阿列克谢耶维奇也没有问过谢尔皮林的看法。这不过是一时的感情冲动，战时头一次发作的一时的感情冲动，因为这样的时刻到来了，这时候，有个人站在身边，跟这个人做了二十五年朋友，对他有了深刻的了解：你跟他所说的一切话——像进了坟墓一样，不会泄漏一句。

可是心里和记忆里却还存在着一个问题，这个问题你对任何人都不好说，因为你自己也压根儿不知道，到底该怎么办。

对，斯大林——这是斯大林。这说明了一切，虽然你比许多别的人更了解他。你知道战前的情况，也知道战争初期的情况，还知道那些不堪设想的事情！

至于他是个伟大的人物——在战争初期你心里发生过怀疑，可是后来又相信了，——不，此刻你对这又不怀疑了。至于他是个可怕的人呢？这你不是也知道吗，而且你比许多人都知道得更清楚。每次你去向他报告的时候，你知道，不论听到什么，他的手都不会发抖。

你常常一下子弄不明白那钢铁一般的意志和那不可思议的固执之间的界线。这种固执的代价是牺牲几万条人命和损失大批武器。

对，他听取汇报、审查和批准计划，注意并处理各种建议和报告，像在战前那样。可是这一切到某个时刻就停止了——以后最后发言权归他。这最后的发言——有时是唯一正确的决定，但有时突然违反理性，违反自然，谁也不能用任何理由来使他改变主意！情况的严重性在于他的最后发言反正永远是正确的，甚至当这些最后发言分明是错误的时候，也是如此。他永远是正确的。遇到失败，就找犯了过错的人。如果他永远是正确的，那么，每次一定找得到这样的人。

同时，他那不容置疑的威望，甚至他的名字，简直具有难以置信的力量。多年以来，不知怎的造成了这样的结果：我们所信任的一切——党、军队和我们本身——一切都像拧成缆索的心线似的，绕在这个名字上。我们用这条缆索拖着沉重的战争，全国精疲力竭的人民拖着它，可是一切都归功于一个人的名字：斯大林。好吧，就这样吧！但是，最好是当时自己对他的想法能和别的人一样，只知道他是伟大的，不知道其他什么，也不知道那些最好不知道的事。可是有时你摆脱不开这种感觉，就是你所知道的还不是全部，远不是全部……

怎么办呢？不必问。你既然是共产党员和战士，那就得做好本位工作！就得在自己的工作岗位上永远说实话，并且要老老实实地汇报别人的实话。每次也要尽可能反复地说实话。

你还有什么别的办法吗？你往往连这一点也不大做得到！说老实话，这不是那么安全。你虽然不是胆小鬼，但也不必自讨没趣！

伊万·阿列克谢耶维奇痛苦地好久不说话，那么全神贯注地想着远不是谢尔皮林所能理解的心事，后者感觉到这点，因为不愿打扰他，也不说话了。

伊万·阿列克谢耶维奇所接触的大人物跟师长谢尔皮林所接触的不同。谢尔皮林很想利用这个难得的机会，向伊万·阿列克谢耶维奇打听一下当前的作战规模，他怎样估计德国人的力量，照他的看法，全面性的冬季战役会是怎么个情况。但是，尽管想打听这些情况，谢尔皮林十分熟悉这条甚至最深厚的友谊也不能越过的界限，在战时，人们不打听也不回答这条界限以外的事。他只在心里暗暗地越过了这条界限……他没有问心里想问的话，只问：

“你常常去报告吗？”

“目前是这样。比我职位高的那些人都到各处出差去了。他们是作为最高统帅部的代表去的。他的嗅觉很可怕。”伊万·阿列克谢耶维奇沉默了半晌后，补充说。“你要知道，把自己的意见告诉他反正没有用，有时索性站着不说话。可是他看着你，觉得你不同意他的建议。”

“也许他会有兴趣到斯大林格勒附近去，”谢尔皮林说，“何况这是他所熟悉的地方。”

“未必，”伊万·阿列克谢耶维奇耸耸肩膀，可是，至于为什么未必，他没有说明。“好吧，来，咱们干一杯，祝您尽快消灭德国鬼子！不用说，在我们这个最高统帅部里，有着那么多的内幕情况，以致一切都令人痛心疾首。有时这儿，有时那儿，老是出乱子。可是，假如看一下地图，——从十一月份起，我们有了很大的进展！我们开始向自己证明我们是对的。当然，得保持冷静的头脑。不能把心里所希望的东西当作现实的东西，虽然有时叫你非说不可……可是，总而言之，我们乐观多了：我们一定能够叫他们屈服，一定能够把他们摧毁，这些流氓！”

他跟谢尔皮林碰杯，喝了一大口酒，把夹灌肠的小白面包紧紧地捏在手里，欣喜地、狼吞虎咽地吃起来，忘记了痛苦的思想，突然想起他饿极了。

“你早晨就喝酒，这不要紧吗？”谢尔皮林问，“你要去报告——他会发觉的。”

伊万·阿列克谢耶维奇不知为什么冷笑一声，说：

“不要紧。他不会过问这种事。我不再吃早饭，只吃晚饭。这个时间表不是我制订的。”

在一片静寂中传来了一阵轻轻的铃声。

“大概是副官来了，”伊万·阿列克谢耶维奇说，看了一下表，“还早哩。”

“不，这是闹钟的响声，”谢尔皮林说，“我关照过这儿邻居的儿子来叫醒我，如果我没有醒的话。此刻他就要来叫醒我了。”

“是普利瓦洛夫的儿子吗？”伊万·阿列克谢耶维奇问。

“是的。你可记得他是军事学院里的同学？”

“军事学院里的——不，我不记得。前几天我报告过他死亡的情况。”

“看到这个孩子我心里就难过，”谢尔皮林说，“人家不哭，我心里益发难受。”

门稍微打开了，门缝里出现一个头发蓬乱的男孩子的脑袋。

“将军同志，起来吧！”他睡眼惺忪地说，没有看清楚谢尔皮林不在睡觉，而是坐在桌旁，而且不止他一个人，还有一个别的人跟他在一起。接着他弄明白了，打了个招呼，问：“要不要给您烧茶？”

“谢谢，不必烧啦。”谢尔皮林说。

“进来，跟我们一起吃早饭吧。”伊万·阿列克谢耶维奇说。

“谢谢，我还没有洗脸呢。”男孩子说完，把门关上了。

“只是别叫他喝伏特加。”谢尔皮林说。

“可我也不打算叫他喝，”伊万·阿列克谢耶维奇说，把夹灌肠的小白面包和黄瓜放在桌边，“你的儿子在哪儿？”

“他来过，走了。”

“不送你吗？”

“不送。”

“告诉我，今后你的儿子怎么办？”伊万·阿列克谢耶维奇问。他知道，问到他儿子，谢尔皮林会不高兴。但他还是认为有必要问一下。

“他说，打份报告来要求上前线。他不应该在潘克拉季耶夫那儿当副官混日子。”谢尔皮林说完，不作声了，他不愿多谈。

“这是可以理解的，”伊万·阿列克谢耶维奇说，“今后你打算把他怎么办？”

谢尔皮林又什么也没有回答，于是伊万·阿列克谢耶维奇就对他谈起自己的儿子来：他的儿子坚决地、不顾一切地跑到了总参谋部，通过一切障碍来叫父亲出去，为的是要多少给妈妈做点事。

谢尔皮林听着并且明白，伊万·阿列克谢耶维奇说这番话是因为他认为他做得不对。他明白这个意思，但不愿回答，认为他生活上的这个问题，自从他妻子死后，除了他本人以外，现在而且往后都与任何别的人无关。

“你把你的儿子到底怎么办？”伊万·阿列克谢耶维奇第三次问。

在这样的事情上，他常常追问到底，这表现出他一向是个掌权的人。

“听我说，伊万，”谢尔皮林半恼火半央求地说，“别使我痛苦啦。我不能回答你自己还不知道的问题。现在已经不决定于我，而决定于他。”

男孩子已经穿上衣服、毡靴和短大衣进来了，手里拿着皮帽。

“你穿上衣服干吗？”伊万·阿列克谢耶维奇问，“我不是说过：跟我们一起吃早饭。”

“我要上学校去。”男孩子说。

“那么放在口袋里，”伊万·阿列克谢耶维奇说，“路上吃吧。”

他拿了小白面包和黄瓜递给男孩子。

“拿吧，拿吧。”谢尔皮林说，他心里明白，男孩子只听他的话。他伸过手去握别，并用目光阻止男孩子问：他，谢尔皮林，可记得自己的诺言？谢尔皮林的目光表示：“我记得，不必再问啦。”

“就是这样嘛，”男孩子走了以后，谢尔皮林说，用“就是这样嘛”这句话来结束关于自己儿子的谈话。

伊万·阿列克谢耶维奇把喝剩的伏特加倒入两只玻璃杯的底里。

“为追悼你的瓦利娅，把最后一些酒喝了吧。”

他的眼眶里忽然泪光闪闪。他擦去了泪水，没有碰杯就喝下了。

“往后你也许需要办什么事吧？要照管坟墓吗？告诉我，我叫副官去办，他办事很能干。”

伊万·阿列克谢耶维奇看了一下表，站起来。

“他送你到飞机场去。他马上就会来的。我可不送了，请原谅。

我该去睡了。职务责成我从早晨起用清醒的头脑思考。你不会见怪吧？”

谢尔皮林只耸耸肩膀。

“呵，你要准备什么吗？”伊万·阿列克谢耶维奇问。

“我准备什么？”

他们摸索着，顺着暗沉沉的楼梯走下去了。

街上还十分暗。大门口停着一辆式样还不习见的大汽车。

“这是战利品。‘海军上将’牌，”伊万·阿列克谢耶维奇说，“在顿河沿岸缴获了几辆，我已经坐了一个多星期。你觉得怎样？”他问站在汽车旁边的司机。

“车子很好，将军同志。只是比‘齐斯’要多加热几次。”

副官还没有回来。谢尔皮林探询地打量了一下伊万·阿列克谢耶维奇。

“他来了，”伊万·阿列克谢耶维奇向驶近的“爱姆卡”摆了摆头，“我回去睡觉了，你同他到值班室去吧。”

“爱姆卡”小汽车驶到了，副官跳下汽车报告说，一切都没有问题，飞机八点十五分开。

“很好，”伊万·阿列克谢耶维奇说，“把这带回去。”他把手提箱交给了副官。“替少将准备好了吗？”

“是的。”

伊万·阿列克谢耶维奇跟见面时一样，又把谢尔皮林亲热地、紧紧地、默默地拥抱了一下，便离开他，坐上汽车，先走了。

“怎么，你愿意只剩下自己一个人吗？”当“陶格拉斯”从中央机场起飞，在清晨的莫斯科上空告别、掉转机身的时候，谢尔皮林想起了儿子的最后一句话。

“陶格拉斯”满载乘客和行李。人们挤得很紧，坐在两旁可以折起的铁凳上，地板上放着几个邮袋、几座无线电台和用麻袋布包着的战斗机的螺旋桨。

搭这次班机去顿河战线的一半乘客留下来搭下次班机走。飞机里除了谢尔皮林，还有两位将军、几个上校，根据领章和谈话来判断，他们是炮兵总部的；有几个人是近卫迫击炮队司令部的，还有几个通讯部队的军官、几个飞行员、两个带着“徕卡”牌照相机的摄影记者和一个电影摄影师，他的脖子被一架笨重的摄影机挂得弯了下去。全体乘客谈论着斯大林格勒附近即将发生的事件；虽然他们还只是在莫斯科近郊的别墅和车站上空飞行，但是在充满在飞机里的气氛影响下，谢尔皮林已经觉得他不是在这里，而是在前线了。

不，他不但不愿意、而且也不可能只剩下自己一个人。即使他想这样做，战争也不允许他。几小时后，他就要接受一个集团军的参谋部，就要跟素不相识的人们认识，就要跟他已经相熟的那些人建立新的关系，就要跟某个人改善关系，就要跟某个人暂时和解，就要把某个人调走，就要重新分析从前一点也没有接触过的某些人的优缺点。

假如他飞回到自己的师部去，就某方面来说，这对他有更便利的一面，但也有更困难的一面。师部里有着跟他接近的人，由于共同作过战，他早已了解这些人。不用说，他们同情他的不幸的态度会使他感到温暖，但同时，却会比集团军司令部的那些新同事对他比较表面的同情厉害得多地触痛他那还没有封口的创伤。那些新同事们没有理由详细地了解他的不幸。归根到底，这也许是好事。

此刻在飞机里，即将头一次作为集团军参谋长作战这个念头已经使他惴惴不安，并且排挤了其他念头。说实话，对一个处在他的那种情况中的人说来，此刻很难想象有比他即将开始的新工作更好的事。他在内心深处开始意识到这点，并且感谢命运，因为它采用了可以减轻这个痛苦的唯一办法来减轻他的痛苦。

“将军同志，”坐在对面长凳上一个上了年纪、尖鼻子、矮个子的少将对谢尔皮林谈起话来，“在飞机场上，那个给您送行的中校告诉我，说您是到巴久克那儿去的。”

“是的。”

“那么请允许我自我介绍一下：少将伊万·瓦西里耶维奇·库兹米奇。我是上你们那儿去接受一一一师的。”

“费多尔·费多罗维奇·谢尔皮林。”谢尔皮林说，跟那个矮个子少将握了握手，心里惊奇地想，多么凑巧啊。一一一师是他的师，就是说，现在是他从前的师，这个跟他同机的将军是去接受他从前的师的，而上校皮金因此又注定要留在原职了。

“嗯，咱们会认识的。”谢尔皮林说，兴趣盎然地望着这个脸上带伤疤的矮个子将军。

第九章

中校阿尔杰米耶夫给少将谢尔皮林送了行，他遵照命令，等到飞机起飞后，就离开机场回去了。

飞机开迟了，可是反正还不能去睡觉：还得上装甲坦克部亲自去取一份文件。

汽车驶离高尔基大街，沿“Б”环市马路行驶着。

“人到底慢慢儿多起来了。”阿尔杰米耶夫想着莫斯科，并回想着他们等待上飞机的时候，谢尔皮林出其不意地提出的一个问题：

“不叫家眷来莫斯科吗？”

“不叫他们来，将军同志。”他回答说，没有解释，他孤零零的一个人，去叫谁来啊。

在飞机场上，阿尔杰米耶夫目送着那架开往斯大林格勒的飞机的时候，苦恼地想着自己那临时性的副官的命运。当个替上级办理事务的军官，这当然是好差使，上级不光是叫你“打个电话”“送去”“拿来”，如果你愿意，也可以学些备往后用的东西。可是今天目送着飞机驶远的时候，心里却想上前线。

出院后，还拄着拐杖，他就到总参谋部去了，认为这是做得对的。可是最近他忧虑起来：如果上级跟他搞惯了，就会不让他上前线去，那怎么办？虽然他来任职的时候，上级曾经答允过他。最近一星期来，中将有点叫人奇怪，总是脸色阴沉。不知道是什么缘故，但又不便问。

在装甲坦克部里，虽然时间还早，但工作已经非常紧张。一切都使人感觉到，最近几个月来，坦克兵们扬眉吐气了。这毫不足怪，因为那些坦克和机械化军从十一月初展开攻势以来给了德国鬼子以致命的打击！

取了文件下楼时，阿尔杰米耶夫让路给一位缀着坦克部队黑领章的跑下楼去的少将。刚让路，打背后看见了那剃得精光的脑瓜，他明白了，这位少将叫柯斯嘉·克里莫维奇，是个老朋友，哈勒欣河人。在战争初期，人们在谈话中间已经把他当作牺牲了的人，可是不久前，他突然复活了，在塔秦斯卡亚区缴获了一百架飞机，战报上刊登了他的英雄事迹。

“柯斯嘉！”阿尔杰米耶夫已经跑到将军背后，喊道。他边喊，边心里想着，如果他弄错了，将军不会回答。

可是这位将军掉转头来了，倏地向阿尔杰米耶夫迎上一步。他们在楼梯半腰拥抱起来。

“我刚才到坦克兵部去过，想起你和哈勒欣河来了。”阿尔杰米耶夫说。

“有什么可回忆的！”克里莫维奇冷笑一声，说。这一声冷酷的笑含有这么个意思：他们俩离开哈勒欣河到现在有很多年啦。

他们都下楼了。

“你怎么一拐一瘸的？”克里莫维奇问。

“负过伤。”

“你现在在干什么？”

“养好伤后，我暂时在总参谋部工作。但我想不久回前线去。你怎么在这儿？还不多久我在战报上读到过你的坦克旅向塔秦斯卡亚挺进的消息。”

“向塔秦斯卡亚挺进，可是一星期后全旅撤退了……”克里莫维奇说，“只剩下了四辆坦克。我奉命去整编。”

“当这样的战斗正在激烈地进行着的时候，你一定觉得委屈吧……”

“这只是在诗里写写罢了，还是你们总参谋部当真这么想？”

“想什么？”

“当一个旅里四十辆坦克只剩下了四辆的时候，如果旅长奉命去整编，他算受委屈吗？我不知道，也许有这样的傻瓜，我可不承认自己是这种傻瓜。如果我的坦克旅只有名义，一辆坦克也不剩了，而上面却还是没头脑地把我的人员像步兵一样推上火线，那我才会觉得委屈，因为首长们都怕向那个人去汇报技术装备损失的真情实况。这样的事是常常发生的。”

“我们想，他们挨过他的骂。”阿尔杰米耶夫微微一笑。

“对，你要知道，我很高兴，”克里莫维奇依然严肃而热情地说，“我高兴，因为他们及时把坦克旅从战斗中撤出；我高兴，因为他们采取了冷静的决定，而且情势许可这样做；我高兴，因为……说实话，我们还在胡搞。你是个见证，亲眼看到人们在胜利的大锅里悄悄地放入了自己胡搞出来的东西，满心希望一切东西都会在锅里煮烂，往后会分不出，谁放入过什么东西。”

“我了解你的愤怒心情，可是你们上面的人却比较乐观。”

“我不是发火，我只是做着怎样尽快学会消灭德国鬼子的梦，不是把他们打得半死，而是把他们揍死。可是发火——那又怎样呢？假如我是个士兵，那我就会对许多人——对排长、对连长——对一切人，甚至对上帝发火！可是现在我是个将军，除了对自己，我对谁去发火啊。你是什么时候参加战斗的？”

“一九四一年十二月，在莫斯科附近捷列尼诺村参加战斗的，我指挥一个团。”

“那么，正好是在进攻开始的时候，从好日子开始的……”

“嗯，大概是这样，至于好日子……”阿尔杰米耶夫插嘴说，话没有说完，把手一挥，暗自想：不管柯斯嘉·克里莫维奇是怎么好，但他从坦克里到底看不清步兵是怎样的，团长是什么人，他背上压着多少普特的战争的重担。假如他知道，那他就不会说什么好日子了……

“别为好日子生气啦，”克里莫维奇说，“在战场上，好日子也是在血泊中度过的。这我知道。我只羡慕你参加战斗时的情况已经跟我不同。”

他们走下了楼，现在站在底层入口处的前室里。

“嗯，巴沙[①]，很可惜，我要上车站去，你大概是在汽车里过活的吧。”

---

① 巴威尔的爱称。

“是呀，”阿尔杰米耶夫说，“我要送文件到总参谋部去。”他忽然想起来：“府上怎样？”

“我把家眷都埋葬了。”克里莫维奇用平静的、毫无表情的声音说，“一家人一古脑儿埋在一个弹坑里……坟墓不是自己选择的，也没有时间哭。就是这样。还要问什么吗？”

“对不起。”阿尔杰米耶夫说。

“没有什么，这样的话我已经向大家回答了一年半啦。习惯了。你结婚没有？”

“没有。”

“秋天里，我出院后差点儿结婚。后来我想：为什么使寡妇和孤儿增加呢？他们已经够多的了。如果事情很简单——那是另一回事。你无所谓，她也无所谓……”

“万一发生什么意外：让她哭一场，这对她不是什么了不得的事……[①]”阿尔杰米耶夫说，“你看我干吗？不是我写的诗。”

“这我知道。不过我从前不知道你爱好诗。”

“柯斯嘉，我们从前彼此有过深刻的了解吗？”阿尔杰米耶夫问，“人们也只有在战场上才能认清自己……”

他们走到了街上。从半暗不明的入口处前室里出来，他们不觉感到刺眼。阿尔杰米耶夫的汽车停在大门口。克里莫维奇仔细地看了一下，找到了自己的汽车，招招手叫汽车开过来。

“上哪儿去？”

“新编一个兵团。先上喀山车站，然后再往坦克制造地去。唉，坦克啊，坦克！”克里莫维奇扬声叫道，“向制造坦克的人们脱帽致敬，可是对我们那些在初次战斗中就疯狂地把这样的坦克毁掉的家伙——得照准脸狠狠地揍一棍子。”

他们走下了台阶。阿尔杰米耶夫着忙起来，不灵活地迈出那条伤腿，不禁啊唷一声叫了起来。

“想上前线不是还早吗？”克里莫维奇问。

“也许还早，可是战报太激动人心啦！”

---

① 这两句诗引自俄国诗人莱蒙托夫所作的《遗嘱》一诗。

“这是对的，”克里莫维奇说，“在这样的时候，你哪会不觉得烦闷。嗯，好吧，打仗去吧。可要尽可能活下来。”

他们拥抱了一下。克里莫维奇坐上汽车，关上车门，挥手告别。

当阿尔杰米耶夫回到总参谋部的时候，第二副官柯寿赫坐在接待室里值班。这个人还在战前就当中将的副官了。副官已经换了三个。可是这个人已经干了很久了。中将跟他搞惯了，不想换另外的人。

“我有电话吗？”阿尔杰米耶夫问。

“没有，”柯寿赫说，“你可以睡到十四点。”

阿尔杰米耶夫把带来的文件锁在保险箱里，舒畅地伸了个懒腰，满高兴地想象着，他立刻就要上三楼那个为副官设有五个铺位的小房间里去了。总参谋部的宿舍虽然已经取消，但是实际上还保留着。

“到十三点打电话叫醒我，免得睡过头。”

“我会打电话叫醒你，你放心吧，”柯寿赫说，看了一下夹着几张纸条的拍纸簿，突然记起来，“希美列夫将军打来过电话，叫我给你记下一个地址。有个女人在找你。我马上抄给你。”

可是急不可耐的阿尔杰米耶夫没等到柯寿赫给他抄地址，就快步绕过桌子，朝拍纸簿瞥了一眼。他知道，他的妹妹被派到敌后去了，据西线游击队司令部消息，她早在一年前执行任务时牺牲了。他从此没有得到过任何消息，他不十分相信她已经牺牲，因为他知道，常常有这样的情况：这一类消息后来被证明是不正确的。在柯寿赫抄下地址的那本拍纸簿里写着一个陌生的姓：“找奥弗夏尼科娃……”

说不定有人带来了妹妹的消息？

“找奥弗夏尼科娃……”他接过柯寿赫手里的纸条，又念了一遍，这才注意到这个地址，“斯列千卡，二十四号，六室。”

“你没有抄错吧？”他问柯寿赫。

柯寿赫甚至没有回答。保证啊，保证啊，至于正确，他柯寿赫可以保证。

“这是怎么回事！他们跟我胡闹，还是怎的？”阿尔杰米耶夫心里想。地址太熟悉了，虽然早已搁置脑后。

“希美列夫还说了些什么？”他感情冲动地问。

“你怎么啦，疯了吗？”柯寿赫说，“希美列夫是七点四十五分打电话来的，我记下后，才去睡觉……”

“找奥弗夏尼科娃……”阿尔杰米耶夫又在心里暗自念了一遍。这个陌生的姓怎样也不能跟这个地址连在一起。他想起一个当女管家的老婆子来；战前，她在这所房子里帮人家干活，就住在那儿；说不定，她就是奥弗夏尼科娃？他并不知道她姓什么，只知道她叫“波丽雅大婶”。即使是这样，她找他干吗？……

“原来是这么回事，柯寿赫，”他说，一边把纸条放入口袋里，“既然如此，我就到那个地方去跑一趟。路不远，我很快就回来。”

“当心，往后你会打瞌睡的！”柯寿赫不赞成。

阿尔杰米耶夫走进了一道熟悉的大门，在一扇漆布扯破了的旧门上敲了几下，有个不相识的男孩子给他开了门，他穿着毡靴、棉裤，肩上披着一件绗过的棉袄。

“我是阿尔杰米耶夫，”阿尔杰米耶夫说，“有人告诉了我这个地址……”

“对，对，请进来，”男孩子用小姑娘的声音说，一边伸过手来，“我就是奥弗夏尼科娃。”

一双小手，手劲很大，而且很热。

“进来吧……”

“可以脱大衣吗？”阿尔杰米耶夫问。

“随您的便。我从早晨起就在这儿挨冻，甚至在煤油炉上烘手……咱们还是到厨房里去吧。”

“我还是要脱大衣。”阿尔杰米耶夫说，他脱去了军大衣，跟着这个穿棉袄的姑娘穿过一间很大的冰冷的前室，又经过敞开着的餐室的门，里面还是和战前一样摆满了红木家具。

厨房里暖和些，煤油炉上搁着一把茶壶。靠墙放着一张窄小的铁床和一个弹簧床垫，下面没有架子，而是用几叠书垫着。在床垫上放着一件簇新的皮袄。

“如果您觉得冷，就把这件皮袄披上吧。虽然皮袄嫌小，”姑娘用目光打量了一下阿尔杰米耶夫那魁伟的身材，说，“可我一早就这样过着游击队的生活。”

她用手摸了一下披在肩上的棉袄的下摆，被阿尔杰米耶夫的目光看得突然不好意思起来。她在棉袄里面只穿了一件掖入棉裤里的士兵着的厚棉布衬衫，用带子把衬衫在那细长的脖子上扎紧。两个高耸的乳房把那件士兵着的厚棉布衬衫顶了起来。她因而害臊了，掉转身去，背他站着，把两手伸进袖管里，扣上棉袄的钮扣，说：

“对不起，我以为，我的房东来了……”

她剪着短头发，像个男孩子。她颈后那养长了的头发也卷得像男孩子的一样。战前，有个时候，玛莎也剪过这样的发式。

她扣上了最后一个扣子，向阿尔杰米耶夫转过身来。她的脸是平常的，但很可爱，甚至长得还不错，只是很苍白，显得很疲倦，而这张脸上的表情是奇特的——果决而又慌乱。

“嗯，您有什么话要对我说？”阿尔杰米耶夫问，已经感觉到，人家不会告诉他什么好消息。

“我应该把令妹的情况告诉您，”姑娘说，她的语调不像在谈活人，“我叫塔吉亚娜·瓦西里耶芙娜·奥弗夏尼科娃，塔尼雅[①]，请坐……”

她自己坐在扔在弹簧床垫上的那件皮袄上。

阿尔杰米耶夫坐到方凳上，还是望着她。

“我从那边回来，已经快两个月了，可我住在医院里……”

“请您直截了当地说吧。我听说舍妹已经牺牲了。”阿尔杰米耶夫抱着最后一线悲观的希望，说。

可是她没有阻止他，也没有喊叫：“没有！”却对他惊奇地望了很久，一言不发。这是她所意想不到的：原来他知道。

“您说吧，干吗不说话？”阿尔杰米耶夫说，“我只知道是这样：她在执行任务的时候牺牲了。如果您知道她牺牲的地点，怎样牺牲的，请告诉我吧。不会有更坏的消息。”

他这样说着，虽然他觉得：不，他会听到更坏、坏得多的消息。

可是塔尼雅望着这个十分酷肖他妹子而且显得似乎很粗鲁的人，

---

① 塔吉亚娜的爱称。

还不知道从何谈起。从玛莎怎样牺牲谈起吗？还是从她们怎样相遇和怎样做了朋友谈起呢？或者从玛莎在上斯摩棱斯克秘密接头地点的前夕跟她说的话谈起？……

“您为什么使我难过？”他仍然粗声粗气地说。

“我不知道她是怎样牺牲的，”塔尼雅说，“我当时不在。我只知道，她往斯摩棱斯克秘密接头地点去了，一切都作了妥善的准备，她不应该出事……可是后来，过了一天，他们得悉，她没有到达秘密地点。后来，又过了两星期……在市政管理局里有一个我们的人在工作，他交给我们一批被判处死刑的犯人的名单的副本，她的名字也在里面……是身份证上的名字。她身份证上的名字是薇罗尼卡……我们游击支队长认为，她们将被集中在一个地方处决，我们知道这个地方，就在那儿进行了埋伏。我也去了……可是他们在别的地方被处决了：敌人改变了主意……”

阿尔杰米耶夫站起来，走到煤油炉跟前，取下茶壶，把水倒在一只有柄的杯子里。

“您拿一份茶叶吧。”塔尼雅说。

可他没有回答；他在炉灶跟前站了很久，呷着热茶。

他喝完茶，把有柄的杯子放在炉子上，走到塔尼雅跟前，一句话也不说，拉了一下她坐在上面的皮袄的边缘。她明白了，就把身子从皮袄上移开。于是他便把这件不合身的皮袄披在肩上，在颈间把它抓住，开始在厨房里踱起步来。从他在颈间紧紧抓住皮袄衣襟的那只手可以看出，他难以控制住自己了。

“唔，后来怎么样？”他粗声粗气地问。

“后来怎么样？”塔尼雅不明白他要她说什么，“后来会怎样呢？……”

……后来——跟各处一样，上面是一片白雪，雪下面是一块块匆忙地扔上的冻结了的泥土，泥土下面躺着赤脚、半裸体的男女尸体，脑瓜都痛苦地脱出了关节，歪向肩头；脖子僵直，冰冷的两臂张开着，屈着的、最后才变得僵硬的指头还抓着泥土……

不久以前，在十一月里，他们掘开了一个这样的坑。他们掘开这个坑是因为想查看一下，德国鬼子是否真的枪毙了一个奸细，还是假装把他跟其他的人一起枪毙，实际上派他到别的地方工作去了。

后来，春天里，泥土下陷了，在那个盖着白雪的地方渐渐可以看出一片很长的、下陷了的、长方形的土地……

阿尔杰米耶夫望着她的脸，看她的脸色明白了，他在问一件她不能回答的事，于是竭力回想他不由己地开头所问的那个没有意思的问题：以后怎么样？

“我想问您，这是在哪儿？您知道吗？”

“离公路不远，在一个砖厂附近，”她说，“他们在那里盖了些棚子——是个集中营。离这个集中营一公里……”

“玛莎就埋葬在这个地方，”阿尔杰米耶夫心里想，“在砖厂附近，离那些棚子一公里……一个什么样的砖厂，一些什么样的棚子，往哪个方向一公里……她同谁埋在一起，埋了多少人，是些什么人，他们为什么被杀害？而在西线，我们不久就要推进。这个地方如果再经过一次战火，什么人会在某一天找到它呢？……母亲大概也埋葬在格罗德诺附近一个同样的坑里，如果她头几天没有在路上同那个小姑娘一块儿被打死的话。这个小姑娘的照片，玛莎在战前从赤塔寄来过，照片上题着字：‘这是我们的塔尼雅和伊万的合照’……现在她，我们的塔尼雅，在哪儿啊？你在哪儿，你的伊万在哪里？他也挺直了他那不匀称的三俄尺高的身子，在某处俄罗斯土地里腐烂。也许还没有向德国鬼子发过一枪……还是快些上前线去吧……”

“得啦，”他说，一边还在踱步，“请把其他的事也告诉我，如果您知道什么。凡是您知道的，统统告诉我，我一点儿也不知道。一九四一年冬天，我从远东来到莫斯科附近作战，看不见房子，只看见一片瓦砾：找不到母亲，也找不到妹妹，什么人也找不到……住所的钥匙没有了，门被打毁了。钥匙放在一个人那儿，那个人也死了。您相信也罢，不相信也罢，出医院后，四个月来，我在这儿莫斯科家里没有住过一夜，真苦恼呵……有一次，跟一个漂亮的女子露天过夜。她要求上我家去，——可我没法带她去，就没有去，因为上那儿去——反正也跟在坟墓上干这种事一样……请原谅我说话粗鲁，我像对一个同志那样说话，不过是冲口而出……”

可是她没有见怪，因为在这句粗鲁的话里，她感觉到痛苦和孤独。而且，说实话，这一年多来，她没有听到过这样的话！不过，她出其不意地突然说：

“玛莎想起您的时候，常常因为您不结婚而觉得惋惜。”

她注视着他怎样一拐一瘸地在屋子里踱着步，身体的全部重量靠一条好腿支撑着。她问：

“您伤在哪儿？小腿打坏了，是吗？还是坐一下吧……”

“是呀。”他说着，顺从地坐下了。

“果然不出我所料，”她说，“我在那儿做过很多手术。不错，我是内科医生，可我到了那儿才成为外科医生。我只比她早十天参加了游击队。”

她从这里谈起玛莎来了。玛莎跳伞跌伤了，胳臂的骨头折断了，骨头露在外面，找不到医生治疗，漂泊了一个星期后，他们才在森林里找到她。

在离斯摩棱斯克四十公里的一座荒无人迹的森林里，大清早，因为屋里还是漆黑一片，一个年轻的女子用一块两用大油布铺在刚下过雪的地上，在没有外科器械和麻药的条件下，替另一个女子动起手术来。她默默地剜出一片片碎骨，有时瞧瞧那个——第二个——也默不作声的女子的脸，这是一张饿瘦了的脸，两片嘴唇咬得发青，像产妇一样额上冒出大滴汗珠……

她们的友谊是在这样的默默无言中开始的，是一种这样的友谊，这种友谊在这两个孤单的女子的心灵里突然勃发，它在她们的心灵里像一股强烈的、渴求的、不顾一切的情焰似的燃烧着，迫使她们倾吐出一大堆一吐为快的、充满热情的心里话，仿佛她们预见到自己不久就要死，生怕不能谈个够，不能相处很久似的。

后来，过些时候，当她们彼此几乎谈遍了她们从前生活中一切重要的事情以后，无意中又弄明白了一件偶然的事。由于这件偶然的事，她们在还没有相识以前彼此就发生了一种没有形式的关系。原来那个跟塔尼雅一起从莫吉廖夫突围出来的心地和善、脸色阴沉的人，伊万·彼得罗维奇·辛佐夫，就是玛莎的丈夫；当时，辛佐夫和佐洛塔列夫一起背着她穿过一座座杉树林，他背着她走，把她背出了森林，不让她用手枪自杀。

塔尼雅对阿尔杰米耶夫谈着玛莎的时候，也约略提到她从玛莎口里听到的关于辛佐夫的一些情况。可是这一些情况对阿尔杰米耶夫说来却已经很多了，因为关于辛佐夫的情况，他简直一点也不知道。既不知道他是突围出来的，也不知道他到达了莫斯科，在跟玛莎最后一夜相会的时候，告诉了她，说他又要上前线。

“我会去找的。我已经打听过，可我要重新打听。”阿尔杰米耶夫说。

“不必打听啦，”塔尼雅悲怆地说，“他牺牲了……”

“您怎么知道？”

“昨天人家告诉我的。有个人告诉我，他确实知道他牺牲了。在一九四一年底。”

他望着她，她悲怆地点点头：对，这是确实的，完全可靠的。谢尔皮林那么有把握地谈到这点，她甚至没有想到向他追问，辛佐夫是在什么时候牺牲的。

“得啦，”阿尔杰米耶夫沉默了很久以后，说，“您再谈谈我妹妹的情况吧，把您所知道的统统告诉我。”

塔尼雅开头觉得，她还会对他谈很久呢。可是结果却相反。把她跟玛莎所谈的一切话全都告诉他，告诉一个男人，这可办不到。可是在玛莎离开游击队和牺牲以前的游击生活中所发生的事并不多。

她一直住在森林里的一间土屋里，等到胳臂的伤养好，便到斯摩棱斯克冒充亲戚去找一个年老的女医生。

当她被派去的时候，在莫斯科有人以为，她是去当无线电报务员、搞地下工作的，可是她干的是别的工作。把发报机放在城市里有危险，他们决定把发报机藏在森林里。他们训练了一个男无线电报务员去搞发报工作，而派玛莎上城里去担任联络，让她在那个老女医生的帮助下在医院里当卫生员，并跟一个替医院往森林里运木柴的车夫一同当交通员。可是这个工作她也没有搞成。她甚至没有到达秘密联络地点……

“两个月后，我自己上这个秘密接头地点去了，”塔尼雅说，“还是迫切需要派人去，可是开头他们不肯让我去，他们怕她在那儿受折磨的时候，万一……”

阿尔杰米耶夫听到这些话后，不觉愣了一下。

“……可是两个月后，这个女医生没有出事，显然，玛莎什么也没有说，于是仍然派我去了。在她上斯摩棱斯克，而我也要跟着游击支队去做手术的前夕，我们互相约定，我们中间谁回到‘大地’，谁就去找亲人，告诉他们……您要知道，已经过了多少日子呵，我到底找到了您。事情十分凑巧：昨天早晨，我去找住在‘莫斯科’旅馆里我们的大队长，有个少将坐在他那儿，这位少将说，他认识玛莎，也认识您。”

她不说话了，像小学生一样，把两只手按在穿着厚棉裤的两膝上。她坐等着，他还会问她什么。

“他们是被枪杀的呢，还是被吊死的？”阿尔杰米耶夫声音低沉地问。

“被枪杀的。”

她的脸色变了。她那在这以前平静的嗓音现在稍微有点儿发抖。阿尔杰米耶夫心里充溢着愤怒的、绝望的情绪，同时又因玛莎被枪杀而悲戚。他对这个坐在对面、脸色惨白、穿着棉袄棉裤的姑娘也不禁起了怜悯之心。天哪，她什么事没经历过，什么事没看到过啊！他想象着，她们，这两个可怜的女子，夜里怎样坐在森林里，不知往后怎样；她们约定，谁活下来，谁就去通报往后不幸牺牲的那个人的消息……

“这是怎么回事啊，我们怎么会让这样的事发生：让她们在那儿牺牲、死亡；让她们受拷问，被强奸，赤着脚站在雪地上被枪杀；让姑娘纤细的脖子被套上绳索！我们怎么会让这样的事发生！……我的天啊！这是多么可怕和可耻啊！”

他不但痛心地可怜自己的妹妹，而且可怜所有此刻还在那儿的人们。她们还在被派到那儿去，被投入地狱和魔掌。眼下在那儿被捕的人，会牺牲，会走上绞架。在斯摩棱斯克、布良斯克、奥廖尔、莫吉廖夫……有多少这样该死的地方，有多少盖世太保的拷问室，没有一个是活着从那儿出来的。在全俄罗斯，在战线那边，有多少这样的地方呵！想想真可怕……他觉得男人的心是残酷的，几乎不能忍受，觉得让所有这些跟他妹妹和这个坐在对面的娇小的姑娘一样的姑娘和妇女们遭到这样的命运，正是男人的奇耻大辱。瞧她多么虚弱啊！……

“不，上前线，上前线，赶快上前线……狠狠地打这帮法西斯流氓，狠狠地打，毫不宽恕地、无情地消灭他们！不捉俘虏！哪怕受军法审判，反正一样！”

“喂，喂，您怎么啦？……”塔尼雅扳住他的膝头摇起来，他那张仿佛由于极大的痛苦而眯起了眼睛的脸使她害怕。

他睁开眼来看她。

“没有什么……只不过把一切事情想了一会儿……”

他还看着她那瘦削的、可爱的、倦容满面的脸，一边问：

“您以后打算怎么办？”

“目前我作为一个初愈的病人休假一个月。过后上委员会去。我大概要上前线，到卫生营去工作。”

“不回到那儿去了吗？”

“不，不回去，我不想去。”她摇摇头，重说了一遍：“我不想去，我很累。”

为了使他更了解她想告诉他的话，她解释了一下，她为了执行任务，已经在斯摩棱斯克市立医院里当了六个月的护士。

“我呆在那儿担任联络。除此以外，我还偷药品，送到森林里去……”

说了“偷”这个词儿后，她微微一笑，可是立刻又变得严肃了，解释说，搞地下工作跟在游击队里工作根本不一样。游击队里有武器，周围有同志。可是那儿，是德国鬼子统治的地区，就像手掌中的一只蚊子：任何时候被拍一下——你就完蛋。因此最使人感到疲倦。

“不，我现在只想上前线，不想往别的地方去。”

“这个月您准备到什么地方去？呆在这儿吗？”阿尔杰米耶夫问。

“还不知道，”她说，“如果有机会，去看看爸爸和妈妈。”

“他们在哪儿？”

“我不知道确实的地址。父亲战前在‘俄罗斯农业机器厂’工作。不久以前，我通过医院的党委才知道，‘俄罗斯农业机器厂’差不多全厂撤退到塔什干去了。如果父亲不在前线，那么他一定在那儿。战前，他是车间党小组长。我已经拍去了电报，现在等着回电。”

“电报拍到哪儿？”

“塔什干，‘俄罗斯农业机器厂’。”

“电报收了吗？”

“收了。怎么样？”

“可能没有送到。现在工厂多半都用代号……”

“我担心的也是这点，”她说，“怎么办呢？”

“如果工厂改用了代号，可以打听邮政信箱号码，但是也可以……”他没有说明，他想出了什么念头，却说：“总之，如果您接不到回电，我可以帮助您。明儿我有空来找您。可能晚些，晚上来。”

“行，”她说，并补上一句，“您最好别着急。”

阿尔杰米耶夫微微一笑；她似乎不喜欢听他这句话：“晚些，晚上来。”

“是这样的，”他说，“咱们把话说清楚。第一，一切事情我绝对替您办到，如果令尊和令堂都在塔什干，我给您设法弄车票。其次，您别以为我有什么用意。当然，我不是穿裤子的云[1]，而是个独身汉，但如果我没有这种感情，我决不用另一种感情来冒充。我对妇女要么十分坦率，要么始终以同志的态度……就是这几句话，亲爱的同志。”他觉得自己说得怪可笑。“可是现在临走时，我要提两个问题。您的伙食怎样？”不让她扯谎，自己替她回答：“当然不大好。可是问题是这样的：我来的时候，会给您带几听罐头来。我可以希望您不拒绝吗？”

“好吧，我不谢绝。”塔尼雅放声大笑起来。

“咱们说定啦。第二个问题是：您怎么上这儿来，怎么会搬到这个寓所里来住？”

这个问题提得那么有趣，使她感到惊奇。塔尼雅解释说，她在斯

---

① 意思是：我不是个百般顺从的人。

克里福索夫斯基医院里跟一个年老的女助理护士交上了朋友，这个助理护士请她住在自己家里……

“大家都叫她波丽雅大婶？”阿尔杰米耶夫打断了她的话。

“对。”塔尼雅困惑不解地望着他。

“只有您和她两个人吗？从前那几个东家没有来过吗？”

“波丽雅大婶说，他们都疏散到中亚细亚去了。可是他们的女儿……”塔尼雅想告诉阿尔杰米耶夫，说波丽雅大婶昨天恰好碰到过东家的女儿，东家的女儿说，她打算上这儿来……可是她来不及向他说清楚，因为听见有人在敲前门。

“波丽雅大婶来了！”塔尼雅扬声说，“您问她吧！”

她霍地站起来，跑去开门。

第十章

只剩下了阿尔杰米耶夫一个人，他疑惑地在心里寻思：不管怎么奇怪，他马上就会见到波丽雅大婶——这是战前自己的一段已经置于脑后的旧生活。

“有个熟人在家里等您……我不告诉您，您自己马上就会见到他。”他隔着门听见了塔尼雅愉快的声音。

门开了，苍老而且变瘦了的波丽雅大婶走进厨房里来了，她还是穿着四年或十年前穿的那件旧的“七季”大衣，手里提着那只熟悉的旧小篮。她进来了，在门外就喊叫起来：

“巴沙！没有想到是您！”

她上前跑了几步，勉强够得着向她俯下头来的阿尔杰米耶夫，用她那老太婆的尖鼻子先碰了一下他的右脸颊，接着，又碰了一下左脸颊，后来又碰一下右脸颊。过后把小篮放在地板上，赶忙脱去身上的大衣，推开想帮助她的阿尔杰米耶夫。

“不要，不要！我有一个多么好的年轻朋友啊！坐下，最好喝些茶。幸好我下班回来，带来了面包……塔尼雅，你瞧瞧，那儿还有昨天的一份茶叶吗？把这份茶叶放进茶壶里，我们给他沏新的，没有什么舍不得。我很想请您吃大馅饼，可是没有面粉。你五月一号来，我烤，如果节日又发面粉，不发面包的话。”

她脱去了大衣，解开头上的头巾，往茶壶里张望一下，看水烧开了没有，同时在小篮里翻寻起来，——一下子做着这么多事。这个矮小、忙乱、因战争变得消瘦了的老婆子比从前显得更灵巧了。

“你来干什么？是不是来向我们的塔尼雅求婚？她是一个有丈夫的妻子呢……”

“哎哟，波丽雅大婶，您说这话干吗？”塔尼雅说，“如果我愿意，我自己会说。”

“让他晓得晓得，”波丽雅大婶说，“要不然他……你知道，是一个什么样的……”

“嗯，什么样的呢？”阿尔杰米耶夫问。这个女人对他谈起过父母，却不愿谈她的丈夫，这使他感到奇怪。“波丽雅大婶，那么，究竟我是什么样的人呢？”阿尔杰米耶夫不等到回答，又说了一遍：“从您的话里听出来，怕是……”

“你是个美男子！……”波丽雅大婶不让他说完，就插嘴，并抑制不住感情而抽噎起来。她站在他面前，那么自豪地从头到脚打量着他，仿佛他是她的亲生儿子。

塔尼雅忍不住了，噗嗤一声笑了出来：用“美男子”这个词儿来形容这个站在厨房中央那矮小的波丽雅大婶面前的火红色头发、身体特别茁壮的人是很不相称的。

他是个高大、有力、身体结实的男子，说不定甚至也有女人喜欢他，但是无论如何不能管他叫美男子。

“这就是对您的话的反应！”阿尔杰米耶夫向放声大笑的塔尼雅斜溜了一眼，对波丽雅大婶说。

“这两枚红旗勋章你是哪来的，不是开玩笑吧！……”波丽雅大婶问，又抽噎起来。“你怎么得来的？”不让他回答，气冲冲地结束说：“这个傻女人！真是个傻女人！……”

塔尼雅惘然地望着她。

“这不是说您，”阿尔杰米耶夫微微一笑，说，“从前她要我跟一个女人结婚……”

“我要，你不要吗？”波丽雅大婶问。

“嗯，我也要，”阿尔杰米耶夫温和地承认了，“可是咱们没有把事情搞成功，波丽雅大婶。现在还想这干吗？”

“那么，你不想啦？”

“对，我不想。”

“前几天我在街上碰见过她。她生我的气有一年了，可是现在她硬要上门来。‘我要来，’她说。好吧，她要来，就让她来。”

“她生气了一年干吗？”阿尔杰米耶夫坐下来，问。

塔尼雅已经在每只玻璃杯里倒满了茶。

“我决不到她那儿，决不到她家里去当女工。她的丈夫死了，你大概听说过吧？”

“听说过。”

“十月十六号，她的妈妈到伏龙芝去了，可是娜杰日达没有走。她叫我到她家里去帮忙。我已经在医院里找到了工作。我没有答应。她用伙食来引诱我，说她有将军的配给品，可我不去。在她父母那儿做了三十五年奴隶，现在她叫我去，我又上她那儿去当奴隶吗？她以为，用指头招我一下，我就会跑去。不，我不去了。我干吗要这样做？医院里伙食不好，这是事实，我们过着穷日子，可不偷东西。她说：‘波丽雅大婶，你瘦得这个样子，我很同情你。’我瘦了，那又怎样呢？我瘦了，可我变得灵活了。主任医生给我听过，说：‘你瘦了，这对你的心脏有好处。’等到安娜·盖奥尔吉耶芙娜从伏龙芝回来，反正我也不会上她那儿去当奴隶。我需要她干吗？”

“唔，大概你从前喜欢过她。”阿尔杰米耶夫说，老婆子说话时那种愤恨的激动情绪使他感到惊讶。

“巴沙，我从前也不喜欢她，我只是过去跟她过惯了。我跟她和那死了的阿历克赛·维克多罗维奇过惯了。跟他们过惯了，可是因此跟别的人们疏远了。我上医院去干活——又跟人们过惯了。她是怎样养成这个习惯的呢？日夜听她使唤：拿来啊，拿去啊！可我，对你说实话，我宁愿在值班的时候替躺在病床上的伤员们塞进和取出便器四十次，而不愿侍候她一个人！”

“她想回来吗？”

“她有这个打算。要跟丈夫一同回来。我碰到娜杰日达的时候，她告诉我：她妈妈现在有个新丈夫，年纪比她小二十岁，是个牙科技师。那就是说，她是医生，可他是个技师。她用钻牙机嗞嗞地钻牙，而他替她偷做牙套的金子。因为，如果他不偷，现在到哪儿去弄金子？娜杰日达告诉我：她妈妈早就叫她替她办莫斯科入境通行证，可她不愿办，她说她何苦在莫斯科找罪受，而且她妈妈还要带来那个技师！”

“他们要是回来了——那怎么办？”阿尔杰米耶夫问。

“我不回去帮他们做。现在正在打仗，我要护理伤员。等到战争结束，我回乡下去等死。”

“如果你不在她家里干活，那你怎么跟她和和睦睦住在一起呢？”

“我跟她和和睦睦住在一起干吗！我靠厨房有一间自己的屋子。我在这间屋子里已经住了三十年，报过户口。她要是回来，她们的东西反正一件也不缺。只是在苏哈列夫街落下一颗炸弹的时候，一块玻璃从餐具橱里飞了出来，打碎了七只大酒杯。如果她不愿跟我一起住，就请她给我另找房子。娜杰日达会帮助她的。拍马奉承她是能手……现在她雇了一名司机，坐汽车了。从前大家都有汽车，可她没有。她说，她设法弄到了一辆。”

“您现在这样谈到她，”阿尔杰米耶夫说，“可您又想要叫她嫁给我！”

“对，她从前是你的拥护者。难道我们还不够糊涂吗？难道战争只使我这个老傻瓜变得聪明吗？可是你们这些聪明人，你们所想的和结果是一样的吗？所有的人也都跟你们所想象的一样吗？唉，谈这干吗！……”波丽雅大婶把手一挥。“在护理伤员的时候，这类事情听够啦……难道她，”波丽雅大婶向塔尼雅转过脸来，“难道她想望过她在生活中所看到的那种事吗？她不会把一切都告诉你的！可她会告诉我。她进医院的时候是什么样儿的！可怜的人，她多么痛苦啊！你可知道，她身上有一条什么样的伤痕？瞧……”波丽雅大婶在自己的肚子上指指，塔尼雅有一条什么样的伤痕，可是塔尼雅抓住她的手，阻止她。

“波丽雅大婶，别这样……”

“为什么别这样？我是为了你啊，因为你一直不吭一声，我不知道该怎么办！现在她稍微好了一点，”波丽雅大婶向阿尔杰米耶夫转过身去，“不然的话，你把她抱起来，换个地方，你会隔着衬衫觉出，她虚弱得多么厉害！你抱在手上，会可怜她，每根骨头都会引起你的怜悯！”

“波丽雅大婶，别这样说，我已经对您说过了！”这句话塔尼雅说得这么严厉，老太婆就不作声了。

塔尼雅所以阻止这个老太婆，不仅仅是因为后者夸赞她，而且还因为她突然像一切妇女一样害臊起来。她觉得怪难为情，因为阿尔杰米耶夫听见了波丽雅大婶所说的话，也许会暗自想象：她，塔尼雅，在医院里，当波丽雅大婶使她转过身来，并把她稍微抬起的时候，她是怎么样儿的，——瘦弱、赤身露体……她觉得怪难为情是由于这个缘故，但也由于另一个原因，就是她向波丽雅大婶吆喝过。为了摆脱窘境，她说：

“他们对我漠不关心，连我自己也记不得了！”

“嗯，对呀，对你的确漠不关心。”阿尔杰米耶夫心里想，眼睛看着她那瘦削的、微露笑意的脸。“要是在别的时候，负了这么严重的伤，会把你送到疗养医院再住两个月，给您吃些多脂肪的东西……”

可是时候不同了，是在这样的时候啊。只是别忘记明儿给这两个妇女多带些肉罐头来。

“您怎么会搞成这样的？”他有点儿粗鲁地但同情地问。显然，在这次战争中，从前想也想不到的事情都已成为理所当然的了，但他还是想不通：女性的身体被子弹打穿，成为残废、畸形，——这也是理所当然的事。

“当我们在那儿一个地方炸毁铁路路基、撤退的时候，我正在包扎，迫击炮弹向我们打来。开头炮弹全都越过了目标，后来在近旁落下一颗炮弹；我正在全神贯注地包扎，没有卧倒，因为来不及了。一切都得怪我自己……”

“竟是这样，原来一切还得怪她自己。”阿尔杰米耶夫怀着又温柔又气恼的情绪想。对她是温柔的，对另一个人是愤恨的。如果有人问他痛恨谁，他自己也答不上来。“一切都得怪她自己！玛莎同别的人们被埋在某处的一个坑里，也得怪她自己吗？她为什么上那儿去，为什么在那里被枪杀？……”

一想到被害的妹妹，在这以前他所想的其他一切念头都被排挤了。

“我要走啦。”他说着，就站起来。

他想离开这儿去痛饮，虽然喝酒是不可能的，也没有酒可喝。即使有酒，他反正也不会喝：从前不会，在战时也没有学会。

“在我们这儿你不觉得冷吗？”波丽雅大婶看见他站起来的时候，肩膀动了一下，便问。

“不冷，我很热。”阿尔杰米耶夫说。他只是敷衍一下，因为他还在想自己的妹妹。

“可我要冻坏啦，”波丽雅大婶说，“我去找过房屋管理员，他说：几天内我们要去运莫斯科附近的煤，开放暖气，哪怕只能使用四分之一的热量，也要开放。又过了一星期多啦，可是他们还没有烧炉子。”

“煤很难弄到，顿巴斯目前还没有收复。”阿尔杰米耶夫说，还在想妹妹。

塔尼雅站起来跟他告别，但她站直了还是那么矮小，所以当他跟她握手的时候，眼睛朝下一看，就看见她头上，在鬓角上面，有个被头发盖没了一半的小伤疤。“也是被什么东西弄伤的，”他心里想，“哎哟，你这只不幸的小鸟！”他放开她的手，往门口走去。

塔尼雅正想跟着他走去，可是波丽雅大婶拦住了她，大概，她想单独跟他说什么话。

事情确是如此。当他穿上军大衣、束上腰带的时候，波丽雅大婶向他述说了这个女房客的打算。

“电报拍去了，”她悄声说，“她想打电报找到父母。可是现在打电报能找到谁啊？我给住在我们耶列次区柯洛德诺耶村的妹妹写了三封信去，一封回信也没有收到。可她打电报到塔什干去……希望从塔什干给她拍来回电！”

“您的耶列次区是在前线。”阿尔杰米耶夫说。

“很多地方都是前线，你干吗把耶列次和塔什干相比！我预先对她说过，她不会接到回电的！”

“这没有用，”阿尔杰米耶夫说，“人家希望找到父母，可您……”

“希望有什么用！现在大家彼此都在找寻——父母找孩子，孩子找父母……我对她说过：你找不到父母的，还是做我的干女儿吧。咱们一块儿过日子。”

“请问，她怎样跟您一块儿过日子？”阿尔杰米耶夫说着，戴上护耳帽，他自己也不知道，什么使他更惊讶：是显然不希望塔尼雅找到父母的波丽雅大婶的冷酷呢，还是在孤单的老婆子心里突然迸发出来的母爱的力量。“她反正不会跟您一块儿过日子，她要上前线去。”

“正因为她要上前线去，”波丽雅大婶说，“她去干什么呢？她不能打仗啦，她负过重伤，让她留在我们医院里吧。他们会留用她的，对她甚至很满意呢。我亲自找主任医生去！”看见阿尔杰米耶夫拉住了门把，她就着急地悄声说：“巴沙，你对她说吧，对她说吧。对她说吧，如果她找不到父母，就叫她留在莫斯科。你说吗？”

阿尔杰米耶夫这才明白：这个热切的请求是老婆子送他出来的主要原因。

“我会对她说的。只是她未必肯听……”

他走出房子，只走了几步路，就看见一个熟悉的女人的身影——迎面走来的是娜佳[1]。她穿着那件六年前穿的灰鼠皮大衣，裹着绒毛围巾。她低下头走着，可是当他们几乎撞上的时候，她抬起脸来，他明白了，她老远就看见了他。

“巴甫里克[2]！”她拖长声调说，把一只分出大拇指的手套直甩到雪地上，伸过手去跟他握手。“哪儿去，从哪儿来？是不是从我们以前的那所房子里出来？”

“是从你们以前的那所房子里来的。”

“你怎么啦，还在生我的气？”她问，还握着他的手，她那对漂亮的、稍微有点儿近视的灰色眼睛带着责备的神情打量着他，仿佛他真的没有理由生她的气。

“也许真的没有理由吧？”与其说他想起了过去，还不如说想起了现在；他想着，现在正在打仗，柯赛廖夫早已死了，从前她甩掉他，去跟柯赛廖夫。很不喜欢她的玛莎也死了；最怕他跟她结婚的他的妈妈大概也不在人间了……总而言之，当时活着的人已经死了多少

① 娜杰日达的爱称。

② 巴威尔的爱称。

呵！打那个时候起，发生了多少谁也想不到的事呵……

他把手默默地从娜佳那只暖和的手里挣脱出来，俯下身子，拾起了手套。

“谢谢，”她说，左手拿着那只手套，还是不把它套上，“那么，你不生气了吗？”

“这对你不是一样吗？”

娜佳叹了口气，套上了手套。

“你上哪儿去？”

“到机关去。”

“在哪儿？”

“在基洛夫街。”

“我陪你走一阵。可以吗？”不等到回答，她就挽住他的左臂，“大概这样可以跟您一起走吧；挽右臂不成，因为你要敬礼，挽左臂可以，对吗？”

他们默默地走了几步路。

“我甚至有点儿怕你，”她说，“请你随便谈些什么吧。”

他站住了，挣脱了她的手，掉转身来，望着她的脸。

“怎么啦？”她问，没有走动一步。“没有什么，别忙，你看吧，看吧……”

“你还是那么漂亮。”末了他说。

“这是第一，其次呢？”

“其次，没有什么，”他说着，挽住了她的胳臂，“走吧。”

她的确还是那么漂亮，只是瘦些了，这甚至使她显得更妩媚了。从前她那脸上泛出陶瓷的红色、长着一对灰色的、眨也不眨的、有点儿凸出的眼睛的很自负的美，甚至含有一种恬不知耻的表情，像是在说：呐，给您！……可是现在，那对眼睛有点塌陷了，眼睛周围出现了一条条细小的、一般人常有的纹路。眼下这是一张妇女的安详的脸，像是在说：“对，对，我三十岁了，我不隐瞒年纪。假如你认为我不止三十岁，那也可以。可我还很漂亮，对吗？”

“对，对一切人来说，战争到底是战争！”阿尔杰米耶夫看着娜佳的脸，心绪平静地想，“谁知道，她也许真的爱上了这个柯赛廖夫。”

“你上那儿去干什么？”他们又默默地走了几步路，娜佳问。

“在你们的波丽雅大婶那儿住着一个女医生。”阿尔杰米耶夫说。

“她跟我谈起过，她那儿住着一个人，”娜佳说，“原来是这样！……”她的声音里带有一种从前也听到过的很熟悉的调子。

“顺便说说，没有更凑巧的事了，”阿尔杰米耶夫说，他踌躇了一阵，到底要不要说；过后补上一句：“她跟我妹妹一起在敌后呆过；她把玛莎牺牲的情况告诉了我。”

“她牺牲了！”娜佳甚至停住步，“真的牺牲了吗？！”

他没有回答。

她把臂肘紧紧地贴住他的胳臂，表示默默无言的同情。

“你现在才知道吗？”

“详细情况——现在才……”

“可我连一点儿情况也不知道呢，”她说，“他们通知我的那一天，我想搭飞机上那儿去，可是后来兵荒马乱的，什么都吹了。……”她悲怆地在空中指划了一下，表示怎样吹了。“甚至谁也不知道他埋在哪儿。像他这样的人也会发生这样的事！战前，在约瑟夫·维萨里昂诺维奇生日那一天，我和他一块儿去祝寿，他和约瑟夫·维萨里昂诺维奇坐得很近，可是后来却落到这个地步：跟谁也不相干了，仿佛世界上没有过他这个人似的！”

从她的声音里可以听出一种苦痛的情绪，但是在这种苦痛的情绪里含有一种不能博得同情的虚荣。

“哎哟，”阿尔杰米耶夫说，“战前他们什么时候坐在一起，坐得怎样近……这有什么可回忆的。谢天谢地，莫斯科没有送掉，这才有口饭吃！”

“你不相信我爱他吗？”她忽然问。

“这是什么意思？”

“还是有意思的。”她坚持说。

“那么，我不相信。”

“对，那时我并不爱他，”她说，“可是后来……”她稍微侧着脑袋，仿佛在细瞧过去的日子。她沉默了半晌，然后说：“爱他也罢，不爱他也罢，反正是很可怕！几个月来我像个疯子，直到疏散……”

“难道你也离开过吗？”阿尔杰米耶夫问。

“没有，直到在莫斯科开始发生这一切事情的时候，我才仿佛从麻木的状态中清醒过来。可我什么地方也没有去过。”

“你不怕德国鬼子来吗？”

“不，我不知为什么不相信这点。说不定是由于在这以前我跟他同居过两年，而他是个勇敢的人……我不知道。”她又不说话了。“你以为，眼下我孤单地过活，很简单吗？什么都得自己干哪，一切都得自己干！所有的亲戚有事情都来找我：叫我上某处去，说，是谁的寡妇，就替他们一会儿办这件事，一会儿办那件事……他早已去世，可他们还以为，我少给了他们什么，说他死得太早，是不是欺骗了他们！……你妈现在在哪儿？”她忽然问。

阿尔杰米耶夫告诉了她，他母亲在格罗德诺杳无音讯。

“是呀，可怜的人。”她说，习惯成自然地又想起自己的事来，于是补充说：“她不喜欢我。嗯，也许是对的。我妈倒平安无恙。最近她常常从伏龙芝捎信来，打听她那些贵重的财产怎样了。波丽雅大婶是否蛮不讲理？今天她拍来一份电报，说她已经和我的新爸爸一同从伏龙芝动身上莫斯科来了。我马上要去向波丽雅大婶报告这个好消息。”

“这样看来，你还是耐不住性子，要跟他们吵嘴吗？”阿尔杰米耶夫想起波丽雅大婶的话，问。

“我？！”娜佳扬声叫道，“嘿，我疯了吗？你不是清楚地知道，我妈是个可怕的人！她达到目的了。我没有出过一点力。可是现在这个好运气反正要临到我身上了，毫无办法，不得不挽起袖子去洗刷地板。”

“你没有忘记吗？”阿尔杰米耶夫问。

“有一个时期忘记了，可是后来又学会了。我可以上你那儿去洗。”她微微一笑，“地板我洗刷得很干净……你怎么还没有结婚？”

“暂时不结婚。”阿尔杰米耶夫说。

“我也能洗内衣。我洗衣服也洗得很干净。你的伤大概养好了吧。你们都一个样……你看我干吗？我能够毫无用意地这样干，用同志的态度，我能够这样干。我什么都能够干，”她冷笑一声，不是嘲笑他，似乎在嘲笑自己。

“咱们不可能只有同志关系。”阿尔杰米耶夫说，还是用心地、毫无顾忌地直视着她。

“你以为不可能吗？”

“不可能。”

“这很好。”

“我不知道，好还是坏。”他说，一边思考着藏在自己内心深处的一个还没有解决的问题。

他忽然想起了那个住在波丽雅大婶那儿的娇小的女人，便问：

“安娜·盖奥尔吉耶芙娜什么时候来？”

“电报是从路上拍来的。大概三天后可以到达，”娜佳说，“怎么样？”

“这个女医生住在波丽雅大婶那儿，”阿尔杰米耶夫说，“如果安娜·盖奥尔吉耶芙娜回来了，而她还没有走呢……”

“我明白了，”娜佳说，“如果有必要，我要说服妈妈。你的请求主要就是这一点吗？”

“是的。”

“我还可以让这个女人住到我那儿去。即使你撒过谎，说你跟她没有关系。”

阿尔杰米耶夫耸耸肩膀。他不愿作详细的解释。他们差不多已经走到一条胡同的拐角处；他得拐弯了。

“到啦。”他说着就站住了。

“请抄下我的电话号码。”娜佳说。

他抄下了电话号码，向她握手告别。

“等一等。”她说，“你为什么一拐一瘸的？”

“负过伤。”他冷冷地回答说，又想告别走了。

“不，等一等，”她请求地同时命令地说，“难道我是个坏女人，不能用对人的态度跟我谈话吗？”

在她说这句话的语气里，他听出真诚的、没有半点假意的伤心。

“你还要问什么？”他说。

“要问的事很多呢。你从前和现在生活得怎样，你过去怎样，现在怎样，将来怎样？……我都想问。”

“我可不知道将来怎样，”他说，“大概，我不久就要上前线去。至于从前怎样……从六月到十一月我在远东服役，等待开赴前线。从去年十二月到今年七月担任团长。七月到九月住在医院里。从九月起在这儿莫斯科。”

她等待他往下说，可是他没有说下去。

“现在生活得怎样？”

“住在宿舍里。”

“一个人吗？”

“不……还有两个少校，一个大尉和一个中校。”

她放声大笑起来。

“谢谢您的解释。嗯，现在还要请你回答我刚才提出的那个问题。”

“如果要我回答你刚才所提的那个问题，那么眼下我只有一个人。”

“那么从前呢？”

“从前有过一个女人，她上前线去了。”

“为什么不留住她？”

“没有权利。”

“还是说你不爱她吧。大概你不爱她，所以她走了？”

他疏远地、几乎敌视地看着她，一句话也没有回答。“不是我爱不爱她的问题！她接到出发的命令就走了——不是因为我爱不爱她，而是由于战争的缘故。可你反正不能懂得这点，因为你现在不值、往后也不会值那个女人的一个小指头，虽然我当真不爱她，而从前却爱过你，连此刻我看着你，也不能无动于衷。”

她似乎还想问什么，可是忍住了，不愿再让他先告别。

“好吧，别了……或者说再见……大致的情况你知道啦。”她没有脱手套，跟他握别。

接着，她走了几步，又喊叫起来：

“巴甫里克！”

他掉转头去。

“不，没有什么事。我只想再看你一眼。去吧，去吧……”

他又走了，已经拐过街角，还觉得她站着望他的背影。

还有一个半小时可睡，在去睡觉以前，他先到接待室里去看一下，怕万一有事。在接待室里，柯寿赫看见他，就兴高采烈地扬声叫道：

“你到底来啦！”

“什么事？发生了什么变化吗？”

“他刚来。他关照我，说你一来，请你立刻去见他。”

阿尔杰米耶夫明白，睡不成了，叹了口气，开了保险箱，取出准备报告用的那个纸夹，就打开办公室的门。

“可以进来吗？”

“进来。”伊万·阿列克谢耶维奇没有抬起眼来，说。他坐着，用铅笔疾书。接着，停住了，拿起纸，念了一遍，扔在桌上，若有所思地用铅笔在耳后搔搔，这才抬起眼来看阿尔杰米耶夫。“你没有睡过吗？”

“没有。”

“没有办法……我也随时被叫起来。”他把一张刚写满字的纸递给阿尔杰米耶夫，“到第二处去，叫他们根据这张名单，按照我所指出的各个部分，准备好他们那儿所有的材料。”他看了一下表，补充说：“到十六点要办好。你一回来，立刻就到我这儿来，还有事哩。现在你不能睡了！”

他从桌后站起来，伸了个懒腰，补充说：

“有命令，叫我准备去顿河战线。在我动身以前，你要忙三天三夜哩。以后你痛痛快快地睡个够。唔，站着干吗？”

“中将同志，请允许我说句话。”

“有什么事？”

阿尔杰米耶夫知道，伊万·阿列克谢耶维奇喜欢出差上前线，甚至认为，这对他是个休息的机会；但是此刻他的脸上笼罩着阴云，现出不满的神色，但也许只是因为没有睡够……

“中将同志，我请求上前线……”阿尔杰米耶夫垂直两手，说。

“我不接受，”伊万·阿列克谢耶维奇说，“柯寿赫跟我去，你留在这儿，你比他更有用。”

他说完，不满地凝视起阿尔杰米耶夫来：“站着干吗？决定反正不会改变。”

“中将同志，我不是请求去旅行，我请求过不止一次啦……”

“不止一次……”伊万·阿列克谢耶维奇那么阴郁地望着阿尔杰米耶夫，仿佛在“不止一次”这句话里听出了一种侮辱他的意思。

“中将同志，您答应过的，说等到我的健康许可，立刻就……”

“你怎么啦，健康忽然许可了吗？”伊万·阿列克谢耶维奇还是那么阴郁，几乎怀疑地望着他，问，“昨天还不许可，今天许可了吗？到底是怎么回事，你直截了当地说吧。”

“今天我得知了舍妹牺牲的详细消息。”阿尔杰米耶夫说。

“什么样的详细消息？”

“她是怎样被枪杀的……”

伊万·阿列克谢耶维奇还是望着他，等待着，看他话是否说完了。可是阿尔杰米耶夫默默地直立着。

“那么，你要向德国鬼子报仇吗？”伊万·阿列克谢耶维奇还是那么不满地说。“在我们的范围内，”他把手大大地一挥，表示不但这个办公室，而且显然整个总参谋部，“都不可能报仇。必须个人去报仇，你的伤没有治好，一拐一瘸的，可是必须个人去报仇，只有如此……”

他似乎还打算说些同样含讽带刺的、理由充足的、无可反驳的话，可是他忍住了，没有说。

“干吗不说话，你不反对吧？”

“我等着您的决定，中将同志。”

阿尔杰米耶夫已经看出，此刻他提出请求既不适当，又不合时，虽然他不明白原因何在，但是他觉出，他的请求不知为什么有些冒犯伊万·阿列克谢耶维奇本人。可是他决不收回，他不能，也不愿收回。

“你要逃跑，”伊万·阿列克谢耶维奇望着他，心里想。因为感到孤单和不能直说，这个有一会儿工夫攫住了伊万·阿列克谢耶维奇的心的不公正的想法加强了。可是他克服了这个想法，又开始平静下来，摆脱了刚才勃发的对人不信任的情绪，于是冷冷地说：

“好吧，跟我一块儿上前线去，您留在那儿。只是要注意，没有时间给您作出发前的准备！您只能打电话去跟自己的女朋友告别。”他已经变得和善了，微笑了一下，补充说。

“我在这儿不要跟什么人告别，中将同志。”

“那很好，就这样决定了。”

“可以走了吗？”

“等一等……”伊万·阿列克谢耶维奇疲劳地往摆在墙边的那张旧皮沙发上坐下来，“坐下，谈谈令妹的情况吧……”

第十一章

这一天开始得和童话里一样。大清早，塔尼雅他们的游击大队长卡希林来找她。她以为，他已经搭飞机回到游击队去了，可是他穿着一套崭新的上校制服，突然来找她，他的大胡子也不见了。一星期前，他到医院里来探望过她，后来她自己上“莫斯科”旅馆去向他告别，在那些时候，他还留着大胡子。可是他这一次来，大胡子却不见了，看起来是那么年轻，弄得她不认识他了。他欣喜地把这嘲笑了一番，接着就叫她快些准备，因为昨天上级发出指示，今天将要把勋章授予从各条战线上搭飞机来莫斯科的一批游击队员，大概由加里宁亲自授予勋章，她也将获得勋章，因为她也受到过嘉奖。

她在厨房里忙着换衣服的时候，卡希林在前室里踱步。为了使她隔着门能听见，他欣喜而大声地说：因为斯大林同志要接见他们，所以他们迟迟没有走。可是后来据说，接见一事作罢了；但斯大林同志后来还是约定了时间，昨天夜里接见了他们。他无论怎样也不离开，详细地问到天亮。傍晚有指示，今天要授予勋章，夜晚有些人将要搭飞机回去。

“大概，我也要搭飞机走，”卡希林谈到这件事，也像谈其他事情一样高兴，“据说，恐怕未必能够降落。我们的切尔屠兴机场被德国鬼子占领了。嗯，不要紧，我会在木料场地区跳伞，飞行员答应在目标周围五百米内把我投下。加上战前的几次，我将是第十七次跳伞。”

听他说话的声调，不论是切尔屠兴机场被德国鬼子占领，或是他将要跳伞，都没有使他惶恐。见过斯大林后，哪怕搭飞机到魔鬼的嘴里去他也愿意。

“准备好了。”塔尼雅说，向他走来。

他羡慕地把她从头到脚打量了一下。

“很不错。只不过军便服稍为宽了些。我们没有给你做一件合身的军便服……”

“咱们步行去吧，”当他们走到街上的时候，卡希林说，“时间还很充裕哩。”

“可您预先知道要去见斯大林同志吗？”塔尼雅在路上问。

“一星期前就有过这样的暗示。”

“为什么不告诉我呢？”

“女儿，因为你还没有长到能知道这些事的年纪。”卡希林放声大笑起来，一口洁白可爱的牙齿闪闪发亮。

他在敌后指挥游击队的时候，一部乌黑的胡子把他的脸淹没到眼睛，那时他叫她“女儿”，而叫别的人们“儿子”，她觉得这没有什么奇怪。可是现在，剃去了那部大家都熟悉的大胡子，卡希林简直完全是个年轻人，最多比她大三岁光景，他仍旧叫她做“女儿”，就显得那么奇怪，她看着他，不禁放声大笑起来。

“你笑什么？”他问。

“您怎么现在才决定剃去胡子？”

“我自己也不知道。公鸡一啼叫，我就醒来了，高兴得睡不着觉。到克里姆林宫去还有四小时，来找你还早。我很苦恼，真苦恼呵，在旅馆里踱步，走进理发室去了，那儿恰好有个空座位。我就坐上去了，剃去了胡子。不好吗？”

“不，很好，只是现在你不再叫我‘女儿’了吧。”

“好吧，我就叫你小妹妹。”

他望着她，微微一笑。

“不，我做不到，我已经‘女儿啊，女儿’喊惯了！忍耐一下，忍耐到我走。或者同我一起搭飞机走吧？我们可以再表演一下。”

“不，伊凡·伊凡诺维奇，我休假期满后就上前线去，我要请求到卫生营去。”

“那么你不愿再当游击队员了吗？”卡希林说，在他那张喜气洋溢的脸上刹那间掠过了阴影，“天晓得，我自己也常常有这样的感觉，把命运在一个地方考验得够了。有时我也想到部队里去，那儿对你的要求和你所担负的责任——都按照部队的准则：有命令——执行，执行后——报告；左面是邻接部队，右面也是邻接部队，前面是敌人，后面是上级……一定会交给我一个团，战前我也指挥过团。有时你会想：不，在那儿不会找到幸福的，会想念游击区，已经十分习惯于在沦陷区独立活动了。”

“伊凡·伊凡诺维奇，”塔尼雅请求说，“请您告诉我，您怎样见到斯大林同志的。不能说的，就别说；可以说的，请您告诉我，只不过要从头说到尾。”

卡希林说了声“行”，就在去克里姆林宫的路上，把一切从头说到尾都告诉了她，斯大林有个怎样的办公室，里面只挂着两张大照片——苏沃洛夫和库图佐夫的照片，他们是怎样进去的，斯大林怎样跟他们一一握手问好。当他们回答他的问题时，他只偶尔坐一会儿，其余的时间都是在桌旁踱步，一会儿瞧瞧这个人的脸，一会儿又瞧瞧那个人的脸。他们在斯大林那儿已经坐了一个多钟头，突然有个中将走进办公室里来，大概是来报告的，他手里拿着一个纸夹，斯大林转过半个脸去，一句话也没说，只向他挥了挥手。将军站了一会儿，就出去了，可是这没有引起斯大林的注意，他仍旧听着游击队员的报告。后来，大概又过了一小时，这位中将拿着纸夹又进来了，说：“斯大林同志，我有重要报告。”斯大林又向他转过半个脸去，不快地轻声说：“稍微等一会儿，我还没有跟游击队员同志们谈完话。他们不能每天搭飞机到我们莫斯科来。”全体游击队员听到这句话都很高兴，可是这位将军又徘徊了一阵，似乎想表示异议，但他没有说出来，便往外走了。可是等到将军走出去，关上门的时候，斯大林望着他的背影，从容地把两手一摊，脸上微露笑意，说：“我们这儿有些人不懂，他们的报告并不常常是最重要的，还有比他们的报告更重要的报告哩。”他向在这以前回答着他的问题的游击大队长古萨罗夫转过身去：“古萨罗夫同志，别忙，谈下去吧。”去见斯大林的全体游击队员由于受到这样的重视都很高兴，因为在斯大林看来，那些搭飞机来见他的人所带来的报告是最重要的报告。

卡希林津津有味地，甚至兴高采烈地把这一切告诉了塔尼雅，而塔尼雅也那么津津有味地欣喜地听着，斯大林慈父般地注意他们游击队生活的详细情况也使她感到高兴，并且，她还快乐地嘲笑那位中将，为了不让他打扰跟游击队员们的谈话，斯大林同志把他撵走了两次。她打心底里笑着，连想也没有想到，说不定，这位将军来了两次，踱了一会儿步，想要报告的其实是最重要的、必须立刻听取的情况……

游击队员们在斯巴斯克钟楼左首紧靠克里姆林宫墙垣的一座红色的小房子里集合。他们领到了通行证，经过大门的时候，听到一阵尖锐刺耳的铃声，他们便停下了，几个军人拦住了他们的路。接着有一辆汽车从克里姆林宫大门里疾驶出来。铃声是那么尖锐刺耳，人们那么急速地跳出来拦住路，塔尼雅不禁想：这是斯大林坐汽车出来了。可是汽车里只有一个司机，除了司机以外，没有别的人。

后来他们被放进去了。他们经过大门，虽然走得很快，可是塔尼雅却禁不住好奇地往大门里面望。大门里边是一条由方石铺砌的道路，由于被车轮滚过，那些石块之间堆起了一条条白雪。更远，可以看见顺着山坡蜿蜒而下的云杉。

他们打几个人跟前经过，这几个人在大门附近的一条通道上仔细地检查他们的证件，接着他们又走过一条通道，又有人检查他们的证件。后来进入一座房子，他们在入口处第三次被拦住，接着在二楼又被拦住一次——这是第四次。

人们检查证件的时候，不断地看他们的脸，并用心地念着证件上和身份证上所写的字，仿佛那些证件上写着特别的罕见的东西，必须长久地细心阅读。他们的脸也被仔细地端详着。

塔尼雅明白了，大概必须这样做：他们不是来到了斯大林所住的克里姆林宫吗，保卫他是必要的。

每个人的证件都被检查很久，每一次大家都站着等待很久，他们的脸上都浮出尴尬的、赞同的微笑，仿佛大家彼此都想说：对，对，这样做是必要的，这是完全对的，没有别的办法。

后来，他们分别在加里宁将在那儿授予勋章的白色圆厅的头两排座位上坐了下来，那时候，这种局促的感觉才消失了，忘却了。

塔尼雅焦急地等待着，加里宁到底什么时候进来；可是当他进来的时候，她却感到惊奇。她从来没有见过加里宁，预先想象着，他大概和相片上的一样：从相片上走下来，走进这个圆厅里来。可是加里宁不是这样的一个人；他苍老得多，他老态龙钟了，相片上可不是这个样儿，胡子也几乎全白了。他是个老人，简直是个老头儿。

在没有被喊到以前，塔尼雅很久地、整整半小时感到不大习惯：这个老头儿就是米哈依尔·伊凡诺维奇·加里宁。

游击队员们一个接一个站起来，走到加里宁跟前去了。然后，他们一边回到自己的座位上去，一边把勋章在胸前挂好。

塔尼雅终于被喊到了。她觉得大家的眼睛都望着她。经过卡希林身边时，她看见他在向她微笑，她也报以微笑，她脸上就挂着这样的微笑走到加里宁跟前去了。

大概她因为脸上挂着微笑而显得更年轻了，加里宁授予她勋章，跟她握手，带着和善的、老人的同情望着她，仿佛他觉得很可惜，在这次战争中必须把红旗勋章授予这么一个娇小的、剪短了头发、穿着军装的小姑娘。他看着她，抓住了她的手，因为她慌张起来，没有把手伸给他；同时，他还向她问了些什么。

他问她几岁了。可是她不懂，直到回到自己的座位上，才仿佛重又听到他的这句话："您几岁了？"而当加里宁跟她握手的时候，她却没有听见"您几岁了？"这句话，只听见他在对她说话，当时，她回答说："多谢，米哈依尔·伊凡诺维奇！""谢谢您，"加里宁放开了她的手，说。当她回到座位上去的时候，他还是带着老人的同情望着她的背影。

授奖典礼结束后，开头大家一齐涌到了红场，后来，有四个人跟其余的人告别，他们互相追赶着喊叫，回卡希林所住的"莫斯科"旅馆去了。剩下的四个人是：塔尼雅，卡希林，从布良斯克游击区来的、斯大林不让一位将军打断他的报告的古萨罗夫和一个报馆派来的漂亮的大尉，他九月里飞到游击区，在游击大队里几乎住了两个星期。今天他没有被授予勋章，他只列席，以便往后写文章报道，卡希林取笑他说：

"柳辛，今天没有授予你勋章，这做得甚至很恰当。为什么？因为你欺骗了我们。斯大林同志向我们问到你，他说：柳辛在你们那儿怎样？我说：他很不错，但是他欺骗了我们。他答应写十篇特写报道我们的情况，可是只写了三篇。斯大林同志说，既然如此，那就叫他再去，写满篇数，然后授予他勋章。”

“谎撒得好。”报馆派来的大尉说。

“还是飞到我那儿去吧，”古萨罗夫说，“我是个知识分子，不像卡希林那样，我尊重文学，也不会硬叫你到我们那儿去两次。”

“啊哈，好一个知识分子！”卡希林说，“你这个知识分子倒像那个给土耳其皇帝写信的哥萨克人①！”

所有的人，包括古萨罗夫在内，都放声大笑起来。他当真像列宾绘画里的那个哥萨克人：上半身裸着，穿一条肥大的灯笼裤，斜对文书坐在桌旁，身体笨重，头剃得精光，蓄着长长的查波罗什哥萨克人的唇髭。

“只有这么一个区别：他能把自己的上衣卖掉喝酒，可你没有自己的东西，”卡希林用指头戳了一下古萨罗夫的皮袄，说，“顺便问问，我们部队的储备怎样啦？伏特加还没有全部喝完吗？应该为这样的事去喝点儿酒。”

古萨罗夫瓮声瓮气地回答说，要庆祝这样的事，伏特加还有哩，一边向塔尼雅转过身去，抓住了她的臂肘，带着他自己也觉得意外的声音和神态客气地补充说：“请您跟我们这伙诚实的伙伴一起去喝酒吧，当然，假如你没有别的私事的话。”

“我有什么私事啊？”塔尼雅说，很高兴地接受了邀请。

“您有什么伏特加？是‘塔尔洪’土烧吗？”报馆派来的大尉问。

“好得多啦，是‘半制品’，”古萨罗夫说，“可是有一瓶‘三七牌’波尔特温酒，”他又向塔尼雅转过身去，“给您喝；有一瓶留给我妻子，另一瓶您喝吧！您得到了这样的一枚勋章——战斗的红旗勋章，这可不简单。在内战时期，我们师里只有三个人荣膺过红旗勋章。”

---

① 果戈里小说《塔拉斯·布尔巴》里的一个人物。

“你给她讲讲，讲讲吧，”卡希林说，“那时他们怎样想呈报上级授予你勋章，可你要求，最好发一件皮茄克和一条皮裤作为奖品。”

“对，有过这样的事，年轻不懂事嘛，”古萨罗夫说，“我告诉过卡希林，可他发笑，瞎想，胡说。我不撒谎！有过这样的事，虽然现在难以置信。”

“今天我们的古萨罗夫有三桩喜事。”卡希林说，“第一桩是：不管怎样，他这一次要了勋章，而不要皮袄；第二桩是：他作了这么精彩的战斗情况报告，斯大林同志甚至把全体将军撇在一边，只想听完古萨罗夫的报告；第三桩是：他的妻子就要到来……我应当什么时候搬出房间？”

“晚上可以到了。”古萨罗夫说，“我还要打电话到车站去。”

“您的妻子真的要来了吗？”塔尼雅问，她总是为别人的幸福而急不可耐地感到高兴。

“应该来了。”古萨罗夫说完，叹了口气。

“你叹气干吗？”卡希林说，“不是你的过错。我作为一个邻居，可以给你出一张盖了章的证明书！”

“遭罪的是这一点，”古萨罗夫说，“可怜的人从鄂木斯克坐六天六夜火车赶来，可是她不知道今天我们见一面，明天又要分离了。”

“您又要搭飞机走吗？”塔尼雅问。

“有什么办法呢，我和他不同，我不是军人，”古萨罗夫向卡希林点点头，“如果他请求，人家会在前线给他找个位置，可我是区委工作人员，我只得回去，回到自己的区里去……前几天我去莫斯科党委会找个老同志，我真羡慕他：他们把德国鬼子从莫斯科附近赶走之后，所有区委工作人员，活着的和没有上前线的都回到原来的工作岗位上去了。可我们布良斯克游击区，什么时候才能恢复正常的生活呢！……”

“尤其是你那儿没有一座桥不遭殃。”卡希林说。

“有什么办法呢？”古萨罗夫不乐地回答说，“前线越来越近，还完好的，我们都要炸毁。阻塞交通嘛！”

“别装蒜啦，”卡希林说完，向塔尼雅转过脸去，“你可知道，在我们待过的那个地方，他被称做敌后铁路线的破坏专家！”

“破坏专家。”古萨罗夫又不乐地冷笑一声。

“可您不能向斯大林同志请求，让您上妻子那儿去吗？”塔尼雅问。她听着卡希林和古萨罗夫的谈话，心里一直感到惊奇：难道想不出办法，让古萨罗夫跟他妻子多相会几天。

“不知怎的，没有请求，”古萨罗夫说，“我奉召来莫斯科的时候，满心希望搭飞机上那儿去一次，可是后来一天一天等待着接见，怎么走呢？而现在情势要求——回到布良斯克森林里去。幸好预先知道她奉召要来，要不然，她还赶不上呢。当然，一昼夜少一些，可是别人还得不到这个机会呢。”他补上一句，但是他的眼里含有忧虑不安的神情。显然他预感到相会将不是轻松的。

他们谈着话，不知不觉来到了旅馆，跑上三楼，走到拐角上卡希林和古萨罗夫合住的那套包括两个房间的住所去了。

古萨罗夫立刻打电话到车站去，而卡希林和报馆派来的那个大尉摆起桌子来。塔尼雅帮着他们，把从洗脸盆里拿来的玻璃杯洗了一下。

“可以向餐室去借些碗碟来，”古萨罗夫暂时停止打电话，说，“你瞧瞧，还要拿些什么来，我有领物券。”

可是卡希林把手一挥。

“节约节约你的领物券，留给你妻子用吧。现有的这些东西够用了。”

报馆派来的大尉从腰带上摘下一把柄上镶有金属饰物的漂亮的刀。塔尼雅替他们切起面包来。

“是死去的杰格嘉尔送给我的。”报馆派来的大尉站在塔尼雅背后谈着这把刀的来历。

她什么也没有回答。

“您没有忘记他吧？”

塔尼雅转过脸去，直看着大尉的眼睛。

“不，我没有忘记，柳辛同志。”

她知道，提这个问题是有作用的，她看透这个作用，但是不愿谈。

“他是个好人，对吗？”报馆派来的大尉没有感到满足。

“对，他是个好人，柳辛同志。”塔尼雅回答道，像一阵回声。她还看着他的眼睛，直到他的视线移开为止。

“你对他为什么这么一本正经？”卡希林打断了他们的谈话，说，“他的名字叫尼古拉，也可以叫他柯里亚。”

“是，上校同志。”

“说‘是’干吗？”

“往后我叫大尉柯里亚同志……”

她微微一笑，极力压制着心头对这个说起不应该说的话来的人的敌意。她不想破坏卡希林和自己的高兴情绪。

古萨罗夫终于不打电话了，说，如果他们不是撒谎，那么妻子大概不会像大家先前所想的那样十一点钟到，而会在七点钟到，火车在赶误点的时间。他满脸喜气洋溢。这没有什么奇怪的：他，这个可怜的人，现在得计算每个钟头。

他走到隔壁的一间屋子里去了，回来时带着一个军用水壶和一瓶半升装的波尔特温酒。

“有满满的一壶呢。”柳辛在耳边摇摇军用水壶，挺满意地说。接着用叉敲掉了火漆，开了波尔特温酒。

“半制品”被灌到一只细颈瓶里，掺和了水。只有两只玻璃杯，柳辛先给塔尼雅和卡希林倒满。塔尼雅微微按住他的手，但他还是给她几乎满满地倒了一杯波尔特温酒。

“也许咱们得等一下古尔斯基，他答应来。”卡希林看了一下表，说。

古尔斯基是当时跟柳辛一同搭飞机到游击大队去的第二个记者，后来同他合写过几篇特写。塔尼雅听到他也要来，很高兴：在游击大队里，她觉得他是个爱说爱笑的人。

“不要紧，他会赶来的。”古萨罗夫说。

卡希林站起来，举起玻璃杯，好久不说话。

“女儿，我说不定往后会见不到你了。”末了他说，那时候，古萨罗夫和柳辛的脸上都出现苦恼的神情。“即使再看见你，恐怕也没有机会为你干一杯。所以我此刻既为你荣膺勋章，又为你的英雄行为，也为你那对漂亮的眼睛和永远不让一个坏蛋使你掉泪，干一杯！”

他没有走动一步，也没有向她探过身去，用一种奇怪的严厉声调问：

“可以吻你吗？”

当塔尼雅自动向他走上一步的时候，他拥抱她，短促而用劲地直接吻她的嘴唇。虽然卡希林是个道地的男子汉，他那突然发生的感情冲动却没有使塔尼雅发窘。

他只是为了跟她告别。也许，要永别了，当他吻着塔尼雅而她非常清楚地看见他的眼睛这一刹那，她突然这么想。

塔尼雅为自己喝了半玻璃杯酒。她举起喝剩的半杯酒为古萨罗夫的妻子和他们的相会干杯。后来，她忽然想起，一开头没有先为斯大林的健康干杯，她甚至感到不好意思起来。接着，他们为留在战线那边的同志们干杯，之后，由古萨罗夫建议，为报馆派来的大尉，为他第二次去游击队干杯。卡希林怀着不惜把自己多余的东西让给别人的那种人的宽宏大量的精神称赞大尉。

“为柳辛同志干杯，”他说，“在最艰难的时刻，他同自己的朋友搭飞机上我们那儿去。在这样的时候，别的人是不会去的。”

塔尼雅牢记着这个时候，当时德国警卫队的整整一个师搜查着斯摩棱斯克四郊的森林。时间确实不十分好。这个报馆派来的大尉柳辛一下飞机，就坚决要求参加战斗，他参加了几次战斗。这是实际情况。卡希林认为自己或别的同志这样做是很自然的。可是大尉是从莫斯科的报馆里派来的人；他搭飞机来了，虽然他也可以不来；他参加了战斗，虽然也可以不参加！总之，在卡希林看来，报馆派来的大尉和跟他一起来的同志简直都可以说是英雄。

大家趁着酒兴，正在赞扬柳辛和畅谈与此有关的往事时，古尔斯基，那第二个记者走进来了，大家愉快地欢呼起来。他是跟柳辛一块儿到他们的游击大队里去的。塔尼雅牢记着这个情况：搭飞机来到游击队的时候，他穿着一件没有肩章的军便服、背心和棉袄，头上戴着一顶船形帽。可是此刻，他穿着普通大衣，戴着呢帽，走进旅馆的房间里来了。他把大衣扔在圈椅里，大衣里面穿的是一套便服，白衬衫浆得笔挺，系着领带。只是在上衣外面还穿了一件毛皮背心，这使人想起他从前搭飞机到游击大队来时的那副模样。他舒适地伸开四肢坐在圈椅里，立刻就说起笑话来。他稍微有点儿口吃，仿佛有时他内心里有个什么东西突然使他感到难受。

“我看出来，你们在这儿趁我不在的机会，把、把柳辛说成一个英雄……别、别这样啦，因为我们的编辑部由于他表、表现了英雄主义而感到很苦恼呢。顺便说说，这是根本无益的。我向你们泄露一个秘密：我们是怎么上你们那儿去的。编辑把我们叫去，问：我们愿不愿意搭飞机到后、后方去？我们当然同意。可是当我们搞清楚了：编辑说‘后、后方’，他是指跟我们所说的‘后方’完全相、相反的方向，这时候退缩已、已经迟了。我和柳辛像勇、勇敢的人们一样，只好说我们唯一可说的话：‘是……’”

“别装傻啦。”柳辛说。

“还是告诉我们，你们什么时候再上我们那儿去？”卡希林问。

“老实说，我想再也不去了，”古尔斯基说，“享受得够了。请您注意我那十、十分坦率的态度。您别希望柳辛能这样坦率。您要飞、飞回那儿去吗？”他问塔尼雅。

“不回去。”她说。

“您做、做得很对。”

“让卡希林独个儿上那儿去，您不会舍不得吗？”柳辛问塔尼雅。

“对他的那些问题可以置之不理，”古尔斯基向柳辛点了点头，说，“他又年轻又漂亮，因、因此自以为可以向妇女提出任何最、最愚蠢的问题。他还不了解，妇女对、对人的智慧比传、传统的看法要重视得多。可是现在让、让我向您提一个比、比较有意思的问题。您身体怎样？”

“还好。”塔尼雅说。

“卡、卡希林告诉我，说您出、出院后在休假。可我在你们那儿的时候，您可记、记得，您对我说过，您的父、父母都在世，只、只是不知道他们在哪里。他们在哪里，您、您知道了吗？”

“我拍去了电报，等着回电。”

“这做得对。假、假如能够去看看父、父母，我个人不惜付出高、高昂的代价。”

“您去向编辑请求吧。”柳辛说。

“孩子常常要、要上厕所，”古尔斯基说，“狗常常要、要往院、院子里跑，在战争时期，男人们都要、要求上前线。然而在别的情况下，他们却等、等着别人给他们出主意，如果别人不给他们出主意，他们自己就不、不要求。顺、顺便说一句，这压、压根儿不是开玩笑。”

“这话很对。”古萨罗夫忽然说，大概，他在想心事。

“为什么呢？”卡希林不同意，“不管怎样，你们还是搭飞机到了我们的游击区，你们也可以事后告诉编辑……”

“听、听我说，卡希林，”古尔斯基说，“你、你这个人心、心肠太好啦。你会把我们惯、惯坏，我甚至担心你在开始惯、惯坏我们啦。顺便说一句，我很想知道，你胸襟宽大，已经把什么样的功、功绩归、归于我和柳辛。我个人牢、牢记着我没有完成的事。可我怕柳辛会忘、忘记。”

柳辛听着这些话，一会儿笑笑，一会说些打趣的话。他坐到塔尼雅身边，坚持要她喝下他的波尔特温酒。

他当真长得很漂亮——淡褐色的头发，一对蓝眼睛，可是他的漂亮和他的姓很相称，是一种少女的、逗人爱的美。

“喂，柳辛，”古尔斯基说，“我想建议大家干、干一杯，但是不、不要再给她倒酒。第一，她出院还不久，我看她的脸色苍白得很。第二，我、我认为你不合她的趣味。”

“不，为什么……”塔尼雅说，她确实不喜欢柳辛，但她也不喜欢人家照顾她。

“如果那样的话，请、请原谅。”

塔尼雅感觉到，柳辛把肩膀紧挨到她身上来了，可是发觉古尔斯基那仔细端详着的目光，她就不让开。

“可我想为这个干杯，”古尔斯基说，“卡希林，我喜欢你，因为你比我勇敢。是否再搭飞机上你们那儿去，我还要考、考虑，可你跟我们一块儿喝完伏特加后，夜、夜里就搭飞机走。虽、虽然你很勇敢，不、不管你表现得多么勇敢，但愿你活到战争结、结束，我要为这而干杯。请、请你努力做到这点，我热烈地请、请求你。古萨罗夫同志，我也为您干杯……”

“好，我一定努力，”卡希林说着就跟古萨罗夫碰杯，“只是干吗追荐？这甚至不像是你做的事。”

“第、第一，如果使、使用教会的术语，这不是追、追荐，而是祈祷。第二，”古尔斯基突然向柳辛转过身去，“你要知道，编辑把、把我叫、叫去过，说彼嘉·普斯托瓦洛夫牺、牺牲了。顿河方面军拍来了电报……他乘坦克登陆时被打、打死了。编辑叫、叫我同、同你准、准备搭飞、飞机到顿河方面军去。替、替代他嘛。你要知道，有两个多钟头，我怎样也不、不习惯于他的死亡……”古尔斯基的脸变得很悲伤，大鼻子发红了，从眼镜后面滚出了泪水，他漫不经心地用指头抹掉了脸颊上的泪水。

有一忽儿工夫大家都不说话。

“对，死得意外，”柳辛说，“到前线只有一个月工夫就牺牲了，可我跟你从头一天起就参加战斗，却没有出事……”

“你别自吹自擂啦，什么从头一天起就参加战斗。这已经过去了！”

“为什么过去了？”

“因为至少已经有几百万人牺牲了，他们都不是从头一天就开始作战的。你这么说，什么你同我从头一天起就开始作战，仿佛咱们因此变成了头号人物。只有中学生才会把战争想象成这个样子。普斯托瓦洛夫一接到命令，就搭飞机去前线——不早也不迟，这是理所当然的……”

他很恼火，可是塔尼雅觉得，他不是在生柳辛的气，柳辛只是遭池鱼之殃。他不是生柳辛的气，而是痛恨死神，死神夺去了一个他很敬爱的、但跟柳辛毫无关系的人的生命。

“编辑说，”古尔斯基沉默了半晌后，说，“在电报上写着，普斯托瓦洛夫临、临终时表现很好，我非、非常讨厌‘表现很好’这句话。‘表现很好’、‘表现很坏’——大、大家还以为，我们是在幼儿园里。后、后来他还有点儿自豪地告诉我说，现在，把普斯托瓦洛夫计算在内，我们编辑部已经有十、十个人牺牲了。他这么说，仿佛普斯托瓦洛夫不够他凑成一个整数似的……”

“那您怎么回答他呢？”古萨罗夫问。

“我什么也没有回答他。这可不是一个很、很简单的问题。编辑部已经受到相、相当重大的损失，这就是说，我们那些记者当真都在前、前沿。这是对、对的。我是这样了、了解编辑的话的，尤其是他自己上前线的时候，常常到前、前沿阵地去。可是他们谈到死者的时候，说他表现很好，不知道什、什么缘故，这使我感到讨、讨厌。”

“十个人！……”卡希林摇摇头，“其中有几个作家？”

“有、有一半。”

卡希林又摇摇头。

“卡希林，别摇头，”古尔斯基说，“你、你喜欢作家，可你一点儿也不、不懂文学。我知道，柳辛和我在你那儿作战的时候，你发了什么样的命令，——要保、保护并用身体掩、掩护……”

“对的，那又怎样呢……”卡希林说。

“这不、不对。人没有权利同意让别人用胸膛来掩护自己！尤、尤其是作家。只有那种人才能描写战争，他至、至少有几次可能被打死，一味叫、叫人家用胸膛来掩、掩护自己的人是永远写不出东西来的。他最多只能写些以《我怎样获、获救》为、为标题的自传。您同意我的看法吗？”他问塔尼雅。

“来，咱们为悼念你的朋友干杯，”卡希林说，“我看得出，虽然你装模作样，可是你心里很难过。”

“我可不装、装模作样，”古尔斯基说，“我只记、记得，我说话结结巴巴，我生来缺乏激、激情。顺、顺便说一句，我不坚持你非把酒喝完不可，”他对塔尼雅说，看见柳辛把剩余的波尔特温酒倒进她的玻璃杯里，“可惜，死了的人不能复活……”

可是塔尼雅没有听从他的劝告，跟大家一起把酒喝完了。不知什么缘故，她很想把酒喝完，大概是因为此刻她心里不但想为这个她不认识的人喝酒，而且也想为许多她认识而已经不在人间的人喝酒。她也为杰格嘉尔喝酒……他临终时侮辱过她，可是她此刻还在想念他。他喜欢反复地说，死会勾销一切，这话大概是对的。

“是不是该、该协商一下下一步的计、计划？”等到大家都喝完了酒，古尔斯基说。

“我马上再去拿。”卡希林向空的玻璃瓶摆了摆头，说。

“好、好吧，”古尔斯基说，“可我说的是更远的计划，直到你、你搭飞机走为止。”

他朝塔尼雅扫了一眼，她感觉到了，她在场使他不便说出想要说的话。

“伊凡·伊凡诺维奇，”她对卡希林说，“我要在您的那个房间里躺一会儿。因为很久不喝酒了，觉得头晕……”她说着就站起来：既然他们要谈下一步的计划，她还是走开，让他们去讨论，何必妨碍……

“好吧，你去躺一会儿。”卡希林说。

其他的人也不反对，这对大家都方便。

她走到隔壁的房间里去，掩上摇摇晃晃、嘎嘎作响的门。这儿摆着两张床：一张床上所有的东西都乱七八糟，从枕头下面露出一卷见过很多次的、扯破了的《莱蒙托夫诗集》，这是卡希林的终生伴侣，他到处都带着。另一张是古萨罗夫的床，铺得整整齐齐。塔尼雅在床沿上坐下来，觉得头真的有点儿昏。不该喝最后的半杯……她倾听着门那边低沉的说话声。她隔着门向卡希林叫道：

“伊凡·伊凡诺维奇，如果方便，请给我一根香烟！”

她决意叫卡希林到这儿来，叫他别怕难为情，也叫他不要想她。他夜里要搭飞机走，如果他们必须到那儿去跟谁会见，那就丢下她走吧。她明白，她不是小姑娘……等到他们走了，她也要去干自己的事，她有自己的事……晚上她必须待在家里：这个阿尔杰米耶夫，玛莎的哥哥，要来……

她打算这样告诉卡希林，虽然夜晚以前她没有什么事，相反的，当她看到古尔斯基的眼色，突然明白，她使他们感到不便的时候，她开始觉得很苦闷。她觉得她似乎还会长久地坐着听这一席对她说来是新鲜而且有趣的谈话，连用肩膀挤她并往她耳朵里吹热呼呼的气息的柳辛也没有破坏她的情绪；可是现在这种情绪反正被破坏了。现在只有不做傻瓜，不妨碍他们，特别是不妨碍在莫斯科过最后一个晚上的卡希林。谁知道，往后会怎样。

她等待着卡希林进来，可是进来的不是卡希林，而是柳辛。他进来了，额上冒着一滴滴的汗珠，满脸通红，已经不像一张姑娘的脸。

“幸好门没有关上。”这个念头在她心头掠过，不是因为怕他来，而是因为不愿让情绪完全遭到破坏。

“想不到您还会抽烟。”柳辛说着，就递给她一包稍微拆开的“白海”牌香烟，在她对面的一张床上坐下了。

“‘还会’是什么意思？”塔尼雅问，一边接了香烟。

“嗯，您的酒量不错，而且一般说来……”

“什么‘一般说来’？”她问。

“不，没有什么……”他想说，可又不敢说，“酒量不差，叫人看了高兴。”

“医生大多会喝酒，”她说，“您怎么啦，想把我灌醉吗？”

“是的。”他说。

“为什么？”

他不说话了，带着醉汉的好奇心看着她：他被问得不知道跟她怎样谈下去。

“我很想让您痛痛快快地喝一场。”沉默了半晌后，他说。

“不必费心，”她说，“我做自己愿意做的事，而不做别人要我做的事，喝酒的时候，我也是这样。”

他还是那么好奇地、迟疑地望着她，她用眼色回答说：“对，我说出了你的心里话。可是你白日做梦，所以请你走……”

“你在那儿干什么？”从隔壁房间里传来了卡希林的声音。“你在古萨罗夫床底下的箱子里拿吧，那儿还有一瓶‘塔尔洪’土烧。”

柳辛听到说话声，便回过头去看，接着看看塔尼雅，眼睛依然望着她，一只手却在他坐着的床底下摸索起来。

“依我看，酒在这儿。”塔尼雅说着，指指她自己坐着的那张床底下，身子没有让开。他蹲下去，用手在床底下摸索，身子仿佛失了平衡，另一只手紧紧地抓住她的膝头，一边从下面探究地望着她的眼睛。

她一动也不动，只朝下望着，把另一条腿稍微移开，后跟踩住了在地板上摸索的那只手的指头。她踩着，有意地用尽力气把他的指头踩得尽可能痛。他喔唷一声叫了起来，把手从靴子底下抽出来，放开了塔尼雅的膝头，另一只手捏住了那两个被踩痛的指头。塔尼雅不理睬他，弯下腰去，自己在床底下摸了一阵，递给他一瓶酒。

“喏，给你……指头到水龙头底下去冲冲吧……”

“愿您升天去见上帝。”柳辛挥了挥手，接过酒来，用那两个被踩痛的指头紧紧地捏住酒瓶。“既然捏得住酒瓶，那就行。”

“怎么，你拿到啦？”卡希林在隔壁房间里叫道，“还是没有找到？要帮忙吗？”

“我就拿来。”柳辛说着走了，砰的一声愤然关上了门。

只剩下一个人的时候，塔尼雅疑惑地望着古萨罗夫的床：古萨罗夫妻子今天来看他了，不知为什么，躺在他床上似乎不方便。

她坐到卡希林的床上去了，把枕头塞到背后，两脚垂到地上，躺一会儿。

她对这个柳辛说：她总是做自己愿意做的事，而不做别人叫她做的事，这话说得对吗？对，说得对。可是杰格嘉尔呢？她对待杰格嘉尔也是对的，她几乎整整一个月觉得自己好像爱着他。可是后来一切都猝然中断了。杰格嘉尔去世的时候，她甚至觉得奇怪，自己对他简直没有丝毫女人的感情；只是为他惋惜，就像为任何别的去世的同志惋惜一样，再没有别的感情。显然，她天生有自卫的能力，缺乏宽恕侮辱女性的行为的力量。

她躺了一会儿，现在头晕减轻了。她从床头小柜上拿起一根香烟，点上火抽起来。“难道今天还不能接到回电吗？只要妈妈看见我抽烟……我得戒绝，不然的话，如果她知道，她会难过的。”塔尼雅在心里寻思，忽然清楚地听到从隔壁房间里传来的说话声。

当柳辛砰地关上门的时候，门从门楣上碰回来，现在几乎半开着。他们在隔壁房间里谈着塔尼雅。她开头想拿枕头蒙住头不听，甚至已经把枕头拉到了头上，可是这当儿卡希林大声说：“随您的便，我可不同意在这样的日子里撇下她一个人。”于是她放下枕头，听起来。

“那我就得取、取消全部措、措施了，”古尔斯基说。

“那就取消吧。”卡希林说。

“请吧，”古萨罗夫说，“归根到底，是你搭飞机走，你过最后的一个晚上了。我暂时还不走呢……”

“就算这样吧，可是为什么撇下她一个人呢。”卡希林说。

听到他的话，塔尼雅感谢地微微一笑，在床上坐起，打算立刻去对卡希林说，她自己有一件重要的事，得马上就走，可是古萨罗夫的声音阻住了她。

“听我说，卡希林，”他说，“当然，你原则上是对的，可是也有问题的另一方面：你将要搭飞机走，那儿都知道这个消息，你的波丽娜很想最后见你一面。当然，她不是十二月党人的妻子，但她到底是个好同志，你逗留在莫斯科这个时期里，她所做的都是对你有益的事。可怜可怜她吧……”

“真的，卡希林是个最好不过的人，”塔尼雅心里想，一边站起来，“他心甘情愿为我而牺牲了逗留在莫斯科的最后一个晚上……可我当然不允许这样做——让他们到应该去的地方去吧……”

“别忙。”当她整理好床铺，已经走到门口的时候，柳辛说。塔尼雅听见了他的声音，带着痛苦的预感站住了，仿佛这句话不是对他们，而是对她说的。“别忙，让我把你的女医生带到那儿去吧！”

“你在那儿需要她干吗？”卡希林说，“为了坐着看她吗？”

“看她干吗？”柳辛说，“我对她负责。”

“你已经试、试过对她负责，”古尔斯基说，“直到现在你的指、指头还在痛！”

“这算不了什么，”柳辛说，“这些事都是偶然的……她再多喝些儿，就会自己也不认识自己了。我告诉你吧，杰格嘉尔亲自对我谈过她……”

“原来，他也对他谈过。”塔尼雅苦闷而恼恨地想。她不是恨杰格嘉尔，而是恨自己。

“她跟他谈过恋爱没有？还是他对我撒谎？”柳辛问。

“谈过恋爱，”卡希林说，“我甚至找他谈过话，不让他在游击大队里宣扬。”

“就是这么回事，”柳辛说，“我要对她负责，我们一块儿走。”

“我个人反、反对。”古尔斯基说。

“为什么？”柳辛问，“她不是跟杰格嘉尔谈过恋爱吗？卡希林亲口证实了……”

“跟杰格嘉尔谈过恋爱，可是不会跟你谈恋爱，”古尔斯基说，“整个晚上都会白白浪、浪费掉……随后还有麻、麻烦呢。”

“你没有资格说这话……”柳辛说。

“甚至可以说是下、下流的……”古尔斯基打断了他的话。

“去见你们的鬼吧！咱们还是取消这个计划……”卡希林说。

已经谈完这些话的时候，他看见塔尼雅走进屋子里来了。

她站在那里，站在那个屋子里的时候，对自己说，等到他们谈完话，她就可以若无其事地进去。可是实际上，她贪婪地听着他们谈论她的话。她听着，因为这是她的权利，因为只有她一个女性处在这些男人中间，他们绝不会告诉她，说他们怎样谈论过她，他们还以为她没有听到这些话呢。她需要知道，他们在谈论她，在想到她。需要、委屈、羞惭、注意、不安——这一切情绪混合在一起。

她进去了，抑制不住这种混乱不安的心情。由于这个缘故，她仿佛急奔了一阵似的气喘吁吁，并且还控制不住自己，上气不接下气地说：

“谢谢，伊凡·伊凡诺维奇，我在您的屋子里打了一会儿盹。我该走了……”跟古尔斯基那冷静的、怀疑的目光碰上了，她忍住了这种目光，走到卡希林跟前去了。

“啊，女儿。”卡希林说，一边站起来，推开了椅子。他脸上带着负疚的神情，声音里也带着负疚的音调。他喝过些酒，没有想到她听见了他们谈论她的话，可是他大概本来已经觉得不好意思见她。

古尔斯基和柳辛跟着卡希林一同站起来。古萨罗夫不在屋子里：他跑开了。所以塔尼雅始终没有听见他的声音。

“你要上哪儿去？”

“来告别嘛，几乎在您的房间里睡熟了。”

“没有想到……”卡希林说。

“为什么？”

“也许同我们一起走吧？我们正在准备……”柳辛开腔了，但忽然又不说话了。他觉得古尔斯基推了他一下。

塔尼雅一句话也不回答，甚至没有向柳辛转过身去，继续望着惘然若失地握住了她的手的卡希林，说：

“请您代我向我们游击大队里的全体同志问好，可是，如果可以的话，我要拥抱……”

她探过身去，使劲地吻他，不能自持了，因为此刻她吻别的不是这个有醉意的和感到负疚的卡希林，而是另一个人，是从前的卡希林，也是往后在游击队里的那个卡希林，今天夜里他将要搭飞机上那儿去。

接着她向古尔斯基握了握手，并向柳辛转过身去，勉强地笑了笑，说：

“不跟您握手了，您的手痛……”

“没有什么，我不记仇。”柳辛说。

他一心想走到她跟前去，可是古尔斯基用肩膀把他挤开，跟着塔尼雅往前室走去，一边默默地把皮袄交给她。她感谢地向他点点头，随手关上门，快步走过久久地用目光打量着她的那一层楼的女值班员，下楼去了。

她走下楼梯，来到底层前室，老远就看见了站在旅馆看门人身旁打电话的古萨罗夫。“大概，又在打听妻子的消息。他是由于这个缘故出来的：他不愿在房间里打电话……”她向古萨罗夫挥手告别。他也发觉了，向她挥挥手。

第十二章

当塔尼雅告诉卡希林说“我该走了”的时候，她自己还不知道上哪儿去，可是此刻她走下楼梯，来到了底层前室，看见了古萨罗夫，这才突然决定了。她已经办完了委托她的那件事，已经见到了阿尔杰米耶夫，除此以外，她在莫斯科还得办一件事，也是一件不愉快的事，是那个年老的女医生索菲雅·列昂尼陀芙娜委托她的，在斯摩棱斯克的时候，塔尼雅住在她那儿。

塔尼雅已经按照索菲雅·列昂尼陀芙娜从前叫她强记住的那个地址去找过两次。她到布留索夫胡同一个荒凉的院子里去过两次，但是两次都没有碰到她要找的那个女人。

“那么，我是第三次去，恰好今天去。说不定，今天去倒正好。”她心里想，虽然今天从早晨起，她压根儿没有想到上那儿去转达这件悲伤的事。

她从高尔基大街踅入布留索夫胡同，走进一道已经熟悉的、像一座埋在土地里的石井似的低矮的大门，来到了最里面的一个拐角上的入口，便敲底层的门。她觉得她这会儿——第三次——也会碰不到那个女人，可是她耐心地站着，敲了几下门，一边看看那块破烂的粗布，看看一段段断裂的电线和那些被扯掉了的电铃的痕迹，看看那张残缺不全的住户的姓名表：“尼柯奇莫夫——一号电铃。伏洛谢维奇——二号电铃。库尔久……”以下全都被撕掉了。

末了，当她决意折回的时候，又是上两次开门的那个老头儿开了门。他瘦嶙嶙的，头发灰白而又粗硬，一条歪脖子，好像从前被砍过头，后来又接上了，可是接得不对头：离一个肩膀近些，而离另一个肩膀远些。

“伏雷斯卡雅在家吗？”塔尼雅问。

可是那个老头儿并没有像上两次那样，默默地摇摇歪脖子上的脑瓜，却用尖细的小孩儿似的声音说：

“在家，您找她吗？”

“找她。”

“请进来。”

他让塔尼雅进去，就锁上了门。他脚上穿一双套鞋样的破毡靴，拖着步子走进屋子里边去了。塔尼雅以为他在给她引路，跟随着他走，可是他扭转头来，说：

“不是这边，在那边，走廊上最末一扇门。”

他用手指指左边。

塔尼雅往左走去，可是她看不见走廊，却看见了一扇门；没有别的门，她就打开了这扇门。门后当真有一条暗沉沉的走廊。她跟一个什么东西撞了一下，两手摸着两边墙，沿着走廊走去。开头她摸右边的一扇门，接着又摸左边的一扇门，已经想敲那扇门，可是听见前面什么地方有打字机的嗒嗒声，她记起来，索菲雅 · 列昂尼陀芙娜说过，她的妹妹是打字员，她摸到了最后一扇门。

门里边打字机的声音停止了，一忽儿又嗒嗒地打起来。塔尼雅打开门，一步跨进屋子里去了。

“可以进来吗？”

一架用烧焦了的报纸遮着的台灯照亮着桌子，有个老妇人拱着背坐在打字机前面，她穿着大衣，竖起了领子，围着一条编织的绒线围巾，围巾在脖子上围得把口也掩住了。老妇人掉转头来，塔尼雅不觉愣了一下：坐在打字机前面的那个老妇人跟她的姐姐长得一模一样，仿佛索菲雅 · 列昂尼陀芙娜本人还活着，在这儿、在这间屋子里、在塔尼雅面前坐着。

“如果您是来取件的，我还没有打完哩，”老妇人说，“我在害病……还剩三十页。”

“不是来取件，”塔尼雅惘然地说，“我……”

她还摆脱不开坐在她前面的是索菲雅 · 列昂尼陀芙娜这个感觉。

“我是您的姐姐叫我来的……”塔尼雅说。

“我没有什么姐姐。”老妇人说。

“你大概还不了解我的意思，”塔尼雅惘然地说，“我从斯摩棱斯克来的……”

“从什么斯摩棱斯克？”老妇人问，仿佛除了塔尼雅去过的那个地方以外，还有另一个斯摩棱斯克。

“嗯，从斯摩棱斯克来的……”塔尼雅又说了一遍，“您怎么不懂！令姊叫我来的，在斯摩棱斯克的时候，我跟她住在一起……”

“您有证件吗？”老妇人突然问。

“什么证件？”

“您有证件吗？”

塔尼雅解开皮袄的钮扣，从口袋里取出身份证，递给老妇人。

她感到莫名其妙而且觉得奇怪，这个老妇人竟然要看她的证件，仿佛为了倾听她马上就要听到的话，首先得检查一下塔尼雅的身份证。

老妇人把身份证看了很久，过后交还给她，问：

“那么是怎么回事？”

她此刻才把围巾从嘴上拉到下巴上；她在这以前所说的话都是隔着围巾低沉地说的。

“我在斯摩棱斯克同令姊索菲雅·列昂尼陀芙娜一起工作过。”塔尼雅说。

看到老妇人的脸色变了，她这才明白刚才使她感到莫名其妙的事：原来这个老妇人认为，斯摩棱斯克和在德国人那边的、就是在战线那边的一切，都是另一个世界。她已经不是现实地把这当作自己生活的一部分，大概是因为这个缘故，所以她开头说，她没有什么姐姐。

“您在哪儿跟她一同工作过？”老妇人连人带椅子一同转过来问，一边用指头点点那张堆满了东西的床。“坐下去要小心点儿，那儿裹着一锅粥。”

“我跟她一起搞过地下工作，”塔尼雅说，“足足干了半年。我甚至作为她的一个远亲住在她那儿。”

老妇人探询地望着她，不明白她的意思，可是后来明白了，点点头。

现在最困难的事情开始了，拖延得越久，就越困难。

“她把您的地址告诉了我，叫我记熟，并且要求我，如果她牺牲了而我还活着的话，叫我到莫斯科来找您。”

“那么她牺牲了吗？”老妇人问，像问一件她早已习惯了的事情一样。她声音低沉，害着感冒，脸色安详而又阴郁，有一个马铃薯样的大鼻子和两片厚厚的、愤怒地抿紧着的嘴唇。

“跟索菲雅·列昂尼陀芙娜完全一样，只不过更严峻。”塔尼雅又在心里想。当老妇人问“那么她牺牲了吗？”的时候，不论是她的声音或是她的脸都没有哆嗦，甚至没有颤动。

“对。”塔尼雅说。

“什么时候？”老妇人问。

塔尼雅说，这发生在去年八月间。

老妇人脸上现出专注的神色，仿佛她心里在考虑着一件什么事；她甚至抬起头来，皱眉蹙额。

“我以为她死得更早呢，”老妇人说，“还在春天，我们的攻势停顿了的时候，我就给她做了第一次祭祷。”

“您是信教的吗？”塔尼雅问，没有能够克制自己不提这个愚蠢的问题。索菲雅·列昂尼陀芙娜告诉过她，说自己还在年轻的时候，在别斯土热沃女子学院念书的时候，就不信宗教了。她觉得很奇怪，这个酷肖索菲雅·列昂尼陀芙娜的老妇人忽然是个教徒。

老妇人一句话也没有回答，默默地等待着，塔尼雅还要说什么话。

“盖世太保把她枪杀了。”塔尼雅说。

老妇人还是不说话。

“他们当时一下子枪杀了我们许多人，她也在里面。可是她被捕还只有两个星期。她被捕的时候，我见过她最后一面……”

老妇人依然一动不动地坐着，默然不语；可是塔尼雅却怀着毫不松懈的紧张情绪望着她，就像头脑里好多次总是千篇一律地出现这些回忆时一样。在她眼前浮现出了跟索菲雅·列昂尼陀芙娜同住过的那所房子的台阶和一辆德国鬼子的汽车，索菲雅·列昂尼陀芙娜拱起两肩，双手反剪着，被两个德国兵押着，向汽车走去……邻居，市管理局会计普里李普柯，跟在那两个德国兵后面慢步走着，他穿着一件丝绸的上装，带着一个皮包。

塔尼雅的眼前不但出现了这一切，而且，她甚至还感觉到左手提着的那只篮的重量，当时她提着这只篮，看见两个德国兵和索菲雅·列昂尼陀芙娜从房子里走出来，她就在街角后面站住了。篮沉甸甸的，里面放着一个有定时装置的地雷，用马铃薯掩盖着。这个地雷是游击队制造的，大约还要在塔尼雅和索菲雅·列昂尼陀芙娜那儿存放四天，因为必须把地雷交给一个人，而这个人在四天内还赶不到。塔尼雅手里提着篮倚墙站着，可是索菲雅·列昂尼陀芙娜搭拉着头，两手反剪着，被两个德国兵押着，向汽车走去……

老妇人还是不说话。她很久地、令人难忍地默不作声……

“那么您平安无事……”她说。

“是的，”塔尼雅说，“她被捕的时候，我不在。如果我早回去十分钟，我也被捕了。”

“那么，她就是因为这个缘故死的，”老妇人说，“可我以为，她只是饿死的……”

“不，我跟她没有挨过饿，”塔尼雅说，“我的意思是，我们当然吃得很坏，可是我们的人，如果有可能的话，还是给我们一些帮助。”

“帮助。”老妇人回答说，像一阵回声。

她突然用这样的神气看自己的打字机和从打字机里伸出着的一张没有打完的纸，仿佛她再没有工夫谈这一切事，得坐着干完活。

“噢，那么她是你们的地下工作人员？”老妇人又把目光从打字机移到塔尼雅身上，问。

“你们的”这个词儿是用那么奇怪的音调说的，仿佛老妇人本人和索菲雅·列昂尼陀芙娜是一方，而塔尼雅和老妇人用“你们的”这个词儿问到的那些人是另一方。塔尼雅虽然发觉了这个音调，可是那当儿却没有注意到它，而急不可耐地解释说，索菲雅·列昂尼陀芙娜是个那么优秀的人，她干了很多工作，她牺牲的时候，大家都很悲痛。

当塔尼雅述说着这一切的时候，她的声音甚至好几次颤抖起来。

她不但怜惜索菲雅·列昂尼陀芙娜，而且也怜惜自己；已经不是头一次，当她想起这一切的时候，她既对自己在斯摩棱斯克所发生的事，也对虽然没有发生过、但可能发生的事感到害怕。

“怎么，您喜欢她吗？”老妇人问，打断了她只说了一半的话。她问得仿佛这使她感到惊奇似的。

“对，这还用说吗，”塔尼雅说，“我们大家都很喜欢她，我在她那儿差不多住了半年光景。”

“您可知道，在这以前她过着什么样的生活？”老妇人问。

“我知道，她告诉过我。”

“全都告诉过您吗？”

因为索菲雅·列昂尼陀芙娜不把自己的生活告诉她，却告诉塔尼雅或别的人，老妇人的声音里又带有惊讶的音调。

“对，全都告诉过我，”塔尼雅说，“从前她过着这样的生活，所以德国鬼子很信任她。她所以能替我们做那么多工作，是因为他们都信任她。她把一切都告诉过我，有她个人的事，也有她亲人们的事，也有您的事……”

“那么，她也是为你们而死的。”老妇人说。

“为什么因为我们？”塔尼雅没有听清楚，问。

“不是因为你们，而是为你们，”老妇人说，“不管苏维埃政权给了她多少好处，可是她到底为你们死了……”

在这些话里和说这些话的声音里流露出那么多苦痛，误解这些话的意思是不可能的。

“怎么，您认为……”塔尼雅挑衅地、带着突然发生的不能容忍的委屈感说起话来，可是老妇人打断了她的话。

“我并不认为……是她认为，伐树难免飞掉一些木片。……她到底为自己的苏维埃政权死了。”

“那么您以为，苏维埃政权不是您的吗？”

“不是我的，”老妇人说，“看我干吗，我这么大胆，您觉得奇怪吗？为什么我这么大胆——我这一辈子完了，境况不会更坏。我的一家只有我一个人活着……我过着什么日子……您也看到啦。”她用目光扫视了一下自己那间暗沉沉的斗室，在扯破了的壁纸上挂着几幅装在圆框里的画和几张旧照片。“我也不怕换房子。”

“这样看来，如果不是索菲雅·列昂尼陀芙娜，而是您在那儿，那您就不会替我们，而去替德国人干活？”塔尼雅怒冲冲地说。

“还想什么啊！”老妇人说。她又突然变得那么酷肖索菲雅·列昂尼陀芙娜，塔尼雅几乎愣了一下。

“好吧，我走了。”塔尼雅说。已经站在门口，她补上一句：“再见。”

“再见。”老妇人声音低沉地回答说，没有从打字机前面掉转身来。“谢谢您劳驾……好，走吧，站着干吗？！”

刚关上门的时候，在最后的一秒钟，塔尼雅看见这个她觉得是铁石心肠的老妇人把脸和手都搁在哗啦响了一声的打字机上。塔尼雅站在没有关紧的门外，老妇人把脸和手搁在打字机上，在屋子里嚎啕痛哭起来。从她的胸腔里迸发出一阵阵痛哭声，同时也带着咳呛和哼叫。她那穿着厚呢大衣的、拱起的阔肩不断地抽动着，痛哭得颤动着。她和男人一样，悲痛得低沉地、嘶哑地号泣。可是塔尼雅从门缝里望着她，不知道怎么办。回去安慰她吗？可是用什么安慰她，怎样安慰她？还是撇下她，让她独个儿悲痛吧？

“说不定，以后还要来一次？”她心里想，“以后怎样呢？我以后对她说些什么呢？还可以对她说些什么呢？”

她悄悄地离开门口走了，摸着墙走到走廊尽头。替她开门的那个老头儿站在前室中央，手里拿着一把茶壶。从他的脸色看来，塔尼雅觉得，他站着在窃听，虽然在这儿前室里，一句话也听不见。

“见到了吗？”老头儿问。

“见到了，”塔尼雅说，“她孤零零地过着日子吗？”

“孤零零的一个人……”老头儿说，突然好奇地问，“她疯了，对吗？”

“不，为什么……”塔尼雅说。

“她疯了，”老头儿坚信地重说了一遍，“从前跟儿子住在一起，她自己叫他，叫这个瞎子去当民兵，他的屈光度有七度……她接到阵亡通知后，完全丧失了理智。晚上门开得很大，厨房里的水龙头也不关。不管对她说多少遍——还是不关水龙头……怎么，您要走啦，还是怎的？”

“我要走了。”塔尼雅说。

“我来关门……”老头儿把茶壶放在地板上，把一条链子拿下，转动了两下钥匙。“您走吧，我来关门。”

塔尼雅走过院子，她头脑里老是萦回着这句没意思的话：“她水龙头也不关，水龙头也不关……”

第十三章

伊万·阿列克谢耶维奇履行了诺言：阿尔杰米耶夫在动身前大忙特忙了一阵，可是他毫不抱怨——前线展现在前面了。除开工作，没有时间干别的事。有一次想起娜佳那期待着的目光，他几乎要打电话给她，可是他没有打。他也没有时间重唱这支旧曲。不论是他约定的那个晚上，或是第二天，他都没有去找塔尼雅·奥弗夏尼科娃：工作忙嘛。直到最后一天的早晨，他才抽空跑了出来。

“对不起，前天失约了，我没有来。忙得不可开交，今天也只有十分钟时间——明儿早晨搭飞机飞往前线。”当塔尼雅替他开了门，禁不住喊叫起来“我还以为您不来了！”的时候，他说。

厨房里变样了。床和床垫都收拾过了；一切东西都干净得发亮。

“我带来了些东西。”阿尔杰米耶夫说着，把一只小手提箱放在厨房桌子上。

“谢谢。”塔尼雅说。

“您搬走啦？”

“是呀。主人们来了。我搬到波丽雅大婶那儿去了。”塔尼雅朝通厨房的那扇小门摆了摆头。

“那个地方这么窄小，连一个人也住不下呢。”阿尔杰米耶夫说。

“可是我们住下了，而且以后……”她的声音发抖了，阿尔杰米耶夫好奇地望着她。

今天她跟两天前大不相同了：穿着靴子、裙子和军便服，在她那细腰上紧束着一条宽阔的军官武装带。在两边新的领章上各有一条新的杠子，胸前也挂着一枚崭新的红旗勋章。

“瞧！大概你刚获得……”可是她脸上没有一丝笑意——脸哭

肿了。

“您干吗这样爱哭？”阿尔杰米耶夫问。

“妈妈拍来了电报。”她说着，坐到方凳上，又和那一次——头一次——一样，孩子般地把两手叠放在双膝上。

“那么他们都平安无恙吗？”

“他们都活着，身体健康。”她说着，抽噎起来。

“那您干吗哭？”

“因为高兴嘛。”

“让我看看电报。”

她顺从地把电报递给了他。

电报上写着“来电悉如可能即来厂址卡拉文街九号母吻你”。

“什么时候走？”

“我不知道。我立刻上车站去找运输指挥员，请求保留一个座位。”

“你打算上那儿去。”阿尔杰米耶夫心想，一边盘算着，能不能帮助她，虽然他明儿要动身，但决定试试。

“把您的一切证件都交给我。我去试试弄个今天夜车的座位。”

“也许还是我自己去办吧？”塔尼雅问，已经从军便服口袋里取出了各种证件，可是把它们拿在手里。

“假如我来不及，那只好您自己去办啦，”阿尔杰米耶夫说，“您十九点上我们通行证科去，从那儿打电话给我。那时我就会知道。”

他告诉她，去通行证科怎样走，并抄给了她另一个电话号码。

“咱们谈妥啦？”

他站起来了。

“您把手提箱腾出来，这不是我的，是将军的。”

她向他转过背去，从手提箱里取出几听罐头放在桌上。

“她的身材好苗条，”阿尔杰米耶夫心里想，“只是太矮小。不是一个女人，而是一只麻雀。”

“把手提箱给我。”

他看见她掉转身来的时候还是眼泪汪汪的，便问：

“您是什么时候收到电报的？”

“早上八点钟。”

“一直哭到现在？”

“您别嘲笑人，”塔尼雅说，“我怎样对您解释这种心情呢？我觉得妈妈是怪可怜的。她一直以为我已经死了，现在才知道我活着。为什么只有妈妈在电报上署名？……”

“您不是对我说过，您爸爸可能上前线去了。”

“可是为什么她把‘来电悉’这个悉字写成复数？”

他耸耸肩膀：他怎么知道？

他们沿着走廊，走过餐室那洞开着的门：阿尔杰米耶夫站住了，往里边张望了一下。

“哎唷，”他说，“我看出来，这儿大扫除过了。”

“娜佳来过了，她昨天收拾了一整天。”塔尼雅说。

“她也动员过您吗？”

“对。咱们俩很投机。”

“原来还是这样！”

“我很喜欢她，”塔尼雅说，“您一点儿也不喜欢她了吗？”

阿尔杰米耶夫想象着，不知什么缘故，娜佳在洗地板和擦水晶玻璃器皿的时候，竟能顺便把这个娇小的女人拉到自己方面去，过后又这样想道：“哎哟，你这个老实人！”

“您别听她指挥！”他不快地说。

“您说话为什么这么粗鲁？”

“我说话并不粗鲁，”他说，“只是我对人比您稍为了解点儿。”

“您以为是这样吗？”

她的声音里带有一股迫使阿尔杰米耶夫突然想一想的力量：谁知道，她一辈子见到过多少好人和坏人？如果仔细想一想——她压根儿不是一个姑娘。只不过模样儿像姑娘罢了。

“得啦，咱们不必争论，”他说着，就跟她握手，“真的，谁知道您是个什么样的人，说实在的，这我甚至想也没有想过。没有工夫呀。那么，请您十九点到通行证科去。”

已经打开门的时候，他这么补了一句。

阿尔杰米耶夫走了，可是塔尼雅还是在别人那空阒无人的、堆置着东西的宅子里、在洗刷得干干净净的地板上，独个儿久久地从这个屋子到那个屋子来回踱着步。

她走到一面旧而大的窗间镜前面，这面窗间镜有涡纹的装饰，装着一面蒙着黄斑点的旧镜子，这面镜子已经有百来年的历史，大概从来没有照出过一个身穿军便服、脚蹬靴子和腰间挂着一支手枪的女军人。

她走到镜子前面照起来，仔细地照了很久，镜子里出现了她那张瘦削的孩子气的脸、掉到额上的剪得不很高明的额发和那对深棕色的女人的大眼睛。她自己觉得这对大眼睛很漂亮，她对镜照着。这对眼睛，那深色的长睫毛，那两道颜色深得很匀称的、比头发更深的、惊奇地扬起着的眉毛，都使她感到高兴；可是那两片嘴唇却使她伤心，因为它们的样子不十分端正，有点儿肿，稍微阔了些；她所以伤心，是因为她没有意识到，这两片不端正的、微肿的、稍微阔了些的嘴唇恰恰赋予她那孩子气的脸以一种成年女子的、使人不安的妩媚。

“只是我对人比您稍为了解点儿！”真了不起，他了解人！可惜前天白天没有陪他上“莫斯科”旅馆去……

有几个人在叩前门。

“谁呀？”塔尼雅问。门外一下子传来了几个人的声音。

“开门！爸爸和妈妈来了。”从门外传来了娜佳的声音。

她头一个进来，手里提着两只用绳捆着的手提箱，砰地往地板上放下了。

“您瞧，叫独养女儿当雇工。”她向塔尼雅挤挤眼，又向跟随她进来的一个老妇人摆了摆头，这个老妇人忧心忡忡地抿紧着嘴唇，两边脸颊上泛出了急躁不安的红晕。“我来介绍一下，这是我妈妈。”

这个女人脚上蹬一双肮脏的毡靴，身上穿一件脱了毛的旧皮袄，头上包着一条褪尽了颜色的男人围巾，当作头巾，从围巾下面露出一绺发根灰白的、染过的栗色头发，像个鸡冠。

她仓猝地瞥了塔尼雅一眼，把两只跟刚才娜佳拿进来的一模一样的手提箱放在地板上，就急急忙忙地跑到了餐室门口张望了一下，接着又跑回到前门去迎接拿着东西进来的几个男人。

头一个进来的是个身材魁梧的、脸孔红扑扑的中年男子，他那只跛足在地板上划着，头上戴一顶库班皮帽，在绗过的棉袄外面，穿着一件衣襟敞开着的大衣。他拿进来三大包东西——两包拿在手里，一包夹在腋下。

“这是我爸爸，”当这个男人把三包东西往地板上一放，并把头上那顶库班哥萨克戴的平顶羊皮帽推到了后脑勺，然后拿手帕抹热汗涔涔的脑门的时候，娜佳介绍说。这个男人一边用他那冒着汗的羊眼睛打量塔尼雅，一边向她伸过去一只发红的大手，大声自我介绍说：

“柯比雅柯夫。”

跟随他进来的是一个彬彬有礼的老头儿，戴着一顶有扣子的芬兰皮帽，这是娜佳的司机——塔尼雅已经见过他一次，他双手抬着一只箱子。

娜佳的妈妈赶忙走到木箱跟前，把双手像伸给一个将要灭顶的人一样，伸了过去。

当木箱轻轻地放到地板上，而司机掉转身子往外走的时候，最后一个人——第三个男人——进来了。这是一个少校军官，手里也拿着一个包裹和一只手提箱。他放下包裹和手提箱，仔细地望起塔尼雅来，一边举手敬了个礼。塔尼雅也仔细地打量他那张红润的脸，脸上两道浅色的眉毛几乎是白的。他很像某个人，可是塔尼雅记不起来他像谁。

“这个不是亲人，”娜佳又用挖苦的音调说，“是跟爸爸和妈妈同车来的……”

“安娜·盖奥尔吉耶芙娜，现在咱们怎么办？”少校问，没有注意到这些话。

“还是明儿早晨再说吧，安东·谢苗诺维奇。”娜佳的妈妈说。

“我考虑一下，”少校说，“可是也许还是今天晚上吧。”

“今天晚上不行。”娜佳的妈妈坚持地重说了一遍。

“好，咱们考虑一下。”少校沉默了很久后，说；可是塔尼雅觉得，他默默不语的时候，却在点行李。“咱们考虑一下，”他又说了一遍，“现在您安排一下。我走了。”

他举手敬了个礼，掉转身子，往外走了。

当门砰地关上的时候，娜佳的妈妈拉下头上的围巾，几枚发针掉落在地上了。她疲劳地坐到那只箱子上，一边喊：“当心箱子！”她坐下了，眼睛望着餐室那敞开着的门，接连划了几个十字。

“您忽然搞这一套干吗？”娜佳说。

“啊——啊，”娜佳的妈妈把手一挥，“在后方什么都学会了！现在你走吧，我们自己来打开行李。晚上你来吃饭。我们带来了面粉，在契卡洛夫附近买来了肉。我们来包饺子。伏特加你自己带来，波丽雅在哪儿？”

这个问题是向塔尼雅提的。

“在这儿，她在睡觉，”塔尼雅说，“才下班回来不多久。”

“这是为什么！”娜佳的妈妈说，“我还以为她不在家，可是她甚至避不见面。你帮我脱大衣，”她向丈夫转过身去，“我去叫醒她。”

“她才躺了一个钟头。”塔尼雅说。

“不要紧，她会起来的。”娜佳的妈妈说，脱去了大衣，她还穿着一件厚绒布的滑雪衣，油迹斑斑的裤子掖入了毡靴里。

“你倒像个运动员。”娜佳说。

“我在契卡洛夫就想回到家里来吃波丽雅包的饺子。”娜佳的妈妈说。

“据我所知，她五点钟又要去上班啦。”塔尼雅说。

“她什么地方也不会去了！这些都是蠢话，”娜佳的妈妈说着，向女儿转过身去，“今天你到医院里去找上级，向他们解释一下。这你完全办得到。”

“她不会到你这儿来帮你们做，”娜佳说，“我已经跟她谈过了。”

“你跟她说得够多了，现在我跟她说去。”娜佳的妈妈说着，毡靴拖得沙沙响，往厨房里走去。

“我告诉你，”娜佳对塔尼雅说，“还是搬到我那儿去住吧，可以避开不法的行为。可我已经感觉到：她会跟波丽雅大婶吵架的。而爸爸呢，”她向那个小心翼翼地搬着行李的身材魁梧的跛子摆了摆头，“也不能使人相信。路上，他在汽车里已经捏过我的臂肘啦……”

“嘿，您说这话干什么！”他不搬手提箱了，惊慌地向娜佳转过身来。

“怎么，您怕妈妈吗？”娜佳问，“您为什么捏我的臂肘？”

于是，仿佛他不在屋子里似的，没有放低声音，她对塔尼雅说：

“我怕他会跟你找麻烦，我从他的脸色看得出。”

“可我大概今天夜里走，”塔尼雅说，“他们已经答应给我弄个座位。”

“你瞧着办吧，”娜佳说，“得啦，我要走了。我带伏特加来吃饺子，如果能弄到伏特加的话。”

“您妈妈叫您到医院里去，您还是去跑一趟吧。”“爸爸”说。

“我不想去！你们根本别指望我干这种事。我不是一只雌老虎，可我也不是好惹的。”

她向塔尼雅挥了挥手走了，可是塔尼雅不安地等待着，现在娜佳的妈妈跟波丽雅大婶之间会发生什么事。还在今天早晨，在入睡前，波丽雅大婶又发过誓，说她决不替以前的东家做事。

她大吃一惊，波丽雅大婶虽然在早晨还发过誓，但她却走到前室跟娜佳的妈妈拥抱起来。这两个老太婆——因为在塔尼雅看来，娜佳的妈妈虽然染过头发，但也是老太婆——都是泪痕满面的。

“这是我的瓦列里，”娜佳的妈妈说，边抽噎边把波丽雅领到丈夫跟前去，“请多多照应。我知道，你很喜欢阿历克赛·维克多罗维奇……唷，可是生活……”

娜佳的妈妈把两手一摊，又哽咽起来，因而没有把话说完。

波丽雅大婶替她说完：

“愿他进天堂！”她也啜泣起来，一本正经地把像块木板似的手伸给了娜佳的妈妈的新丈夫。

“安娜·盖奥吉耶芙娜对我那么多次提到您，提过那么多次！……”他说着，握住老婆子的手。

“我们都认为您像一垛石墙那么可靠，”娜佳的妈妈赶忙接嘴说，“谢谢你替我们看管房子，我要向你磕头。你为这耗费了多少精力！我怎么会不懂呢！”

她又抽噎起来，波丽雅大婶也啜泣了一阵，说：“一件东西也不缺。只有一点要请您原谅，我让一个客人暂住一下，我没有通知您就请她来做客。”

“咳，波丽雅，你说什么话啊，”娜佳的妈妈说，“你说这话不害臊么。”她向塔尼雅掉转身去：“咱们还没有好好儿认识过。看看您就高兴：这么年轻，就挂起勋章来了！我的女儿在路上已经跟我谈起过您。可惜您不久就要走啦。”

“也许今天就得走。”塔尼雅说。

“可是您得吃些我们的饺子才走。波丽雅大婶就要包了。”

那时波丽雅正在当心地用块破布抹手提箱，她没有停下手里的活儿，掉转头来。

“我要去上班……明儿下班回来也许行……”

“你别去上班了。”娜佳的妈妈温存体贴地说。

“怎么可以不去上班？”

“你装病吧。”

“怎么可以装病？我出娘胎没害过病。”

“这是我关心你，”娜佳的妈妈说，“头几天我来给你诊断，说你患骨膜炎，我给你开张病假证。以后娜杰日达去跟你的医院谈好，让你请病假。”

波丽雅大婶有片刻工夫不说话，过后挺直腰板，把抹布扔到手提箱上，完全不像刚才掉过泪、啜泣过的样子，却大声说：

“安娜·盖奥尔吉耶芙娜，你真没有心肝！从前你没有心肝，现在还是没有心肝！不论是战争，或是死亡的痛苦，都没有使你的心改变！”

娜佳的妈妈脸上和脖子上都出现了一块块大红斑，一场吵架在房子里发生了，在波丽雅大婶去上班以前，没有片刻安静过。

塔尼雅跟波丽雅大婶一同从房子里走了出来，那时离开跟阿尔杰米耶夫约定的时间还有两小时。她送老婆子去上班，因为她不愿独个儿留下来，跟这些人在一起。

波丽雅一路上怎样也不能平静下来，念念不忘跟以前的女东家的争吵。

“我再去服侍他，服侍她那头跛脚的公牛！她为贪图快乐而嫁给他，可我去服侍他！她需要他，我可不需要他！”

波丽雅大婶毫不拘束地、愉快而冷酷无情地把一切东西都加上一个自己创造的名称，向塔尼雅详细地解释：她以前的女东家为什么和抱着什么目的去跟这头“跛脚的公牛”同居。

这一切都是可笑的，假如塔尼雅没有感觉到：老婆子的那种报复性的感情发泄中隐含对某些人的痛恨，这些人置身于战争之外，波丽雅大婶跟他们毫不相干，她在工作的那个医院跟他们也没有关系，现在躺在医院里的人们跟他们也是风马牛不相及的——那些躺在医院里的人们都知道，有个年老的女卫生员波丽雅今天值夜班，她会上他们那儿来帮病人翻身，拿便器，准时端来茶水；她不会在值班室睡大觉，或者像某些年纪较轻的卫生员那样跟人闲扯。

波丽雅大婶稍为平静了些。一到医院，在值班室里穿上罩衫的时候，她不再谈娜佳的妈妈，而谈起塔尼雅即将动身的事来。

“如果你今天要走，把所有的罐头都带去吧，别留给我。假如你不走，可不要搬走，”波丽雅大婶说，“别搬到娜奇卡[①]那儿去住，她请你去住不过说说罢了。你需要住几天，就在我那儿住几天：既然我报过户口，不管他们怎样骂人，拿我可没办法。”

当塔尼雅穿过医院的院子往大门口走去的时候，波丽雅大婶跑出来，追上了她，塞给她一把钥匙。

“钥匙给你，不然的话，他们会突然不让你进去的。”

“怎么会不让我进去？”塔尼雅说。

“就是不让你进去。”

“假如我突然要走，钥匙怎么办？”

“就放在门口水汀后面，从前我放过的那个地方。我下班回去拿。”

“波丽雅·盖拉西莫芙娜。”一个女护理员从门里探出头来喊道。

“我就来，我就来！”波丽雅叫道，也不向塔尼雅告别，就跑回病房里去了。

---

① 娜杰日达的爱称。

塔尼雅走出医院，还不知道该怎么办；到十九点还有一个多小时。她突然惊慌地回想起来，抄着阿尔杰米耶夫电话号码的那张纸条还留在斯列千卡。她把纸条压在厨房桌子上闹钟下面，免得忘记，可是后来却由于这么一场吵闹而忘得一干二净了。

她匆匆跑过花园街，打斯列千卡走去，心里总是想着，娜佳的妈妈在厨房里收拾的时候，会从闹钟底下拿出这张纸条，把它撕碎扔掉……

她打开门，一步跨进了前室，开头她摸不着头脑。几乎整个前室里满地撒着一片雪白的东西，而娜佳的妈妈、那个“爸爸”以及跟他们同车来的那个少校——三个人正在前室各个角落里趴在地上干着什么。

那雪白的东西原来是砂糖。砂糖在厨房门边堆得像座山，从这座山下面露出枕套的角。大概砂糖装在这个枕套里被拖过前室，可是枕套破了，砂糖就撒了一地。现在他们在拾砂糖；他们用指头在地板上按住纸片，把砂糖扒到纸上，一点一点地倒进放在地板上的那两只面盆和一只汤碗里去。

当塔尼雅进去的时候，这三个人都蹲着不站起来，却昂起头来望她；有一忽儿工夫，她觉得很可笑，但是不知什么缘故也有一忽儿工夫感到害怕。接着，娜佳的妈妈照旧蹲着不站起来，向她喊道：

“喂，您站着干吗？帮个忙吧！”

她喊得这么响，塔尼雅甚至觉得好像在喊她救火。她脱下军大衣，挂在门把手上，也和他们一样，蹲下去趴在地上。娜佳的妈妈从放在地板上的一本厚书里嚓的一声撕下几张纸，向塔尼雅伸过手去，把这几张纸递给她。塔尼雅接过一张，把它按在地板上扒起砂糖来，并把砂糖倒进放在她和少校之间的一只汤碗里。开头她只是这样想：这是糖，砂糖撒在地板上，得尽快地用那些从书本里撕下来的画着羚羊和小羚羊的光滑的书页扒拢地板上的糖，帮助他们把糖拾起来。她觉得卡希林送给她的那支战利品“瓦尔特”小手枪拄着大腿，使她行动感到不便，就把小手枪从腰带上推到背后去。

大家都默不作声地干着。“像在作战。”塔尼雅心里想，可是这个“爸爸”突然打破了沉默。

“你瞧，慢慢儿会拾完的。”他用谄媚的口气对娜佳的妈妈说。

“我压根儿不想跟你说话，”娜佳的妈妈气喘吁吁地回答说，“只有白痴才会这样拿住角把枕套拖过整所房子。您也不错呀，”她对少校说，已经上气不接下气（“大概她有气喘病，”塔尼雅心里想），“急于要今天分糖，等不到明天早晨！”

“我等不及，因为明儿我会弄不到汽车。”少校愤然说，仍旧趴在地上，用手揉着腰。

“您送半公斤给司机，明儿就有汽车，”娜佳的妈妈回答说，“可是偏偏不这样做，急于要今天分糖！您以为，我们会在夜里趁您不在的时候把糖偷出么！贪小失大！”

“我想请求您……”少校还是趴在地上带着自尊感说。

塔尼雅掉转身去，望着他那张眉毛淡淡的红扑扑的脸，想起白天他用眼睛数点东西的神气，又想起娜佳的妈妈对他说的话：“今天晚上不行。”可是他说：“好，咱们考虑一下”，——她一下子想起了这一切，并且恍然大悟。他们合伙贩运，现在就在分这些砂糖，也许还要分别的东西，那都是白天他们打成包裹或装在用绳捆着的笨重的大手提箱里带到这里来的。这个少校帮助他们从什么地方运来了这些东西，因为他穿着军服，比较容易取得信任和得到许可；而现在他因为出过力，可以分得自己的一份。可她却像个傻瓜，趴在地上帮助这些投机分子拾地板上的砂糖，波丽雅大婶在工作的那个医院里大概一星期还配不到那么多的糖呢……

她站起来，扯直了军便服。

“您累了吗？”娜佳的妈妈问。

“不，可我必须到你们的厨房里去。”

“您等一下，”娜佳的妈妈说，“等到我们拾完您再过去。如果您肯帮忙，就会拾得快些……”

“可我急着要……”塔尼雅说。

“欲速则不达！”娜佳的妈妈说。她很恼怒，但还是不愿争吵。

塔尼雅一句话也不回答。她仔细地瞧了瞧，怎样走比较方便，不致走弯路。她发觉了刚才没有注意到的东西：在角落里衣架旁边放着几个袋，袋里面装的大概是分好了的砂糖。

“请您原谅，可我还是要过去。”她说。

“您怎么啦，懂不懂人的言语？！”娜佳的妈妈提高了嗓音说，“怎么，您是不是要踩着我们的砂糖走过去！”

“对，正是这样，踩着砂糖，踩着他们的砂糖走过去！”塔尼雅毫不容情地想，虽然还在不久以前，她看着这一大堆那么好的、洁白的、美丽的砂糖，简直不能想象，她怎么可以踩踏这些珍贵的东西。

她跨了一步，靴子咯吱咯吱作响，穿过前室，一径往厨房的门口走去。娜佳的妈妈从趴着的地板上直跳起来，喊叫道：“疯子，傻瓜，母狗！”她向她直扑过去，可是突然满脸涨得通红，咳呛起来，身子沉下去了，直坐到堆在地板上的自己的砂糖上。那个跛子向她直奔过来帮忙，而那个少校还是头一次从趴着的地板上跳起来，厉声喊叫，仿佛塔尼雅站在他面前的队列里：“军医同志！”这一喊可把她激怒了，她站在砂糖上，已经靠近厨房的门，靴子咯吱咯吱响着，掉转身去，面对少校，解开背后“瓦尔特”小手枪的套子，慢腾腾地、憎恨地说：

“我立刻枪毙你们，可恶的投机分子！”

虽然她那沉着的声音是假装的，但是她心里怒火直冒。如果少校或者那个跛子此刻向她直扑过去，她就会开枪。幸而他们没有向她扑过去，却避开了她。少校吓得脸色煞白，用背推开了餐室的门，退到里面去了；他两手抓住门扉，准备随时把门关上。那跛子的动作却异常地快，他没有从地板上爬起来，像只蜘蛛那样，侧着身子，绕到妻子背后躲了起来。

只有娜佳的妈妈一个人毫不惊慌，她一边咳呛得喘不过气来，一边声音嘶哑地对丈夫说着什么，并掉转身去，用五个指头劈脸打了他一个耳光——因为他胆小！

“你们比法西斯强盗更坏！”塔尼雅说着，从背后抽出一只空手，没有拿手枪。“不过我犯不着打死你们！”

她说了这句话，就掉转身，不看他们，也不怕他们对她报复，最后一次咯吱咯吱地踩过他们的砂糖，一步跨进厨房，关上了门。

第十四章

阿尔杰米耶夫的计划被打破了，他不是在十九点，而是在二十点才有空闲。当他从伊万·阿列克谢耶维奇那儿出来，走进副官室的时候，柯寿赫说有个三级军医奥弗夏尼科娃已经从通行证科打来了三个电话。

阿尔杰米耶夫穿上军大衣，从窗台上拿了一包食物，这包食物是餐室为他预备在旅途中飞机上吃的。

“如果她再打电话来，请你告诉她，我上她那儿去了。”

塔尼雅坐在通行证科的长凳上，一看见阿尔杰米耶夫进来，就焦急不安地、霍地站起来。

“怎么样？”

“我领到了您的乘车证。”他说着就递给她一张乘车证和一张对号车票。

“哪一班车？”

“今天二十三点三十分的车子。”

“多谢您。别了！”塔尼雅说，“您大概没有工夫了吧！”

“倒不是这样，因为搭飞机往前线，我有六个钟头可以料理私事。您此刻还在莫斯科——这就是唯一的一桩我没有办好的事。”他微微一笑，“所以我送您走后，才动身。此刻咱们上斯列千卡您那儿去取行李，随便吃些什么东西——就到车站去。”

“很好，”塔尼雅说，“可是那儿不能去了。今天他们都来了……”

“那有什么关系？”

“我在那儿对他们说了些粗暴的话，”塔尼雅带点儿负疚的心情，含笑说，“我差点儿使用了武器。”

“这多了不起！……那么事情很严重啰……”他哈哈大笑起来，

此刻只要看她的脸色就能知道，事情当真很严重。“您的行李在哪儿？”

“我已经带来了自己的东西。”塔尼雅说，指指放在长凳下面的一个行李袋。

阿尔杰米耶夫默默地望着这个娇小的女人，心里想：现在她怎么办呢，在上火车前她上哪儿去呢？接着他从长凳下面拖出那个行李袋，往肩上一搭；当他已经同她一块儿走到街上时，他才像谈一件决定了的事情似的说：

“那么，就这样吧：此刻我们去搭地下电车，乘四站就下车，上我家里去——有十五分钟路程。咱们去暖和一下身子——我们的房子里有暖气，咱们喝些茶……如果往后他们履行诺言，有值班汽车——咱们就有两个小时；如果他们失信，咱们也有一个半小时。不管怎样，咱们在喀山站上车。我告诉您，我不常常回家，可是您别害怕，以为那儿是个熊窝。不管我住不住，反正一样有人去收拾。我爱洁成癖。这包食物您拿着，这是咱们的伙食。”

她从他手里接过那包食物，默默地跟他并肩走向地下电车站去。他的脚虽然有点儿跛，可是步子跨得那么大，她好容易才赶上他。

“谁来给您收拾？”她忽然问，那时他们已经挤入了很拥挤的车厢里。

“您想不到吧，”他说着微微一笑，“可是现在请您告诉我：您在斯列千卡闹出了什么事？”

他脸上浮着微笑问，她也就把这件事当作可笑的事来讲，而不当作一件可怕的事。当她说到从书本上撕下来的印着羚羊的书页时，他哈哈大笑不止。

“她为了这样的事，连勃莱姆[①]也不尊重了。《动物的生活》。当真是动物的生活！”

这阵哈哈大笑声是那么感染人，以致塔尼雅也禁不住跟着他哈哈大笑起来，接着说：

“说不定，他们此刻还在那儿趴着……”

① 勃莱姆是德国著名的动物学家，著有《动物的生活》一书。

“嗯，那么后来呢，后来怎么样？”他问。

于是她收敛了笑容，把一切全都告诉了他。

“当我带着东西出来的时候，我忽然害怕起来，心里想：我一出去，他们会向我直扑过来，掐死我！说起来怪难为情的，我甚至已经扳上了‘瓦尔特’的卡齿。”

“那么，他们怎样呢？”阿尔杰米耶夫问。

“原来他们都不在前室。我出来了，可是这个跛子从餐室里探出头来，看见了我，就缩回去了。险些儿轧伤！我虚惊一场！”

她微笑了，可他还是很严肃。

“那么，娜佳不跟他们在一起吗？”他问。

“您说什么，”塔尼雅说，“这样的事她大概也想象不到。他们白天来的时候，您知道她跟她妈妈的这个丈夫，是怎样谈话的——完全带着鄙夷的态度！不，她压根儿不是他们那伙人。我认为……”想起早晨跟他的争论，她小心翼翼地补上一句。

他们从地下电车站出来，穿过几条胡同，向乌沙契夫卡街走去。在街角上，有个妇女站在一家门关着的面包店门口，用拳头打那关着的门。她最后敲了一下，就无可奈何地把手一挥，穿过一条胡同走了，很奇怪，每走一步几乎把腰弯到地。

“大概她丢了面包购买证，”阿尔杰米耶夫说，“十一月里，替我收拾屋子的那个老婆子也丢了面包购买证。整整一个星期吃不到面包，直到下月一号，我给她送去了我的口粮里的面包；可她不知掉了多少眼泪呵！我们当军人的有保障，不管怎样，一定让我们吃饱，可是老百姓苦得很。那班人真是坏蛋！”他不停顿地、愤愤地说。

塔尼雅明白了，他想起了在斯列千卡的那些人。

“不用说，如果追究责任，他们就会撒谎：‘我们自己出钱买的！’即便是这样，他们也是坏蛋……如果那些砂糖不是偷来的，那么钱也是偷来的。如果不是偷来的，那么他们共同剥削过人。要不然，他们是没法得到的。”

“大家都在出力，”塔尼雅突然说，甚至激动得停住了步，她的激动是自己的那些想法所引起的，“大家都在努力为祖国作战……那么，难道我们也要保卫他们，保卫这些人不成？”

“可不是！”阿尔杰米耶夫愤怒地说，“留在我们后面的一切人——我们全都保卫着。也包括他们在内。”

“您可知道，我想出了一个什么办法，”塔尼雅说，“我想把这些投机分子一网打尽，送往前方！”

“叫他们上前线有什么用？”阿尔杰米耶夫说。

“不，慢着。”塔尼雅说。她专心致志地想着自己的主意。“我打算建一个团，让他们站在队列前面……为的是宣布他们的罪状，揭发他们的投机行为，过后让前线战士要把他们怎样处置，就怎样处置。”

“啊，您倒有丰富的游击队员的经验。”阿尔杰米耶夫说。

“您不要讥笑人，”塔尼雅执拗地摇摇头，“依我看，恰恰应该照我对您说的那样做。可是这个少校，”她憎恨地回想起来，“还叫我‘军医同志’，他想叫我‘立正’！他那张丑脸活像《小金牛》[①]里的那个百万富翁的脸，红扑扑的，眉毛淡淡的。只要他向我哪怕逼近一步，我就会照准他的丑脸开枪。他还算个军人，穿着军服！”

“见鬼，他算个什么军人！您以为，他穿了军服，就忠于祖国吗？”阿尔杰米耶夫冷笑一声，“这个坏蛋！只因发生了战争，他才打扮成为军人！这样的事情不少呢。您到别的地方去——还会看到的。”

“我可不想看见！”塔尼雅扬声叫道，“最好我从这儿一径上军事委员部去，让我上前线。”

“您很会装傻……走吧，站着干吗？”阿尔杰米耶夫把她推了一下，说，“走吧，走吧……您的妈妈，说不定还有您的爸爸，都在塔什干等着您……您有良心没有？您拍去了电报。假如我的两个老人还活着，我会在伤养好后的假期里搭火车上他们那儿去，倒不是……”

“说不定您的妈妈还活着呢，我们为什么把她当作已经去世的人来谈？”塔尼雅几乎带点迷信地说。

“很可能……”阿尔杰米耶夫脸色阴沉地说。

---

① 《小金牛》是苏联作家伊尔夫（1897—1937）和彼得罗夫（1903—1942）合著的讽刺长篇小说。

得知了玛莎牺牲的消息后，他已经不相信母亲还活着。

“咱们到了……”

从前他们三个人跟娜佳最后一次谈完话后，喝醉了的柯赛廖夫让他搭坐汽车顺路送他到这儿的大门口。这是在一九三九年五月，仿佛是一千年以前的事了！

“您要知道，差不多还不满一个月哩，可是什么都整齐有序了，”当他们走进住所的时候，阿尔杰米耶夫说，“点起了灯，摆起了家具，地板洗刷得干干净净……炉灶上的煤油炉里加满了煤油，火柴放在一边。可是把这一切东西弄得整齐有序的玛丽雅·盖拉西莫芙娜认识我已经有三十年三个月了，同我的岁数一样。而她认识我的妈妈有四十年了。玛丽雅·盖拉西莫芙娜有两个儿子——一个比我大几岁，另一个比我小几岁，这两个儿子都牺牲了。可我活着……前几天我填履历表，是这样填的：母亲失踪了。事情就是这样，亲爱的医生同志！我不对上级说，可是对你说吧：这次战争是怎么开始的——对这一点，我不能原谅自己……”

“为什么不能原谅自己？”

“那么不能原谅谁呢？我的妈妈失踪了，我的妹妹被杀害了……诅咒谁呢，这是由于谁而发生的呢？一定是由于我自己，还会由于谁呢！你明白了吗？你什么也不懂。”

可是塔尼雅了解最主要的一点：必须帮助这个人克服突然攫住了他的孤单感。

“可是这个住所，您的这个住所！……”她说，“您自己不是对我说过，您不喜欢上这儿来，今天也不应该来……由于我……咱们一径上车站去吧，在那儿什么地方坐一会儿，吃些东西。在那儿弄些开水。走吧！”她拉了一下他的袖管。

“不，咱们别走，医生同志，”他把她打量了一下，微微一笑，“跟您在一起，即使在这儿我也不觉得有什么可怕了。因为这正好适合我的情绪。可是一般说来，我不是一个多情的人，甚至恰恰相反。战争使我变成了一个无情的人。”

他从肩上拿下了行李袋，没有等到塔尼雅回答他，就解起军大衣的钮扣来。

“您到厨房里做饭去吧。您还要坐长途火车呢，赶得上的。这包东西全都吃掉吧。干吗一直犹豫不决？决定吧！”看到塔尼雅把那包食物放在方凳上，仍然站着，不解军大衣的钮扣，他就说。

“是呀，当然啰，我决定了，”塔尼雅沉思地说，一边解开军大衣领上的扣子，“如果战争使什么人变得无情，这个人自己就不会觉察到这一点。您把自己说成这个样儿，这不对。应该说实话。需要说实话的人往往害怕说实话！”

她从方凳上拿了那包食物，顺着走廊走进厨房里去了。

“那边的开关在哪儿？”

“在门左边。”

“有灯火管制设备吗？”她已经走到厨房门口，问。

“有。”

他望着她的背影，当她开灯的时候，他从厨房门上那个狭小的窗洞里看见了一个摆着锅子的架子。他那已故的父亲搬进这个住所后不久，就亲手做了这个架子。他记得很清楚，这是什么时候做的，怎样做的。父亲跪在厨房的桌子上钉这个架子，他站在旁边挺直身子，一只手扶住架子，另一只手给父亲递钉子。这是一九二七年冬天，英国矿工罢工时期。他已经十四岁了，那时还没有发生什么事件：没有发生中东铁路事件，也没有发生哈桑湖事件，没有发生哈勒欣河事件，也没有发生苏芬战争，没有发生这……他们往后会遇到什么事情，在这个住所里甚至没有一个人料得到……

“您说，大家彼此老老实实地谈谈自己心里想到的各种事情；可我此刻想到，这不是您，而是我妈妈在厨房里把碗碟碰得叮当响。这也得告诉您吗？”

“我不知道，”她从厨房里回答说，“如果您觉得不说话好过些，那就别作声。”

“不，我觉得说话好过些，”他说。他顺着走廊走去，在厨房门口站住了。“前天我碰见一个小学里的同学，从前我们都还是孩子，可是现在他当了将军，而家里人全都罹难；军饷领取证没有人可寄。我也无人可寄。您没有告诉我关于妹妹的消息以前，我还没有想到，我自己的军饷领取证无人可寄。可是现在我想到了！”

“我既然找到了您，就应该把这消息告诉您。怎么可以隐瞒这样的事！”

“话是对的。”

“我只煮半根小灌肠，还有一半留给您吃。”

“全煮了吧，”他说，“不管心境怎样，我的胃口总是很好。”

“您为什么不跟娜佳结婚？”她问，没有向他掉转身去，继续干着活。

“您跟她一同收拾住所的时候，难道她没有把详细情况告诉您吗？”

“她没有跟我谈起过您的详细情况。她只说，她对不起您。”

“她撒谎。她没有什么对不起人。她只是不爱我。甚至不如说，这件事没有成功。”

“您后来为什么也没有跟别人结婚？”

他不作声了，过后放声大笑起来。

“您为什么笑？”她掉转头去，问。

“因为，当男人想要老老实实回答这样的问题的时候，在他嘴里不知怎的总是说出可笑的话来。但我还是要说：没有爱情，我不结婚。失恋的姑娘谈到自己总是这么说：我只为爱情而嫁人！不能硬叫人说出他的想法，这会闹笑话。”

“没有什么可笑的，”塔尼雅说，一边揭开煮着茶叶的茶壶的盖子，并闻了一下。“已经煮好了。很酽，和战前一样。您叫我不要舍不得，您瞧，我毫不吝惜……”

“此刻，”他说，“我只想打个电话，问问有车子没有，就知道这顿饭可吃多少时候。”

他打了电话，知道汽车会开来，就又回到厨房里；“原来您家里还有电话，”塔尼雅像谈到一件奇迹似的说。她在“大地”上住了两个月，但是，住所里装着电话，在门口装着信箱，人们互相通信、打电报，——对这种种她还是怎样也不能习惯。

“电话没有了，拆除了，”阿尔杰米耶夫说，“可我在邮电局里有个早在哈勒欣河相识的朋友。我想到，我要在这儿过夜，就请他装了电话。好吧。咱们吃晚饭吧！虽然一共只有一瓶四分之一升的伏特加！”

“我还要给您拿瓶‘塔尔洪’土烧来，那是波丽雅大婶给我的，”塔尼雅赶忙说。

“不，土烧您留着路上换吃的吧。”

他开了那瓶四分之一升的伏特加，这时候他才发觉，她没有给自己放酒杯。

“如果为我节约，那我要说句笑话，一瓶四分之一升的伏特加是不够喝的。”

“不是因为这个，”她说，“我前天喝了太多波尔特温酒，直到现在我什么也不想喝。”

“那么杯底里倒一点儿，碰碰杯。”

她默默地把茶杯放在自己面前，心里满高兴，因为他当真倒得不多。

“为您跟双亲相见干杯！”阿尔杰米耶夫说，碰过杯就喝下了。

“我怕爸爸已经死了，”她说，“我接到的电报只有妈妈一个人署名，我总是这么想……”

“等一等，慢着……”他阻止她。他对她一片好心，想为她创造一个奇迹。“如果您愿意，咱们立刻试试打个长途电话给您的双亲，好吗？”

“这不可能。”塔尼雅惊愕地说。

“我们立刻去试试……”他从桌边站起来，“您的电报上有个地址。”

她还是那么惊愕地从口袋里掏出电报，递给了他。

“卡拉文街，九号。”他大声念道，“也许，他们还住在工厂的公共宿舍里？厂里的人比较熟悉的是谁：您父亲还是母亲？”

“是爸爸，”塔尼雅说，“妈妈战前不工作。”

“您暂时坐一下，站起来干吗？”他说，“还得等很久才能打通呢。”

她又坐到方凳上，可是，当他已经走到门口的时候，她喊住了他：

“等一等……”

“没有时间等啦，”他说，“要么打，要么不打。”

“不，不，您打吧，我不过这样说说……我简直不能想象……”

他走了，她隔着门听见，他怎样喊着一个叫哈里托诺夫的中校，请他接塔什干，卡拉文街九号工厂党委会。

“没有什么！他们不会替我找，可你一句话——他们就会给你找……所以我请求您，不能……嗯，我怎么对您说呢……需要，就是说，需要……不……叫党委会，这跟女人有什么关系？……多谢你，尼古拉！明儿早晨我要搭飞机上顿河战线去。我会把缴获的第一支‘瓦尔特’小手枪给你寄来……”

塔尼雅坐着倾听；开头她几乎霍地站起来，几乎想去阻止他，叫他不要向人家劝说：为什么要这样呢？……可是接着，当他说“多谢，尼古拉！”的时候，她想起丈夫来了，她的丈夫也叫尼古拉，她甚至不是想他，而是想着：她差不多从来没有想到过他。甚至觉得奇怪，她根本不想他了！

阿尔杰米耶夫回来了，脸上喜气洋溢。他很满意，因为他觉得，他顺利地为这个女人创造了一个奇迹。

“也许，您把我的‘瓦尔特’送给他吧？”当阿尔杰米耶夫又面对着她靠桌子坐下的时候，塔尼雅问，“我有一支缴获的小手枪，我没有去登记过……”

如果他同意，她会觉得很可惜，但她还是提出了这个建议。

“那不行！”他说，“在那儿顿河战线上，等到德国鬼子投降，这种东西往后多的是……”

“您以为，他们会投降吗？”塔尼雅问。

“他们有什么办法呢？”

“可是我们在敌后没有一次把抓到的敌人当作俘虏留下来过。”塔尼雅说，一边沉思起来，因为她想起了：当她同情在战斗中被俘的讨伐营的两个上了年纪的德国兵的时候，卡希林长久以来只有这么一次把她痛斥过一顿，因为她可怜他们，并且提出了一个荒谬的建议。

“这么说，你可怜他们吗？”当时卡希林说。“而我不可怜他们？……你替他们向我求情！那我该向谁去求情呢？向上帝去求情吗？谁靠牺牲别人的利益做好人，谁就是坏蛋。走吧……要不然，我就命令你去把他们……”

讨伐营的两个德国鬼子被枪毙了，可是卡希林后来有一个星期没跟她谈话。他很生气，因为她使他想起了自己的残暴，被迫的、但已经习惯了的残暴。他的良心因此很痛苦，不然的话，他不会生气，把她斥责一顿也就算了……

可是现在，如果被包围在斯大林格勒的德国鬼子投降了，他们将会大批大批地被俘，那么多，简直难以想象……

虽然最后几个月，报上常常报道说，俘虏了几千几万人，这种情况塔尼雅觉得难以想象：成千上万的德国鬼子被俘……她亲眼见过几千名被俘的我们的人——他们是十月里在维雅济玛亚附近被俘的。她在公路上远远地看见了他们。而后来，在春天三月间，当她已经住在索菲雅·列昂尼陀芙娜家里搞地下工作的时候，有一大队我们的战俘被押着走过斯摩棱斯克的大街……这是她一辈子所看到的最可怕的和最悲惨的景象，——这是一批衣衫不全的、冻坏了的俘虏，他们被押着在街上走过；可是她站在近旁行人道上对他们无能为力，根本没有为他们做什么：既没有给他们一片面包，又不挥手，不笑也不哭——简直束手无策。可是现在我们自己俘虏德国鬼子，俘虏大批德国鬼子……想到这点她不觉高兴起来，可是对这种想法她总还是无法习惯。

“您想起什么来了？”阿尔杰米耶夫问，“要不然我会把所有的灌肠都吃掉，不留给您。”

“您说说看，”她想到谢尔皮林，就问，可是没有说出他的名字。“我知道一位将军的战地通信地址。如果我写信去，请他把通知书给我直接寄到塔什干军区卫生部，叫我上他那儿去，到卫生营或团卫生所去工作……这可能吗？”

“这决定于这位将军的职位和性格，”阿尔杰米耶夫说，“您首先要到达塔什干。”他觉得仿佛电话铃响了，他站起来又坐了下去。“我仿佛听到……跟塔什干没有接通以前，咱们谈些什么呢？”

“您相信，会接通吗？”

“会接通的。”

“您想谈什么，就谈什么吧。”

“您真的出嫁过吗？”阿尔杰米耶夫问，“还是波丽雅大婶为防万一，在我面前说这样的话？”

“我真的嫁过人。您为什么问？”

“您自己鼓励过我：想到什么，就说什么。我想到了：您，哪怕由于礼貌，为什么一次也没有想起过丈夫？”

“我没有想起，是因为没有什么可回想的……刚才您谈到德国鬼子的时候，我想起来，我们的战俘怎样被押过斯摩棱斯克，我也想起了兄弟，他在打仗，可我没有想起丈夫，虽然他也可能发生各种事情……和我一样，他也是医生，大概，战争一爆发，他就上前线去了。”

“那不一定。”阿尔杰米耶夫说。

她耸耸肩膀。她觉得这是一定的。

“在战前我就几乎已经跟他分离了，”她沉默了半晌后，又说，“甚至也可以认为我们已经离婚。”

她不愿意谈起自己的丈夫。阿尔杰米耶夫不知为什么问起他来，这使她很不高兴。虽然她回答的话没有半点虚假，但是叫人听了会觉得仿佛她急于要解释她没有丈夫。可她不得不这样说。既然他问起她的丈夫，她就想让他知道真相。如果他不问，那更好………

他感觉到这一点，仔细地把她打量了一下，就谈起自己的事来。

“您可以明白啦，我是孤零零的一个人。”他说，他说话的声音使她一愣。“现在我跟您一块儿坐在这儿厨房里，可我想起了我接到任命、上哈勒欣河去的前一天的情况，那时我还不知道，一星期后我会负伤；我来到了这儿，妈妈站在这儿您此刻坐着的地方洗内衣。我的情绪又恶劣又好；情绪恶劣是因为您所知道的娜佳嫁给了别人，没有嫁给我；情绪很好是因为我要动身到我想去的那个地方去了。可是妈妈站着只管洗内衣，一句话也不说。我问她：‘你干吗不说话，你一句话也不对我说，要知道，我要走了！’可是她回答说：‘我跟你谈些什么呢，应该给你收拾行装！’她最后一次给我收拾行装，从此就再也没有替我收拾过，也没有再看到过我，因为我们去远东的人没有假期。”

“您将要上顿河战线去吗？”塔尼雅问。

“是的。”

“担任什么职位？”

“如果他们不失信，我去当师参谋长，要是他们失信，我去团部，任原职……”

他没有把话说完：塔尼雅霍地站起来——她等电话等得比他更急，因而首先听到了屋子里一阵远远的铃声。

他同她一块儿走到电话跟前，他拿起听筒，向她做了个手势，叫她等着。电话听不大清楚，他不断地喊叫。工厂党委会的电话接通了，他便喊叫起来，叫对方去喊前装配车间党小组长奥弗夏尼科夫听电话。

“您最好了解一下，他现在在你们厂里哪个部门工作……您调查一下！”他在电话里喊叫道，“您怎么不知道，如果您不知道车间党小组长，您算个什么样的党委会值班员？那么您给我去喊奥弗夏尼科娃来……”他做了个手势，塔尼雅明白了，便悄声对他说：“奥尔珈·伊凡诺芙娜！”“喊奥尔珈·伊凡诺芙娜。奥尔珈·伊凡诺芙娜·奥弗夏尼科娃在你们厂里干活吗？对……”他没有放下听筒，向塔尼雅点点头，意思是她在干活。“既然很近，那就叫她来听电话……我等着，不过要叫一个人拿住听筒，要不然电话会断……”他用一只手捂住听筒，对塔尼雅说：“他们去叫您母亲了，他们说，她在翻砂车间干活，离党委会不远。”

“他们讲爸爸怎么样？”

“他说，我不知道有这样的党小组长，我是新来的。”

他听见听筒里有声音，就愤愤地喊道：

“别让电话中断！莫斯科打来的……”

塔尼雅又想问他，爸爸怎样，可是她忍住了，没有问这个没意思的问题。她咬着嘴唇，倚墙等待着。她站着，眯起了眼睛，又有两三次听到阿尔杰米耶夫怎样凶狠地大声重复说：“别让电话中断，莫斯科打来的……”她还眯着眼睛，突然，她觉得他的手在碰她。

“快些！”

她接过听筒，喊叫起来：

“妈妈，妈妈！……”

开头什么也听不见，只听见听筒里沙沙作响，可是后来她听到一个遥远的轻微的声音：“是我，奥弗夏尼科娃，有什么事？”

“是我，妈妈，我是塔尼雅……妈妈！……”可是听筒里又是什么也听不清了。“妈妈……妈妈！……”

阿尔杰米耶夫开头站在她身边，准备帮助她，如果发生什么故障的话；可是后来他看到已经用不着帮助，就到厨房里去了。

“对，妈妈……对，对！……”塔尼雅喊叫道，“很好，很好……爸爸怎样？什么时候？哎哟……我的天啊！在哪儿？维嘉怎样？什么时候？”

虽然门关着，这些话还是听得一清二楚；而阿尔杰米耶夫却坐在厨房里，后悔接通这个无法补救的电话；可是塔尼雅还在屋子里喊叫：

“有通知书吗……啊？”接着，她虽然在回答问题，“我没有把握，大概，七天以后……你别来接……我知道，我会找……不，你别来接，我自己会找……什么，什么？……他回来了？”她坚持地而且绝望地重说了几遍：“不，不，我不让你……不，我不愿，不……”接着又问：“妈妈，亲爱的妈妈……妈妈！”

“电话断了。”听见她敲着话筒，阿尔杰米耶夫心里想。

塔尼雅回到厨房里来了，呆愣愣的，一句话也不说。他没有向她探问。他听见的已经够清楚了：消息不好。他等待着，可是她一进来，立刻就在方凳上坐下，默默地坐着，上气不接下气，仿佛吃力地走了很多路似的。

“爸爸死了，”末了她说，“去年死的，弟弟前年在前线牺牲了。妈妈孤零零的一个人过着日子。她对我说：你认不出我了！我为什么认不出她？”

“嗯，她变样了，变得苍老了，她想对您说的大概就是这个意思，预先告诉您嘛。”

“对，当然啰，”塔尼雅同意说，一边惊慌不安地抬起头来，“可是为什么，为什么我认不出她？”

这些话使她不安而又害怕。

“可是我的丈夫活着，”她沉默了半晌后，说，“当妈妈说‘你的尼古拉在这儿塔什干’的时候，我甚至一下子摸不着头脑。后来才明白，这是指他。”

“至少是一件好事吧！”阿尔杰米耶夫说。

“是什么好事？”塔尼雅惘然地问。

“至少他活着。这到底比死了好！”阿尔杰米耶夫不快地说。

“对，那当然啰，当然啰，”塔尼雅又顺从而惘然地同意了，“他没有牺牲，这很好。妈妈说，他什么地方也没有去过。”她突然向阿尔杰米耶夫抬起眼来，问：“现在我又要上前线去了，那么我的军饷领取证给他寄到塔什干去吗？”

“至于军饷领取证——那真是女人的糊涂！”阿尔杰米耶夫说，“军饷领取证往后您寄给您母亲。”

“好吧，就算是女人的糊涂，可是您能了解我的意思吗？”她问，声音里带着愤怒的绝望。

“在后方倒没有关系，”阿尔杰米耶夫说，“事实本身还没有表明什么。”

“您到底懂不懂我的意思？”她坚持地又说了一遍。

“我懂得。”他说。

“对，我是个女人，是个女人，我是个不幸的女人，”她想喊叫，“可我也要幸福，我没有丈夫在后方，他活着，他只有这一点是好的！对，也许他留在后方，只因为他不得不如此。可是我的爸爸死了，我的弟弟牺牲了，而他什么地方也没有去过，这一切我一下子——只有一分钟——就听出来。我不能忘掉他们而想他；我不能相信，他什么地方也不去，只是因为他不得不如此；我难以想象：既然他是我的丈夫，既然他活着（他活着，是因为他什么地方也没有去过），我现在就应当高高兴兴上他那儿去。因此，当妈妈说要跟他一同来接我的时候，我喊叫：不。我不能想象，又和战前一样，跟他同睡在一张床上。这一切我不能向您说。对谁也不能说，尤其是对您。”

“您很爱您父亲吗？”阿尔杰米耶夫问。

“对，很爱他。我最爱他！”她说。这是真实的，虽然这不是她此刻所想的事情。

“您可知道，我多么爱我爸爸！”阿尔杰米耶夫说，“他死了以后，头半年我对他那台靠着窗台的车床简直不能看一眼。可是后来事件和战争接连发生，我就忘了，渐渐习惯了，甚至几乎不想了。仿佛他的死是理所当然的。您也会这样。不管您怎样爱他，反正也会忘掉。”

“唉，你安慰我干吗！你干吗安慰我？你的情况比我好吗？”塔尼雅想，并在心里对他表示痛苦的感谢，“我至少可以去看看妈妈。可你一个亲人也没有。你已经两次负伤，可是第三次，你会被俘或被打死的！明儿你搭飞机上前线去，可是后天说不定会被打死。这不稀奇。这样的事屡见不鲜。你被打死，就完了！”她固执地反复思量，虽然她竭力摆脱这个战时是那么普遍和常有的心理。

“您在这儿坐一下，我马上就来。”阿尔杰米耶夫说，他等不到她的回答，只见她坐着，不说话，也不哭，弄得他不知怎样才好：为她高兴呢，还是为她担心。

他走出去了，可是当他一走出，她几乎马上就哭起来。她站起来，走到挂在墙上的一架旧挂钟跟前，把钟锤的链子辘辘地拉了一下，可是钟摆还是不动，挂钟停了，厨房里又变得那么静，她甚至因为这样的静寂而哭起来……

可是，当阿尔杰米耶夫回来的时候，她已经不哭了，站在桌旁，把晚饭吃剩的东西又包在纸里。

“该走了吧？”她问。

“对，该走了。”

“这放在哪儿？”

“暂时拿在手里。”他回答说，可是他们从厨房里出来走到前室穿上衣服的时候，他弯曲一腿，把她的行李袋解了开来，说：“来，放在这里面吧。”

“可以分成两份吗？您自己不是要搭飞机走！”

“搭飞机不是坐火车。”他快乐地说，从她手里拿过那包食物来，塞入行李袋里，扎好后，就搭到肩上。“咱们把您的烟草分成两份吧。我知道，您的烟瘾不大，一个晚上只抽两支烟，可我的烟草不够我抽到明儿早晨。”

她着忙起来，把手伸入军大衣口袋里摸香烟，可是他阻止她。

“到了车站再说。”

门旁摆着一个背包，他们进来的时候，这儿可没有这个东西。

“那么他出去就是为了这缘故，”塔尼雅心里想，“他收拾了东西。”于是她出声问他：

“您随身带去吗？”

他没有回答，大概他没有听清楚。

“来，至少让我拿这个东西，”塔尼雅说，“我的行李袋很重哪。波丽雅叫我一定要带去您那几听罐头。”

他看了她一眼，过后又看了一下背包，似乎想说什么，可是他没有说，右手掂了一下背包，就递给塔尼雅。

背包十分轻，她把背包搭在一个肩头上，就像阿尔杰米耶夫把她的行李袋搭在肩上一样。

“咱们立刻就走，两个掮着东西的士兵，”阿尔杰米耶夫微微一笑。

她觉得他微微一笑，这是从他的声音里听出来的，因为天色已经黑了。他们站在楼梯上，他锁上了门。

“等一等，”他说，“我没有关厨房里的灯。”

他又打开已经锁上的门，走进住所去了，一会儿他出来了。

“对他会不利，”塔尼雅心里想，不是因为她迷信，而是因为她妈妈常常这样说；这像是一种无聊的忧虑，一辈子留在她的记忆里。

“灯关了，”他说着，手里钥匙哗啦一声响，“要不然会点到战争结束。”

塔尼雅当然明白，他在开玩笑；她也明白，明天或后天他提到过的那个老婆子会上这儿来收拾屋子，她会关上那盏没关的灯。可是在这个孤僻成性的人的那个不愉快的笑话里却有一种东西引起了塔尼雅的厌恶。她觉得，此刻他沉着而又随便地锁上了自己的住所，好像不想回来似的；那么他也会送她上火车，替她找个好座位，隔着窗子向她挥手，然后一下子把她永远忘掉。对，往后正是这样。可为什么这不应该是这样呢？

在车站上，他们靠一个值班的助理运输指挥员的帮助，在车厢里找到了一个座位，并占住了这个座位后，请一个同座的旅客看管一下行李袋，又下车来到月台上，阿尔杰米耶夫把自己的背包交给她，说：

“您带去吧，可以吗？”

“为什么？这是什么东西？”她惊讶地问。

“往后到了那儿您解开看吧。”

“到底是些什么东西？”她又问，还是不肯从他手里接过去那个背包，可是已经模糊地猜到，背包里大概是些什么东西。

“我收拾了妹妹的一些东西。是咱们坐着的时候我才想到的。那是她的几件东西，不是什么特别的东西。可是也许对您有用处，嗯，您去改得小些，我不大懂。她的个子也不大。”

塔尼雅想喊叫：不！她不会去改小，也决不会穿那些衣服，可是她怕伤他的心，因此没有作声。

可是他处理这些东西大概比她所想的更简单而且更有办法，他觉得她犹疑不决，于是说：

“您不要——就算了！您在旧货摊上换米吃吧。您母亲也要您养活……如果您以为，您能让她过温饱的日子，那是没有根据的。她一定吃不饱。尤其是她孤零零的一个人。您收下吧。”

她收下了，大概足足有十分钟，她手里拿着这个背包，在月台上面对阿尔杰米耶夫站着，几乎站到列车快开的时候。她望着他，心里想，他是个多么好的人啊，一个真正的没有私心的同志。他跟她完全不是男女之间的关系。她不配得到他这样深切的关怀。幸好，列车快要开了，这一切就会结束。在他的住所里，她有一会儿功夫感到害怕，不是害怕他，而是害怕自己会对他突然发生强烈的感情。可是此刻在月台上，由于那个女列车员坚持到底的催促，这种害怕的心理倒消失了。这个女列车员已经第三遍说这句话：“送客请下车，旅客请上车。”

他是送客，而她是旅客。他自己也催促她，拉拉她的袖管叫她跳上列车的踏板。

“上车吧！”

他那只有力的手扶她跳上了踏板。在最后的片刻，她急促地从口袋里掏出一包弄皱了的香烟，递给了他，一边惘然地对他微微一笑。

整整一天，整整一个晚上，甚至一分钟以前，她压根儿没有想到过送香烟，阿尔杰米耶夫惊讶地看到她的脸色忽然变了。“这是怎么回事，”他心想，“什么时候有过这样的事，难道已经有过了吗？”

可是后来这张脸消失不见了，在那宛若一片寒冷的雾气的慢慢地移动着的窗子里又模糊地出现过一次，接着又消失了，而他生平不是头一次感到一阵心痛，因为他自己的幸福无法理解地和不可阻挡地从他跟前溜过了，这次他又错过了自己的幸福，还以为这是别人的幸福！

“天晓得，为什么直到现在我一次也没有爱过一个真正的好女人！真该死！”他心里想，就像想着一件习惯了的和不可改变的事，接着就在车站门口一架蒙着一层霜、油漆剥落、多半已经损坏了的自动电话机跟前站住了。

“如果忽然发现这架自动电话机没有损坏，我要打个电话。”他思忖着。他掏出笔记本，找到了娜佳告诉他的电话号码。

原来自动电话机没有损坏，硬币当啷一声，落到下面去了，贴在耳朵上的冰冷的听筒里响起了娜佳那低沉的、疲倦的、也许是半睡不醒的声音。

“喂。”

“是我。”阿尔杰米耶夫说。

“我等着你的电话，”娜佳说，“已经送走了那个上塔什干去的女医生吗？”

“是的。”

“我上妈妈那儿去过，用缬草酊才把她救醒。所以一切事情我都知道。我认定：你或者等到火车开后会立刻打电话给我，或者永远不再打电话给我了。”

“你可知道，火车是在什么时候开的？”

“我知道，我不怕麻烦。那么，你去送过了？”

“是的。”

“她今天把我的爸爸和妈妈痛骂了一顿。她走后，我几乎立刻就去，他们都向我哭诉。这个女人了不起！我甚至羡慕……”

他什么也没有回答。他默不作声。他不愿跟娜佳谈刚走的那个娇小的女人。

“巴威尔……”

“嗯。”

“你打电话给我干吗？”

“我要走了。”

“去很久吗？”

“不知道。”

“还有时间吗？”

他看了一下表。

“时间还有，可是不多了，再过两个多钟头我得去见首长。”

“你来吧。高尔基街，四号，六室。”

“值得吗？”

“不值得。可你还是来吧。咱们谈谈。我请你喝茶。不过要注意，茶里不放糖。”她在话筒里冷笑一声，“我听了他们的哭诉，可我不拿糖，让他们自己吃吧！我可不喜欢偷来的东西。你现在不是偷来的吧[①]？要不然，不必来。上帝保佑你。”

“我不是偷来的。我没有给谁偷去过。”

“咱们不谈从前的爱情吗？”

“不谈。”

“那么你来吧。我也不愿撒谎。我厌倦了。不必撒谎了。”

他挂上了听筒，从口袋里掏出那包弄皱了的香烟，找一根完好的，点上火抽起来，心里想：

“也许还是不走？”虽然他分明知道要走了。

---

① 意思是：阿尔杰米耶夫没有爱上别的女人吧。

第十五章

辛佐夫翻了几个身，醒了过来。他醒来时想起的就是临睡想到的谢尔皮林。

掩蔽部里仍旧只有他一个人。还没有什么人回来过。他从仰天改成侧卧，使铺草发出了窸窸窣窣的声音。他卷起棉袄袖子，看了看夜光表的指针——那表是战利品，还是在斯大林格勒时营里的几个侦察员在十月革命节前夜送他的。下午六点钟；这么说，不管他昨夜通宵没睡，还是只睡了两小时，这下子可醒得太早了。

谢尔皮林也在这个集团军里，而且当了集团军参谋长，辛佐夫还是在前一天晚上才知道的，当时他刚从前线军官后备队里回到这一扼住德军咽喉的包围圈的西北战区。红军在发动攻势前夕，考虑到未来的损失，军官后备队半数人员早就分配下去，塞进了各个集团军的司令部，以便随时补充。前一天晚上，就在这儿掩蔽部里，当这批还未接受委令的军官在执行司令部的任务后聚集起来准备宿夜时，辛佐夫立刻听到了谢尔皮林的姓。他听到后就问，这个谢尔皮林是不是以前在莫斯科郊区指挥某师的师长。

当别人肯定了他的问题，他就想，最好能跟他碰一次面。但问题是：什么时候？在发动攻势前夕，集团军参谋长无论如何也没有空闲来顾到你。而且，去看他有什么目的？请求他凭着老相识的交情答应你的要求，把你从他自己的集团军里调回你在进医院前作战的伏尔加河畔的六十二集团军里去？可是，已经到了这一个集团军里，再提这样的请求就迟了。前天，他在前线时，曾经约略提起过，人家却毫不理睬，反而对他开玩笑说，现在派什么人上什么地方横竖一样：打仗打到后来，大家还不是要从四面八方汇集到这个小圆点——斯大林格勒——里来。

在战争中实现个人愿望——这是违反常理的。谁若不习惯这种对事物的看法，就会叫你哭肿眼。昨晚他那想跟谢尔皮林碰面的念头就是在想到这一点的时候自行打消的，当时他就开始倾听大家对委任情况的谈话。在发动攻势以前，整个集团军的军官是足额的，因此聚集在掩蔽部里的军官的情况是一样的：所有的人都像是鱼贯地排列在那些可能在第一天进攻中伤亡的人后面；至于究竟是谁接谁的班，那可不知道了。但进攻中伤亡最大的首先是连长和营长。大家都谈到了这一点。

昨晚聚集在掩蔽部里的军官中间，只有一个直接从军官学校出来的中尉没有打过仗。他因为按理应编入军职，非常焦躁地说："即使到排里去也可以，只要能快一些。"其余的人都是在医院养好伤后重新回部队的。但他们也表示了同样的愿望：赶快到营或连里去担任指挥职务。共同的心情是：赶快消灭斯大林格勒的德军。如果还有人嘴上说不要耽在军部、心里还不怎么诚恳，那是因为你不能明了每个人的真正意图。在这儿起作用的是每个人的性格，他过去的职务，以及他受伤前那次战斗中最后一刹那铭刻在记忆中的印象。

可是，口头上表示与大家的心情相反的人一个也没有。辛佐夫也一样，别人问他，他的回答是愿意到营里去。虽然他早就想定当了，如果派他上团部任职，他也不会反对；因为不论怎么说，他的肩背上究竟有整整四处伤痕啊。如果仍旧派到斯大林格勒正在激战的废墟中去，那他只愿回到自己那个营里，决不上别处。现在既然是重新委派，那就可以上团部。总之，他愿意到上级委派他的地方去。

昨天他就是这么想的。但是今天，在三小时前，当他给一一一师师部补充预备队回来，突然碰见了谢尔皮林。

从司令部的掩蔽部里突然出来了集团军司令，他险些儿撞在立正行举手礼的辛佐夫身上。司令走到一辆小汽车边，打开了车门。紧跟在他后面从掩蔽部里跑出来的就是只穿件军便服的谢尔皮林。他在小汽车旁边才追上了司令。他站得笔挺，把手举到帽边，好像在那里说话。但说的是什么，辛佐夫可没有听清楚。

"反正一样，你就照我的命令办理！"司令把一只脚踏在车沿踏板上说。

可是谢尔皮林没有离开，仍旧站得很近，这就妨碍了司令上车入座。辛佐夫听到了熟识的谢尔皮林的高音。

“是！可是我要把我的意见向方面军报告。”

“那么你是认为我们的意见不一致了。”司令昂起头对谢尔皮林瞅了一眼说。

从司令的脸上可以看出：他在等待谢尔皮林改变意见，说出另一番话来。

可是谢尔皮林不做声。他仍旧立正站在那儿，在极寒冷的空气中，他微微耸了耸肩。

大概，司令并没有从谢尔皮林脸上看到他想看到的神情，就低声咕哝了一阵子——那很可能是“他妈的”之类的咒骂——重重地坐到车上，掩上军大衣的衣襟，正对着仍旧站在原地不动的谢尔皮林砰的关上了车门。

小汽车猛地开了出去，后轮溅起的污秽雪浆，直飞到谢尔皮林的皮靴上。

谢尔皮林把脚上的一双皮靴互相碰撞一下，又耸了耸他那被军便衣绷紧的瘦骨嶙峋的肩头，接着猛地转身，经过辛佐夫身边，却没有看见他，就这么回到自己的掩蔽部里去了。

辛佐夫注视着谢尔皮林那双鞣过的熟皮制成的皮靴和被腰带束得紧紧的军便衣，觉得谢尔皮林比以前更瘦、更敏捷，也更年轻了。他那马脸倔强地昂了起来，在他高耸的颧骨上，恶狠狠地蠕动着隆起的颊肌。这同样倔强的两条颊肌使辛佐夫突然想起：谢尔皮林是个有鞑靼血统的俄罗斯人。一九四一年某一次突围前夜，谢尔皮林曾经突然跟他谈起自己的童年。那是为什么？谁知道他为什么啊？也许，他当时谈起童年是因为他想到了死亡？

那道挂在掩蔽部入口处的可作雨衣用的两用大油布，因为被谢尔皮林猛地掀了一下，还在那儿晃动。辛佐夫仍旧站在老地方，他的眼光随着谢尔皮林的隐没而停留在那道还兀自在晃动的帐幕上。每个人在战争中也有自己的某种“初恋”。对辛佐夫来说，这种“初恋”的对象就是谢尔皮林。因为他跟谢尔皮林初次见面恰好在一九四一年，那时他重新恢复了对自己的信心，以及对他赖以为生的一切的信心。

“我记起了那奇妙的辰光……”辛佐夫想，不禁微笑了一下，因为对这位熟识的将军有这种想法是可笑的。接着他就回到上级那儿报告，一一一师已经补充了预备队。

他报告完毕以后并没有接到别的任务，就回到这个掩蔽部里，睡到双层木床的顶铺上。当时关于谢尔皮林的念头并没有妨碍他入睡，可是现在，当他醒过来以后，这念头就留在头脑里不出去了。不过现在他想的已不是谢尔皮林，而是与谢尔皮林的会见所引起的有关他本人的种种念头。才过去的一九四二年，首尾的两段时间是在医院里度过的，中间的一段时间包括第一次出院后进后方少尉短期训练班的三个月和第二次住院前在前方打仗的七个月。打仗的七个月很幸运，都是在同一个师里：他在五月初部队向哈尔科夫发动攻势前到达，后来在十二月初受了伤，才离开了部队和斯大林格勒；他那个营占据的阵地是三所民房的废墟，前面四十来步远是德军，后面是伏尔加河，谁都知道，河那边再没有什么地方了。

不知道是谁首先这样说的，总之这说法是合乎事实也合乎大家心情的。这片土地，说得更确切些，应当是盖满这片土地的白雪，是他恢复知觉后在对岸望见的，当时人们正把伤员从雪橇里送上卡车去。那片雪地是无边无际的，白茫茫的，被好似污秽的绳鞭那样的道路在上面划上了一道道的花纹。他受的是弹伤，子弹穿透了腰部。那伤口几乎就在战争初期他在鲍布鲁依斯克初次受伤的疤痕那儿。这一次伤势也不重，只是出了大量的血。德国佬在斯大林格勒被围已有三星期了。看来他们的末日已经临近。他多么想率领自己那个营，直打到斯大林格勒。他有这样的愿望，却没有能够使它实现。

那七个月，从最初的时候开始，他不但始终在这一个师里而且始终在这一个营里。能够想得到的种种指挥职务他都担任过：当过排长，当过连长，代理过营长，又当过连长。他还担任过副官、参谋长，后来又代理阵亡的营长，直到新营长到来。最后，在他本人受伤前两个月，他又代理了那个新营长——因为新营长又阵亡了，如果包括五月的几次战斗在内，那已是阵亡的第五个营长了。

营里的同志爱戴他吗？无论如何，战士们不等上级下命令就自动把负伤的他从火线上抢救了出来。这一事实比任何语言更有力量。他对战士们的感激心情，也就化成了他对他那个营的深切怀念的一部分。

决定他这次参战的最主要的关键就在于一九四一年十月的一个夜晚他跟妻子的最后一次会晤。当时他告诉她，他将不顾一切地去打仗，不论担任什么职务都好。他说过以后果然做到了这一点。

此后，他的眼前就展开了一条平凡而又可怕的兵士的道路：上战场去打死德国人，直到你自己也被打死或者打伤。

他就是沿着这条道路走过来的。他没有忘记，战争爆发时他是个记者，也是个军便衣口袋里放着党证的政治工作人员。他也没有忘记，他并没有撕毁或烧掉党证，而且当别人不信任他的时候，那种态度是不公道的，可他有足够的力量不向这一不公道的态度屈服。当年十二月，他在莫斯科郊区受伤离开了部队，躺在手术台上——那刚巧是在玛里宁给送进医院之后一星期；他躺在那儿，还不知道只要他在部队里在同一部分耽上一个月，那不公道的行径就会像它发生时那样突然消失。他对这事情发过好几次火，可是他不等事情获得公正解决，就不论担任什么职务都不在乎地去参加战斗了。但这并没有使他变成一个冷酷无情的人。在他身边，每天有许多跟他一样希望活下去的善良的人死去，这样的死亡本身就是骇人听闻的不公正的事，一想到他们，你就不会再有力量去想到你自己，或者说，你就会硬起心肠不去想自己了。有时候，这两种情况可能兼而有之。

但在医院里，谢天谢地，总是痊愈的比死亡的多。生命占了上风后，就会使人们回想起过去经历的一切，包括受到的委屈在内。

他从医院里一下子发出了五封信，结果只收到了三封复信。

那封特别提出“我的党籍怎样了？”的质问信，没有得到回音。

赤塔也没有答复，收信人是他的大舅子，那还是按照大舅子战前的部队代号寄发的。

他直接探问妻子下落的那封信倒是复得很快。那个把自己的姓写得潦草不堪的营级政委告诉他，军医阿尔杰米耶娃已经离开单位执行军事任务去了，营部对她的情况不清楚。

波普柯夫老头儿用明信片答复，他们的公寓里没有人住，没有人来过，也没有人写过信来，而他本人身患重病，大概是不可能起床的了。

区委会的复信说，他们知道玛里宁受伤的消息，但玛里宁本人却没有写信来过，因此他究竟在哪个医院里暂时还不知道。

他被隔绝了，不论从哪方面说，命运之神没有给人以突破这一隔绝情况的任何希望。

一九四二年一月底，医院政委对伤愈归队的人表示关切，建议辛佐夫请假十天到莫斯科去一次。

“也许你会在那儿探听到你爱人的消息。”

可是辛佐夫明白，目前他是探听不到妻子的消息的。别人知道的一切早已告诉他了——他们什么也不知道。他也不相信会有什么偶然碰上她的奇迹。何况，这样的奇迹已出现过一次了。从库尔干到莫斯科需要四天四夜，回来又得这么久，他在莫斯科只剩下两个白天——那儿还有什么是他不曾看到过的?

不错，他有过一个跟莫斯科有关的念头：设法回到他以前的报社编辑部去。可是现在它在哪儿?谁知道它在莫斯科还是在什么列车的车厢里啊?即使能找到，又能说些什么、探问些什么呢?如果在前线人家也不管你的战功和勋章，不管玛里宁怎样为你辩护，认为没有必要恢复你的党籍，编辑部里的人又会怎样啊?可是只要获得一个职位，什么职务都行，即使做校对也可以，只要能进报社去——他的脑中曾经闪过这样的念头，可是这一念头已占不了上风。他现在对他以前的职务怀着一种军人的嫉妒。读报的时候虽然也明白：人们不可能将在前线看到的一切都在报上加以描述，但无论如何，当你默默地把报上写的与你所看到的加以比较时，你就会因为读到种种谎话而发火。就跟战前一样，人们写文章有不同的写法：有些人还没有丧失良心，而另一些人从来就不曾有过什么良心。

他就不去莫斯科，而是请求发给去库尔干的离职证。医院政委耸了耸肩膀，立刻发给了他。他从医院直接到库尔干市的军事委员部，请求准予参加少尉短期训练班，军事委员部没有考虑多久就同意了。这一训练班并不是那种可以逃避战争的机关。它的期限只有四个月，有时甚至更短。伙食标准是第二级。一下子结了业，就算是“烤熟”了，你就得上炮声震天的所在去接收一个排！辛佐夫在军事委员的心目中是个合适的人选：一个实战经验丰富的上士，受过伤，得过红星勋章，而且有文化。这样的人训练班怎肯放过啊。

到了第九十五天，训练班就提早结业。上级叫他们排好队，祝贺他们成了少尉，让他们随身带好委令就上了前线。红军正准备在哈尔科夫郊区发动一次攻势，前方早就在要求后备人员支援了：在进攻的时候，尉官的生活过不了多久，从参加战斗到伤亡，平均只要九天九夜左右。

他下决心进训练班的时候曾经想过，在战争中他能担当比他以前担当的更为重大的任务。训练班为他打开了通路，战争给他证实了这一想法。

进攻哈尔科夫的时候，他只指挥一排人。可是过了三星期，他竟然率领全营人突破了包围。原来一颗炸弹炸死了聚集在指挥部里的所有的人，正是他这个领章上只有一颗星的人，突然变成了活着的尉官中间资格最老的一个。

也许，他的实战经验发挥了作用，但也许，他对那又把我们军队像猎狗赶野兔那样赶到开阔的草原上去的法西斯匪帮所蓄积的不共戴天的仇恨起了影响。在这种时刻，别的人没有这股狠劲，唯独他有。这不但使他一下子扑在不知被谁抛弃在地上的一支反坦克枪旁边，而且使他躺在那儿等待着，既不太早也不太迟，刚巧在最恰当的时机扣动了扳机，在溃退的那营人眼前击毁了一辆德军坦克。

在打仗的时候，当好几个人有同等权利去指挥大家的时候，往往不是别人而恰恰是某一个人取得了指挥权利，而且这个人对别人的优势，总是从那些对所有人来说都是极其普通也极其明显的事情中产生的。可能是由于你焚毁了坦克，也可能是因为法西斯匪军暂停射击，而那些一下子把头低下去的人们还没有注意，你首先挺身站了起来。也可能是因为你一下子跃上一匹无鞍马，飞跑到从阵地上撤下来的炮兵那儿，说服他们掉转炮口，向出现在地平线上的敌人坦克放排炮，他们也果然听从你的指挥放了排炮，于是一辆坦克被击中起火，其余的就逃走了。也可能是因为在大家和你都感到非常恐惧的一刹那间，只有你的脸上没有显露恐慌的表情，而大家都看到了这一点；你的声音也没有紧张得发沙，仍旧像平常一样，而且向大家发出了极普通的命令，这样的命令在比较不那么危急的情况下，每个人都想得到，但在这一刹那间，却只有你能想到。自然啰，最后还得加上一个条件，那就是你这样干的时候，既没有被打死也没有受伤。

就这样，在一星期零几天的时间内，在活下来的人中间产生了一些指挥员。这些人出乎别人原先对他的想象，显示了可以担负更加重大任务的能力。

少尉辛佐夫终于率领着那个营残存的一半人以及随带武器或不带武器陆续归附他们的百来个红军战士，突破重围，渡过顿河，来到也属于这个师的别的单位里。

师部派来的一个大尉接收了那个营，少尉辛佐夫担任了那个营的第一连连长。他虽然还是个少尉，可是现在再叫他担任连级以下干部，那就不像话了；这一点不但别人明白，他自己也很清楚。

这个从哈尔科夫郊区撤退时坚持战斗到底、伤亡极大的师，调到后方去进行了补充，然后在九月中旬千钧一发的危急时刻，又渡过伏尔加河，投入了斯大林格勒中心区的战斗。这个师到现在仍然在那儿的废墟中间坚持战斗，那些废墟的名字，在那个师里当过营长的辛佐夫可以一个又一个地挨次叫出来，从左边的“Γ”形防地一直到右边的圆形防地。

那个师曾经是他的师，而他曾经是那个师里的一个营长，因为他终于在战斗中找到了自己的岗位，也发现了他自己的能力。他在那个师里曾经为了领取红旗勋章，在枪林弹雨中沿着河岸通过三公里长的地带，然后再回到原地。在那个师里，他升为中尉和上尉。也是在那个师里，由于战功卓著重新入了党，入党的介绍人虽然在他来到那个师以前没有见过他一面，却在战火中了解了他，而且比他的亲娘更了解他。

介绍人之一，沙甫罗夫，是跟辛佐夫同年的团长。他说服辛佐夫在自传里写上既不违反真理又不混淆事实的字句：“在被敌人包围时失去了党证。”

辛佐夫把一切都告诉了他，沙甫罗夫对自己的营长非常信任，可是当辛佐夫提出了异议，问他是否把经历的一切比较详细地写上去时，沙甫罗夫却斩钉截铁地回答：

“你要审查人员再忙上一年吗？等我们活到战争胜利以后，你就可以向所有的人证明一切。党龄也可以重新算足。如果你认为活不到胜利，为了问心无愧，你可以把一切写下来，藏在你的颈饰盒里。如果有人读了阵亡将士颈饰盒里的东西还不相信，那人就是混蛋！”

辛佐夫并不打算写点什么放到颈饰盒里，可是沙甫罗夫那番粗鲁然而友善的话，却突然锵锵发响回到他的灵魂深处，仿佛使某个脱骱的地方复了原。玛里宁曾经想为他辩护，却没有来得及，也许在一九四一年根本做不到这一点，因为当时还没有发出那道对战功卓著的同志重新入党不得拖延的规定。

现在辛佐夫面临着上陌生部队作战的新任务。他一出集团军的医院就感到自由自在，好似揭开了全新的一页。人们为了回返原部队，不知施出了多少阴谋诡计以及其他种种不顾一切的手段啊。看来这一愿望实在太强烈了——不论死活都要跟自己在战斗中所熟悉的战友们在一起。但一般说来，这一切努力总是徒劳无益的：谁能上一定的地方去啊！

自然，战争的规模大得很，它要吞噬不少人，今天在这儿吞，明天在那儿咽……必须捞起这么一把人来，塞到人数较少的地方去，这是可以理解的。可是，当人家可以这样做而没有做的时候，你总会感到生气！人们已习惯于不理睬别人的愿望：但一旦这些愿望竟实现了呢？这样的事情在战争中似乎也不是无所谓的。人究竟不是火柴梗，不会随便让人家塞到哪一个火柴盒中去而毫不介意。而他自己的愿望又是极普通的：耽在自己那个营里，在斯大林格勒一直打到战争结束。这一结束大概已不会很远。也许再打上一星期就行了。

以后又怎么样呢？沉寂？……他很难想象斯大林格勒会出现沉寂的局面。两次进攻中间的沉寂——这是熟知的观念。可是就此沉寂下去，那就……

他感到墙上袭来的冷气，又在板床上翻了个身。

在斯大林格勒，他跟大多数团里的军官们的穿着相仿，下面是棉裤，上面是皮坎肩加上兵士穿的棉袄。这样，不论在狭窄的交通壕里或者像田鼠洞那样的地道里奔跑或者爬行，都比较方便。

他就是穿着这种棉袄，在他习以为常地通过一片以前已通过几十次的开阔地的时候负伤的。他的皮袄就此遗留在充作营部的那个地窖的板床上了。

还是昨天夜里，当他奉令把一批预备队从登岸地点领到一一一师去时，曾经为他的皮袄感到可惜。时间将近清晨，温度下降到零下三十度，还刮起了风；当他领着队伍前进的时候，就曾冻得浑身发抖。现在他翻来覆去感到地下的寒气时，不禁又想起了它——那件留在斯大林格勒的皮袄。

如果他的传令兵谢烈兹尼约夫还活着，他当然不会忘记受伤的人在路上需要皮袄。可是谢烈兹尼约夫就是在他的眼前被敌人打死的。当时这个传令兵迎面爬过来，想来援助他，只听见子弹在他的钢盔下面哒的一声，他就这么倒下了，伸开了没戴无指手套的光光的手。手指在雪地上抓了几下——就不动了……

有个人走进掩蔽部来。他咳嗽一声，揉了一阵子冻得麻木不堪的肢体，开始摸索桌面上的东西，接着他骂了一句，问道：

“没有人吗？”

“有。”辛佐夫回答。

“有没有火柴？”

“有打火机。”

那个人的手跟辛佐夫的手接触了，拿去了打火机。

“对别人放开了滑门，对我们弟兄就刁难起来了！”进来的人说，同时嚓的燃着了打火机，去点燃放在桌上的那盏用“喀秋莎”炮弹壳做的油灯。在砸扁了的炮弹壳上，升起了狭长的火舌。

进来的人没有脱衣服就坐下来，把帽子丢到桌上。现在辛佐夫可认出了他。这是跟他同军衔的上尉，从前也当过营长。昨晚他曾对辛佐夫说过，他最先来到这儿，已等候了五天五夜还没有接到委令。现在他那圆圆的女人相的脸和两撇又浓又粗的红胡子，在灯光下显得很清楚。那两撇胡子这么浓，就像是粘上去的，跟演员的假口髭一样。

“打火机。”辛佐夫说。

胡子把打火机在手心里转动一下，并不站起来就这么丢给了辛佐夫。辛佐夫在半空中接住了它，塞进了棉袄口袋。

“多好的打火机，”胡子说，“是战利品吗？”

“战士们做的。”辛佐夫说，不禁又想起了自己的传令兵谢烈兹尼约夫：打火机就是他送的礼物。

“在防守时做的吗？”胡子问。

这个问题很愚蠢，进攻时哪有空闲做打火机啊，因此辛佐夫没有回答。

“今天我可走了运，”胡子兴高采烈地说，“我被派遣到三个师的师部去过，竟没有碰到一个熟人。可是今天上一一一师送公文，却刚巧碰到了我的老上级库兹米奇少将。”

辛佐夫今天也去过一一一师，也看到过这位姓像父名的少将，甚至回答过他的问话。可是辛佐夫在战争中养成了根深蒂固的习惯：既然一时没有开口，那就不开口吧。这一习惯使他现在没有跟对方攀谈下去。

可是胡子并不需要别人跟他搭讪。

“这下子我可成了国王的教父，”他高高兴兴地往下说，“我已经向库兹米奇少将暗示过，一有机会他就得为了老交情把我调到他身边去。他在去年夏天没有受伤以前在南方战区指挥过我们的师。去年夏天你在哪儿打仗？”

“在西南战区。”辛佐夫勉强回答，不禁又想起了自己的那个营。

“部队驻扎在哪儿？干什么？”

“跟您一样：急急忙忙地逃开德国人。”辛佐夫回答，他在嘲笑胡子说的“驻扎”。

“可是我们没有逃跑。”

“唔，这么说，我们也没有逃跑，”辛佐夫说，“这么说，二百二十七号通令上提到的，不是你们也不是我们了。”

“是啊，使人多难受的通令。”胡子叹了口气说。

可是，辛佐夫内心并不同意他的看法：使人难受的倒不是二百二十七号通令，而是我们在去年七月碰到的那种局面。当时前线局势糟糕极了，有时甚至觉得后退简直没有到底的日子。就在那道通令下达前不久，辛佐夫曾经亲眼看到我军软弱无力到了极点，他看到离他只有三十步远的地方，刚巧有位元帅——方面军司令——乘车来到前线整顿局面。他乘着“爱姆卡”小汽车来到溃退队伍的中心，下车跑到逃跑的人中间，命令这些壮健、勇敢、但是束手无策的人们停下来。他走近他们劝他们别跑，人们总算停了下来，在他眼前动手掘工事，可是一等他走过去，队伍又渐渐地向后伸展……

后来，在撤退的人群中间突然出现了几门“喀秋莎”火箭炮，一直驶到一座小山上面。这样的火箭炮大家还是第一次看到。有这样的炮——那自然是另一回事了！可是那几门炮，只向德国佬开了两阵排炮就停顿了好几小时，而且在停顿了几小时以后又撤走了。好像它们根本不曾出现过！到了傍晚，队伍又开始后撤，即使你痛哭流涕或者死去也没有用！

二百二十七号通令只不过是说明了真相。这道通令中所说的一切，自然还不如你亲眼目睹的那么混乱。可是它直截了当地提出了问题：停止退却或者灭亡。如果再这样溃退下去，俄罗斯就要完蛋了！

说也奇怪，当辛佐夫读到这道冷酷的通令时，他反而感到高兴。当他听到阻挡溃退的队伍将要对逃跑的人开枪的消息，他也感到很高兴，虽然他十分明白，这也是针对他的；如果他向后逃跑，第一颗枪弹就会对准他的前额飞来。当他听到惩戒营的消息，他也为它们的成立而感到高兴，虽然他知道：如果他没有奉到命令擅自撤退，他就会被捕交给军事法庭审判，然后押到惩戒营里撕去领章，用鲜血偿付自己的罪行。

大家都觉得有必要停止溃退和整顿秩序。因此，都准备全心全意地赞助任何严厉的措施，即使那会使人们付出本人的鲜血。

“你听我说，”胡子对沉寂的氛围感到无聊，又开口说话，“照我的想法，从昨天起就没有看到过你。你在哪儿？”

“昨夜派我接收预备队去了。”

“他们出色吗？”

“不坏。”辛佐夫说，同时转身朝向另一边。

预备队的好坏要到打仗的时候才能见分晓，虽然从表面上看似乎真的很出色。

春季，他那个营开始打仗之前，上了年纪的兵特别多。虽然在实战考验中他们不比小伙子差，起先却给人带来沉重的感觉：怎么一回事？仗还没有打上一年，已经要起用四五十岁的人当兵了？原来战士们在撤退的时候长久不刮胡子，有些人甚至长出了一指长的白发，看上去完全成了老头儿。是啊，用来打仗，他们可以算是老头子了。难道只打了一年伤亡就这么大，人力已经到了罗掘俱穷的地步了？不，看来还不至于这样。近来补充队伍中的战士要年轻得多。大部分是三十以下的小伙子。

胡子沉默了一分钟，又搬出了一道乏味的汤菜。似乎德国佬定下了这么一个规矩：如果你救出了三个伤兵，就可以准假一星期回家探亲。

“你以为怎么样，这可能吗？”

“不知道。”辛佐夫说。

“如果能让我请假回家，”胡子充满幻想说，“那就得去会会老婆，至少也得记起她是个什么样子……”说到这儿他突然问：“你在进医院以前，在哪儿打仗？”

“斯大林格勒。”接着辛佐夫又说了自己那个师的番号。

“赫赫有名的师！”胡子喊道，“你昨晚干吗坐在那儿不做声！”

“你还让不让我睡觉？”辛佐夫反问。

“这倒是真的，”胡子表示同意，“这么说，你还是想睡觉？”他终于不做声了，从图囊里掏出一张地图，皱起眉头仔细地看着。可是这副皱眉头的神情，跟他那女人的脸相和好像粘上去一般的胡子很不相称。

事实上，辛佐夫并不想睡觉，可是胡子用他的问话好几次打断了他的思路。每逢他所需要的思想或者回忆中的重大事件快要在脑海中浮现时，这陌生人的声音一响，它们就立刻消失了。

直到现在，在静寂之中，他那疲乏的头脑才一下子让思想和回忆两者都显现了出来。

回忆中的那件大事，关涉到卡梅西纳医院里的那个女护士。

他的思想所涉及的，还是那具有永久性的老念头：想念他的妻子。

可是在目前，那永久性的、不过有时会变得迟钝的老念头，却由于那与它同时在脑海中崛起的不久前的回忆，而变得极其敏锐而且不堪忍受了。

那女护士是个好人，大概，她对他要比对她自己更关心，当时她更愿意为他做这件好事。可是这样做的结果，不论对他还是对她自己都没有好处；不过，他觉得自己对她还是非常抱歉。他不应该到她宿舍里去。那晚他刚出院，她就有所期待地告诉他，她隔壁房间里的女护士整夜值班去了。既然他还没有肯定：自己是不是早就想向女人提出要求，而且已准备这么干，那么，他就不应该到她房间里，跟她坐在一起喝冲水的淡酒，并且等待着他想来做的那桩事情的来临。当时他似乎是下了决心的，结果却并非如此。

那女人并不比他年轻，甚至还比他老一些。可是她很聪明，从来不希望他对她那女人的自尊付出任何代价，也并不希望他向她扯谎或者说些什么不必要说的话。也许，就因为这样，他想在出院赴前线之前，简单地不用说什么话，逾越一下以前从未逾越的范围。但也许，那是由于他在医院里过了一个不眠之夜以后，觉得自己想到玛莎好像想到死人一般的缘故。他以前想到妻子的时候，总是认为她还活着：她怎么了？但当时他却突然像想念死人一般地想到了她。他一有这种念头，就觉得自己仿佛已经接到了她的阵亡通知书，其中只剩下一件事情还没有肯定：她是什么时候死的？

这样肯定的念头是从哪儿来的，他自己也不知道。也许，这是由于他邻床的病号临死时的呼号的影响，但也许，这是由于那个病号断气后出现的沉寂气氛所造成的也未可知。

那一晚他就是带着这种心情睡去和醒来的。他一醒过来就看到那个来换绷带的女护士正在为他解开绷带。当时他就有这么一次，怀着妻子已死的心情跟她说话，而且不止一次地用自己的眼光迎接了她的眼光，好似在默默地回答：“行，自然啰。怎么不可以呢？”他甚至预先想象这件事情将怎样发生。

于是，一切就像他所想象的那样实现了，直到她默默地收拾干净桌上的一切，默默地打开被子。她又在桌旁坐了一会儿，紧挨着他，用手掌托着她那已经醉成玫瑰色的、柔软、娇嫩而且毫无皱纹的脸颊，说起了一九四一年在前线阵亡的丈夫。她说她已忘记了他，想不起他是什么样子。她说这话的肯定的肉欲的意义，对这个与女人并坐在一起的男人来说，那是用不着怀疑的。她知道立刻就要跟你发生肉体接触，她就等待着这一着而且希望你早就明白：只要她跟你在一起，她就只想到你，决不去想念在你以前与她接触过的男人。

她本来可以不说这样的话，因为这对他来说是无所谓的。但是，当她说了这话，他突然明白，现在他自己也得想想这方面的事情，不过想的不是她和她的丈夫，而是想到自己和玛莎，想到这女人从侧面斜眼一瞥很像玛莎，尤其是她揭开被子和拍松枕头的姿势……

“算不了什么，反正一样！”他残酷地下了决心。于是他慢慢转过身子，拥抱了别人的、他不需要的女人的肩膀，而她那属于别人的、他并不需要的嘴，正半开半闭地等待着他并不需要的一吻……

他放下了手，站了起来，开始在房间里踱来踱去，经过极其难堪的几分钟，终于走了出去。

大概在他的脸上出现了无法形容的忧郁表情，因为那女人没有来制止他，只是默默地望着他在房间里踱来踱去。

他被他对玛莎的感情所具有的无法遏制的力量吓坏了，他徒步回到医院里去。

在两小时以前，在这同一条街道上，当他挽着那别人的女人的胳膊过来时，他很快地被她吸引了，就像一个饥饿的人被一块面包所吸引一般。当时他对这件事的想法就像想到一件跟他有一个他所爱的女人而这个女人还活着的事实毫不相干的事情。但结果这件他认为跟他和玛莎的关系毫不相干的事情并没有实现，而且也不可能实现。

他停了下来，靠在一所房子的墙壁上；他很高兴，根据一种几乎跟恐怖相似的强烈感觉，懂得玛莎还活着；她不可能不活在世界上，因为他没有她就会活不下去。他懂得了这一点，他觉得她就在他身边。似乎她刚才就站在眼前，阻止他睡到别人床上去，阻止他跟别的女人去睡在一起，而且阻止他去接触别的女人的肉体。

可是到了下一秒钟，他又遏制不住紧张的思索，突然无端地惊恐起来：正当他感到她就在身边，正当他能够想象出她的脸和身体各部分的种种细节时，她却突然在什么地方死了呢？而跟他原来这一奇特的舍不得放弃的推测相联系的一切，就会变得毫无意义而且愚不可及。你可以想一想，任何人都会认为这是无所谓的：一个单身男人跟一个同样是单身的女人在一起过夜或是不过夜，那又有什么关系啊！

红胡子上尉对妻子的怀念，又叫辛佐夫想起了自己的心事。他不知道应当骂他还是应当感谢他。对玛莎已死的念头感到惯常是一件非常可怕的事情，但是把这个会致人死命的念头埋到内心深处也许更加可怕。那就像这几年来一直在布雷区里走，你不知道什么时候、什么地方，地雷会在你的脚下爆炸。

是的，有时别人来信，你读着这些信就会恐惧地想到那可能击中你胸膛或是头部的铁片，它会使你一下子离开世界，而抛下写信给你和等待你的人。但如果没有人写信给你也没有人等待你，那使你送命的铁片也不会给任何人带来什么损失，那情况也是非常可怕的。单独生活是非常难受的，这就会叫你更加怀念战争中习惯的地方，怀念自己的营和营里的战友，他们虽然不像你那样孤独，虽然有时会收到家人寄来的三角形的信，但在其他方面，在过去和未来上级命令他们执行的一切任务前面，他们跟你就跟兄弟一样，是互相平等的。

如果她还活着呢？

他心中突然出现了最荒谬的念头：他愿意跟命运之神达成最可怕的协议，他愿意死，但要让她在他身边、在这冷冰冰的板床上躺上几分钟。然后——哪怕是炸弹也无所谓了……

这一念头使他非常难受，他的心烦闷得发痛。他在板床上猛地坐了起来，什么也没有看见，什么也不想，就像使人窒息的噩梦突然中断时坐起来一般。

“你怎么了？”红胡子上尉问。

“没有什么！”

“我可几乎吓了一跳。我很想扶你一下，以为你迷迷糊糊地就要滚到地上去了。这是极普通的事情。人在没有睡着的时候会得控制自己，神经是正常的，但在睡梦中就会变得跟疯子一般！今年夏天我那儿有个政治指导员，他在经过一次夜战后，用一件雨衣蒙住头睡在战壕里。过了一个钟头，他突然跳了起来，扯破雨衣，把它抛在一边，然后嚎啕大哭，直向胸墙冲去！……天已亮了，再慢一步就会让敌人打死！我猛地掩住他的脚。‘你怎么了？’我问。他却什么也记不得了。眼睛里闪着泪花。他在梦中为什么人痛哭，这可怜虫！下一天他就被敌人打死了。这种梦是死的预兆。”

“你怎么了，还迷信？”

“我并不迷信，”胡子说，“倒是战争会逼迫任何人讲迷信。”

“你的太太在什么地方？”

“现在很好！现在可撤退到巴乌纳乌尔去了。本来住在罗斯托夫。法西斯匪帮第一次占领罗斯托夫的时候，她还没有领会撤退的必要，可是到了后来毕竟领会了这一点。”胡子高兴地说。

“是啊，自然啰，你自己没有接到信的时候，看见别人手里三角形的信，就会感到分外触目惊心，”辛佐夫心里怪别扭地想起了自己刚才的念头，“可是在你的营里，还有多少人没有收到过这些三角形的信啊？又有多少户人家留在德军后方，还没有领会必须离开那儿啊？还有几百万人还没有领会这一点啊？真的，上尉倒是找到了一个确切的字眼。”

“干吗不做声？”胡子上尉就像聋子那样大声问。

“对不起，你问我什么？”

“我问你，你的太太在哪儿？”

“不知道。”辛佐夫说。

胡子叹了口气，看了看表。

“我们去用晚餐好吗？到时候了。”

“走吧。”辛佐夫从板床上爬起来说。

两个中尉走进了掩蔽部——一个年轻的，才从军校出来的，也就是昨晚比谁喊得更响的急于上前线的那一位；第二个是上了年纪的高个子，被子弹打歪了鼻子。辛佐夫昨天就注意到他那跟中尉领章不相称的花白头发的头。他的声音很洪亮同时又有点儿发沙，好像并不是他的声音发沙，而是他本人身体里面有一道看不见的裂缝似的。

“我可要到那可以很快获得勋章的地方去。”当大家在前一天晚上谈到未来被委任职务时，他就曾用这破锣似的声音这么说。

当时有人回答：

“上级派我们上哪儿，我们就上那儿……”

“我可不要求派到哪儿去，我只要求到发给勋章的地方去。”

辛佐夫昨晚没有听完下文就离开了。

现在这个打歪鼻子的中尉进了掩蔽部，正对着坐在桌边的辛佐夫，在一条凳子上坐下来，敞开皮袄说：

“这儿毕竟暖和得很。”

在他宽阔的胸前，有五道奉示他负过伤的镶条，却既没有勋章也没有奖章。

“大概是进过惩戒营才这样的吧。”辛佐夫对他那正规军人的姿态、年龄、军衔以及有镶条而无奖章等情况加以罗列比较后，得出了这一结论。

“你，上尉，”打歪鼻子的中尉注意到辛佐夫向他投去的目光，问道，“打仗以后得到了些什么？棉袄遮住了，看不见。”他用一种惯于使被问的人不得不回答的人才有的那种威严声音问。

“星和旗[①]。”辛佐夫说。

“阔佬，”打歪鼻子的中尉说，“我可只留下了这些，”他用手指戳着那些镶条。“国内战争时期得的奖章，当我在一九三七年被捕时，就给拿走了。‘工农红军建军二十周年’奖章也因此在我的身边一下子飘过去了[②]。他们把我放出来的时候，并不发还奖章，只给了一张奖章遗失证书，我就带着那张证书参加部队打仗。这次战争中挣来的两个勋章被惩戒营吞没了。我在惩戒营里合法挣来的那一个还没有算进去，他们不给我奖章，只给我领章上的两颗星星，那还得谢谢他们呐：他们说两颗星会得变成原来的四颗的！你明白吗？”

他长叹一声，向辛佐夫喷来一股伏特加酒的臭味，接着向跟他进来的年轻中尉瞟了一眼，说：

“你看我什么？喝了我自己的，又喝了你的，刚才已谢过你了。还要再谢一次吗？”

“我没有对你说什么。”年轻的中尉说。

“我们去用晚餐，好吗？”胡子上尉问辛佐夫。

---

① 指红星勋章和红旗勋章。

② 这是指红军建军奖章，因他在狱中不能拿，失去了机会。

“来得及的，”歪鼻子中尉对胡子上尉挥了挥手，“我在跟人家说话呐。”

于是，他又向辛佐夫喷来一股酒臭，问道：

“您全明白了，还是得再向您解释一下？”

辛佐夫耸了耸肩。他不喜欢跟醉汉说话。

“我可以进一步解释，”歪鼻子中尉说，“二百二十七号通令是正确的，我始终说它是正确的。当我在去年夏天用这个玩意儿揍一个军法官同志的时候，”他说到这儿，把他的铁拳从皮袄下面一下子向外打得很远。“我对二百二十七号通令抱着希望：人家会送我到惩戒营去流血，而不会送我去坐牢。我揍他是因为以前我跟他相识。详细情况我可不解释了。他说我喝醉了！可是我当时并没有醉。懂吗？”

“你干吗要说这些？”年轻的中尉问。

“什么？”歪鼻子中尉挑衅地问，“难道这儿竟有不准我这样说话的人？那时候我自然会请你这么当众宣告。至于今天干吗要喝酒，我也可以谈谈……”

“唉，喝过就喝过吧。”年轻的中尉又想阻止他说话。

可是歪鼻子中尉却固执地用手在空中一劈，重复说：

“我可以谈谈。因为我一碰到他就生气，他干吗到现在还不朝自己的前额放枪。今年夏天我曾当众打了他一个耳光，他怎么还没有想到应当送一颗子弹进自己的脑瓜。一个打歪鼻子的人如果挂上奖章走来走去，那就不想找死了……”

“真有你的，这么渴望得到奖章，那就把袋口拉得大些吧！”一直固执地不做声的辛佐夫终于脱口说了一句。

歪鼻子中尉用绝望的发红的眼睛对辛佐夫看了一眼，用手指戳了戳辛佐夫的胸口。

“这下子你才真的懂得了我的灵魂。我就是这样的人！”他说话的时候好像觉得非常奇怪，除他自己外，居然还有人能懂得这一点。

掩蔽部的门突然打开了，大家都回过头去。那儿站着一个通信员。

“诸位指挥员同志，能不能让我问一下？这儿哪一位是辛佐夫上尉？”

“我就是辛佐夫。”

“请您立刻到人事处副处长那儿去。你知道我们的掩蔽部在哪儿吗？”

“知道。”

“你的委任通知可终于来了。如果是什么普通工作任务，那会叫你上业务部门。”胡子上尉带点儿遗憾的口气说，也不知道是由于嫉妒还是由于他只能单独去进晚餐。

“大概是这样。”辛佐夫说，他用一只手噗的覆上护耳帽，另一只手伸到板床上摸索，想拿走留在那儿的一根挂着那干式手枪的皮带。

第十六章

“我接到了一一一师师长委任您为该师营长的通知。您认识库兹米奇将军本人吗？”司令部人事处副处长问，同时指着一只凳子，意思是叫辛佐夫坐下，虽然这次谈话不可能很长久。周围的人们都很忙碌。

辛佐夫耸了耸肩膀。

“今天下午一点钟，我曾经带着补充队伍去过那儿，亲自向他报告。”

“您在进医院以前当过营长的吧？”

这话又像是询问又像是肯定。因此辛佐夫不明白这跟他个人有什么关系。

“是的，当过的。”

“没有异议吧，健康够得上吗？”人事处副处长接连把两个问题串成一句问。

“行。”

那个遮住掩蔽部入口的两用大油布闪开了，一个脸冻得通红的中尉伸进头来。

“中校同志，送这儿的哪一位去啊？”

“他。”人事处副处长对辛佐夫点了点头，拿起铅笔在早就准备好的委令上签了个字。

“到处这么忙碌，真要命。”汽车驶到被车子碾得很平坦的宽阔大路上，当司机想赶过好几辆满载炮弹箱去前线的大卡车的时候，中尉说。

辛佐夫已经知道跟他同车的中尉是一一一师的联络军官，他的军职是化学兵的团长。可是不知道为什么，他突然问了中尉的军职，对方就不得不回答，他是化学兵的团长。回答过以后，他沉默了好久。化学兵的军官大都不高兴承认自己是干这一门工作的。他担任这一职务已有两年，既没有上过阵，也不撤销，人一落到这项职务上，就变成了什么孔洞都可用上的木塞子。

“库兹米奇将军到这个师里，已经很久了吧？”辛佐夫问。

“一星期。他的前任是谢尔皮林，现在上司令部做了参谋长。”

“老师长很强吧？”

“弱的也不会提升。”

“新师长呢？”

“也很强。”化学兵团长肯定地回答。

“也许，真的是这样，谁知道他啊。”辛佐夫怀疑地想。今天白天初次跟那师长碰面，他无论如何也想不到形容词“很强”会加到那矮小、文弱、身材跟小鸟一般的师长身上去。

“很好的老头儿。”那时他曾经这么想过，当时那位将军用踩坏了的毡靴吱吱地踏着雪，同时像小鸟的鸟喙一般，轻轻地用鼻子啄着空气，迅速地向他提出了一个又一个的问题。

当辛佐夫向他报告，补充队伍已经带到，将军就命令他排好队伍。队伍还未排好，将军已经从掩蔽部里跑了出来。最后几个兵士还在看齐，他已经开始他那并不平常的讲话：

“因为天冷，宣传鼓动的话就省掉了。我们要进攻斯大林格勒，别的一切到那里再谈好了。首先，我们必须攻入斯大林格勒。这对我，对你们，对整个苏维埃俄罗斯来说，是问题的关键。只要我们还没有攻入斯大林格勒，就没有休息，只有战斗。攻进去了——我们就可以休息。我是你们的指挥员，军衔是少将，姓名是伊万·瓦西里耶维奇·库兹米奇。在平常不列队的时候，你们可以叫我库兹米奇或者万尼亚叔叔，我不会生气，可是在队伍里就得无条件地服从命令。”

队伍里有人笑起来了。库兹米奇等笑声停下来后又说：

“我的经历很简单：跟德国打仗时，我曾经像你们一样当过兵士。国内战争时当过团长，这一次——当师长。希望你们也这样。现在让我来问你们几个问题：您是谁？在哪儿打过仗？”

他穿着他的毡靴用小步很快地沿着队列走去，每一次总是凭着他那决不错误的直觉，刚好选中几个打过仗的列兵和中士来问。所有被他问过的人，结果不但都打过仗，而且都是从医院里出来的。

他们一个接一个地回答："在莫斯科郊区打过仗。""在沃罗涅日郊区。""在梯赫文郊区。""得过勇敢勋章。""受过两次伤。"——这些话在其余的人身上产生了深刻的印象。队伍站得非常整齐，而且大家都显得相当紧张。

"没有问到的人可不要生气，"库兹米奇最后走出来站在中间说，"我下一次再问。您在什么地方，我就到您的地方来！"

兵士们排了队，到临时食堂去了。一切从开始到结束还不到十分钟。

库兹米奇对辛佐夫看了一眼，向他提出了向兵士们提出过的同样问题：在哪儿打过仗？担任过什么职务？他一听到辛佐夫在斯大林格勒当过营长，就说：

"本该把您竭力推荐下去，可惜还没有位置。"他就这么放走了他，同时说，"您请便吧。"

"这下子可有地方推荐了。"辛佐夫想，同时望着路面，估量着到师部还剩下多少路。

他记起了曾经在南方战区这位库兹米奇跟前服务的胡子上尉，想起他对师长的信心，认为师长一有机会就会叫他到师里去任职。现在机会来了，但是库兹米奇却没有叫他去，而是选中了辛佐夫。那又怎么样，常常有这种情况：有时某人是自己人，倒是让他到别人跟前去服务更好。也许，对待那个胡子就是这种情况……

"您到我们师里担任什么职务？"

"营长。"

"这才糟哩！"化学兵团长表示惊奇，"早上出去的时候，所有的营长个个都是生龙活虎似的。不知道该轮到谁不走运啊？"

他坐在车上过了很久还在那儿摇头。他在暗自猜测，在发动攻势的前夜，他的熟人中间谁可能阵亡或者受伤。

汽车行驶了很久，半路上落到一长列"喀秋莎"火箭炮后面去了，超越它们是不可能的：迎面是一辆接一辆的从前线开回来的空卡车。

当他们到达师部，化学兵团长首先向师参谋长的掩蔽部走了进去，让辛佐夫留在门口，跟一个冲锋枪手在一起。

“我去送公文，同时报告您已经到达。”

傍晚时分，天冷得要命。哨兵冻得直跺毡靴。

“隔多少时间换哨？”辛佐夫问。

哨兵没有回答。师里的军纪很严。

过了一分钟，化学兵团长出来了。

“给您报告过了，请进去吧。”

他一面走一面向背包里塞一个撕开的信封，里面大概放着什么委令的收据。他也不跟辛佐夫告别，在黑暗中向汽车走去。

在师参谋长的掩蔽部里，一切都布置得很舒服，角落里放的不是板床而是一张折叠床，上面盖着毛毯。

师参谋长一听到辛佐夫问“可以进来吗？”就点了点头。他对着电话筒说完了话，这才站起来，在掩蔽部的顶板下显得又瘦又高。辛佐夫的个子不论怎么高，师参谋长的个子比他还要高。

辛佐夫照例报告了一番。师参谋长从他手里接过签了字的委令，念了一下，提出了几个证明辛佐夫身份的问题，打量了辛佐夫一阵子，又回过身子把夹鼻眼镜放到桌上，这才向辛佐夫伸过手来。

“让我们认识一下：皮金上校。”他微笑了一下，好像是在笑辛佐夫的个子不矮，又像是在笑他自己个子更高，接着问道：“您在常备军里当过右翼基准兵[①]吗？”

“没有在常备军里呆过。”辛佐夫说。

“既然这样，那就是说，你受过高等教育，军事训练每星期只有一小时，当机枪手服满一定时期军役，领章上有了一颗星——于是，退入预备役！如果发生战争，那就全靠上帝帮忙了！是这样的吗？”

“对。”辛佐夫毫无笑意地回答，因为参谋长说的话很合乎事实：学院里的军事训练是毫无道理的。

---

① 因为辛佐夫是个高个子，所以皮金问他当过队伍中的排头——右翼基准兵没有。

“请坐，”皮金说，“请把您的战斗经历简单地说一下，因为没有多余的时间，”他一面说一面向桌上一大叠由刚才那个化学兵团长带来的、打字机打出来的文件瞟了一眼。于是辛佐夫也向那叠文件瞟了一眼，用他所习惯的简练语言，在三分钟内就讲完了一切。

师参谋长提了几个问题，这些问题都集中到一点上面：他对这位营长在进攻中的战斗经验最感兴趣。辛佐夫回答，他在斯大林格勒还是当连长的时候曾经接连两天进攻玛玛耶夫岗，可是他为了预先警告参谋长不要提出新的问题，又加上几句说：

“说老实话，我们学会了守住自己的阵地，至于怎样夺取别人的——还只刚刚开始琢磨呢。”

“可是这儿立刻就要进攻，”皮金说，“我们派您到三三二团三营去。那个营很不错，可是不走运。新年前夜打死了一个营长，今天又死了第二个。而且死得不聪明。这是心理上的双重打击。我们对他们说，我们要派一位去过斯大林格勒的营长。这在他们的心目中是很有意义的。在我的心目中也一样。进攻的经验必须在进攻中积累。我们中间的大部分人很少有这方面的经验。你不怕吧？”

“一点也不。我要尽我的能力干。”

“您在最后一位团长那儿接连干了多少时候？”

“七个月。”

“相当长久。你怎样习惯于跟他相处，我不知道，可是我要告诉您怎样在这儿习惯于跟别人相处。您的团长屠玛年少校指挥这个团才九天。他以前是这个团的参谋长。他是个文体水平特别高的指挥员，可是有一个缺点，说得更确切些，是一种错误的认识：他本人非常重视秩序和纪律，因此对一切过分自信，认为他下达的一切命令，下级一定会执行。别人报告的一切也都是真实的。这在理论上说是正确的。但事实上并非这样。他常常不能感觉到那种必须施加压力的时机，而遗憾的是，很多人已经习以为常。您休想等他来‘压’您，您得自动对下级施加压力。进攻的时间已经决定。”皮金把手放到一张用打字机打的命令上念道：“八点零五分——炮火准备；九点——开始进攻。您的时间勉强够用。其余的事情由屠玛年向你交代。”

“根纳季·尼古拉耶维奇，你有什么事对我说吗？”

辛佐夫回头一看，立刻站了起来。师长库兹米奇将军正用手掀起掩蔽部入口的门幕，站在那儿。

“我这儿没有什么问题。”皮金说。

“那么我上柯洛柯里尼柯夫那儿去。”库兹米奇说，“他对自己的智力估计得太过分了……炮兵指挥员在埋怨他：在团的观测所里挤满了炮兵，炮兵指挥员简直要把他们赶出去。你瞧，在这么拥挤的环境里，还叫他怎么指挥炮战啊！没有炮队，怎么样，柯洛柯里尼柯夫准备光依靠他的机智去进攻吗？得让他的头脑清醒一下。”

库兹米奇直到这时候才看到辛佐夫，对他断断续续地说：

“您好，营长！来了？”

“您好……”

“委令收到了？”

“是。”

“您不上屠玛年那儿去？”皮金问库兹米奇。

“不。别列日诺依在那儿宿夜。”库兹米奇说，接着又转身对着辛佐夫。“我可以带你到岔路口。从那儿上屠玛年那儿只有三百俄丈远。”他看了看表。“现在你离开战斗总共只有十二小时。在这段时间内你得了解别人，也得让别人了解你。给他写好命令，根纳季·尼古拉耶维奇，送他上路吧。”

“我已经写好了。”皮金答道。

库兹米奇走进掩蔽部，在皮金背后停了下来。现在他正对着辛佐夫站在那儿。

“你接收的那个营的前任营长波里瓦诺夫是个好干部……今天早晨我还跟他谈过话。原来是同乡，从卡提耶夫卡来的，跟我自己一样，有一个矿工的灵魂……早晨谈过话，到了下午，枪一响，他的生命就结束了。本来是他的营，现在就是你的了。你知道战争是什么？战争就是加速度的生活，再没有别的了。人在生活中要死，在战争中也要死，只是速度不同罢了。”

“你干吗对我说这些话？想恐吓我还是怎么样？”辛佐夫想，同时从皮金手里接过命令。

可是库兹米奇好像猜到了他的心思，微笑了一下。

“老婆婆不让人家提起鬼怪，说是会招来不吉祥的事情。可是死亡不是鬼怪，你是不能把它招来的。可是，不论你提起还是不提起，心里总是有点儿害怕它的。也许，你是不怕死的那一种人？营长？”

他已经不再微笑，认真地望着辛佐夫，好像他对他提出这一问题是在作战前给辛佐夫最后一次考验。

“常常会有这种情况，将军同志……”

“说得不错，”库兹米奇说，“我不相信无畏的人，而是相信那些虽然怕死仍旧实干的人……我不反对怕死，我自己就怕死。”

他带着短促的笑声对身后的辛佐夫说这番话的时候，已经在掩蔽部外面了。

乘“爱姆卡”小汽车的一共有五个人。将军在前面，坐在司机身边。后座上，两个穿皮袄的军官把辛佐夫紧紧夹在中间，一个是将军的副官，另一个是三三二团联络军官。

将军起先不做声，但到了后来，他心中显然产生了跟新来到师里的人略微交际一下的愿望。

“今天早晨我到过你的营，”将军头也不回地说，“招降的军使就是穿过这个营的防地到德国人那儿去的。在这次战争中，这是第一次。一位中校，一位少校，再加上一个号手。为了招降还特地戴上了肩章。你还没有看到过肩章吧？”

“还没有看到过，将军同志。”

“奇怪，”库兹米奇说，“自从最后一批白军军官在雅尔塔海中淹死以来，我还没有看到过肩章。”接着他又诧异地重复说：“奇怪！我们的人竟穿着带肩章的军大衣出了战壕。我感到很惊恐：他们能不能活着回来？我像呆子那样望着他们想：这还算不算自己人？老习惯太根深蒂固了：既然有肩章，就是‘大人’！……年轻人却高兴得很。我这位诺维钦柯就在当时兴奋得忘记去执行任务，光在那儿想望上级什么时候会把肩章发到师里来……”

“怎么能不高兴啊，将军同志？”坐在辛佐夫身边的副官兴高采烈地答应，“漂亮的东西！司令的副官对我说过，也许还会采用过去将军的带穗肩章呢。”

“可是你又高兴些什么？”库兹米奇说，“如果采用的话，你可倒霉了！你首先得把带穗肩章缝到我的大衣上；其次，得把它们缝到皮袄上；再次，还得把第三副缝在棉袄上！以后，还得常常用白粉把它们擦得干干净净。”

在老将军的声音里，可以听得出他对年轻副官虚荣心的讽刺。

“可是德国人没有接受最后通牒，”库兹米奇沉默了一会儿说，“招降的军使吃了闭门羹。”

“这才妙呢，将军同志，”副官又兴高采烈地说，“现在就让他们统统完蛋好了……要不，我们准备好这么强大的力量，他们就应该投降。”

“‘准备好’！”库兹米奇埋怨说，“这不是你喝白菜汤，也不是你‘准备好’汤匙，他们却不让你舀到嘴里……虽然我们作了准备，但这也可以留待另一次去应用……在战争中人血可不是水啊。”

副官在寻求同情，他捣了捣辛佐夫的腰，好似说：“我们这位老人多么仁慈，看到了吗？”可是辛佐夫却在一心一意地考虑下一天不可避免的伤亡，他对副官那愚蠢的丝毫不怕死亡的心理毫不同情。

“停。”库兹米奇说。

辛佐夫刚下车，将军就微微推开车门向他伸出了手。

“战斗吧，营长。明晚我一定到你的地方来……”

小汽车开走了。辛佐夫和陪他去团部的联络军官一起拐了弯，走到通前沿阵地的路上。路两旁都是一个个高高的雪堆。路面很滑，辗得很结实。如果不知道附近就是前线，还会以为这是后方的大路呢。

“这儿还得拐个弯。”领路的军官说。

他们来到一个靠左面的宽阔的岔路口。辛佐夫以为要拐弯了，领路的军官却没有弯过去。

“这是上炮兵阵地的，”他说，“右面还有一个岔路口，接下去在左面再碰上一个，那才是上我们营的。炮兵队的威力十分强大，几乎要替我们每一把刺刀配搭上一门大炮！”

“这倒有趣，营里有几把刺刀？”辛佐夫想，“大概，人员编制定额在人们头脑里一点儿痕迹也不曾留下。一切还是按照老规矩，按刺刀的把数计算人数。‘子弹害怕勇士，刺刀戳不着好汉！’[①]自然，现

---

① 这是沙俄时代将军苏沃洛夫的格言。

在不论是好汉还是懦夫，刺刀都戳不着了！如果德国人不是用机械化装备而是用刺刀跟我们干，我们早已把他们赶回柏林了。”

他们再走了百来米远，又看见一个岔路口，这一次是在右面。

“这儿有‘喀秋莎’，”领路的军官说，“看见没有，黑压压的？”

辛佐夫回过头去，看见了“喀秋莎”的侧影。

“就排列在路旁，”领路的军官说，“可以说是胆大包天，好似说：‘我们就呆在这儿开阔地上！’敌人的侦察机一星期只到空中转上一次。不是大冷天影响了他们，就是他们的燃料不够了。”

“你的军衔是什么？”辛佐夫问。

“上士。”

辛佐夫感到奇怪。他想：既然是联络军官，那就至少得是一个少尉。

“团里伤亡很大，”领路的军官说，“十一月十九日那次进攻，伤亡还很少。但到了十二月，我们夺取了一个高地，拉平了战线：三天三夜，人老是往下倒：噗、噗、噗、噗……”

他叹了口气，对这“噗、噗、噗、噗”表示很不满意。

“原来的联络军官是个中尉，他到连队里去了，我填补了他的空缺。”

寒风迎面刮来，辛佐夫一面走一面用无指手套擦冰冷的脸颊和鼻子。他的背包带只系住一条，背包就落到雪地上。领路的军官抓起了它。

“让我拿着吧，上尉同志。”

“如果不懒惰，那就请吧。”

“轻得很呢。”领路的军官用手掂掂背包的分量说。

“当步兵的，东西不会多。”

“您应该搞一件皮袄。据说，在进攻前可以在师部搞到它。”

“我的皮袄失落在斯大林格勒了。”辛佐夫说。

“怎么会失落在斯大林格勒的？”

“失落在我以前的那个营里。我们一会师——就去取回来。”

领路的军官打了个唿哨。

“会师还远着哪！”然后他认真地说，“从我们的前沿阵地到市中心，如果画上一条直线，有四十公里。那是炮兵队的人当着我的面计算的，何况有一半路是开阔地。”

辛佐夫没有回答。皮袄的事情只是随口说说罢了。自然啰，他很难碰到他过去的那个营，那简直跟中彩票一样难！

“这条路才是通到我们那儿去的。”领路的军官绕到辛佐夫前面说。

“您了解波里瓦诺夫营长吗？”辛佐夫探问他前任的情况。

“不知道。我是从一营来的。我们一营的营长从八月到现在还是那一个。可是在三营，战士们过的是老日子，营长却老是呆不住。”

“他们呆不住，我可呆得住。”辛佐夫想。

他已经好几次在恶战前产生这样的预感：伤亡不论怎么大，他自己还是可以平安无事。“营长老是耽不住”的话并不能影响他的情绪。

可是，领路的军官大概已下决心不再徒然向新营长预报凶兆，把话题转到炮兵队上面。他说大炮从来没有这么多；到了下一天，“只要炮火准备一开始，前沿阵地上的德国佬就得一下子死光。”

“嘿，死光！不论大炮多么厉害，究竟不是钳子——既不能摧毁所有的战壕，也无法钳出每一个德国佬。”辛佐夫想。

大路通到一个狭窄的小凹地。右边雪坡上，显现了掩蔽部入口的黑方块。前面很远的地方，凹地出口那儿，一长串机枪弹的光痕高高地划破夜空，接着就传来了一梭子干巴巴的使人发冷的机枪扫射声。

“多静啊。”领路的军官等到机枪不再发射后说。

真的，周围那种紧张的寂静，只有到了现在，经过这一突然迸发、随即消失在雪地上的机枪声的衬托，才能感觉到。

“上团长那儿得走这儿。”领路的军官指着雪坡上最近的一方黑块说。

小小的掩蔽部挤满了人。一个浓发大头的少校，肩上披着一件皮袄，正坐在桌旁。他比所有别的人坐得更靠近门口。他向出现在门幕边的辛佐夫转过他那阿尔明尼亚人的高耸着大鼻子的阔脸。辛佐夫知道他就是团长屠玛年少校，就开始向他报到。

“请您向政治副师长报告。”少校说。同时向一个坐在掩蔽部角落里的前额光亮的戴眼镜的政治副师长团级政委很不满意地昂了一下他的大头。

辛佐夫纠正了自己的错误，请求政治副师长准许他向团长报到。前额光秃的人点了点头，他趁着辛佐夫上前一步报到和呈交公文的机会，仔细地注视着这个新营长。

掩蔽部里围桌而坐的军官除了这两个外还有三个：两个是年轻的少校，穿着军大衣，戴着炮兵领章。第三个是胖得发圆的矮个子，穿着皮袄，脖子上挂着一具炮兵用的相当大的双筒望远镜。

当屠玛年团长看过辛佐夫的公文，阴沉地叫他坐下的时候，桌边上一个瘦瘦的炮兵少校就侧身挤了挤他的同伴，给辛佐夫空出了桌边沿墙脚突出而且铺有干草的土墩上的一个位置。辛佐夫就坐了下去。

“别列日诺依。”前额光秃的政治副师长一下子挤开了两旁的炮兵军官，探出宽阔的肩膀，伸出小而厚实的手来。

“我很高兴看到新营长。”他握了握辛佐夫的手，接着又一次挤开两个炮兵军官，嵌进原来的位置。

“师参谋长告诉我，”他对电话机点点头，好像电话机就是参谋长本人，“你是个老斯大林格勒。是这样吗？”

“是的。”辛佐夫说。

“这可使我更高兴了，”别列日诺依说，“团长也一定很高兴，可是他没有表达和流露这类感情的习惯。这几位是我们的‘战争的上帝’①，”他说到炮兵军官时，把头向左右歪了两下，“他们是属于我们、配合我们和支持我们的。你在斯大林格勒大概常常看到他们吧？”

“我们从早看到晚，”辛佐夫说，“而且没有他们就活不下去。”

“你们的炮兵火力点在哪儿？”穿皮袄的炮兵军官问。

“所有的炮兵火力都在伏尔加河对岸。”辛佐夫回答。

还是在医院里的时候，他听了好多个包括内行人在内的人提出来的问题，就明白这些远离战场的人很难想象斯大林格勒的实际情况。

---

①“战争的上帝”是指炮兵。

还在十月份，已根本不用想把大炮运过伏尔加河、配置到还留在我军手中的窄小的沿岸地带去。

“联络呢？用电话？”

“用电话。”

“水底下的电线不会闭合电路吗？”

“会的。”辛佐夫回答，“那就得用信号弹来重复。”

当他们这样交谈的时候，屠玛年却毫不注意，管自埋头做自己的工作。他接电话，要了“第二号”分机，要求跟一个姓伊林的人通话。当他知道他还在睡觉，就命令那面的人把他叫醒。

“你要把他叫到这儿来？”别列日诺依问。

屠玛年默默地点了点头。他等了一会儿终于对着话筒说：

“伊林，可以搁下营里的事吗？……哦，明白了。那么再过三十分钟你就到我这儿来。你在离开前得把连长统统召集到你那儿……”他挪开话筒看了看表，然后说，“叫他们在二十二点四十分到达。”

屠玛年搁下话筒，辛佐夫也看了看表。离二十二点四十分还有一小时。这个伊林大概在代理营长职务，他就要上这儿来。当辛佐夫跟他一起到达营部，所有的连长就会聚集在那儿，可以跟他作第一次会见了。

显然，团长不喜欢丧失时间，而且局势也不允许。

“团级政委同志，请允许我们离开这儿。”那个瘦瘦的炮兵少校一面说一面从桌子里边挤出来。

辛佐夫站起来让路。

“干吗就走，请坐，你们是‘战争的上帝’，对你们可没有什么军事秘密。”

“我们得上团参谋长那儿去，让我们再次把一些事情确定下来。”瘦瘦的少校说。

第二个少校也从桌子里边挤出来。那个穿皮袄的胖得发圆的少校也站起来了。

“请允许我们离开。”胖少校就这么不作任何解释地说。当他在辛佐夫身边挤过去时，他补充说：“明天早晨跟您碰上一次面倒不错啊；我的观测所跟你们相距不远。”

大家用目光送走了炮兵队的军官。屠玛年摊开了地图，但他并不先对辛佐夫提出问题，而是直接从研究这个团的前线情况和敌军情况入手。

“谁知道他，”辛佐夫想，“也许，他认为提出问题是多余的。既然上帝和上级在进攻前夜赐给了他这么几个营长，他跟我们一起打仗不就得了。”

德军没有调动兵力。前一天抓到的俘虏证实，这个团的正面还是原有的敌人——德军十四步兵师的部队。他们的防御阵地由三道防线组成，每一道防线包括好几条战壕。他们在那儿已有三星期之久，防务相当巩固。

“对他们来说，这可并不特别困难，”别列日诺依放下从军用挂包里掏出来的公文说，“他们就呆在原来属于我军的斯大林格勒一道环形防线上。这些混蛋就钻在斯大林格勒劳动人民挖掘的全部防御系统的掩体和战壕里面。我们现在不要说是掘的地面硬得像骨头；只要你想遮住自己的头和屁股，就得出一身臭汗！”

三营前面的敌人也有三星期没有换防，只有一星期前被他们夺去的右翼高地例外。

“我们第一次夺取那个高地就没有成功，”别列日诺依又一次放下公文说，“波里瓦诺夫的前任营长塔拉霍夫斯基，就是在这次战斗中像傻瓜那样牺牲了。”

“这可不是他的过失，团级政委同志。”屠玛年冷冷地说。在他的语气里可以听出，他在为辛佐夫所不知道的那个“像傻瓜那样牺牲”在高地上的营长抱不平。

“我也没有说这是他的过失……”

“现在，看看我们的力量。”屠玛年把拿着的铅笔从地图上挪开，对面前的那本记事册看也不看，把将要受辛佐夫指挥的三营全部兵力一一数了出来。在步兵连里，每连约有六十五名到七十名战士；轻机枪连兵员是足额的，机枪连有十一挺重机枪；迫击炮连有九门迫击炮。下一天，在总的炮火准备之后，用炮火继续支持三营挺进的，就是刚才离开的那个穿皮袄的胖少校，配属的炮兵团的团长。

辛佐夫在他的军用记事册里又添上了一个人名：高鲁别夫

少校。

下一天的任务是这样的：三营必须在自己的区域内夺取德军纵深四公里半的第一道与第二道防线，夺取后就加强防务，同时准备进攻第三道防线。

屠玛年把铅笔向地图戳了下去。

“这儿。”

“如果力量够得到，就在明天直捣第三道防线。”别列日诺依说。

屠玛年并不反驳，只略微沉默了一会儿重复说：

“夺取第一道和第二道防线。明白吗？”他特别强调这一点，表示下一天全团任务除此之外别无其他。他身为团长决不给下面的营长增添任何别的任务。过早地彼此肯定，非得按各自愿望超越预期的战果，那是不必要的。

辛佐夫向别列日诺依瞟了一眼，发现他露出一丝令人难以觉察的微笑，不禁想：“究竟是聪明人，虽然吃了点小苦头却不会再碰大钉子。”

“明天的任务明确吗？”屠玛年问，他并不把铅笔从地图上挪开，就这么眼睁睁地注视着辛佐夫的脸。

“明确。”辛佐夫回答，同时感到了团长那紧张的目光，屠玛年现在甘愿付出极高的代价，只要能一下子出现一个奇迹，使他能预先知道他那位新营长的素质。

辛佐夫很想使他安心：“你这样瞪着我，只会平白瞪破眼睛。凡是我能做的，我都做得到。可惜我不能这样跟你说。”

“现在谈谈执行这一任务的人。”屠玛年说。于是他从地图上挪开铅笔，简单扼要地描述了每一个连级干部的性格。关于四个连长，他说他们都相当称职，关于第五个——机枪连长，他的反应却很冷淡。他说他对机枪固然很熟悉，可他扯谎的本领也很大。曾经发生过这样的事件：他在他的报告中说，机枪已一律灌上了不会结冰的液体，检查的结果却发现他并没有这么干。

“您得注意这一点……”

“总的说来，您也得注意这么一点，”别列日诺依对辛佐夫说，

"团长不喜欢扯谎的人。他也许肯饶恕别的过失，对扯谎却决不肯放过。"

"我不习惯扯谎。"辛佐夫说。

"那就更好。"别列日诺依说。

屠玛年却什么也没有说，只是再一次长久地注视着辛佐夫的脸。从团长的眼光里可以看出，他对一个人说在嘴里的一切认为并无多大意义。

"营部副官雷波奇金中尉，"屠玛年一面说，一面向下看着自己那双跟外科医生一样洗得又白又洁净的手，用一个极其洁净的指甲去剔另一个同样洁净的指甲，他究竟在剔些什么东西，简直叫人莫名其妙。"他是从军官学校里出来的，执行副官任务相当称职，可是还不曾参加过实际战斗。营参谋长伊林是个可以完全信托的人，不论什么任务，不论什么时候，不论什么环境都一样。"

"是的，这个人不会让你倒霉，他真的可以成为你的右手。"别列日诺依又一次放下公文说，"鲍高斯洛夫斯基可不能跟他相比。这一点你得预先警告新营长。"

"您的副营长，鲍高斯洛夫斯基上尉，是个不称职的人。我们并不是一下子就明白他是个胆小鬼的。只要一找到可以替换他的人，我们就要撤掉他。至于那些连长，在战斗前我们不想更动，明白吗？"

辛佐夫点点头。还有什么不明白的！一个好连长就等于一个连。没有这样的连长，坐在营长位置上就像坐在一条没脚的凳子上。没有副营长即使碰到非常的情况也可以应付过去。

"如果不是你的前任波里瓦诺夫，"别列日诺依说，"五天以前鲍高斯洛夫斯基就不在这个职位上了。"

"必须停止他的职务，"屠玛年说，"我坚持这一点。"

"他一心希望人家把他从前沿职务上撤走。我们本来也想'可怜'他，不让他上前线，可是波里瓦诺夫却为他担保说：'由我亲自去感化他！'"别列日诺依很不高兴地冷笑了一下。

他看了一会儿文件，把它们塞进军用挂包，然后举起厚实的两手，怒冲冲地在桌面上拍了一下。接着又说：

"你的前任瓦西里·福米奇·波里瓦诺夫是个出色的干部。他已经上了年纪，可是战争一爆发就自动参军，从列兵一直升到大尉。他比他的爱人活得长久，她是在火车里被炸死的。他也比他所有三个儿子活得长久，他们分别在三个战场上牺牲了。可是他本人却像一个念过咒语、施过法术的人，老是行军战斗，战斗行军，只是变成了一个光身汉。我一想起他，就觉得非常激动。也许，还因为他也是从我们那边矿区出来的。他跟我们师长一样，出身卡提耶夫卡矿区。我本人是从施杰罗夫卡矿区出来的。他的牺牲真叫我难受得流泪。”

别列日诺依真的拿下眼镜擦起眼泪来了。然后，他戴上眼镜对屠玛年说：

“关于政治副营长，你总是不说一句话。这对你来说不是偶然的。”

“由你来介绍要比我好得多，团级政委同志。”屠玛年说。

“政治副营长扎瓦里欣是个文化水平很高的同志，”别列日诺依说，“战前在国立莫斯科大学教哲学。校方曾经两次请他回讲师团任教，他两次都没有去。起先，我得承认，我并不指望哲学家干出什么好事来，后来却发现他是个真正的政治工作人员！他很少动笔头，却是个聪明人。因为他在活人中间生活，没有空闲去写愚蠢的报告之类的东西。在一个半月的战斗生活中，他在营里吸收了三十个人入党。自然，这首先说明了大家的政治热情普遍高涨。可是这跟政治副营长的工作也是分不开的。可能我们对他过分夸奖：我很欢喜那种不在你眼前夸耀的人，我就有这样的弱点！”

“顺便提一下，你可不要忘记告诉你的列瓦绍夫，”别列日诺依突然回过头去对屠玛年说，“说我已看过他的政治报告，我会亲自处理它。这可不是什么政治报告，简直是圣贤列传。哪怕按惯例援引一桩有关你、参谋长或是几个营长的消极方面的事实也可以，却连一桩也没有。这算什么政治报告啊？现在我可怎么办，不得不亲自在你们团里伪造一些消极的事实向上级汇报吗？难道你们团里一向就这么光滑干净吗，呃？”从他脸部表情看来，真使人不明白：他说这些话是用认真的态度说的还是在开玩笑。

屠玛年耸了耸肩膀。

“你的脸色可阴沉得很，屠玛年。只有秃头才具有这种天生的光滑的特点，但也不是常常这样。”别列日诺依微笑了一下，用他肥厚的手抚摩他那剃光后又长出短发来的头顶，“你的掩蔽部里多冷啊。”

“‘右手’来了，这么快！”

进来的人是个相当瘦的矮个子，但很年轻。他的棉袄领章上只有一颗星。

“少尉，却是营参谋长了？这军衔跟军职可不大相称啊。”辛佐夫一面想一面站起来，向他未来的“右手”迎了过去。

第十七章

辛佐夫和伊林两个人一起上营部。瘦小轻捷的伊林在前面走，很有把握地迈开大步，他的皮靴在雪地上发出了窣窣的响声。风停了。可是极其寒冷而又干燥的空气，几乎使人感到窒息。

辛佐夫回忆着团部里的谈话，不禁想：如果伊林领章上再添上至少一颗星，上级就会委任他当营长，而这一点也可能是伊林本人想望的。

辛佐夫觉得这个身材矮小、好似一个表情严肃的大孩子的少尉，具有野心勃勃的人的特征。真的，在战争中怀有野心，如果再加上智慧和良心，那可不是什么灾难；反之，如果没有这一切，那倒是很糟糕的事。

从屠玛年的嘴里已经可以清楚地知道，伊林充当营参谋长已有四个月之久，不清楚的倒在另一方面：既然他很称职，那又为什么直到现在还不让他获得相应的军衔。

辛佐夫加快脚步赶到伊林身边，问道：

"你在当营参谋长以前担任什么职务？"

回答是出人意料的。

"营部文书。"伊林说。他知道自己的答复使对方很奇怪，就解释说："当时我虽然履行了自己的职责，军衔却还是上士。据说，还不够当军官资格。"

伊林用那种深知自己价值的人才有的高傲口气说话。他走了二十来步，又补充说：

"老营长塔拉霍夫斯基很欢喜我，他不管什么军衔不军衔一下子提升了我。还向上级证明这样做是对的。他是一个性格刚强的人。"

"上一任营长波里瓦诺夫呢？他也是个性格刚强的指挥员吗？"

辛佐夫问。

“他是苏联英雄。一个正直的人。”伊林严肃地说，他好像在预先警告辛佐夫：他——伊林——个人对上级指挥员最重视的是什么样的素质。“当他在白天下葬时，营级政委列瓦绍夫下命令不要把坟坑掘得过深，而且要用铁轨插在尸体旁做好记号，以免以后忘记埋葬地点。我们就用烧红的铁梃掘开地面，终于敲进了铁轨。政委当时说，再过一星期，我们进了斯大林格勒，就把波里瓦诺夫移到烈士广场上作为苏联英雄埋葬。有没有这个广场？”

“我知道，有这个广场。”辛佐夫说，“可是我自己没有看见过，它在德国佬那一边……你们对政治副团长还是按照老习惯叫他政委？”

“他就是政委嘛。”

“为什么？”

“怎么向您解释好呢？”伊林说，“您会亲眼看到的。”

“是的，他们那位营级政委的念头多么快。”辛佐夫想。斯大林格勒废墟上那旷日持久的田鼠打洞一般的战斗，教会辛佐夫对距离用米来计算。一天一夜通过全部四百米距离——从这儿到烈士广场——的想法，可怎么也装不到辛佐夫的头脑里去。

在斯大林格勒那边，他们曾经自行决定，战争结束后一定要把街道用两位牺牲的英雄的名字来命名。他想起这事情就告诉了伊林。

“街道还不够让所有牺牲的人命名呢。”伊林说。

“他们虽然自行决定这样做，很可能不久就会按照俄罗斯人的老习惯，把这事情自行忘掉，”辛佐夫说，他心中已在责备自己竟会说出这种远远脱离实际的想法。接着他问伊林，对连级干部的意见如何，每个连长的表现又怎样。

伊林的回答又简短又老练，他在评论自己同事的时候毫不犹豫。

“您对鲍高斯洛夫斯基怎么说？”辛佐夫问。

伊林沉默了几秒钟。

“我知道团部对他有某种看法，认为他是个胆小鬼。当然，他们不会向您隐瞒这一点。”

“没有隐瞒。”

“我却有不同的看法。”伊林说完又不做声了。

“也许，可以把您的看法谈出来？”辛佐夫问。

“可以说一下，”伊林说，“他并不是胆小鬼，而是刚打仗时就陷入神经失常的状态，不知道怎样办才好。他喝醉过两次。第一次团里就想撤换他，结果被波里瓦诺夫顶了回去。第二次营里就没有让上级知道。”

“怜惜他嘛？”

“他们并不认为撤职是适宜的。”

“为什么？”

“他们认为，也许进攻一开始，他就会恢复常态的。”

“当时他为什么会失去常态？”

“他初次上前线。一切都很沉寂。突然在第三夜发起了夺取高地的攻势。上级没有给他下命令，只有团长巴拉班诺夫下连来，而团长是个带着醉意发号施令的人。当塔拉霍夫斯基一上去就牺牲，巴拉班诺夫就命令鲍高斯洛夫斯基再度袭击。鲍高斯洛夫斯基拒绝服从命令。巴拉班诺夫就因为他不服从指挥，当面大骂：贱坯，叛徒，胆小鬼……有人告诉过您关于巴拉班诺夫的什么话吗？”

“没有。您对他的印象怎么样？”

“一句话——混蛋！”伊林用无情的恶狠狠的口气说。

“如果多说几句呢？”

“还是一样——混蛋！”

“怎么，他对您也……”辛佐夫听出伊林憎恨的口气又问。

“什么？”

“唔，他对您……”辛佐夫说，伊林的那种态度使辛佐夫忍住了想说的话。

“我？不……即使喝醉了酒，我心里也明白。我决不让别人糟蹋我，我会开枪。”

“那么以后怎么办？”

“什么以后？我宁愿一下子倒毙，也比活活受罪好。他摧残鲍高斯洛夫斯基。混蛋！”

“竟有这样的事！”辛佐夫表示惊奇。

“不是真的摧残人家的肉体，”伊林说，“那我们决不容许。可是，在人家送了你贱坯和叛徒的外号以后，你以为这日子好过吗？我们竟会允许他这么摧残他，事后我们对自己也感到惊异：胆小鬼！对巴拉班诺夫不用再说什么了。鲍高斯洛夫斯基失去了常态，喝得烂醉如泥。列瓦绍夫不论怎么聪明，对这件事情也没有搞清楚。他一向不能容忍醉汉，何况他吃够了巴拉班诺夫的苦头。老实说，上尉同志，我可不愿意再接触这个话题……我们很快就到了。”

黑暗中冒出一个人影，迎了上来。

“哪一个，伊林？”来人用低沉的声音问。

“是我。政委同志，”伊林说，“还来了新营长。”

“好得很！”那人脱下无指手套，向辛佐夫伸过手来，“三三二团政治副团长列瓦绍夫，”他立刻套上了无指手套说，“今天真冷！”

“我们还以为会在营部看到您，政委同志。”伊林说。

“我自己也这么想，”列瓦绍夫说，“可是团部把我叫去了。从屠玛年的口气里，难道你能听得出这究竟是不是一件使人高兴的事情。就要有人来做我们的头儿。但愿不是个广播喇叭，要不，他会招德国佬投降——那就‘再会了，兵士的梦！’”他说着笑起来了。“我走了！是的，伊林，营长还不熟悉情况，那我就跟你说一下。我跟你们的鲍高斯洛夫斯基谈过话了，他已经发誓再不喝酒，直到胜利。不论早晨、白天还是晚上，不论是近卫军还是陆军的身份，他都不喝……他第二次喝醉，你们瞒过了我，可是他本人已经承认了。隐瞒——我可决不饶恕，自动坦白——还有希望。我已告诉扎瓦里欣：‘他再喝醉一次，你就正式写报告给我。我讨厌动笔杆写出来的东西，可是这一次却是我自动要求的。如果你不写，我就剥你的皮！’要不，他又会可怜他的，这生疥疮的知识分子！”

“怎么是生疥疮的？”辛佐夫问。

“除了生疥疮的，还有什么别种知识分子？如果你也是知识分子出身，那就得请你原谅！”

“我是知识分子，政委同志。”辛佐夫说。

“我在开玩笑，”列瓦绍夫说，“这不过是一种愚蠢的开场白，从前任团长巴拉班诺夫那儿传染来的病症……”

列瓦绍夫又一次说了声："我走了！"接着在黑暗中隐没了。

"您瞧，这就是列瓦绍夫。"他们走了几步后伊林说。在他的口气中，可以听出他对隐没在黑暗中的那个人的爱戴。

"你们的巴拉班诺夫，我明白，是个极其愚蠢的家伙。他说话不会客气的吧！"辛佐夫说。

"客气不客气倒在其次，"伊林说，"我们自己有时也会不客气。顺便说一下，在您的营里已经定下了不准骂人的规矩。你对这一点以为怎么样？"

"既然是这样，我就遵守。"辛佐夫说，"早就这样了吗？"

"才实行一个月。是塔拉霍夫斯基还在的时候定下这条特别规矩的。"

"这是谁创议的呢？"辛佐夫想起了政治副团长关于"生疥疮的知识分子"的话，不禁问。

"我。"伊林说。

出乎辛佐夫的意料之外，营部的掩蔽部相当宽敞，头顶是一排坚实的盖木。

"这是德国佬的旧掩蔽部，做过他们的营指挥所，"伊林一边进去一边解释，"只是现在交通壕朝另一面开辟罢了。"

掩蔽部里坐着八个军官。辛佐夫一进去，他们都站了起来。

一个并不年轻的矮个子上尉懒洋洋地站起来，他的阔脸上毫无表情；辛佐夫刚进去时，还以为他就是鲍高斯洛夫斯基，结果却是一个反间谍工作人员，某独立部门的特派员，或者如人们现在叫他的"谍见愁"，据说这一新名词是"间谍遇见他们非死不可"的缩略语——那是斯大林亲自想出来的。但鲍高斯洛夫斯基，恰恰相反，却是在座军官中最威武的一个，身材高大，体格壮实。他向辛佐夫问好的时候，像公鹿那样昂起了他那长着个鹰嘴鼻的英俊的脸。他昂头的神态甚至带有挑战的意味："不论人家在那边对你说我什么坏话，我可就是这么一个人！"

政治副营长扎瓦里欣真的是个地道的"生疥疮的知识分子"：文弱，脸修得很粗糙，戴着一副厚厚的深度近视眼镜。

“大概是个可以免役的人。”辛佐夫想。

营部副官是个身材高得摇摇晃晃的小伙子，长着两撇稀稀的小胡子，胡子好像故意不肯长，凭你早晚浇水也不顶用。

在暴眼的机枪连长红通通的阔脸上，显出了极其殷勤的神气，辛佐夫不禁想起了屠玛年的话：“他扯谎的本领很大。”

迫击炮连上尉连长，伊林曾在路上告诉过辛佐夫，是个“预备役军官出身的老头儿”，结果却根本不是个老头儿，而是一个强壮而又冷静的四十五岁光景的叔叔。按照年龄计算，他也的确可以充当伊林、营部副官和两个步兵连长的父亲了。这两个步兵连长非常相像，就像一对双生兄弟：同样的中等身材，同样的乱七八糟的博克式头[①]——这是在今天这进攻前夕由同一个理发师无情地剃成的——像足球队员那样，两人都留着额发，不过一个是亚麻色的，另一个是黑色的。

“左面，右面……”辛佐夫突然暗暗重复着鬼知道从哪儿钻到头脑中来的战前歌曲中的一句。他望着他俩的博克式头和额发想道：他曾经亲眼目睹有多少个剃这种发式的中尉军官，在这饱受痛苦的俄罗斯土地上献出了生命啊！

“丘贡诺夫在哪儿？”伊林问。

“他们在警戒线前方发现了敌人活动的迹象，丘贡诺夫要求留在连里。”鲍高斯洛夫斯基说。

“三连连长在自己的连里。”伊林向辛佐夫报告。他好像是用这一次报告结束了他以前的代理营长职务。

“我就要跟这些人在一起战斗。”辛佐夫想，同时请军官们全部坐下。

他觉得没有必要多提到自己，只是简略地叙述了他从战争一开始就打仗，曾经在各个时期分别在排里和连里工作；去年十月到十二月，曾经在斯大林格勒指挥过一个营。

“听说苏联英雄波里瓦诺夫大尉是一位很能干的营长，我一定竭力代他担当这一职务，其余的就得依靠你们全营同志了。”

---

① 博克式头——把头发往后梳，把两鬓和后颈剃得精光的发式。

他知道，他在这些刚遭受过损失的干部前面处境相当困难，他本来应当用另一种方式说话，却无法克服自己的拘谨习惯。在战前，他很容易与别人相处；可是现在，不论是战争使他忘掉的人或者战争使他认识的人，都已久久不通消息了。

他对这批聚集在一起的人有两种互相矛盾的感觉：他想了解每一个人，但又不能使他们留在这儿过久，特别是那些连长。事实上，要想充分了解一个人也只有在战斗中才行。

为了不拖长谈话时间，他只对那些连长询问他需要亲自从他们那儿听到的事情：部队的士气和他们对下一天战斗任务的理解程度。

然后，他从伊林那儿拿来地图，用铅笔按照他们战斗区域询问每个连级干部，更明确地了解一下，他们对敌人和地形的估计如何。他跟伊林和迫击炮连连长一起察看了本营的和支援的火力配备草图。

大家对军事地图都是内行，因此没有出过什么意外的不愉快事件。只有一个人例外，那就是机枪连长奥西金。他在回答下一天发起战斗时他的位置在哪儿的问题时，竟然麻利而又清楚地说："我在您命令我去的地方！"这答话使人觉得：要就是他没有想到过这一问题，要就是规避直接答复。按照波里瓦诺夫发的命令，重机枪是按照各个排分别附属于各个步兵连的，因此机枪连长可以在战斗发起后，随意滞留在后面的某个地方。

辛佐夫一听到"我在您命令我去的地方！"就回答：他将在下一天早晨以前向他下令。辛佐夫对所有人看了一遍，说：

"我的问题已问完了。你们还有什么问题？"

掩蔽部里暖和得很。小铁炉的一边已经烧红了。辛佐夫脱下棉袄，解开皮背心的扣子，以便把里面的腰带重新束一下，他看到了副官投来的目光。他正在看他的勋章。

"好吧，"辛佐夫想，"让他们看吧。我的勋章可不是依靠别人得来的。"

"还有问题没有？"

"我有，上尉同志。"亚麻色额发的步兵连长应声说。

"你说吧。"

辛佐夫对军用记事册瞟了一眼，使自己在记住他想记住的一切时也记住这个人的姓；他暗暗在心中重复地念：“鲁宁，鲁宁，鲁宁。”

“您是在斯大林格勒哪一区打仗的？我是斯大林格勒本地人。”

这问题似乎跟当前任务无关，但实际上也有联系。他得跟他们一起战斗，不仅他必须了解他们，他们也要了解他。

“北区。”辛佐夫说，“您知道玛玛耶夫岗吗？”

“那还用说！”

“起先就在那儿。后来到更北的地方。水塔区，知道吗？”

“从那儿到伏尔加河什么也没有了！”

“是啊，什么也没有了。”辛佐夫说。在背后“什么也没有”的情况下，几月来他们吃尽苦头，但现在回想起来，如果他一生之中有什么值得骄傲的东西，那恰恰就是这个“什么也没有”。

“我那个营占领的阵地，是我们师部左翼的三幢房子。”

“整营人——三幢房子？”第二个中尉，那个黑头发的小伙子又严肃又怀疑地问。

这个中尉的姓，辛佐夫已经记住了。也许，那是因为他有一个非俄罗斯人的姓——卡拉耶夫。

“一营人——三幢房子，整个师——二十幢。”辛佐夫说，“我们那儿曾经有这样的情况。我们的师长告诉我们说，方面军司令亲自从河对岸通过集团军跟他接通了电话，司令问他：‘你在进攻？’‘我在进攻。’‘快报告，进攻哪一翼？朝什么方向？’师长回答他：‘在我们右翼，上将同志。攻击方向从上到下，因为房子已被我们占领，但地窖里还有德军。在左翼，进攻方向由下而上，因为房子第一层是我们的，但第二层还在敌人手里……’”

大家都笑起来了。辛佐夫也微笑了一下。他想这个小故事可以使大家懂得，他们当时在斯大林格勒的环境是怎么样的。

“这么说，上尉同志，报上写的倒是接近了实际情况。”一直没有做声的迫击炮连连长，突然用前线每个人所熟知的那种感觉说；在前线作战的人都想全心全意地相信：报上描述的有关别人的一切，是完全真实的；可是到了最后，另一种想法却使他们无法彻底相信报上的一切，这另一种想法就是，每个人亲眼目睹和亲身经历的真实情况，除去本人之外，别人决不可能彻底了解。

“大部分接近了实际情况，”辛佐夫说，“这也得依靠我们自己。只要我们努力作战，他们怎么能不把我们的一切真实情况统统写出来啊？”

他说着向特派员望了一眼，想：

“如果他是个好汉子，跟以前我那个营里的卓托夫一样，对这话是不会介意的；但如果是个像菲佳施金那样的家伙，每句话都要找岔子，那就可以记下第一笔账了。”

“还有什么问题吗？”

再没有别的问题了。

军官们开始从桌子后面挤出来。

“上尉同志，可惜你今天早晨不在我们这儿。”卡拉耶夫一面穿军大衣一面说，好像今天早晨来不来这儿可以由辛佐夫决定似的。“谈判的军使就从我们防地过去，他们穿着军大衣，上面是簇新的肩章。真漂亮！”

他的话几乎听不出重音，说得又柔和又快——好像他不是在说话，而是在跳舞。

“不是达格斯坦人就是沃舍梯人，但也许是卡巴尔达人。”辛佐夫想，“以后得问一下。”

“我们的肩章是新的，德国人的调子却是旧的：不投降，就这么一句话！”政治副营长扎瓦里欣说。

“您怎么了，真的以为他们会立即投降？”辛佐夫转身问他。

扎瓦里欣的视线通过眼镜的镜片阴郁地望着他。

“我就是这么想。你不是这么想？”

“我可不是这么想。”辛佐夫回答。

“我倒是这么想。我们派军使上他们那儿，并不光是为了良心上过得去。这不就是说，有这个可能？”

“这也可以说是对的。”辛佐夫说，虽然他心里认为并没有这种可能性。

“没有关系，政治副营长同志，”卡拉耶夫说，“不论怎么样，再过一星期，他们就只剩下湿漉漉的一大片！”

这一天来辛佐夫已经第三次听到“一星期”这个字眼。两者必居其一：或者是上面真有这一计划，被泄露了出来；或者是由下面来的战士们的谣言，那是由于他们认识到本身的力量而产生的。

当那些连级军官一起出去、还暂时挤在掩蔽部门口的时候，辛佐夫窃听到鲁宁对卡拉耶夫说：

“……我们还有几个排长活着啊？……几乎没有了……”

这个年轻军官不知由于什么动机高高兴兴地说出来的最后几句话，就这么留在辛佐夫的记忆中了。

最后，只留下迫击炮连连长哈尔钦柯一个，赖在门口不走。他问：

“能不能准许我跟您说几句话？”

“说吧。”

“上尉同志，我很犹豫，是不是初次见面就跟您说这样的话！我有一个姑娘，编制在迫击炮连里，那就是中士索洛维耶娃。她本来在营部当卫生指导员，上级按照她个人的要求，调到了我那儿。塔拉霍夫斯基下了命令，波里瓦诺夫还加以证实。可是我不赞成，直到现在还是不赞成。请您把她从我身边调开，随您调到哪儿去。”

“为什么？”辛佐夫问。

“明天就要打仗了。”

“怎么，她的表现不很好？”

“不，并不坏。可是她是个姑娘。我怜惜她。”

“那是她亲自固执地要求调到现在职位的。”扎瓦里欣说。

“这傻姑娘，她能懂得什么地方对她最适宜啊，”哈尔钦柯执拗地说，“我可怜她，因为就要打仗了。我请求您变更命令。”

“没有关系，她亲自对大家说过，只要她在迫击炮手身边，那就什么也不怕了。”伊林冷笑一声说。辛佐夫觉得，这一声冷笑似乎包含着他还不知道的什么事情。

可是哈尔钦柯对伊林的话理也不理，甚至连眼睛也不向他瞟一下。他管自站在那儿，等待营长答复。

“也许，那真的不是她呆的地方。”辛佐夫想。可是，他决不愿第一天就变更两位前任营长的命令，以此作为上任第一炮。何况，那姑娘既然自己作主达到了充任迫击炮手的目的，这样的人总是非常执拗的。即使勉强把她调回营卫生所，什么地方危险或是不危险也得看作战时的情况，没有什么一定的规律！

“这事情留待以后再研究，现在您就竭力保护她好了。”

哈尔钦柯行了个举手礼，出去了。

“他是个心地极好的人，只是有点儿胆小。”伊林在哈尔钦柯离开后议论他说。

“你不应当这么说话。”掩蔽部角落里传来了一个人的声音。

这是那位特派员第一次说话。

“你这是什么意思？”辛佐夫转过身子对他说。

“我的意思是：他很称职，在连队里威信很高。至于他不是一个说大话的人——那也不一定非这样不可。”

特派员的话含有挑战口气，他显然同情那位跟他一样的中年人的冷静行动而不赞成盛气凌人的小伙子伊林。

“我并没有说哈尔钦柯不好，可他老觉得他那迫击炮手的岗位是天下最危险的岗位。他固然很称职，但他的内心总是在经受恐惧的煎熬。”伊林说。

“不论什么人，都无法禁止自己内心不受恐惧煎熬。”特派员说。

“不，你显然不会有什么内心的波动，叔叔，”辛佐夫想，“但愿我没有看错！”

“她，这个索洛维耶娃，明天绝对不会发生什么事故的。”伊林说。

特派员站了起来。

“如果你没有什么问题问我，我要走了。我在连队里有自己的事情。”

“这么说，您是不把别人叫到您跟前来的？而是由您自己到他们跟前去？”辛佐夫问。

对往事的回忆使他一下子说溜了嘴，可是说出后立刻感到后悔：你干吗去惹他？他会给你一个反击——到头来还是他有理。

但特派员的脸还是毫无表情。

“那也得看情况而定，”他说，“怎么样？”

现在，既然说出了口，那就得说到底。

“我的营里，有一个时期呆着一个特派员。他像一枚钉子那样呆在掩蔽部里，往往在白天枪炮最激烈的时候，一会儿叫这个、一会儿叫那个上他那儿去。”

“怎么样？”特派员用同样毫无生气的声音说。

“没有什么。我向上级抱怨他的做法。要求把他调回去。”

“调回去了没有？”

“调回去了。”

“这很正确，”特派员说，“如果你没有什么事情对我说，我要走了。”

“我有什么事情可以跟你说的？”辛佐夫一面默默地点了点头一面想，“你有你的事，我有我的事。”

特派员慢慢地穿上军大衣，戴上护耳帽——就像每一个从暖和的地方上寒冷的室外去的人一样，大概有点儿不大愿意，但终于出去了。

“冷静的汉子，”辛佐夫颇有好感地想。他很喜欢头脑冷静的人。

“炉子烧得很旺，”伊林说，“这样好不好，上尉同志？”

“简直烧得太旺了，”辛佐夫说，“你们不可惜木柴吗？”

“他们把最后的一些木柴全都搞来了，”伊林说，“一根也不剩。反正我们不再在这儿住，明天就得向前挺进！”

辛佐夫看了看表。已经花费了不少时间。还得上炮兵队和连队，至少也得上一个连队，就到那个连长丘贡诺夫没有来的连队里去。

“对的，丘贡诺夫。”他看了看军用记事册，核对一下自己有没有记错。

“您上丘贡诺夫那儿去，”他对副官说，“了解一下他那儿的情况。您告诉他，稍迟一些我要亲自到他那儿去，免得他丢开自己的工作。”

本来，简单地打个电话就行了，可是他想到了副官：“就让这长脚去跑一次，免得他老在这儿没事闲逛。”

副官很高兴地应了声“有！”到室外极其寒冷的地方去，对他来说显然算不了一回事。他向挂在墙上的皮袄扑了过去，辛佐夫这才发现，这个副官还不能算是成人。尽管他的臂膀和腿都是这么长，然而连肩膀也还没有发育完全哩！

“我们的雷波奇金是个很不错的小伙子，”副官一出去，伊林就说，“只是洗脸还得别人催逼。他来了以后，我发现他有时两天没有洗脸，有时三天没有洗脸。我问他：‘你怎么不洗脸？’他说：‘我以为，打仗的时候大家就是不洗脸的。’……”

“他在开玩笑？”

“不。他是非常认真的。”伊林笑着说，“我不得不像教小孩子那样教他。这事情我可熟悉呐。我是在战争前一年刚刚从中等师范学校毕业的。‘好吧，把你的手摊开来！’我就是用这样的口气跟我们的雷波奇金说话的。”

他谈到副官就跟谈起孩子一般，而且他也确实有这样的权利。他觉得自己的打仗资格要比副官老上五百多天。

辛佐夫向鲍高斯洛夫斯基提了几个跟他的职务有关的问题。鲍高斯洛夫斯基毫不犹豫地一一作了回答；应当知道的事情，他都知道，只是回答的声音过分响亮，也过分紧张，好像想竭力强调：他决不是营长从别人口中预先了解的那号人。

“您觉得，明天作战时您的位置应当在哪儿？”

鲍高斯洛夫斯基回答，波里瓦诺夫在昨天早晨就曾命令过他：进攻开始，跟左翼的一连在一起——去“捣捣”鲁宁。

“那只怕是‘研钵捣水’[①]吧，”辛佐夫忍不住这么说了出来。他根据亲身经历知道作战时很少不提到这个字眼，虽然他还是不喜欢它。

“如果命令不变更，请您准许我当晚就上那儿去。”鲍高斯洛夫斯基说，同时等待着，看营长除了“研钵”和“水”还有什么说的。

“干吗要变更命令，”辛佐夫说，“发起进攻的最初几小时，命令是准确的，到了后来，就得看情况说话。请便吧。去‘捣’吧，说得更确切些，去协助组织战斗吧。我个人更喜欢这么说。”

---

①“研钵捣水一场空”是俄国谚语。这儿采用了前半句。

"我也一样，上尉同志。"鲍高斯洛夫斯基昂起头说。

他出去以后，掩蔽部里只留下了三个人。伊林忽然想了起来，说：

"您用过晚餐没有？"

"已经饿得不想吃了，"辛佐夫微笑了一下，按住了跳起来的伊林说，"以后再说，等我们从连队回来再吃东西。"

"我们什么时候去连队？"

"立刻就去。"

"请准许我离开一下。"

伊林戴上护耳帽，穿了件棉袄就跳出掩蔽部去。

"您刚才对有关我们的事情该不该写的话，其实是用不着说的。"扎瓦里欣突然说。

"在特派员跟前用不着说，还是根本不用说。"

"根本不用说。"

"您怎么了？您是新闻记者还是什么人——生气了？"

"不，我不是新闻记者。"

"我刚巧是个新闻记者，不过那已是很久以前的事了。"辛佐夫说。

"我倒没有想到，"扎瓦里欣说，"我还以为你是个干部呢。"

谁知道啊，也许他想奉承辛佐夫一下，如果是这样，那是白费力气。

"可能我生硬了一些，"辛佐夫望了望政治副营长说，"生活教导了我，虽然不是一下子就教成这样的。如果您对我感到习惯了，那得谢谢您；如果不习惯，那也没有办法。我跟我以前那位政治副营长，倒是相处得跟兄弟一般。"

"好吧，"扎瓦里欣说，"跟兄弟一般就跟兄弟一般吧。也许，我们能找到共同的语言。人家都说我是个温和的人。"

"温和——那可不好。"

"呵，那也还没有达到不好的地步。"扎瓦里欣露出好容易才能觉察的微笑说。

这使辛佐夫记起了别列日诺依对他的评论。

“他们在团部告诉我，说是三营在打仗的时候，一下子吸收了三十个党员。”

“是的，吸收了不少，可是损失也……”扎瓦里欣没有说下去。

“今天有多少党员？”

“今天连您在内二十九个。”

“是啊，一道艰难的算术题。”辛佐夫说。

扎瓦里欣叹了口气，说：

“打仗。一打仗您自己也明白：‘共产党员，前进！’——那是有充分理由的……要是有谁不准备这样，又干吗吸收他入党？难道入党是为了凑数？”

“您的姓，我好像很熟悉，”辛佐夫说，“只是记不起是什么人的了。”

扎瓦里欣耸了耸肩膀。

“有一个十二月党人的姓，就是扎瓦里欣。我们营里有两个十二月党人——我和鲁宁！”

“是他们的后代，还是巧合？”辛佐夫笑着问。

“鲁宁不见得会是十二月党人的后代，我显然是的。”

“政治副营长——出身贵族。我可还没有碰到过这样的事情。”辛佐夫说。

“世界上什么巧事没有啊，”扎瓦里欣笑了笑说，“不错，我做贵族只做到四岁，以后就没有做下去。”

“这么说，跟我一样，也是一九一三年生的？我还以为您的年纪比我大。”辛佐夫不知为什么对自己跟政治副营长同年感到非常高兴。

“晚餐将在三点钟准时供应。”伊林进来说。

“不太早吗？”

“来得及的。赶个来回刚好。”

辛佐夫穿上了棉袄。

“您就留在这儿守候电话，”他对扎瓦里欣说，“我们先上三连，再上炮兵队观测所，然后回来。”

“我可以替您找到一件皮袄。”伊林说。

“暂时不需要，”辛佐夫说，“卫生所在哪儿？”

“按照惯例，就在这儿营部附近。”伊林说。

“我们回来后，你把军医请来。我想了解一下，他们对明天的战斗有什么准备。卫生人员是按编制配备的吗？”

“按编制配备的。一个军医，两个卫生指导员，四个卫生员，再加上雪橇和马。”

“人员编制明白了，人员的性别呢？”

“人员性别最近全是男性，”扎瓦里欣微笑了一下说，“看来，只有那匹母马是例外。索洛维耶娃本是队里的女卫生指导员，现在可成了个女迫击炮手。”

“顺便问一下，”辛佐夫记起了他和迫击炮连连长谈起那个姑娘时，伊林脸上流露的表情，不禁问，“她在哈尔钦柯那儿有没有发生什么事情？是不是因为这一缘故，他当时才显得那么激动？”

“没有发生什么事情。”伊林回答，可是他的脸一下子涨得通红。

“问题已提完了，”辛佐夫说，他不愿意去注意伊林红脸的情形，“我们走吧。”

第十八章

没有月亮，可是没有入夜的天空还相当明亮。四周极其静寂，我们和德军在双方交通壕里发出的窸窸的脚步声，都可以听得清清楚楚。

前面，辛佐夫和伊林要去的地方，传过来长长一梭子机枪声，紧接着是短促的第二梭子，最后又是长长一梭子。

这是德军的轻机枪。辛佐夫即使在睡梦中或者朦胧中都能分辨出来。

“在丘贡诺夫那边？”辛佐夫问。

“是的。”

“到那儿还要走多少时候？”

“一直走本来要不了多少时间，可是我们必须在一个高地旁边绕一些路。”

“您对这个连长印象如何？”辛佐夫问。

“一个勤奋的人。但他不久前的行径却相当古怪。他们占领这个高地后，敌人发动了三次反攻。到了第三夜，丘贡诺夫被敌人逐出了高地。他为了这事情非常恼怒。当他们重新夺回阵地——这事情我们到后来才知道——他竟召集全连人发誓：无论如何也要守住高地！如果下一次还有人退却，那人就休想活命！下一夜，敌人又发动了进攻，一个姓瓦西里柯夫的战士逃到后方去了。呵，什么后方？还没有越过炊事房。本连的人把他叫了回去。于是，丘贡诺夫也不向任何人报告，召集各排代表举行公审，处理瓦西里柯夫。大家一致判决：枪毙！判决后，丘贡诺夫问：‘这是第一次，我们可不可以饶了他，以观后效？’但战士代表还是坚持他们的判决：枪毙！他们的态度显得非常严厉。丘贡诺夫坚持自己的意见，代表们也不肯退让。自然啰，丘贡诺夫最后贯彻了自己的主张，却花费了不少力气。扎瓦里欣曾经责问连队里的政治指导员：‘你们怎么能准许私自审判？’列瓦绍夫呢，就责问扎瓦里欣……”

“事情的结果怎样？”

“什么结果也没有。连队守住了高地。战士瓦西里柯夫打得很好，恢复了自己的名誉。我曾经问丘贡诺夫，他的目的究竟是什么：挽救那个战士，使他不致送进军事法庭，还是真的要枪毙他，直到最后一刹那才动了怜惜他的念头？可是他不做声，也不作任何解释。古怪的脾气。丘贡诺夫真是一个地道的铁汉①！”

“这么说，他并没有被撤职，由你们承当了一切。”辛佐夫说。

“我挨到的倒还不怎样，”伊林说，“波里瓦诺夫和扎瓦里欣可伤了耆甲②。这是明摆着的事！既然他们庇护了自己的连长，所有的打击就得落到他们身上。不过，他们还是坚持了他们的意见。”

“扎瓦里欣也这么坚决？”辛佐夫问起政治副营长的情况。

“他是很顽强的，”伊林说，“有时他待人和气到极点，简直使人感到不自在：他下命令好似在请求你，就是没有加上‘对不起’罢了。但有时候，他却坚持自己的意见，别人无法使他动摇分毫！他为丘贡诺夫辩护——就像一座大山。昨天他还推荐丘贡诺夫入党，就是在这一切发生后推荐他的。”

他们好容易钻进了丘贡诺夫小小的掩蔽部。已经有好几个人挤在里面。丘贡诺夫发出了立正口令，挤开遮住他的雷波奇金，向前踏上半步，对辛佐夫做了合乎正式规范的报告。

“你们这儿怎么有枪声？”辛佐夫问，同时从头到脚打量这个矮小、不显眼、几乎淹没在皮袄和毡靴中的连长。辛佐夫在听了伊林说他“真是个地道的铁汉”后，料不到会看到这么一个人。

“抓住了一个德国佬！”

辛佐夫回过头去，只见两个战士夹着一个瘦瘦的德国人。他戴着一顶有好多个破洞的船形帽，帽檐盖没了耳朵。他站得笔直，两手紧

---

① “丘贡”，俄文原意是生铁。

② 耆甲，马后颈上隆起部分。

贴裤缝，嘴里不断咽着唾沫，这使他的喉结在没有剃过的喉咙皮肤下面忽上忽下地滑动。他右手又瘦又黑的手指紧紧捏着一个面包头。

“已经给他吃东西了？”辛佐夫问。

“给了，”丘贡诺夫很抱歉地说，同时解释了他发慈悲心的原因说，“他是投诚过来的。”

“机枪是对他开的吗？”

“并不全是这样，上尉同志，准许我报告吗？”

“报告吧。”

“我们发现阵地前面有人行动。可是过了一会儿却又没有动静，而且再也察看不出来了。我们甚至想：大概是眼花了。可是他，”丘贡诺夫指着两个战士中的一个说，“他却肯定地说，他依旧看到有人在行动。我准许他爬到前沿外面去。他一爬过去，果然发现了。”

“那怎么能是投诚的人啊？”辛佐夫说，“恰恰相反，是个间谍。”

“绝对不是，”丘贡诺夫说，接着回头对那个战士说，“你来报告吧。”

“当我爬到他身边，发现他身上并没有武器，上尉同志，”那个战士接上来说，“我用冲锋枪向他一瞄，他就吓坏了，连忙把投诚通行证塞了过来。”

“可是他本人又为什么不再向前爬？”

“我想他一定害怕了。我和他一起爬回来时稍微发出了一点儿响声，德国佬就立刻对我们开了火。”

“我是奥地利人……”投诚的人把贴在大腿上的右手举起，用发黑的手指戳着自己胸口，用德国话说明。

“他还没有感觉到手指已经冻坏了呢。”辛佐夫想。

“奥地利人。”投诚的兵士用德国话重复地说。他显得浑身紧张非常，这是因为他很想表达却又无力表达想说的一切。最后，他拼着命喊出了一个俄国字眼：“奥地利！”

“看他那副了不起的样子，‘奥地利’！”伊林说，“现在就是德国也要向我们投降了。”

“不是‘德国’，不是‘德国’，是‘奥地利’！……”投诚的兵嘶声叫着“德国”和“奥地利”这两个用俄国话说的字眼，同时用发黑的手指，戳着自己胸口，还做了几下抽搐的手势，表示他是爬过来的。

“唔，很像是投诚的人，”辛佐夫说，“请给我接上营部电话。”

电话机就搁在近旁一个木架子上。丘贡诺夫蹲了下来，转动了摇柄。

“上尉同志，”雷波奇金说，“请准许我审问他，我倒懂点儿德国话。”

辛佐夫怀疑地向营部副官瞟上一眼：审问俘虏的时候，常常会出现那种自以为懂德国话的自告奋勇的人。

“就请您试试吧。”

“请你告诉我，”雷波奇金很麻利地开始用德国话审问，可是接下去立刻讷讷地说不上来，于是他重复着说，“请你告诉我，你为什么到这儿来？”

投诚的人回答了一长串飞快的、同时又是上气不接下气的德国话：他一发现这位懂德语的人可以救他命，就想尽可能把一切多多告诉他。

“他在说什么？”辛佐夫问，那时他已从丘贡诺夫手中接过了电话筒。

“他说他是自动投诚的。”雷波奇金没有什么把握地回答。

“还说些什么？他是投诚的，不用你说我也看得出来。”

“一下子搞不清楚，上尉同志。”

辛佐夫挥了挥手，从电话里要求扎瓦里欣通话。

“我听着。”话筒里传来了声音。

“请您打电话给一号，向他报告：丘贡诺夫防区……”辛佐夫突然缩住舌头，想起德国人呆在这儿已不是一天，说不定会在什么地方接通我们的电话线。这虽然很少可能，却也不能不防。“等一下，”他对话筒说了一句，回过头来问丘贡诺夫，“你有代号簿吗？”

“有。”

丘贡诺夫从军用挂包里拿出一个小本子，把它翻到所要的地方，送到辛佐夫跟前。那儿写着一长串二十几个日常必需用语的通行代号。

“扎瓦里欣，”辛佐夫在某一行下面正对阿拉伯数字“16”的地方找到了“俘虏”一词后，说。“请转告一号，我们紧急遣送十六号上他那儿。明白我的意思吗？请您看您那儿的。我重复一遍：十六号。看了吗？”

“立刻就看，”扎瓦里欣说，“看到了。”

“他很快就到他们那儿。预先通知他们准备……”辛佐夫不愿在电话里说出“译员”这个字眼，就说，“唔，准备好跟十六号说话的人，懂吗？”

“懂了。”

辛佐夫放下话筒，命令雷波奇金说：

“他由你亲自押送直接上团部，越快越好。你可以带那个战士跟你一起去。”他对那个带回投诚敌人的战士点了点头。

“我一个人就可以把他押到那儿。”雷波奇金说。

“到了半路上他没有了力气，倒在地上，你准备把他背去？”辛佐夫问，“就请执行命令。您也不必多花时间去搞不太高明的翻译了。他们自会审问他，不用你费心。”

“咱们走吧。”雷波奇金用德国话对投诚的兵说。

投诚的奥地利兵虽然不怎么懂得副官的话，却非常懂得那个战士推他肩膀的用意。他懂了，但又对辛佐夫怀疑地瞟了一眼。

“吃，吃。”辛佐夫一面说出几个德国字眼，一面指指投诚者捏在手里的面包头。“没有关系……”

投诚的奥地利兵跟着副官走了出去，辛佐夫不禁望了望他的后影。在掩蔽部出口，一个不知哪儿来的孩子，紧贴着墙壁，让那个投诚的奥地利兵过去。那孩子身披皮袄，头戴护耳帽，脖子上挂着一支冲锋枪。

“这又是什么人？”辛佐夫问。

那孩子一听到他的声音就回过头来。他的身材很高，可是很瘦。他有一张带点稚气的瘦小的脸，但他的那对黑眼睛却射出了恶狠狠的光芒。

“啊，他来了！”伊林说，“哪一个叫你来的？”

“人家对我说，营长同志到丘贡诺夫这儿来了，我也就来了。我是来服务的。”

“你这是任性，不是来服务。我不是命令你不要来惹眼，”伊林怒冲冲地说，接着回过头来对辛佐夫说，“上尉同志，这是老营长波里瓦诺夫的传令兵；老营长亲自选中了这么一个人。他在老营长跟前工作了一年，现在留待您来决定。”

“那得赶快换一个。”辛佐夫想，可是没有说出口。那孩子的脸使他吃了一惊，因为当孩子对奥地利兵看了一会儿回过头来的时候，他脸上充满了无法消解的仇恨表情。

“既然来服务，”辛佐夫说，“那就得执行命令。”

“您要命令我离开？”孩子两手贴住裤缝立正说；他的脸上还是以前那种顽耿的表情。

“现在你得在我走的时候跟着我走。”

“顺便说一下，”伊林说，“发现投诚的德国兵的那个战士，就是我跟您说起过的瓦西里柯夫本人。”

“什么？”正在埋头处理事务的丘贡诺夫一听到“瓦西里柯夫”就问。

“你又听到了，”伊林说，“我在来这儿的路上，已经把你怎样发戆劲的事情告诉了新营长。让他知道你是一只什么样的鸟。”

“我不是鸟，少尉同志，我是上级托付给我的连队的指挥员。”丘贡诺夫顶嘴说。他那激烈的口气，使辛佐夫不由得回过头来。

可是，掩蔽部里除了他们三个已没有别的人。担任传令兵的孩子忽然不见了。

“看来这孩子不习惯在首长跟前磨蹭。”辛佐夫想。

“关于瓦西里柯夫，上尉同志，请允许我说说自己的看法。”丘贡诺夫对辛佐夫说。

辛佐夫本来不想问他，既然他自己愿意，那就让他说吧。

“你说吧。”

“瓦西里柯夫自动要求爬到无人地带去，说是那儿有一个人。我答应了他。要是不答应，他会以为我不信任他。既然是这样，他就不是单纯的兵士了；因为我知道，我信任了他，我的头颅就得为信任他的后果负责。”

“唉，头颅，我们指挥员的头颅啊！”辛佐夫想，“我们在热情的冲动下，有多少次准备让人家把头颅砍掉或是揪下来啊；但结果往往没有什么，头颅还是好端端地长在肩上！这信任人的习惯我们永远不会忘掉，虽然有时候事情会牵涉到自己的头颅。可是这难道能跟那些好几次以他们的顽强、鲜血甚至直接牺牲生命来保全你的头颅的人的行为相比？两者甚至无法相比，如果你不是光为自己的头颅发抖，而是跟这些人在一起战斗。要相信人！信任的尺度如何？在什么情况下会产生错误的信任？错误的信任是常有的，而且往往会在你不提防的地方出现。你自己有时也会出乎你自己的意料之外，做出一件比你所想象的更重大的事情。有时你会在千钧一发的危急时刻丝毫不动声色，虽然内心却充满了畏惧和恐怖……”

辛佐夫望着丘贡诺夫这么想，他嘴里却大声说出他认为应该说的话：丘贡诺夫连长派瓦西里柯夫去抓敌人的事情做得不错，这位战士是个好汉子，应当请求上级发给“勇敢”勋章。

“亏得结果很好，”伊林对丘贡诺夫说，“要是我处在你当时的地位，我是不敢作出这一决定的。派任何别的战士去都行，派瓦西里柯夫上无人地带我可不干！”

“为什么？”

“既然昨天受了惊吓会得向后方溜，明天就会由于同样原因溜到德国佬那边去。”

“那么，往后又会怎么样？”辛佐夫问，“溜到他们那边，溜进了包围圈，以后又怎么办？”

“害怕的时候，决不会考虑，”伊林说，“他一害怕，只会立即行动，不会去考虑以后怎么办了。”

“你不敢这么做就是了，”丘贡诺夫说，“我可敢于这么做。这就是我和你的根本区别。”

“嘿，你是个多么会生气的人，丘贡诺夫，”伊林用和解的口气说，“多了不起的家伙！一说他‘鸟’，就无缘无故地发了火，生了气。”

“我可没有生气，我只是叫你明白自己的本分。”丘贡诺夫用无可调和的口气反驳。

伊林挥了挥手。从他脸上的表情可以看出，他又尊敬丘贡诺夫，又忍受不了他的执拗脾气；而且也不知道他这两种心情究竟哪一种占了上风。

“这下子可真是钉头碰铁头了。”辛佐夫想。

他已经注意到，营里其他军官都已暗暗把伊林少尉当作了自己的上级，唯独丘贡诺夫不是这样。真的，丘贡诺夫本人就可提升为营长，如果不是他忽然发作古怪脾气私审战士，他也许已经提升了。

辛佐夫和丘贡诺夫一起研究了一会儿军事地图上的三连防地，向丘贡诺夫提了几个问题，觉得自己心里涌起了那种高度信任下级的高兴感觉。在大大小小的上级指挥官中，只有那些能公正地在内心中评价自己和别人的人，才能给下级以这种高度信任；他觉得，即使他明天忽然成了这个连的连长，也不见得会比丘贡诺夫干得更出色。

“好吧，”辛佐夫在丘贡诺夫收拾地图的时候说，“现在让我们去看看您的第一个战士趴着的地方。”

“战壕里只有警戒哨，”丘贡诺夫说，“其余的人都在睡觉。”

“这很明白，”辛佐夫说，“我们走吧。”

“上尉同志，您本来还要赶到炮兵队里去的。”伊林说，他很不赞成新营长巡视战壕的打算。

这种想法是可以理解的：伊林本人已去过那儿几百次，何况黑夜里又很少能看到什么的。

可是辛佐夫并不改变自己的主张。他很清楚地知道，战士们对指挥员有他们自己的看法：指挥员既然来了，那么，他是不是到处走遍、钻遍了？他是不是急着要赶回去？自然，这并不能充分显示指挥员的英勇气概，但关于指挥员的第一个消息，却总是从这儿传播开去的。

他们在一个半钟点以后才赶到炮兵队，那已是深夜了。

“你们可来得太晚了，”在屠玛年那儿邀请辛佐夫到他队里做客的那个胖得发圆的炮兵少校，跟辛佐夫和伊林问了好，然后这么说。

现在，当他坐在掩蔽部里的桌子旁，因为没戴帽子，各部分就显得更圆了：圆圆的脸颊，剃得像刺猬那样的圆头，又圆又胖的手指握住了一只瓷茶杯。那只茶杯是家常应用的那一种，上面印有好几朵小花。

“我们甚至担心您已经睡了。”辛佐夫说。

“早该睡了，可是不想睡。明天是我们的好日子啊。你们的邻居——营长——刚走。你们差点儿就可碰到他。我也得用炮火支持他。你们喝茶吗？”

“谢谢。”

“也许，得喝些什么解寒气的东西吧？”

“还是茶更好些。”辛佐夫说。

“我们和您并不需要怎么商量讨论——一切都已跟您的前任谈妥了。不过，我们还是可以按惯例看看我们互相配合的情况。”

少校在桌上摊开了他自己用各种颜色铅笔画的一张很大的火力配备图，把它跟军用地图放在一起。少校对这张画得相当漂亮的图感到很高兴。总之，他准备明天的炮轰就像准备过节一般。

看火力配备图、把它跟军事地图核对以及提出问题和回答，足足花费了一刻钟的时间。

传令兵把茶端来了。

“是的，明天排炮密集总轰击的分量是非常可观的，”少校说，“可以说，那分量是空前的。”

辛佐夫对这重复了两次的字眼“分量”，不禁流露了好容易才能觉察到的微笑。

“你以为我夸大了？真的，那分量将是空前的！有数据在我手里。”

“我明白，”辛佐夫说，“我只是记起了战前听到过的报告，它是这么计算的：‘我们“伏罗希洛夫排炮轰击”的总分量，要超过法国全国军队炮火总分量的三倍，超过德国的两倍……’”

“那又怎么样，”少校说，“按分量计算，这一点已实现了——我们的炮火要比敌人的炮火厉害。就算它不如我们炮兵以前所想的那样，但现在我们可以立即压倒对方，而且使对方的一切统统飞上天去！”

“各团都接收了补充兵力，”伊林说，“可是还没有分配到我们营里来。看来上级一定认为：你们的炮火，可以使我们毫无伤亡度过第一天。”

“在战争中还不曾有过毫无伤亡的例子，”少校说，“即使加上我们的全部力量也不行。”

辛佐夫记起了投诚的德国兵，就说他已把这个德国兵火速押送团部。也许，这人会供出可以使敌人遭受重大损失的新的轰击目标。

“不见得会有更精确的情报。这次一切都已侦察得十分详细精密，”少校说。他对当前的炮击已经有充分的准备，再也不想让生活对这一计划带来任何微细的修正。

“谢谢你的茶，我们走吧。”辛佐夫说。

“可惜你们没有碰见你们的邻居，”少校说，“他等待过你们，差点儿可以和你们会面。”

“他离这儿有多远？”辛佐夫问伊林。

“八百米。”伊林说。

“既然是这样，就让我们去一次。”辛佐夫竭力打起精神，站了起来。他在喝过热茶以后，非常渴望睡觉。

正当双方彼此告别的时候，桌上的电话机响了起来。少校拿起话筒。

“我是高鲁别夫……是。等一下，”他把话筒交给了辛佐夫，“您的电话。”

“营长，”辛佐夫听到从听筒里传来的声音，“我是列瓦绍夫。我已带了几位客人来到你的营部。赶快回来，不要迟延。”

“列瓦绍夫的电话，”辛佐夫搁上话筒对伊林说，“他命令我回去。我们那儿来了几个客人。怎么办？”

“如果您允许，由我独自上邻居那儿去。”伊林说。

他显然很不想去，但结果还是提出了这一建议。

辛佐夫同意了。

“您的小传令兵会送您回去，他知道这一带所有的出口和通道。”

在交通壕里，那孩子走在辛佐夫的前面。这样的孩子照理不应当在脖子上挂冲锋枪，而是应当在六年级上学。辛佐夫记起孩子在掩蔽部里怒视投诚敌人的目光，不禁问：

“你非常不喜欢德国佬吗？”

孩子一边走一边回过头来。

“我们不应该不打死那个法西斯匪徒，上尉同志。”

“干吗不应该？投诚的敌人嘛，可以提供情报。”

“他们过去怎么不投过来！”

“过去不投过来，现在可投过来了。这对我们有利。”辛佐夫说。

“今年夏天，我们抓住了两个党卫军。我曾经请求波里瓦诺夫大尉，让我去结果他们。可是他没有派我去，还骂了我一顿。”

“他做得对。”辛佐夫说。

“无论如何，您不应该把那个法西斯匪徒送走，”孩子说，“现在，他自然不会招认，但他在以前可能打死过一百多个人呢？”

“你叫什么名字？”

“万尼亚。”

“这么说，我俩同名，我也是伊万，伊万·彼得罗维奇。”

“我可不是真名，”孩子说，“这是波里瓦诺夫大尉叫出来的。”

“真名是什么？”

“伊奥纳·伊奥诺维奇，”孩子像称呼大人那样称呼自己，“可是您不要这样称呼我，就像波里瓦诺夫大尉那样叫我好了。我已经惯了。”

“我对你什么也不用称呼。我要送你上学念书。”

“无论如何我还是会上前线。为波里瓦诺夫大尉报仇！”

辛佐夫叹了口气，他从孩子的口气中知道：他的确会逃走的。“但如果他留在这儿跟我在一起，早晚会受伤或者被打死。可是，从另一方面看，还不知道他在后方的生活会怎样。在这儿，他已过惯了。任何人都可能被打死或者受伤。这是大家共同的命运。上后方，也可能在铁路上从火车缓冲器那儿落下来，被车轮辗死……”

“您真的要送我到后方去？”孩子问。

“不知道，”辛佐夫说，“我得考虑一下。你是什么人，是孤儿？失去了双亲的人？”

“孤儿，”孩子说，“我就是这个冬天在洛卓瓦亚被波里瓦诺夫大尉拾来的。”

“‘拾来的’，这是什么意思？真的在路上拾起来的还是怎么样？”

“真的在路上拾起来的。当时我已冻僵在路上，我冻掉了三个脚趾。难道您真的要送走我？”

“不是已经说过，我还不知道。”

“如果您自己不需要我，那最好是把我送回三三一团，洛克辛会收留我的。”

“洛克辛是什么人？”

“他是波里瓦诺夫大尉的政治副营长，他还活着。波里瓦诺夫大尉昨天还跟他通过电话呢。”

“我会考虑的。”辛佐夫说。

他的心头不禁袭来一阵哀愁。怪得很，一个三十岁的汉子在战争中会像孩子那样，突然记起自己也是个孤儿。

对父亲，他自己已经记不起来，而是通过母亲才知道的：父亲是个乡村教师。第一次世界大战时，在维亚兹马附近被征入伍，跟德国人打仗。后来，政府只发来一个通知，说他已为沙皇和祖国阵亡了。对母亲，他已能记忆，可也模糊得很：她患伤寒症快死了，用她烫热的手推开他，不让他走近也不让他扑过去。这就是他能回忆的一切……

“这个孩子自然会记得一切详情细节。他做孤儿只不过一年。可是他记得的是些什么，最好不要去问他……”

在掩蔽部的入口那儿，孩子把身体紧贴住战壕壁，让辛佐夫向前走。

“你也进去暖暖身子。”辛佐夫说。

“我去为您准备这次打仗用的武器，上尉同志。”

“什么武器？”辛佐夫问，“把您自己的冲锋枪给我还是怎么样？”

“不，”孩子说，“波里瓦诺夫大尉有一支冲锋枪留在我这儿。只是枪托上有条裂缝。可是我已把它削掉，没有关系了。”

“啊，这就是波里瓦诺夫大尉遗留下来的一切，”辛佐夫想，“孩子万尼亚，再加上一支枪托有裂缝的冲锋枪！”

“好的，你去吧。”他对孩子说过后，就跨进掩蔽部去。

当他进去时，掩蔽部里坐着四个人：扎瓦里欣，一个穿棉背心的营级政委模样的人，那只能是政治副团长列瓦绍夫，另外两个是客人：一个是淡黄头发的一级政治指导员，脸很熟；另一个是红头发、阔肩膀、戴眼镜的矮个儿，穿着一件没有领章的棉军上衣。

辛佐夫上前报告，他已奉了政治副团长的命令来到。

“我们已经认识了，可是就像俗话说的，在光天化日下再认识一下吧。”列瓦绍夫站了起来，向辛佐夫迎上一步，握了握手。

“我给你带来了两位莫斯科来的客人，都是新闻记者。他们有任务写一篇‘营指挥所一昼夜激战记’。他们说，只要肚子不吓痛，就一步也不离开你。我建议他们留在团部，没有看到的东西，可用想象加以补充。他们不同意。”

“很高、高兴看到您。”红头发的记者带点儿口吃地说。他那狡猾的脸近乎玫瑰红，脸上布满了跟头发一样、也是火红色的雀斑。

辛佐夫回头去看那个脸很熟的一级政治指导员。命运之神居然让他们在这儿第三次碰了面！人世间什么凑巧的事情没有啊！……

“你好，辛佐夫。”柳辛把手伸过来说。

“您好。”辛佐夫说，握了握这只伸得过分快了一些的手。

“难道你们是熟人？”列瓦绍夫高兴地说。

“熟得很，从前在一起同事。”柳辛高兴地微笑说。

“大概他害怕我不向他伸出手去，现在他可高兴了，这傻瓜！”辛佐夫想。他什么也没有说，转身去看走进掩蔽部里来的伊林的那个上了年纪的传令兵。

辛佐夫曾在这一天他生炉子的时候瞥见过他。这个传令兵站在那儿，一手提着食盒，一手拿着个砖形大面包。他的胳肢窝下面还夹着个军用水壶。

“请用晚餐，政治副团长同志。”辛佐夫说。

“扎瓦里欣已经邀请过我们，大家就在等你。”列瓦绍夫说，又回头对柳辛说，“你们在什么地方同事？”

“战争开始时，在西战区一家战地报社里。”柳辛说。

“原来是这样！你也干过记者？”

“干过一个时期。”辛佐夫说。

“这真不错，”列瓦绍夫说，“这对你来说是很重要的。记者出身的营长，这是不常有的。虽然我也曾做过工人通讯员，给《刻赤工人报》写过简讯。可是这对你们来说，大概就算不上什么了吧？”

辛佐夫旋开军用水壶的塞子，闻了一下：究竟是伏特加，还是食用酒精？壶里是食用酒精，必须稀释一下。

“请拿点儿水来。”他对那个传令兵说。

当辛佐夫开始给大家斟加过水的酒精时，列瓦绍夫用手掩住酒杯说：

“我不喝。你也不用花费时间劝酒。扎瓦里欣知道。”

“您推辞喝酒让什么人得了好处？”火红头发的记者问。

“可以让大家得到好处。也可以特别为了让你得到好处。”

“最好让我独得好处，”红头发说，同时把酒杯推了过来，让辛佐夫把酒斟满。

“不要紧，他行，”柳辛说，“他很会喝酒。”

辛佐夫什么也没有回答，斟满了酒。

晚餐时说话的人主要是列瓦绍夫。他先向两个记者探问莫斯科的情况，因为他们刚刚在前一天早晨从莫斯科乘飞机来这儿，接着他又提到了战争初期到敖德萨近郊他的团里来的一个记者。然后，当他知道红头发（他姓古尔斯基）跟柳辛合写一篇通讯，不禁感到相当奇怪：两个人怎么能合写一篇通讯？

“这很简单，”古尔斯基说，“我天、天生很懒惰，柳辛刚巧相反，很勤、勤奋。他先写、写好正、正文，然后由我来给他的正、正文加进思、思想。”

柳辛只是挥了挥手，既没有争吵也没有反唇相讥。他只是坐在那儿想自己的心事。也许，他所想的正是辛佐夫心里想过的：真见鬼，命运之神干吗又让他们碰在一起？也许，他想的只是当前的战斗，因为这是大家都在想的事情——不论是爱说话的人或者沉默的人都一样。

“我对报上写的东西，”列瓦绍夫说，“最不满意的就是你们某几个同行写的：德国佬会得象木头那样成排地倒下去。你得明白，一位战士歼灭他们三十个，另一位——四十个，第三位，你瞧，竟消灭了一百个……可是，从战争爆发到现在，如果我们每人能消灭一个德国佬，他们全部军队就怕连一根鸡巴也不剩了。”

“我同意您的说法。不过这儿也、也得把事情分辨清楚。有时候，我们会按照个人的灵感，扯上些小谎话；有时候，却是按照你们的政、政治报告写的。”古尔斯基说。

“洋姜并不比萝卜甜。”列瓦绍夫挥挥手说。

“我要重、重复一下，我个人同意您的看法，可是我怕、怕我们的编辑不会发表您的高见。”

“我也不想请求别人公开发表我的意见。我只是对你个人说说罢了。”

辛佐夫很注意地凝视着列瓦绍夫的脸。这位营级政委的口气，流露了隐藏在他内心深处的悲哀。

“在他来到我们这儿以前，”列瓦绍夫把头向辛佐夫一昂说，“营长是波里瓦诺夫。他是个英雄，而且及时获得了英雄称号。在波里瓦诺夫之前，是塔拉霍夫斯基，他做了不少工作，却来不及获得什么称号，就为了一个傻瓜傻呼呼地牺牲了。塔拉霍夫斯基之前是……他姓什么？呃，扎瓦里欣？”

“我不知道，我来得比较晚。”

“啊，真的，你来得比较晚。我也只跟他碰过几天面。你们瞧，连他的姓都记不起了。我记得他也是个上尉，还记得他是个很好的人，还记得怎样送他上医院的情景……那就是一切，别的可再也记不起了。我们的生活就是这样！……嗨，”列瓦绍夫回头对辛佐夫说，“我们准备怎么处置那个孩子？”

“把他留下。”辛佐夫觉得完全出乎自己意料之外，直到这时候才作出了最后决定。

列瓦绍夫耸了耸肩膀想道："这并不正确，可是你对这事情要比我更了解些。"

"那孩子是什么人？"柳辛问。

"那是他的前任营长波里瓦诺夫的传令兵，"列瓦绍夫对辛佐夫点点头说，"孩子只有十四岁。从洛卓瓦亚来的万尼亚·霍罗尔。家里人被德国佬打死了。在洛卓瓦亚，几乎所有的犹太人都被德国佬杀死了。我们亲眼看到过那个万人坑。"

"那么干、干吗叫他万尼亚？"古尔斯基问。

"那得问波里瓦诺夫，不过现在已经问不到了，"列瓦绍夫说，"他好像给孩子重新行了洗礼——把奥尼改成了万尼亚。他也许是纪念自己的儿子，也许是因为别的原因。老实说，这并不使我感到兴趣。而且也没有空闲把它搞清楚。波里瓦诺夫只做了九天营长。第一天他说：'请准许我向您报告，'到了第九天就被敌人打死，来不及报告了。"

"如果能够跟那个孩子谈谈，那倒是很有趣的。"柳辛并不确定地又像对辛佐夫又像对列瓦绍夫说。

可是辛佐夫觉得有必要认为这问题是对他提出来的。

"我可不准许您去谈话。"他说。

"为什么？"

"不准许——这不就完了。"辛佐夫说。

列瓦绍夫点了点头。

"营长说得对。波里瓦诺夫牺牲还不到一昼夜。不要过早去打扰这孩子。他为了使自己熬住不哭，神经紧张得很呢。"

"如果我还是需要这么干呢？"柳辛问。

"我们可不管什么人需要不需要。"列瓦绍夫说。

掩蔽部里顿时出现了整整几秒钟难堪的沉默。大家都感到了这一点，可是造成这一难堪的真正原因，却只有柳辛和辛佐夫知道；柳辛默默地用眼光问："这么说，你并没有忘记？"辛佐夫也默默地用眼光回答："不，我没有忘记。"

"既然如此，政治副团长同志，是不是按照您答应过的那样，让我们今晚就下连队？”柳辛高兴地甚至过分高兴地问。他微笑着，伸了伸懒腰，整了整胸前的武装带。他宽阔的胸前挂着一个红星勋章和一个“勇敢”奖章；红星勋章还是新的，不久前得来的，“勇敢”奖章却挂在已经发毛的旧丝带上；柳辛的这个奖章，辛佐夫十月间在莫斯科郊区已看到他挂在胸前了。

“答应过的事情一定办到，”列瓦绍夫说着站了起来，“让我们暂时离开一下，到丘贡诺夫那儿去跑一趟吧。”

“能不能允许我陪你们去，政治副团长同志？”辛佐夫也站了起来。

“不必了，让我和扎瓦里欣一起去吧。记者是属于我和他管的部门的。你得在作战前休息一下。跟同志们见过面没有？”

“见过了。”

“得出了什么结论？你的情绪如何？”

“还不准备作出什么结论。情绪很好。”

“这很重要，”列瓦绍夫说。他已经披上了皮袄，又回头对古尔斯基说，“你可不要用问题打扰营长，得让他睡上一觉；我们就因为这一点把他留下。他明天要挑起战斗的重担。为了确切保证这一点，你是不是也跟我们一起走？”

“老实说，我宁、宁可留在这儿，”古尔斯基说，“何况这儿又非常暖和，我的勇敢精神来得及在明天当着你们的面表、表现的。”

当掩蔽部里只有古尔斯基和辛佐夫单独在一起时，古尔斯基默默地伸出了一只手指。

“什么事？”辛佐夫问。

“可以提一个问题吗？”古尔斯基问。

辛佐夫点点头。

“您干、干吗这么沉默？是天性还是因为您不喜欢记者？”

辛佐夫耸了耸肩膀。

“我提、提出这个问题，那是因、因为我发现：过去做过记者的人有时候会不喜欢记者。”

辛佐夫又耸了耸肩膀。怎么回答这一问题？一般说来，只有那些内心嫉妒记者的人才会不喜欢记者。他可并不嫉妒，但他在战争中早已养成了沉默的习惯。

“您不睡觉？”辛佐夫用反问代替回答。

“谢谢您对我的第、第一个问题作了最详尽的答复。还可以提一个吗？”古尔斯基又伸出了一个手指。

“提吧。”辛佐夫说，同时在板床上铺开了不知谁留在那儿的一件皮袄。

“您和柳辛很熟悉吗？”

“大概比您还熟悉得多。”辛佐夫想，他很想这么回答，可是这会引起交谈。

“不。”

“能不能回答得稍微详、详细一些？”

这个口吃的红头发，看来已感觉到其中的蹊跷了。

“要详细可以去问他。”辛佐夫说。

“粗暴的答复。”古尔斯基说。

辛佐夫什么也不回答，从军用挂包里拿出一本记事册，撕下一张来，在上面写道：“伊林： 五点三十分叫醒我。”他把这张纸放在桌上，用茶杯压住。又把挂包往床头一放，就在皮袄上躺了下来，把两手垫在自己的头下面。

“如果在五点三十分起身，那还来得及干完想干的一切： 和伊林一起到卡拉耶夫的连队里去；在战斗开始前，至少得去过三个连队中的两个。我得在七点三十分以前，也就是炮火准备开始前半小时，回到自己的地方。”

从另一张板床上传来了红头发安顿床铺触动干草所发出的窸窣声。

“现在是三点三十分。要是立刻睡着，还可睡上两个钟点……”

睡在这儿简直太舒服了。伸直了身子，两手垫在头下面，暖洋洋地躺在柔软的皮袄上，皮袄下面还铺着干草……这样舒服还不睡着，真是愚不可及……但这是常有的事！正当每一分钟都对你极其珍贵，你却睡不着觉，而且也无法命令自己睡着……

他刚才对红头发说：“请您去问他。”红头发极有可能去问，柳辛就会回答。可以有各种回答。如果是像下面这种回答，那就再好也没有了：他可以说他当时突然提高了警惕性，他不愿意在十月十六日这样的局势中，把一个没有证件的人带到莫斯科去，何况他在这以前对你又很少了解，总共也不过相处了一天……至于这是怎样的一天，他可没有必要解释。至于他把你扶下了车子，甚至不肯把你载到团指挥所里，自然也用不着详细说明……结果就会使他的答复十分圆满。像柳辛这样的家伙，善于给人以圆满的答复……不过也可能用另一种方式回答，既普通又简单："即使你砍掉我的头，我对这些问题也是铁板一块。战争就是战争。制度就是制度。"他很可能这么回答。柳辛这样的家伙，就会这么回答。他会把战争和制度说得非常尊严，简直会使你不得不向他脱帽致敬！见他的鬼！当你碰到像他这样的人，你只会生气。这种人虽然有不同的称谓，却有同样的思想，你会说：又是另一位柳辛同志！……

可是这个红头发记者却和柳辛一起乘飞机来到了这儿，而且还要合作写通讯。他跟柳辛一起乘飞机，却不知道柳辛是个什么样的人。不同的人，不同的报纸，不同的时候……也许柳辛也变成了不同的人，谁知道他啊？

"好吧。对个人的事情想得够了。"辛佐夫怒冲冲地把自己的思绪截住，虽然他内心深处清楚地知道，这不是什么只跟个人有关的事情。可是，把它作为个人的事情来想，心里会轻松些。好吧，让我结束这个题目吧……就像俗话说的，这可不是我这个脑瓜能够考虑的事情！

可是，我的脑瓜又能考虑些什么呢？沙甫罗夫少校曾经笑着对我说："你越是少想，伊万，打起仗来就越顺利。"这不对。我不会因为少想，打起仗来就顺利些。谁也不会这样。沙甫罗夫少校本人打仗比谁都顺利，也是因为他善于用他的脑瓜去思考一切。他大概是在对我开玩笑，他自己是用脑筋的……

如果我还是以前的我——报社记者，那我现在也许会有另一种心理状态了吧？自然，这样想是愚蠢的：认为我们大家是一种人，他们记者又是另一种人。即使我跟他们一样，仍旧是报社记者，我的思想大概也不会跟他们一样：柳辛是一种思想，这个红头发是另一种，我又是第三种……

红头发在每一个念头后面都要加上一句笑话。这样，日子当然会过得轻松些……可是死去的时候一定会更难受些……

他又记起了伊林说的话：补充军力暂时留在团部，没有分配到各营来；因为上级指望明天第一天的猛烈炮火可以减少我军伤亡。这一次和以前历次的攻势不同，以前总是第一天就把所有力量投入战斗，毫不保留，好像这是最后一次战斗，整个战争就要在这一战以后结束似的。

“听、听我说，”古尔斯基从桌上弯过身子，望着辛佐夫张得大大的眼睛说，“既然您睡不着，那就让我们谈、谈谈吧。您现在想的是什么？”

“明天的战斗。”

“您想、想的是哪件事情？”

“我在考虑怎样解决我营面临的战斗任务。”

“如果想得宽广些呢？”

“什么宽广些？”

“想得宽广些。比方说，把您自己想象为呆在方面军司、司令部里呢？比、比方说，明天您将如何行、行动？还是您根本就没有往这方面去、去想。”

“我没有这么想。我有自己的任务和自己的视野，只有这些才是我应当考虑的。”

“听、听我说，可是请、请您不要生气。您刚才提到了视野。您这是什么意思，究竟真、真的是这么想，还是完、完全为了回答更方便？”

红头发好奇地望着辛佐夫，这一次他显得非常认真。

“不，你可不是个傻瓜，”辛佐夫的念头转到红头发身上，“可是，同时也是个厚颜无耻的家伙。既然你这么急于想知道，我就得立刻把我的灵魂摊到桌面上！自然，按照我的职位，按照我所能观察和对照的范围，也就是得按照我的视野来说，我可无法搞清楚战争中的一切问题。但同时，我并没有丧失对自己的感觉：我在战争中尽了我的本分，我对某些事情比别人懂得更多；要不，我就不会耽在这一岗位上了。跟每个人一样，我有自己的主张，自己的看法和自己的权力。谁若丧失了这一感觉，他就不是个指挥员，一般说来，他也就不是个人了。可是我不想向你解释这一切。我不愿意。因为已经到了睡觉的时候。既然你不是个傻瓜——你自己应当明白这一切。”

“怎么样，您生气了？”古尔斯基继续望着辛佐夫的眼睛问。

“没有。只是懒得动舌头。请您让我睡觉吧。我不知道您怎么样，我可要试试，为了事业的利益……”辛佐夫说到这里，已经闭上了眼睛。

第十九章

前面，在德军的前沿阵地上，在超过前沿以及远远地直到地平线那儿现在只能隐约揣测的地方，腾起了一道有几公里厚的爆炸的硝烟组成的墙。阵阵的爆炸烟云一会儿密集，一会儿稀朗，一会儿又重新形成一道由黑烟构成的厚墙，以这一硝烟的黑墙为背景，突然飞起了更黑的圆木、厚板、铁轨，以及高高地冲到半空中的、在一秒钟前还是避弹所或者掩蔽部的无数破片。

辛佐夫早已在炮火准备开始之前安排好他那个营应该和必须预先安排好的一切工作。现在只剩下一件事，那就是等待。

前面，德国佬正在大批死亡。他们在死亡，而且也应该死亡，因为他们来到了这儿，因为昨天我们建议他们投降他们没有照做，因为这儿斯大林格勒的一切战事总得有一天结束……

结束战事的日子就要到了——不论我能不能活到这一天，我总是想活到这一天的，因此现在就得让德国佬在他们的窟窿里死得越多越好。因为那些现在没有被炸死的家伙，以后会从他们的窟窿里爬出来，对我和我的战友开枪，他们会打死我们或者使我们受伤……

当你指挥别人的时候，你就没有什么时间去想自己的活命愿望，这是很好的事情，因为总会有什么事情分散你的注意力。直到炮火准备开始，今天本来也不会有时间去想这些的。

可是现在已经没有事情可干，这一没事干的情况还得再延长四十分钟，不，现在只剩下三十八分钟了，在这一段时间内，你不能向任何人说话，也无法听别人说话。站在我身边的这个口吃的记者平白地向我大喊大叫……我根本听不出他的声音……见他的鬼，他只能在我的耳边口溅白沫，就像一头骆驼。

即使玛莎站在身边，凑着我的耳朵低声说话，我也根本无法听见什么……

在我们的后面，停着好多辆坦克，坦克兵从炮塔里探出身子向前面瞭望，毫不害怕炮弹落到头上，他们这样做很对，因为德国佬现在可顾不到开枪放炮……

三四型坦克……据说一九四二年在哈尔科夫郊区我们已有了这种坦克，可是我在那儿并没有见过。我亲自看到的只有一辆“卡·符·”型坦克，另外还有五辆在很远的地方。它们驶了过去，我以后就不再见到它们了。当时我们的战士用反坦克枪对着那辆“卡·符·”型坦克——这事情我亲眼目睹——开了火。那辆坦克大概是因为机件失灵停在那儿，战士们都不断对它开枪。后来坦克手从炮塔里探出身子对着他们挥手，表示是自己人。战士们还是不顾一切地射击着。于是坦克手回转炮塔，向他们发射了一梭子机枪子弹，打死了一个反坦克枪手。战士们还是用自己的枪对准坦克开放，我跑到他们身边叫他们停止射击，说明这是我们的坦克！可是他们不相信我的话，因为他们还一次也没有在近处看见过自己的坦克，他们以为这一辆也是德国人的坦克。那时候我就强迫一个战士跟我一起向坦克走去。当我们走近坦克，看到了上面用白漆写的“消灭法西斯！”我就说：“看见没有，这是我们的坦克！”但那个战士还是不肯走过去，他说：“这是法西斯的坦克，他们故意这么写。”最后我们走近了坦克，只见反坦克枪的穿甲弹击中了三合安全玻璃，玻璃的破片打伤了驾驶员的脸。他血流满面地从坦克中爬了出来，其余的坦克手对我们破口大骂。

后来，有几个战士押着一个德国俘虏向我们跑过来，那个俘虏喊道：“我是医生，我是医生！……”他垂下两手站在那儿。我把他拉到坦克跟前，像傻瓜一样敲着钢甲，把坦克指给他看，同时喊道：“俄国的豹型坦克，懂吗，俄国的豹型坦克！”那俘虏一面浑身发抖，一面用德国话答应：“是，是，很好，很好……”我还是一股劲儿地高叫：“俄国的豹型坦克！”同时把坦克指给他看。我那兴奋的神情已经使他明白：这是我们的坦克，不是他们的坦克！

我干吗要在目前想起这件事，我自己也不知道是什么缘故。不，我知道。这是因为我对过去的情况很生气。我就是因为这一点恨德国人，如果完全说老实话，我不但恨德国人，也因为这一点而恨自己。我恨我们所有的人，因为我们过去的情况这么糟。我爱我们所有的人，同时又恨他们，因为我受够了过去局势的折磨。我本来可以向别人说起这一点，可是我常常抑制了自己，因为我认为这一点不能说，也许，真的不能说，因为战争还在进行……虽然我的本意并不坏。即使是我在昨天差点儿跟他起了纠纷的那个特派员，我敢绝对相信，他的内心深处也有跟我同样的想法，虽然由于职务的关系，他必须揭发这一类谈话，并且必须向应当报告的地方去报告。

幸而他真的像伊林说的，是个相当有价值的男子汉，但这一点我还得亲自考察，看他是怎么一个男子汉。如果真的有价值，他就会跟我、跟伊林、跟所有别的人一起向前冲锋，而不是单独留在后面。如果他想用什么借口逗留在后面，我可决不允许。我要证实他是个胆小鬼，叫他从我跟前滚开，滚得无踪无影，就像过去的菲佳施金一样。别人不会对胆小鬼加以抚慰的……

如果根本不必这样干，如果他跟卓托夫——跟伊万·卓梯奇一样，那当然最好。卓托夫继菲佳施金来到我那个营里后，什么地方需要他，他总是自动赶到那儿，他甚至能趴下来打机枪，他真的是个好人。我就亲昵地叫他“卓梯奇”，直到他在“Г”形房屋里牺牲……一天夜里，当我们两人坐在一起的时候，他突然向我谈起了他在我们营里的生活，说：“我在这儿过的生活多愚蠢啊，辛佐夫。我应当做你的政治副营长，不应当担任我现在的职务！”

总的说来，难道战争中发生的蠢事还嫌少？当我担任连长的时候，上级准备发给我红旗勋章，发给布杜索夫红星勋章。我和布杜索夫在伏尔加河沿岸走了三公里的路去领取勋章。我们险些儿给迫击炮弹打死，接着又遭到敌方特等射手的狙击。当我们到达时，那儿的人却告诉我们勋章还没有发下来……最后才算是找到了一枚红旗勋章。他们发给了我，我就把它佩在胸前。可是布杜索夫就这样没有领到勋章空手回去。我们又碰上了迫击炮火，几乎半死不活地回到自己团里。团长沙甫罗夫问布杜索夫：“喂，您的勋章在哪儿，给我看看……”弄得布杜索夫真是哭笑不得……

柳辛站在离我三步远的地方，也在瞭望德国人怎样死亡……难道他以前曾经想到，他会在这儿跟我碰面！大概他正感到高兴，认为自己已经干了一件大事：来到了营部。现在他快要向我证明，他是个多么勇敢的人。

有人认为人在战争中会得变成另一种人。可是当我们想到战争结束后一切会怎样，我们还是会想象自己仍旧是个跟以前一样的人。但是也许这是徒劳的……我从来没有时间考虑：我现在是怎样一个人。我必须想别的事情，如果我真的变成了一个跟以前不同的人，这是由于我必须常常去想别的事情，而不是去想自己……

现在我之所以想到自己，那是由于还在炮火准备的阶段，德国佬还在前面大批死亡，反正没有什么事情可干。让德国佬去死吧！我记得，死亡的人不是他们而是我们时的情景。九月里，正当我们渡伏尔加河的时候，敌机飞来轰炸。我们的人的尸体和渡船的破片一起在河面上漂浮着。石油联合企业起了火，流进伏尔加河的石油也起了火，空中弥散着使人极其恐怖而又极其难闻的臭味……我甚至无法运用我的想象力去描述那着火焚烧的人的尸体。

是的，足足有二十分钟，德国佬在前面不断地死去，所有的德国佬都炸死了，只剩下那些侥幸活命、准备在我们进攻时向我们开枪的人……

如果我对人家说，当时我为什么不在医院里的那个女人宿舍里去过夜，那是谁也不会相信的。当时她突然提起，她已忘掉了她的丈夫是怎样的一个人，可是我却没有忘记我的妻子是怎样一个人。我到现在还记得，玛莎是怎样一个人。

我像聋子那样站着，什么都听不见。我看见前面的黑烟中，一切都在翻腾，直到地平线那儿。我用胸部紧靠着战壕的结冰的边缘，伸长身子想看清前面的情况，我的下巴碰到了冰……但我无论如何也忘不了玛莎是怎样一个人。虽然很可能她已不在世上了。我清楚地知道这意味着什么。我见过很多尸体，其中也包括好多女人的尸体，我知道那些尸体是怎样的。冬季严寒中是怎样，夏季酷热中又是怎样……

不，我还是忘记了玛莎是怎样一个人。早就忘记了。我可惜那晚在医院里没有跟那个女人一起过夜。当时我觉得不能这样做，现在却感到可惜了。现在你站在这儿想：这一切在当时怎么会这样收场的。

只要像现在这样的轰响继续下去，这情况也就跟静寂差不多……

就在前面的什么地方，在这一片正在爆炸的地区后面，有我的斯大林格勒的那个营。我现在呆着的这个营也是我的。那一个是我的，这一个也是我的。事实上，现在只有这一个才是我的。那一个已不是我的了。可是我却觉得它还是我的。我现在想到它，好像它远在千里以外。事实上它离开我只有四十公里。如果现在爬出战壕，循着雪地一直向前走，只要没有人向我开枪，路上也没有什么人，我就会在十小时以内到达那儿。

我们在斯大林格勒占领阵地的第一天，我们的战壕离开河岸一千一百米，我受伤的时候，离开河岸是四百米。这就是说，我在那儿的八十二天内，德国人总共只推进了七百米。每天连十米还不到。即使是蚯蚓，只要它从早到晚不停地爬，每天大概也能前进十米。难道德国人不想推进到伏尔加河沿岸，难道他们没有一定能到达的信心？只要他们有一个永生不死、枪弹不入的人，他就可以从前沿战壕中爬出来，在半小时甚至二十分钟之内走到伏尔加河岸边。可是根本没有什么永生不死的人，他们没有，我们也没有……

甚至这样想也是愚蠢的，屠玛年昨天提到机枪连长，说他常常不能够据实报告情况。为什么不能够？因为他不是个永生不死的人。如果他是个永生不死的人，他就可以据实报告，因为这对他来说是无所谓的事情。不确实的报告几乎永远是由于人们怕死。但是后来，这些不确实的报告会使别的人遭到死亡。

我很想知道：如果战争结束后我还活着，我将怎么办？不知道为什么缘故，我老觉得我会活下去。只有很少几次出现相反的情形。一次是在一九四一年，当时我们突破了包围圈，乘着卡车，唱着《喀秋莎》，上后方去编组，不料又碰上了德军的坦克。第二次是在去年夏天，有一天晚上突然又一次遭到空袭。这并没有什么特别，因为我们已有整整三天三夜看不到一架自己的飞机。大家对这情况憎厌到了极点，这就使人一刹时产生了不想活的念头。还有第三次，也是在去年夏天，方面军司令来到了我们那儿。当时他一面走一面阻止奔逃的人，强迫他们挖掘战壕，好像他再没有别的力量剩下来一样。我为他难受得连眼泪都要掉下来了。也许，当时他自己也是不想活下去，故意来找死的？我不知道他本人当时怎么想，我当时却认为自己活不到战争结束，这倒不是因为子弹会立刻飞过来打死我，而是因为一切都搞得那么糟。

后来，在斯大林格勒，我已经没有那种活不到战争结束的感觉。当我想起这情况时，有时候连自己也不相信，但这都是真的：以后我再没有产生过这种感觉。即使现在也没有。

我不知道以后我会怎么回忆战争，可是，只要我还在战斗，对我来说最沉痛和最难受的莫过于我们没有把事情做得像该做的那样。这种情况现在已少得多了，但有时还是会发生。如果我愿意为某件事情去赴死，那我一定要为了使我们把一切事情做得像我们该做的那样或者像我们要做的那样而牺牲！应当让今天这儿的一切完成得像我们所盼望的那样！我非常想实现这一点！在我一生之中，还从来没有想望过什么事情，就像现在想望这一点那样。

当我看到，“密塞尔施米特”从上面扑到我们的“小鹞”后面但还没有开火的时候，我就感到脊梁发凉，好像它立刻就要把一梭子铅弹射进我的两根肩胛骨中间来一样。当它果然开了火，我就觉得好像是射中了我的背部，我会丧魂落魄地趴在地上整整一分钟，好像打死的就是我，我再也不能站起来似的……

对这种感情，我甚至连自己也无法解释得透彻。这是我和我们所有被敌人打死的人所共有的感情，这是因为我们没有获得应有的一切而感到内疚、羞耻、痛苦和愤怒，后来又因为我们将会获得一切而感到欢欣鼓舞！你的灵魂深处是什么，辛佐夫？就是这样的一种感情；由于有了这种感情，我不仅自己一人活着，而且跟我们所有的人融合在一起，并且跟他们一同干着一切好好坏坏的工作。我热爱干了好事的我，憎恨和谴责没有把事情干好的我——不仅我自己是如此，所有别的人也一样。当我指挥战斗的时候，这种感情就存在于我的灵魂内部，也存在于我的灵魂外部，也存在于我的头脑之中，当我扔手榴弹的时候，它就指挥着我的右手。谁知道啊？这也许就是祖国的感情，也许，当我们所有的人认为自己是苏维埃人的时候，在心里涌现的就是这种感情。

前面，一股股的黑烟一会儿紧紧地拧在一起，一会儿又弥散开来，好像有人拿着一个食匙在天地之间搅拌黑粥似的。

但在这儿，在你的眼前，是战壕结冰的边沿，这边沿已被肩膀和衣袖磨得非常光滑；还有一茎结冰的干草，耸立在这结冰的战壕边。好像有人故意把它插在这儿试验爆炸威力似的，它在你的眼前抖动着，一会抖得相当剧烈，一会比较轻微些……

多出色啊，我们有了这样的炮兵队。大炮这么多，对德国佬的打击又是这么重，我这一辈子从来没有看见过。今年夏天我还无法想象，我们会有这么强大的炮兵。如果回想到战争爆发以来，我们所丢失和抛弃的一切，现在所发生的事情就简直可以把它当做奇迹。

自然啰，如果不是大炮和“喀秋莎”从对岸一直在掩护着我们，我们在斯大林格勒就会站不住脚。炮兵像亲兄弟一般地掩护我们。我热爱他们，甚至不知道用什么语言来表达我在斯大林格勒受到他们对岸炮火的掩护时我对他们的那种热爱。如果不是他们日日夜夜地用炮火掩护我们，那我们就根本谈不上坚守阵地。大炮越来越多，我们感觉得到这一点。但那时我甚至无法想象，我们会有现在这么多的大炮，会有现在这么多的不断从我们头顶飞过去轰击德国佬的炮弹。

有多少次，我们曾经为了缺少这样或者那样，用种种只要能说得出口的话来诅咒我们自己啊！就是到现在，还是缺少许多东西！直到现在，当我想到这些事情时，我也还是不明白，怎么会发生这样的事情？我还在十年制中学里念书的时候，我们的业余无线电爱好者首先收到了诺布尔飞船求救的信号。可是我的营到现在还没有一架便移式无线电收发报机。多少通信员在我眼前倒地牺牲！仅仅由于缺乏一般的电话联络，由于我们只有那种要两个人才能拖得动的笨重的电话线轴和又粗又重的电话线，要使电话畅通必须用复线才行。这就使电话线老是不够用……而法西斯匪徒呢，这些恶棍，卷着小巧的线轴奔跑着，线轴上的电线细得很。我们因为电话线不够用，把什么都使上了，甚至把有刺铁丝也拿来当作了电话线……

当我想到这一切怎么会发生时，我的脑子也要爆炸了。这就是说，在战前有许多事情搞得不对头，有这种想法的人不止我一个，几乎所有的人都这么想。有的人有时候会把这种想法讲出来，有的人却从来不提起这一点。大概，我以前对一切事情并不是全都明白的，这甚至是必然的。全明白是不可能的。可是我还是明白了这么一点：我们在战前对许多事情是不明白的。现在我就在想，战后的一切不知道会怎么样。

真的，有时候我想象战后的生活，就像想到战事沉寂的时候一样。我想起，我怎样在面包店里买面包，我和玛莎怎样从市场上把草莓买回来，又怎样加上奶油和砂糖在一起吃，我们怎样双双上戏院去，留下女邻居和孩子在家。我们俩怎样互相搂着腰在城里蹓跶，怎样走进拐角处一家假日延长营业的商店里，站在短短的队伍里等待着，直到店里的人切给我们一块火腿。于是又互相搂着腰在街上走，当时根本不曾想到：这样的生活以后不会有了，代替这一切的将是战争……当这一切在我的想象中出现时，我很想使战后的生活也跟这一模一样……

可是，我接着又想到了战争是怎样开始的，我又不想使战后的一切跟战前一模一样了……

我记得很清楚，我冲出包围圈后，就到莫斯科进了义勇队。玛里宁曾经告诉我好几个将军在战争开始时因为撤退而遭到枪毙的事情。他说那是应当的。

也许是应当的，我可不知道。留在我的头脑中撇不开的是：现在指挥我们战斗的好些将军，都是在当时退却的人……现在他们打德国人，当时却向后退却。当时所有的人都在退却。没有一个将军当时不曾退却过，兵士们也一样。没有人准备枪毙所有我们这些在一九四一年退却过的人。因为不应该认为所有退却的人都是有罪的，我也不认为我自己有罪；如果我认为自己有罪，我就会说："你们把我拉出去枪毙吧。"但是我是无辜的。我可以问心无愧地对自己这么说。

我不知道，当这一切已经显现的时候，我怎么还能够比过去所做的做得更好。如果事情是这样，这是不是说，早在战前就有人犯下了罪过？……因为这一切并不是由于几个将军的退却造成的。还在更早的时候，就已经有人在这一切事情上犯下了罪过。

我早就想知道这人是谁。如果不是现在，至少在战后总得让我知道。也许，正因为这一点，我不愿意使战后的一切跟战前一模一样。

如果我可以跟斯大林同志谈话就好了，我一定要问他：“战争开始时的一切，是由于什么原因造成的？”如果可以写信给他就好了，那他就会把我从战场上叫到他身边，哪怕只要一天，他可以把发生这一切的真实原因告诉我！……因为我在战斗，我可能在知道原因之前死去，而我是多么想知道这一切啊……不单是我一个人，别人也都想知道呢。

可是，当我想到这儿，自然啰，我知道这是不可能的。这不仅是因为斯大林同志不能突然抛开一切去召见前线的一个营长并答复他的问题，而且还有别的原因。可是，这是什么原因？

我不敢替自己回答这个问题。因为如果我按照我有时感觉到的那样回答这一问题，我害怕那会使我内心中那种没有它就很难活下去的信仰发生动摇。是的，我有时觉得，在这件事情上不但别人有罪，而且他自己也是有罪的……

我身边这个口吃的家伙忽然哆嗦了一下。我的肩膀感觉到他这一阵剧烈的颤抖，这是因为有两颗没有达到目标的炮弹在我们和德国人的前沿之间爆炸了。这倒无关紧要。重要的是：在我们攻占敌人第一道防线后向他们第二道防线冲击时，火网该怎样保护我们前进……如果到那时发生了炮弹达不到目标的情况，事情就糟了。因为使人紧跟住火网不落到它的后面是很困难的……伊林大概也想到了这一点，他碰了碰我的肩膀，对没有达到目的地就开花的炮弹眨了眨眼……

大家都很害怕，我也害怕，他也害怕，倒不仅仅是口吃的新闻记者而已。柳辛一定也很害怕。他曾经说过，他要跟住我——我上哪儿，他也上哪儿。让我们看看他怎么跟住我。

伊林仿佛已忍不住了。这是常有的事。我了解他。这不是因为他不害怕，而是由于他想赶快结束一切，不管结局怎样。我自己也有这样的感觉，特别是现在。一切结束后，我就可以钻到一个温暖的地方，吃饱，喝饱，甚至睡上短短的一觉……

我很想知道伊林现在在想些什么？他是个坚强的指挥员，虽然还很年轻，只有二十一岁。如果仔细想一想，他只不过是个孩子……我昨天就曾问他，为什么这样大冷天不穿棉裤只穿马裤；结果是：他也穿了棉裤，不过他挑选了最薄的一条，但马裤却挑了一条大的，把它罩在棉裤外面。这样，看上去可以威风一些……可是在谁的前面摆威风呢？……在那个本来是卫生指导员现在是迫击炮手的索洛维耶娃跟前？也许就是在她跟前摆威风。但也可能只是为了自我表现。极其可能，他直到现在还不曾知道一个女人的滋味。在战前没有来得及，在战争中又不敢……我自己也有一年半忘记女人是什么了。最好不要去想它。一想起它，那就会很难摆脱，不论你在清醒的时候还是在梦里……

看一个女人死去是非常难受的。在斯大林格勒的时候，一个叫泰玛拉的女医助被炸弹炸伤了。我也去帮忙，把她从炸毁的掩蔽部里扛出来。我扶起她的身体，她就搂住我的脖子叫道："万尼亚，亲爱的万尼亚……不要抛弃我！……"好像她在向我求爱，好像我不是在把她救出来而是要抛弃她似的……她的两脚已齐脚踝炸掉了，她还没有看到，还不知道。一个人被一下子打死是最好的事情，最糟的是半死不活……后来我记起来了，她为什么要在临死前对我说这种她生前从来没有说过的话……因为她是个非常洁身自好的女人，平素绝对不允许别人接触她。也许，她嘴里虽不说，心里已爱上了我？我回想起来，在她被炸死前一星期，有一次，我突然间回过头去，发现她正在热烈地注视着我。当时我想了一想也就忘了。因为我无暇顾及此。当时是最不可能谈情说爱的日子，简直是千钧一发的危急时刻……

我简直想象不出，战后我将怎样生活。如果玛莎死了，我自然又会跟别人结婚。最可能是跟所碰到的随便什么女人一下子结婚。也许就此不结婚了。但这也许只是哀愁所招致的想象。但如果她仍旧活着，倒是我自己不在人世了呢？可能突然会发生这样的情况：既不由她也不由我而是由战争来决定取舍：我俩只能有一个人活下来——不是她，就是我。这样的取舍是极其迅速的——啪的一声，就什么都完了。好像照耀全世界的灯光一下子熄灭了一般。要实现这一点也不用多少东西——只要有一小块铁钻进棉袄就行了。

十一月初的一个早晨，我接收了补充的战士：三个人。接收之后，写下了姓名，就把他们送到布杜索夫的连队里去。战斗正在进行，没有时间跟他们多说话。甚至没有好好记住他们的相貌。当时我想，还是以后到连队里再跟他们谈话。可是到了当天黄昏，那三个人都给押回来了——每一个都是自己用枪打伤了左手掌。“迫击炮弹……迫击炮弹……”解开绷带一看，每个人的左掌心都有火药炸伤的痕迹，这是什么迫击炮弹啊。这是他们在敌机轰炸的时候用步枪顶着打的，因此人家没有听见。大概他们在渡河的时候已经害怕得不得了，早已商量好了的。起先我只想枪毙一个中士，把另外两个送到医院或者惩罚连里去。可是师部来了命令：军法审判——三人一律在营里就地枪决。

“这是由于危急的局势！”局势的确很危急。也许那天也的确不能有另一种处置办法。念过了判决书，命令他们排在“Γ”形房屋的墙壁前面——那是什么墙壁啊，只剩下了一堆瓦砾！——在所有连队的代表前面，枪毙了这三个人……一切都是在一天之内发生的：开始和终结……

但愿今天没有人发抖！但愿今天没有人需要用武器逼着向前冲！世界上最糟糕的事情莫过于此了……

辛佐夫听惯了炮火准备的连续不断的轰隆声，他觉得自己好像是在一片静寂中沉思默想。当炮轰结束，静寂真的降临，他在最初一刹那还没有注意到。

“信号弹！”他嘶哑地喊道，不过还是听不出自己的喊声，他听见身边的信号枪发出轻微的响声，看见二连上空升起了另一颗信号弹，就抬起毡靴在结冰的小台阶上一踏，爬出了战壕。

他早已决定，一下子用散兵线冲进德国人的第一线战壕。现在只要实现这一决定就行了。

前面，在三百米外炸得天翻地覆的地方，三颗来得过迟的炮弹好像屋檐上掉下来的最后几滴水一般，一颗又一颗地落了下去。当他注意到这一点的时候，他们已经冲在半路上，把原来的战壕扔到后面去了。

第二十章

下午三时，三三二步兵团三营已在自己那个区域里，把当天的任务全部完成：德军的第一道防线早在上午就已突破，远远地抛在他们的后面了；第二道防线刚才终于被他们占领，只是他们自己也遭到了重大的损失。上级还会发出什么命令，暂时还不知道。他们就一面等待命令，一面“设防固守”，说得简单些，也就是在接连不断的六小时激战后，滚进德军战壕，让自己清醒一下。

前面是一个长长的斜坡。坡面上是还未被我们占领的德军第三道防线的前沿阵地。当十来个战士跟着卡拉耶夫连长，在急躁情绪的驱使下跃出战壕向前冲时，德军向他们发出了迫击炮火。受伤的人拖回来了。两具阵亡战士的尸体，在大家眼前黑魆魆地横在雪地上。为了不致平白地拿人命冒险，辛佐夫下了命令：不到天黑，不准行动。

战壕前面是一片积雪的原野，慢慢地向高地伸展，直到地平线那儿。

当大批从这儿战壕逐出去的德国佬乱成一团向后飞跑，溃退到高地上去时，“喀秋莎”的炮火在半路赶上了他们。雪地上就因此点缀着许多尸体构成的黑斑点；高地本身也变得不是那么洁白，而是斑斑驳驳地布满了“喀秋莎”炮火的黄色弹坑。

可是德军并没有全部逃回去。有好几队德国兵留在第二道防线最后那条战壕里开枪，一直顽抗到底。发出这样火力的，往往是一批最顽固的家伙。在那道战壕底部，好多具德军尸体中横着一具德军上校的尸体。他的冲锋枪的枪筒翘起在雪地上，那家伙死也不肯放下武器。

“这家伙大概就是强迫他们在这儿战斗到底的人，”辛佐夫想，因为自己人受到惨重损失，不禁对他产生愤恨之感。对这种人如果会产生什么敬意，那也得在事后，在战斗的时候决不可能。

按照军官尸体的数目、掩蔽部、电话机和踏在雪地里的各色电线看来，卡拉耶夫连占领的地方显然是团部。但向上级报告，这暂时还不可能。通讯兵还没有从辛佐夫在最后冲锋前耽过的离这儿半公里远的炮弹坑里把电线拉出来。他们的行动显然太缓慢了，辛佐夫却不愿去催促他们。向上级报告占领敌人团部固然很光彩，但问题在于事情不限于你向上级报告，上级也可以立即对你下达命令。在战斗中常常有这种时候：希望略微休息一下，暂时不想跟上级取得联系。

“上尉同志，也许您可以吃点东西了吧？”

辛佐夫回过头去。他在战斗中没有空闲想到这个孩子，虽然他曾经好几次看到他站在自己身边。现在他才突然想起了他：这孩子是多么瘦，多么冷，冷得牙齿跟牙齿直打战。

“你有什么吃的？”

“肉罐头。”

“能烧热它吗？”辛佐夫想到这么冷的天罐头肉一定会冻得跟玻璃一样，不禁问。

“有固体酒精。”

“那就动手烧吧。”

辛佐夫叫来了三连连长卡拉耶夫，命令他沿战壕向右巡视，去检查一下预防德军反攻的机枪配置得怎样。

“左边由我自己去看。”

战士们背着风弯着腰，蜷缩在壕壁间。有的在不断地吸烟，有的在搜查德国人的尸体。一个战士在瑟瑟地咬着一片像细木工用的水胶那么硬的面包干；另一个战士把子弹倒在掌心里，喀嚓地扣动了缴获的“瓦尔特”手枪的扳机。

战斗时那种紧张、残酷的拼命情绪已被疲乏所代替。在战士的眼光中，可以看到自己心中也有的同样的疑问：“现在怎么样？今天的一切算是结束了，还是又要下达新的命令？……”自然啰，大家都希望今天的一切已经完全结束。

在比例尺为五百的军事地图上，他们经过的距离只有九厘米。实际上，德军的第一道防线由三条战壕组成。从第一条战壕到第二条战壕距离四百米，从第二条到第三条，距离七百米。从这儿到第二道防线的那片开阔地有两公里长。第二道防线也是由三条战壕组成的。突破它得再加上一公里半。虽然我们的炮队在炮火准备中以及后来的炮火掩护中怎样“耕”遍了周围的所有地面，可是每条战壕里还是有敌人在开火，而且越向前火力越猛烈。因此，从这一切可以知道战士们的心理：当他们经受了这一切考验，当他们在这一天内已经好几次突破了人的力量的限度，他们现在已不愿想到：上级还得再一次命令他们这样做。

风卷雪从战壕前面向德军那边吹去，使死亡的黑斑——炮弹坑和尸体——在人们眼前渐渐蒙上白色。

虽然设防固守的命令早在攻占最后一条战壕时下达，机枪还是没有配置好。那就不得不对战士们呼叱喊叫，强迫他们执行命令。战士们不愿意搞这麻烦的事情——构筑面向德军的新机枪阵地。战后的疲乏和共同的想当然的念头起了作用：他们认为德军今天未必会反攻，而我军不是今夜就是明晨反正要向前进攻，因此一切劳累的工作都会白费。

战壕末端，原来德军留下的结冰的桌形机枪阵地旁，在那本应配置机枪使它可以向四周扫射的地方，辛佐夫亲临现场对战士们毫不放松地催促着。

他站在这儿，可以清楚地看到前面的宽大高地以及德军用来跟这段战壕呼应的另一条战壕——它已由鲁宁连从左方进攻，予以占领。在他站着的这条战壕和鲁宁占领的那条战壕之间，是一片大约四百米长的开阔地。德军没有在这儿筑起一条使两方面连通的路线。因为这片凹地可以从他们的纵深阵地，从那直到现在仍旧由他们占领着的两个高地上，用火力牢牢地加以控制。那两个高地，大的较远，小的离鲁宁连攻占的阵地只有七百米。

辛佐夫望着那个矗立在鲁宁连前方的小高地，脑子里突然闪过一个念头：如果我们能夺取它，就可以推进到那个大高地的侧翼。小高地一占领，攻打大高地就比较容易了。

可是，要强迫自己把这个念头想得更周详些，现在还没有这股劲道。

还是想想别的事情。鲁宁在开始进攻德军第二道防线的时候就牺牲了，那个连现在由鲍高斯洛夫斯基指挥。他早就应该派联络员送报告来营部了。

“他在那儿磨蹭什么啊？不愿让联络员在天黑前冒险通过这片被德军监视的凹地？”

辛佐夫顺着战壕回去时不禁对鲍高斯洛夫斯基感到很不满：虽然他已占领了上级命令他攻占的敌人防地，现在却拖延着不送报告……总之，还不知道他在鲁宁死后留在那个连队里，是否担当得了一切。

上面这一念头与另一个念头混杂在一起，那就是：他应当亲自到鲍高斯洛夫斯基的连队里去一次。最后，又冒出了第三个念头，把前两个念头都挤跑了。那还是他在等待战士们配置机枪、站在那儿望着鲁宁连前面那座小高地的时候突然想起的：“最好趁天色一黑立即攻占那座小高地，越快越好。德国佬以为我们在明天早晨或者今天深夜才会发动进攻，我们就必须在他们以为我们还得集结兵力进行准备的时候，一下子占领它。发起进攻要突然，要使用小部队，不要先进行炮火准备。我得亲自领导这次进攻。为了在天黑以前来得及估计和观察接近小高地的通路，就必须顶多再过半小时，趁天色还明亮的时候，穿过这片开阔的凹地到鲍高斯洛夫斯基的连队里去。”

他带着沉重的心情回来，无法逃避和取消自己头脑中的这一念头。不论这个任务是多么艰难，也不论他多么想用另一个较轻松的念头——今天的仗已经打完了——来代替它，他已经明白：这一沉重的念头已在他心里扎下了根，而且在不断地成长，等到他考虑成熟以后，反正他就会向上级报告，而且不由他不去报告。不过他自己还是很矛盾，他希望上级对这一计划暂时不作决定，把它搁置到明天。

那孩子正在战壕底部煮两大罐肉。他把它们搁在两小盒固体酒精上烧。罐头已打开了，上面搁着好几块面包干，以便利用肉罐头的蒸汽蒸软它们。

他好似坐在什么东西上面。辛佐夫起先还不明白他坐的是什么，后来看到了在孩子皮袄下面翘出来的德军冬季高筒套靴，才知道孩子正坐在一个被打死的德国人身上，好像理应如此。

卡拉耶夫站在旁边观察肉罐头和在罐头下面燃烧的酒精火焰。

按照在壕底好容易才能看出的火焰亮度判断，天色还没有黑下来。

“检查过了没有？”辛佐夫问卡拉耶夫。

“检查过了。”卡拉耶夫说。他突然问道：“鲁宁是在哪儿被打死的？你亲眼看见过吗？”

辛佐夫已经告诉过他，鲁宁是在哪儿牺牲而且是怎样被打死的。可是卡拉耶夫显然不是在提问题，而是来到这儿后在静寂中引起的一种哀伤愿望的表现。他在想怎么会这样的：本来有这么一个人，鲁宁，现在却已不在人世，被打死了。他是怎么被打死的？怎么会是这么个死法？……辛佐夫了解他的愿望，就重复地回答：是的，鲁宁是在进攻第二道防线的时候被一梭子机枪弹一下子打死的，大概他连想一想自己被打死都来不及。就这样，这个斯大林格勒人没有能够冲进自己的斯大林格勒。当辛佐夫这样重复讲述时，他不禁想起了雪地上鲁宁那淡黄头发的没有被死神糟蹋的干干净净的头，以及那顶从头上滚到身边的护耳帽；他的两眼睁得很大，一边脸颊压在雪地上，博克式的头发，直剃到高过耳朵的地方，剃得光光的太阳穴……这一切就是鲁宁在当时留给辛佐夫的印象，别的就再也说不出什么了，因为辛佐夫自己也不知道什么别的了。他知道，鲁宁带着他的连队攻下德军第一道防线全部三条战壕的时候还活着，他是在冲向德军第二道防线的当儿牺牲的。

对刚结束的战斗，那是没有什么可以多说的，而且也没有工夫去想它。

占领德军的第一道防线，几乎没有受到什么损失。可是在进攻第二道防线的第一条战壕时，碰上了一挺很难消灭的机枪，鲁宁就被打死了……可是他，辛佐夫，在这次攻打德军第二道防线的战斗中走遍了三个连队。他曾在第二道防线的第一条战壕前面鼓励战士们冲锋。当这条战壕的左右两端都被攻占、唯有中间那段还未被卡拉耶夫连攻下时，他在炮火下向卡拉耶夫连爬去。爬到那儿后，就带着卡拉耶夫和全连战士跃起冲锋。他们亲眼看到好多个人受了伤或者被打死，但他们终于攻下了第一条战壕和第二条战壕。

他们本来应当毫不停留地攻打第三条战壕，可是德军发动了反攻，双方就此对峙起来。那时候伊林上丘贡诺夫那儿去了，辛佐夫留在这儿卡拉耶夫连里。他趴在雪地中间的炮弹坑里等待着，让我军的炮火把德国佬再扫除一次。最后，他和全连人一跃而起，紧跟着最后一阵炮火向前冲去，直到冲进第三条战壕……

一切都想得起来……还有什么想不起来的啊！……只要你能回想一下。可是，在战斗中一切感觉都很急促，除了当前急务之外什么都没有时间加以考虑，而且对这些急务也得一下子作出决定：是或者否！

他对这些干过的事情是有感觉的，而且那一切就是他在这次战斗中的主要的回忆。此外还有次要的关于自己个人的回忆，那就是他还活着。在想到自己时，他觉得，认为自己在指挥全营人作战，因此没有时间害怕，那是不真实的，害怕的时间还是有的。

但当时的其他感觉——对战斗的总的感觉以及他个人还活着的感觉除外——在初次回想的时候，只是一些残留在头脑中的断断续续的印象。

这些回忆的断片有下列一些印象：被打死的鲁宁的脸和他那剃光了的太阳穴……在德军反攻之际突然出现可能碰上他们这样的念头时涌现的那种揪心欲呕的感觉……当你停滞不动，屠玛年在电话里向你喊出的恶狠狠的声音："你在哪儿？赶快准备——前进，前进……"还有你自己的也是恶狠狠的回答："准备，准备，叫我像个光着身子的人系上根腰带就向前冲？！……"这是一阵短促的生气感觉和内疚感觉的混合物……在雪地上冒着敌人的炮火又一次冲锋……还有一个回忆的断片：迫击炮手们在开炮，那个在刚到的夜晚提起过的姑娘也在一起。她的个子很高大，肩背宽阔，金色的头发从护耳帽下钻出来披散在棉袄上。她用两手抓起一颗迫击炮弹，往炮筒中送去。后来，过了一小时，在另一处迫击炮阵地上，那些迫击炮手已被德军炮弹击中，炸得血肉模糊，令人惨不忍睹。那个姑娘也被打死了，横在死尸堆里。她仰天倒在雪地上，身体被炸得一塌糊涂，只有脸还是完好的……当她活着的时候，你只看到她的背影，这时候才看到了她那被白雪反衬出来的脸：脸色死白，嘴唇咬紧，眼睛睁开。当时你只瞥了一下就跑过了。因为没有时间细看，必须继续向前跑……

再有一个印象是：一个年轻的战士押着五个德国兵迎面走来，急切地问你："请准许我亲自押去。""干吗要亲自押去？""要不，他们会逃走……"

还有一个战士趴在雪地上不起来，不得不用那干式手枪在他背上捣了好久，才使他站了起来……

再有一个战士，他刚冲进战壕，为了不让你被一个德国兵打死，把你一脚踢了开去，德国兵就把他打死了，而你又用枪顶着打死了那个德国兵。他在你前面倒下来，死人的手臂像一条鞭子那样，打下了你手中的那干式手枪……

还有一些记不清楚的零碎印象，在你头脑中不断地打转。当你在雪地上奔跑时，突然跌进了一个炮弹坑。刚往下掉，你一下子用手抓住了被子弹打飞的护耳帽……你的鼻孔里溅进了好些混和着久留不去的火药臭味的雪粉。不论你怎么口渴，具有这么浓烈硝烟味的雪，还是难以下咽的……好似还有些什么……究竟是什么？现在可想不起来了……

"我跟他一起念完了中等技术学校。"突然传来了卡拉耶夫的声音。

是的，这是卡拉耶夫在说话。是的，是的，不错。他的声音还在前一天晚上就曾听到过。他说他和鲁宁的运气很好，在一个学校里毕了业，又在一个营里战斗……

"煮热了，可以吃了……"

这是那孩子在说话。他用无指手套裹住肉罐头，把它从火焰中提了起来。

"他这些时候把那两听猪肉罐头藏在什么地方，塞在皮袄里么？"

"走吧，营长，进掩蔽部去。虽然打坏了，究竟没有风，暖和些。"

这是从掩蔽部里钻出来的伊林说的话。他显然已从丘贡诺夫那儿回来，在这儿掩蔽部里耽了一会儿了。

"那个女迫击炮手被打死的消息他还不知道。我可不能告诉他。”辛佐夫想。

“丘贡诺夫那儿怎么样？”

“一切顺利。”

“电线接通没有？”

“通讯兵还在擅自拖宕时间，我已派雷波奇金去催促了。”

辛佐夫一下子记不起雷波奇金是谁。“啊，对了，雷波奇金——那是营部副官。”

“那么，就让我们吃点东西吧。”辛佐夫说。

“让我们到掩蔽部里去。”伊林又重复地说。

“且待以后再说，现在我可不想进去，”辛佐夫回答后又急切地问，“电线怎么还没有接过来？”

他暂时不想进掩蔽部，那是因为他已下了决心：只要屠玛年跟他一通电话，他就请求准许他按照原来想法，去夺取鲁宁连前面的那座小高地。如果上级准许了，那他反正得下连，就不必再到那暖和的、会使人变得懒洋洋的掩蔽部里去了。但如果进攻延期到下一天早晨，那自然是另一回事了……

他拔出芬兰厚刃短刀，用刀尖挑起了浮在油腻腻的肉汤上的一块猪肉。他并不想吃，可是烫热的肉使他感到高兴。他在把罐头递给伊林之前很想喝几口肉汤；他向四周看了一下，看什么人带着汤匙。可是那孩子已从毡靴筒里拿出一柄汤匙来，用一块从皮袄口袋里掏出来的破布，把它擦干净了。

“呐，上尉同志。”

辛佐夫喝了几匙汤，把罐头连汤匙都交给了伊林。

“您吃得太少。”伊林说。

“我已经够了。”辛佐夫说。他发现卡拉耶夫快要肃清另一个罐头，就向孩子那边点点头说：“留些给厨子吧。”

“也许，您还想吃一些？……”伊林又问，“我的传令兵也带着吃的东西。”

辛佐夫摇了摇头。

“打仗的时候不能多喝，”辛佐夫说，这时看见伊林眼中闪过惊异的表情，好似说，“怎么了，难道今天的战斗还没有结束？”

战争往往使上下级的关系变得非常密切，有些事情常常可以不必发问就了解。但问题终究是问题，既然已从对方的眼光中看了出来，那就得回答“是”或者“不是”。

“听我说，伊林，”辛佐夫揽住伊林的肩头，把他略微引到一旁。“今天我想到一个计划，这下子刚才考虑成熟，不知您的意见怎么样？……”

辛佐夫一开始叙述这一计划时心里就明白，即使伊林有不同意见，自己也决不会让步的了。在他的决心中不但有对这一计划的正确性的自觉，而且还涌现了不知从哪儿来的可以轻易地取得胜利的预感。

伊林听完了他的话，并没有反对，而且表示愿意代替营长去执行这一任务。那也许是出于他的自尊心，但也许是出于他想单独承当他遇到的一切困难的那种习惯。

“您自己的工作已够多了，我要留下两个连归您指挥，”辛佐夫说，“现在您去尽量挑选一些人，组织一队侦察兵，派他们到我这儿来。”

伊林点了点头，可是他的眼光里又蕴含着一个疑问：“现在就去组织侦察兵？这事情算是决定了，还是得等到您跟团长通过电话？”

“去准备吧，”辛佐夫挥了挥手说，“不但要侦察兵，还要传令兵，也要其他必需人员。除了出击的连队以外，得再派上十五个人。”

辛佐夫说完了又想，他可不能把自己那个小传令兵随身带去，必须把他留在这儿。他究竟是个孩子啊。在防守时跟在指挥员屁股后面打转是一回事，在作战时那就是另一回事了。跟我一天已经比跟了我一月还难受！不论他怎么哭，明天就送他去后方。

“听我说，伊林。”他喊住了准备去执行任务的伊林。

伊林转过了身子。

“你还得去注意一下热的饮食的准备工作，要不，那几个庶务长会在后方逛到天黑……”

“我们这儿还没有落到这个地步，上尉同志，”伊林说，“一切都会准备好的。可以准许我离开了吗？”

“走吧。”

伊林刚走，营部副官雷波奇金就跳进了战壕，落到辛佐夫身边。一个通讯兵跟在这个副官后面，拿着电话机和线轴。

“这下子可盼到了，”辛佐夫说，“要不，他们会一直耽到天黑才苏醒呢。”

“原来是他的伙伴受伤了。当……”雷波奇金正想解释，辛佐夫却打断了他的话：

“你以后再解释一切。得先把电话机装好。”辛佐夫指着掩蔽部进口的地方。

他跟着雷波奇金和通讯兵进了掩蔽部。一具横在进口处的死尸，险些儿把他绊了一跤。掩蔽部里点着一盏油灯，可是从外面光亮的地方刚进去什么也看不见。

“喂！”辛佐夫从掩蔽部里探出头来大声喊道：“掩蔽部也得扫除一下，究竟是指挥所啊！”

翘胡子的老头儿——伊林的传令兵——和那个孩子一起钻进了掩蔽部，把死尸扛了出去。

“军官？”辛佐夫在后面追问。

“军官，戴十字章的家伙！”孩子在外面回答。

“今天可把他们打死了不少，”辛佐夫想，“主要的自然是炮队，可是我们的成绩也不坏。敌军伤亡人数要比我们多上好几倍。”

“你们还没有‘苏醒’吗？”

“装好了。”通讯兵回答。

电话不很清楚，一定是电话线在什么地方“通地”了。而且，从电话线另一端传来的声音，出人意料地不是屠玛年的，而是列瓦绍夫的。

“这下子可出现了，你这无可救药的家伙！”列瓦绍夫在电话里大声喊叫同时高兴地骂上一句。“你在哪儿？”

辛佐夫报告了他所在的地点，并且说明：在这道防线的中心，有五个很大的掩蔽部；显然，这儿是德军的团部。现在虽然都炸得一塌糊涂，但其中有一两个还可以修复应用。

“好极了！”列瓦绍夫说，“团长马上就回来。让我们把指挥所搬到你那儿，同时把你踢到前面去。”

“前面——可没有地方啦，”辛佐夫说，“前面就是德国佬。团长在哪儿？”

“上一营换营长去了。那个营长已被迫击炮弹炸死，这事情可打扰了团长的情绪……那个新闻记者是不是在你们那儿？”

“哪个新闻记者？”辛佐夫问，他记得攻下第一条战壕时，曾经瞥见两个记者站在离他不远的地方，从此以后就既不曾见到这一个也不曾见到那一个。

“戴眼镜的在我这儿，”列瓦绍夫说，“那个一级政治指导员一定在你那儿。戴眼镜的正在替他担心。”

“没有看到过。”辛佐夫说。

“你去找一下，你得为他负责。”

“是。”辛佐夫说，“参谋长在哪儿？”

“还在路上走，”列瓦绍夫说，“他已离开了老地方，但还没有到达这儿。你找他干吗？”

辛佐夫决定不再等待屠玛年他们回来，他向列瓦绍夫报告了自己的计划：天一黑就悄悄进攻，不进行炮火准备，把鲁宁连前面那个小高地拿下来。他解释说，这个小高地一占领，他们就可以威胁另一个很大的高地的侧翼。

“等一下，让我立刻看看地图。”列瓦绍夫的声音消失了一分多钟。“原来是这样，清楚得很，我明白了。你相信能成功吗？”

“不相信就不会来请求批准了。”辛佐夫说，他终于抛开了存在他内心深处的、希望进攻延期到明晨的恼人念头。

“既然是这样，我不反对！”列瓦绍夫说，“但如果你觉得有困难，就可以停止，免得平白遭受牺牲。”

“这个我明白。”辛佐夫不满地回答；列瓦绍夫刚才说的话是多余的：虽然充满了好意，终究还是空话。

“你得找到那个新闻记者，”列瓦绍夫在话筒中喊道，“你得负责。”

“我没有空，我得下连队。”辛佐夫说。

“无论如何，你得负责。”

"我一定下命令去找，"辛佐夫说，"这是我能够做到的一切。"

"好吧，你去准备吧。可是在发起进攻以前，还是得通一次电话，让团长说一声'好'。"

辛佐夫出了掩蔽部，对外面明亮耀眼的天色感到非常奇怪。当他在掩蔽部里的时候，满以为外面天色已经昏暗，原来还是大白天。他必须在几分钟后，在这么明亮的天色下，通过那片德国佬可以看得清清楚楚的蒙上白雪的凹地。

"辛佐夫！"他听到一声高兴的呼喊，不禁回过头去，立刻见到了顺着战壕向他走来的柳辛和扎瓦里欣。

"好极了！"柳辛走到辛佐夫跟前，跟刚才一样地高声说，同时用力握着他的手，好像他们今天还没有碰过面。"你得知道，我对你还活着感到非常高兴！"在"你得知道"这样一句话里，显然蕴含着明确的请求：叫辛佐夫忘掉过去存在于他们两人中间的一切芥蒂。昨天他还装出好似他们之间毫无隔阂的样子，今天却想请求忘掉一切。大概他以为，既然在营里耽了一整天，而且冒了同样的风险，辛佐夫就会因此把宿怨一笔勾销。"见你的鬼！勾销就勾销吧！"辛佐夫望着兴高采烈的柳辛想。

"他们都在问起您。您在哪儿？"扎瓦里欣用头向柳辛指点了一下，问道。

"听我说，扎瓦里欣，"辛佐夫把扎瓦里欣的话当作耳边风，管自说，"我没有空，我得走了。你给政治副团长通个电话，告诉他：记者已经找到，要不，他又会来电话，老替人家担心。"

"担心！"柳辛心满意足地呵呵大笑，"叫他不必担心！我和你还没有落进这么危险的境地，而且也决不会失踪！"

"您上哪儿去？"扎瓦里欣问。

辛佐夫作了简短的解释。

"能不能准许我跟您一起走？"扎瓦里欣问。

"伊林没有回来以前，您得暂时耽在这儿，"辛佐夫说，"以后再看情况，跟他一起决定。"

"啊，我可一定要跟您一起走。"柳辛说。

"这暂时不必要。"辛佐夫说。

“为什么不必要？”

“唔，这一点我们不必争论。不必要就是不必要，”辛佐夫斩钉截铁地拒绝了，然后回过头来对扎瓦里欣说，“请您立刻打电话。”

那个孩子举起了冲锋枪，把它挂在脖子上。

“你不要跟我走。”辛佐夫说。

“为什么？”

“没有‘为什么’。留下。”

“当我跟波里瓦诺夫大尉在一起的时候……”

“跟波里瓦诺夫大尉在一起是一回事，跟我在一起又是一回事。我不在的时候，你得把掩蔽部收拾好。懂吗？”

辛佐夫再也不说什么，转身就走，同时带走了那个翘胡子的上了年纪的别人的传令兵，作为联络员。

当他爬出战壕时，不禁又想了一想：天色怎么还是这般明亮！可是，他正是为了不再拖延、以便及时到达目的地而趁早出发的。

伊林的那个传令兵跟着辛佐夫爬出了战壕，默默地跟在后面走；既然营长下了命令，那就是说，必须跟着他走。否则又有什么办法，总不能叫营长孤零零地去打仗啊。

起先，他们挺直身子、深深地陷在雪地里走着。然后，当远方高地上传来机枪的扫射声时，他们就趴下来爬了三十几步，接着就站起来奔跑。可是，在很深的雪地里不能跑得很快。于是，远处高地上又传来机枪扫射声，但那已几乎超出射程以外，能不能打中完全得碰运气了。

较近的小高地上的德军却没有声音。谁知道这是由于什么缘故。也许，他们不愿意招惹回答的炮火吧。

当他们越过凹地的一半时，地势慢慢高起来了。可是，在辛佐夫预料会引起敌人再次扫射的最开阔、最危险的地段，他们却非常顺利地通过了。以后德国佬再也没有射击。

他们在坡地后面平静地休息了一会儿。接着，一片小小的从远处望不见的洼地遮住了德军视线，这使最后一百米的距离非常安全。他们还没有到达战壕，鲍高斯洛夫斯基已经爬出来迎接他们了。

“他们报告我：有人来了！我亲自跑过来一看：谁？原来是

您……”

“干吗到现在还不向我报告执行任务的经过情况?”辛佐夫不满意地打断了他的话。

“半小时前已派出了通讯员，带了一张字条。我以为您已经……”

“您派他上了哪儿? 到后面还是到了什么非常遥远的地方?”

“到后面您呆过的老地方。”鲍高斯洛夫斯基说。

“应该考虑一下，”辛佐夫说，“按照形势，难道我现在还能呆在离前线一公里半的地方? 此外，我在离开您的时候曾经预先告诉您：我将在卡拉耶夫那儿。”

“那一定是我在急切间没有听清楚，上尉同志。”鲍高斯洛夫斯基说。

辛佐夫根据他的脸部表情知道他没有扯谎。真的，他不是没有听清楚，就是没有听懂。当时也的确很忙乱：鲁宁被打死了，鲍高斯洛夫斯基刚接收连队，他很可能没有听清楚。

他们现在已跳进战壕，循着战壕走去。

“夺获的德军电线多不多?”

“不少。”鲍高斯洛夫斯基说，“电话兵把电线绕满了整整一个线轴。”

“那就赶快把电线架到我来的地方去。您应当纠正您的错误! 得直线架设，我们走到哪儿，电线就得通到哪儿。我需要电话联络。伤亡怎么样?”

鲍高斯洛夫斯基报告了连队在他指挥下进攻最后两条战壕时的伤亡情况。伤亡并不多；这会使当前任务的执行比较容易。

“排长齐齐巴宾上士挽救了连队，使我们不致遭受重大伤亡，”鲍高斯洛夫斯基说，“他在最紧急的刹那间，用自己的胸膛堵住了敌人的机枪。”

辛佐夫怀疑地看了鲍高斯洛夫斯基一眼。他知道当人们报告这类事迹时，常常会添油加酱。

“的确是这样，”鲍高斯洛夫斯基领会了营长的眼色肯定地说，“我已经在给您的报告里写上了。喏，就是这挺机枪……”

他们走近了德军的机枪阵地。战壕里横七竖八地倒着好多具德军死尸。在战壕前的雪地上，正对机枪的地方，一具披着敞开的皮袄的战士的死尸，摊手伸腿地仰卧在那儿。那显然是在生前受到打击后向后倒下去的。在军便服的前胸正中，有一块相当大的结冰的黑色瘀血。他的脚上没有毡靴。一只光脚板搁在一条散落在雪地里的裹脚布上。

“英雄……却脱去了他的毡靴，”辛佐夫说，“您打了报告，却连应该把他拖到战壕里也没有想到！”

“让我立刻下命令。”鲍高斯洛夫斯基说。接着，他一面为自己辩护一面解释：一个战士在进攻的时候急切间失落了一只毡靴，他光着一只脚冲进了战壕。因此鲍高斯洛夫斯基准许他从打死的人那儿去脱毡靴。

“您的战士怎么都这么急切。”辛佐夫还是像起先那样不满意地说。虽然他很明白，假如他处在鲍高斯洛夫斯基的地位，也一定会这样干。

两个战士走到排长尸体跟前，把他扛进了战壕。辛佐夫怀着沉重的心情注视着他们。他似乎觉得自己对一切都习惯了，可是一到某种场合，却发现自己并没有习惯。是的，并没有习惯。

“证件保存起来没有？”

“保存起来了。”

“那就保存在您身边吧。”辛佐夫考虑了一会儿说。他想，现在得把这位生前并未见过面死后也只知道他姓什么的排长的英雄事迹报告上去。大概，以后会在报纸上刊登出来的。是的，他冲在所有人前面，第一个向机枪扑去。至于他是否有意识地扑过去用胸膛顶住机枪，还是仅仅由于他突然跌到顶住机枪的地方，因而救了大家，那已无法问他了。是的，他很勇敢，因此做了他能够做到的事情。这是事实！而其余的都是添加上去的。其余添加上去的一切也将变成事实。他是个人，却不惜牺牲自己的生命，被打死以后，连他的毡靴也派上了用处……傻瓜才会对这一点提出抗议，不过想到这一点总感到难受……

“走吧，让我看看您的整个防地，”辛佐夫说，“从什么地方观察那个高地最清楚？您从这儿向高地开火，还击的火力可能并不十分猛烈吧？”

“似乎不十分猛烈，”鲍高斯洛夫斯基说，“可是很难知道他们那儿的实际情况。从这儿逃走的残余敌人现在也在那儿。可是那儿原来还有人。这是一个真正的高地……”

“问题就在这儿……”辛佐夫说。

他们循着战壕走去，不时地爬得高一些，以便更清楚地观察地形。德国人没有开枪。直到高地上突然传来了轻机枪的扫射声时，他们才开始往回走。可是敌人并不是朝战壕，而是略微向右，朝刚才辛佐夫通过的凹地扫射的。

“他们在扫射什么人？这倒使我非常关心。”

“通讯兵早已通过了凹地，不是朝他扫射。”鲍高斯洛夫斯基说。

机枪继续发出一阵阵短促的扫射声。

他们赶到战壕右端，才看到了真相：在逐渐被暮色笼罩的灰色雪地上，移动着两个黑色人影，他们在机枪火力下，一会儿趴在地上，一会儿奔跑几步，一会儿又趴在地上。

辛佐夫正想下令用火力掩护那两个向这边跑来的人，战士们早已想到了这一点，用不到他下命令了。我们的两挺机枪，一挺从这儿，另一挺从卡拉耶夫那儿，同时向高地扫射了长长的好几梭子。德军的轻机枪不作声了，可是过了一会儿又开了火，这一次添上了一挺重机枪。敌人下决心不让这两个人活着爬到目的地。

那两个人又一次趴了下来，又一次跑上几步再趴下，他们离开那个向辛佐夫他们这边倾斜的安全的坡脊已经不远。现在，当他们最后一次跃起奔跑时，辛佐夫按照他们的身材才看清楚：那个跑在后面的较矮的人是孩子。

“这畜牲！”辛佐夫咬牙切齿地说；他咒骂的并不是孩子，而是那个胆敢不顾他的禁令把孩子带出来的人。

孩子和那个辛佐夫还没有看清楚的人又一跃而起，跑到蒙雪的坡脊跟前，在那儿又一次遭到机枪的一梭子扫射。那个大人继续跑过来，孩子却停下来站在那儿不动了，显然是中了枪弹。他站了一两秒钟，就在坡脊的雪地上倒了下来，离开向这边倾斜的坡面只有五步远……

那个跑在前面的大人跑了几步，绊了一跤，跌倒在雪地上。他爬起来以后就毫不回顾，径自跑下斜坡向战壕冲过来。

德军已不再射击。只有我们两挺迟了一步的机枪还在向敌人扫射，徒然想挽救那个已经无法挽救的人。

柳辛——现在辛佐夫已经看清楚，那个大人就是柳辛——还是跟以前一样毫不回头地跑来。他跑到战壕边沿往下一跳，刚巧落到离辛佐夫两步远的地方。他那冒汗的脸露出了笑容。他用一只手按住了在奔跑中险些儿飞走的护耳帽。

“无论如何，总算是跑到您的身边来了。”他说，同时露出幸福的表情深深地叹了口气。

辛佐夫什么也没有回答，他的视线越过柳辛注视着坡顶雪地上那黑色的、动也不动的两手向前伸的小身体。

只是到现在，由于辛佐夫那越过他望出去的眼光，柳辛才做了他在这以前应当做上好多次——五次，十次，二十次！——的动作，回过头去，也看到了那倒在蒙雪的坡顶上的动也不动的小身体。

“当时我可没有在意。”柳辛就像只是踩了人家一脚那么简单地说。

辛佐夫没有回答，继续注视着孩子。他以为他已被打死了，但还抱着希望：最好能看到那可以证明他并没有死的极微弱的动作。

“我还以为他始终跟在我后面呢……我毫不怀疑……”柳辛重新用抱歉的口气说。那种觉得他自己居然活了命的极其高兴的感觉，一直妨碍他去考虑别的一切。

辛佐夫还是照旧不回答柳辛，他看到向前伸在雪地上的一只手动弹了一下，然后另一只也动弹了一下，接着一条大腿颤抖了一下，移动了位置，最后整个身体也微微扭动起来……孩子企图在坡顶的雪地上爬行。可是，他不是没有看清楚，就是还不明白他干的事情，因为他并不向可以救他命的斜坡爬过来，而是向他的头倒下的方向，沿着坡顶向德国佬那边爬过去。

“你去，把他拖回来！”辛佐夫转过身子对柳辛说，根据柳辛的面部表情，他已经看出：这家伙如果按照他自己的意愿，那已是哪儿也不想去，什么人也不愿去搭救了，经历了这次可能送命的危险，他所储存的、曾经促使他通过凹地的全部勇气早已耗竭了。

柳辛的脸好像一座停摆的钟。

“您干吗对我下命令？”他用刺耳的不像他原有的那种声音尖叫起来。

辛佐夫已经伸手去摸手枪皮套子，可是终于制止了自己的手，没有让它伸到那儿。如果这儿只有他跟柳辛两个人，他一定会把他、把这个没有回头看上一次的家伙赶出去……把他赶到孩子身边。如果他不服从，那就先开枪打死他，然后亲自赶到孩子那边去。可是现在就这么干，特别在战士们眼前这么干，显然是不行的，因此他没有让自己这么干。

“已经有人出去了。”柳辛还是用那种刺耳的尖叫声喊道。

辛佐夫自己也已看到有人出去了。那就是伊林的传令兵，那个翘胡子的老头儿。他爬出战壕，跑上雪坡，向还在继续向德国人那边爬的孩子，很快地赶了过去。他既没有等待上级下命令，也没有请得上级准许，就这么一句话也不说地赶了出去。

“鲍高斯洛夫斯基，”辛佐夫叫道，“用全部现有武器向德国人开火！你跟迫击炮兵接通了电话没有？”

“他们还在半路上。”

“快派传令兵！让他们在传令兵碰到的地方立即开火！”

辛佐夫虽然在对鲍高斯洛夫斯基下命令，却毫不回过头去，他的两眼还是盯住孩子和越来越跑近孩子的老传令兵。他觉得德国人立刻又要开火了。他必须掩护这两个人，而且得竭尽一切力量掩护他们！

老传令兵已经跑上雪坡，可是他并不在坡顶向敌人露脸，而是沿着坡顶这一边走上几步，想使自己突然出现在孩子身边，这样可以在开阔地上少爬几步路。终于，他爬上坡顶，趴在雪地上往前爬去。可是他刚越过坡顶往前爬，敌人的机枪立刻扫射起来。一梭子，两梭子，三梭子……传令兵还是向前爬。又是一梭子——第四梭子……他突然停止前进，再也不动了。

但孩子在机枪重新扫射时仍旧在慢慢地向前爬，离开动也不动地躺着的老传令兵越来越远。

“回头呀，你这孩子，回头爬呀！”战壕里的人在辛佐夫耳边拼命地喊叫。

辛佐夫解下冲锋枪放在战壕底上，一下子爬出了战壕。这一次，在老传令兵牺牲以后，他可不再考虑自己是营长，也不再考虑自己有作战任务在身，必须制止自己那么干了。那条抑制他的缰绳就在老传令兵向孩子爬去的时候突然绷断了。谁管它应该不应该啊……有时候，在战争中为了完成应当完成的任务，人们可以在某一场合突然不顾一切地去干他所不应当干的事情。在战争中，每逢这种场合，做指挥员的在干了不应干的事情因而牺牲后，他在下级心目中就永远树立了指挥员的形象。如果他因为不去干这件事而使自己活了命，他就不成其为他这个人了。

辛佐夫沿坡向上跑去，两脚陷入雪地里，刚刚拔出脚来，又陷了下去，这样奔跑着，丝毫不知道在他后面已经有一个战士冲出战壕跟他跑来，而且再后面又来了另一个。辛佐夫跑到坡顶上，听见脚下一梭子机枪弹瑟瑟瑟地溅起雪粉的声音，就赶忙扑在地上爬去。他经过那俯伏在雪地上的老传令兵的尸体，直向孩子爬去……

“万尼亚，万尼亚！”他喊道。

又传来了一梭子机枪弹钻进他身边雪地的声音，激起来的雪粉溅了他一脸。

孩子已经停止爬行。他现在动也不动地趴在那儿，昂起了没戴帽子刚剃过不久的头。

“把头低下！”辛佐夫喊道。

可是，孩子还是动也不动地趴在那儿，昂起头好像在倾听他听到的声音，却没有能够听清楚。

辛佐夫爬到他身边，用力把他的头压下去。接着用一只手从孩子背上伸到另一边腋下抱住了他，同时用脚蹬着雪地，使孩子改变了方向，就拖着孩子爬回来。他又一次听到了一梭子机枪弹在身边雪地上打进去的声音，子弹激起了好几股小小的雪粉的喷泉，同时，他也听到了我们的迫击炮在前面发射，以及迫击炮弹在后面德军那儿爆炸的声音。他从雪堆里抬起头来，看见一个战士向他爬来。

“让我来换您。”战士说。

“不必了，”辛佐夫说，“你去检查一下普罗霍罗夫，照我看来，他已经死了。”

战士没有回答，只是用眼光表示他已明白了，同时继续向前爬去。

辛佐夫继续用左手拖孩子，只觉得手腕的转动似乎不大灵便。他抹去了眉毛上的雪，又看到了从下面雪坡爬上来的第二个战士。直到这时候他才明白，德国人的视线已经达不到这儿了。于是他在雪地上坐起来，把孩子拖到膝盖上，第一次看清了他的脸。脸上流着血，那是被雪面上的冰凌划破的，两眼闭着。

“让我来背……”第二个战士说。

“一起扛去吧。”辛佐夫说着站了起来。

那个战士抱住孩子两腋，辛佐夫从膝盖下面抱住两条腿。他用力向上一扛，突然觉得一阵剧痛。他的手腕上流满了鲜血。他动动手指，手指仍能活动自如。这就是说，没有打断什么骨头。子弹削去了大拇指和食指中间的皮肉，连骨头也露出来了。

孩子睁开眼睛，呻吟起来。

“活着呐，”战士说，“您可没有白花力气，营长。”

“你怎么了，小傻瓜，怎么向德国佬那边爬？昏了头了？”辛佐夫问孩子，虽然这样问并没有什么意义。

“不要紧……”孩子说。接着又轻轻地重复一遍：“不要紧……”

“普罗霍罗夫被打死了，”在坡顶上碰到的第一个战士赶下来说。当他走到了辛佐夫身边，便问：“德国佬已经不打枪了，也许，可以把他拖回来？”

“天黑以后再去把他扛回来。”辛佐夫说。

“那么让我来扛孩子吧……”战士说着向孩子伸出了双手。

两个战士扛着孩子，辛佐夫在旁边走。他摸索着孩子的棉裤口袋，那儿通常是放急救包的，可是结果没有。他对这一点感到奇怪——怎么会这样！——这时他才突然记起来，孩子早在上午在攻下的第一条战壕里把急救包交给一个伤员了。

“我有，”一个战士看到辛佐夫在孩子裤袋里摸索，就喊另一个战士停下来。“等一下，让我拿急救包。”

“不必了，”辛佐夫说，“立刻就到了……”

鲍高斯洛夫斯基不见了，大概是组织火力去了，柳辛还呆呆地站在老地方。

辛佐夫看了看他那惨白的脸，从他身边走过。

“叫卫生指导员到营长这儿来！”

“我在这儿。”附近有人答应。

“你们怎么把老传令兵留下了？”柳辛在辛佐夫背后问，“被打死了？”

“如果是活的，还能撇下他不管！……”也是在辛佐夫背后，扛孩子的两个战士中的一个回答，他的声音里充满了轻蔑的感情。

“把孩子扛进掩蔽部，好好检查一下。”辛佐夫对走到他身边的卫生指导员说。

“您自己呢，营长同志？”

“走吧！没有你们，我们也会包扎……”辛佐夫说，同时用手指按着伤口周围的皮肉。是的，骨头没有受伤！

挤在战壕里的一个战士，把封口的线用牙齿一咬，唰的扯破了急救包，给营长的手包扎。

“扎得紧一些。”辛佐夫说。

“伤得厉害吗？”柳辛在背后问他。

辛佐夫从替他包扎的战士跟前猛地转过身来。

“我们伤亡了两个人。”辛佐夫望着柳辛苍白的脸咬牙切齿地说。虽然辛佐夫用的字眼很普通，他的脸部表情却不容怀疑：他说这话完全不是指德国人，而是针对着他，针对着柳辛说的。

“可是孩子究竟活了命。”柳辛说。

这句答话中的某种含义更加激起了辛佐夫对柳辛的敌意。对那个被打死的老传令兵，柳辛连想也不想，根本把他从他的头脑中取消了。“孩子究竟活了命，”可是老传令兵呢？这个老战士在几分钟内替这个别人家的孩子干的事情，要比不论哪一个父亲为他亲生儿子一辈子干的一切还要多！他为了救孩子，没有奉到命令就跳了出去，而且为此献出了生命。不但他自己送了命，在这几分钟内还使他自己的亲生儿女成了孤儿！可是柳辛这家伙却连想也不想到他了！

“谁准许你把孩子带出来的？你要来，可以自己来！干吗拿别人的生命当儿戏，你有什么权利这么干？”辛佐夫说。

“这是他自己愿意的，他自告奋勇陪我到您这儿来。”柳辛惊慌失措地说。

辛佐夫没有回答什么话，暗自想：“也许，是这样！但你反正是个混蛋！我怕这孩子快要死了……”

他第一次有这样的想法还是在雪地上爬行的时候，后来扛孩子的时候又产生了这一想法，因为孩子的身体已显出某种使人绝望的征候。他虽然还活着，却已去死不远了……

“营长同志，请您挂上去。”

那个替他包扎伤口的战士给了他一个络手的绷带圈。

“请您把手搁在络带里，要不，就会平白流掉不少鲜血……”

辛佐夫俯下了头，那个战士就把络带挂上他的脖子。

辛佐夫把手搁到络带上，沿着战壕向掩蔽部走去。

“喂，怎么样？”他一进去就问。

“立刻就结束。”卫生指导员说。

掩蔽部顶上的盖木炸开了一个大洞，原来拼在一起的护壁木板也被炸得翘了出来，泥土仍旧在沙沙地往下落。

“不能找个好些的掩蔽部？眼看着要塌下来了。”辛佐夫说。

“另外几个比这个更糟，都被炸得一塌糊涂。”卫生指导员说。

她俯在孩子身边，进行最后的包扎工作。她用一只手微微扶起孩子，再一次把绷带从背后绕过去。那孩子长久地断断续续地呻吟着。卫生指导员站直了身子，把一件皮袄盖到孩子身上，然后向辛佐夫回过头来。

“两颗子弹，”她说，“一颗在肚子里，另一颗在腰里……”

“大概就是穿过我虎口的那一颗。”辛佐夫想。

“得赶快把他送出去，”卫生指导员说，“脉搏倒还不错。如果赶快上手术台，还能活命。”

“您去安排吧，”辛佐夫说，同时向孩子俯下身去，“呃，你怎么了，现在觉得怎么样？”

孩子试图睁开眼睛，却不能够。他又尝试了一次，睁开了一下，立刻又闭上了。辛佐夫挥了挥手，走了出去，刚巧在掩蔽部出口的地方跟鲍高斯洛夫斯基撞了个满怀。

“你得在明天以前，给我在你的连队里找个适宜当传令兵的人来，年龄要大一些。”辛佐夫吩咐过鲍高斯洛夫斯基，又回过头来对柳辛说：“你去向战士们探听一下齐齐巴宾上士的功绩吧。他在攻打这条战壕时曾经用胸膛抵住机枪，保证了胜利。你去找亲眼目睹的人谈谈。既然来了，就得干你的本行工作……”

辛佐夫就此再也不去理睬柳辛，管自和鲍高斯洛夫斯基一起顺着战壕走去，一路上清清楚楚地交代了进攻小高地的种种细节。

营部副官雷波奇金非常及时地带来了那批必需的人员，甚至比原先约好的还早了一些，天色还没有完全黑下来。

在越来越浓的暮色中，德军占领下的那个灰色小高地好容易才能看出来。伊林在这繁忙的一天中又一次显示了他善于执行任务的才能：他动员了比辛佐夫需要的更多的人。不是十五个，而是二十个，还不算副官本人和跟副官一起到来的扎瓦里欣和特派员。

“这么说，你现在代替鲁宁当了连长……”扎瓦里欣对鲍高斯洛夫斯基说。当大家一起在掩蔽部里坐下在灯光下研究地图时，扎瓦里欣又添上一句说：“现在营里只剩下我一个是十二月党人了……”

辛佐夫向他看了一眼，努力扫开这一天来的种种回忆，好容易才记起那晚扎瓦里欣在掩蔽部里的那次谈话。现在回想起来那好像是非常遥远的事情：当时扎瓦里欣曾经对他自己和鲁宁开玩笑，说他们俩都是十二月党人。

孩子不在掩蔽部里，他已经被人抬走了。

“我早就说过，事情一定会这样了局。”特派员恼怒地提到了那孩子，“我甚至按照我们的系统向上级打过报告，叫他们从您的前任波里瓦诺夫那儿送走孩子……”

“甚至打过报告？”辛佐夫问。

“是的。”特派员说，“这是我的权利，也是我的义务。我早就这么预料过，现在果然如此……”

在他的口气里，悲痛的成分显然比恼怒的成分更多。辛佐夫一面听他说话，一面不知为什么突然想起：特派员大概有一个子女众多的家庭。也许，就是因为他想象亲生儿子处在这孩子的地位会遭遇到什么，这才给上级打了报告。

“您在哪儿？”辛佐夫问特派员，“今天我好像没有见过您。”

“我不在您跟前，可是在营里的人跟前。我不应当老在您眼前惹您讨厌。”

“那您不是终于来了？”

“我来这儿是因为在别的连队里等不到事情干，而这儿却有战斗任务。”

“您来参加这次战斗吗？”

“正是这样。您还有什么问题吗？”

“不要生气，”辛佐夫说，“这是我一时糊涂，说了这么些刺人的话。我为那孩子感到难受……”

“难受的不止您一个，”特派员说，“现在但愿他碰上一个很好的外科医生，才不辜负您为他操心出力……”

“普罗霍罗夫多可惜，”扎瓦里欣说，“这么奋不顾身，又是个勤劳不息的人。伊林跟他单独在一起时，老是叫他老爷爷……”

“这么说，在我们指挥所里现在只剩下了伊林一个人？”辛佐夫问。

“电话通了……”副官拿起了哔剥发响的话筒说，“伊林请您听电话。”

辛佐夫觉得在电话里听到的伊林声音跟平时大不相同，虽然伊林向他报告的时候跟以往一样清晰、明确：一切都很顺利。已经跟各个连队接通了电话，很快就可以准备好热的食物……他的电话是从另一个掩蔽部打过来的，因为以前那一个已经变成了团指挥所。列瓦绍夫已在那儿，屠玛年马上就到。

“您准备好之后，还得跟他们再通一次电话。列瓦绍夫再三嘱咐，叫您在动手以前让团长说声‘好’，表示赞同。”

“再过一刻钟，我就打电话。”辛佐夫回答。

他又想到：伊林说话虽然跟以往一样，他的声音却大不相同。也许，伊林已知道他那个女迫击炮手已经不在人世的消息。辛佐夫一想到这一点，就不想在电话里提到牺牲的老传令兵。他搁上了电话筒，转身对扎瓦里欣说：

“你们干吗让孩子跟记者一起走？我不是在您跟前下过命令，不让他跟我走……”

“当时我在打电话，”扎瓦里欣说，“我一出来，他们已经……”

辛佐夫挥了挥手。他不想再说什么，现在再说这一切还有什么用啊。

柳辛走进了掩蔽部。

“你们这位英雄的一切，都已搞清楚了，”他一面进来一面说，“真是出色的材料！”

辛佐夫站起来迎了上去。

“工作结束了？”

“基本上结束了。”

“既然如此，那就是一切都结束了。再见吧。但愿您的灵魂再也不要在我们营里出现！雷波奇金！”辛佐夫转身对副官说，“派个战士，护送一级政治指导员上团部。”

“你有什么权利？”柳辛勃然大怒。

“趁你还没有吃耳刮子，滚你的……”辛佐夫恶狠狠地骂了一句，“懂吗？”

“我要到师部去控告你这种行为。”柳辛说。

“即使上司令部也可以，”辛佐夫说，“干吗站着不动，雷波奇金？”他回过头来对副官说，“奉到命令，就得执行！”

“上尉同志……”扎瓦里欣站起来惶惑地说。

可是辛佐夫挥挥手阻止了他。

“雷波奇金，我怎么对你说的？”

“一级政治指导员同志，请您走吧。”雷波奇金说。

“我不明白您的意思，您是不是能够解释一下？”当柳辛和雷波奇金出去后，扎瓦里欣问。

“鲍高斯洛夫斯基，请您把这事情向政治副营长解释一下。”辛佐夫说。

当鲍高斯洛夫斯基解释的时候，辛佐夫毫不插嘴。他咬紧了牙齿，在掩蔽部里踱来踱去，竭力想把那使他浑身发抖的勃发怒气压抑下去。这见鬼的怒气究竟是从哪儿来的？由于郁积，由于疲乏，还是由于这一整天种种遭遇的累积？还是由于再过二十分钟又要发动进攻？如果是这样，那可再糟也没有了……

“那您当时怎么不是一下子就把他从营里送出去？”扎瓦里欣问。

“因为当时天色还很明亮，敌人会打死他，我可没有这个权利。现在就可以了。”辛佐夫说，“我是不是应该这么干？”他在扎瓦里欣前面站停了问。

“应该。可是表达的方式……他会控告你。”

“嘿……这家伙，让他去控告吧。”特派员突然开口说，“我们不给他证明，不就完了。”

“不要骂人，不要骂人——却一下子破了戒。”鲍高斯洛夫斯基说。

“现在该集合了。”辛佐夫说。他首先走出了掩蔽部。

第二十一章

辛佐夫的预感成了事实。他们进攻高地获得了惊人的成就——直到最后的几分钟还没有被敌人发现。

估计是正确的：德国人在黄昏前等待着我们继续白天的攻势，等待了一会儿也就松了劲，而且他们对夜袭的预防工作还没有开始，他们尤其料想不到：有猛烈炮火做后盾的红军，竟会不发一炮，突然进攻。向德军脸上吹去的由风搅雪转变而成的暴风雪，也帮了大忙。就跟打仗的时候常常会发生的那样，使人很难判断：究竟是预感还是估计成了事实。

本来也可能倒霉的！在攻上去的时候，鲍高斯洛夫斯基率领的那一排比别的排稍为迟了一些，这使德国人来得及发出照明弹，而且在雪地上架起了机枪。这一排人只得趴了下来，一直等到冲上高地的另外两排战士，用手榴弹炸毁了那挺机枪。

别的排本来也可能碰上偶发事件的，但并没有碰上，就是鲍高斯洛夫斯基倒霉：损失了好些人，他自己也受了重伤。现在他躺在这儿，躺在高地上的德军掩蔽部里，一条腿被齐膝盖打坏了。军医已经给他的腿进行了包扎，绑上两块木板，算是夹板。要忍住痛楚是很困难的，鲍高斯洛夫斯基咬着牙呻吟着。

一部分德国人在高地上给消灭了，另一部分逃到高地后面的雪地上去了……我们已经没有力量进行追击。当辛佐夫为进攻高地准备人员时，他发觉他们已经疲劳到了极点。然而他们还是出击了，而且完成了任务。可是，再要叫他们去追击，大部分人都已无力胜任了。因此，只能向溃败的德军射出几颗照明弹，在他们后面扫射一阵就此了事。

辛佐夫刚刚走进掩蔽部。在这以前，他一直在战壕里来来去去地巡视，要求所有的人防备可能的反攻。

高地的确是十分险峻的。两个俘虏说这儿在中午以前还是德军师长的观测所。

根据种种迹象来判断，根据掩蔽部的数目、掩蔽部的顶部、设备以及打坏的剪形镜的碎片看来，他们说的大概是真话。

某几个特别结实的掩蔽部仍旧十分完好，因此经过不断的战斗、又冷又疲劳、渴望倒下睡觉的人们，就竭力挤到那几个掩蔽部里去取暖。

可是，这只是需要考虑的问题的一个方面。现在把这个失去的高地看作眼中钉的德国人，很可能在今晚从远处那个很高的大高地上向这儿进行反攻。如果他们攻了过来，双方就得发生冲突，如果发生了冲突，我们就得滚下高地直退到原来的战壕。

辛佐夫不让人们休息，自己跑来跑去，把他们从各个掩蔽部里赶出来。他要求他们架好所有的机枪，每一挺机枪都得有人轮流值班。他一面走一面检查督促，要求别的干部也像他那样干。因此，特派员和副官也在到处奔走，不断地询问和打搅战士们。夺获的高地看上去似乎并不高大，可是战壕很长，交通壕很多，叫你无法一下子巡视完毕！不错，大家都懂得危险，可是尽管懂得危险，严寒和疲劳还是占了上风……

辛佐夫还因为没有跟团部接通电话而感到不安。从战壕到高地，通讯兵紧跟着把电线敷设过来，可是电话一声不响，一定是电话线在什么地方被炸断了。他派人出去检查，另外又派了两个通讯兵带着德国人的电话机和电线，把电线直向团部观察所敷设过去。

他知道，团部可以根据战斗中发射的照明弹和手榴弹的爆炸声知道他们拿下了高地。他也希望团部采取措施，派人来支援他们，防备德军反攻。但是他暂时还只能依靠自己和跟自己在一起的这么些人！他深知这次获得的成就对下一天的战斗说来具有重大的意义，因此感到更加惊惶不安了；在这种场合，那一下子压在肩上的对事业的责任感，要比一生中任何可怕的事情更可怕。

他问坐在掩蔽部里的扎瓦里欣的第一句话就是关于电话的事：

“没有声音？”

“暂时没有。”

然后他才走到军医正在忙碌地诊治的鲍高斯洛夫斯基身边。

“我觉得发冷，”鲍高斯洛夫斯基说，“请你吩咐军医叫他给我喝伏特加。”

“我已经吩咐过了。”

“一共只给我喝一口……他舍不得。”鲍高斯洛夫斯基抱怨道。

“医生知道该给你喝多少。”辛佐夫说。

“他根本不知道。他舍不得，他要留着给自己喝……”

“拿去，请吧，喝吧！”军医怒冲冲地说，同时解下腰上的水壶。

“既然您认为够了，那就不用平白地给他乱喝。”

“真叫人生气，上尉同志，”军医犹豫不决地拿着那个军用水壶说，“我给他喝了我认为他可以喝的分量。”

“既然他给你喝过了，那就行了。你还感到委屈！”辛佐夫说，“你发冷并不是因为天气冷，而是因为失血。我自己有过经验。你是第一次负伤吧？”

“第一次。”

“我受过四次伤。你得听从内行人的话。”

“应该马上把他送到后方。”军医说。

“应当这样——你就把他送走吧，”辛佐夫说，“你干吗对我说，我有我自己的事情。你的马呢？”

“派人去牵了。”

“伤员都救回来了吗？”

“大概都救回来了。”

“你得小心，”辛佐夫说，“如果漏掉一个，过夜就会被冻死。”

“我明白，上尉同志。”

可是辛佐夫觉得这句“我明白”缺乏自信。

“检查过所有的人没有？”

“我立刻再去检查一次，上尉同志。”

“再去检查一次”就意味着没有检查过。

“去，去检查吧！包扎已经结束，用不着在这儿逗留了。”

辛佐夫转了一阵子电话机的摇柄，机械地拿起话筒，虽然他在转动摇柄时已经知道没有电流。

“不做声，这瘟神！”他骂了一句，眼光落到了坐在掩蔽部角落里的一个俘获的德军少校身上。

德国人没有帽子。大衣领子已经有三分之二被撕破了，那是战士们把他沿着战壕拖到掩蔽部里来的时候撕破的。

在这个德国人对面，坐着那个上了年纪的传令兵，他的膝盖上放着冲锋枪。从他恶狠狠的脸部表情可以看出，如果不是上级的命令，他早已打死了这个法西斯匪徒，更何况鲍高斯洛夫斯基上尉在这次战斗中受了重伤。当辛佐夫咒骂了不做声的话筒，把眼光移到那德国人身上，他觉得那德国人好像在冷笑。可是那德国人并没有冷笑，而是痛得扭歪了脸。他的整个右颧骨和右眼圈下面有一大块乌青，那大概是枪托打出来的。

“审问过没有？”辛佐夫问扎瓦里欣。

“审问过了，”扎瓦里欣说，“重复了他第一次说过的一切：十四步兵师四十二团三营营长。起先，他防守我们白天占领的阵地。当他逃到这儿后，又奉令防守这个高地。他再不愿说什么了。”

“也许你跟我们的雷波奇金一样不懂德国话吧？”辛佐夫记起了昨晚副官企图审问那个投诚的奥地利人的情形，不禁微笑了一下问。

“我的德国话刚巧说得不坏，”扎瓦里欣说，“我摆脱这职务才一星期——他们想叫我充当翻译员呢。”

“难道这不是工作？”

“见它的鬼！”扎瓦里欣说，“最好少跟德国佬打交道。但德文很有用处。我是个哲学工作者，研究哲学不懂德文简直寸步难行。自然，如果你不想照现成的书本唠唠叨叨地说上一通。”

“好吧，哲学家，”辛佐夫说，“我得在电话机旁坐一会儿，暖和一会儿，你去巡视战壕，检查一下岗哨，逢到必要时，还得下辣手，把战士们从掩蔽部里赶出来……”他再次强调说，“下辣手！懂吧？”

“懂了，虽然不很容易。”扎瓦里欣站起来说。

“我们没有轻松的事情。”辛佐夫说，“我们可没权利让战士们像这个家伙（辛佐夫把头向德国人歪了一下）那样，被人家乱打。战士们疲乏到了极点，把死亡的恐惧也忘记了，他们只想睡觉！但我们如果听任他们睡觉，我们就是混蛋！”

“一切都很明白。”扎瓦里欣说。

“请您叫特派员上我这儿来，”辛佐夫在后面叫道，“叫他来接我的班！让我们轮流值班。”

“我可以在电话机旁值班，”鲍高斯洛夫斯基用衰弱的有气无力的声音说，“只是得把电话机移近些……”

“你已经值完了你自己的班，”辛佐夫说，“雷波奇金已暂时接收了你的连队。你现在只有一件小工作：赶快养好身体，回到营里来。”

“这可不怎么简单。”鲍高斯洛夫斯基说。

“我并没有说这事情简单。睡吧：睡梦会得疗伤！”

“阿甫杰伊奇，”鲍高斯洛夫斯基沉默了一会喊他的传令兵说，“你有面包干吗？”

“有。你想吃？”

“不。拿些面包干给德国人。”

传令兵很不满意地咳嗽了一声，他并不放下冲锋枪，从地上把一个瘪瘪的背包拖到膝盖上。他解开背包，摸索了一下；默默地把面包干递给德国佬。可是德国佬甚至没有动手来接。

“他不拿。”阿甫杰伊奇说。

“你怎么突然软了心肠？”辛佐夫问。

“我自己也不知道。”鲍高斯洛夫斯基说。

辛佐夫皱起眉头，把手从那污黑的络带中抽出来，小心地放到他跟前的桌面上。伤口痛得很厉害，手指好像被无数冰冷的钝头小针乱刺乱戳：也许绷带包扎得太紧了，也许是打断了神经，如果是后者，那就比他想象的还要糟糕。他对动也不动地坐在那儿的德国佬看了一眼。不知道为什么他很想问问他，问问这个德国佬，他在什么地方开始参加战争，如果他第一天就越过国界，在越界的那一晚，他有什么想法？他当时有没有想过他们要开拔到哪儿去，有没有想过战争会有什么结局？他也是营长，只不过是德军的营长。是十四师四十二团的。他和他坐在这儿——营长对着营长，营对着营！从前不曾发生过这样的事情，从前这样的德国佬没有被俘过。可是后来我们俘获了一些跟这个家伙一样的军官，就如获至宝……立刻送上前线。

在从前，他和其他的人对德国佬经常怀有一种夹杂着憎恨的敬意，不，不是对德国佬，而是对他们的作战能力怀着敬意，不管报上怎样把德军说成是发臭的生疥癣的德国佬，这种敬意却还是存在，因为你不能欺骗自己。可是，他对德军的这种敬意还在斯大林格勒的时候就已减消，这种感情上的变化不是发生在十一月我军转入反攻的时候，而是在更早，在地狱一般糟糕的十月，当时德军似乎已把我们师的退路切断，而且险些儿要把全师人投入伏尔加河，但又终于没有切断后路，也没有把我们投进河里！

不能说，我们在这以前对自己就没有信心。在这以前也有信心，不过信心没有这么大，可是到了十月，不仅对自己的信心大大增强，而且也大大减消了对德国佬的信服，其实，不是对德国佬的信服，而是对他们作战能力的信服之心大为减消了。两种情绪此消彼长，这是非常自然的！从前是这样，现在是这样，将来也是这样。

现在你坐在这个德国佬跟前，你已经不相信他可能比你强。这并不是因为他现在是个俘虏……一般说来，这样的想法并不针对他个人……就他个人来说，他也许是个很好的，甚至很出色的营长，虽然他今天断送了他的营，但那也不能说明一切，因为那是常有的事，即使是个极其杰出的指挥官也无法避免——你会记起这样的战例！

当孩子在积雪的坡脊上爬的时候，这个德国佬很可能先在他的望远镜里观察孩子还会不会动弹，然后下命令：开火。那孩子现在还不知道是死是活。这个德国佬却活生生地坐在这儿……不知道他是怎样活命的。战士们报告说，他直到最后一刹那还在开枪。他们从他手里夺过了巴拉贝伦式手枪。

他又向德国佬看了一眼，突然想道："也许，他现在坐在这儿感到很快活：他还活着，做了俘虏，一切都过去了。陷在包围圈里的德国佬现在只有一条出路：不是被俘就是死……"

可是德国佬的脸却显得瘦削、凶悍、沉默、冷漠而又可憎，丝毫不合乎辛佐夫的想法。不，他做俘虏并不感到高兴。一个人高兴的时候，是看得出来的，可是这个人却叫人感觉不到他有高兴的样子。他们还有力量，对付跟这个差不多的德国佬，你还得吃不少苦头……

使人感兴趣的是：他们是不是还要进行反攻，还是就这么容忍过去？看来未必会容忍过去。这个高地是极其重要的。要不，他们不会平白在这儿设立观测所。

当他被这一执拗地一再浮现于脑际的念头打扰得心神不宁的时候，他听见电话机轻轻地吱的响了一声，他高兴得立刻向听筒扑了过去，不小心在桌角上碰痛了受伤的手。

“二十一号，您在哪儿？”屠玛年的声音在问。

辛佐夫报告他目前在高地上，按照俘虏的报告和自己的推断，这儿过去是德军师长的观测所。

“敌人怎么样？没有反攻吗？”

“暂时还没有。”

“请您确定阻击炮火的坐标。”

辛佐夫自己早已有这个想法——请求炮兵队准备好在高地前阻击敌人的炮轰，以防敌人反攻。虽然他早已记熟了坐标，但在开口报告前为了问心无愧，又看了一次地图。

“一定照办，”屠玛年说，“我已命令丘贡诺夫离开防地，他已上你这儿来了。伊林在等待接替的部队。他将交出防区，率领其余的人出发。他们全部可以到达你坐着的地方。明白我的意思吗？”

“明白了。”辛佐夫兴高采烈地说。他高兴的原因是：以前的防区将由友邻部队接替，他那营人要不了多久就将在这儿集中归他掌握。

“你的那些迫击炮手在哪儿？伊林跟他们失去了联络……”

“我曾经命令他们，一待我发出占领高地的信号弹，他们就赶到我这儿来。大概现在正在赶路。”

“现在我明白了，”屠玛年说，“我要把冲锋枪连也派到你的地方来。”

他故意不用代号。那是想鼓励辛佐夫一下，而且他认为德国人在这么复杂的情况下不可能偷听。

他刚结束他和辛佐夫都很关切的大事，就问起了伤亡的情况。

辛佐夫报告了一番。

“德军伤亡人数如何？”

“要比我们大上好几倍，”辛佐夫说，“那还不是他们的伤亡总数。”

那已不是以前常说的那种空话，而是确切的事实。

“营长也被我们俘虏了。”辛佐夫斜眼瞥了一下那个仍旧呆坐不动的德国军官。

“把他押到我这儿来。”

“恐怕战士不能把他送到。”

“那就派一个军官。”

“暂时没有人可派，大家都有任务，”辛佐夫说，“鲍高斯洛夫斯基受了伤。雷波奇金暂时代理连长。请您批准。”

“我批准。鲍高斯洛夫斯基送走没有？”

“暂时还在我这儿。”辛佐夫说。

“伤重吗？”

“是这样，”辛佐夫对鲍高斯洛夫斯基望了一眼说。

“你们那儿怎样，宽敞吗？容纳得下所有到来的人吗？”

“完全容纳得下。”

“给我准备一个掩蔽部，稍后我自己也过来。列瓦绍夫和丘贡诺夫一起到你的地方来了。等着吧！”

“知道了。”

“只要我们活到明天早晨，我就推荐你去领勋章，”屠玛年说，“但现在只能向你说声谢谢！”

“不论我们还能不能活命，我决不会活着退下来。”辛佐夫想，可是没有出声。不说做到了要比说了做不到好得多。

“喂，那边怎么样？”鲍高斯洛夫斯基问，“有没有问起我？”

“叫我向你转达攻占高地的谢意。”辛佐夫说；他听到团长的那声“谢谢”，不管是否大家有份，反正他一个人就代表了大家。

特派员走进了掩蔽部。

“扎瓦里欣叫我来这儿”，他用无指手套擦着眉毛上结满霜针的脸说，“你叫我有什么事吗？”

“电话接通了，”辛佐夫说，“我已跟屠玛年通过话，全营人就要集中到这儿来。我叫你来这儿暖和一下。你在电话机旁坐一会儿，我要出去了。”

“那儿一切都顺利，”特派员说，“我还没有工夫烤火。还有一个伤员没有找到——考顿柯中士失踪了。他曾跟我一起进攻，是在高地跟前倒下去的……他并没有被打死，我还听见他在背后因为受伤而喊叫。军医却说全部伤员都扛来了。他在扯谎！这家伙活像一头亲热的母狗，我早就看穿了他。光在上级跟前打转，对别的人却毫不关心。我现在得带一个战士亲自去找，我还记得那地方。”

“那很好，去吧。”辛佐夫说，“只是得快去快回。请您立刻叫雷波奇金到这儿来。让他守住电话机，我还是得出去一下。”

特派员点了点头，出去了。

“对啊，如果他们没有把他扛走，他冻昏过去也不会太久。”鲍高斯洛夫斯基说，他大概想起了自己的情况。

特派员一出去，雷波奇金几乎紧接着走了进来。他那皮袄的皮带上，挂着一把插在三角黑皮套里的德国巴拉贝伦式手枪。

“请您收下，上尉同志，”他说着从怀里拔出第二把同样的巴拉贝伦式手枪，“那是他的枪。”雷波奇金朝德国军官摆了摆头，“我亲自从他那儿夺来，为您保留的。我已经试过自己的那一把——跟他们作战是很激烈的，请收下！”

辛佐夫微笑了。

“你自己留着备用吧。我已用惯了那干式手枪。你在电话机旁坐一会儿：电话已接通了，马上有许多人上我们这儿来。”

“啊，你们这儿多好，暖和得很！”雷波奇金用毡靴踏着地板说。

辛佐夫一看到这个充满幸福表情的挨冻的瘦长的大孩子，禁不住说起笑话来。

“你可以把浑身烤得暖暖的！只是你可不能睡觉，要不，你的战利品就会从你身边飞走。”辛佐夫一面说一面把头向德国佬那边一歪，接着就走出了掩蔽部。

辛佐夫在一小时后才回到掩蔽部。他一出去就觉得需要他操心的事情多得很。首先，迫击炮手们赶到了，他必须跟他们一起去选择阵地。其次，特派员和战士扛来了考顿柯。如果不是特派员亲自出动，这个伤员就得冻死在离开掩蔽部四十来步远的地方。他已失去了知觉；既然没有了声音，即使别人走过他身边，也跟在一具死尸旁边走过一般。辛佐夫发了火，下令去找军医，准备痛骂他一顿。可是军医仿佛感到事情不妙，就像钻进地底下一般没有了踪影！据说他去牵马了，还没有回来。

后来，丘贡诺夫连队的人冒着暴风雪陆续赶到了。他们都冻得不行，必须跟丘贡诺夫一起赶快安顿他们，让他们烤暖身子。

辛佐夫在战壕里一面走一面向跟着丘贡诺夫一起来的列瓦绍夫报告情况，然后请列瓦绍夫到掩蔽部里去。跟列瓦绍夫一起来的，还有那口吃的第二个记者。真糟糕，他跟着列瓦绍夫来干什么！列瓦绍夫很执拗，一定要去巡视战壕，但辛佐夫坚持说：

"请允许我自己去搞清楚情况、整顿好一切后，再回来向您报告。您已经走了这么多路，我却是刚刚离开掩蔽部，已经烤暖了身子。"

列瓦绍夫去烤火了。寒冷毕竟占了上风，他的理由也不如营长的充足。

辛佐夫把列瓦绍夫送进了掩蔽部，又安顿了丘贡诺夫连的战士。他下令检查人数，看有没有掉队的人。他高兴地探听到，那几个庶务长，谢天谢地，终于带着保温车赶到了。

德军没有任何动静。也许，他们已撤离这个高地，也许，正在准备什么重大的军事行动。但现在已经用不着像两小时以前那样害怕了。如果德国佬想来，就让他们来吧。今天夜里报销他们一批，明天早晨打起来就会轻松一些。现在可以想到吃点东西、烤烤火了。按情况看，这正是时候。越往后事情越多，上级就要来到，那就不会有什么让自己支配的时间了。他在回掩蔽部的路上走进了另一个掩蔽部——他曾经命令战士们把它腾出来做团观测所的掩蔽部。它要比他住的那一个更宽敞。上级应当住在更好的地方！

当他回到自己的掩蔽部，鲍高斯洛夫斯基已不在了。原来军医已经把他带走了。这样，辛佐夫就既不能跟鲍高斯洛夫斯基告别，也不能给军医以一顿他应得的教训。

“怎么样，营长，”列瓦绍夫问，“准备请客人吃东西吗？”

“是的，他们已运来了热的食物。”

辛佐夫转身去找鲍高斯洛夫斯基的传令兵。现在，鲍高斯洛夫斯基已经给送走了，这个阿甫杰伊奇就很自然地留下来，成了辛佐夫营长的传令兵。

阿甫杰伊奇现在已不再坐在大板凳上监视德国军官，而是在靠近出口的地方，跟列瓦绍夫的传令兵蹲在一起。他悠然自得地吸着他的伙伴给他的烟草，叫他不享这样的兵士清福真是罪过。可是，没有办法，不能不命令他上庶务长那边去领取食物。

那个新闻记者——辛佐夫又忘掉了他的姓，紧张地想了好一会，才记起他叫古尔斯基——坐在德国军官对面，非常注意地望着这个德国佬，好像准备替他画像似的。

“这个德国佬就是不开口，”列瓦绍夫把头向古尔斯基歪了一下，说，“他这样那样地问他还是不行，给他吸烟他也不吸。屠玛年打电话来问过：德国佬在哪儿？据说师部的侦察人员对他很感兴趣。必须把他送上去。”

“在这样的暴风雪里，我不知道该派谁押送，”辛佐夫说，“谁押送，谁就得一路打滑跌直到师部……”

列瓦绍夫叹了口气。显然，他不愿意干这桩他决定想干的事情。

“好吧，”他说，“那就得另外想办法。菲奥克季斯托夫！”

“有！政治副团长同志。”列瓦绍夫那个蹲在地上的传令兵跳了起来，显出了他那高大的身躯。他跳起来以后立正站在那儿，他的头几乎碰到了掩蔽部的顶。

德国军官不禁扭动了一下身躯，向那个高大的传令兵看了一眼。

“把他送到团部，”列瓦绍夫指着德国军官说，“千万别出岔子！我不相信他敢试试逃开你。你得用你的头担保，明白吗？”

“明白了，政治副团长同志。”那个传令兵不高兴地回答。从他脸上就可看出，他是多么不愿意押着这个德国佬，在暴风雪中慢慢地向后方走啊。

“明白了，那就押他走。”

“可是他没有帽子，政治副团长同志。”

“没有关系，半路上从德国佬死尸头上脱一顶，给他戴上，不就行了。”列瓦绍夫说，“走吧，不要享清福了。”

“走，”传令兵走近德国军官，在他肩上推了一把，说，“喂，起来，走吧……”

德国佬站起来了。辛佐夫看见，他的眼光里在一刹那间闪过了绝望的表情；似乎他立刻会由于恐惧而发抖，而哀求，而且愿意回答任何问题了。可是德国佬既没有发抖也没有哀求。他把眼光朝旁边一扫，像赴死之前那样昂起了头，挺直了肩膀，走在传令兵前头出了掩蔽部。

“多厉害的德国佬，”列瓦绍夫在德国军官和传令兵离开掩蔽部以后说，“我喜欢这样的人！”

“您甚、甚至喜欢他？”古尔斯基问。

“我喜欢我们俘虏的不是些哭鼻子的家伙，而是像他这样的德国佬。这就是说，我们的劲敌又少了一个……”

列瓦绍夫早已问过辛佐夫手上的伤，可是现在，当辛佐夫坐下来把手从络带中抽出来放在桌上时，他又问了一次：

“你说你的手受了轻伤，没有扯谎？”

“没有。”

“如果坦白说呢？”

“坦白说——觉得又痛又冷，可是骨头并没有受伤。”

“鲍高斯洛夫斯基在战斗中表现怎样？”

“您的担心并没有证实。”

“如果你认为有必要，可以呈请奖励。”列瓦绍夫的话强调他已下决心改变自己过去对鲍高斯洛夫斯基的不公正看法。

“讲到呈请奖励，暂时还没有什么事迹。”

“我明白，你很严格！”

辛佐夫耸了耸肩，意思是：“这是你作主的事。我算什么，我就是这么一个人。”

“那位一级政治指导员，他的同伴，”列瓦绍夫将头向古尔斯基的方向歪了一下，说，“从你的营里回去后简直高兴极了！”

辛佐夫一下子不明白说的是柳辛。这家伙现在离开他的思想有多远啊。“这么说，他并没有控告我。”辛佐夫想。但这是不难理解的：作战的时候，一个营长决不会为了一桩粗暴的行为受处分的。至于向别人说清楚怎么和为什么被驱逐出去，那显然是对柳辛同志不利的。

“他为我们写了齐齐巴宾用胸膛挡住机枪的事迹。这是事实？”

“是事实。”辛佐夫说，“今天扎瓦里欣写在他的政治报告里了。”

“是啊，现在不论碰到什么，大家都敢扑上去，”列瓦绍夫说。接着，他好似在征求自己同意似的，阴郁地添上几句：“我们的人是一向如此。我记得，今年夏天在库普杨斯克郊区，我们有一个上等兵叫马克秀特，他是个机枪手。他在战斗中一条腿齐膝盖炸断了，皮肉像破布那样挂在那儿。可是他自己抓住那些破碎的皮肉，把它们割光了，免得妨碍他的行动。他就这么在机枪边坚持战斗，直到流完了鲜血！这是我亲眼看到的；如果告诉别人，一定不相信。可是，请问，还能有比他更勇敢的人吗？还能对他提出怎样的要求？你们得明白，当时大家都在撤退。这两件事怎么能并存？难道能责怪战士这样做吗？——这么说自然是最容易的……还是相反，把一切都推到上级身上？可是，我们自己干的傻事难道还少？真是要多少就有多少！明明知道冲锋徒劳无益，你却发出了命令！或者相反，在应当及早撤退的场合，你明明知道，而且感觉到了，傻瓜也都明白，然而你却按兵不动！”

“你今天似、似乎富有批、批评的精神。”古尔斯基说。

“啊，你可不要说笑话……”列瓦绍夫说，“我并不是在批评，而是在自我批评……你知道批评和自我批评意味着什么？”

“我知道，就是推、推动力。”古尔斯基说。

“既然知道，那就老老实实，不要开口。”

“你的同伴在哪儿？”辛佐夫问古尔斯基，以为柳辛也许会跟着屠玛年再次在这儿出现。

“已经上师部了，”古尔斯基说，“从师部首长那儿补、补充材料。我们明天就得乘飞机离开。顺便提一下，”他对列瓦绍夫说，“您能在天亮前送、送我上师、师部吗？”

“你干吗要飞走？”列瓦绍夫说，“跟我们在一起吧。再耽上一星期，等我们消灭了德国佬再走。”

“我该怎么理、理解您叫我留下的建、建议啊？”古尔斯基问。“把它看作您对我个人勇、勇气的怀疑吗？可是我早已对您解释过了，我们的主编，虽然是个犹太人，有一句最爱说的口头语：‘蛋、蛋逢圣诞价、价钱贵。’明天他急需发表一篇底栏专论《进攻一昼夜》……到、到了将来，他感兴趣的又是将来那时候的事情。”

“好吧，”列瓦绍夫说，“你可不要平白生气啊。立刻有一位首长上这儿来，我就死死地缠住他，要求他把你送回去。”

“来的是谁？”辛佐夫问。

“我想是师长。他可等不到明天早晨，一定会连夜赶来。我们的师长是从工厂里出来的。”

传令兵捧来了一锅半夜餐——罐头猪肉麦片汤。

“你们的饮食很丰富啊。”列瓦绍夫说。他搅了几搅汤，又舀了满满一匙猪肉。“怎么，把保温车里的肉都搞来了，还是已经给战士们留下了？”

传令兵不做声。庶务长显然热心得过分了。辛佐夫觉得很尴尬：如果只有他一个人，他一定会破口大骂一阵，然后把肉汤撤回去……可是，无论如何列瓦绍夫是营里的客人，在他面前这样做不大好。显然，列瓦绍夫也觉得很尴尬，不过他又是因为有古尔斯基在场而这样；因此，他不再追问下去，只是把肉一匙一匙地捞起来放在翻过来的锅盖上。他放了半锅盖的肉，加上了汤，然后放到古尔斯基跟前。

“请吃吧……”

“似乎还缺、缺少一些什么……”古尔斯基拿起了汤匙说。

辛佐夫把军用水壶递给了他。

“喝吧，这儿没有杯子。”

古尔斯基旋开了水壶盖子，喝了两大口。接着，并不旋上盖子，用探询的眼光瞧着列瓦绍夫和辛佐夫。

“我不喝酒，你们已经知道……”列瓦绍夫说，“至于你——可以自己看情况喝一些。”

他说着从古尔斯基手里拿过军用水壶交给了辛佐夫。辛佐夫喝了一口，旋紧盖子，把军用水壶放到桌子上。他不想喝酒。他只觉得浑身发冷，那大概是受伤的手引起的。

“这样喝可不够朋友交情。”古尔斯基说。

“我是看环境喝酒的，”辛佐夫回答，“战争结束后，再让我们按照够得上朋友交情那样大喝吧……”

接着，他转向列瓦绍夫说，团部观测所的掩蔽部已经准备好了。

“比你们这个掩蔽部更好些还是差一些？”列瓦绍夫问，“如果差一些，屠玛年无论如何会来占用你们这一个，而且他一定会认为你们是妄自尊大。”

“一切都做得恰如其分。我们懂得规矩。”

“那很好，”列瓦绍夫说，“我们的屠玛年永远像列夫·托尔斯泰那样按规矩办理一切：‘第一纵队前进……第二纵队前进……’——如果他还没有肯定一切都安排得合乎顺序，不论是指挥所或者观测所，他都不肯更换地点。”

显然，他认为他对团长屠玛年的评语可能被别人误解为指责，于是又添上了一番话：

“他喜欢掩蔽部顶上有盖木。就这一点说，他可不像是个阿尔明尼亚人，倒像是个德国人。但逢到必要的场合，他却不会因为掩蔽部不牢固而惊慌失措，而且也决不会因此而抱怨。我要过去看一下，你给他准备的是一个什么样的掩蔽部。”

他很快地一匙接一匙地喝了好几匙肉汤，然后搁下汤匙没头没脑地说了起来：

“复核工作一结束，我就要从政治工作转入军事工作。我要和你一样当个营长，并肩作战。”

“我认为，上级应当把比营更大的单位交给您。”辛佐夫说。

“交给我更大的单位，那得谢谢，”列瓦绍夫说，“我从战争爆发的第一天起就是政治副团长——既不降，也不升！”

“您可、可以向上级建议，叫他们给您委、委任一个更、更高的职位。”古尔斯基忽然插嘴说。

“我可不想高升，我需要比较切实的工作。”列瓦绍夫说着站了起来。

辛佐夫也跟着站起来。

“你留在这儿吧，我自己找得到。”列瓦绍夫说，接着指指古尔斯基对辛佐夫说，“你有空，就跟他谈谈。如果需要你去，我会来电话的……”

第二十二章

“您可知道列瓦绍夫在我跟前对您发表了什么评语？”当掩蔽部里只留下古尔斯基和辛佐夫两人时，古尔斯基问。

“什么评语？”

“‘您可以跟营长去谈谈，他是个有个性的人。’”

“他凭什么得出这一结论？”

“因为您曾再三请求攻下这个高、高地。”

“我们每个人都有各自的个性。”

“可、可是人们在战争中常常不考虑这一点。”

“正因为不考虑，所以很糟糕。”辛佐夫本想这么回答，但结果只是耸了耸肩膀。

“按照您的看、看法，一个指挥员的主要素质应该是什么？”

“勇敢和真诚，”辛佐夫说，“别的可以暂时不管。”

“这是从哪方面来看？”

“从不必苛求小疵的观点来看。”

“哦，那么比方说，某一位指挥员虽然勇敢而又真、真诚，同时却是个醉汉呢？”

“如果这个指挥员喝醉了，他就无法了解战争的真实情况。”

“您不、不是参加过好多次战斗吗？”古尔斯基问。

“您自己算吧，”辛佐夫说，“一年半的战争倒有四个月在医院里，三个月在训练班里，其余时间才是在前线作战。”

“能不能谈得详、详细些？”

“详细谈就得谈上很久。”辛佐夫说。

不论是作战或者不作战……如果在整个战争过程中挑选出真正作战的几段时间，恐怕还凑不上一个月。可是，这是怎么计算的？战斗前，战斗中，战斗后？……如果有时等待作战神经紧张得比战斗本身还难受，这些界限又有什么意义啊？有时战斗失利，一切变得一团糟，心里好像压着块大石头，那就简直不想活下去了！他还问“参加过几次战斗？”……真正的战斗只不过这么一次，可它还没有结束。去计算打在你身边的子弹或者炮弹的数目吗？……这对只到前线来参加一天战斗的人来说，可以去数；他甚至可以把落在他身边的炮弹破片塞进自己的衣袋……

“唔、唔，好吧，真拿您没有办法。”古尔斯基对默不作声的辛佐夫看了一眼，拿出笔记本来说，“那、那么，就请您详、详细谈谈今天的战斗吧……”

辛佐夫简略地回答了古尔斯基的问题。他心里明白，如果他处在古尔斯基的地位，大概也会提出同样的问题。当他回答时，头脑中忽然闪过某种过去的有关他个人的念头，不过闪了一下就消失了。他已经无法想象自己也曾做过那种专门询问别人怎样战斗的人。

“现在我有一个私人的问题，”古尔斯基合上笔记本说，“您跟柳辛之间出了什么事？”

“他对您说了些什么？”辛佐夫问，同时注意地看着他。这么说，柳辛跟列瓦绍夫说的是一套，跟他说的又是另一套。

“他、他说，您是混蛋。”

“您相信吗？”

“我惯、惯于作出自己的判断。”古尔斯基说，“因、因此我才问您发、发生了什么事。您干、干吗要把他赶、赶走？”

辛佐夫说明了事情的经过，虽然他很不愿意解释这件事。

“这不、不像他的为人，”古尔斯基说，“一般说，他不是个胆、胆小鬼。”

“我也没有说他是个胆小鬼。”

“请您听、听我说，”古尔斯基说，“他告诉过我，您早就认识他了……”

“我感兴趣的是他对您说了我一些什么。”辛佐夫打断了对方的话。

“我问、问您，就因为不很相、相信他……”

“您既然不相信他，又怎么能跟这么一个家伙一起来这儿？”辛佐夫又打断了他的话。

“这分明是我对一些次要的事情还不、不能坚持原则。”

“算了吧，我们不必再去细谈这些无聊的事了，”辛佐夫说，“我不知道您怎么样，当我对某人非常憎厌的时候，总是用沉默来表示的。”

“有时候，我会突然觉、觉得他跟我距、距离很、很大，”他忧郁地好像不是跟辛佐夫说话而是在自言自语，“圆滑的年轻人，他到哪儿也不会绊跤。极、极有可能，以后某个时候我还会在他、他的领、领导下工作。”

辛佐夫什么也没有回答。

“您不想谈这、这个题、题目了？”

“不想谈。”

“那就让我们转、转换话题。请问，作为过去的新闻记者，您记日记吗？”

“不记。”辛佐夫说。

“为、为什么？”

“您怎么了，没有看到过有关的法令？”

“看到了，但有的人可、可以把它忘掉。”

“我可不想忘掉。”辛佐夫说。

他非常清楚地记得去年的那道法令：禁止作战军队中任何人记日记，违者得受军法审判。去年夏天，政治副团长就曾受到这条法令的惩处——为了一个小本子，被怒冲冲的上级送进了惩戒营。

“照、照我看来，这不是一道最恰当的法、法令，”古尔斯基说，“到、到了战后，就会揪住头、头发后悔也来不及。我、我是以一个重视历史教育的人的身份说这话的。您同意吗？”

辛佐夫没有回答，因为他听见附近传来德国机枪的扫射声，立刻跳了起来。可是机枪声不再继续传来。那只是某个自己人在试射德国机枪罢了。

“您有私人武器吗？”他问古尔斯基。

“有一支女用小手枪，按照分量最轻的原则挑选来的。怎么样？”

“因为还不能排除德军反攻的可能。”

“您恐、恐吓我吗？”古尔斯基微笑说。

“不。很少可能，但还是不能排除这一可能。”辛佐夫说，同时想到了自己的事，“如果德军真的不反攻，那就意味着我们今天真的把他们打得魂灵儿出了窍。自然，还不是永远地整个儿地打垮了他们，但究竟……”

“我已经九、九次上前线，可是还没有放、放过一次枪，”古尔斯基说，“您、您能料、料想到吗？”

“完全料想得到。”辛佐夫回答，同时记起有好多人来不及放上一枪就这么送了命。

“上尉同志，能准许我报告吗？”

辛佐夫回过头去。掩蔽部入口站着军医。

“鲍高斯洛夫斯基上尉已经按照您的命令用雪橇给送走了。”

“很好。”辛佐夫说。

“有人告诉我，说是您在找我……”

辛佐夫瞟了他一眼，立刻明白：“他早已知道我在找他了，可是他决定趁现在记者在场这最安全的时机进来。”

“考顿柯怎样了？”

“我已经把他和上尉一起送走了。除了他，还有三个重伤号。”

“是冻伤的吗？”

军医呐呐地说不出话来。他想扯谎，可又不敢。

“稍微冻着了些。”

“你得记住，”辛佐夫说，“再扯一次谎，说你已把伤号全部救出来，我可决不饶你！”

“以后不再这样了，上尉同志。”

“我的话说完了，”辛佐夫抑制了对军医的怒气和跟他打交道的厌恶心情，从络带里抽出手放在桌上说，“请你瞧一下。”

军医给他看手的时候，辛佐夫没有做声。古尔斯基也一声不响。他有足够的聪明，知道辛佐夫一定很痛。辛佐夫熬住痛不使自己哼一下，同时发现古尔斯基落到他手上的眼光。伤口真的很不显眼，却痛得很。但主要是大拇指和食指丝毫不能动弹，这是最糟的事情。

军医默默地进行工作。这个显然是卑鄙到极点的家伙，对自己的业务却很内行。他直到重新把手包扎好，并且放进新的络带以后，这才开口说：

“您得进卫生营，上尉同志。骨头已受了伤，神经也可能断掉。您再忽视下去，就会把整只手断送掉。”

辛佐夫默默地看了军医一眼：“谁知道他啊？也许，他真的这么认为，但也许，他想让上级军官有机会以治病为借口回到后方去。不是常常有这种人，表面上大声说：‘请准许我留在队里，’心里却在等待上级夸奖他而且结果仍旧不许他留下。人心难料。我在揣摩他，他也在揣摩我……”

“走吧。”辛佐夫说。

“事先警告您是我的责任。”

“走吧。”

“您对他可真冷酷。”军医出去后，古尔斯基说。

“如果您成了伤员躺在雪地上，您就会知道我究竟是不是冷酷了。”辛佐夫说。

“我喜、喜欢冷酷的人，”古尔斯基说，“在战、战前，您大概比、比较温和些吧？”

“战前我是个不三不四的家伙。”辛佐夫回答。他在沉默了一会以后又说：“我一记起以前是个什么样的人，心里就觉得很难受。”

辛佐夫把头枕到健康的右手上，立刻死沉沉地睡去，甚至来不及想到他就要睡着了。

他的头脑里立刻出现了冗长而又单调的夏天梦境。大热天，他在树林里走，他也知道和感觉得到这是夏季的大热天，但前进却非常困苦，因为树林里积满了厚厚的白雪。雪并没有使他感到奇怪，只是使他的行动非常艰难。他老是陷进雪堆，怎么也拔不出脚来；他的左手又老是得去挡住那些不断打到他脸上来的绿色树枝。他知道，只要走出树林，前面就是伏尔加河；他不知道什么缘故，总觉得前面有伏尔加河是好事情。他知道，只要他一到达那儿，一切就会变得非常美好。可是树枝老是妨碍着他，把他的左手抽打得很痛。每逢他朝前望，想知道树枝后面是不是望得见伏尔加河的时候，却除了他的手什么也看不见，因为他的左手老是遮在他的眼前。这使他非常生气，他想从左手上面望出去，可是办不到。

他被某种莫名其妙的声音吵醒了。还在梦中时，他就以为自己不在睡觉，已经被那声音惊醒了。他的受伤的手猛地一挣，想伸出去拿电话机，结果被络带绊了一下，这才真的醒了过来……

桌上的电话机正在响。他转了一下摇柄，用健康的右手拿起了话筒。

"我是辛佐夫。"

"团长已经来了，"列瓦绍夫在电话中说，"我们正在等你。"

辛佐夫搁下话筒，站起来望了望古尔斯基。

"我睡了很久吗？"

"十分钟。"

古尔斯基的近视眼已经熬红了，眼神是惶惑的。在他前面摊着笔记本，笔记本旁边放着眼镜。

"就像我们战前在编辑部里说的那样：'排好的版子还在墨水瓶里呢！'"辛佐夫对笔记本点了一下头微笑说。

古尔斯基从下到上仔细地打量着辛佐夫。

"可是，您、您总会把这一切亲自写、写下来的。记、记住我的话好了。"

"让我们活下去再看吧，"辛佐夫说，"请您在这儿稍坐一会儿，我得离开一下。我会把副官雷波奇金派来的。"

"请、请便。大不了由我自、自己来应、应付，"古尔斯基对电话机瞥上一眼说，"我、我会说：听电话的是未经训练的列兵古、古尔斯基。"

在屠玛年的掩蔽部里，人数要比辛佐夫事先以为会看到的多得多。

还在门槛边，辛佐夫跟军医互相让了路，他不禁忽起一念："是不是有什么人受了伤？"

可是谢天谢地，掩蔽部里每个人都显得生气勃勃，健康得很。除了屠玛年和列瓦绍夫外，这儿还有不久前碰到过的那个胖得发圆的炮兵少校和另一个陌生的炮兵军官，一个军大衣领章上缀着小斧头领花的工兵大尉，还有一个从师部来的大尉——辛佐夫曾经在那边瞥见过他。再有几个人都拥挤地坐在上面说过的那些人背后的阴影里。

情况搞清楚了。屠玛年带了大批随从人员突然来到这儿，只可能有一种解释，那就是：团部已经决定下一天从这儿对德军进行主要打击。

“因此他们才把全营人集结在一起，而且把充作后备的冲锋枪连也开来了。既然在这儿准备好拳头，明天也就会把这个拳头——也就是我们——打出去。”辛佐夫忘掉了将要遭受的危险，他想到他自己和他的营，简直跟想到地图上的红色箭头一样。

屠玛年向他问了好。

“你对情况怎么估计，对以后的军事行动又有什么想法？”

辛佐夫说，他认为现在德军一定会得全夜都很警惕。这个大高地必须在下一天早晨经过猛烈的炮火准备之后再进攻。主攻方向应该选择稍左的地方，以便切断德军退路。

屠玛年点了点头。显然，他再不想听到另一种计划。现在，小高地夺取后，只要一看地图就会自然形成这么一个行动计划。显然，他这样问只是想了解一下营长本人对后一天的战斗任务有怎么个想法。营长的想法果然很正确，屠玛年的脸上流露了一种很有分寸的满意神情。

“战斗结束后，你休息了没有？”他问。

“略微睡了一下，少校同志。”辛佐夫不很确切地说。

“谢谢您攻下了小高地，我要为您建议上级发给勋章。”

“愿意为苏联服务！”辛佐夫把右手向太阳穴那儿一按，不由自主地掣动了左手，痛得他皱起了眉头。

可是，接下去却发生了完全出乎他意料之外的事情，特别是他已习惯于这样的想法：已经肯定的下一天的主攻任务，正是由他去执行的。

“伊林立刻就要来到这儿，”屠玛年说，“我命令他等待冲锋枪连，以免他们迷路。您得暂时把您这个营移交给他，然后进卫生营。”

“我能够战斗，少校同志，”辛佐夫说，“请不要让我离开指挥岗位。”

“谁会叫你离开？”列瓦绍夫插嘴说，“这是战争迫着你离开的啊，”列瓦绍夫一面说一面指着辛佐夫的左手，“治好了，你就回来。”

屠玛年瞅了列瓦绍夫一眼。大概他认为团长的命令用不到别人再来解释。

“我能够战斗，少校同志。”辛佐夫注视着屠玛年重复说。

“可是军医说你不行，”列瓦绍夫又插嘴说，“我们特地找他来问过。他说你会失去左手。”

“卑鄙的军医！”辛佐夫想，“他跟伊林相处得很好，他明明知道跟我合不来，因此很高兴把我排除出去。”

这一念头可能不很公道，因为军医有权利提出他的看法。

“请准许我暂时留下，哪怕是一昼夜也好。”辛佐夫还是注视着屠玛年的脸说。

“您在要求什么？”屠玛年两道威严的浓眉不禁紧紧地锁起。“如果形势需要，那就是您不请求也得把您留下。既然没有必要，那就得按规矩办事。”

他特别强调“规矩”这个字眼。“你以为，如果今天你离开了，到了明天没有你这个营长我们就会对付不了，就会过不了关？我们能够对付的，能够过关的。”他似乎很想这么说出来。

辛佐夫斜眼去看列瓦绍夫；从列瓦绍夫的脸上可以看出他很不满。可是他无法干预，因此也就没有干预。正如任何别人都没有出面干预一般，虽然他们脸上都流露出了解和同情的神色。

“真见鬼！既然如此，就按你的意思办吧！”突然感到极度疲乏的辛佐夫生气地想。

“是，少校同志。我可以走了吗？”

“等一下，”屠玛年接着喊了一声，“席良诺夫！”

一个身材高大、肩膀宽阔的中尉从他背后的阴影中跨了出来。这就是辛佐夫前一天在司令部见过的那个头发花白、鼻子打坏了的军官。屠玛年一刹时把他阴沉的脸转向这个打坏鼻子的中尉，然后他的眼光又落到辛佐夫身上。

“我委任席良诺夫中尉为您的副营长，请您带他一起走。”

“您的”这个字眼显然蕴含着这么一层意思：“我并没有撤你的职，我认为你还要回来。”可是辛佐夫太清楚这一点了：不论人们怎么“认为”，战争还是会得把“您的”这个字眼的含义，加以这样或那样的改变。

“愿您早日恢复健康回来。”屠玛年伸出手来说。

于是，辛佐夫一面握着团长伸过来的手，一面望着他的脸，不禁感到这个脸色阴沉的汉子对一切都很了解。他知道：辛佐夫刚刚在营里找到适合志趣的事业却突然要他离职，这是多么的难受；他又多么想在下一天进一步扩展他亲自取得的初步成果啊！这一切，团长都了解，他却丝毫不肯改变自己的决定。

“原来这个阿尔明尼亚汉子也是个严厉的人，不过他不像别人那样在采取严厉手段时大喊大叫罢了。”

列瓦绍夫在分别时很友好地、含有深意地跟辛佐夫握手。可是这并不能感动辛佐夫。既然他刚才不作声、不肯替他说话，握手又有什么好处。如果他跟过去一样，还是个政委，那他可能会替他说话，可是现在他只是个政治副团长，对这些问题就只能不做声。怪不得他说他将要改行做“军事工作”，按照他的脾气，他对自己的职务是不满意的。

“关于明天的军事行动，他自然会跟伊林去商量，用不着再跟我浪费时间了。”辛佐夫一面想着屠玛年一面离开了掩蔽部。

他顺着战壕，在那个打坏鼻子的中尉前面走，听着从背后传来的皮靴踏雪的窣窣声。“原来他就是后备军官中顶替鲍高斯洛夫斯基的人。也许，不但代替鲍高斯洛夫斯基，而且还会代替我。他过去究竟当过团长。他今天给伊林当副营长，到了后天就可能代替我担任营长。这用不着很久。只要他不再是醉汉，上级甚至一定会委任他做营长。”

“不要难受，营长，团长平素不是这么待人的。”打坏鼻子的中尉在背后说。他现在的声音既不嘶嗄也不蕴含怨恨，跟在司令部的时候大不相同，显得又温和又清脆。

“你的声音简直跟玻璃一样清脆，”辛佐夫想，“团长平素如何待人，你不说我也知道。”

“不要难受，”中尉又重复了一次，“你从卫生营回来，我们就交还你一个更出色的营。”

辛佐夫一听到他的话，不禁又一次想：非常可能，再过一两天，席良诺夫这家伙显出了当过团长的人的才能，上级就会委他当营长。他刚才提到回来什么的，那只是给我这个离开的同志打打气罢了。说空话可以由你说，别的一切就不由你了。即使是对你自己的委任也一样。如果上级下了委令，你决不会推辞!

“你怎么不说话？”当他们又走了二十几步，席良诺夫问。

“有什么可说的？”辛佐夫第一次作出了反应。

的确，有什么可说的？他必须交出这个营，然后上卫生营去。既然如此，那就把事情办得越快越好，用不着多费口舌，使自己难受。他不禁恨恨地想起自己受伤的手和柳辛：“他竟搞得我离开了部队，这混蛋!”

“我们上哪儿？”席良诺夫问。

“我立刻领您跟营部副官碰面，他在代理连长。在伊林来到以前，我让您熟悉一下你自己的连和三连，这样就不会空过时间。别的一切您可以问新营长。”辛佐夫第一次心里这么想嘴里也这么大声地称呼着伊林。

“那自然。”席良诺夫说。在掩蔽部进口的地方，他拉了拉辛佐夫的棉袄袖子说：“我有几句有关朋友交情的话。”

“您说吧。”

“您在司令部听我说的那些话一律取消。可以吗？”

“可以。”

“还有，你看到的我醉酒的样子也得忘掉。我有我喝酒的理由。总之，我是按照规定喝酒的，我没有偷过战士们的伏特加。”

“那自然。”辛佐夫说。

古尔斯基还是坐在辛佐夫离开他时坐着的老地方。可是瘦长的、满脸灵感的雷波奇金，却从皮袄领子里伸出他那青筋暴绽的、孩子才有的脖子，手里揉着从头上脱下的护耳帽，好像在大会上一样，用雷一般的声音朗诵着一首诗：

现在，
我们不再错过目标，
我们知道枪向谁瞄！

他一看到辛佐夫就停了下来。

“干吗停下来，念下去。是你自己的诗？”

“马雅可夫斯基的，上尉同志，我自己没有写过诗。”

“一次规模不、不大的争论，”古尔斯基说，“我对、对他说，战争时期人们得像‘平白地等待儿子回、回家的老婆婆’一样，他却给我念起马雅可夫斯基的诗来了……”

“我想证明，上尉同志，马雅可夫斯基的诗可以应用到生活中任何一种情况。”雷波奇金说，一面继续揉他的护耳帽。

辛佐夫微笑了。这一切太出人意料了：那是对诗的争论，却要上尉来做评判员。但既然是战争时期，还能叫谁来做啊？

“念完你想念的诗吧。”

“我想证明……”

“不要证明，念完您想念的诗。”

雷波奇金把拿护耳帽的手往旁边一伸，昂起头来喊道：

现在，
我们不再错过目标，
我们知道枪向谁瞄！
我们的脚知道，
踏着谁的尸体
向前冲！

战士决不怀疑，

打倒蜗牛作风！——说什么“让我们等一等”！
我们的手知道，
向谁撒去
致命的弹雨！

“关于尸体那一句真有力！”席良诺夫在辛佐夫背后说。

雷波奇金停下来，向辛佐夫看了一眼，很有把握地说：

“我还能往下念。”

“再往下念可没有时间了。”辛佐夫说。

于是，辛佐夫给席良诺夫和雷波奇金相互介绍了一下，然后命令副官领着新来的副营长下连队——到他自己的连队和丘贡诺夫的三连去。

辛佐夫忽起一念：很想亲自下去一次，但他抑止了这一冲动。他感到很奇怪：在这个本来似乎不能缺少他的地方，他突然成了一个无可作为的人。

古尔斯基站了起来，把笔记本往皮袄里一塞说，如果指挥官们不反对，未经训练的列兵古尔斯基就要跟他们一起下连队。

“请吧，”辛佐夫冷冷地说，同时向古尔斯基伸出手去，“可是你要防备万一。”

“再见，我还要回、回到您这儿来的。”

辛佐夫没有回答。他不高兴再向古尔斯基解释一切。

当辛佐夫单独留下后，他就想起了他那个背包。虽然背包里没有多大财产，没有它进了卫生营就会没有刮胡子的剃刀和换替的衬衣裤。营里的同志一打仗决不会有工夫顾到你，也决不会想到把背包送到卫生营去。可能伊林在后方已经搜集了营部的财产——那些东西中间就有他的背包。当伊林来到时，可不能忘记向他问起背包……多么希望伊林快些来到这儿。最好不要等得过久。在这种场合下拖延，那就再糟糕也没有了。

可是伊林就像是有预感一般，刚巧在辛佐夫不耐烦地想到他的时候进了掩蔽部。伊林进来后祝贺了高地的占领，急匆匆地擦了一阵冻红的脸，然后报告辛佐夫，说他已一下子带来了一切：卡拉耶夫连、冲锋枪连和营部的全部财产。

伊林向四面看了一阵子，好像在找寻一个现在应当在这儿掩蔽部里的人，最后摇摇头，叹了口气。他一句话也没有说，可是他在为谁叹息，那是很明白的——是为了普罗霍罗夫。他叹息以后，又问辛佐夫的手怎样了。普罗霍罗夫牺牲和营长受轻伤，他是在几小时以前听到的，至于叫他代理营长，那却是他意料不到的事情。

"没有什么。"辛佐夫回答。经过重新包扎后，那只手好似故意不痛了，这就使眼前的情况显得更加难堪。"上级命令我上卫生营，这个营就交给你。"

"原来是这样，"伊林用凄凉的声音说，"那有什么，我也不会代理很久。以后自有别人来接替。"

他的脸部表情是非常冷漠的——既不高兴，也不同情，什么感情也没有。辛佐夫望了望他那淡漠的脸，忽然明白了为什么会这样的原因：伊林一定已经知道那个充任迫击炮手的姑娘牺牲的消息。

辛佐夫想到这儿就毫不犹豫地问（因为即使判断错误，伊林反正立刻就会知道）：

"什么，你已知道索洛维耶娃的事了？"

虽然伊林从来不曾对营长谈起过这个姑娘，他回答时就像辛佐夫早已知道这事的始末一样。

"拉雅①牺牲了。你可无法想象，我曾经再三请求她不要留在迫击炮队里！前天我还刚刚求过她。简直叫我活不成了……"

他垂着头坐在板凳上，两手无力地垂在双膝中间。

辛佐夫站在他前面，望着小伙子低下的头和无力地垂下的双手，不禁在一整天的战斗后第一次想到了自己的私事：想到了玛莎。在他生活中的不同时刻，他对她有不同的想法：有时认为她活着，有时认为她已死去，有时又认为她还活着。现在，当他望着伊林的时候，他又觉得她已经不存人世了。

"好吧，"辛佐夫说，"你接收这个营吧。我得上卫生营去了。"

他这么说并不是由于心肠硬，而是由于他明白：伊林的悲痛只

---

① 拉雅是索洛维耶娃的爱称。

能用工作来医治，别的法子是没有的。

“立刻就好。”伊林站了起来，在掩蔽部里走来走去，把头抬得高高的。他想不让自己哭出来，眼眶里还是含满了泪水。

“我在中午就知道了，我多难受啊！”伊林用颤抖的声音说，同时继续抬着头走来走去。

于是辛佐夫记起，白天在电话里听到伊林声音时就曾想过：“他已经知道了。”他走近继续在那儿踱来踱去的伊林，用他健康的右手抱住小伙子说：

“唉……伊林！……伊林！……”他想使他清醒过来，克制住悲痛。

可是伊林挣了出去，一面哽咽一面低声说：

“你会想，这跟伊林又有什么关系啊？……她被打死了，不就完了？她并不是你的妻子，要你这么哭她？……”

“我根本没有这种想法，”辛佐夫说，“你怎么会这样想？”

“因为我知道人家怎么谈论她。由于她不肯跟别人亲近，人家就这么恶意中伤她。可是她对我，如果你愿意知道，也不肯让我碰她。她离开卫生所就是为了不让别人议论。她说，她不是为了这一点，而是为了战争才穿上军大衣的。我曾经向她求过婚；不论她做什么，我都一样爱她！”

“这么说，她并不爱你。”辛佐夫说。

“可是这并不能使我轻松些，”伊林说，“如果死的不是她而是我，她倒会感到轻松些……”

伊林没有说完又哽咽起来，从皮袄里抽出一块脏手帕来揩过脸，把它塞回去，然后问：

“我们的卫生营在哪儿你知道吗？”

掩蔽部的门猛地推了开来，他们的师长，头戴护耳帽、短棉袄上系着腰带的库兹米奇将军，好像背后被人推了一把似的，不是走而是窜进了掩蔽部。矮小、壮实、脸冻得通红、蓄着兵士那样的大胡子的库兹米奇，不像是一个将军，倒像是一个上了年纪的神气活现的庶务长；只有在没有扣上的棉袄领子上露出来的缀有少将星花的红色领章，才证实了他现有的军衔。

“将军同志，”辛佐夫迎上去立正向他报告，“我是三三二步兵团三营营长辛佐夫上尉。在我负责的营里……”

可是库兹米奇打断了他。那位将军挥挥手说：“谢谢您夺取了高地。营长，您此后到死也不会忘记这个高地。”他很快地向前走了两步，一下子抱住了辛佐夫，一面吻他，一面用他的胡子刺着他的脸，然后又很快地松开双手，后退一步，用短促而灵敏的眼光从头到脚地打量着辛佐夫。

“这样的好汉子怎么会让自己受伤？”

“德国佬可不会来请求您批准的，将军同志。”

“轻伤吗？”

“轻伤。”

“你没有扯谎？”

“我不扯谎。”

“你瞧，”库兹米奇微笑说，“我们昨天不是说过，我们会碰面的。果然又碰面了。”他很快地转身对着伊林，跟他握了手。“伊林，我也向你祝贺。按照你们的工作看来，你和营长相处得不错吧？”

“是的，不错。”伊林说。

“勇敢的人往往一切顺利，”库兹米奇兴高采烈地说，“如果不怎么顺利，我们也能找到办法帮助他，可是对胆小鬼我能用什么办法帮助他？如果某人是胆小鬼，我就什么也不能帮助他。除非他丧了命。多亏您努力，现在我们简直成了战场上的大王。可是我还有一桩心事：明天还要继续我们今天已经开始的事业。但愿上帝不要糟蹋我们的事业！现在大家都在为这件事伤脑筋。上级还要在炮火准备时增加两个炮兵团，但即使不增加，我们的炮兵已经要比上帝的法律所能允许的多得多了。屠玛年在哪儿？请您领我上他那儿去。”他始终是这么兴高采烈地跟辛佐夫说话。

“是，少将同志！”辛佐夫立正说。忽然，他望着老人的那对兴高采烈的、和善的眼睛下了决心：他得试试挽回那他已认为无可挽回的事情。他之所以下此决心，是因为他对这事情无论如何也不甘心屈服，也因为他觉得伊林的神情太沮丧了，他害怕在这时候把这个营交到他手里。

“少将同志，能不能允许我谈谈有关我个人的问题？”

“想结婚还是什么？”库兹米奇微笑说，同时好奇地望着辛佐夫。

“完全不是，”辛佐夫顺着将军的口吻说，“我可不愿离婚！团长命令我把这个营交给伊林然后上卫生营，可是我请求留下。”

将军脸上的笑容顿时消失了。他立刻变得严肃起来。

“既然团长下过命令，那就得执行。”

“我正在执行命令，马上就要办理移交手续。可是我请求您阻止这一命令。我可以打仗。”

“你的伤呢？”

“很快就会像狗一般地长好的。”

“如果能长好，那自然不错，”库兹米奇说，“可是我们的残废人不加上你已够多的了。”

“伤口并不痛，将军同志。一切都很好。”

“伤口不痛还不能说是一切都很好，”库兹米奇说，“那是冻伤了。一九一九年我在跟高尔察克匪帮作战时，曾经把手冻伤。你知道什么是冻伤吗？那会使你脱离战斗。”

“可是您终究没有脱离战斗，是不是这样，将军同志？”

“我的情况比你好得多。我也没有奉到团长的命令。当时我亲自指挥一个团，而且是独立团，共产党员团。”

最后，他并不答复辛佐夫的要求，而是重复他开始交谈时说过的话：

“请领我上屠玛年那儿去。”

当他们向屠玛年的掩蔽部走去时，辛佐夫不再提起自己的请求；因为他明白，如果师长早就决定拒绝他的请求，他是不会拖着使他焦急不安的。既然他不作声，那就表明他还没有作出决定，或者就是他想让团长自己去改变以前的决定。

“这一天来我们自己人损失了多少？”库兹米奇在半路上停下来，跨过几具还没有从战壕中清除的德军尸体问。

辛佐夫回答了他的问题，并且说明了伤员中间有不少负了重伤。

“是啊，”库兹米奇叹了口气说，“‘你们为它献出了能够贡献的一切’……就是这样。你知道这是哪支歌里的句子？”

“知道，”辛佐夫说，“‘你们牺牲在决死的斗争中’。我们在学校里时就已经唱这支歌了。”

“你们在学校里唱，我们却是在追悼会上唱。”库兹米奇说，“可是现在连唱这支歌的时间也没有了。这样的战争，根本没有唱歌的时间。”

当辛佐夫把库兹米奇师长领到屠玛年团长的掩蔽部门口时，库兹米奇突然停下来说：

“你不要跟我进去，就在这儿等。”

辛佐夫明白：师长立刻要在掩蔽部里跟团长一起决定他的去留问题，而且不想当着他的面决定这一问题。

辛佐夫站在掩蔽部门口的战壕里，紧张地等待着：上级叫他还是不叫他？叫他进去后，又将把什么样的决定通知他？

夜光表的指针指在晚间十点钟上。如果从他以后备军官身份被召时算起，还不到一昼夜半；从他跟伊林一起来到营里算起，还只有一昼夜。统共就只有这么些时候！战时一个人在一昼夜内能够为人们和事业作出什么贡献？别人——不论上级还是下级——能够来得及了解他，他也能来得及了解别人吗？连他写在记事册里的所有姓名他都还没有记熟呢……有一些已牢牢记住了，现在看来，似乎一辈子也不会忘掉，但另一些，要记住还得看看记事册才行。有一些人在作战时看到过好几次，另一些人却一次也没有见过，只接到过有关他们的报告。那个为了救你的命因而自己牺牲的战士，你已永远无法知道他姓什么了，因为他躺在后面，当时没有人可问，现在他已经和别的阵亡战士一起葬在阵亡将士公墓里了。他们的墓碑上只有一张姓名表，一个姓名接着另一个姓名地排列着……哪一个姓名是他的，你根本无法知道。

是的，在战争中所有的人都来得及在一昼夜之内干出一些事情来。还有什么事情不能干啊！为自己的战友牺牲生命，派什么人去赴死，把什么人救出来，把本来可能保全的什么人的生命送掉。如果事后把战争中的一切回想一下，想到不论什么事情都可以比你已经做的做得更好，那你一定会发疯！

现在，自然啰，在这一天内跟你的命运连在一起的那些人，你会一辈子都记住，特别是你离开以后可能永远不会再回到他们这儿。可是，这种情况以前也经历过好几次，不过到了后来，总是某一些人还留在记忆中而另一些人却被后来遇到的许多别的人所掩盖而泯没了……还在一昼夜以前曾经想到的“我的营”，是指斯大林格勒城里的那一个营；可是现在，经过一昼夜战斗以后，你所想的“我的营”已经是这一个营了。这变化究竟是在哪一分钟发生的，连自己也不知道。这倒不是由于你忘记或抛弃了宝贵的回忆，而是由于一次战斗盖没了另一次，今天的战斗盖没了以前的那一次。自然，从方面军甚至从一个集团军的观点来看，你今天指挥的这个营是一个非常微小的数量。可是从你自己或者从和你一起战斗的三百个战友的观点来看，这个营在今天就是你的全部生命。因此，你不愿离开你的战友，也不愿离开你的营。不论是三百个人还是其中的一个人，都不会感到这个营是一个非常微小的数量。你可以认识到自己是一个非常微小的数量，可是你却无法感觉到这一点。因为不论你多么小，不论世界多么大，使你和世界相联系的一切，无论如何还是在你自己身上开始，并在你自己身上终结的。你死了，世界没有你仍旧会存在下去，可是当你还活着时，那就只有你们两个：你和它。你就是你，它却是其余的一切，除你以外的一切。

另一个问题是：不但你，每个人都这样，没有一个人的生命比你的不值钱些，但如果有必要，就得毫不犹豫地把它献出去。但这是另一个问题，完全是另一个问题……

暴风雪跟以前一样均匀而又猛烈地向前吹刮，向德军那面吹刮过去。前面是一片白茫茫的大地。这样白茫茫的一片，除了雪以外，什么也揣测不出来。可是那面，在这白茫茫的一片后面，却有德国人。他们在这四十公里长的战场上，在冰雪、泥土和石头下面隐蔽起来。不，在今天，在目前，经过这第一个昼夜的进攻，从这儿前沿阵地到另一边已经不是四十公里而是三十五公里了。已经少了五公里。这就是蕴含在这一昼夜所消耗的生命中的全部实质……

第二部

第一章

火车在塔尼雅离开莫斯科以后第七昼夜的白天到达塔什干，差不多没有误点。

不久前经过一个名叫阿雷斯的枢纽站的时候，塔尼雅邻座的旅客从军事运输指挥员那里弄到三份最近的塔什干报纸——《东方真理报》，在余下的一段路程中，塔尼雅先给车厢里的一半旅客，然后再给另一半旅客念报上公布的连续三天的情报局战报，早晨的和晚间的都念。

战报上说，在中央战线、北高加索、顿河下游以及斯大林格勒的工厂区——几乎所有的地方我军都在继续进攻。

塔尼雅在登程后的第三天给谢尔皮林发出了一封信，请求把她调到他那边的前线去，从此她就怀着一种自己已经参与其事的感觉读和听有关斯大林格勒的一切。一提到斯大林格勒这个地名，她就会兴奋得浑身是劲。

其实，现在考虑这事还早。可是她在考虑。虽然她的信可能失落，寄不到，但她还是在考虑。即使能寄到，也不知道谢尔皮林什么时候答复，怎样答复，他的回信要多久才能到达塔什干。

她几次打断自己的思路，对自己说：还没有跟母亲见面就考虑走的问题未免不大好；并且也完全可能在收到任何回信以前她的养伤假期已满，军区卫生部立刻自作主张分配她的工作——他们想往哪儿派，就派到哪儿……但是，某一种比所有这些正确的估计更强的力量仍然迫使她希望谢尔皮林把她调去，同时希望阿尔杰米耶夫也在那边，在前线，离她不远的地方。

她骂自己，在心中把这些念头说成是女人的胡思乱想，但现在，当列车正在驶近塔什干、应该考虑别的事情的时候，这些念头更使她心烦意乱。

塔尼雅在站台上看到的第一个人（她从车窗里就已经看到了），是她的丈夫，或者说，她过去的丈夫——她认为如此，而且已经习惯了。显然，母亲还是告诉他了！他站在那儿向车窗里望。

塔尼雅把一路上减轻了份量的行李袋扛到背后，拿了背包跳到站台上。整个站台覆着积雪：原来这儿塔什干正值严冬。早晨经过陷在雪中的阿雷斯，就可以料到这一点，但是几乎一直到最后，塔尼雅仍然觉得天气还会变化：也许到了塔什干要暖和得多。

塔尼雅在人丛中向着从车窗里看到丈夫所在的地方往前挤，一分钟以后跟他相遇了。母亲没来，只他一个人来。

他和过去没有多大不同，还是那么傻样，只是瘦了点；甚至大衣和护耳帽也还是那年冬天在罗斯托夫追求她的时候穿戴的东西。

他们相遇后，他搂住她的肩膀动也不动，不知道接着该怎么办。

“妈妈呢？”

“在厂里。这星期她做早班。她告诉我，你不要我来接你。我自己打听了火车到站的时刻……”他从她肩后卸下了行李袋，带着歉意迅速地用嘴唇碰了一下她的腮帮和下巴。

她没有闪开，只是怕痒似的把身体缩做一团，正眼看着他，说：

“我们不要接吻，行不行？”

“你来要呆好久吗？”他问，这时人流把他们涌到了车站的门外。

“大概呆不久。病假一结束就上前线。怎么？”

“随便问问。现在你上哪儿？”

“当然上你那儿去喽！”她说着，眼光从他面前擦过，投向寒冷、积雪的广场和打着哆嗦穿过广场向电车站跑去的人们，心想：“怎么这样冷！在车上，同路的人还说，到了这里穿军大衣要嫌热呢。”

“我有必要跟你谈谈……”沉吟半晌以后，他说了这么一句。

“别害怕，我跟你开开玩笑，”她没让他往下说，“你送我到妈妈那里，就走你的。谢谢你来接我。虽然我没有请过。”

“我来接你是想一开始就……”他顿住了。

“原来如此！”塔尼雅心想，“原来他想起了战前那回事，当时我这个蠢东西没有先打电报通知，突然到他那里……大概他以为这回又……”

“你不用紧张，”她说，“自从那次到你那里以后，我不再认为自己是有夫之妇了。只是没有想到离婚。怎么样，轻松了吧？”

“我并不需要轻松，”他说，“我知道你爱过我……”

“天哪，”塔尼雅气愤地想，“难道我就真的那么爱过他，以致直到现在他还有这些想法？那我实在太蠢了……”

“我对不起你。我以为你牺牲了，所以秋天结了婚……跟一个很好的女人。”

“是不是当时那一个？……”塔尼雅禁不住问。

“不，不，”他急忙说，“完全不，这完全是另一回事……她还大我几岁，说来也许奇怪。”

“既然不是那一个，我很高兴，”塔尼雅说，“当时我就不喜欢她：她见了我怕成那个样子，……”

“你应该彻底明白……”他说。

“我全明白。我们到民事登记处去离婚算了。你愿意的话明天也行。也许你已经去过了？”

“嗯……”他吞吞吐吐地说，“我在秋天，就是……”

“那好极了，”她又把他的话头打断，“现在我也去递一份声明，或者我们一起去，我不知道手续该怎么办。”

“对，当然，当然。”他立即表示同意。他们之间这番交涉办得如此顺利，完全出乎他的意料。

“有什么可奇怪的？”塔尼雅望着他问，“我寄出上一封信的时候，我们已经要上军车了……我以为你也要上前线……所以我在信上这样写：相信我们会见面的！我的意思只是指我们会活着的。至于除此以外的一切，我认为已经结束，好在没有孩子。我早已不认为自己是有夫之妇。跟别的男人也同居过……是的。你愣什么？”

“这不是真话，”他说，“你只是想……”

“为什么不是真话？你以为别的男人比你差吗？”

她想起了杰格嘉尔，因为想不起别的人，然后更肯定地重复了一遍：

“不比你差，相反，要胜过许多。”

“干吗你对我说话这样凶？”他抱屈地说。

“你不该来接我，所以我生气。你怕我去跟你的新人闹醋海风波？”

“你扯到哪儿去了？……我压根儿没这样想。我只是希望事情……”

“希望不要节外生枝是不是？唉，你呀……还是谈谈妈妈过得怎么样吧。”

“我只跟她通了电话。我好久没看见她了。”

“有多久了？”

“十月份以后没见过。”

“啊……明白了，”她说。

“我很难开口向她解释，”他说，“我结婚是因为相信你已经牺牲了。可是她始终认为你活着。所以我决定还是不要让这一切去伤她的心。”

“唉，尼古拉，尼古拉，”塔尼雅说，“你这样关心别人，结果苦了自己……你见不得妈妈，因为怕告诉她我死了，现在又得跟妻子说明我活着。爹死的时候你到妈妈那里去过没有？”

“去过，”他说，“是隔了一阵子以后去的。那时我正要去扑灭流行病。回来以后去看过她。也就是上一次。瞧，工厂已经看得见了……”

“算了，”她说，“你只要送我到门口。剩下的就是要确定一下你跟我什么时候到民事登记处去。妈妈有你的电话号码没有？”

“有，是工作地点的电话。”

“我在这几天之内打电话给你。”

这次长谈还是在火车站开始的，现在到了一片高低不平的积雪空地上才进入尾声。空地的尽头看得见长长的工厂围墙，几辆装着废铁的卡车正在开进门去。

“塔尼雅！”

他们已经站在厂门口挂着“传达室”牌子的一座土砖岗棚前面。

除了把行李袋卸下来交给塔尼雅，没有他的事了。

“尼古拉，把口袋给我。”

“要不要我陪你到传达室去？”他说着把行李袋从肩上放下来。

“不要。”

“塔尼雅！”

“怎么啦？”

“我希望你了解：尽管事情已经弄成这样，我可是没有像爱你那样爱过任何人。”

“还有什么要说吗？”

“不知道，我只是对你说句真话。”

他的语气是真诚的，这使塔尼雅收回了已经到口边的抢白。也许，他的确并不怎么爱现在的妻子。可是这跟她有什么相干？

“把口袋给我，尼古拉。说真的，现在把我拖住太缺德。我急着想见妈妈。”

“可我急着想再见你一次！你明白不？”

她看了一下他的眼睛，明白了。在车站那边他担心塔尼雅会以合法妻子的身分向他提出要求。而现在知道已经没有危险了，他又觉得旧情难忘。

“我简直不知道怎么回答你好。至少也该等我办妥了跟你离婚的手续。否则我跟你的新夫人到底谁对不起谁也闹不清楚！”

但是他没有听懂这是在嘲笑他，还自作多情地问：

“那么我们几时再见？”

“把口袋给我。”塔尼雅说着把袋口的绳索一拉，从他手里夺过了口袋。

“饶恕我，我并不想……”

“让上帝饶恕你吧！”她头也不回，用胳膊肘推门走进传达室去。

她把身份证递进一个小窗洞，开始说明来意。坐在里边的一个妇女探头出来把塔尼雅打量了一下，摇摇头，叹了口气，重又缩回小窗洞，默默地交给她一张事先填好的、写着“找党委会”字样的会客单。

塔尼雅向一个带步枪的值班警卫出示了会客单，经过通行口走进厂内，这时传达室的那个女人从岗棚的后门冲出来问她：

“你是奥尔珈·伊凡诺芙娜的女儿？”

“是的。”

“从前线来？”

“是的。您好。”塔尼雅说着，一边在想：她在什么地方看见过这个女人。

“到党委会去你向右走；经过这所厂房，不到翻砂车间有一间板房就是。”

塔尼雅走了几步回头看看——那女人还站在门口望着她，外衣也没有披上。

十分钟以后，塔尼雅坐在党委会里等母亲。在塔尼雅对面，一个上了年纪、脸色阴沉的人坐在桌旁，他穿一件黑色棉袄，头戴军用护耳帽，用肩膀托住嘴里的烟斗，在记录一份电话电报。

塔尼雅来到这里的时候，这个人草草地和她握了手，报了自己的姓名，但塔尼雅没有听清楚，也没有问，因为他立刻打电话到翻砂车间叫奥弗夏尼科娃到党委会来。接着，他桌上另一部电话响了，于是他就开始记录电报。

虽然他在室内穿着棉袄，戴着护耳帽，可是从冷空气里进来的塔尼雅却觉得党委会里挺暖和，甚至有煤气味；一只圆形的生铁炉子里烧着煤块。

她把军大衣的前襟敞开。

那个在接电话电报的人向她斜瞅了一眼，发现她的军便服上佩着一枚勋章，似乎想对她说些什么，但忽然向话筒里生气地问：

“怎么，还没有完？我以为完了呢！简直做起大块文章来了！”说着，他手里的铅笔在纸上划得比先前更快了。

板房里进来了一位还很年轻的将军，高个子，宽肩膀，有点儿像阿尔杰米耶夫。

“喂，玛里宁，”他说，“我得给人民委员会挂电话……怎么样，同意不同意鲁兹京担任工人供应部主任？我知道，物资他会供应，不过这个人很滑头。现在就等你最后决定。”

“等什么呢，尼古拉·伊凡诺维奇？”玛里宁放下听筒说，“你不是决定了吗……”

“我决定还不算数，”将军说，“我要党代表点头，万一出了什么事，那就共同负责。”

“共同负责并不可怕，”玛里宁说，“一起掉眼泪味道也不佳。”他向塔尼雅瞟了一眼，然后说：“我送你到办公室去，我们再谈谈。”

在玛里宁向塔尼雅瞟了一下之后，那位将军也斜着眼看了看她，问道：

“她是谁？”

塔尼雅在他进来时就从坐的地方站起来，一直到现在还站在那里。

“三级军医奥弗夏尼科娃。”她说。

“我们厂里翻砂车间奥弗夏尼科娃的女儿……”玛里宁说完，把电话电报塞进抽屉，取下挂在钉上的军大衣，跟在将军后面走了出去。那位将军跟塔尼雅一句话也没说。

“马上就要开始吵架了。”塔尼雅心想。将军和刚才坐在桌旁的那个玛里宁两个人脸上完全是吵架的神情。仅仅因为塔尼雅在这里，他们才没有当场在党委会里吵起来。

屋里只留下她一个人。母亲几乎立刻就进来了。她们互相拥抱、亲吻了好久。

母亲现在完全是一个老太婆了，虽然塔尼雅一下子就认出了她。母亲穿着蹭满泥巴的厚棉袄和棉裤，但是，看到她的脸以后，塔尼雅吃惊地料想这棉袄裹着的身体一定瘦得厉害。

“塔尼雅，我的孩子！……”

“是我，妈妈……”

“你来啦！……”

“是的，妈妈……”

“你活着！……平安无事！……”

“是的，妈妈……”

母亲再也不问什么，沉默片刻以后，她说：

“你爹……”接着又半晌没作声。

“爹是怎么死的？”塔尼雅问。

“不知道，”母亲说，“那时我不在他身边……我害了肺炎，在医院里躺了三个星期。他是用急救车被送走的。人家没有立刻告诉我，因为不忍心说，反正那时我也起不了床。等我出了院，他已经死了。我不在的时候，我们厂里的包装车间给他钉了一口棺材，但尸体没有马上去领，以为等我病好了还来得及。后来把棺材送到医院，才知道他已经被埋起来了。他们向我们厂里的人表示抱歉，至于坟墓在什么地方，不知道。他们有一个地方，凡是没有亲属来领的尸体都送到那里去埋掉。你爹也在其内。这件事我不能原谅自己。人生一世竟落到这般地步！……”

母亲哭了起来。

“你怎么啦？”塔尼雅在她身旁坐下来搂住她的肩膀，“干吗自己折磨自己？”

“我不能，塔尼雅……我不能……每想到你爹，我就在心里这样说：该到他坟上去一次，可是连个祭扫的去处都没有。”

“爹是什么时候死的？”

“九月十七……”

“那么弟弟呢？”

“不知道。阵亡通知是去年冬天接到的。通知上说他在一九四一年英勇牺牲了。哪一天没写。只写在西南进军方向。你路上怎么样？”

“路上很好。”

“让我看看你。你瘦了……”

“你自己瘦了！”

“我是甭提了……战前你胖嘟嘟的，现在也变成了这样！你一直在什么地方？担任什么工作？”

塔尼雅隔着母亲的肩膀看见玛里宁走进板房，于是她说：

“说来话长，妈妈……一下子也谈不完。”

“活着，平安无事……”母亲又开始抽泣，“没有受过伤吧？”

“受过。”

“伤在哪里？”

“妈妈，你什么时候下班？”

“等等……你到底伤在哪里？”母亲痛苦而又焦急地望着她，好像最最重要的是知道塔尼雅伤在哪里。

“还哭哭啼啼什么？”玛里宁站在她背后说，“人见到了，心也安了，那就回车间吧。交了班回家去。明天休假一天。”

“明天轮不到我休息。”

“可以调换一下。我来给你办。”

“要不要我跟你一起去？”塔尼雅问。

母亲感到为难，还是玛里宁解了她的围。

“不用跟在她屁股后头，她马上就回来。我们车间里的条件很差，特别是翻砂车间，”母亲出去以后，他向塔尼雅解释，“她不愿一下子带你参观她工作的地方……”

“反正要看到的。今天不去，那就明天。”

“那是另一回事。可今天是她的好日子。为了你，她冒着大寒天气把房间粉刷了一下。她到这里来请求党委支持，我们从仓库批了三公斤白粉给她。你瞧我干吗？我们穷是不是？还有你瞧的呢。你可以到厂里来，我们带你参观参观。到各车间跟大伙聊聊。我们对每一个从前线来的客人都有这样的要求。尤其是现在。听了最近从前线来的消息，大家都兴奋得要发疯了。一天到晚光谈斯大林格勒！你打算在这儿呆多久？”

“不知道，”塔尼雅说，“目前我在养伤假期内。以后将等候调配。”

她的话被电话铃声打断。

“我是玛里宁，”玛里宁向话筒里生硬地说，“是的，开除了。不，您没有听错，决议上的开除理由是这样写的：由于擅自批准一个亲戚从厂里退职。理由并不是胡诌的，确实应该这样写。不，不能撤销。不，我不是滥用职权的混蛋，而是中央委员会派到厂里来的党代表。你要是再这样说一遍——我就要挂断了。”

玛里宁握着听筒等了一会，然后把电话挂断。

“他自己先挂断了！”

“是谁打来的电话？”塔尼雅问。

"一个什么首长。昨天我们把人事科的一个干部开除了党籍，他的姐夫就去走那个首长的门路。"

"为了什么缘故？"

"就为了你刚才听到的缘故。"玛里宁说。他勉强克制住疲倦的感觉和不愿细说的心情，开始解释："你以为到我们厂里来干活都是自愿的吗？也有人是根据战时法令被迫而来的。我们从各种不太重要的工作岗位把他们调走，把他们的身分证收起来，叫他们到厂里来制造产品往前线送。这个干部有一个大姨也给搜罗来了。可是他偷偷地批准了她退职，让她溜回商业网去，那儿伙食比较好。就这样，这个干部昨天交出了党证，——对于这种人我们毫不客气。你们在前线难道客气些吗？"

"我在前线没呆多久。"塔尼雅说。

"那勋章是怎么得的？"

"我在游击队里。"塔尼雅说。

"在什么地方打游击？"

"斯摩棱斯克州。"

"啊，斯摩棱斯克州……"玛里宁说，"四一年末，我受了伤从前线被后送的时候，以为我们不久就能拿下斯摩棱斯克。估计我还来不及回部队，大概已经把它收复了。可是直到现在还没有收复，而我呢，也没有回部队……说是健康情况不容许。"玛里宁觉得可笑：健康情况不容许他重返前线，却容许他干如今他在这里干的工作，过如今他在这里过的日子。"你打了多久游击？"

"一年多。"

"又是怎样回到大后方的呢？"

"受了伤用飞机送回来的。"

"你都到过哪些地方？那里我熟悉。内战以后，我随武装征粮队走遍了那里所有的角落，为无产阶级征集粮食。"

塔尼雅开始讲给他听，不过心里一直在想：母亲怎么还不来……

"快来了。交班以后就来，"玛里宁觉察到了，于是不再问长问短，"不交班是不会来的。她入党了……恰好是在关于斯大林格勒的消息第一次传来那天入的党。她还没有告诉你吗？”

“没有。”塔尼雅说。

这对她是个意外；她好像从未想到母亲会入党。

“她的工作很重，”玛里宁说，“除了在车间里，还担任食堂的工人监委，你可知道这事情在我们这里有多难办？……只要手脚稍一不干净——一个人就完了！至于你父亲，我不了解。说是听人说过，可是了解并不了解。我来到厂里才一个星期他就死了。我倒是曾经打算了解一下的。”

他瞧了瞧塔尼雅，好像欲语又止。

这样子太明显了，因而塔尼雅甚至直视着他问：

“您怎么不说下去？”

“我曾经打算了解一下，”玛里宁再说一遍，“母亲还没有把他的事告诉过你吗？”

“没有。”

“他在工厂搬到这里以后被开除了党籍。他没有把放在保险箱里的党内文件从罗斯托夫厂里带走。”

“这不可能！”塔尼雅很有把握地说。

“那时一切都可能。慌乱中整座整座的城市都被丢下，何况是一只保险箱。一切都可能。至于一个人犯了错误以后的表现怎样——这是另一个问题！你父亲没有向任何人扮过可怜相。他不声不响站到机床前面，一直干到死去。”

“现在我才知道是什么致了他的命！”塔尼雅痛苦地失声叫喊。

“话不能这么说，”玛里宁说，“难受他当然难受，但毕竟不是这一点致了他的命。是战争把他弄死的。伙食不好，睡眠不足，健康受了损害，而工作却很重。我们谁也不保险不受这影响……”

母亲过了一小时才回来。她手里拿着一只铅桶，进来后把它放在门旁。母亲在棉袄外面加了一件父亲的大衣；下摆折起来缝短了些，袖子卷起一截，头上裹着头巾。看得出她下班后洗了一把脸，但没有洗干净：皱纹里还嵌着细细的一道道煤灰，皱纹多得数不清，满脸都是！

玛里宁走到门旁，向放在那儿的桶里看了一下。

“今天翻砂车间总算发了煤，虽然只有半桶。”

“这已经不坏了，”母亲说着提起铅桶，“今天午饭时胡代纳扎罗夫说，不可能整个一月份都这样。他说这里冬天从来没有这样冷。”

“他是本地人，比我们清楚。”玛里宁看了看母亲，再一次说：“明天你不要来上班。”

她点点头。

“把会客单给我签个字。”玛里宁转向塔尼雅说。在交还单子的时候，他又说：“后天早班你陪你母亲一起到厂里来，直接到党委会来找我。要是我不在，你稍等一会。得研究一下，你这次来，该怎样加以利用。”

塔尼雅和母亲出了通行口，走到厂门前那片高低不平的积雪空地上。

“他想利用你做什么？”母亲问。

“要我谈谈战争的情况。”

“啊……”母亲说，“到我们这儿来的人都要谈。我们厂里已经来过四个人。都是从医院来的。”

“不从医院还能从哪儿来？”塔尼雅说，“又没有休假期。不受伤不会离开前线。”塔尼雅看母亲脚上穿着一双男式旧皮鞋——和大衣一样，也是父亲的，——问道：“不嫌太大吗？”

“我在脚上包了几层报纸，再说脚也发肿了。”

“怎么会的？”

“谁知道，多半是缺乏营养。”母亲住了口，不愿再谈这事。

“我把我的靴子留给你，”塔尼雅说，“我嫌太大。”

“你怎么，还要走？”

“不知道要往哪儿派，走当然是要走的。”塔尼雅说。她等母亲再问些什么，可是母亲没有问。

“给我会客单的那个女人问我是不是你的女儿。我向她看着，看着——觉得有些面熟，可想不起是谁。”

“怎么想不起来？”母亲说，“那是苏沃罗娃——锻工的老婆。以前和我们同一个院子，那时你还没出嫁，后来他们搬到新房子里去了。”

“难道真是苏沃罗娃?！”塔尼雅说，她想起了一个身体高大、两颊红润的女人，每当她男人——厂里有名的锻工苏沃罗夫——领了工资喝得醉醺醺回家来的时候，她总是狠狠地骂男人，声音脆，嗓门高，整个院子都听得见。“这难道是她?”然而看了看母亲，她又吃了一惊，心想：母亲变样的程度也毫不稍差。

“她男人现在还喝酒吗?”塔尼雅这样问，无非是不愿母亲猜到她的想法。

“现在谁还喝酒，到哪儿弄酒去，连……”母亲没再往下说。

“我带来了一点‘塔尔洪’土烧，”塔尼雅说，“可以喝了它，或者拿去换别的……”

“换什么！……换哪，换哪，换得连件干净衣裳都没有穿了。干脆自己喝了它，也请苏沃罗夫两口子喝一点。我跟他们现在是邻居，在旧城合住一间屋子，那是一家乌兹别克人家响应自愿缩小居住面积的号召腾出来的。你那么远来，得洗一个澡，可是肥皂没有……下班后洗手只好抓一把泥搓搓……”

“肥皂我有。”

“那好，”母亲说，“明天早晨，等苏沃罗夫夫妇到厂里去了，我们把屋子烤烤暖和，向房东哈丽达借一只浴盆，你好好洗一个澡。苏沃罗夫还在秋天就打了一只小铁炉子，可是燃料没有。多半烧的是古扎拜。这东西的火力不持久，就跟烧麦秆差不多。”

“古扎拜是什么东西?”塔尼雅问。

母亲诧异地对她看看。

“是棉花的梗子。我们在这里已经习惯了，学会了好些乌兹别克话：古扎拜、桑达尔、馕、舒尔巴、卡塔—拉赫马特！①厂里乌兹别克人也很多，回家也跟他们同住一所土房子。现在这儿塔什干什么话都有；根本闹不清什么人在说什么话！”

“你住得远吗?”塔尼雅问；这时她们在站上等电车。

“先坐七路，然后换八路一直到底……”母亲好像认为这些地方

---

① “桑达尔”是烤火坑；“馕”是烧饼；“舒尔巴”是汤；“卡塔—拉赫马特”是十分感谢。

塔尼雅全知道。“到了终点站再步行。要是一下子坐上电车，大约一个半钟点能到。”

“那你路上花的时间太多了。”

“轮到做第二班的时候，多半在厂里过夜，”母亲说，“往前挤，否则上不去，七路来了。背包给我。今年的冬天可真出格！去年这个时候都不穿大衣。”

一辆吊满乘客的电车靠了站。母亲把背包挎到肩后，推着塔尼雅往前挤。电车已经开动了，塔尼雅才抓住扶手，她感觉到母亲吊在后面用身体顶着她。

“妈妈……”

“胳膊不要伸在被外，会冷的……把肩膀盖好。”

“不要紧，我不冷。妈妈，你说说，你是怎么想我的？”

夜，母女俩躺在一张小床上，把能盖的东西——被子、大衣、皮袄——都盖上了。塔尼雅把皮袄盖在肩膀上，半靠半躺在母亲背后向她作相当大声的耳语。母亲一动不动地躺着，把头侧向肩后回答，也并不特别压低嗓门：对于苏沃罗夫夫妇在布帷后面离她只有两步的地方倦极熟睡，她早已经习惯了。现在也是这样：苏沃罗夫疲乏地打着鼾，而西玛·苏沃罗娃在睡梦中长吁短叹，有时呜咽抽噎，但并不哭醒。谅来她睡着了也在想她从早到晚念念不忘的事情——关于上星期接到的通知：她仅存的次子也牺牲了。她在梦中想起了就哭，但是并不醒过来，因为实在太累了。

这个晚上全部程序已告结束：话也谈了，情况也问了，西玛为塔尼雅平安归来向母亲道了喜，自己却掉了不少眼泪，因为两个儿子都已经牺牲，永远回不来了……“塔尔洪”土烧也喝光了，大家一起饱餐一顿，不但把准备好的都吃光，而且西玛也拿出一些东西来，还吃掉塔尼雅行李袋里的一听罐头，总之一点也不吝惜……大伙喝酒，流泪，追忆。土房子的女主人哈丽达尽管推之再三，还是被拖来喝了一小杯，庆祝塔尼雅的到来。她喝了就走，然后拿来一个彩色小包，包里是佐茶的无核葡萄干。大伙一边喝茶，一边吃葡萄干，又坐了一小时。苏沃罗夫为男主人不在家（他在上夜班）表示遗憾，并且向塔尼雅夸奖哈丽达。和塔尼雅的母亲一样瘦得形销骨立的哈丽达半天一声不吱，一双忧郁的黑眼睛看着塔尼雅，后来忽然很快很快地说起乌兹别克话来，母亲听着频频点头：也许她听得懂，也许只能猜到大意。

大凡似这般亲人重逢的时候在人前可以设想的一切，现在都已完毕，除了她们母女俩，屋里的人都睡着了。

“妈妈，你是怎么想我的？干吗不说话呀？”

“怎么想？各种各样都想过。起先我以为：女医生也许不会派往前线去……那只是胡想……后来你来信说已经走了，以后再也没有收到你的信。接连两年一点消息都没有……在接到你弟弟的阵亡通知后，我相信你也不在人世了……后来你爹死，我连把他安埋都没来得及，那时我忽然又觉得你日内就要回来。在到厂里去的时候，我总是这样想：你会不会站在厂门口？回到家里，就像个傻瓜似的问女房东：‘哈丽达，有没有人找过我？’她总是回答：‘约克，约克……’她又能说什么呢？她自己也收到了大儿子的阵亡通知，有自己的伤心事……可我还是疯疯癫癫地胡思乱想：也许我回到家里，你已经站在门口；或者我走近工厂，你在通行口等……”

“妈妈，那位党代表把爹的事告诉我了。”

“他能告诉你什么呢？他什么也不知道。只我一个人明白。”

“你不用生他的气，他没有说爹的坏话。”

“我没有生气。”

“妈妈，爹是怎么死的？”

“他虚弱得很。厂里把他送到休养所去住过两个星期。那里有牛奶喝，体力稍许恢复了些，回来时有好转，后来又闹起陪拉格[①]来——两脚发肿，牙床疼痛……我不知道这是种什么病……战前没听说过，现在厂里好多人都害这种病。我心里还埋怨他不到医院来看看我。哪里知道他已经死了。”

母亲开始无声地啜泣。她一动不动地侧卧着，塔尼雅小心地用手指摸她的面孔，擦掉她腮上的眼泪，一只手都湿了，再用这只又湿又咸的手擦擦自己同样热泪纵横的脸，因为她也在哭。

---

① 又称糙皮病，由体内缺乏维生素 p 所引起。

“他不肯向生活低头，”母亲住了啜泣，说，“他头脑里光有一个念头：既然被开除了党籍，而他仍旧留在厂里，站到机床前面干活，那就谁也别想把活干得比他更好。他要胜过任何人！”

“妈妈，爹有没有过失？”

“他说有。他连别人的过失也会自己承担。一辈子这样。”

“当时究竟是怎么个情况？”

“他们那里有一只铁箱：名单、报表和党费——都在里头。大伙离厂的时候，他应该把这些东西从车间里带走；那时他还这样对我说：‘我到车间里去拿一点东西，回头再赶上你。’他家里也没去，行装都是我一个人收拾的……他和副工长克罗托夫一起回到车间里，克罗托夫——他是总支委员——对他说：‘我们把铁箱埋在坑里吧，上面用混凝土浇平……’那里挖好了几个坑，准备把车间炸掉，但是没有炸；克罗托夫说：‘还是埋起来吧，否则的话，我们要走过城市，万一德国人已经进了城……准把我们枪毙，所有的党内文件也会落到法西斯手中……’

“事后你爹对我说，当时他害怕了，因为四面已经都是枪炮声，——于是就听了这个克罗托夫的话。他离开工厂的时候，发现克罗托夫不见了。后来就上了火车；到第三天人家问你爹：文件呢？他把经过全都说了。那么克罗托夫在哪儿呢？克罗托夫不见了。路上也顾不到这些，到了目的地，什么人行为不对头的一下子全清楚了：有的人不见了；有的人受托照看别人的孩子，而这些人把孩子扔了；有的人没把十万卢布工资运走，说是烧了。那时有五个人被开除党籍。你爹为了这箱子也被开除了。他承认自己的错误。后来，在罗斯托夫一度收复以后，我们派了一个工作队到厂里去把一部分来不及运走的设备运出来。你爹把埋箱子的地点向他们交代得很清楚。他说：‘要是文件一点不缺，我的过错也可以减轻些……’他被开除已经有两个月，可是党委还没有批准，一直在等工作队的调查结果。他决定站到机床前面干起活来再说，进厂时干什么工作，又回到原来的岗位上。

“工作队回来了，说到藏箱子的地方去看过了。箱子还在，可是里边什么也没有！克罗托夫也不在罗斯托夫！据说，德国人来的时候，有人看见过他跟鬼子在一起。完全可能是他把文件交给了法西斯，钱自己拿了。大伙提出这样的猜测，问你爹说：‘如果这样，你认为该不该对这件事负责？’他说：‘该负责！’于是党委会当场批准决议，在区委的会上他被收去了党证。他所说的跟克罗托夫一起埋箱子的事，大家相信完全是真话，但没有原谅他。他并不抱怨，只说：‘谢谢大家相信我，要是不相信的话，我会把脑袋放到厂对面的电车轨道上去。’

“他干活干得筋疲力竭，塔尼雅。他心里很痛苦。去年夏天在玛里宁之前我们的党代表是阿尔费罗夫。他把你爹叫去——你爹在五一节前完成了全车间最高定额，——对他说：‘奥弗夏尼科夫，你可以申请恢复党籍，’你爹回答说：‘过一阵再说，我还要干一场……’他想更多干些活，好在人们面前表明心迹，可是他身体不好，你也知道。我已经感觉到他一天比一天虚弱。我把什么都拿到旧货市场去换了吃的！有时我站在那里苦苦哀求：看在上帝分上，换了吧。可是我们又有什么东西可换呢？走的时候我们没带多少行李……我千方百计想让他吃饱。可现在哪儿是他的坟墓我也不晓得。我永远不能原谅自己……”

“你何必这样，妈妈……”塔尼雅说，“你对不起谁呢？只要知道埋葬的地方就算了……”

“不应该‘算了’，”母亲说，“我要去祭扫一下。他肯定给埋在一个什么地方，可是我不知道……我到公墓去过，那是一大片空地。我望着这片空地，甚至不知该想些什么，只哭了一场……”

“妈妈，你一开始就和苏沃罗夫家合住在这里吗？”

“不，”妈妈说，“先是住在纺织工人俱乐部的剧场里，大约有四十户人家。后来那里也做了车间，我们被分别安排到各处居住；我和苏沃罗夫家就搬到这里。是哈丽达的丈夫自己让我们搬来的，他和苏沃罗夫都在锻工车间干活。以前住在这里的是从列宁格勒疏散到此的一个女人，带着两个小孩，她在春天死了。房东收养了那两个孩子，把房间给我们住。我们就这么住下了。你问这干吗？”

塔尼雅心想：两户人家合住这么一间屋子太艰苦了，——房间才两步宽，三步长，并排放着两张床，用布帷隔开，住在另外半间里的两个人发出任何轻微的声息都听得见，白天听得见，夜里也听得见。

“没什么。”塔尼雅回答说，母亲根本想不到女儿现在想的事情，因为母亲自己的念头早已经离这远远的了。

“你能不能留在塔什干？”母亲问，“要是留下来，你就当医生，我们两个人也许能分配到一间屋子……”

“不知道，妈妈，”塔尼雅语调柔婉地说，“要明白，我是个军人，再说……”她迟疑了一会，一下子不能决定要不要说，最后还是说：“我在路上就写信给费多尔·费多罗维奇·谢尔皮林将军，——我向你提到过他。我请求他把我调到他那边的前线去。我认识他，我们在莫斯科碰见的时候，他把他的战地邮政信箱号码告诉了我。”

“现在他在哪儿？”

“斯大林格勒附近。”

“现在那里是最可怕的地方。”母亲不安地说。

“为什么？那里现在不是我们被包围，是德国人被包围了。”

“反正那里是最可怕的地方，”母亲确信地说，“我自己在车间里读的报尽是关于那边的战斗！苏沃罗夫家的第二份阵亡通知也是从那边——斯大林格勒——来的……”

塔尼雅懂了，现在，在这间斗室之中，是无法说服母亲的。最近的阵亡通知从哪儿送到这间屋子里来，哪儿就是现在最可怕的地方！因为那边死的人最多，如果塔尼雅到那边去，她也可能被打死。

“我的信寄得到寄不到，将军会不会把我调去，现在还不知道。”塔尼雅说。

“既然他答应了，大概会来调你的，”母亲说，“那位将军年轻吗？”

塔尼雅甚至没有立刻明白母亲的话，后来明白了，不觉在母亲背后笑了起来。

“你笑什么？关于将军们的事我们这里什么话都有人说，并不全是好听的。”

“你少听人家胡说八道，”塔尼雅生气地说，“我从前线给你寄军饷来，可以使你轻松一些。或者，你还可以离开翻砂车间换另一种工作……你可以少挣一点工资，不一定要领甲级供应证……”

“你教我换什么工作，塔尼雅？别人难道比我轻松吗？你尽说蠢话。”

“为什么是蠢话？”塔尼雅说，“也不是所有的人都在干重活。难道我说得不对吗？”

但是，听着她的话，母亲心里认为自己也是对的。话虽不错，不是所有的人都在干重活；女儿为母亲着想也是可以理解的。然而，她还是不会离开翻砂车间，不会离开自己的小组。

“不会再派你回游击队去了吧？”她们默默地躺了几分钟以后，母亲问。

“会的，如果我提出这样的志愿的话。”

“不会强派吧？”

“不会强派。我会说我不愿意，我要去前线。”

她起初想跟母亲解释为什么不能强派任何人到游击区去，但她没有细说；母亲问她，不是因为不懂这个道理，只是想彻底肯定女儿不再去打游击。

“既然你不留下来，我在这里跟苏沃罗夫家一起也挺好，”母亲说，“要是一个人住反倒不好。当然他们最好不和我挤在一起，不过他们也习惯了。有时候我和西玛俩可以一起哭一会，逢到她男人做夜班，我和她都做日班，常常一起回家，坐下来，她的眼泪永远淌不完。不知道她哪来这么多眼泪？我听着，听着，有时也哭，有时不哭。可是哈丽达从来不哭。接到儿子阵亡通知那回，她呼天抢地折腾了三天，此后再也没哭过。再说她也没有时间：自己四个小孩，还收养了两个，都得让他们吃饱肚子。”

“拿什么给他们吃呢？”塔尼雅说。

“他们还算是好的：几个兄弟、亲戚都在乡下。经常有东西送来，虽然并不太多。当然，他们过得也不富足。自己有四个小孩，还收养人家的两个孩子——在战争时期有这样的好心实在难能可贵。每逢乡下有人给他们送东西来，她总还要塞一点给我和西玛。但是我们不肯接受——从孩子嘴边抢东西吃，我们还懂得羞耻。我想跟你谈谈你的尼古拉……他来接你了吗？你怎么不说话？”

“有什么可说的？”

"来接你了没有？"

"接了。"

"以后怎么样呢？"

"不怎么样。妈妈，你说，把爹害得好苦的那个克罗托夫我认识不认识？"

"不，你不认识。他是最后一年才进厂的，那时你已经到军队里去了。"

"他是怎么样一个人？"

"我也只见过他两回。个子挺高，黑头发，还不老。后来我问你爹，你爹说：'谁知道他，他曾经在军队里服役，是个预备军官，当时他表现得有勇有谋，所以我听从了他的话。'没想到这样一个人竟是卖国贼。"

"他有家吗？"

"他没有儿女，可是有妻子。据说，在打听到有人看见克罗托夫和德国人在一起以后，就把他妻子逐出罗斯托夫流放去了。为了她男人是卖国贼！"

"也许他并不是卖国贼？也许他自己从那里把所有的东西挖了出来藏到别的地方，而后来又牺牲了？也许根本没有人看见他和德国人在一起，不过是某人这样一说，就你传我、我传他传开了……"

"说是有人看见的。"

"传闻不一定确实。"塔尼雅说。

不，她不是轻信的人。世上有叛徒这一事实，不幸早已为她所熟知。但她还是非常愿意这样想：可能父亲没有什么了不起的过错，他以为自己听信了叛徒的话而吃的苦可能是白吃的，而那个克罗托夫的妻子被送到放逐地在那里遭人唾骂可能也是冤枉的。世界上什么都可能！如果说她在德国人后方度过的一年半时间里懂得了什么，那就是确信：世界上什么都可能！

"我想跟你谈谈尼古拉的事。"母亲又说。

塔尼雅叹一口气。尼古拉的事她不愿听。

"当然，这是你的事，"母亲说，"可是我有责任告诉他你要到塔什干来。"

“你对他什么责任也没有……”

“怎么没有责任？战前你们终究是夫妻。”

“过去的事何必再提，”塔尼雅说，“其实，在战争即将爆发的时候已经不是了。”

“你们不住在一起，但这是暂时的，”母亲说，“因为你在军队里服役。当然，不住在一起不好……”

“你在说些什么，妈妈？什么好不好，一起不一起？”塔尼雅忍不住了，“现在说这些有什么意思？问题也根本不在于一起不一起……是我不好，当时没写信告诉你们：我跟他断绝了关系。那时我没脸向你们承认……”

“承认什么？”

“当初根本不应该跟他结婚。”

“可他始终把你当作妻子对待。”母亲说，包含在她语调中的责备的口吻使塔尼雅很着恼。

“很好，那就让他对待吧，”她沉着气说，“这就是你要告诉我的，是吗？”

“还有，”母亲说，“我接到你的电报后打电话到门诊所告诉他，——他在第一门诊所工作，那里是我们厂长的指定就诊单位，厂长的孩子生病就是他治的，——我打电话到那边，他甚至叫了起来，要我把电报念给他听，后来他还打过两次电话给我，问你有没有说定什么时候到。结果还是他自己打听到了去接你的……根据他的行为来看，我相信他是爱你的……”

“爱也由他，啐也由他……”塔尼雅忿忿地说，“你最近一次看见他在什么时候？”

“十月份。”

“爹死了他也只来看过你一次！可你还说爱呀爱的！你也太好欺负了……”

“要他来做什么？给我擦眼泪吗？……现在到处都一样，各人有各人的苦衷。你爹没死的时候，他来看过我们几次，还带了点东西来，也难为他。虽然这不是他的本分。有你才有我们，要不然，我们跟他什么相干？问题不在我们，是在于你。他要爱的不是我们，而是你。你跟他谈些什么来着？在人前我不想问，不过心里老念叨着这件事。”

“怎么开的头，也是怎么收的场。我说：‘谢谢你来接我；有时间就去办离婚手续……’”

“既然一直没有离，干吗现在要离婚？”母亲怅惋地问。

塔尼雅明白了：旁的事情都好办，就是在这个问题上她们始终无法互相了解。母亲一心希望她幸福，可这会是什么样的幸福，却不考虑！以为只要不是一个人生活——就是幸福。母亲也是为自己着想。她希望女儿和她一起留在塔什干，即使女儿不为母亲留下，也该为丈夫留下。反正只要留下来就好！

“那么他究竟哪一点不好？”母亲不肯放弃萦绕在她脑际的念头。

“对我来说就是不好。”塔尼雅说。

她事先拿定主意不说尼古拉已经在这里结了婚，她不愿跟母亲讨论这件事。可是现在她几乎忍不住想说出来。

“你要我去和他重新结合，是吗？等我到了前线把军饷寄给你和他一人一半，是不是？”

“为什么？”母亲说，“既然丈夫在这里，你也可以留在这里……”

“这么说，他不去前线，我也得呆在他身边？为什么他不在前线？我二十六岁，他也是二十六岁！我是女人，他还是汉子。我是医生，他也是医生。为什么我到那边去了，而他却呆在这里？”

“各人的情况不同，”母亲说，“他作为一个儿科医生，把一列车孩子送到这里来。后来就留在这里。他把留下的经过跟我谈过……儿科医生不够，各种传染病又很流行。他要求过上前线，可是被留下了。”

“他认真要求的话，留也留不住的。”

“可他被留住了。”

“好了，好了，什么都对！……”塔尼雅几乎嚷了起来，“他没有走是因为被留住了，他太好了，这儿人人都需要他，你也需要他，我可不需要，你懂不懂？”她惶恐地住了口：觉得邻居似乎被惊醒了。不，苏沃罗夫依然疲乏地大声打着鼾，他妻子时缓时急地喘着气，不时从睡梦中发出哼哼唧唧的声音。

塔尼雅足足沉默了一分钟，然后悄声低语：

“他留下来因为是孬种，我不能做孬种的妻子。战争没开始我已经感觉到了。”

“那你以前为什么爱他呢？”

“因为那时我还没有爱过别的男人，——怎么，难道要对你细说吗？我已经跟他一刀两断，你明白不？再说，我在打游击的时候还跟另一个人有了关系……是的，我并不后悔。”

“那也没什么。”母亲说。看塔尼雅谈到丈夫时这种怒不可遏的样子，母亲已经料到几分。“你经历了这么多危险和困难，总算平安回来了！这一点罪过可以原谅自己。”

“这不是什么罪过，”塔尼雅执拗地说，“我自己愿意这样，就这样做了。”

“既然事情已经过去，也不必对他说。”

“我已经对他说了。”

“谁逼着你说啦？”

“我是故意说给他听的，”塔尼雅说，“免得他站在我面前自以为……”

“那么他在什么地方？”隔了一会母亲小心地问。

她指的是和塔尼雅有了关系的那个人。也许，塔尼雅对丈夫这样恨之切骨是因为到现在还爱着那另一个人？也许，跟那个人在一起她就幸福？

“你问谁？”塔尼雅不明白。

“就是……你刚才说的那个人。”

“他被打死了。”

“死了，”母亲跟着重复一遍，“可是你忘不了？”

“相反，忘得了。”塔尼雅说。

她说话的语气有一种生硬的挑战意味，这是过去所没有的。

“你怎么啦，塔尼雅？”

“我没什么，妈妈，没什么……和你在一起住几天，然后到前线去，我会给你写信的。关于尼古拉就到此为止，让上帝保佑他，随他去怎么样，反正我对他不存什么歹心。只求你再也别向我絮叨他的事，行吗？”塔尼雅说，同时最后一次战胜了这样的诱惑——告诉母亲，她如此关心的人早已经娶了另一个女人。

“这么说，你要去和他离婚？”

“要去。”

“到战争结束再说吧。”

“不用到那时再说……现在就离。我要完全自由。也许有值得考虑的人会看上我。”塔尼雅突然想起了阿尔杰米耶夫，才这样骄傲地说。可是想起他在站台上时那双善良而淡漠的眼睛奕奕有神然而并不包含任何暗示，她喟叹一声，又说：“即使谁也看不上，不受束缚总比较好些：爱怎么样就怎么样。聪明人说，现在是战争时期，人只活一次……这话也许有道理。”

她经常听到不同的人在不同的场合说这样的话，一直表示反感，甚至答以抢白，但这个想法也存在于她自己头脑中，有时一个人独自思量，就很难抗拒这个想法。

“可能不会把你派到火线上去，而是派到某一所军医院去？”母亲忽然说。

“一切都可能……”

“可能还不是前线的医院，而是后方医院？我们这儿也有军医院，里边都是军医……”

“妈妈，我没法对你讲清楚，”塔尼雅说，“但我愿意到前线去。我不想呆在后方医院……即使派我到后方医院，我也要请求去前线。”

“那究竟为什么，为什么？”母亲绝望地问，“你又不是没去过……”

“我自己也不知道为什么……”塔尼雅说，“我干过地下工作，但现在要我再去这样干，简直无法想象。我怕！可是上前线不怕！战争还在进行，我想象不出我怎么能不在前线……在地下的时候，我住在一位老太太家里，——她也是个医生，——有时夜里我和她躺在床上睡不着，我对她说：‘索菲雅 · 列昂尼陀芙娜，要是现在我能到前线去，要我做什么都可以！在某一个卫生营里，周围都是自己人——这该有多么幸福！您懂我的意思吗？’她懂得我的心情。我们把到前线去当作幸福谈论。因为我们处身在德国人中间，你懂吗？每分钟都可能把我们抓去。我在街上从德国人身旁走过，他们从我身旁走过。我们的部队在跟德国人打仗，而我却住在德国人中间，还得装模作样……你可以不相信，但是我认为，经过这样的锻炼以后，在前线我不会害怕了。”

“是啊，”母亲发出深深的叹息，“我们恐怕连想象也想象不出。”

“恐怕的确想象不出。”这话塔尼雅没说。

“妈妈，我想对你说一句话：我在那里看到的有这样的好人和这样的坏人，那是以前我从来没有看见过的。我没想到世界上竟有这样的人。德国人一来，我们好像一下子全都给头朝下倒挂起来……我们在地下的情形，你还是不要问我。我并不抱怨，是我自愿去的。我这样说只是希望你不要觉得奇怪：为什么我也会疲倦，甚至可能态度粗暴。请你原谅。”

她在黑暗中轻轻地握了一下母亲的手，母亲也握握她的手，说：

“但愿胜利早日来临……自从在斯大林格勒附近把德国人包围了起来，我们这里大家的情绪是那么高……十二月份为‘喀秋莎’制造了这么多炮弹，连我们自己也吃惊了……只要挨过冬天，夏天就比较容易对付：至少可以吃到蔬菜。感谢上契尔契克区的集体农民们在十二月份两次派红色车队[1]到我们厂来。大伙都分到了埃及高粱[2]、蔬菜和玉米。不过供应比以前差多了……样样都不够。还有一桩——那就是睡眠也不够。我为什么常常在厂里过夜——在翻砂车间里一头扎在泥地里，就像一头猪似的睡着了，说来也害臊。因为那里暖和，睡的时间也可以多些，要不然你想想：一班十二小时，交了班从厂里回家，再从家里到厂里，哪里还有时间睡觉……有一回我走向电车站的时候，一边走一边睡着了，差点儿没摔死……”

---

① 集体农庄送公粮或其他农产品支援城市的车队。

② 一种高粱属禾本科植物的名称。

“那你现在就睡吧，”塔尼雅说，“我老是说话，你睡也睡不成……”

“反正明天休息，睡觉有的是时间。我给你洗一个澡。你有多少肥皂？”

“半块。”

“把头发也洗一洗，我也洗个澡。有时在车间里睡了几夜，然后看看自己的模样，暗暗问自己：你还是不是一个女人？还是不是一个人？……难道我什么时候曾经想到会过这样的日子？你教我换别的工作，我可不打算离开翻砂车间，不管怎么样。在那里至少每天都知道自己是在直接为战争干活，干什么，干了多少……干活的时候心里这样惦着你：我要把你从死神手中赎回来！像我这样干活不可能还要我把你也丢掉。”

“现在不是给你赎回来了吗？”塔尼雅抑制住涌上心头的悲痛说。

“你不要笑我。”

“我没有笑。”

她觉得母亲太可怜了。真想抚摸着母亲的头轻轻地说：“睡吧，睡吧……”她顺着这个愿望开始诵念：“睡吧，睡吧……”一边像哄小孩似的在母亲头上抚摸。于是母亲忽然整个儿变得松软了（塔尼雅的身体感觉到这一点），好像摆脱了一直保持着的紧张状态，她挪动了一下身子，被眼泪润湿的腮帮在塔尼雅的手掌下面颤动了几次，开始发出轻微而均匀的呼吸声——她睡着了。

可是塔尼雅还没入睡，她独对整个世界，在这间塔什干的斗室中，躺在母亲身旁想着：母亲变多了，不再像过去那样，比从前既可怜且可亲，又比从前坚强了！从前母亲只操一份心：除了家还是家，——其余的事她很少关心。为了这，父亲很生气，常常把书硬塞到她手里，或者强迫她收听广播。这些事情现在回想起来简直奇怪。不过，在尼古拉这件事上，母亲还会固执己见，对这个问题她还是以前的看法：既然命运把两个人联在一起，好歹也得一起合到头。可是这个头又在哪儿呢？弟弟在战前寄来最后一封信，说学校里还剩下两门功课的考试。可是他死了。爹也死了。半年中把塔尼雅当女儿看待的索菲雅·列昂尼陀芙娜也死了。

塔尼雅忽然想起了卡希林，他回到他们的游击大队去以后，现在不知怎么样。接着，她自己对想起这件事所产生的忧虑蓦地害怕起来，仿佛唯恐她这种忧虑恰恰会给整个游击大队招来不幸。

“你还没睡？”母亲在蒙眬中不安地问。

“睡了。”塔尼雅说。她眼睛并不闭上，嘴里重复着：“睡了，睡了。”

第二章

玛里宁一早就打算找一个时间和塔尼雅的母亲谈谈，可是直到第一班结束时才走到翻砂车间。路上经过各个车间照例有各种各样的人为了私事或公事叫住他。虽然有人说他态度生硬，如果就他往往不讲究措辞、说话不绕圈子这一点而言，那倒也是事实；但不让人家把话说完就一走了事，他不会这样做。倒不是因为不够果断，而是由于他认为自己在生活中的职责就是倾听人们说话。

在这一点上他跟厂长的意见不一致。厂长是一个一丝不苟的人，并且他珍视自己这种一丝不苟的性格，所以常常骂玛里宁泡在厂里的时间超过了必要的程度。厂长本人在厂里的时间相当多，但不超过必要的程度，吃饭和睡觉都在家里。他属下大概还没有一个人跟他谈话曾经超过事先拨出的时间。厂长既善于、也喜欢打断人家的话，认为这是一条纪律。他待人处事有时候对，有时候不对，但从不在这方面加以深思，反正认为自己永远是对的。

可是他——玛里宁——事情总干不完。按说，他白天黑夜都在厂里，既不浪费时间，也不喜欢长篇大论，可还是难得能够把一天想做的事都做完。也难怪，因为厂里的人太多，他们的生活太苦，而且每个人都有自己的苦处。只要每个人一年和你谈一次——平均每天就得谈三十次话！既然一年只叫住你一次——怎么能不听人家把话说完?

今天也是这样，形形色色的问题都有！有请求拨木料钉棺材的，有关于住房的，有请假到前线去看儿子的——儿子得了列宁勋章，部队邀请父亲去会会面。这事情意义重大，不单是父亲去看儿子，围绕这件事团队少不了还要大做一番政治工作。然而父亲是一名车工，离开两个星期，就要少车七百枚炮弹壳，他自己也明白。去当然想去，但并不坚持，只是盯着玛里宁瞧，希望玛里宁把他心上的重负卸下压在自己心上。假当然该准，但不能减少七百枚炮弹。这是谁也不容许，谁也不会原谅的。那就需要一方面让他去，一方面由别人代他做这七百枚炮弹。既然如此，光批准给假还不够，还应当得到人们的支持。可是人们都在赶计划，离开机床时摇摇晃晃的……得先跟他们谈谈，然后召开一次大会，由他们和那位父亲代表全车间向他儿子所在的团队发出一封信……妇女们非常关心菜园问题：开春后是不是仍旧给去年的那些地？装配工沙里波夫是当地的乌兹别克人，熟悉这方面的情况，他走过来说：去年给的地不好，缺水。最好拿同一条山沟里但是较高的地……可是较高的地好像区执委会已经划给另一个军事工厂了……木工车间的柯瓦廖夫请求违法接受他的儿子到厂里来工作，他儿子今年十二岁，放在家里没有人照顾，也没东西吃，厂里好歹供给伙食。他说他儿子看起来能充十六岁，而玛里宁看见过他儿子——根本还是个小孩。怎么办，你得决定！

单单从宿舍到翻砂车间的路上就接触到这么多事情。而且还只是如一般所说的个人的事情。另外还得加上工厂的事情——那些事情也不是一下子解决得了的。又得把门关起来跟厂长谈，不让任何人听见，因为机工车间又有一个人被轧断了一只手，——必须安上防护罩。但要安装就得做罩子，然后车间得停车几小时，可是车间不能停车。如果不停车进行安装，可能又会造成几个人的残废……厂长的意见不问可知！厂长会这样说："如果少给前线两百发'喀秋莎'的炮弹，——那里因此变残废的人比我们不安防护罩的损失还要多。"这话也有道理。然而办法还是得找。既然有战争，人们什么都愿意干！马丁炉炼钢后还没有冷却，人们也愿意爬进去！但有时候也得加以拦阻，不能不顾良心。

玛里宁一走进翻砂车间，就被车间党总支书记在门口拉住。总支书记说，不管怎么样，必须把问题在党委会上提出来：今天夜班时又有两名未成年的辅助女工趴在用过以后还热的型砂里取暖，造成煤气中毒事故。还好，她们总算给救醒了！不能让人们在翻砂车间睡觉，否则准会出乱子！

玛里宁皱紧眉头看了看他，仿佛在默默地问："你是真的想禁止人们睡在翻砂车间呢，还是仅仅想提出这个问题，万一出了事有话可说：我把问题提出来了，可是党代表没有解决？因为目前还在寒季，家里没有燃料，这个问题是无法解决的。光凭前天好容易才发给大家的那半桶煤还是解决不了这个问题。”

“与其把这个问题提到党委会，”玛里宁说，“你还是考虑一下，看能抽出什么人来留下做第二班，让他在车间里巡视，防止任何人睡着了中毒……不过每次得派两个人，以便互相监督，免得一个人自己躺下来睡着……”

“不过我还是想提出来。”总支书记说，因为他明白玛里宁向他提供的是最难办的办法。

“你不是想提出问题，而是想把责任推到我身上。你应该自己想办法解决。”

“阿历克赛·金尼索维奇，派人搞这件事难哪。”总支书记说。

玛里宁面露愠色。

“干什么都不容易。只有说空话才容易……”说完就向车间里走。

塔尼雅的母亲坐在制模场里一只型心箱上。

“我怕你已经走了。”玛里宁走到她跟前说。

“我刚交班，这就走。”她把身子挪开些让他坐。

“女儿一定在等了，可你还在这里。”玛里宁坐下来说。

“她在哪儿？”

“我来时她在宿舍里。刚才她在跟我们的艺徒们讲话……我没有听完就被叫去接电话了。你坐在这里等什么？”

“不等什么，”塔尼雅的母亲说，“一坐下就站不起来……我坐一会就走。塔尼雅在那边讲得怎么样？”

“午饭时在机工车间讲话，起先有些吃慌，因为人多……不过跟艺徒们谈得不错，可以说很出色！我担心有人不愿呆在这儿会跑到游击队里去。”

“干吗你叫她先到机工车间，不先到我们这儿来？我可要见怪的。”

“可不要瞎见怪……”玛里宁说，“早晨她来找我的时候自己说的：‘先不要到妈妈那边去……我怕难为情。’”

塔尼雅的母亲面露笑容。

“是个好妇女。”玛里宁说。

母亲一时还不明白他是在说她女儿。

“你昨天休息跟她也该谈够了……她个人的事情怎么样了，都妥了吗？”玛里宁问，他到车间里来就是为了单独和塔尼雅的母亲谈谈这个问题。

还在塔尼雅来到塔什干以前，母亲已经向玛里宁说过女儿的丈夫在本地，那时玛里宁就明白她提到这事表达了一种殷切的期望——期望能把女儿留在塔什干。

母亲耸耸肩膀。

“我不知道她要怎么样。她丈夫来过电话，问火车几时到，还上车站去接她，可是塔尼雅要跟他离婚。”

她差一点说出女儿在和丈夫分离期间另外跟一个人有了关系，但话到口边又留住，怕这会在玛里宁眼中把女儿贬低。

“他们之间到底发生了什么事？”玛里宁这样问不是出于好奇，而是想启发塔尼雅的母亲向他求助，如果她需要帮助的话。

“不晓得，”塔尼雅的母亲说，“我问她，她不说。”

“也许她丈夫……”玛里宁欲言又止。他心中决定去了解一下她丈夫是怎么样一个人，但在未了解之前，说也是白搭。“我们还打算把你女儿利用三四天，不见怪吧？”他说着从箱上站起来。“群众对这方面很感兴趣……她是第一个到厂里来的游击队员。”

“见怪什么？”塔尼雅的母亲说，“应该让她到休养所去休养两个星期……她出院以后身体很虚弱。”

“伤重不重？”玛里宁问。

“重。一道疤有那么长，昨天她洗澡的时候，我忍不住哭了……”

“休养的问题可以商量，”玛里宁说，“不过你先问问她是不是就要走，免得我白费劲。”

“我问问。”塔尼雅的母亲说，她认为塔尼雅大概不会走。

“按说你们母女俩都应该去休养，”玛里宁望着塔尼雅的母亲，心想，“但是，尽管我愿意，也不能帮你的忙，因为先得轮到比你身体更糟的人……我不能把他们跳过，虽然你女儿回来了！今天她在饭厅里讲话以后，群众纷纷把自己的油炸馅饼给她吃……使她感动得流下眼泪。女儿另当别论，对前线将士谁都让先。至于母亲——只得耐心等着轮到你，也可能在你轮到以前战争已经结束了。”

“看来，你女婿的事到今天还不清楚，”玛里宁临走握着塔尼雅母亲的手说。

她只默默地摇摇头。向他征求意见而又不告诉他塔尼雅在这期间和别人有了关系——这无异于欺骗玛里宁。

玛里宁离开翻砂车间到锻工车间去了一次，然后到第二机工车间——就是需要安防护罩的地方，再从那里到厂长办公室。

厂长一个人在办公室里。他面前放着各车间的示意图，他正在用计算尺计算着什么。他喜欢研究细节，而且喜欢让下属知道：他对所有的细节知道得并不比他们差。

业务他确实很熟悉。每当厂长在一些照例很短促的厂务会议上疾言厉色地戳穿某人敷衍塞责或技术上的无知时，玛里宁总是很懊丧地自叹弗如。在这种时刻，他间或这样想：如果他和厂长的争论——在这些争论中玛里宁没有低头的习惯——一旦闹到厂长提出“有我没你”的程度，那么留在厂里的将是厂长，而不是玛里宁。留总是留在这个厂里更难替代的人。上级会向玛里宁解释说不能不这样做，然后把玛里宁派到别的地方去……

诚然，玛里宁在内心深处有这样的感觉：虽然自己不是工程师，对生产问题主要是凭理智进行分析，而不是凭专业知识，但他了解从事生产的人，比厂长、工程兵少将尼古拉·伊凡诺维奇·卡布斯津对他们了解得多。在这里他了解人们，在别处，不管把他派到哪儿，也要比卡布斯津那样的人了解得多。

然而，每次想到“有我没你”这个问题时的不愉快的感觉，总像沉淀似的留在心底。

“你坐，阿历克赛·金尼索维奇，”卡布斯津说着把计算尺放下，“为了保证计划完成，上面答应给第二机工车间添设机床。”

“任务又加码了？”

“又加了，”卡布斯津点点头，“我在把总机械师怎样安置机床的建议重新计算一下……你来有什么事？”

“那件不幸的事故你知道了吗？”

“知道了。”

“必须安装防护罩。”

厂长半晌没说话，然后问：

“我会怎样回答，你事先可知道？”

“知道。”

“那你还来干吗？”

“你下命令做罩子吧。”

“罩子可以做！可是车间我无论如何不让停车。那么做了有什么用？”

“不停车把罩子安装起来。”玛里宁说。

“危险。”

“尽可能小心些。宁可冒一次危险，总比老是提心吊胆强！”

“就依你。我下命令，”厂长说，“我倒想问问你：在前线的时候你更多考虑的是什么？考虑带着你的营执行命令呢，还是考虑你的某一个士兵不要被打死？你觉得哪一件更重要？”

“你到前线去打一阵子仗，你就会知道人们是怎么考虑的……否则你无论怎样不会明白。”玛里宁说。

“这话毫无道理。”

“你的想法才是毫无道理的……”

有一会儿工夫两个人都不作声。

“要不是我偶然从一个人那里知道你到共和国党中央去把我救了，没让我因为那封信给闹苦，要不是我知道你做过这件事……”

卡布斯津没再说下去，只是摇摇头。

“原来如此，”玛里宁心想，“看来那个人还是没有守信！”然后他问道：

“为什么不说下去？否则怎么样？……否则你早就不跟我合下去了，是不是这样？你会提出‘有我就没有玛里宁’，是不是？”

“也可能。”

“既然如此，你尽管提出来。当时我到党中央去不是因为对你有好感。我只是认为，为了一个女人你不至于把工作搞坏，而为了一个今天陪你睡觉、明天写状告你的女人，也犯不着把一个军事工厂的厂长撤职……总之，这个女人半文也不值……”玛里宁说。

他说的并不完全是实话，因为当初他到中央委员会去，除了别的原因，对这个穿着将军制服的草包有好感，毕竟也是理由之一。因为这个人尽管有专横粗鲁等坏处，他和工厂到底痛痒相关，善于说“是”或者“不”，敢于担风险，负责任；木工车间失火，他能穿着将军制服冲进火场救人；实验室里炸毁了一架贵重仪器，他能挺身而出，坚决不同意把这件事当作实验室主任的破坏行为处理……这恐怕比救火更需要胆量。有着他这份胆量，即使对他身上其余的一切都看不惯，这种人玛里宁还是喜欢。

“我个人哪怕跟魔鬼一起工作都愿意，只要他做的是有益的事情，”过了一会玛里宁说，“假如你认为没法跟我在一起工作，你就去告状好了。”

“要是我告不准怎么办？”卡布斯津笑问。

“那我们就像过去一样继续干下去。”玛里宁说。

“现在告状已经晚了，”卡布斯津说，“跟你搞熟了……再说，哪儿还能给我弄到像你这么个天使？……”

玛里宁向他斜瞅了一眼，也笑了。玛里宁早就自知不配当天使。但是卡布斯津说了这话以后，脸上的神情显得异常地和气，仿佛通过这种奇怪的方式承认了他对玛里宁也有好感。

“你听着，尼古拉·伊凡诺维奇，”玛里宁说，他清楚地懂得，继续刚才的话题对他们双方都是多余的。“有一个关于家庭生活的问题想问你……”

卡布斯津稍稍抬动了一下眉毛。

“放心，不是问你的事，”玛里宁在心里说，“你的事情我知道，也用不着我多操心……由你自己和妻子去处理……”

“有一个姓科尔钦的医生你可知道？”

“哪个科尔钦？”

“儿科医生……他是……大概是第一门诊所的吧？翻砂车间的奥弗夏尼科娃告诉我，说他给你的小孩治过病。”

“知道。”卡布斯津说，他想起了这一年来在自己家里见过几次的那个年轻英俊的医生。两个月以前，厂长的两个儿子一齐害了痢疾，后来孩子显然好起来了，他高兴之余，留医生吃过一顿晚饭，喝了半壶酒精，用汽车把医生送到家里，然后自己再赶回厂里来上夜班。

“他这个人怎么样？”

“跟所有的人一样……孩子的病的确治好了……你问他干什么？”

“奥弗夏尼科娃的女儿来了，是个游击队员，那天你在我那儿见过……今天她到各车间去讲了话。”

“我知道她讲了话。”

“科尔钦就是她丈夫。”

“怎么是她丈夫？”

“女的去打仗的时候，他们是夫妻。”

卡布斯津靠到椅背上望着天花板沉思起来：那天他和这个青年医生谈些什么来着？怎么他会有一个当游击队员的妻子？

“等等，你说科尔钦是她丈夫？他有妻子……”

“什么，他有妻子？”

“是的，有妻子！”于是卡布斯津把那天夜里跟这个医生的谈话中依稀记得的一些情况告诉玛里宁；当时医生曾经从厂长家里给妻子打电话回去，他还抱怨说他妻子妒心很重，甚至还说了她的名字，她也是个医生，不过专业是妇科……是区卫生科长的大姨。

“我记得当时还这样想过，”卡布斯津说，“这么年轻的小伙子呆在后方倒有些奇怪……后来听他说是区卫生科长的连襟，心想，看不出这家伙还有两下子，知道找什么靠山才能弄到免役证……这样说来，他这是第二次结婚喽？”

“这要看怎样算法，”玛里宁说，“也许他同时有两个妻子。他没有把另娶的事告诉第一个妻子的母亲。”

“那完全可能。”卡布斯津说。他觉得这样一个设想很可笑，“现在，他如果从第二个回到第一个那里，——有失去免役证的危险。要是继续跟第二个在一起，那么第一个会拔出手枪来说：回来，否则就叫你脑袋开花！”

“别说蠢话了，”玛里宁想到了塔尼雅，“要是这个人瞒着她的话，那可……”他站起身来。“好吧，我走了……”

“你的神气怪吓人的，”卡布斯津还是那么笑盈盈地说，“可不要把这个医生的免役证吊销了，要不然，孩子生了病没人治，老婆非把我咬死不可……”

但玛里宁没有回答这句笑话。他绷着脸，眼睛不看对方跟卡布斯津握了握手，就离开厂长室，穿过肮脏不堪、矿渣和刨屑堆积如山的院子，向党委会走去。

靴子踩在泥浆里咕咕作声，他费力地一脚一脚把靴子拔起来，一边愤慨地想，一个女人满怀着希望，从德寇后方，从军医院穿过整个俄罗斯到这里来，可她男人说不定还在对她要花招，把自己早就跟另一个女人同居的事瞒着她……他这次另娶也许是由于爱情，也许为了有一个住的地方，也可能是为了免役证……男人也有卖淫的……

党委会的值班干事向他报告，最近一小时内没有电话电报，只有轧坯车间打电话来问：晚休息时新闻述评要不要搞？报告员病了。

“你到阅览室去借几份报纸合订本准备一下，自己去做报告，”玛里宁说。

“那么这里谁值班？”

“不要紧，我今天在这里过夜，不回家了……你去吧。”

值班干事走后，玛里宁在桌旁坐了几分钟，很想把头搁在胳膊上打一个盹，但他抑制住这个愿望，拿起听筒来开始往第一门诊所打电话。他耐着性子，锲而不舍地一次又一次拨号码，不惜在这上头花费时间；每当他拿定某一个主意的时候，他从不吝惜时间。最后，电话终于打通，他坚持要科尔钦医生接电话。

“我是科尔钦。”听筒里响起了一个声音。

“我是玛里宁。为了您的重婚问题要找您谈谈。”玛里宁故意单刀直入地说，如果对方问心无愧，让他骂几句也无所谓！

“我不懂您在说什么？您是什么人？”听筒里的声音开始发抖。

“我是中央委员会驻厂的党代表。知道这是何许样人吗？”

“知道，当然知道……”

“您有一个妻子的母亲在我们厂里工作……我想跟您谈谈……”

“可以，”对方匆忙地回答，“您对情况有误解。但我愿意来向您解释。今天就来也可以，等我值完了班。”

“那好，”玛里宁说，“我在党委会等您。您的本名和父名的第一个字是什么？尼·依·？我通知传达室。”玛里宁放下话筒，重又拿起来打了个电话到传达室，然后从抽屉里取出第一机工车间上一次党员大会的记录，开始看人们当时的发言。

大会历时不久，记录更是简短。单单看这两页洋抄上用化学铅笔写得密密麻麻的会议记录，一个没有出席大会的人未必能想象这次著名的大会的情况：会上，第一机工车间的工人们得悉德寇在斯大林格勒被包围以后，首先在厂内提出保证增产百分之十的“喀秋莎”炮弹。

庄严的保证是完成了，十二月份增产的炮弹不是百分之十，而是百分之十二，一月上旬又挤出了百分之二。但是废品率，特别是在一月份，却急剧上升，以致明天不得不在同一个机工车间再召开一次党员大会——讨论废品问题。因而玛里宁又在看十一月那次大会的记录……

验收产品的少校军代表昨天在厂长那里并不因军衔悬殊而说话有所顾忌。为了前线的利益，他有权不卖任何人的账……

后来党中央工业部来电话——这是给玛里宁的，——要他用脑袋对废品率负责，这还是最婉转的措辞。厂长也接到了电话。昨天他听了几次电话，气得面色惨白，跑到玛里宁这儿来建议在工厂的《闪电报》上加上一条大字总标题：“第一机工车间的废品制造者是屠杀我们前线战士的刽子手！”

玛里宁不同意，说这样的口号可以把人逼得自杀，因为第一机工车间的老工人几乎每个人都有儿子在前线。难道能指着他们的鼻子骂他们是屠杀自己儿子的刽子手？卡布斯津退了堂，明白了。其实他提出这个建议也是没奈何，实在因为莫斯科接二连三地直接来电话狠狠地揍他……

这样的大字总标题决定不登上工厂的《闪电报》，但废品终究是废品，明天的党员大会将是毫不留情的。而主持这次大会心情实在沉重，因为你明知道废品是怎么产生的——是因为群众得悉斯大林格勒的战况以后把所有的力气都使上了，一星期，二星期，一个月，到了一月份终因紧张过度而支撑不住……何况冬天又冷得要命，在车间里手指不听使唤，回到家里又受冻，这也不无影响……

情况确是这样，但废品率必须消除，又不能减少产量。军令如山，不能退却。

玛里宁想起上次的大会，看看记录上科洛德内在会上的发言——他是生产组长，共产党员，车间里最好的车工。记录上写着，科洛德内保证在自己的车床上完成指标的百分之一百二十，并且把他的誓言告诉在斯大林格勒前线的儿子。科洛德内履行了诺言，但最近一个星期出了毛病——他有七颗炮弹壳报废了。上次他的发言大伙鼓掌欢迎，可是明天人们会对他怎么说呢？

玛里宁把记录放进文件夹塞到抽屉里，闭上了眼睛，他看到的已经不是明天将在第一机床车间党员大会上回答问题的科洛德内的面容，而是无边无际的茫茫雪原。左面和右面，整个地平线上烽烟弥漫……风雪迎面猛扑，从黑黑的炮弹坑里升起烟柱。脚陷在深雪之中，已经两天两夜没有睡觉，也没有吃过一点热的东西，可是还得走，要走到那边一座浓烟滚滚、德国机枪哒哒响着的村子前面。拿下了这个村子，也许还不让在那里停留过夜，而是命令走到下一个村子前去……

这是他负伤前最后一昼夜的回忆。是的，不管在这里要求于人们的怎样多，在那边，在战场上要求于人们的毕竟更多……

党委会里又静又冷。静，因为现在照例是一天中最静的时刻——第二班还没有开始，傍晚的饭后休息还没有结束；冷，因为他昨天吩咐晚上不要生党委会里的一只小铁炉子。他注意到人们有事从车间里上这儿来，总要逗留片刻，取一回暖，然后回到寒冷的车间去。他良心开始不安，所以吩咐一昼夜只生一次火炉。

他紧靠桌子坐着，帽子不摘，在棉袄外面加一件军大衣，眼睛看着前面的墙壁，他在考虑平时难得有时间考虑的事情——自己的生活。玛里宁本人的生活很少有人关心，他认为也应该如此，但当自己偶尔考虑它的时候，他清楚地意识到，倘若战争还得拖上很久，他——玛里宁——恐怕不能在这厂里一直支撑到战争结束。去年九月，他经过三次肠胃手术，在医院里住了九个月以后来到这个厂里时，他由于重新恢复工作而高兴得以为自己差不多是个健康的人了。但是最近一个月以来，腹部的疼痛往往整整一小时不停，特别是在晚上。由于这个缘故，他才把身体紧压在桌子边上，仿佛这样能止痛。出院的时候大夫叮嘱说，主要是注意饮食。什么能吃，什么不能吃；要吃得少些，次数多些。他耳朵听，心里想，最主要的是工作，有了工作其余的自然而然会忘记。起初的确忘记了，可是最近却愈来愈凶地迫使你想起它来！至于饮食——吃得少些这一点是做到了，其余的全都落了空。再说，战争时期他妈的谈得上什么饮食摄生，除非去偷。

妻子对他相当体贴，每天早晨熬一点稀粥，认为这对他有好处。也许是有好处。据说战争以来人们害胃病的少了，几乎都是这种稀粥的功效。可是对他并不见效。看来，三次手术把他身体里边的东西剪掉太多了，真糟糕！……

玛里宁坐着想自己，想妻子和儿子，他们这时大概已经在家里，母子俩坐在又大又冷的房间里喝茶——这间屋子是他出院后同意到厂里来的时候分配给他的。当时他甚至犹豫过，三个人住这样一间屋子是不是太大。他知道周围住房的情况。但后来还是接受了，想想残废的儿子可怜：让他有一个自己的地方睡觉和做功课也好。从前他对儿子很严厉，甚至峻刻，可是现在，自从儿子十七岁在战场上失去了右手、带着半支残臂回来以后，他开始怜悯儿子，也许甚至过了分……

房间是共和国党中央负责工业方面的一位书记帮助弄到的，就是他说服了玛里宁到厂里来担任中央委员会的党代表的。玛里宁起初迟疑不决，因为以前没有在工业部门工作过，希望能派他去搞比较熟悉的人事工作。但是那位书记说，做做登记工作的人他另外也找得到，可是那边——人们在为“喀秋莎”制造炮弹的地方——需要玛里宁。“你在那边做的将是不折不扣的人事工作！至于专业知识，你是从前线来的。光凭这一点，现在就为你保证了一半威信……”这话不假，后来玛里宁有了切身的体会，甚至在和厂长这样的硬棒子相处中也能感觉到这一点。

党中央那位书记当年和玛里宁在莫斯科同一个区委会工作，那时前者担任督导员，后来很快地愈升愈高。他凭着旧时的记忆对玛里宁的估计未免偏高了些，把玛里宁看成比实际上来得显要的人物。他建议玛里宁到一座大厂来担任党代表，甚至毫不考虑玛里宁是否胜任。可是玛里宁虽然竭尽全力，总觉得自己的能力有限，只是在勉强苦撑……工作繁重，身体又不好。如果丢开随时威胁着你的死亡不说，那么在四一年当一个营的政治委员比如今在这个军事工厂担任党代表要容易些……

死亡的威胁这个概念也是有伸缩性的。当身体觉得特别不好的时候，像今天这样，他认为恐怕支持不到战争结束。但是如何靠这最后的一戈比健康多活几天，这样的念头他从未想到过。他活着就不管这些。

当考虑死亡的时候，往往联想到儿子，联想到最近一个时期对儿子怀着的眷恋，这种感情仿佛唯恐来不及宣泄无遗。半年前儿子随母亲到这里塔什干来，如果父亲经过三次手术以后能活下去，就在这儿留在他身边；如果父亲死去，就把他安葬。儿子到医院里来看他的时候，站在母亲身旁，空垂着右边的衣袖，梳着童式的分头，还完全是个孩子。他私自跑到前线去才打了三个星期的仗，在第一次大规模战斗之前就被永远免除了军役……

玛里宁老是感觉到应该做些什么报答报答儿子；不是报答他十六岁还没满就坚决要求入伍跑到前线去的那股勇气，而是报答他现在赖以生活、学习的那股勇气，他拿定主意等到春天自己中学毕了业，说什么也要争取回到前线去，哪怕当一名文书也好。凭着这股勇气，他从不让任何人帮助他，也从不抱怨任何事情，虽然他的截肢手术做得不好：残臂感应过敏，有时候疼得直想喊叫……玛里宁夜里醒来曾经不止一次听见儿子躺在床上一声不吱，只是费力地、急促地呼吸着。人睡着的时候不会这样呼吸，只有疼痛的时候才这样呼吸。

当玛里宁脑海中产生忧郁的念头的时候，他就想到儿子，舍不得过早地和儿子永别。他也想到妻子，但心情不一样——比较平静和容易忍受。和在莫斯科时一样，妻子在这里的房管局工作，不过工作要重得多，老是得一家一家到处跑，调查访问，为这一年半以来把塔什干挤得针也插不下一根的人们安置住所，把他们往大大小小的房间和角落里安置的安置，迁移的迁移。但妻子仍然像过去一样不声不响地做这个工作，很少叹苦经。妻子是一个坚强的女人；虽然玛里宁知道妻子对他的感情弥深弥笃，但在想到死的时候，为她担的心毕竟比为儿子担的心少。他明白，妻子将为他悲伤，她多半已不会再嫁——不但由于年龄，而且还由于性格关系，——同时他又有这样一种奇怪的感觉，觉得他的死对妻子不会有太大的影响。她将照旧生活，照旧工作，照旧关心儿子……一切都将照旧，只是他没有了……

“您是玛里宁同志吗？”一个穿大衣、戴护耳帽的瘦长青年推门进来问。

“我是……请把门关上，天气冷。是科尔钦吗？”

“是的。”

“坐。”

进来的人在办公桌对面一张长椅上坐下来，把护耳帽上的雪抖去。

玛里宁也把护耳帽从头上摘下来放到桌上。

与厂长谈话以后，在他想象中今天要来找他的人完全不是这样的——年龄要大一些，一副吃得肥头胖耳的模样。可是现在来的这个人却相反，年轻而又瘦削。

“您是医生？”玛里宁问。倒不是觉得马上开始谈话有些困难，而是想听这个还如此年轻的小伙子证实他的确是医生。

“是的。”塔尼雅的丈夫说。然后补充了一句：“儿科医生。”

“在第一门诊所工作？”

“是的。”

“给我们厂长——卡布斯津将军——的孩子治过病？”

塔尼雅的丈夫点点头。

“今天偶然从他那里听到关于您的一些情况，所以打电话找您。”

“您瞧，我马上就来了，”塔尼雅的丈夫说，“您在电话里没头没脑给了我一棍子！”他勉强一笑。

“我正是要您马上就来，”玛里宁说，“您认识塔尼雅·奥弗夏尼科娃吗？”

塔尼雅的丈夫耸耸肩膀。

“过去是我妻子。”

“现在呢？……”

“我第二次结了婚。”

“你对她说明了没有，说你另外跟人结了婚？”

“我还特地到车站去接她，为的是一开始就避免任何误会。”

“说的是实话？”

“我认为您不是神甫，我不是来向您忏悔的。”

“我恰恰是神甫，”玛里宁紧绷着脸说，“在前线担任过政治指导员，那里的战士们常常管我们叫神甫——这固然是由于觉悟不高，但在某种程度上说也有道理。没听说过吗？”

“没有。”

“可见您没到过前线。”

“目前还没有机会。”

玛里宁觉得这个人怀着鬼胎。似这般惴惴不安的人就怕人们提出某一个危险的问题，但同时又抱着万一的希望：也许不会问。

“为什么把奥弗夏尼科娃撇下？”

“我没有把她撇下。”塔尼雅的丈夫又耸了一下肩膀。

“怎么没有撇下？”

“我以为她牺牲了。我和她已经谈过这件事，我们双方都清楚明白，我认为这里不需要第三者插手！”塔尼雅的丈夫提高了嗓门。

“你要明白，是这么回事。”玛里宁用低沉而喑哑的声音说，使塔尼雅的丈夫不得不把身子前倾才能听清，因而也就失去了刚才说“不需要第三者插手”时那种满不在乎的神气。

“你要明白，是这么回事，”玛里宁重复了一遍，“她的母亲在我们厂里的翻砂车间工作，是我们党组织的一员。”

“我知道，”塔尼雅的丈夫说，“我到奥尔珈·伊凡诺芙娜家里去过几次，还尽我的力量帮助过她。”

“帮助她是好的，”玛里宁说，“可是她至今还不知道你又跟别人结了婚，这就不好。并且女儿也没有把这件事告诉母亲。为什么？”

“这我可不知道。我把一切都告诉了塔尼雅，对她母亲没有说过；我在她父亲死了以后不久曾经去看过她母亲，当时，坦白说，我没有勇气告诉她母亲；至于对塔尼雅，我丝毫没有隐瞒。对了，她也向我承认，在这段时间内她也和别人发生过关系。说实在的，我跟她战前就应该离婚，可是给战争耽搁了。事情就是这样。”

“假如没有战争的话，当然没有问题，可是现在有战争，”玛里宁说，“这么说，你是在这里塔什干声明和她离婚的？”

“是的，在这里。”

“你在声明上是怎么写的？妻子下落不明，不能再等待了？还是写性格不合：她在战场上，而你在塔什干？……”

“我写她牺牲了，下落不明。”塔尼雅的丈夫急忙说。

看样子，有某一种玛里宁还不明白的原因使这个年轻人现在慌张起来。他慌张得甚至顾不上把玛里宁带刺的话顶回去。

“你交验了失踪通知书没有？”

“嗯。”塔尼雅的丈夫还是那样匆忙地回答。从他的眼神可以看出他在想另一件事情。

“你是向哪一个民事登记处递的申请？”玛里宁问，心里渐渐开始明白，他根本没有在任何一个民事登记处办过离婚手续，只不过认为她再也回不来了，甚至也没有向现在的妻子说明以前结过婚。

“在住所的登记处。”塔尼雅的丈夫还是说得那么快。

“你的住所在什么地方？”玛里宁一边问，一边把桌上一本记事册拉到自己面前，虽然他什么也不打算记下来。

现在他们默默地四目对视。

“您要我怎么样？”在很长的一阵沉默之后，塔尼雅的丈夫用一种怪可怜的、有气无力的声音问。

“我不要你怎么样，”玛里宁说着把本子推开，“明天我到你单位上去，自己去了解我要了解的情况。我不喜欢做这种事情，但既然你不愿坦白，只得这样做。”

“为什么不愿坦白？”塔尼雅的丈夫依然可怜巴巴地说，“相反！”

玛里宁默默地对他注视良久，心想：“鬼知道这种人是从哪儿来的！”他不愿再问这个人什么话。他想知道的已经知道：很明显，这个小伙子确实向奥弗夏尼科娃承认了自己在她出生入死的时候另外结了婚，于是奥弗夏尼科娃不再理他。“那么我还要他说什么呢？难道我真的是神甫不成？”

“算了。很抱歉打搅了您。我们就谈到这里。”说完，玛里宁从桌旁站起来，表示对方可以打道回府了。

“不，”塔尼雅的丈夫突然说，“等一下。我郑重地请求您无论如何不要到我单位上去。请您相信，这对谁也不会有好处。”

“我压根儿就不打算到你单位上去，”玛里宁几乎想说出来，“我才没有这么多时间！不过是吓唬吓唬你，看看你的反应。”

“我自己把全部情况向您说明。关于离婚的事我刚才对您说的不完全符合实际。当我决定结婚的时候，我早就认为塔尼雅牺牲了，我到民事登记处去是想悄悄地，不惊动任何人……先办离婚手续，然后再结婚。可是那边对我说，如果妻子下落不明，而我要把这一点作为离婚的理由提出，需要有正式的证明。如果以性格不合为理由，必须写下另一方的通讯处，以便他们通知女方。可是我能写什么通讯处呢？再说，借口性格不合似乎有欠诚实。这样犹豫再三，最后还是没有把战前结过婚的事告诉妻子。在登记结婚的时候我说是第一次结婚。现在的情况是这样的：塔尼雅完全不生我的气，不信您可以问她。让妻子认为我是第一次和她正式结婚，这样她也可以安心些。她比我年长，对这件事抱着非常神经质的态度。她和我在同一个门诊所工作，如果您到我单位上去，她马上会全都知道，那时非酿成悲剧不可！而且是完全不必要的悲剧！因为塔尼雅一下车就对我说，她在这里不会久留，就要回前线去的。”

“他怕现在的妻子——这一点毫无疑问。”玛里宁心想。

“您今年几岁？”玛里宁问。

“二十六。”

“健康情况怎么样？”

塔尼雅的丈夫对玛里宁的眼睛看看，明白了：是的，对方问的正是这一点——为什么不在前线？

他无法用真话回答。只得从他经常用来掩盖真相的各种遁辞中匆匆忙忙挑了最常用的一种。

“我曾经多次要求去前线，但由于我是一个专门人员，有关方面不同意解除我的免役状态，因为儿童的疾病太多了。您想想，这么多儿童被疏散到这里来，要不是我们每个人一个顶俩这样工作，流行病不知会闹得多凶。我的健康情况良好，不必以此作为借口，我的年龄更不成为理由。”他自己觉得似乎解释得不坏。关于流行病的话半句都不假。工作忙也并非瞎说。因此，从开始谈话到现在，他第一次感觉到自信正在恢复。

“每个人一个顶俩——这是事实，”玛里宁暗自思忖，“但为什么你可以一个顶俩，别人就不能顶你呢？”

“您自己也是罗斯托夫人，怎么会来到塔什干的呢？”玛里宁问。

“是随第一列疏散儿童的火车来的。我受托护送这批儿童，后来就被留在此地。我原先打算回去，可是领导上命令我留下。”

“你妻子穿上军服往西到前线去，可是你跟着孩子们往东到这里来躲在他们背后，小伙子，你怎么不害臊的？……”玛里宁本想这样问，但后来不想问了，因为塔尼雅的丈夫忽然恢复了自信，神情和刚才大不相同：变得镇定而且不易捉摸，仿佛他的免役证不但保护着他的肉体不被子弹打穿，而且给他的灵魂也穿上了保险马甲。

“据说，您跟我们的区卫生科长攀了亲戚——您娶了他的大姨，是不是？”玛里宁用这代替了本来想问的更不客气的话。

“是的，怎么样？”塔尼雅的丈夫问。

“不怎么样，”玛里宁说，“您妻子比您大好几岁吧？”

“这跟任何人都没有关系。”塔尼雅的丈夫力图维持尊严说，接着站起身来。

玛里宁也站了起来。

“还没有小孩吗？”

“没有。”

塔尼雅的丈夫在矛盾的心情折磨下望着玛里宁。他想对这位不请自来的检察官说，滚你的蛋，反正你奈何我不得！但同时又担心：万一他真的到门诊所去，那时妻子就会知道塔尼雅来了。他想象得到，妻子将在家里嚎啕痛哭，并且会把妹妹叫来，妹妹先也是哭，然后姊妹俩由哭泣转为喊叫；再后来，到了晚上，主人——区卫生科长——回到家里，一边喝茶，一边疲态毕露地问：怎么样？那时两个女人就会带着生气时惯有的表情望着你，仿佛在进行威胁：我们马上就要把你的事情告诉他。妻子平时为一点点小事动不动就神经错乱，常常到处打电话问男人是不是真的出诊去了。而现在突然来了个塔尼雅，那就非大发歇斯底里叫嚷离婚不可！万一他用通常制服她的那套办法不能把她制服，鬼知道这些娘们会干出什么事来，何况她们有两个人，结成了死党。后果简直不堪设想。是的，他需要依靠这个女人，这不仅因为蒙她垂青他得以住在她家，在某种程度上成为她家战争时期的一个食客，并且最后成了她的丈夫；更重要的是，由于以上种种，他才弄到如今夹在他的身份证里的一张纸，而那张纸随时都有可能从那里飞走。是的，他怕这一着。他最怕的正是这一着，尽管他曾经多次对不同的人扬言，哪怕明天就上前线他都愿意，而且，当他喝醉了酒这样说的时候，甚至自己也觉得好像说的是真话。

“如果再没有旁的问题，我想走了。”塔尼雅的丈夫竭力想显得镇静地说。

“没有旁的问题了，”玛里宁说，“哦，不。您是党员还是非党员？”

“共青团员。”塔尼雅的丈夫说，他发现玛里宁阴郁的脸上现出冷笑，只得勉强也微露笑意。“在团内的确呆得太久了。还是在中学里和塔尼雅一起加入的。”

“唔，入团你们倒是一起入的……”说到这里，玛里宁发出一声喟叹，“再也没有问题了。只有一个建议。”

塔尼雅的丈夫用疑问的目光看着他。

“要是一星期以后我还没有听到你自愿上前线的消息，我会设法解除你的免役状态。十月革命的同龄人，请你记住：我这个人不说空话。”

“听您说这样的话我觉得奇怪而又愚蠢。”塔尼雅的丈夫提高声音说。

“聪明也罢，愚蠢也罢，要是你不自愿上前线，一定让你和免役证告别。”玛里宁说，他深信这样做绝对必要！这个人没有权利赖在后方！本地有一些老医生，例如他们的地段医师，都是五十岁的人了，家里人口又多，可是接到命令以后，照样二话不说，告别亲人就奔赴前线。而这个人却到这里后方来，甘心给一个又老又丑的女妖怪当小女婿，死乞白赖躲在这里祈祷胜利早日来临。至于周围每天在追悼别人的亡魂——他一概不闻不问！“我要做力所能及的一切，”玛里宁打定主意。“哪怕你浑身擦油，我也不怕你滑掉，我要把你和你那位贵连襟彻底揭露。必要时我不惜利用个人关系，”他想起了中央委员会的那位书记。

他们还这样面对面站着：塔尼雅的丈夫不知道在说过“奇怪而又愚蠢”的话以后还该说些什么；玛里宁则在等他出去。

“将来看到我，您会脸红的。”塔尼雅的丈夫终于说。

“好吧，将来您胸前挂满勋章和荣誉军人胸章归来，我自然会脸红，那时再向您赔罪。”玛里宁说，同时心平气和地想到，四一年在前线，他接触到的许多人中间也有像科尔钦这样的人。要说对战争的害怕，他们也不下于科尔钦，但那时情况不同。他们虽然害怕，但还是上阵，作战，牺牲，负了伤住医院，有的后来甚至建立了功勋，因为没有别的出路：除非你死掉，否则你就得杀人。

塔尼雅的丈夫从桌上抓起帽子，戴好以后，向门口走去。

“等一下，”玛里宁说，“把会客单给我签字。”

玛里宁在会客单上签了字，望着他的背影，再一次想道：“这样的人在前线也有，我也跟他们打过交道，除了让他们去打仗，没有别的办法。”

塔尼雅的丈夫走了出去，玛里宁在桌旁坐下来，把胸廓和腹部紧贴着桌边，发现今天的疼痛还没有停止，只不过暂时被忘记了，现在又要开始把他的五脏六腑都倒腾过来。

“我说隔一个星期处理他的问题，”玛里宁生气地想道，“也许这话不能兑现。谁知道哪一天是我的生命的终点？而当这个终点迫近的时候，我能在多少天以前知道呢？”

桌上的电话滴铃铃响了起来。是第一机工车间主任打来的。

“喂，玛里宁吗？……你在，那好。我们车间的科洛德内出事了。”

“什么事？”

“他今天留下来做第二班，想把报废的数字抓回来，终于在机床旁边倒了下来。我们已经派人去请医生。”

“我马上就来。”玛里宁说。他从桌旁站起来，把护耳帽拉得很低，心想：“唉，明天还打算批评科洛德内呢！”他痛心地自谴，虽然他似乎没有什么理由谴责自己……

第三章

“基发”电影院里放映《区委书记》已经是第三天了。塔尼雅听说这部影片是描写游击队的，想和母亲一起去看，可是昨天和前天母亲下班都很晚，再叫她去于心不忍……

“你别觉得扫兴，你白天一个人去看吧。”今天早晨塔尼雅把母亲和西玛从家里送到厂门口时，母亲说。

“好，我去，”塔尼雅说，“下班时我来接你一同回家。”

“我又不是小孩，自己会回家，你玩儿去吧，你是来休假的！那些讲话、报告把你忙得已经够了！还是不要到厂里来，否则又要打你的主意了。”母亲不乐意地说，但在她的絮叨中自豪的成分却多于懊恼，于是塔尼雅含笑目送她进厂。

塔尼雅在晨光中从城市的一端向另一端走去。在考虑看电影的问题以前，先得上火车站附近的粮站去凭供应证领食物。昨天，她从莫斯科带来的东西全都吃光了。

塔尼雅在城里徒步行走，虽然她来到此地已经一个多星期，可是尚未完全习惯。塔什干跟她以前到过的任何城市都不一样，这里的冬天也不同于任何别的地方的冬天。头几天她觉得差不多，可是昨天和前天天气转暖，冬天一下子变成了春天，街上的积雪一天工夫就化成一条条的小溪流，塔尼雅忽然发现，这儿的马路上、院子里到处都有许多树木，可以想象，在别的季节，四周郁郁葱葱，绿树参天，这个城市一定很美。

今天的早晨又是阴沉沉的，水洼面上覆着薄冰，但塔尼雅已经见过昨天这个城市春意盎然的面貌，她觉得这又一阵微寒不会持久。

粮站设在车站大广场拐角上的一幢房子里。在塔尼雅刚到的那天，她出车站走到这个广场上，那里还是白雪一片，而现在已经是花斑溜溜的初春景象，地面上的石子之间结着一小块一小块的薄冰。

在半明不暗的粮站里等了大约一个半钟点才领到食物，塔尼雅把一只并不沉重的口袋扛到肩后，穿过广场，她笑对着日光，专找石子中间的小冰块用鞋跟喀嚓一声把它们踩破。从昨天起她的情绪就很好。突然开始的解冻天气仿佛把战争以来第二个冬季压在人们肩膀上的疲劳的重担稍稍抬起了一点。阳光和温暖给所有的人带来了欢欣，塔尼雅昨天下午休息时在饭厅里讲话，她甚至觉得人们听她讲话的表情也不同于前几次，叹息声比较少而微笑比较多了。后来，她走出饭厅的时候，看见好几辆装饰着红旗的卡车开进厂来，站在第一辆车上的两个乌兹别克老人用足力气吹着一种很长很长的喇叭，长得在手里拿稳恐怕也不容易。这就是母亲说起过的红色车队；现在塔尼雅亲眼看到了，并且从他们的谈话中知道，车队给食堂运来了埃及高粱、白菜和大头菜，那种很长很长的铜喇叭名叫“卡尔纳伊”，乌兹别克人通常在婚礼以及别的隆重的场合演奏这种乐器。这些在阳光下金光闪闪的喇叭也透出一股春天的气息，塔尼雅看着人们把一袋袋的埃及高粱从车上搬到伙房，想起了母亲的话：“只要挨过冬天，夏天就比较容易对付，”并且高兴地认为：是的，一定比较容易对付！如果前线的情况能像这几天一样，胜利一个接着一个继续下去，那就更好！

昨天晚上，房东哈丽达的丈夫马里夫-阿卡第一次做完日班回家——在这以前他一直夜里上班，——他到房客屋里来把大家都叫去吃甜瓜。这瓜大得惊人，瓜身都用草辫围绕，塔尼雅从未见过这么大的甜瓜。原来这只甜瓜从秋天就吊在地窖里，要不是塔尼雅来了，想必还要在那里吊上好久。马里夫-阿卡一手按住甜瓜，另一只手用刀子很快地切了好几刀，然后把手一松，甜瓜就在托盘里自行散开，象一朵花瓣巨大的菊花。大家每人吃了一块，好像现在不是冬天，而是夏天。甜瓜的味道略带苦涩，但还是挺好吃。大人们各吃了一块以后，哈丽达把孩子们叫来——那是最小的四个，都是女孩，因为大的两个男孩子都在厂里做第二班。四个小女孩不知从什么地方一个接着一个出现，每人拿了一块甜瓜又悄悄地走开，只见她们按乌兹别克风俗编得很细的一条条黑色的和白色的小辫子在幽暗中匆匆地闪过。除了这些发辫的颜色，塔尼雅昨天整个晚上一点也看不出这户人家对待自己的孩子和收养的孩子有什么区别，当时没有人注意到塔尼雅因为心有所感而热泪盈眶。

这就是从昨天开始使她保持着好情绪——这种好情绪甚至到今天还没有消失——的种种原因。没有什么别的原因。母亲又有几次向她提到尼古拉的事情。可是她默不作声。关于阿尔杰米耶夫，又愿意想，又不愿想。设想他们说不定会突然重逢，当然比较愉快；但如果作相反的考虑，考虑到他们之间过去没有什么，将来也不会怎么样，心情却比较平静。何况，谢尔皮林至今没有回信，现在他大概也顾不上写信，因为自从德国人拒绝了我们的最后通牒，在那边，斯大林格勒附近，正进行着激烈的战斗！

塔尼雅由斯大林格勒联想到玛里宁对她讲过一件关于她脚下这片广场的事情。九月间，当德国人兵临伏尔加河的时候，有一天傍晚他在这个广场上看见被疏散到此的好几千人就地躺下准备过夜，到第二天早晨，这几千人没有一个留在街上，好好歹歹都给他们安排了住处。“我是俄罗斯人，”当时玛里宁对她说，“要是有人侮辱我们的同胞，我会揍他！但是像当地的老百姓这样腾出地方让人家住，还收养别人的孩子——这无论如何是值得我们学习的，尽管我们俄罗斯人有着宽阔的胸襟。这话我可以肯定地对你说，我妻子在管这方面的事情。她知道。”

“难道人们把这里都躺满了吗？”塔尼雅看着这片几乎不见人影、因而显得特别大的广场心想。在德寇后方，考虑得较多的是留在敌占区的人民；在这里，从俄罗斯和乌克兰疏散到此的人数又每天不断地使她感到惊奇。

“单在乌兹别克斯坦就有一百五十万，”玛里宁告诉她。这样临时将就住下来的人——他们还苦中作乐地管自己叫做“等外品”——全国不知有多少。无论从哪一面看，战争无非是苦难，但是刚刚发现的新的一面总是比她已经看惯了的其他方面更值得惊奇。

塔尼雅到电影院时，第一场的票已经卖完，只有下一场三点钟的票。她买了一张票，在城里逛了好久，开始觉得冷了，正想回到影院休息室里去避寒，忽然从拐角后面附近一条街上传来了管乐队吹奏

《神圣的战争》[①]开头几小节的乐声。

起先，一些孩子经过塔尼雅身边向乐声响亮的拐角后面跑去，接着，大人们——大都是妇女——也纷纷往那儿跑；一位提着网袋的老太太跑过时，放在网袋里的一只砖状黑面包打在塔尼雅的腿上，老太太还用责备的眼光回头看了看：为什么塔尼雅不跟着大家跑？于是塔尼雅也就跟着大家一起跑，拐过转角跑到下一个十字路口。一队装备齐全的士兵扛着步枪正跟在乐队后面通过十字路口，一边用年轻、严肃的声音高唱《神圣的战争》。

刚才塔尼雅还在想，这时候街上的人怎么这样少，而现在整个十字路口都挤满了听到乐队的声音从四面八方跑来的人。

乐队已经到前面去了，士兵们走着，一些男孩子在他们旁边跟着跑，人们从街道两边簇拥着目送他们，片刻间塔尼雅觉得仿佛还没有爆发什么战争，仿佛这是战前，在梁赞市，他们的一七六红旗师的几个营练兵归来经过梁赞大街，她——一个口腔科医生——应共青团招募到此向已故的师卫生部主任戈里亚奇金报到不久，一生第一次看士兵操练归来经过她的身边，他们的师还没有在莫吉廖夫附近陷入包围，还没有任何人牺牲、负伤，还没有人像戈里亚奇金那样被炸成碎片（塔尼雅曾经眼看着他被炸死），那时乐队吹奏的还不是这首严峻的歌，而是《假如明天战争……》[②]，人们站在她旁边，和她一样一边看，一边微笑着，微笑着，微笑着……

她听见背后有人在大声抽泣，回头一看，原来是那个提网袋的老太太。

“这是我们列宁军校的学员！”老太太说，“瞧他们的队伍多么整齐，教人打心眼里高兴！”说完，她噙着眼泪微微一笑，骄傲地昂起头来，好像她是一个当年的军人，而不是提网袋的老太太。

塔尼雅又望望别人的脸，看到好多人瞧着学员们走过也都同时微

---

① 苏联卫国战争时期一首流传很广的群众歌曲，由列别捷夫-库马奇作词，亚历山大罗夫作曲。

② 苏联电影《假如明天战争……》的主题歌，列别捷夫-库马奇作词，德·波克拉斯作曲。

笑，抽泣，向他们挥手，仿佛他们唱着这首歌拐弯到那边就将直接投入战斗。

就在塔尼雅身旁，有一个脸色苍白、年纪还不大的女人咬着嘴唇在默默地流泪，虽然她并不哭出声音来，也不呜咽抽噎，但是，看到她脸上的表情，塔尼雅明白：这个妇女必定有亲人再也回不来了；于是她握住这个女人的手，轻轻地对她说：

“您怎么啦？别难过！”

“他们不久就要毕业了……”那女人继续咬着嘴唇用低得几乎听不出的声音说，别的什么也没有说，但未尽之意已经不言自明，她的话一下子透出了战争的气息。

塔尼雅回到电影院尚早，离开映时间还有半小时。不放暖气的休息室里相当冷，但后来在挤满观众的放映厅里她逐渐觉得非常暖和，影片映到一半时，她甚至把军大衣的前襟也敞开了。

影片里有些情节近乎神话，但塔尼雅很欣赏扮演主角的演员瓦宁。而她邻座的观众却激动得几次用胳膊肘把她撞得很痛，这里所有的人都这样关心我们的游击队员的命运，这使塔尼雅感到十分自豪。当她走出电影院的时候，忽然听见有人叫她：

“塔尼雅！”

她回过头来，看见过去的丈夫正在穿过马路。

“你好，尼古拉！”她把装食物的口袋搭到肩上，跟他招呼。街上春寒料峭，可是他的手却是热烘烘、汗涔涔的。

“怎么，你不舒服吗？”

“不。为什么你这样问？”

“你的手在出汗。”

“不知道，”他说，“也许是有点儿不太舒服。现在我的感觉简直麻木了。”

“你怎么啦？”她问。他没精打采，好像把脸埋在枕头里躺了好久的样子。

“我打早晨起就找你，”他并不回答她的问题，“先到你们家里，再到厂里去找。以为在厂里能找到你。我把会客单都弄到了手。后来传达室里的女人，是和你们同住的，她告诉我，说你想看《区委书记》的日场电影。我就到‘基发’来碰碰运气。有两家影院都上映这部影片。”

“喜欢吗？”塔尼雅问。

“我买了第一场的票，可是找你不到，就走了。再来的时候第二场已经开映，我就在街上等，怕漏过了你。为什么你始终没给我打电话？”

“我去问过，他们说离婚不需要你做什么。我一个人去就可以。”

“我要跟你谈谈，你有时间吗？”

“当然有。”

他们走到一处街心小公园，在这薄暮时分，小公园显得荒凉肃杀，地上一道道尚未完全融化的积雪又烂又脏，黑色的树干覆着薄薄的一层冰壳。两个乌兹别克人，一个老头和一个男孩，都穿着黑色的棉褂子，在用锯子拉锯一棵被风吹倒的白杨。

塔尼雅他们走到一张长椅前，它的靠背夜里被人拆去当柴烧了。座位因为是钉死在铁脚上的，所以还留着，只有边上被削去了些，大概是去作引火柴的。

“我们不坐了好不好？”塔尼雅看看遍体鳞伤的长椅说，“还是走走吧。你要跟我谈什么事？”

“其实也没有什么大不了的事情，”他说话的声音毫无生气，“我自以为不妨碍任何人，不料并非如此。我以为从早到夜给儿童治病，扑灭了一次流行病，又去扑灭另一次，总算在做一点事情。可是有人认为我在躲避战争。”

“我不大明白你的话！”

“这毋需乎明白！必须打报告，穿上军大衣，那时我才算人。否则我就不是人。”

“你被征召了吗？”塔尼雅问。

“谁也没征到我。征到我自然去！问题不在这里！”

“那么打报告做什么？难道你自己决定去了？如果你因为在我面前觉得不好意思而这样做，这大可不必。”塔尼雅说，虽然她私下认为这大有必要。

"听我说，你得为我做一件事……"他拉住她的手停下来，"我对不起你，可是你知道我不是存心不良，不是坏人，我总是努力做有益的事情，不光为自己，也为别人……"

她可以回答他，说他为自己做的有益的事情比为别人做的多。而且结果几乎每一次都是别人为他做事，而不是他为别人做事。现在也是如此：她得为他做一件什么事。这究竟是什么缘故？难道仅仅因为他并非存心不良，不是坏人？对，并非存心不良，不是坏人。"他老是'并非'和'不是'，那么到底'是'什么呢？"塔尼雅生气地想。

她听着，并不打断他，而他继续在说，他几乎每天夜里从床上被叫起来，最近两三个月以来，他治好了哪些严重的白喉病例，还有脑膜炎，需要从城市的这一头到另一头跑多少路，直到两腿发麻……还有诸如此类的许多话——总之，他这个人再好也没有。

"你对我说这些做什么？"塔尼雅终于忍不住了。

"希望你彻底了解我。"

"万一我不想彻底了解你呢？你尽可以照现在的样子把日子过下去。这跟我有什么相干？"

"的确，我把话扯得太远了，"说着他笑了，"我有点儿不敢开口。我已经考虑了一个星期，今天才拿定主意。让我给你拿口袋。"他忽然想起塔尼雅扛着口袋。

"不要紧，口袋不重。"塔尼雅退后半步。他站得太近了，她不喜欢人家冲着她的脸呼吸。

"你没有向厂里的党代表谈起过我吗？"

"我记得没有。"

"你再想想。"他的声调含有不信任的意味。

"我的记忆力很好。"她生气地说。她根本没有考虑过跟玛里宁谈尼古拉的事。如果玛里宁主动问起，她愿意谈。但是玛里宁没有问过。

"那么一定是你母亲对他说了我一大堆坏话！"

"这我认为不大可能……"她顿住了。她为母亲抱屈，因为恰恰是母亲在袒护他。

"那就不知道了，"他说，"可能他本来就是这么个好管闲事的疯子。有这样一种人：谁也没请他们，他们自己会找上门来。他把我叫去，骂我犯了重婚罪，差不多要我重新和你结婚。后来我说你自己不愿意这样，说你在和我分开的这段时间内跟别的男人有了关系，他这才罢休。"

"你毕竟是一头猪。"塔尼雅说。

"为什么我是猪？你不是自己说的吗？"

"我是对你，不是对他说的。因为我觉得应当告诉你，让你……"她没说完就把手一甩，"谁要你去对他说这样的话？"

"怎么，你怕难为情吗？"

"我才不怕什么难为情。我没请过你对他说这话。如此而已。"

"如果你认为我没有权利，那么对不起，"他说，"但问题不在这里。"

"当然。"她说。

根据尼古拉的面部表情，她感觉到他马上就要提出某种请求，塔尼雅非常熟悉这种表情。他一定会提出请求。但不知请求什么……

"你和这个玛里宁关系很好吗？"他突然问。

塔尼雅耸耸肩膀。

"和他一起谈过三次。怎么样？"

"他向我提出条件，要是一星期后我再不自愿上前线去，他要想办法解除我的免役状态。他在塔什干有很硬的靠山……我简直料想不到，昨天才打听到。"

"为什么他要向你提出这样的条件？"塔尼雅问。

"弄不清楚。估计他认定所有像我这样年龄的医生都应当在前线。我自己从来没有请求过免役，免役证是领导主动给我的，也就是说，领导有理由这样做，可是他全不理会这些。现在就好像有一把斧头悬在我头顶上，随时可能劈下来……唉，简直不知道从何说起……"

"你干吗急成这样？也许他不过一时生气这样说说罢了。归根到底，即使你真的被征召……"

他不让她把话说完。

“公事公办我当然没有意见！……”他叫喊起来。接着在盛怒之下重复一遍：“当然没有意见！……可是我不愿仅仅因为某一个人对我看不惯而去送命！……你得去跟他说说。我诚恳地请求你！”

“说什么？”

“去对他说，你跟我没有什么过不去。说他错怪了我……看在上帝分上，你去向他解释解释，让他放弃这个馊主意。此外……”他犹豫了一下，但还是说了出来，“现在对你来说反正无所谓……为了使他打消这个主意，你不妨对他说你还爱我，请求他……”

“请闭上你的嘴……”塔尼雅说，“要是我还有这么一点点（她说着用两个指头比拟了一下）爱你的心，我会尽一切可能使你上前线去。你怎么连这一点都不懂！……”

从他的话里塔尼雅还是不明白玛里宁为什么这样认真想吊销他的免役证。尼古拉一定还有话没说出来……但她也不想问。可以料到在这一切后面还隐藏着见不得人的丑事，这种事一想起来就教人恶心。

“不过你还是去跟他说说，好不好？”他问。

“我什么也不去跟他说，”塔尼雅说，“你自己的事自己处理。请离开我。”

她掉头走开，听到他还在背后跟着，她急遽地收住脚步。

“我说过请你离开我。难道你没听见吗？”

“我也要往这一边走。”他说。

“好。那么你教我往哪一边走才不跟你同路……你说，往哪一边？”

她瞪了他一眼，然后经过他身边朝相反的方向走去，自己也还没有决定到哪儿去，只想远远地离开他。

走了二十来步路，塔尼雅确定这回他不再跟在她后面了。现在到厂里去接母亲，有互相走岔批的危险。只好回家去。母亲大概也快交班回家了。她走到十字路口拐弯，准备去坐电车。在她拐弯的转角上就是民事登记处，三天前她曾经来问过，办离婚手续要不要她和过去的丈夫一起到这里来。

现在走过这所房子，她想起了他们在罗斯托夫登记结婚的那个民事登记处。也是在转角上，门口也挂着这样一块很不醒目的招牌。她回想那时自己对他怀着的感情，觉得困惑不解，局促不安。是的，当初她的确对他有过感情。

乘电车连等带坐花了她两个半钟点，好容易坐上一辆，然后又换坐另一辆，走近家里时她几乎肯定母亲已经先到，不料母亲还没有回来。苏沃罗娃也不在：她今天翻班，要在厂里连续呆上一昼夜。屋里只有苏沃罗夫一个人，他外衣也不脱，坐在桌子旁边，头搁在手上。塔尼雅以为他喝醉了，但她刚走进房间，苏沃罗夫就抬起头来，把帽子摘下。

“回到家里常常连脱外衣的力气都没有……我没等你母亲，我先走。她今天要到食堂里进行调查。管食堂的女主任在偷肉的时候给当场捉住……我们写了大幅标语：‘工人的份额一克也不许侵吞！’可是不管我们怎样努力，还是不行！……你到哪儿去了？”

“我去看了影片《区委书记》。”

“怎么样？这是演你们游击队的……”

“不错，”塔尼雅说，隔了一会又补充一句，“不过有好些地方不大像。”

“不像的事情多着哩，”苏沃罗夫说，“要是拍一部关于我们的影片，要拍得什么都像，你试试看！我们厂你整个儿都看到了吗？”

“看到了。”

“你觉得怎么样？”

“很艰苦……我觉得孩子们特别可怜。”

“我倒不觉得他们可怜，”苏沃罗夫的话出乎塔尼雅意料之外。“我车间里有二十个少年工……是从列宁格勒拉萨尔工厂附设的技工学校被送来的。在那个时候我才觉得他们可怜……他们中活着来到这里的在休养所里住了一个月，厂长命令从所有的福利金中抽出钱来让他们吃饱。现在他们干活了。我不因为要他们干活觉得可怜，这也是对他们的要求。我倒是担心这些少年长大起来就要被送到前线去，我担心他们会被打死，所以希望战争能在这以前结束。至于像现在这样，让他们累一点也不要紧，老实说我们也不是铁打的。”

他把大衣卸去，挂在钉上，重又在桌旁坐下。

“你摆上半公升酒，我就把我们厂里的事情全告诉你。”

“教我上哪儿打酒去，瓦西里·彼得洛维奇？”

“我知道没处打酒！那就请我喝茶，我说一半给你听。这一半对你也就够了……”

塔尼雅把还是早晨用破衣服裹起来的一壶茶取出来，放在煤油炉上点一根灯芯热了一会，然后也在桌旁坐下，给苏沃罗夫和自己倒了茶，从口袋里拿出凭供应证领到的一只砖状面包切了厚厚的几片，让苏沃罗夫自己拿，不必客气。在她张罗这一切的时候，苏沃罗夫坐在那里，用两个拳头支住下巴，闭着眼睛，一语不发。塔尼雅甚至以为他睡着了。

“喝茶吧。”她扯了一下苏沃罗夫的衣袖说。

他睁开眼睛，拿起杯子没几口就很快地把茶喝完，吃了一块面包，当塔尼雅准备给他倒第二杯时，他用一只手捂住杯口。

“暂时不要了。”

“那您就谈谈厂里的事。”塔尼雅说。

“有什么可谈的，”苏沃罗夫说，“你自己全看到了……偌大一个工厂，要是在和平时期，得花一年工夫迁到这里来，在新地方安装好还得花上两年。我四一年在罗斯托夫最后一次离开工厂，已经准备去上火车了，顺路还跑到家里去了一次。我们分配到那套住宅才半年。我走到家里。用钥匙开了门。屋里很暖和：厂里的热电所还在供电，我们还没有把它炸毁。没有关掉的有线广播喇叭在放送音乐。窗户紧闭，窗台上的盆花没有浇水都枯谢了。家里的人乘着军用列车颠颠晃晃已经是第三昼夜，不知到了哪儿……现在我怎么会想起这些来，自己也不知道。对于我和西玛来说，那套住宅已经成了遥远的过去，现在我们的家在这里塔什干！我们从这里把一个儿子送走，也在这里接到阵亡通知书……第二个儿子自作主张从这里出走，他的阵亡通知也送到这里来……你知道他是怎么走的？他和我在同一个车间里当锻工，我希望他不至被征召了，因为他的技术很熟练。后来在干活的时候碰伤了指头，给了他几天病假。他在十月份遇见了应征的一些伙伴……那时候，在十月里，尽谈什么？一谈就是斯大林格勒，斯大林格勒，斯大林格勒……他们说：‘我们去斯大林格勒！’他把他们带到家里，拿了半只面包、一只饭盒，留下一张字条就走了。下一封信——就是阵亡通知书……我年纪还不大，二十岁就娶了西玛，要到今年三月才满四十三岁，可已经有两个儿子被战争夺去了……教我们往后的日子怎么过，怎么过？

“上次休息那天，我和西玛走到一个街心小公园里……我们坐在那儿，太阳照得挺暖和，雪在融化……我对她说：‘西玛，西玛，要是战争今年能结束，我们再生一男一女……我和你都还不老！’她说：‘不，我再也不干了。’我跟她开玩笑说：‘你不干——我就去搞一个年轻的，跟她生几个孩子……’说了以后我才后悔，西玛大概要生气了……可是西玛没有生气，她一本正经地回答：‘那倒不坏，将来我就当他们的奶奶。我已经是老太婆了，难道你看不出吗？’说完她哭了，听了这番话，我也坐在她旁边哭。她说这样的话就好像寻了短见一个样……我哭着，她倒不哭了，坐在那里一声不响。后来她说：‘怎么样，回家去吧？……’

“你瞧，塔尼雅，生活搞成了这个样子。当然，不是每一家都这样，不过我们家就是这样。你活着回到母亲身边来，这是件喜事，如果可能的话，不要再离开她了……”

“不，瓦西里·彼得洛维奇，假期结束后我要上前线。我已经跟妈妈说了。”

他把手一甩，不跟她争论。他沉默了半晌，然后问：

“你觉得我们的翻砂车间怎么样？喜欢吗？你说老实话！你头一回到我们的翻砂车间简直以为是人间地狱，是不是？人们睡在炉旁的沙堆里，没成年的学徒工在火边走来走去……女人们拼着命干，她们抬着别的搬运工人都抬不动的箱子。是不是？……可是我告诉你，在盖这个翻砂车间的时候，我们就像大旱天盼下雨一样盼着它……前后一共盖了九十昼夜，全厂都巴巴地盼着。主建的工程师佐托夫最后的七天七夜没有睡觉，他爬到屋顶上去检查支架，在那里睡着了摔下来，摔断了脊梁，在车间投入生产前半天死了……我们的翻砂车间还算是好的！在塔什干数得起！也许是高兴的缘故，车间投入生产的时候大伙都哭了：从罗斯托夫带走的最后一批毛坯明天即将用完，今天造出了第一批铸件，怎么能不高兴！我们一天也没有停过工……当将军们和上校们来验收‘喀秋莎’的时候，只听见他们说‘谢谢’和

‘给吧’。给，给……我们就往这个无底洞里不断地给。十一月份把吃奶的力气都使上了，可是十二月份还比十一月增产百分之十！不是为了听几声‘谢谢’，也不是为了吃几个奖励油炸饼，而是为了前线在进攻……我们总算盼到了这一天！现在离罗斯托夫也不远了。我经常按地图量距离。我和西玛决定了：我们暂时不回到那边去。太难受了。不过我还是看地图。

“去年十月有一回我喝醉了酒……在儿子留下字条离家的那一天我没有喝，我等到休息的日子，把还是在罗斯托夫给儿子买的一双鹿皮底白色便鞋拿去换了半公升伏特加，这是我一辈子最后一回喝醉酒。后来我睡着了，梦见牺牲了的大儿子穿着军服跪在我面前……我对他说：‘站起来！’可是他说：‘站不起来，我的两条腿给炸断了……’他跪在那里望着我问：‘你喝酒了？’我不作声，我答不上来。他又说：‘喝吧，喝吧，”于是就用膝盖在地上走路离开了我……塔尼雅，你走后要给母亲写信。最好直接写到厂里，免得失落……”

“瓦西里·彼得洛维奇，我爹究竟出了什么事？”

“你母亲已经对你说了。”

“他有没有错？”

“他自己认为有错。”

“那么您呢？”

“我投了票赞成把他开除党籍。当时没有别的建议。”

“假如他把所有的东西都拿走，恰巧撞见德国鬼子，东西都落到他们手里，这样难道比较好吗？”

“怎样好，怎样不好——这我们不知道，可是他应当把文件和党费带走而他没有带走，这是事实！我确信有些人犯了比这更严重的错误后来照样脱了身，照样怀里揣着党证……可是他全都老老实实地说了出来。他以为把铁箱埋起来好些，结果更糟。当时岂独是他遇到这样的情况？我们亲手制造的簇新的联合收割机被翻倒在反坦克壕前面作为障碍物，一台翻倒在另一台上……车间里一会儿来命令要炸，一会儿又命令不要炸……柱子里凿了孔，车间里放着草垫和一桶桶的燃料，同时作爆炸和放火的准备。或者炸，或者烧……又说德国人已经进了城……那个时候你别想搞清楚究竟是怎么回事……”

“那个时候我记得……”塔尼雅发出一阵叹息。

“管他妈的，请原谅我说话粗鲁，工厂总算迁走了，”苏沃罗夫说，“各车间的拆除工作也不是瞎搞一通，而是尽可能使以后一下子就能找到什么东西在什么地方！六个星期以后，我们在这里造出了头一批产品。当然，用的是原有的毛坯。但毛坯也是运出来的，没有被扔下。至于连累你爹的那个克罗托夫，根据我个人的想法，是个坏蛋，没错。”

“万一不是呢？”

“你怎么怀疑他不是呢？难道你在德国鬼子那里没见过这种人吗？”

“我在那边见过的坏蛋，有一些您想象也想象不到……”

“你在我们车间里讲话的时候，没跟我们提起过这些人，”苏沃罗夫笑道，“你谈的大都是我们的游击队干了哪些轰轰烈烈的事情……”

“不对，我提到过，”塔尼雅说，“我还谈到那些坏蛋怎样被判处死刑，怎样被消灭。”

“这不过是顺便谈到罢了……”

“怎么，难道要我详详细细描写他们不成？我不说你们自己也料想得到。比方说，如果接到命令，我就得陪某一个这样的人喝伏特加，跟着唱片跳狐步舞，忍受他对我的纠缠，设法脱出身子，答应下一回一定让他如愿以偿……然后把气窗打开和关上两次——这是给同志们的暗号：这家伙喝醉了，马上就要单身出门，让他们在拐角上把他干掉……您以为当着大伙的面谈这些事情是愉快的吗？我不愿意谈这是些什么样的人，他们是怎样被打死的。刚才也是一时的冲动才谈了出来。”

“原来你还有这一手！……”苏沃罗夫说，“我还以为你性情挺温和呢。”

“本来是挺温和的，后来完全变了。”塔尼雅说。她还在生苏沃罗夫的气。

她不能原谅苏沃罗夫似乎对她讲话的真实性表示怀疑。是的，她在锻工车间跟工人们谈话时没有把所知道的全部说出来。她没有权利，也不愿把一切都说出来。但她说的每一句话都是事实。关于所有的人，关于他们的英雄气概，关于他们所做的好事，都是真情实况……她谈到了卡希林以及其他的人，也谈到了杰格嘉尔，因为他毕竟是一个名副其实的英雄，至于塔尼雅和他之间的事情，反正跟谁也不相干……

“你别见怪，”苏沃罗夫说，他看得出塔尼雅不说话是在生气。“你在我们锻工车间的讲话其实很好。我不过想逗你一下，你马上就嘟起了嘴……你们游击队里难道都是这样惹不起的吗？”

他握着一个大拳头支住自己长满雀斑的小脸盘，眼睛狡黠地微眯着用疑问的目光望着塔尼雅。看到他这张倏忽间变得年轻的脸，塔尼雅想起了罗斯托夫的那个大院子，想起醉醺醺的瓦西里·彼得洛维奇拿了工资在院子里手舞足蹈，一边和颜悦色地把急于推他回家的西玛的手搡开，一边挑战似的向楼上的窗户昂起雀斑点点的面孔，唱着滑稽突梯的小调。

塔尼雅被回忆引起了微笑。

“你笑什么？”苏沃罗夫问。

但她没有说出笑的原因，因为现在向他——牺牲了两个儿子的父亲——提这些往事，她感到不好意思。

塔尼雅以为，母亲回来一定累得半死，马上就想上床；但不料却是相反。母亲回到家里，迫不及待地要把食堂里那件事情的始末告诉塔尼雅和苏沃罗夫。检查团把那个女主任扣住，哪儿也不让走，把检查情况作了笔录，先请来了民警，然后又请来一位法院侦查员，当场对她进行了第一次审讯，把她直接从厂里带走。这下至少得给她十年徒刑！

母亲讲述着主任偷肉事发的过程，这个女主任很狡猾：当然，她干这样的事已经不是第一次……可是不久以前，在十一月七日那天，她还得了奖状和奖励布票，表扬她工作做得好，她照样收下，脸也不红！就有这等人！像她这样一个大盗窃分子，哪儿在乎这一张布票！她家里一定什么也不缺。已经派人去她家搜查了，明天就能知道搜出了些什么东西……

“也许什么也搜不到，”苏沃罗夫说，“要是偷了什么东西，八成也是藏在亲戚那里。现在他们在这方面的学问可大哩……”

“她有丈夫和孩子没有？”塔尼雅问。

“她丈夫是个少校，不知在铁路上、警卫队还是什么地方供职……经常来来往往。”母亲说。

塔尼雅忽然想起莫斯科那个贩糖的少校。

“也有孩子——两个女孩子，在学校里念书……她总共只有一次把她们带到食堂里来过。她对我说：‘虽然家里没人照料，可我不能把她们带来，免得人家冤枉我偷偷把自己的孩子喂饱。’她在我们面前就装出这副大公无私的样子，这臭婊子！那两个死丫头也都吃得肥肥胖胖的。”塔尼雅的母亲几乎怀着仇恨的心情添上这一句。

“何必这样谈论孩子……”塔尼雅说，“胖就胖吧。难道她们饿得皮包骨反而好吗？”

“你少开口！”母亲把手一甩，“你懂得什么！我下了班累得手脚都没地方搁，还到食堂里去招冤家，为的是每一克份额都不让侵吞……可她却把肉偷到家里去。真是没良心的婊子，还能管她叫什么？”

“得了，你安静一下吧……要给你把茶热一热吗？”

“不要紧，我喝温的也可以……”

母亲拿起一片塔尼雅切好的黑面包咬了一大块，喝一口茶，然后用变得轻微而温和的声音说：

“我没来的时候你们在这儿坐很久了吧？谈些什么来着？”

“没谈什么，”苏沃罗夫站起身来说，“我把我们厂里的事情告诉她，她谈了他们的情况。反正半斤八两，战争到处都像鞭子抽打着人们的脊梁。”

“他们的日子究竟要比我们艰苦。”塔尼雅的母亲看看女儿，想到再过两个星期塔尼雅又要上战场去了，她又感到心惊肉跳，这不知已经是第几回了。

“算了，”苏沃罗夫说，“战后，只要大家还活着，自己人好算账。”说完，他把大衣披在肩上，走到院子里去了。

“西玛告诉我，今天尼古拉到厂里去找过你，不知有什么事，”苏沃罗夫出去才把门关上，塔尼雅的母亲就急忙说。她想趁屋里只有她们母女俩的时候把这件事谈一谈。

“我见到他了。”塔尼雅说。

“怎么样？”

“没什么。我已经对你说过，我跟他再也没有任何关系。”

“我不管你说过没说过……他到底还是把你找到了？”

“找到了。”塔尼雅长叹一声。

如果塔尼雅不把直到现在还不愿意说的话告诉母亲，她们俩无论怎样不可能互相了解。

“你们谈了些什么？”母亲又看了看门，匆匆地说。

“他在秋天结了婚。”塔尼雅满不在乎地大声说，她为自己突然下了决心感到高兴。

“什么？”母亲以为自己听错了。

“你没有听错，他在这里塔什干结了婚。”塔尼雅又说了一遍，她看到母亲茫然若失的神情，甚至有点儿幸灾乐祸。她明白，今天夜里她们少不得要作一次关于尼古拉的长谈，但无论如何这次谈话总是最后的一次了。

外面的苏沃罗夫走到门前，但是没有立刻进来，可以听到他在门口擦去靴底的泥巴。

母女俩默默地等着他进来，塔尼雅怀着轻松的感觉，母亲怀着不满的心情。

“我看了一下天色，明天早晨大概又要出太阳了。”苏沃罗夫进来说，他凝神望望突然沉默下来的母女俩，但什么也没问。他把大衣卸下，坐到床上，一语不发地开始脱去靴子。

第四章

早晨果然出了太阳。母亲和苏沃罗夫天还没亮就到厂里去了，塔尼雅一个人还睡了好久，直到阳光穿过窗子逼射到她眼睛上才醒过来。

她起身以后，从照例用破衣服裹起来、上面再盖一个垫子的茶壶里倒了点温茶喝，吃了一只奖励油炸饼，——这是母亲自己舍不得吃从厂里带回来的，昨天晚上没有硬塞给女儿，免得互相推让，早晨才给她留下。

现在一个人坐在这间屋子里，塔尼雅开始考虑走的问题。假期差不多还有两个星期，以后母亲又得一个人过日子。还在她到达塔什干的第二天，当母亲在屋里用木盆洗澡的时候，塔尼雅看到母亲如此枯瘦就吓了一大跳。在这些日子里，塔尼雅不断地强迫母亲吃得好一点，把自己带来的罐头一个又一个地打开……昨天又凭供应证领了点食物……可是往后呢？她走了以后怎么样呢？把军饷汇来？钱现在买不到多少东西……母亲老是安慰她，说人们还有生活得更坏的。更坏的也许有，但最坏莫过于孤孤单单一个人过日子……对，趁自己还没有走，今天就得到旧货市场去一趟，把阿尔杰米耶夫送的东西一下子全部换成大米给母亲。否则，要是把东西留下，母亲也许不肯去换；母亲宁愿自己吃不饱，也会把东西保管起来，她会这样想："等塔尼雅下一次回来再拿去换。"

塔尼雅从床底下拿出那只在路上和到了这里以后始终没有动过的背包，叹一口气把它解开，把东西取出来。背包里的冬装只有一袭蓝色哔叽的上衣连裙子，还是全新的，穿也没有穿过。"这件衣服一定能换不少，"塔尼雅心想。其余的都是夏季衣物：一双船形鞋、一双透凉便鞋、两件印花布布拉吉、两件女式无袖长衣，另外还有一件胳臂和脖子袒露的绸料布拉吉。

塔尼雅想起玛莎曾对她说过，她和辛佐夫在辛菲罗波尔才下火车就得悉战争爆发了。

“她带了这些东西去过假期，可是一件也没来得及穿。”塔尼雅想到玛莎的时候，怀着一种对人的死亡感到习惯的观念，这种观念在她思想上早已牢牢地形成了。

她把东西放回到背包里去，但在把一件绸衣和一双船形鞋拿到手里的时候停留了一下。尽管衣裳给弄皱了，她还是想看看自己穿上这件布拉吉的模样。这时候她觉得自己似乎从战前开始就没有穿过布拉吉，虽然事实上并非如此。在斯摩棱斯克从事秘密活动的时候，她就是穿的便服，甚至还有一袭漂亮的布拉吉，塔尼雅常常穿了它到德国军官俱乐部去跳舞，有一次还穿了它去参加索菲雅·列昂尼陀芙娜的一个邻居的命名日宴会，和那个邻居的亲戚舒立克跳过舞。这个舒立克是一名伪警察，后来塔尼雅帮助同志们把他处死了。

但她还是不觉得在斯摩棱斯克的时候穿的是便服。穿这种衣服在那里只是一项任务，跟化装差不多。当时她痛恨那件漂亮的布拉吉，一心盼望回到森林中的游击大队里去……很可能由于这个缘故才突然发生了她和杰格嘉尔的那件事，因为她饱尝了地下活动的滋味，老是像裹在包袱里似的缩做一团……回到队里以后，她想把全身舒展一下，四肢活动活动，她想笑，想唱，想爱人们，并且告诉人们说她爱他们。那时正当夏季，八月里，天气是那么温暖、晴朗，夜里是那么美……

她第一次执行任务恰巧是和杰格嘉尔同去，谈到杰格嘉尔，大队里人们都说世上没有比他更大胆、更走运的人了。在那次炸桥行动中，塔尼雅自己也看到了他是多么大胆，至于运气好，她也相信，因为桥炸响后德国人用迫击炮朝树林里乱轰，一大块弹片像一把刀子把杰格嘉尔头上的制帽也削掉了，可是他只有头部被擦伤了一点点。当然，血流得很厉害，那时塔尼雅给他包扎了好半天……

后来他们深入林子，没有走到根据地就开始宿夜。他们还在林中一条小溪里洗了澡，洗得有些冷了，她就和杰格嘉尔两个人离开其余的同志坐在溪畔的斜坡上。她问他脑袋疼不疼，可他对自己的伤势毫不在意，对于塔尼雅这样问却觉得可笑，他说，通过这一天他永远地爱上了她，还说从此再也不能把他的爱情从头脑中排除出去。

当时塔尼雅也觉得自己似乎爱上了他的勇敢、英俊（他的确很漂亮）以及藐视自己伤势的硬派作风，当塔尼雅给他缝创口的时候，他一声也不吱，只是抽着烟问："怎么样，医生？希望针脚要整齐，就跟打字机打出来的一样……"

是的，杰格嘉尔和她遭遇上的时候正好是她离开地下工作以后，那时她忽然变得头脑似乎失去了主宰——她幸福，轻率，对所有的自己人都无限地信任。走在树林里她简直想跳跃，想仰首望天，想站在白桦树旁用腮帮在树干上摩擦。

当时他一点也没有费力气说服她，他后来在人前吹夸，说花了一个晚上总算把她制服了。这是胡说。是她自愿迎上去的。那天夜里跟他在一起的时候，一切她都知道，完全没有假装糊涂。

实际情况就是这样。后来她向他表示不愿让大家知道这件事，他说："那自然。"回到根据地以后，她还和他到树林里去宿过两夜，后来他们又一起去执行一项任务，又宿了一夜。以后，有一次他一个人去执行任务，塔尼雅担心他会出事情，一直过了六天，都以为他出了乱子，他才回来；塔尼雅老远就看见他，他也看见塔尼雅。塔尼雅在他可能来的一个地方徘徊到半夜，可是他没有来。她想他执行任务以后一定累了，大概在睡觉，所以暗暗骂自己不该生他的气。但第二夜他还是不来，到了第三天遇见塔尼雅的时候，他若无其事地点点头。晚上，大队里一个女人来找塔尼雅，这个女人相当好，可以说非常好，不过据说她对男人们心肠太软了，她来告诉塔尼雅说：

"昨天杰格嘉尔来找我。我料想你在等他，所以问他：'你来做什么？'他说：'我同她不过是逢场作戏罢了。我跟杜基科夫在她身上打了个赌，我说她根本不是神圣不可侵犯的，只要有机会让我们两个人在一起，我略施小技就能管教她属于我……'"

塔尼雅早就知道这个杜基科夫，她初到队里，还在搞地下活动以前，就不喜欢他。那个人虽然也勇敢，但生活腐化，那时他就跟塔尼雅纠缠不休。现在听到这个女人说，杰格嘉尔恰恰是跟这个杜基科夫打的赌，塔尼雅始而猛吃一惊，继而变得麻木不仁地相信事情的确如这个女人所说的那样。只是这个女人为什么要告诉她呢?

“你干吗要告诉我呢?”塔尼雅问她。

“我觉得你可怜。我不愿你白白为他苦恼。你别生我的气。”

“我不生你的气!现在他在哪儿?”

“不知道。”那女人说。

于是塔尼雅去找杰格嘉尔。他远远就看见了她,但装做没看见的样子走到男人们住的土窑里去。塔尼雅在这座土窑外面转来转去等了一个钟点,她必须立刻和他谈一谈。当他走出来无法再假装没看见她的时候,只得堆着笑脸说:“你好!”并向她伸出手来,塔尼雅也把手伸给他,因为他毕竟是她的战友,然后问:

“这一切只不过是你和杜基科夫打的一场赌罢了,是不是?”

根据她的脸色,他明白撒谎是没有用的,只好硬着头皮承认:“是的,跟他好像是有过这么一回争论,不过我们男人之间是这样胡闹惯了的!你别太介意。”

她想给他一个耳光,但她没有打,因为他终究是她的同志,所以只说了一声:“那就再见吧!”说完就走。但他追上了她,从后面抓住她的胳膊,扭转她的身躯,充满了自信,慢慢地使劲把她搂到自己怀里,低下头来准备吻她。这时她才抽出一只手打了他一下,虽然他是她的同志。她用力过猛,手的侧面打在他眼睛上。他用一只手捂住一只眼睛,身体晃了几下。她转身就走,头也不回。

她大概是有点儿不正常,也许她当时觉得太幸福了,反正不同于她耳朵听到的和书上看到的旁的女人。她生活中已经第二次发生这样的事:她和一个似乎是她所爱的人同居,但这个人忽然在她眼中变得又愚蠢,又可鄙,于是她对他的感情立刻半点也不剩下。她已经不能想象如何跟他生活下去,所以当他把她拉到自己身边向她俯下身来的时候,她一点感觉也没有,只觉得胳膊被他握紧的地方疼得厉害,只觉得他那频促的呼吸讨厌透顶,甚至突然感到他的呼吸也是卑污的。

杰格嘉尔想必对她怀恨在心,因为几天以后她偶然经过一个地方,听到他坐在火堆旁边向另外几个男人说一些不堪入耳的大话。那时卡希林曾经把他叫去,要他别再“广播”,后来还把塔尼雅叫去问：“有没有这回事？”她反问他：“您问这干吗？”卡希林说：“是这样的：要是有的话，我把他骂了一顿也就够了；要是没有这回事，我要处分他。”塔尼雅说：“有，但再也不会有了。您不必再考虑这件事。”

又过了一个星期，德国人开始向森林里发动攻击，杰格嘉尔被放在拖架上拖了回来。他已失去知觉，腹部被炮弹打穿了。塔尼雅从他的内脏里取出手指头那么大一块弹片，把炸坏的肠子截短缝合，为了救他，她做了所能做的一切，但他始终没有恢复知觉，当他终因失血过多而死去的时候，塔尼雅把他当作一个同志，当作大队里最勇敢的队员之一那样为他感到惋惜。后来，死亡、重伤、手术接踵而至，每天得从一个地方转移到另一个地方——足足有两个星期。在冲出包围圈以前，那简直是真正的地狱生涯，她几乎没有想过杰格嘉尔，也没有时间想。后来得到了喘息的机会，她开始怀着淡漠的心情想到他，又怀着过时的懊丧想到自己；现在这个人已经死了，他们之间发生的事情，除了责怪自己，更怨不到任何人。

回忆无论怎样遥远，总不至于毫无意义。甚至其中似乎已经没有下文可续的，也会突然重临，并开始获得某种意义。

现在塔尼雅又想起了杰格嘉尔，这一点对她来说意味着：不管她和丈夫之间以及和杰格嘉尔之间发生过什么事情，这并没有使她失去爱的需要，没有使她失去为自己以及另一个人开创幸福的需要。“开创幸福”——这样的话是不说的。通常只说开创奇迹。不去管它，反正她在心中正是这样默念着：开创幸福！……

她拿起那件绸衣贴在身上，在墙上的一面镜子前站了几分钟。那面镜子原来是穿衣镜侧面的一扇。塔尼雅照着镜子，想起苏沃罗娃说过：“我把它从罗斯托夫家里的穿衣镜上拆下来放在箱子里，心想，我要用它照照自己……”

塔尼雅把布拉吉贴在身上，一边盘算着怎样把下摆缩短，腰身需要改小多少，仿佛真的打算这样做似的。

她向着镜子微笑，笑自己中意的蓝色花纹，也笑自己那些婆婆妈妈的傻念头，然后把布拉吉一折为二，再折为四，和船形鞋一起塞进背包，准备上旧货市场：穿上棉袄，裹上母亲的一条头巾，她不愿穿着军服上旧货市场。

有人大声敲门。

“请进！”

一个飞行员走进房来，他穿着软底毛靴，靴筒翻得很低，几乎齐踝子骨，头上戴着飞行帽，像猎狗似的晃着两只长长的帽耳。

“我找军医奥弗夏尼科娃。”飞行员说话带有土音，他看着塔尼雅的神气好像她绝对不可能是军医奥弗夏尼科娃。

“我就是。”塔尼雅说着从头上撂下头巾。

“那就让我们来认识一下吧！”飞行员向她伸出手来，“我姓曼苏罗夫。”

他又黑又瘦，年纪很轻，军大衣的浅蓝色领章上缀着表示少尉军衔的小方块领花。“恐怕要比我小五岁，”塔尼雅心想。她等着对方往下说，因为完全不知道这位乌兹别克族飞行员的来意。前天玛里宁对她说过，某部队是和工厂挂钩的辅助单位，他们那里希望塔尼雅去讲讲话。会不会他就是那个部队派来的?

“假如您愿意跟我们坐飞机走，明天上午六点请到军区司令部，”飞行员说，“后天我们把您送到顿河方面军司令部，然后您自己到目的地去。”

“等一下，”塔尼雅说，“我还没有弄清楚。”她在头脑里迅速地把所有这一切综合起来——莫非这就是谢尔皮林对她的信的答复？但她不敢相信这个猜测，因为这太像奇迹了。

看着她讶异的神情，飞行员笑了起来。

“您在军区卫生部登记过没有？”

“登记过。”

“我们把三十一集团军参谋长要求调您的信送到了军区卫生部。”

“那是谢尔皮林写的！”塔尼雅叫了起来。

“姓名我不知道。机长昨天把公文交给了军区卫生部主任本人，说如果决定派您去，明天我们可以把您带走；这次我们要从厂里开走三架飞机。卫生部主任旅军医官告诉机长，等他把您叫去谈一谈以后您再走。机长在庶务科抄了您的地址，命令我一早把您找到，并且通知您，调您的公文在旅军医官那边。”

“太谢谢您了，”塔尼雅紧紧握着少尉的手说，“您是怎么找到我的？”

“我在天空中和地面上都能辨别方向，”少尉笑了，“加上我是本地人，是在这儿别沙加奇出生的。父母就住在附近。怎么样，您估计是否能跟我们飞走？”他豪爽地问。想到这个年轻的女人将和他们同行，他很兴奋。

“当然跟你们一起走！”塔尼雅说，她甚至没有考虑一天工夫怎么来得及办妥一切，也没有考虑母亲知道了会怎么样。“您现在上哪儿，去市中心吗？”

“对。”

塔尼雅向背包斜瞥了一眼，把它塞回到床底下去。

“我跟您同路。我马上就到卫生部去。”

她脱下棉袄，不因少尉在场而怕羞，甚至根本不考虑这点，自顾把椅子上的军便服拿起来套上身，穿好军大衣，在军大衣外面束上腰带。

“您先走，我就来。”

塔尼雅还逗留了一分钟，朝镜子里匆匆看了一眼，检查一下证件带了没有，锁门的时候重又想到母亲，——这次比第一次考虑这个问题时心情要沉重得多，——她想到明天晚上飞机将在离此很远很远的地方飞行，而母亲下了班回到这间屋子里，又将一个人躺到自己的床上。

飞行员和房东哈丽达站在院子里，哈丽达正在用乌兹别克话快得像念绕口令似的向他说着什么。她的脸色气得发白，塔尼雅从来没见过她这样，而飞行员却现出窘迫和顺从的样子，他什么也不回答，只是站在那里频频点头，嘴里重复着：“霍普，霍普，”——那就是表示同意哈丽达对他说的话。“霍普”的意思塔尼雅已经懂得。

看到塔尼雅以后，哈丽达从飞行员那边扭过头来，跟平时一样向她亲切地微笑。她的脸一下子又变得跟往常一样——平静而忧郁，虽然带着微笑。

“她狠狠地骂我不该来找您，”和塔尼雅一起走出院子以后，飞行员说，“她说我不该来，不该跟您说了一通话就要把您从母亲身边夺走。她说我给这一家带来了大不幸，我是个恶客。我们这儿老一辈的人管这样的来客叫做‘舒姆-卡达姆’。”

塔尼雅只叹了口气——她又能说什么呢？后来她问：

“您跟她认识？”

“当然认识，我跟她是街坊。要是我们家办喜事，我们就请她；她办喜事，她也请我们。我母亲的大舅母是她的姨丈的妹妹。”他笑了起来，“我们乌兹别克人亲戚多得不得了，老一辈的人什么关系都讲究，谁也不忘记。”

他们走在旧城的一条小巷里。小巷一边的背阴处还有积雪，另一边肮脏的雪水在阳光下顺着坡势潺潺地往下淌，一些乌兹别克孩童穿着破旧的褂子，敞襟袒胸蹲在水中，用棒把水划到前面集中起来，再把水分成一股股细流。

“瞧，真是些米拉勃[①]！”飞行员说着笑出声来。

塔尼雅虽然不懂“米拉勃”是什么意思，但她也跟着笑，并且把一只脚踩在水里把小河拦腰截断，看雪水泛起泡沫从靴面上流过去。塔尼雅的确有理由高兴：谢尔皮林接到了她的信，没有把她忘掉；飞行员们也没有把公文送到卫生部了事，而且还特地来找她。加上这一天又是如此温暖和晴朗！她明天就可以飞往前线，飞往斯大林格勒郊区。还需要什么呢？问题就是妈妈……

“您怎么得的勋章？以前您是不是在我们战线上打仗？”少尉问。他在塔尼雅穿军便服的时候就注意到了她的勋章，暗暗纳罕：红旗勋章是不多见的，何况在一个女人身上。

“不，”塔尼雅说，“以前我在游击队。您是几时离开顿河战线的？”

“三天以前。在阿克秋宾斯克过了一夜，到此地才第二天。”

“那边的情况怎么样？”

“自从一月十日德国人拒绝了最后通牒，每天有几千门大炮在轰他们，震得地动山摇，现在他们的寿命不长了，”少尉说，“我们飞走

---

① 中亚一些国家司水利灌溉的官员。

的时候，他们最后的一个机场也落到了我们的炮火下面。现在他们只能靠空投，这日子就不好过了！不过战斗还很激烈。”

少尉很想给这个佩戴红旗勋章的年轻女人留下一个印象，其实他毋需花太大的力气。塔尼雅听得津津有味，甚至有好几次在半道上站住，后来上了电车，她也老是紧跟着往他那边挤，生怕漏听一句话。他谈的有关顿河战线的情况——德国人有好几个集团军陷入了包围，法西斯强盗已经走投无路，我军每昼夜要打下他们三十架“容克斯”，——这一切虽然战报上都报道过，但是直接从刚打那边飞来的人嘴里听到，毕竟觉得新奇。

他们下了电车，在卫生部门口分手。从少尉的神情可以看出，他是多么希望塔尼雅一切顺利。

“万一他们打官腔，您要坚持。机长亲自把信交给了主任，还要他在回执上签了字。”

“您放心，我一定坚持，明天六点钟见。”塔尼雅说，她已经把一扇很重的门推开，还向他挥了挥手。

卫生部主任不在，副主任塔尼雅在到达塔什干的第二天见过一次，他说，他很乐于帮助她，但是无能为力，因为信在旅军医官那里。

一直等了两小时，塔尼雅担心事情今天办不成了，那时全盘计划将告破产，就只好坐火车走，——正在这当儿，旅军医官终于出现了。他顺着走廊走过来，塔尼雅立刻站起来向他招呼，请求接见。

他向她的脸上斜瞅一眼，没有站住，也不答话，过了十分钟把她叫进办公室去。

“请坐，”他说，“这里有一封谢尔皮林将军给我的信。他对您的战斗经验评价很高，请求把您派到他那里去继续按专业听候调遣。我不能把这看作为一种正式要求；但如果您本人有这样的愿望，那我可以考虑……尤其因为要去的地方是顿河战线。”旅军医官脸上掠过一丝笑意，“我吩咐把您的材料拿来了。”他用手拍拍一些文件。“目前您在病假期内，二月一日您应当接受复查，那时将决定在您经过手术以后是把您复员，还是局限使用范围……”

“为什么要局限使用范围?！”塔尼雅说，“我完全健康！我的手术也很顺利。作为一个医生，我自己明白！”

“我知道您是医生，”旅军医官用手掌在文件上生气地拍了一下说，“但我还是认为有必要再一次亲自向您说明，在复查以前您有权利度您的病假，不接受任何调遣。”但他不容对方分辩，又接着问：“闲话少说，要不要给您开调任令？”

“谢谢您，旅军医官同志！”

他把谢尔皮林的信拿到面前，用红铅笔在上面作了批示，然后按一下装在桌上的铃。

一个年老瘦削的技术军需官应铃声进来。

“给她办一下调任手续。”旅军医官对他说。然后又转向塔尼雅：“您跟这位技术军需官去。祝您战斗幸福！”

他站起来向塔尼雅伸出一只手。他没有另一只手，军便服的袖口翻到近胳膊肘的地方缝合着。跟塔尼雅告别时他既没有说“我羡慕您”，也没有说“我愿意处在您的地位”，某些人在这种场合喜欢说的废话他一句也没有说。

一小时以后，塔尼雅已经在工厂通行口向值班警卫出示玛里宁吩咐发给她的临时出入证。她寻思着：“前天才发给我，可是今天已经是最后一次用上了。”

值班警卫是熟人。塔尼雅曾在他当班的时候和他交谈过两次。大伙管他叫米沙叔叔，年纪五十开外。别看他年纪大，他已经应召上过战场，不久以前刚从军医院回来，一条腿给截短了五厘米。

交验出入证的时候，塔尼雅忍不住把明天要飞往斯大林格勒的事最先告诉了他。

“哦呵，去斯大林格勒！”值班警卫说，“那么祝你顺利！”他慢悠悠地向她伸出手来，脸上的神情仿佛在说：“瞧你高兴的样子，可是你能不能从那边回来，你不知道，我不知道，谁也不知道……”

塔尼雅捉摸到在他脸上闪过的死亡的阴影，她在这一天里第一次想到自己可能被打死。

翻砂车间里忙碌非凡：为了使流水线不致中断，正在准备浇铸用的土模。塔尼雅好久没法走近母亲，只能远远地看她和另外一些女工在紧张地准备最后一批土模。直到开始浇注钢水，母亲才和另外几个女工一起退到旁边，在山也似的一堆矿渣上坐下来，疲惫不堪地用手背擦擦脸，她把手放下的时候，才看见塔尼雅。

“你呆在这儿好久了吗？”

“不，没多久。”

“你来干什么？昨天你说要上旧货市场……”

“我回头再去。我来找你，一会儿就走……”

“什么事？”

看着母亲和另外几个女工工作的情形，塔尼雅在这半小时内考虑过几种不同的方案，如何转弯抹角地向母亲说明：她明天就要上前线。但这些方案现在一下子都从她头脑中逃跑了。

“妈妈，我明天早晨六点钟要上前线，坐飞机走。”

母亲一句话也不说，只是又一次用手背揉揉前额和眼睛，然后把手放下来，用惊讶的目光看着塔尼雅，仿佛刚从睡梦中醒过来，弄不清发生了什么事。

“妈妈，你不要生我的气，”塔尼雅说，“谢尔皮林将军通过卫生部调我来了。明天有飞机直接飞往斯大林格勒。”

母亲瑟缩地两臂互相抱住交叉迭在胸前，闭上眼睛，身体微微向左右摇摆了几次，一语不发——也许她弄不清发生了什么事，也许无法控制自己的感情，也许竟是觉得一阵虚软，头晕了。

塔尼雅不安地坐到她身旁，肩膀紧紧地挨着她。

“妈妈……”

母亲还没有睁开眼睛，身体又从塔尼雅旁边晃开，然后再向她晃过来，然后又晃开去。后来，母亲睁开眼睛，一张给泥土和煤灰弄得稀脏的脸转向塔尼雅，她问：

“后天不行吗？”

塔尼雅说不行，因为只有明天有飞机，要不然就得长途跋涉乘换好几次火车才能到达。

母亲点点头，说：

“对，对。那当然。我明白……”

但是，尽管她嘴上说“对”“当然”和“明白”，这只是表面现象：她明白明天有飞机，后天没有飞机；也明白坐火车时间长，又辛苦，不是办法。但是另外一点、也是最主要的一点她还是想不通。她想不通，明天这个时候她又将一个人留下，而塔尼雅不在这里塔什干了。至于塔尼雅什么时候再来，会不会再来，这谁也说不上，因为谁也不知道。

“嗨，伊凡诺芙娜！”一个女工在叫她。

别的女工都已经站起来走到车间另一头的制模场去了，那里需要为下一次浇铸准备土模。

“我就来！”母亲答应一声从矿渣堆上站起来，勉强把腰挺直，她的动作十分费劲，老态毕露，使塔尼雅心如刀割。

“妈妈，我到旧货市场去一次，另外去试试能不能凭供应证提前领一点吃的，然后再来接你，好不好？”

母亲默默地点点头走了。

“妈妈，”塔尼雅赶上去说，“你可别生我的气。”

母亲转过身来向她看看，由于悲伤过度哭喊无力，所以反而用平静的声音说：

“我不生你的气……有什么气可生的……你要了我的命。”然后转身走去。

塔尼雅目送母亲去远，自己在原地茫茫然站了几分钟才走开。她还在寻找措辞回答母亲末了那一句话，但是找不到，因为那句话很难回答，也无法回答。

一个俄罗斯少年和一个乌兹别克少年在厂里的铁轨上推一辆满载废铁的小斗车。乌兹别克少年回头看见了塔尼雅，转向俄罗斯少年说了些什么关于她的话。俄罗斯少年也回过头来看她。

“再到我们宿舍里来一趟吧！”他喊道，“我们新买了几只喇叭，昨天第一次吹！”

塔尼雅什么也没回答，只向他们笑着挥了挥手。

上次她到他们宿舍里去，从列宁格勒技工学校来的一些艺徒抱怨厂长不肯给他们买管乐器。在列宁格勒的时候，他们有一支乐队。虽然这支乐队现在只剩下了四个人，其余的都死了，但厂里有此爱好的艺徒很多。他们发牢骚是有策略的，要使陪塔尼雅一同去的玛里宁在这位从前线来的女同志面前感到惭愧，因为他和厂长答应给他们买乐器的话老是不兑现。

“到底给买了，”塔尼雅心想。她这才想起应当去向玛里宁辞行。不单是为了辞行，还要和他谈谈母亲的事。关于母亲的事该和他谈些什么，塔尼雅还心中无数。但总得想办法使母亲不致过于伤心，尽管塔尼雅不知道玛里宁有什么办法，恐怕他也未必有办法。

玛里宁不在党委会。值班干事先是说他很快就要回来的，后来忽然想起今天工具车间有大会，玛里宁在那边。塔尼雅就上工具车间去找，但大会已经结束，那里的人说玛里宁在第一机工车间。塔尼雅向在工厂另一头的第一机工车间走去。可是在那里也没有找到玛里宁——据说他来过以后走了。

塔尼雅决定傍晚来接母亲的时候再找他，于是掉转方向正想朝着工厂大门外走，蓦然间看见了玛里宁。他慢慢地穿过空地，大概准备回党委会去。他一个人走着，搭拉着脑袋，一步一步费力地把穿着厚油布高统靴的脚从泥浆里拔起来。

“阿历克赛·金尼索维奇！”塔尼雅赶上来叫他。

“什么事？”玛里宁和她握了手，一边继续走，眼睛看着脚下。

“阿历克赛·金尼索维奇，明天我就要上顿河战线。调我的通知来了。明天有飞机直接飞往方面军司令部，他们答应把我带走。”

“那么恭喜你了。”玛里宁终于向塔尼雅抬起头来，“已经向母亲报喜了吗？”

“我说了。”

塔尼雅直盯着他看，她还没有开口，玛里宁已经明白了她的请求。

“好吧，”他说，“我全明白。经常给她写信。不管信到得多慢，只要经常写，也就经常有信到。我已经向好几个人正式提出质问，要求他们往家里写信，别稀里糊涂的。你注意，不要让你所在部队的政委收到这样的质问信。”

“您怎么说的！我要是坐火车走，在路上就写信。”

“路上倒不必写。那是多余的温情。”

“我一定经常给妈妈写信，”塔尼雅说，“不过开始一个时期您也得给她打打气。她今天很……”塔尼雅摇了摇头，不再往下说。

“你应该意想得到……”玛里宁说，“她也许把全部希望都寄托在你不走这一点上。虽然你对她说过要走，可是她还抱着万一的希望：说不定不来调你，或者留在本地工作。你到底是个女人家，不是男人。她不是瞎子，看得见这里也有穿军大衣的大夫，并不是所有的人都在前线……甚至还有连军大衣也不穿的。可是你劈头就说：明天要飞走。从你脸上看得出你心里高兴。这被你母亲也看出了，你不用哄我。你想，她能不伤心吗？”

当玛里宁说“还有连军大衣也不穿的”这句话时，塔尼雅觉得他好像在指她过去的丈夫。

“阿历克赛·金尼索维奇，科尔钦来过了吗？”

“怎么，他找你诉苦啦？我猜对了是不是？你觉得奇怪吗？他这个人我能一直看到骨髓。他怕死，又不懂得怎么活。他害怕我把他弄到免役证的丑史揭发出来，所以跑去找你啦。”

“您只是吓唬他一下还是怎么样？”

“干吗虚张声势吓唬他，”玛里宁不悦地说，“我的生命可已经没有时间留出来玩这样的鬼把戏。怎么，你真的想为他说情吗？”

“不，”塔尼雅说，“我只是这样想：他到前线去有什么用？”

“不，不！这种想法不对头。到了前线自有工作派给他。要是把你这种哲学发挥和公布出来，那一定有很多这样的宝贝说：‘我衷心乐于为国效劳，就是怕成事不足！’没关系，会成事的！……”

“这种人究竟是从哪儿来的？”塔尼雅说。她的声音轻微，若有所思，好像在把自己和这个人过去的关系再一次作全面的回顾。

“大家从哪儿来，他们也从哪儿来，”玛里宁说，“有意思的倒是：像你这种人是从哪儿来的？”他停下来正眼望着她。“哪来这样的蠢女人会嫁给这样的男人？有他这种人并不奇怪，而像你这样的傻瓜倒是不多见的。”

“对，我是傻瓜……”塔尼雅顺从地说。

“关于母亲的事你不用担心，”他们又默默地走了几步路以后，玛里宁说，“我一定把她记在心上。当然，她是太辛苦了。一个半饥不饱的人做完了一班，还要到伙房里的菜锅和面包周围去值班监督，这不仅需要有良心，还得有性格。可是有什么办法呢？我们那个食堂主任出了事，你听说了吗？母亲告诉过你没有？”

“告诉了。说要判她十年徒刑。”

“这么说，我们的妇女在法院开审以前就把她判决了。”

“法院就要开审了吗？”

“不知道。干这件事的不止她一个人。还有三个投机倒把分子给逮住了，今天又把她男人从火车上抓了下来。他带着纺织品。他从伏龙芝贩糖，从这里贩大米，从莫斯科贩纺织品。”

“他真的是少校吗？”塔尼雅问，她想起了自己昨天第一次作出的猜测：会不会这就是她在莫斯科看到的那个贩糖的少校？她甚至希望这恰巧就是那个人，希望除了他世界上再也没有这样的人。

“据称是少校，”玛里宁说，“跟他没什么可啰嗦的。他将被扯去领章，交军法审判，从严处分，用惩戒营代替坐牢——立刻送他上战场！可是这个坏蛋还有孩子。只得由孤儿院收养。还得向她们解释，她们的母亲在哪儿，她们的父亲在哪儿，为什么我们把她们变成了孤儿……而且非这样做不可。算了，不谈这些。那么，你明天要飞走——这不再变更了？”

“不再变更。”

“遗憾。本来我打算明天再利用你一次。苏联英雄拉希姆·阿赫美多夫中士，是本地塔什干人，他负了伤来短期休假，从前天开始到好些工厂去做过报告；据通知，明天休息时间他将上我们这儿来。可能中央委员会的书记优素波夫会亲自用车把他送来。我原来准备在这次欢迎会上让你也讲讲话。现在算了，你走吧！就像俗话所说，你现在已经是泼出的水。”玛里宁紧紧握着塔尼雅的手，看看周围泥浆泛滥的空地，忽然说：“你把我也带到前线去吧，好不好？……”

他的话中充满了怅惘、倦意和骤然迸发的上前线的愿望，——他愿意抛开一切，把生命投入火中，必要的话让它在一昼夜内烧掉，但要发出爆音，不要空冒黑烟，——他的语调甚至使塔尼雅打了个哆嗦。

“我当然乐意，阿历克赛·金尼索维奇。”她茫无所措地说，心里根本不知道对这样的话该如何回答。

“你乐意，我也乐意，”玛里宁说，“我们乐意做的事情只能留到战后再考虑。祝你幸福。”他再一次紧握塔尼雅的手，然后拱着宽阔的肩膀，两手抄在背后，转身向党委会走去。

第五章

扎哈罗夫走进木屋时，有一个娇小的女人从角落里一张条凳上站起来，他向那个娇小的身影匆匆投了一瞥，一边走，一边脱去披在肩上的大衣。副官迎上来帮他脱衣服，扎哈罗夫问道：

“参谋长在吗？”

“在。”

“没有旁人？”

“是的。”

扎哈罗夫推门走进里屋。

谢尔皮林面对地图坐在桌旁，眼睛里露出不悦的神色抬起头来：他曾经命令副官在十三点以前除非万不得已不要让任何人进来。

“你好，不必站起来。”扎哈罗夫使劲握了一下谢尔皮林的手，在他对面坐下，“今后你打算跟巴久克建立怎样的相互关系？”

“建立集团军参谋长和司令之间应有的关系。”

“去你的，”扎哈罗夫说，“我讲究的不是形式，是实质。”

他自己刚刚和巴久克谈过话，闹得面红耳赤，气还没有消。起初他决定把参谋长叫去，后来改变主意自己来了——想着重表明问题不在于形式。

“我还得在你们之间作多久的调停人？！这个角色并不适合我扮演。”

“总的说来，关系还算正常。”谢尔皮林说。

扎哈罗夫皱眉看着他。有一会儿工夫两个人都不作声。

谢尔皮林说的话基本上接近事实。出乎意料，他和巴久克工作还合拍。倒不是因为谢尔皮林避免摩擦，恰恰相反，那是两次尖锐冲突的结果。

第一次冲突以后——那时还未开始进攻，——巴久克曾试图摆脱他，但方面军司令部没有点头。

第二次发生冲突时我军已经在进攻，方面军司令在听汇报的时候一开始就支持谢尔皮林坚持的那个方案，当时谢尔皮林半句也没有提到巴久克曾经赞成另一个方案，甚至连眉毛也没扬一下。巴久克很器重这一点，他相信参谋长纵然不肯轻易让步，但不会暗箭伤人。

此后一切好歹都还算正常——直到今天早晨。

巴久克情绪急躁，他一定要抢在兄弟部队之前最先把德军截断，并与斯大林格勒市区的六十二集团军会合。昨天傍晚他就到落在后面的某一个师里去亲自督促，他为呈楔形突出在前的一一一师暴露了翼侧而担心。他要求它左右的两个师天明以前天打雷劈也要与它拉平。

可是夜里，那时巴久克已经到左翼去了，右翼另一个师的师长报告说，火力侦察证明德军防御坚固，在原定突破德军防御的限期内他完不成任务，因为炮兵部队来不及调集，弹药也供应不上，所以请求谢尔皮林再给他六七个小时进行准备。

“那么您原来是怎么考虑的呢？”谢尔皮林问。

“暴风雪把计划打乱了。”

但这顶多只是真相的一半。问题不完全在于暴风雪。问题在于性格——师长没有勇气当时就向司令指出他要求的期限是不现实的。

“等着吧，我跟司令联系上了就打电话通知您。”谢尔皮林生气地回答后，就开始寻找巴久克。

但是巴久克的汽车却因为那一场暴风雪不知在什么地方抛了锚——他离开了一个师，但没有到达另一个师。参谋长只得自己把责任担当起来。

谢尔皮林心中认为，从目前的情况来看，德国人不敢采取打击楔形尖劈底边这样的进攻性行动，所以他并不为一一一师的翼侧担忧。但在这同时，根据情报他感觉到，在一一一师右邻前面确实有一个硬钉子。德国人的防御还相当坚固，不应当指望轻易的成功，在炮兵力量尚未调集到一起以前，把步兵往火力下乱扔是毫无意义的。用六七个小时做准备工作大概太多，但必要的最低限度还是应当给足。

他向师里打了个电话，以司令的名义允许把进攻推迟四小时。

为了这件事，巴久克回来以后，掀起了轩然大波。

一宵无话；德国人没有打击楔子，炮兵已经调集起来，师的部队开到了准备攻击的出发地界。谢尔皮林是对的，这一点巴久克也明白。但是撤销他前一道命令——尽管还是用他的名义——这一事实却使巴久克暴跳如雷。

谢尔皮林明白这种情况不是常常有的，但他提出申辩，说进行这样的修正是由于考虑到具体情况，并且师长的报告中也提到，在他那一地段德国人的防御极为坚固。不能不把这一点放在眼里。

“你就是把鬼子放在眼里——对你来说这是一大要素！”巴久克说。

谢尔皮林答道，打仗自始至终应当把敌人的抵抗力量放在眼里，显然，今后仍旧应当这样做。

“你把鬼子放在眼里！”巴久克怒不可遏地重复着，“就是不把司令放在眼里！我的命令你不当一回事！你是个集体农民，不是参谋长！”他用拳头猛敲桌面，喝道：“走，我不留你！”

谢尔皮林敬了个礼回到参谋部去。

他以司令的名义代下的命令始终没有撤销——巴久克毕竟还没有这样蠢。那个师比原定时间晚四小时发动的进攻展开得很顺利，这是使谢尔皮林仍能保持镇静、没有失去自制力的最主要的原因。

但是想到作今天一天的总结时他和巴久克总将碰面互相对视，心情难免沉重。

“你说关系还算正常，”扎哈罗夫冷笑一下，“告诉你，司令已经第二次提出了这样的问题：有你没他。”

“向谁提了？”谢尔皮林问。

“目前是向我提出的。人们豁着命干，什么都贡献出来，为的是把斯大林格勒这一仗早日打完，可是你们尽闹别扭！还算是共产党员呢！”

“没意料到会听您说这话。”谢尔皮林说。

“你没意料到的多着呢！”扎哈罗夫给他一个钉子碰，“战况如此激烈的时候提出换参谋长，真是岂有此理！这对大局有什么好处？你在这里起作用，这你自己也知道。”

“当我做我认为正确和合理的事情时，我在这里才起作用，”谢尔皮林说，“一旦我不能这样做，我在这里就不起作用了。也许，在另一个地方，和另一位司令在一起，我能起作用，可是在这里不能。让他把我撤换好了，只要他能办到。他骂我把敌人放在眼里。实质上影射我是胆小鬼。按他的意思，敌情可以不管，只要行动！请问，什么人在什么时候这样教过我们？”

“骂几句又怎么样？”扎哈罗夫说，“你又不是小姐。”

“正因为不是小姐，而是集团军参谋长。”

“你应该谅解他情绪急躁，”扎哈罗夫用调解的口吻说，“他做梦也看到自己最先和六十二集团军会合。”

“做梦也看到！”谢尔皮林说，“我做梦也看到。但是我不能因此而像外行那样打仗。如果兄弟部队比我们早个把钟点会合，我们不会因此而输掉这场战争，不会葬送苏维埃政权！我担心无谓的伤亡，于是成了胆小鬼！可是他按老一套对露出翼侧的每一公里都害怕，并准备创造‘奇迹’来弥补，却叫做勇敢！我承认德国人的防御非常坚固而且在行，这样我就成了胆小鬼！可是他提心吊胆地怕德国人把我们的楔子吃掉，却叫做勇敢！事实上此时此地他们已经不可能采取这样的进攻性行动。总而言之，按他的逻辑，我是在长敌人的志气，而他……”谢尔皮林愤懑地把手一甩。

“干吗停住？说下去。”

“职务并不要求我把所想的都说出来。”

“你说吧。总比闷在心里强。何况这里没有旁人。”

谢尔皮林举目望着扎哈罗夫，然后一声长叹。

“康斯坦丁·普罗科菲耶维奇，既然这里确实只有我们俩，我想请教一个问题。这位大人常把步兵挂在嘴上。我们的步兵能创造奇迹！可是他除了步兵什么也不知道，什么也不会指挥，尽管他被认为是炮兵出身，因为当年曾经指挥过六门三英寸口径的野炮。我们要求步兵不用头脑、光喊着‘乌拉’去冲锋，请问，这样难道就算充分发挥步兵的作用了吗？不，我可不准备和他的调。”

“没人要求你和他的调，”扎哈罗夫说，“但是为了顾全大局，你还是应当和司令找到共同的语言，这你自己也知道。难道还需要向你解释？你又不是小孩。想一个办法结束这场争吵算了。你是聪明人，能想出办法。”

“请原谅，”谢尔皮林说，“但你在教我干你自己也不干的事情。”

“不对！必要的时候，我可以干！我能强迫自己干。你说的不符合事实，而且你也知道这不符合事实。给说了一句集体农民就斤斤计较！”

“我不计较集体农民这句话，但是和巴久克同在一个集体农庄可不好受。”

“得了，”扎哈罗夫说，“那么结论是什么呢？”

“结论是我将努力寻找共同语言。再试一次。”

“你说再试一次，是不是暗示这将是最后一次？这样理解你的话对吗？”

“不，不对。”谢尔皮林又叹了口气，“再一次，又一次，还有好多次。需要多少次，就寻找多少次。我可以不计较自尊心。但我不能保证听任别人的血白流。”

“我也不要你作这样的保证。如果你这样保证的话，那就是混蛋。”

“这道理您不用向我讲，应当向巴久克讲去。”谢尔皮林说。

他以为扎哈罗夫听了这话会生气，会暴跳如雷，——有这样的情形，——但是扎哈罗夫不生气，也不暴跳如雷，而是哈哈大笑，他想起了一小时以前跟巴久克交锋的情形。当时甚至双方都喊哑了嗓子。

“我走了，”他说着站起身来，“顺便劝告你，你对自己的嘴要留点儿神。昨天在食堂里干吗当着巴斯特留科夫的面骂集团军的报纸？他已经来找我发过牢骚，表示了他也不是好惹的。好像我吃饱了饭就是为了听他抱怨你的话！”

“他抱怨什么？这跟他有什么相干？”

“怎么不相干？人家到底是政治部副主任。报纸归他管。”

“如果归他管，那我表示惋惜，”谢尔皮林说，“不过我又说了什么话啦？我说，最近几天我们报上把德国人描写得太脓包了，一打就垮。这样写实际上是既不尊重自己，也不尊重自己的努力。”

“说话要看看对象，”扎哈罗夫说，“你说了一句话，可他立刻小题大做起来。什么低估宣传鼓动的作用啦，等等。还把你的老底也挖了出来，这王八蛋。”

“去他的吧，”谢尔皮林说，“我的老底不是秘密。您不妨去挖挖他的底。既然是王八蛋，干吗还留着？”

“我才不留他呢。他自己死赖在那里，”扎哈罗夫说，“我真的要走了。”他和谢尔皮林一起已经走近门口，又停下来问：“对于一一一师的翼侧你真的不担忧？”

谢尔皮林向他看看。显然，这个问题是军委和巴久克谈话以后产生的。

“为什么不担忧？我是在应有的程度上担忧。但不过度。”

谢尔皮林把门打开一半，跟在扎哈罗夫后面走到外屋。副官立刻站起来。角落里还有一个人，穿着皮袄，个子很小，也立刻站起来。

“那我们就说定了，费多尔·费多罗维奇？我谈的事情你注意一下。”扎哈罗夫在穿大衣的时候说。

“一定照办，康斯坦丁·普罗科菲耶维奇！”谢尔皮林又看了看在屋角里站得笔直的娇小身影。

“到底来啦。来，走到亮光下来。干吗躲在角落里？”

“是的，少将同志，我来了。”塔尼雅几乎忍不住想跑过去拉住他的手。

“称将军就够了。”谢尔皮林说着向她伸出一只手，然后转向正在扣大衣钮扣的矮个子、翻鼻孔的旅级政委，说：“军委同志，允许我给您介绍一下。这是三级军医奥弗夏尼科娃。我们在突围那当儿私下都管她叫小大夫。在发出请调信的时候我跟您谈起过她。”

“的确够小的。”旅级政委说，他用一只指头粗壮的大手惊异而又像对婴孩那样小心地握了一下塔尼雅的手。“哪儿给您挑的这么件皮袄？”

“我把它改小了。”

“损坏了公家的财产，你一点也不心疼？”旅级政委用一双灵活的小眼睛把塔尼雅打量了一番，“的确是一位小大夫。既然她来了，现在我们把她往哪儿塞呢？塞到参谋部的卫生所去吧？”

“那她一定不干，”谢尔皮林说，“你得派她上火线。”虽然他只是微微一笑，但他的话里包含着为塔尼雅不愿呆在参谋部感到骄傲的意味。

“把她派往哪儿，她就去哪儿。”旅级政委说着把圆脑袋上花白的短头发抚平，戴上帽子。“那我们就说定了？”他又向谢尔皮林说了一遍。

“是，军委同志。”谢尔皮林说。送走扎哈罗夫以后，他转向塔尼雅。

“把外衣脱了到里边来。”通里屋的门开着，他向门那边点一点头，没等她脱去外衣，自己先走了进去。

塔尼雅进来的时候，他已经坐在桌旁。

“把门关好。坐下。”

她在他对面坐下来。

“等了我很久吧？”

“很久。”

“没有办法。起先我命令副官在十三点以前谁也别让进来。可是后来那位首长又在我这儿坐了半天。”

“您的副官已经解释过了。”

“怎么样，戏看了没有？”谢尔皮林问。

这话问得突兀，塔尼雅一时简直不懂他问的是什么，等到明白以后，她笑了。

“看了，谢谢您。”

“座位没给人抢去吧？这才对，”谢尔皮林说，“自己正当的权利不要让给任何人。何况你现在戴着这样的勋章，大可以目中无人。几时得的？”

“见到您以后两天。”

“干吗信上不写？”

塔尼雅耸耸肩膀。她想起那时在火车上曾经犹豫过——要不要写勋章的事，——结果熬住了，没有写。

她坐在那里望着谢尔皮林，现在他胸前除了当初突围时佩戴的那枚旧的、搪瓷已经剥落的大勋章，另外又添了两枚：一枚红旗勋章；

一枚列宁勋章。

“是的，”谢尔皮林注意到了她的目光，说，“现在我们的日子好过了。鬼子挨打，我们得勋章。可是工作一点也没有减轻。每前进一步都得流血，然而必须前进。我们白天黑夜都在进攻。现在事情快要结束了。”

“我飞来的时候，担心你们这儿一切都已经结束了。”

“你担心，可是我们还巴不得呢。才开始的时候，以为一星期就可以结束，可今天已经进入第三个星期了。这些匪徒硬是不肯投降！他们的实力看来比侦察兵们估计的要强些。到底强多少，等把他们全部收拾干净以后自然知道。现在距离结束已经不远。很快他们就要被切成两段。”

“我写信给您正好是在进攻的第一天。消息还没有传来，可是我感觉到了。那时我们的列车停在古比雪夫。”

“你在信上写些什么，你以为我忘了吗？”谢尔皮林说，“我把你的信自己反复看了几遍，还念给军委听。现在我收到的信很少，这儿只有你的一封。”他拉开抽屉，似乎打算给塔尼雅看放在那里的一封信，然后重又推上。

他们开始谈话以来，塔尼雅一直在考虑自己的事，现在第一次考虑到他的事情，考虑到他不久前死了妻子。

“费多尔·费多罗维奇，您一定很难过吧？”

“是的，不容易忘掉。”他瞧了瞧塔尼雅，“等娶了一个年轻轻的女人，就像你那样的，也许会忘掉。”他虽这样说，但塔尼雅明白：这不过是说说罢了，他不打算跟任何人结婚，甚至连想也不想。“算了，我们不谈这个题目，”沉吟半晌以后，他说，“来谈谈你的事吧。你在信上表示要到团卫生所去。”

“是的，如果可能的话。”塔尼雅说，“要是派我到医院，我留在塔什干也可以到医院工作。”

“话虽不错，但医院跟医院不一样，”谢尔皮林说罢，摇了几下电话的转柄，向话筒里说：“请把二十号找到给我接上……”然后又转向塔尼雅：“等他们找到了集团军卫生部主任，我把你的事跟他谈谈。”

"不过一定要派我到团卫生所，好不好？"

"这要看他怎么说。我的职权到此为止。你不是上我这儿做客来的。"电话铃响了，谢尔皮林拿起听筒。"好。回来以后叫他打电话给我。"他放下听筒，看看表，向塔尼雅问："你吃了饭没有？"

她以为对他有妨碍，所以站起身来。

"我在机场吃了点东西。我到外边去等一下。"她用头向门那边一点。

"没关系，再坐一会。我还有十五分钟，"他说，"要是有妨碍，我会下逐客令。谈谈塔什干的情况吧。不久前从那里运来了慰问品。其中也有长褂子。战士们把袖子和下摆改短了，当棉袄穿在军大衣里边。现在塔什干那边的人们生活过得怎么样？我很久以前到过那里，还在第一个五年计划期间。"

"生活相当艰苦。"塔尼雅开始谈工厂和母亲的情况。

谢尔皮林一只手托住腮帮，默默地听她说，当她讲到奖励油炸饼的时候，忽然插了一句：

"是啊，人们毫不吝惜自己。什么都愿意干。"

"的确，"塔尼雅感慨地说，"我到那边去的时候，自己甚至也不完全想象得到。不过，所有这些在这儿前线恐怕不能讲吧。"

"为什么不能？"谢尔皮林说，"相反，可以讲，也必须讲……你一有机会就讲！我们不会因此把仗打得坏些。只会打得更好。更快地结束战争。你以为人们的觉悟还不够这个程度吗？你过虑了。"他略一迟疑，似乎考虑了一下要不要说。"告诉你一个最新的例子。在军事委员会会议上讨论过一份政治汇报。部队获得了一次不寻常的成功，有一个重要的制高点，我们为它伤了好久的脑筋，后来终于拿下了。从而解决了一连串的问题。迫击炮连的连长高兴过度，喝了双份的定额，还放了排炮庆功！这是没有目标的空炮。炮兵营长出了医院从乌拉尔到来才两天。有人向他报告了这件事。他跑到连里，当着所有的战士把那个连长括了个耳光。政治副营长立刻就写汇报。犯错误的营长被叫到师部。问他：为什么打自己的军官？他回答说：'我看到了每一发炮弹都是用血做成的。可是他把炮弹朝天空放！我不承认自己有错！我不但打了他耳光，我还用这个例子在战士们中间做了一番解释工作！’怎么办？事情一直闹到军事委员会。有的主张把他交军法审判。有的主张原谅他。要是换了你，你会怎样决定？”

“要是换了我，当然……”塔尼雅说。

“当然怎样？”

“原谅他。因为他的确做得对。”

“如果说他是对的，那么，动手打人是准许的了？”谢尔皮林微微一笑。

“我自己……”她想说自己也差点儿没把那个贩糖的少校打死，但她忍住了没说出来。

“你自己怎么样？也打过人？”

“不。我不过……那么你们到底是怎样决定的呢？”

“到底还是像你那样决定了，”谢尔皮林说，“就连素来对这不能容忍的我，也承担了一份罪过。”

谢尔皮林从塔尼雅旁边望过去。塔尼雅回头一看，见副官站在门口。

“将军同志，您约了作战科副科长十四点来见你。”

“既然是约好的，就该让他进来。干吗还问？规矩你知道。”副官出去后，谢尔皮林向塔尼雅笑了笑，“无谓的殷勤。太善于鉴貌辨色，连没有的事也能看到。”

门口响起的一个声音使塔尼雅第二次回过头去。

“将军同志，中校阿尔杰米耶夫奉您的命令来到。”

站在门口的是阿尔杰米耶夫。

谢尔皮林站起来，拿起放在桌子边上折成手风琴形状的地图，动手把它铺开。阿尔杰米耶夫从另一边走近桌子帮他铺开地图。

塔尼雅坐在一旁，但阿尔杰米耶夫并不看她，其实当他还站在门口时就看见了她，塔尼雅也明白。

“你站起来干吗？”谢尔皮林向塔尼雅斜瞥了一眼问。

“我不想妨碍你们。”塔尼雅把一张凳子搬到远一点的地方坐下。

“你到一一一师去，”谢尔皮林对阿尔杰米耶夫说，“他们的观测所在十三点搬到了这里。”他用铅笔在地图上指着。

“库兹米奇还没有来通知。”阿尔杰米耶夫说。

“没有通知你们，但通知了我。瞧，他已经深入多远了？他报告说听到了德军后方的炮火声，计划在夜里推进到此地。”谢尔皮林用铅笔又指了一下，“在顺利的情况下，打算天明和六十二集团军会合。他左面和右面的兄弟部队落在他后面这么多，看到了吗？但他报告说对两翼并不担忧，准备继续挺进。他打算继续前进是对的。至于两翼的可靠程度，你还是得亲眼去看一下。每个人都愿意最先和六十二集团军会合，因此我担心他过于冒险。在这种情况下，你可以根据形势坚持作若干必要的修正。要注意分寸。他不是外行。任务明确了吗？”

“是的，明确了。”

“有问题吗？”

“如果会合了，将有什么命令？”

“如果会合了，先核实一下。除非亲自和六十二集团军的某一个营长握了手，否则不要急于上报。”

阿尔杰米耶夫从桌旁退后一步，两手垂下，挺直身体。

“可以走了吗？”

在谢尔皮林从地图上把腰挺起来以前，阿尔杰米耶夫愉快地向塔尼雅睐了一下眼睛。但谢尔皮林比他预料更快地挺直了腰。

“睐眼睛做什么？你们认识？”

“是的，我们认识。”

“既然认识，为什么不招呼？”

“请允许我跟军医同志谈几句话。”

“谈吧。”

“您好，”阿尔杰米耶夫向塔尼雅跨近一步，“没想到在这里见到您。”

他这样说着把塔尼雅的一只手握在自己手中停留了片刻。

“您好。”她等着阿尔杰米耶夫还要说些什么。但他已经放下她的手，退后了一步。

“请允许执行命令。”

“执行吧。”谢尔皮林说。

塔尼雅以为谢尔皮林还会把阿尔杰米耶夫留住一会儿，让他们谈几句话。但谢尔皮林不知为什么没有留住他。等到阿尔杰米耶夫已经转身要走，塔尼雅才忽然想起来追上去对他说：

“我就在这个集团军里。我会找到您的。”

阿尔杰米耶夫回过头来，似乎想起了一桩事情要告诉她，但和谢尔皮林的目光接触以后，他只点了点头，就走出去。

“不要紧，如果他需要，自己会来找你的，”谢尔皮林说，并且留神看着塔尼雅，“干吗脸红了？”

“没什么。”

“认识他很久了吗？”

“不，还不久。在莫斯科认识的。我和他妹妹一起打过游击。他帮我弄到了去塔什干的车票。”

“就是这些？”谢尔皮林继续注视着她。

这时候塔尼雅虽然不愿意和他正面对视，但还是迫使自己没有躲避他的目光。

“是的。”

“那就另当别论了，”谢尔皮林说，“我以为他一看见女人就挤眉弄眼。对他不可不防。已经有一件事使我相信他是个好色之徒。”

“为什么？我看恰恰不是！”

谢尔皮林又凝神看了看塔尼雅。

“你对他还不了解！他人到这里不满一星期，就有一个厚脸皮的娘们跟在他后面从莫斯科飞来。我以为是他老婆，没想到别的，谁知道根本不是这么一回事。到第二天早晨弄清楚了，立刻把她打发走。”谢尔皮林脸上现出冷笑。“可是这个女人是怎么闯过来的，用什么花招，走了什么人的门路，到现在还在调查中！算他运气好，因为那女人是自己盯来的，事先没跟他商量过，并且他是个模范的军官，丢了可惜。要不然，早把他调走了。所以今后你要记住：这个人没有结婚，但不是光棍。”

“这跟我有什么关系？”

“没关系更好，”谢尔皮林说完，看看表，叫了一声副官，“叶辽明！”

“有，将军同志。”

“把军医送到集团军卫生部主任那儿去。告诉切普佐夫，叫他开车。离此地大约两公里。”最后一句他是对塔尼雅说的，“等你到他那里，估计我已经跟他通过电话。”

“谢谢您，将军同志，”塔尼雅说，“不用坐车，我走着去。”

她想起刚才谢尔皮林自己说过：这位副官“太善于鉴貌辨色，连没有的事也能看到，”——所以不愿坐将军的汽车到集团军卫生部主任那儿去。

“随你的便。”谢尔皮林说。他向她伸出手，在这几分钟内第一次重新用原来那种亲切的目光看着她。“以后我抽一个时间去找你。等把斯大林格勒这一仗打完以后。在这以前抽不出时间。你去吧。”目送她出去以后，谢尔皮林向在门口和她擦肩交叉的一位瘦瘦的炮兵将军说：

“阿历克赛·特里方诺维奇，为何姗姗来迟？我已经等了你五分钟。”

“因为新情况要画上地图。”炮兵将军说着坐到桌子旁边。

“这倒是正当的理由。情况的确变化很快。”谢尔皮林抓起滴铃铃响的电话听筒。“是的，我想跟您谈谈。我把军医奥弗夏尼科娃派往您那儿听候调遣。请等一下，”他向话筒里说，一边喊副官，“叶辽明！”

“有，将军同志！”

“她走了吗？”

“是的。要不要叫回来？”

“不，不要。”谢尔皮林说。他不打算把塔尼雅叫回来，只不过想确定一下她已经走了，因为他不愿让塔尼雅听到——哪怕是无意间听到——他和集团军卫生部主任的谈话。“我对您有一个同志式的请求，”他向话筒里说，“这是个有经验的医生，我了解她——曾经和我一起突围。后来打过游击。得了红旗勋章。她要向您请求派往团卫生所。您不必满足她的要求。她负过重伤，暂时让她在军医院里工作一个时期。以后再说。您在拒绝她的要求的时候，可别说这是我的意思。”

听到“照办”的回答以后，他放下听筒。

“费多尔·费多罗维奇，你在为谁作安排？”炮兵将军问，“是不是为我在门口碰见的那只小鸟？是熟人？”

“不只是熟人，”谢尔皮林说，“是一个名副其实的战友。我希望她在可能和容许的范围内多活些日子。”为了避免作进一步的解释，他用胳膊肘把电话机推开，说：“来，我们来看看你的新情况吧。”

第六章

集团军卫生部主任正忙着。塔尼雅挤进寒冷的穿堂，那里有好多人都在等他。他们谈到一一一师有一个威列什尼科夫已经在主任那里呆了二十分钟，向他报告关于今天上午解放的一个战俘营里我军被俘人员的情况。

据说，那个战俘营很大，里边的情形不堪想象：还活着的战俘也都快要饿死，沿着铁丝网尸体堆积如山。据说，最先冲到战俘营的我军某营的战士们，看到这一座座尸体积成的山，把全体德军看守人员都打死了，一个也没留下。

塔尼雅听腻了这些谈话，走到外面去，在屋边来回踱步。此地以前大概是一个村庄：这里那里都有烟囱从雪堆中露出来。可是房屋只剩下了这一座。可能因为它是砖房，别的都是木屋。也可能另外一些也是砖房，可还是只剩下了这一座。

“人也是这样，”这情景引起了她的感想，“周围别人都被打死了，可是某一个人不知怎么的活了下来。”

她不担心自己在此踱步的时候集团军卫生部主任会叫到她，听刚才的谈话可以知道，那些等在穿堂里的人都是被叫来开会的医生，回头他们开完会一起走出屋子的时候，她一下子就能看到。

来找阿尔杰米耶夫的不问可知是娜佳。当谢尔皮林气咻咻地说到曾有一个不知仗什么神通闯到这里来的女人时，塔尼雅立刻就明白了。

当然，除了娜佳，谁也没有这样的能耐。带她来的大概是她那牺牲了的丈夫在空军中的同僚。不过娜佳一定没有把目的告诉他们。也可能告诉了，谁知道她。

“她飞到这儿来做得对，”塔尼雅突然这样想，“虽然他们在一起只呆到天明。”

她这样想着，心里不大痛快，但嘴里却不知不觉地说出声来：

“干得好！”

她这样说是想让自己相信这件事跟她毫不相干。但虽然毫不相干，她心里还是不大痛快。

她感到不痛快还因为谢尔皮林刚才看着她的那种神情，因为他是故意把阿尔杰米耶夫这些事告诉她的。如果不是故意的话，他决不会讲这些事情——他不是这样的人。他担心她跟阿尔杰米耶夫会闹出什么花样来，所以对她提出警告。

现在事情已经过去，可是她还在考虑刚才对谢尔皮林应该怎样回答。

早晨，当她跨出飞机的时候，她考虑着怎样找到阿尔杰米耶夫。找起来容易不容易?

却原来一点也不难。相反，非常简单!

他走进谢尔皮林的办公室，虽然一下子就看见了塔尼雅，却理也不理她。当他和谢尔皮林一起看地图的时候，一次也不曾向她回顾。

“模范的军官！”她委屈地想起谢尔皮林的话，“模范到这种程度，甚至不能请求允许跟你招呼一下。而你偏偏又是个多情的傻瓜。一辈子都这样。在莫斯科就开始胡思乱想，后来在火车上也老是想。诚然，在塔什干几乎没有想过。可是在飞到这儿来的路上又开始想了。最荒唐的是这件事根本怪不到他。绝对怪不到。人家好心好意帮助你，没教你想入非非。”

他向她瞇眼睛的时候，脸上喜气洋洋。但并不是因为见到了她，而是因为谢尔皮林命令他到即将与六十二集团军会合的那个师里去。

他完全没把她放在心上，这是很清楚的。这一点她立刻就明白，还在谢尔皮林把娜佳的事告诉她之前就明白。

娜佳来找过他，来得很好！这说明他到底在她身上找到了自己的幸福，尽管在波丽雅大婶面前说这都是过去的事了。人们说这种话并不意味着果真如此。甚至恰恰相反。

一切恰恰都很顺利，要不然的话，她还会到处去找他，而他见了面也只是那样瞇一下眼睛了事。

“我怎么尽想这些！”她生气地自言自语，并为自己如此量窄感到惭愧。“无非是想男人把我想苦了，没有别的原因。”这个放荡的想法也是一部分真情。她这样反复叨念着，觉得这样轻松些，因为这个放荡的想法意味着没有发生什么特别的事情，她和以前一样需要爱情，并等待着它的来临。

“我毕竟是一个大傻瓜！”她硬着头皮想象几天以前的早晨娜佳和阿尔杰米耶夫分手离开此地的情景，想到这里，塔尼雅心里愿意再见到他，哪怕现在也行！她愿意见他，但再也不像以前那样想他。

她反复地诵念着：“真是个傻瓜，真是个傻瓜！”听到人声才回过头去。

医生们互相交谈着从台阶上走下来。

集团军卫生部主任是个已经上了年纪的旅军医官，头发蓬松，长着两道浓眉。他的眉毛浓得只有当他抬起头来的时候才看得见他的眼睛；如果他坐着，只要稍低下头，眉毛立即把他的眼睛完全遮起来。但当他终于从眉毛底下抬起眼睛来看塔尼雅的时候，他的目光是和蔼的。

听到塔尼雅一进来马上请求派她到团卫生所去，主任干脆回答说，各团没有空缺，最近也不会有。

但是塔尼雅没有被他宛如从桶里发出来的高而哑的声音吓倒，继续说，她已经向谢尔皮林将军提出过这个请求，现在再向他——集团军卫生部主任——重申。

集团军卫生部主任用眉毛把眼睛完全遮住，这样沉默了许久。

“这个浓眉大叔在考虑什么？”塔尼雅寻思。其实浓眉大叔正透过眉毛悄悄地看着她，在解一道包含许多未知数的习题。这个娇小玲珑的女人愿意到团卫生所去工作，对于这一点他感到满意。事实上也有这样的空缺。但她不是通过一般途径到他这里，而是奉集团军参谋长本人的命令从塔什干飞来的，谢尔皮林还特地打电话要求不要把她派往火线，对于这一点，他感到不满。

属他领导的医生大约在五百名左右，其中不到四分之一的人分在各团，四分之一在卫生营，其余的都在军医院内。即使谢尔皮林不来电话，他多半也不会把她派往团卫生所，而是派她到医院去：那里人手也不够。但是集团军参谋长特地来电话要求不要把她派往火线，由此得出的结论只能是：坐在他前面的那个女人和谢尔皮林的愿望不一致。

浓眉大叔坐在那里想，在各个不同的时候，上级曾向他发出各种不同的命令，提出各种不同的请求和暗示。战斗的时候少些，在暂时的平静中多些。这也不难理解：人终究是人嘛。

他有自己的性情。如果命令与良心抵触，他敢于正面把问题提出来，至于暗示和请求，他一贯不加理睬。

但是，在他记忆中，谢尔皮林——无论在担任师长期间，或是现在当了集团军参谋长以后，——从来没有跟他商量过这样的问题。难道谢尔皮林这老家伙看上了这个小东西不成？想把她留在靠近自己的地方？还是仅仅出于怜悯之心？

集团军卫生部主任始终没有解出这道题，他举目望着塔尼雅，说：

“把您的履历扼要谈一谈。”

塔尼雅匆匆忙忙开始报告，她从战前离开大学应召入伍被派往一七六步兵师卫生营担任口腔科医生谈起。

她向他叙述了第一次和第二次被围的情况，还谈到怎样参加了游击队，后来在斯摩棱斯克从事地下活动的时候如何在市立医院谋到一个职位，说到这里，她才第一次向主任看了一下。

主任坐在那里望着她，他那两道委实吓人的浓眉掀得那么高，使人感到，他这样扬起眉毛不放下一定很吃力。

“关于这一部分可以详细一点，”他说，“我第一次听到。”

虽然他说“可以详细一点”，塔尼雅还是记得他曾说“扼要”在先，所以她仍像刚才那样匆匆忙忙地叙述，同时尽可能什么也不漏掉，甚至说了她在游击队里总共做过多少次手术。

她觉得这关系到自己能不能被派往团的卫生所。但主任关于她做的手术一句也不问，却在她说到自己负伤的时候第二次打断她的话。问到胃切除术的具体细节，还问了是谁做的手术。听到她是在斯克里福索夫斯基医院由瓦因倍格亲自给做的手术，他点点头说：

“我认识。”

“就是这些，”塔尼雅说，“现在到了您这里。”

他默不作声。心想：“谁知道你为伤员做的是什么手术？你这个拔牙郎中成了怎么样一个外科医生？在游击队里，不管你怎么做，人家总是感恩不尽。有一点是明白的：你没有手忙脚乱，勋章也不是白白得来的。”经过了这样的考虑，他最后决定把她留在卫生部战地后送站的后送科。那里重要的往往不是拿手术刀的经验，而是意志、毅力和对事业的忠诚。他相信妇女能够表现意志、毅力和对事业的忠诚，并且，随着战争岁月的延长，他的信念也愈来愈坚定。

“那就这么办。”他说。

塔尼雅正想听“这么办”到底是怎么个办法，但就在这当儿走进来一个样子像骑兵的二级军医，他穿着长长的军大衣，一绺漆黑的额发像哥萨克那样从歪戴着的护耳帽下钻出来搭拉在额前。他摇摇摆摆地走进来，靴跟嚓的一声，一只手利索地向护耳帽上随随便便一靠。

“旅军医官同志，工作组人已经到齐准备出发。”

浓眉大叔看看他，接着把目光移向塔尼雅，然后又移向他。

“把她也带去，”他向塔尼雅那边一指，“她是新来的。以后就留在你们战地后送站里。”

“这工作需要经验。”骑兵模样的军医向塔尼雅投了轻蔑的一瞥。

“她的经验比你我丰富。”浓眉大叔说。

“遵命！”军医重又把手向护耳帽上一靠，转身向着塔尼雅。“我叫罗斯里亚科夫。”

他露出额发、歪戴着护耳帽的样子完全是一副剽悍的军人气概，塔尼雅想到现在马上要跟这个人到某一个地方去，心里乐起来了，所以脸上现出微笑。

“您跟他去接收一个关着我方人员的战俘营。”浓眉大叔费力地站起来和塔尼雅握握手。当塔尼雅和罗斯里亚科夫已经走到门口时，他在后面还喊了一声：“检查一下有没有人患伤寒！”

他们坐的是一辆新的美国“斯蒂倍克”牌塌鼻子卡车。今天早晨，塔尼雅在搭乘一辆顺路的吨半卡车从飞机场到集团军司令部去的路上才第一次看到这样的车辆。

“斯蒂倍克”在宏亮的喇叭声中开得很快，被辗压的雪从车轮下飞溅开来。

二级军医罗斯里亚科夫坐在驾驶室里司机旁边，塔尼雅和其余的人一起坐在车厢内。

车厢内除了塔尼雅还有五个人。一个戴眼镜的老头——营级政委——是罗斯里亚科夫的政治副科长；洗澡洗衣队的队长和政治副队长年纪也都不轻了；两名医生——一个是虚胖的女人，车身每次震荡就要痛苦地皱紧眉头，另一个是军大衣上别着一枚近卫章的青年军医。

那个青年军医侧着身子很随便地坐在后车帮上，路上曾好几次摘下帽子愉快地昂起头来，不知是在欢迎嘶啸而至的寒风呢，还只是让人看他那显然早白的美发。

这一天天气晴冷，塔尼雅一边心不在焉地听着同车的人不时互相叫喊，一边怀着强烈的好奇心看着从她身旁飞驰而过的一切。

道路通过的地方不久前还有德国人。路两旁的雪呈一条条带子堆积着，有的洁白无瑕，有的被烟熏黑了，一直伸展到地平线的尽头。

在这一条条的雪带上，有些地方可以看到那么多的弹坑，就像用铅笔画在纸上的圆圈一般串连在一起。

“可是还有人说，两颗炮弹不会落在同一个地方呢！”

这是坐在后车帮上的青年军医在向塔尼雅大声说话，因为她刚到他们这一带的前线。她明白了，点点头。

卡车并不减低速度开始上坡。道路要经过一条地势渐高的狭谷；左边和右边的高地布满了黑色的弹坑，橛桩上的铁丝网都已扯断。战壕顺着高地呈“之”字形曲折延伸。

周围的一切简直是不可思议地杂乱无章。远远近近，到处横着一半被雪盖没了的尸体和一些从地里给拔出来、变得弯曲不平的铁梁和铁板。雪地里有几个黑洞洞的大窟窿，大概是被轰垮的掩蔽部。接着又是断铁丝网、尸体、被扔弃的大炮、露在雪外扭曲成奇形怪状的坦克炮塔、紧靠路边被烧毁的汽车残骸。稍远是几根缚成一束、样子很奇怪的粗管子，像茶炉子上的烟囱。

“这是他们的‘瓦纽沙’[①]！”青年军医边喊边向塔尼雅坐近些，他从灰白的头上一把抓下帽子，用它指着这些奇怪的管子。

卡车翻过了坡顶。

“我们正在穿过他们的第一道防线！”他喊道，“这道防线可不简单哪！十号和十一号两天才把它突破！”

塔尼雅在卡车下坡时看看迎面奔来的道路，瞥见前面路上有一件奇怪的、扁平的东西，好像是一个人，又不像人，她情不自禁地抬起身子，仿佛想为正从这件扁平的人状物体上面驶过的卡车减轻重量。

一秒钟以后，这东西已经落到车后。这的确是人——被压在冰里辗成肉饼的一具德军尸体。

在高地另一面的斜坡上顺势而下的道路两旁又是弹坑、弹坑，后来已经不是一个个弹坑，而是整整一条被烟熏黑的地带。在这条地带以及它后面的雪地上，横着许多尸体。

“这是‘喀秋莎’的成绩！”青年军医大声说着又在车帮上向塔尼雅挨近了些，“您注意到没有：一匹死马也看不见？那还是在十一号，他们已经把所有的马都吃了。”

在道旁不远的地方，停着三辆互相靠得很近的坦克：其中二辆的炮口朝着卡车开往的方向，第三辆没有炮塔。炮塔单独落在雪地里，活像从头上掉下来的钢盔。

“这是我们的‘三四’型，不是他们的。”青年军医现在坐得离塔尼雅很近，不必大声喊叫了，“没有冲到阵地就起了火，可怜。”

塔尼雅还往后向这些愈来愈小的、烧毁了的“三四”型坦克望了很久，一直到望不见为止。

她今天所看到的一切，不是“我们的”便是“他们的”。“我们的”——这就是塔尼雅等人现在乘坐的卡车，迎面开来的其他车辆，四台拖着长长的大炮在路边缓缓而行的曳引机，小岗上的高射炮连，吼叫着在头上掠过的形状陌生的尖头飞机——青年军医看到这些飞机时说：“这是去俯冲攻击的。”

“我们的”是活的，而“他们的”是死的：死的铁丝网、死的战

---

① 苏军士兵给德国六筒迫击炮取的别名。

壕、雪地上的死人、被扔下的死炮和死车。

在行车中，最初她以为这里凡是我们的一切都是活的，凡是他们的一切都是死的。所以当青年军医指给她看那些“三四”型时，她向它们望了很久，直到望不见为止，因为这是她今天看到的第一批我们的死的东西。看到以后，她想，这里周围一定到处都有许多我们的东西——也是死的，就像那些坦克一样；我们的死人当然也不在少数，不过已经被埋葬起来，而德国人的尸体还没人掩埋罢了。

事情当然是这样，另外的想法是愚蠢的。在这以前她之所以抱有另外的想法，仅仅因为她是第一次来到我军比德军强的战场上。在这以前她看到的是什么呢？战争的爆发、撤退、被围、沿着所有的道路闯来的德国技术装备。那些技术装备不是死的，而是活的、蛮横的，它们吼叫着，咆哮着，士兵在车上大唱德国军歌。我们的人总是设法躲开或冲过这些技术装备，有时候炸掉其中的百分之一。

后来她到了德国人后方，看到一列列我军被俘人员。这些行列往往长得令人心痛难忍，仿佛整个俄罗斯都被俘虏了。我们的坦克和装甲车像一只只生锈的铁盒怪可怜地翻倒在沿路的水沟里。

而德国人的军车一列接着一列开往前线，此外就是围剿营、警备队、党卫队、城防司令部。斯摩棱斯克的主要街道上尽是德国汽车和德军巡逻队……

当然，后来她被送到了莫斯科，当她躺在医院里以及出院以后、去塔什干的路上、在塔什干的时候，她从报纸上读到，从广播里听到，知道情况变了，我们在反攻了。但这是一回事；而现在她自从战争以来第一次亲眼看到的一切，则完全是另一回事。

今天早晨，在他们降落的军用机场，看到周围整个一大片雪野上都是我军的俯冲轰炸机，发出隆隆的响声，正在发动引擎准备起飞，那时她就高兴得气也喘不过来。

今天一整天，在从机场到集团军司令部的路上以及现在，她这种心情始终没有消失。这种心情愈来愈高涨，愈来愈强，渐渐变成一种幸福的耳聋状态；她甚至不想听人们的解说，只想用饥饿的眼睛把这一切尽快地看个饱。

同车的人，除了那个青年军医，都不往道上看，只谈着自己的事情。他们谈到，战俘们身上一定都长了虱子，洗澡洗衣队必须拨出一部分人力解决这个问题，必须给人们洗澡，这很重要。必须给他们洗澡、剃发、刮胡子。还有饮食也得小心——因为他们都是饿极了的营养不良症患者，饮食不当会引起肠阻塞。

卡车又开始上坡。它左边的轮子靠到道边，凸纹车胎把雪乱铰重压，准备赶过一队卡车，车上载的是盖着油布向上翘起的庞然大物。

起初塔尼雅不知道这就是“喀秋莎”，后来明白了，就站起来，贪婪地数着它们一共有多少。

“简直是野兽。”青年军医在她后面说，塔尼雅点点头，但接下来才明白他说的不是“喀秋莎”，而是指他们自己乘坐的卡车，它稳稳地向上爬着，正在赶过那个车队。“好厉害！”青年军医赞叹道，“是盟军通过伊朗送来的。”跟着又说了一遍：“好厉害！跟德国人的‘瓦伦坦’不一样。”

“什么‘瓦伦坦’？”

“鬼子的坦克。我在坦克军团里工作过，知道鬼子为了它们大吃苦头。跟我们的‘三四’型比起来，简直是一堆粪。只要吃到一发炮弹，立刻就像蜡烛一样烧起来。总之只好‘永别了，祖国！’”

但是塔尼雅听虽在听，却无心去想他所说的“瓦伦坦”“好厉害！”和“一堆粪”。她坐在车上继续贪婪地数着“喀秋莎”。

“喀秋莎”总共三十六门。“大概是整整一个团。”塔尼雅心想，这时他们已经赶过了最前面的一辆卡车。她叹一口气，因为突然想起，在塔什干的母亲这时候大约即将下班准备回家，一个人回家……

“斯蒂倍克”向左拐了个弯，开始在另一条路上行驶。路旁排着好多巨型的大炮，炮口向空中高高地昂起，起先塔尼雅以为这是高射炮，后来想到，高射炮没有这么大，想必是远射程的重炮。

“战线不断在向前推移。这些炮不久也要搬家了。”青年医生在大炮已经从视野内消失了以后说。

但是，仿佛跟他抬杠似的，从后面发出了震天价一声巨响，塔尼雅冷不防身子往上一跳，几乎摔了出去。接着又是一响，再是一响。

“不，暂时还不搬家。就从这里打过去。”青年医生按住她的肩膀说。

大炮还在继续轰击，炮弹嘶啸着划破天空从他们头上掠过，远远地向前飞去。

“爆炸声听得见吗？”在一阵间歇中青年军医问。

塔尼雅侧耳聆听，但什么也没听见。

“不，听不见，”青年军医说，“今天风往德国人那边吹。”

卡车又拐了个弯，前面突然一下子可以看到他们要去的目的地——一座坡势平缓的、光秃秃的山岗，四周围着两道铁丝网。铁丝网外有一所木棚，沿着全部铁丝网内圈是一些奇怪的、灰白色的东西。

虽然塔尼雅还在等集团军卫生部主任召见的时候就听说过这个情况，但她现在一时仍旧没有弄清楚这是什么东西。直到卡车开到很近的地方停下来的时候，她才恍然大悟。

这是尸体堆成的一座不十分高的围墙。

下了车，在继续向那边走过去以前，大家都站停了一会儿。仿佛大家都需要向什么告别，然后打开另外的一页。

卡车附近的路旁也横七竖八地躺着好几具穿德国军大衣的尸体，身上还没有积雪。“这大概就是据说在解放营地时被全部打死的看守人员。”塔尼雅心想。

“卫生工作者们，我们走吧。”站在前面的罗斯里亚科夫向塔尼雅他们转过身来说。

他的目光异样，眼神呆滞，烟蒂夹在指头中间被忘记了，只见那只手微微哆嗦着，好像在发冷热病。

第七章

木棚附近的铁丝网大门开得笔直。门口停着一辆吨半卡车，后面挂一座炊烟袅袅的行军灶车。一个士兵在灶车旁交替踏脚。

“锅里是什么东西？”罗斯里亚科夫问。

“军医同志，我在第二次烧火化雪，”那个炊事兵说，“第一次把所有的糖都放了进去，给他们喝了一次糖水，当然，甜是不太甜的。现在命令我把凝固牛肉汁溶化。我想加些浓缩荞麦面进去，可是没让加。”

“对，不能加，”罗斯里亚科夫说，“让多少人喝了糖水，数了没有？”

“据我统计，大约不到六百人。每人给了半杯。但不是每个人都喝了……有的连水也喝不下。”

“把人们折磨成这样，”罗斯里亚科夫说，“您没走过去看看他们吗？”

“不用走过去，我从这儿也看得见。”炊事兵伤心地把手一挥。

罗斯里亚科夫用脚踢开木棚的门，第一个走进去。

木棚并不大。从床铺的数量看来，这里的看守人员不多——大约二十个人。现在木棚里只有三个我们的人。两个人——一个穿着污黑皮袄的司机和一名穿军大衣的庶务长——见了上级立即放下没有吸完的自卷纸烟，从桌旁站起来。还有一个人平躺在一张铺位上，帽子不戴，手垂到地上。

庶务长报告说自己是一一一师卫生营的庶务排排长。

“卫生营营长在什么地方？”

“汇报去了。”

“这我知道。还没有回来吗？”

“没有，没有回来。”

“看得出，他不忙着回来。那么他留下了谁替代自己？”

“留下了军医赫留金，可是他有点儿不舒服。”庶务长用头向躺在铺上动也不动的那个人一点，“突然发病了。”

“他是千金小姐还是怎么着？”罗斯里亚科夫生气地说。

“他和我们一起到各营棚巡视了一番，回来以后，大概是歇斯底里发作了。连走出去清醒一下都来不及，在这儿就开始呕吐。”庶务长斜着眼睛往角落里一堆呕吐物一瞟，“看到的现象使他实在受不了。”

躺在铺上的人身体扭动了一下；罗斯里亚科夫走过去揪住他军大衣的领子扯了一下。

“起来，干吗伸手挺脚躺着？”

那人垂下腿坐起来。他的军大衣的翻领弄脏了，脸白得像一张纸，哭肿的眼圈周围现出红红的斑点。

“起来报告！”罗斯里亚科夫大声喝道。

吐脏了军大衣的那个人试着站起来，但是站不稳，砰的一声又坐了下去。

“我不——不能，”他神经质地结结巴巴说，“请——请把——我调走吧。”

“胆小鬼，丢尽了男人的脸，还算是个军医呢！”罗斯里亚科夫说着向站在旁边的塔尼雅和另一位女医生斜睨了一眼，“庶务长，既然你们的上级神经这样衰弱，您来报告一下。所有的营棚都走遍了吗？”

“是的。”

“有多少人，点过没有？”

“活的大约六百，”庶务长说，“军医同志点的。闹不清他们谁是活的，谁是死的，只能按脉搏断定。”

“好吧，现在带我们去，”罗斯里亚科夫喟然而叹。他注意到庶务长依依不舍地望了一下放在桌上没抽完的半截自卷纸烟，就说：“把烟抽完吧。”

庶务长急忙把烟塞到嘴边咬住，喀嚓一声拧亮了打火机。

“二级军医同志，说实话，真想抽烟。所有的烟草都吸光了……”然后转向司机说，“你去把引擎烧热。”

“如果您下命令的话，我来陪你们去。”坐在铺上的那个军医说着站起来。他的身体明显地晃了一下，勉强使自己站稳。

“您留下吧，”罗斯里亚科夫用手向他一甩，“不用您陪了。”

木棚后面是第二道铁丝网，还有两扇也开得笔直的铁丝网大门。

前边大约五十步的地方，可以看到一座不太高的积雪的土墩，那是最近的一个营棚；左右两边再远些还可以看到几座这样的土墩。从大门一直到雪墩上黑洞洞的最近一个营棚的入口，几乎全部的空地上都铺满了尸体。这些尸体不是躺在雪地上，而是被踩入雪中践踏结实了，因为早已有人在他们身上行走，否则在这里根本寸步难行——尸体布满了直到营棚的全部空地。这些冻硬的半裸尸体手脚大都搁在别的尸体上，简直弄不清哪些手脚是哪一具尸体的。沿着这些尸体，隐约可见一条人足踩出来的小路向侧面通往第二道铁丝网内另一所小木棚。

“在停止供给伙食以前，据说那里原是发食物的地方。”庶务长向小木棚那边摆一摆头。

他说这话时，大伙一起走到最近的几具尸体前面站住了。谁都明白，现在马上得从这些尸体上面走过去，但还是停下来用眼睛挑选有没有可以踩脚的地方。但是没有空隙。

“同志们，请原谅我们。”罗斯里亚科夫用低沉异样的声音说，然后把护耳帽脱去一会儿又重新戴上，带头用靴脚踩在某人裸露、冻硬的背上。

塔尼雅最初几步还有选择地走着，尽可能不往头上或脸上踩。但后来不忍再看那些僵直、被踩扁、扭歪的死人头，不忍再看那些有的闭着、有的睁开的死人眼睛，就踉踉跄跄向前走去，只怕一件事——摔倒！——同时一眼不眨地望着前边黑洞洞的营棚。

她在人身上走，确切地说，是在以前是人的身体上走。其中每一个人以前都各在某部队服役，都有出生的地方，都往家里写过信。他们中还没有一个人被登记在牺牲者的名册上，因而，每一个人都还有人在等他。而他们却躺在这里，被踩在冰雪之中，永远没有人知道其中这个是某某人，另一个又是某某人！因为现在已经不可能，将来也没有可能加以辨认了。

“您的士兵呢？”塔尼雅听到罗斯里亚科夫在问，自己继续向前走，眼睛仍旧不看脚下。

“我的士兵不在此地。”庶务长在回答。

“那么卫生兵呢？”

“所有的卫生兵都被军医分派在各营棚里。”

“卫生兵分派了，自己却发了厥……”罗斯里亚科夫骂了一声。

他第一个走到营棚前，把遮住入口的一块冻得硬邦邦的黑油布哗喇一扯。由于神经的紧张，把油布连一块木板一同扯了下来。罗斯里亚科夫弯下腰向黑暗中跨进去。

走在他后面的塔尼雅也跟着他跨进去，油布在脚下发出格唧唧的响声。

从日光下走进营棚，一下子什么也看不见。棚子似乎很大，远远地，在营棚深处，有一点微弱的火光；好像有什么东西在冒烟，发出一种令人窒息的气味。忽然，有人用微弱的声音拖长了调子发出一阵呻吟，接着立刻可以听到人们在翻动身体，哼唧叹息和从喉咙里发出咝咝的声音。

“卫生兵，卫生兵在哪儿？”罗斯里亚科夫叫了一声。

“我在这里。”声音就在近旁。

“等我们走后再把油布挂上去，”罗斯里亚科夫说，“否则什么也看不见。这里冷不冷？我刚从外面进来，摸不准……”

“不太冷，军医同志，这儿人多，空气暖和。”

“这儿有多少人，点过没有？”

“刚来的时候点过，八十个人。死尸倒有二十多具。这些人都很虚弱；据他们说，最近几天连把尸体抬出去的力气都没有了。要是每座营棚能派两个卫生兵，我早就把尸体抬了出去……”

“应当把活人抬走，”罗斯里亚科夫说，“死尸在这儿再搁一下无妨。您走在我前边，我看不清楚。免得踩着了人。”

于是大伙一个跟着一个鱼贯向前，朝着棚子远处角落里的火光走去。

“营棚大得很。”罗斯里亚科夫说。

“他们说，最初每一个棚子要关五百多人。”

“一共有几个棚子？七个？”

“我们数过——是七个。一个空棚子，不过不是空的，是里边的人都死了。没有发现活人。”

“得再检查一遍，怎么会没有发现活人？”罗斯里亚科夫停住脚步，喊了一声，“喂，后面靠近出口的同志，你们向后转吧！你们到别处营棚去检查一下，能查完两个棚子也好，点一下那里有多少人，然后回到大门口的木棚里去。”

塔尼雅听到她后面的人转身向棚子的出口走去，但她自己继续跟着罗斯里亚科夫走。现在他们走到了火光的近旁，塔尼雅才明白这儿为什么有烧破布的焦味。营棚地上用两块铁皮架着一口锅，锅下烧的是一件棉袄的碎片，闪出微弱的蓝色火光。有几个人半躺半坐围着这散发臭味的火堆。在他们后面还隐约可见另外几个人黑魆魆的轮廓。

现在塔尼雅对黑暗比较习惯了，甚至已经能模模糊糊地辨认靠近火堆的那些人的面孔，她向出口处转过头去，看到后面一条狭窄的通道两旁也都躺满了人。

“你们好。”罗斯里亚科夫说，但是没有人回答他。过了半晌，才听到一个微弱的、仿佛发自深渊的声音问：

“几时把我们送走？”

“过两三个小时就开始把你们送走，同志们，”罗斯里亚科夫说，他弯下身去向锅里看看，“你们在煮什么？”

“在化雪。”另一个声音回答，那声音也很深远、微弱，但塔尼雅仍然能听出不是刚才那个。

“难道没给你们喝水吗？”

“还想喝一点。感谢一位战士给拿来了干净的雪……现在就放在锅里烧……要不，连干净的雪也没有。”

“为什么？”

“周围的雪都是脏的，稍远一点，靠近铁丝网的地方有干净的雪，可是看守不让走近，用冲锋枪打。”

“肉汤马上就能熬好，可以在送走以前发给你们吃。”罗斯里亚科夫说。

接着又是一阵沉默，仿佛这些人在答话以前每一次都需要积聚力气。事实上大概确是这样。

“供给饮食必须小心，”刚才最先开口的那个人慢慢地说，“除了流质，不要给任何东西。”

“这我们知道。”罗斯里亚科夫说。

“我自己是个医生，所以这么说。”隔了一会，那个声音又说。

“是哪个集团军的？”

“六十二集团军，第六九三步兵团的三级军医。”

“多久没吃东西了？”

“从十号开始。十五天了……”

“十四天。”罗斯里亚科夫说。

“那么我记错了。我以为记得很准。”

“在这以前呢？”

“等把我们送走以后再详细告诉你们。”

“还有谁和我在一起？”罗斯里亚科夫回过头来问。

“我，奥弗夏尼科娃。”

“您出去吧。一切都已明白，不用在这儿闲逛，必须把他们送走！”罗斯里亚科夫说，“出去的时候顺便抽查几个人的健康情况。”

塔尼雅一边听罗斯里亚科夫和那个缓慢的、时而停下来喘气的声音一问一答，同时一直看着围在火边的那些人的面孔。这些人都瘦得皮包骨头，胡子一直长到眼睛下面，他们一方面引起你的哀怜，同时又使你产生一种奇怪的疏远之感。仿佛他们不是和你一样的人，而是一些很像人、又不大像人的东西，人不是这种样子。在塔尼雅现在感受到的十分苦恼的心情中，既包含着焦急的愿望——希望马上采取行动把所有这些人都变成人应该有的样子，但她又明白，这不是一下子办得到的，而对于其中某些人来说，可能已经太晚了。

听到罗斯里亚科夫说“不用在这儿闲逛”，她便往回走，时而在这一个、时而在那一个躺着不动的身体旁边蹲下来用手摸摸他们。她拿起这一个的手来，感觉到他的脉息非常微弱，好像在老远的地方搏动着；走了几步以后，又摸到另一个人的手，但是那只手已经冰冷冰冷。又是一只手，也是冰冷的。然后又是一只稍稍有一点暖气的、活人的手，在碰到塔尼雅的手时，那人深陷的眼珠微微颤动了一下。脖子上长满了毛，可是细得跟小孩的差不多。塔尼雅觉得手指下面有什么东西在蠕动——是虱子！

“大姐，大姐……”

为什么他叫“大姐”呢？他看不见塔尼雅，可是叫的却是“大姐”。塔尼雅听到以后，没有把手放开，仍让它搁在原来的地方，她问：

“什么事，亲爱的？……”

他什么也不回答，只是重复叫着：

“大姐，大姐……”

“什么事？”

“……大姐……”他又轻轻地叫了一声以后，沉默了。

她又走了几步，在近门口有亮光的地方，看见一个人的戴着护耳帽的头部，他侧着腮帮把头枕在棉袄上，枯瘦的脸上长满了黑胡子，一只眼睛睁着，在看塔尼雅。这个人说了句不知什么话，她在他身旁蹲下来。

“您要什么？……您说呀……”她想了一想，认为暂时再也说不出更好的话，就说，“我们马上给你们吃肉汤……”

但是那个人微微摇了摇头。他要的不是这个。

“那么您要什么？”

“要是我死了，把我的姓名通知……”

“您姓什么，您说。”

“我……”

但他已经没有力气说出自己的姓名。他嘟囔了些什么，她听不懂。他又嘟囔了些什么，她又没听懂，只见他的眼睛里滚出一颗泪珠，塔尼雅感到惊讶，因为这些人居然还有眼泪，看起来这些人好像已经什么也没有了。

“走吧，”罗斯里亚科夫赶上来说，“时间不能耽搁……”

她先走到外面，日光照得她几乎睁不开眼睛，然后低头看看自己的一只手，上面有好些虱子在爬；她把虱子抖去，见罗斯里亚科夫也正在清除军大衣袖子上的虱子。

“情况就是这样……”罗斯里亚科夫说，“瞧，他们也来了。”他向附近一个营棚那边看看，然后朝着营地大门往回走去。

于是塔尼雅也迈开步子跟着他往回走，仍旧走那条路，仍旧得经过那些冰封的尸体。

大伙就在车旁集合。营级政委——那个小老头儿——提议到木棚里去讨论情况，但是罗斯里亚科夫把手一甩。

“不能浪费时间。必须马上行动！”他生气地用手背将一绺漆黑的额发向护耳帽下塞进去，“情况我认为大体上都差不多。”

“一个棚子完全是死人，我亲自检查过了，”一位女医生说，“据说，那里本来是关受伤的战俘的。”

“那就可以理解了，”罗斯里亚科夫说，“那么其余的营棚呢？”

大伙一致证实，其余的营棚里还有许多活人。

“说得确切些，这些人还有生命的迹象。”来的时候坐在塔尼雅旁边车帮上的那个青年军医说。

“毛估一下，大约五百到六百人，”罗斯里亚科夫说，“所有的人身上都长了虱子，所有的人都可能带着病毒，一部分人已经无法挽救。集团军卫生部主任一听到报告立即命令三〇八医院腾出一排房子，但现在看来，一排房子还不够……”

“可是柯斯久科夫斯基今天早晨还为他的医院弄到这几排房子高兴哩。伤员们在草原上受够了冻。”

“没办法，只好扫一下兴，”罗斯里亚科夫说，“这不是高兴的时候。我们走吧。要想在这里采取什么措施，那完全是自欺欺人。现在救人的关键在于后送的速度。对了，”他向青年军医说，“您去把那个歇斯底里病人叫来，他在这里顶个屁用，让他跟我们走。”然后又转向营级政委：“斯捷潘·尼坎诺雷奇，你留在这儿，监督把肉汤发给他们吃，注意在我们回来以前不要搞任何活动，不准探望慰问，无论从什么样的好心出发。把大门锁起来，由你负责。我给你留下一个医生……”他顿了一下，显然在考虑：留谁？

塔尼雅本来也许不会自告奋勇留下来，但是那个青年军医到木棚里去了，而刚才报告说她亲自检查过死人营棚的那个胖女医生站在那里咬住发抖的嘴唇，眼看着就要哭出声来。

“能允许我留下吗？”塔尼雅说。

罗斯里亚科夫向她看看。

“好，您留下吧。”他看见那个神经衰弱的医生脚步踉跄地从木棚里出来，指着他拿在手里的一只医生皮包，向塔尼雅那边摆一摆头，说：“给她！”

“那以后怎么办？这包是我的……”

“以后的事经过医学鉴定自会弄明白，”罗斯里亚科夫声色俱厉地说，“如果您有病，就进医院；万一没有病……”他没有把话说完，但他脸上的表情没有任何良好的预兆。“把包给她！”

罗斯里亚科夫把皮包夺过来交给塔尼雅。

“不必忙于治病。在此地这是无济于事的。还是注意让所有能吃的人都吃到肉汤，不要漏过一个——这倒是更重要、也是更艰巨的任务……我们走吧！”他转向洗澡洗衣队的一名中尉和一名二级政治指导员，说：“你们不要跟我们走。你们把行军灶摘下，让司机开了吨半卡车把你们直接送回队里去。三小时以后，你们全队人马必须到达柯斯久科夫斯基那里。吨半卡车以后再还，别马虎！”

“不要忘了下一道关于理发员的命令。”营级政委提醒说。

“对，得把全军的理发员都动员起来，”罗斯里亚科夫说，“凡是长毛的部分都得剃光……”

“再多搞几条被子放在车上带来……还要油布。天气冷。车也要一下子多搞几辆，光靠我们那几辆不够！车需要很多。”

“放心吧，斯捷潘·尼坎诺雷奇，我一到就给高斯嘉[①]打电话，”罗斯里亚科夫说，这时，车已经开动。“高斯嘉什么都给！”

“高斯嘉是谁？”车开走以后，塔尼雅问营级政委。

“集团军军事委员。”

塔尼雅记起了今天在谢尔皮林那里看到过的那个翻鼻孔、小眼睛、头发花白的人。

“战士们这样把他叫开了，”营级政委说，“赢得他们这样的称呼

---

① 高斯嘉是扎哈罗夫本名康斯坦丁的昵称。

可不简单哪。堂堂集团军的军事委员竟叫起高斯嘉来！他还会亲自跑到这儿来，他一定忍不住，回头您瞧着……”

司机兀自生气地咕哝着正在摘去吨半卡车后面的行军灶。洗澡洗衣队的两名干部在一旁不耐烦地踏脚，其中一个还帮着脱钩，以求快一点出发。刚一摘下行军灶，他们立刻坐上吨半卡车走了。

“杰杰林，快去快回啊！”炊事兵在后面向司机喊。

“放心，”营级政委说，“聪明的司机不会把炊事兵和行军灶丢下太久。肉汤熬起来快吗？”

“把水煮滚，把凝固肉汁放下去，等它化开——大约四十分钟。”

“怎么这样慢？”

“要是水就好了，可这是雪，”炊事兵说，“先得把它烧融。你们来的时候，我刚把雪放下去，还不断加添，敲碎。我自己也在着急！我已经把一副铺板劈碎了，让火烧得旺些……”

“我们到木棚里去暖和几分钟。”营级政委向塔尼雅建议。

他站在那里，把军大衣的领子竖起。他的脸冻得很厉害，现出许多红色的筋络，老态毕露。塔尼雅心想，他的年纪大概比她最初的估计还要大。在前线看到这么大年纪的人甚至有些稀奇。

“依我看，那里没有什么病毒，”他们走进木棚以后，营级政委说，“虱子是有的，但病毒没有。虱子就是往暖和的地方爬才能逃命。从外面走进营棚，好像挺暖和，其实里边的温度也在零度以下。要注意，这样已经有两个多月了……您也看到了，他们把死人的衣服都脱下来，或者自己穿，或者当柴烧。死人不需要这些，可是活人需要。我刚才在一个人旁边蹲下来，说：‘你们这儿的虱子可真多。’他说：‘不要怕，大夫，我们这儿没有病毒，所有的病毒全冻死了。我们这儿只有一种病——就是死。旁的病已经没有了。’这个人就是这样谈到自己的生活……”

他在木棚里走来走去，一会儿拍拍胸，一会儿敲敲背，怎么也无法使身子暖和。

“既然他们从十号起没有吃东西，那就是说，我们一开始进攻，鬼子就对俘虏停止供给伙食。可是在这以前给他们吃的又是什么？又是什么？”他向塔尼雅大声说，好像她能回答这个问题似的。

塔尼雅全身一震，她想：“难道对这件事不能早一点想办法吗？”她感到震动，因为想到在她去塔什干的路上，以及在塔什干的时候，她和所有的人一同为我军向德国鬼子开始了进攻而高兴，为鬼子已经被包围而高兴，然而就在这个时候，就在这个包围圈里边，却有我们的人！他们在里边还处在德国人掌握之中。可是在今天以前，整整两个星期我们一点也不能够帮助他们。怎么能有这样的事！

“关于这个俘虏营，难道我们早先一点都不知道吗？”塔尼雅愈想愈觉得可怕，不禁大声问。

“哪儿能知道呢？即使知道了——又对谁有好处？”

“怎么没有好处？”塔尼雅说，“也许可以早一点想办法！哪怕早几天把他们解放也是好的！”

营级政委耸耸肩膀。

“那很难说。打仗——这是硬碰硬的事情！心有余而力不足！有时为了把一个伤员从中间地带拖下来，也往往牺牲好多人还是救不了。甭说这里……”他把手一甩。后来问道：“战争一开始就在战场上吗？”

“是的。”

“我也是……在这以前我还当过卫生兵，还担任过卫生营的政委……”

“战前您是干什么的？”塔尼雅问，因为据他说是以士兵的身分开始参加战争的，那么以前不是军人。

“您问我战前是干什么的？”他有些勉强地说，似乎不太愿意提过去的事情。“我干过好多工作。战争一开始我参加了志愿后备军。战前的四年，我因病退休在家。在这以前，”他又不大乐意地略停一下，“在巴姆拉格河工地的文教股工作……那里的囚犯营有文化教育股这样一个部门！比这更早，我在劳动公团里干过，我还认识安东·谢苗诺维奇·马卡连柯[1]。”他叹一口气以后沉默了。

“您今年多大年纪？”塔尼雅问。

---

[1] 安·谢·马卡连柯（1888—1939）——苏联作家。

“五十还没满呢，”说着他现出一丝苦笑，“巴姆拉格河使我衰老了。也有一些人没有变老，可是我变老了……所以我因病退休在家……”

他朝塔尼雅这样看着，仿佛她应该明白他的未尽之意，但她不明白，只是感觉到这个人的生活中有一段不寻常的经历。这段不寻常的经历就包含在他的“因病退休”这句话里。

“去瞧瞧吧。”塔尼雅说。

他们在木棚里逗留了已经有十分钟，她觉得在这儿再呆下去是可耻的。他们俩都应当到营棚里去。也许没有必要，不过总是应当去看看。

“走吧……庶务长大概在那边。得叫他把卫生兵集合起来，看看肉汤好了没有。”

他们第三次默默地在尸体上走。经过了塔尼雅已经去过的那个营棚，走到第二个棚子前面站住。

“您到这里边去吧，”营级政委说，“我再走过去看看。”

说完他继续向前走。

“我这就进去。”塔尼雅说。

她忽然想抽烟。只要在外面站两三分钟，抽几口烟，然后再走到里边去。她从皮袄衣袋里掏出一包“白海”牌。还剩下三支烟，其余的都吸掉了。在塔什干的时候，当着母亲的面她总是熬住不抽，怕母亲不痛快。甚至背着母亲也不抽，免得发出烟味。在路上，她几乎把一包烟都抽完了——大概是激动地期待着未来的缘故……

战场上当然无暇细想，然而这一天她所接触到的一切，在她的头脑里毕竟还是容纳不下。而且这一天还没有结束！早晨，在轰炸机机场上最后一次降落，和她同来的飞行员个个都精神抖擞……另一些飞行员来迎接他们，问有没有从塔什干带苹果来。他们也个个都是精神抖擞，并且愉快地预言：这下鬼子们恶贯已满，剩下来只是三天的事情，顶多不超过四天……

而这里却有这个营地，营棚里还有这些人。

她准备几口就把一支烟抽完，抽完了就走进去。还在几小时以前，当她在集团军卫生部门前走来走去等主任召见的时候，那时她为之激动的一切——关于自己和关于阿尔杰米耶夫的各种念头，关于事情结束得这样迅速可笑究竟好不好等的想法——现在全部退出头脑，简直消失得无影无踪，仿佛从来就没有产生过似的。

从这里远远望过去，在铁丝网前面那个黑糊糊的死人堆跟任何别的不太高的土堆没什么两样。这样的土堆往往沿着反坦克壕绵亘延伸。现在，天色已经开始暗下来，可以认为这不过是一堆土和冰；但她望着那边，心里明明知道，这不是土和冰，而是人堆起来的。

“护士大姐，把烟头留下吧！”

她回过头去，见一个卫生兵正从营棚里出来，他有着一张年轻、善良、活泼、圆腮帮的脸；看到他，塔尼雅高兴非凡，因为一分钟以前，除去她自己以外，好像世界上已经一个活人也不剩了。

“对不起，军医同志，我叫错了。”卫生兵觉得怪不好意思，因为他这才看到塔尼雅皮袄里边露出带杠杠的领章。

“给！”塔尼雅把吸剩的半支烟递给卫生兵。

卫生兵狠狠地吸了一口，向铁丝网前那黑糊糊的一道墙摆了摆头。

“我向这里一个比较像活人的人问起过这堵墙：是鬼子命令还是你们自己堆起来的？他说不是他们堆起来的！他们先是到那边去取干净的雪，后来，好多不愿再活的人，干脆走或者爬到那边去死。那已经不是去取雪，而是去找死的！到了最近，想死也死不成，因为没有力气。据他说，从昨天晚上就有炮火声传来，可是想爬到门口听听，已经爬不动了……”

他又慢慢地、狠狠地吸了一口烟。

“要不要留一点还给您？”

“不用了，”塔尼雅说，“我到里边去。”

“您到里边去干吗？！”他转过身去避开突然刮来的一阵风，塔尼雅也转过身去，听到顺风送来了远远的、大约是在斯大林格勒城内的炮火声。

“我进去看看。”她不是对卫生兵而是对自己说。于是，她低下头来——因为棚子的入口比她的个子还矮，——跨进了营棚。

第八章

直到第二天深夜，最艰巨的部分才算过去。最后一名——第四百八十三号——被解放的俘虏，经过卫生处理，也已被安置在军医院病舍里干净的床单上。

登记册上出现了最后一个号码“483”，但还不是每一个号码旁边都注上了姓名。有好多人到现在还问不出所以然来。

“大约六百个活人，”那个庶务长昨天在营地说过。但在汽车开往营地的时候，有人死去；在把他们从棚子里抬出来载上车的时候，有人死去；路上有人死；作卫生处理的时候有人死。有几个人已经被洗得干干净净，剃得精光溜滑，却在被抬往病舍的时候死在担架上。而现在列入活人名单的那些人，其中还有几个将在最近几天内由于长期挨饿造成的不治之症而死去。

在这一昼夜半的时间里，塔尼雅耳闻目睹的实在太多太多了！甚至觉也不想睡，尽管一宵未曾合眼；东西也不想吃，而且大有永远不再想吃之感。

进行卫生处理的一排房子整整一昼夜简直像地狱里的伙房：蒸汽腾腾，污水泛滥；地上扔满了一团团乱七八糟的毛发，随着虱子的爬行也还在那里蠕动着；扒下来的破衣服堆积如山。特别可怕的景象在第一室，全部卫生处理分成四道程序。第一室还不给洗澡，只是把衣服脱光，用毛刷把虱子从身上刷下来。院子里窗口下面已挖好一个大坑，坑内烧着重油；扒下来的衣服被大捆大捆地扔到坑里去，地上的虱子不断被笤帚扫在铅桶里，再从桶里倒入火中。

第二室给他们把头发剃去，凡是长毛的地方全部刮光，然后给他们洗第一次澡。从这里又有一桶一桶的虱子连同毛发一起被拿去烧掉。甚至一些参加过第一次世界大战和国内战争的老卫生兵也说，他们这辈子从未见过像这样的情景。

第三室内已经比较轻松：那里只是再洗一次澡。到了第四室就开始进入天堂：那里给他们穿上干净的内衣，把他们放上担架。

如果除去几个医生、护士和十来个理发员不算，卫生处理过程中全部最可怕的工作都是洗澡洗衣队的姑娘们干的。她们人很多：来了五十个，——但是工作实在多，所以到末了她们个个都累得四肢瘫软。

姑娘啊，洗澡洗衣队的姑娘们啊！你们的队在前线被称为“肥皂泡”，这不是你们自己笑着说的吗？那些在前线因为久离女性肉体而饿火中烧的男人，编造了各种各样可信可疑的趣话，说的不就是你们吗？谁知道其中有几分真情，几分假话，想必既包含真情，也不乏假话。但是不管怎样，关于你们主要的真情是：这一昼夜世上再也没有比你们更好的人，再也没有比你们更温柔、更不嫌腌臜的手，再也没有比你们帮助人重新变成人的一片好心更神圣，更崇高的了！你们没有一个人发抖，吃慌，逃跑，或者像营地里那个男医生一样昏倒。一个也没有！

晚上，那时正在给最后几名伤员洗澡，罗斯里亚科夫对塔尼雅说了上面那一番话。他说的正是这些像诗一般的话，塔尼雅绝未料到，这个最初被她认为在前线变得冷酷无情的人会说这样的话。他的眼睛也忽然变了样，这张刚强的哥萨克脸上的一双鹰目会变成这样，也是塔尼雅意想不到的。他几乎用诗赞美那些姑娘，眼眶里还含着泪水。

塔尼雅自己在那里和她们一起工作的时候却没有这样想。她只是看到她们干得又快又小心，简直不知疲倦。没有一个伤员从她们手里滑下来掉在地上。而经过她们手的身体是那么可怕，甚至不能称之为人体！

她自己也曾多次给在卫生处理过程中失去知觉的人们打针。她的手指到现在还保留着这样的感觉：她握着的不是手臂，而是一根骨头，骨头外面包着一层空皮。有几个打过针以后还是死了，那就不往前抬到第四室去——姑娘们开玩笑称那里为天堂，——而是往回抬走……

现在，所有活着的以及那些即将死去但暂时还活着的人，都躺在军医院病舍里的双层床上。接班的医生们已经来了，可以到作为临时食堂的帐篷里去喝一点茶，但是没有力气走到那边去。也可以干脆在现在坐的床位上躺下来，——它反正空着，——睡到天明。但是不想睡觉，脑袋里老是盘旋着一些无以名之的东西：一些看到的和听到的残缺片断互相纠缠交织在一起，似乎不是思想，而是一场恐怖的噩梦……

一个人在洗澡的时候连爹带娘地骂德国人不架起机枪来枪毙他们，偏偏用饥饿来折磨他们。

“没有把你们枪毙不是很好吗？”塔尼雅对他说，“现在你们可以活下去了。”

“也许，从此以后我根本不想活了。”他对塔尼雅狠狠地瞪了一眼，好像她说他可以活下去的话深深地伤害了他。

可是另一个人要求上前线，他一个劲儿地说：

“大夫，您快一点把我治好。我还要去杀他们……一个也不让留种……”

他一定自以为声如裂帛，威风凛凛，其实这是几句几乎听不清的喃喃低语，他是在已经穿上了干净内衣被抬走的时候死的。心脏一下子停止了跳动！

还有一个人嘟嘟囔囔不知在说些什么：不知在报自己的姓名呢，还是要吃东西。他嘟嘟囔囔的模样好像永远忘记了自己的语言。另外一些人只是哼哼唧唧，一句话也不说，活像被割去了舌头。他们无声无息地死去，姑娘们往往在快要把他们洗干净的时候才发现自己洗的是死人。

“以后我把您从这儿带走，”罗斯里亚科夫对塔尼雅说，“您将在我那儿的后送科里工作。”

她听了点点头，但当时根本没有意识到他说的什么。现在意识到了，反正也无所谓。

不出营级政委所料，当第一批大汽车和载重卡车开到战俘营，开始把人抬出来的时候，军事委员扎哈罗夫就到了现场。他走进一个营棚，从头走到底，又回出来，在门口默默地站了十来分钟，看着战俘们被抬走。后来他把从旁边经过的塔尼雅叫住——他居然没有把她忘记，——问道：

“谢尔皮林说你在德国人后方呆过很久。这样的局面你在那里见过没有？”

塔尼雅只摇摇头。她听倒是听说过很多，但自己只在斯摩棱斯克郊外从远处——相隔一公里——看到过一些岗楼和铁丝网。

“我也没有见过，”扎哈罗夫说，“这是战争以来第一座被我们解放的俘虏营……战争本来就是不太可爱的事情，但……”

他没有说完。这时又有一辆车在向营棚这边倒过来。扎哈罗夫扯了一把塔尼雅的衣袖，免得被车碰着。

“我们在同志们的尸体上行车，”他用铁一般沉重的声音说，“恨不得把所有的法西斯都扔进冰窟窿去！他们不是想渡过伏尔加河吗？那就让他们在冰底下走到对岸吧！其实这也是说说罢了！难道能这样做吗？”他苦笑了一下。“我们是不记仇的。要是他们投降，你就会给他们包扎伤口。”

“我不干。”塔尼雅说。

“不愿意干也只好干。我还得责成后勤人员按规定给俘虏吃足，不让俘虏瘦下去。要是不让吃足，我得狠狠地揍他们。”他这样说着，好像在嘲笑自己，嘲笑他不得不做的事情。“可是这些事情怎么忘得了？”卫生兵们正从营棚里抬出一些无意识地扭动着的躯体，扎哈罗夫就向那边一指。然后他斜眼看看塔尼雅，说：“去干活吧。”

她走开时想起罗斯里亚科夫曾把这个上了年纪、身躯肥重的人叫做高斯嘉。

高斯嘉就是这么个人。

这次谈话还是昨天的事，但似乎已经隔了好久。今天早晨扎哈罗夫又来过一次，站在板房里看卫生处理。但今天早晨的事情也已经隔了好久。一切都已过去很久。她自己到这里前线似乎也已经很久了。

“怎么，您不睡吗？”营级政委斯捷潘·尼坎诺雷奇的声音打断了她的思路。

他站在她面前铺位之间的通道里，他旁边还有一个高个子、穿棉袄、戴护耳帽的人。

“我不睡。”塔尼雅说。

“既然您不睡，我去干我自己的事情，您给找一找两百十七号的布杜索夫中尉。这位营长从前沿阵地到这儿来，”营级政委把头向站在旁边的高个子一扭，“要找他的中尉。”

“那我们去找吧。”塔尼雅站起来，一边思索着两百十七号可能在哪里。

她站了起来才发现自己几乎站不稳，现在她才真想倒头睡下，睡得人事不省。

她举目看看站在她面前那个用皮带紧束着短棉袄的高个子，依稀觉得有些面熟。

“请吧。”她想不出以前是不是见过这个人。

说完她转过身去。但高个子没有跟着她走，却用一只手攀住她的肩头，把她的身体朝着自己扭过来，再用另一只又大又重、裹着绷带的手放在她的另一边肩上，说：

“我是辛佐夫。您好。不认识我了吗？”

现在她马上认出来了。要不是以为他已经不在人世，她一定早就认出来了。

“您好，伊万·彼得罗维奇！”她说，“我以为您牺牲了，一直为您伤心。”

“可我还活着。”

辛佐夫继续站着不走，塔尼雅不知道如何是好。要不是他两只手搁在她的肩上，她一定迎上去和他拥抱。但他还默默地站着把手搁在她肩上，目光专注地、奇怪地凝视着她，好像看到的不是她，而是另一个人，好像他知道了以前无法知道的事情。后来他一下子把手放开，说：

“我们去找吧。”说完让她在前面走，自己跟在后面。

她从床位之间走过去，从枕头下面取出写着号码和姓名或者只有号码的练习本纸条，用手电照着，因为病舍里相当暗。

“他的头发是红色的。火红火红的。”他们走过了几排床铺，辛佐夫说。

“我们把所有的人头发都剃光了，”塔尼雅说，“您可知道他们身上长着多少虱子？”

“知道，”辛佐夫说，“这个营就是我们解放的。我们到两个棚子里去看过。”

“看守人员一个活的也没抓？”塔尼雅问。

“恐怕是这样。”辛佐夫说。

“这就是您要找的布杜索夫。”塔尼雅从躺在上铺的一个人枕下抽出一张纸条，这个人头发剃光，长着一个蜡黄的细鼻子。

“请照一下。”辛佐夫说。

塔尼雅用手电照着那个人。

“这不是他。”

“不可能。这儿明明写着。”

“不，不是他。您再照一下。”

在这以前，当塔尼雅走到别的床位前照着从枕下抽出来的练习本纸条时，辛佐夫只匆匆地看见一个个都很相似的、包着一层枯皮的头颅。但现在听说躺在这张铺上的人就是布杜索夫中尉，就是他要找的那个布杜索夫，他还不敢相信。因为他要找的布杜索夫是个体格健壮、红发蓬松、宽脸阔嘴、有说有笑的年轻人，每次侦察总是第一个自告奋勇参加，并且有本领赤手空拳生擒“舌头”带回来。而现在这个布杜索夫却是个光头老人，青幽幽的脸上病容满面，毫无生气，一双跟小孩子一般细弱的手搁在被外。

“布杜索夫，嗳，布杜索夫！布杜索夫！维佳！”

枕上的头微微开始扭动，深陷的双目睁开来疲倦而忧郁地望着辛佐夫。后来，在眼窝深处慢慢地起了某种变化，辛佐夫明白，这双眼睛认出了他。于是他把自己的脸凑近些，说：

“我是辛佐夫。”接着又说一遍，“我是辛佐夫。”

“我在哪儿？”布杜索夫的话轻得几乎听不出，接着他略为提高声音紧张地又问了一遍：“我在哪儿？”

他大概以为周围又发生了新的变化，可是他不知道究竟是什么事。

“你在医院里。”辛佐夫说。

“噢，噢，我知道了。”布杜索夫安心地说，说完闭上眼睛，然后又显然很费力地重新睁开。“你怎么在这儿？”

“我是来看你的。彼别里亚耶夫告诉了我。”

“他在哪儿？”布杜索夫问。

“不晓得。还没找到。那天我见过他，可是现在找不到。”

“我们这模样你瞧见了吗？”布杜索夫说。

“我们解放了你们的营地，”辛佐夫说，“当时我在那里看到过彼别里亚耶夫。他就在第一个棚子里，躺在门口。”

“我好久没看到他了，”布杜索夫说，“自从鬼子不再把我们叫去领饭，就没有见过他。”这句话比较长，他说得很累，所以闭上眼睛沉默良久。后来他问：“这么说，你们从岸边一直打到了我们那儿？”

“是的。”辛佐夫说。

关于他是怎么来到这里，以及他如今不在以前和布杜索夫同属的那个集团军，那个师，那个营，这话说来太长。

“我们满以为你们俩在那次侦察中都被打死了。怎么也想不到你们还可能活着。”

“你以为我们想得到吗？”布杜索夫重新睁开眼睛，“我们是自投罗网。当初还是死了的好。”

“你不用难过。难过有什么用？世上想不到的事情太多了。”

“我并不是难过。”布杜索夫闭上眼睛，又说了一遍，“我并不是难过。”突然他不安地全身震动了一下。“彼别里亚耶夫在哪儿？”

“我说过了，还没找到。”

“你等一会，别走。”布杜索夫并不睁开眼睛，很轻很轻地说，然后把头一扭，让一面腮帮贴在枕头上。

辛佐夫把臂肘支在床架子上，望着他的脸，站在那儿还等了好久。最后他明白，布杜索夫已经蒙眬睡去，最好还是不要去打扰他。

在这段时间内，塔尼雅始终站在辛佐夫后面，望着他那宽阔、强壮、微微拱起、棉袄外紧束着皮带的背部。

记得在四一年，当他们穿过斯摩棱斯克森林突围的时候，这宽阔、熟悉、微微拱起的背部几乎始终和谢尔皮林的脊背一起出现在前边。

后来，她的一条腿脱了骱，辛佐夫用大油布把她系在背后背着走。他跟佐洛塔列夫轮流背她，但大部分时间是他背的，因为他比佐洛塔列夫力气大，他自己也说自己健壮如牛。

塔尼雅站在后面望着这宽阔、疲乏、穿着棉袄、紧束着皮带的背脊，心里忖度着，等他和这个中尉讲完了话转过身来，她必须告诉他说：他的妻子死了。

他默默地站了有几分钟，然后转过身来，说：

"我把我的军邮信箱号码抄给您，等他醒过来以后，您交给他。好不好？"

"好。"

"您再抄下一个姓名——彼别里亚耶夫。名册上没有他，不过他可能在那些还没有恢复知觉的人中间。我本来想把每一张床位都走遍，但是营级政委不准夜里打扰伤员。他当然是对的。可是白天我不能来。要是您能够找到他，就把我的信箱号码也告诉他。好吗？"

"好。"塔尼雅再一次说，心里继续在想，她必须告诉他噩耗的一刹那正在很快地、并且越来越快地逼近。

他摘下护耳帽，用一只手扒了下头发，抹抹没刮胡子的脸，重新戴上帽子，犹如通过这样一些动作把一件事和另一件事分开，然后说：

"现在我要跟您谈一下。"

"我也要跟您谈谈，"她说，"我们去坐下来谈。"

他们回到刚才当他随营级政委走到那里时塔尼雅所坐的床位前。辛佐夫先坐，她在旁边坐下，臂肘碰到他的棉袄。

"我要告诉您关于您妻子的事，"塔尼雅眼睛望着地上说，"我和她一起在游击队里呆过。她牺牲了。"

"我知道。"辛佐夫说。

她抬起头来注视着他的脸。

他那平静而疲乏的脸毫不改色，毫无表情。

"我知道。"他再说一遍，同时也望着她的脸，把头摇了两下，似乎在无声地重复着："我知道，我知道。"

看到他现在的脸色显然对可能听说的一切事先早有准备，她突然问：

"知道很久了吗？"

“很久了，”他说，“已经有两个星期。”

“谁告诉您的？”

“我妻子的哥哥。他在这儿前线。他一来就找到了我。”

“对，对，我明白了。”塔尼雅感到茫然，其实她还不明白，为什么她准备告诉他的话一下子没有必要再说。

当他两只手搁在她肩上对她凝视的第一分钟，她仿佛感觉到他知道了什么事情。但后来，当他说“我们去找吧”的时候，她已经确信辛佐夫完全不知道这件事，因为他如果知道的话，不可能不急于询问详情。

然而看来这还是可能的。他知道了不问，却先去找那个中尉。

“有人通知我们游击队，说她死得不愧为一位英雄。”塔尼雅忽然这样说，甚至她自己也感到意外。

辛佐夫对她看看，发出一声叹息。也许他以为塔尼雅马上就要开始添油加酱胡诌一通以减轻他的痛苦。他叹一口气，说：

“巴威尔把您说的情况转告了我，不过那天我听的时候脑袋里昏昏沉沉。您再说一遍。他对我说，他给您留了通讯处，我老是希望您给他写信，那我就能找到您了。可是现在，您瞧，这样……”他稍一停顿，然后略有些吞吞吐吐地补充说，“……不是挺好吗？”

但这样一点也不好，太不好了，她只想默默地拉住他的手，为玛莎早夭的生命哭一场，而不想把那些情况再说一遍。

“好，我来告诉您。”于是她开始叙述。

他坐在旁边默默无语。把护耳帽脱下，扔在身边铺位上，两只手——一只好手和另一只裹着绷带、纱布已经弄脏的手——扣在一起，就这样自始至终一动也不动。

塔尼雅说的时候，他不作声；塔尼雅停下来考虑措辞的时候，他也不作声。在塔尼雅已经说完以后，他还沉默了两三分钟。

两个星期以前，阿尔杰米耶夫来到前线，从《红星报》上读到一篇通讯，里边提到了一个过去是记者的营长辛佐夫，阿尔杰米耶夫就去找到了他，把玛莎的事情告诉他。那天夜里，辛佐夫只想着她，只想着她是怎么死的。而现在重新听到了这一切，他却在想失去了她已经有多少日子。

当他在莫斯科军事检察处的传达室里等候决定自己的命运，以及从检察处回到古别尔那里被接受加入共产主义大队时，她还活着。当他和玛里宁战斗在砖厂的大烟囱里时，她也还活着。当他在红场上受检阅望着在陵墓上讲话的斯大林时，她也还活着。

可是后来给别人都照了相准备发党证，就是不给他照，为了这件事他跟玛里宁吵过架，接着，夜里他坐在掩蔽部里想她，那时她已经死了。当奥尔洛夫将军给他们发勋章的时候，她已经死了。当他去抓了“舌头”并且把列昂尼多夫从中间地带拖回来时，她已经死了。他出了医院可以得到假期去莫斯科找她，可是他没有要假期，却进了少尉短期训练班，那时她已经死去，已经不在人间。

当他在斯大林格勒城内的时候，她已经不在人间。当他负了伤被送过冬季的伏尔加河时，她已经不在人间。某一天夜里，当他离开那个女人并且在想玛莎是不是还活着时，她早已不在人间，死了已经有一年多……

辛佐夫终于把扣在一起的手松开，抬起头来望着塔尼雅。他脸上的神情似乎显得他没有任何感觉。

“是您自己要我把一切都告诉您。”塔尼雅说，她看到这张毫无表情的脸害怕了。

“对，当然如此，”他说，“难道还能不这样吗？我不怕。我已经惯了。”

他的脸仍旧那样毫无表情，他说已经惯了——这是不是真话，塔尼雅还是不能确定。她忽然想起，有一次在叶尔尼亚附近的树林里，他抱着她走到林区守望所，守林员曾对他这样说：“我以为是您的妻子呢。”他问守林员：“为什么？”守林员说：“不是任何男人会把任何女人这样抱着走的。”可是辛佐夫什么也不回答，只耸耸肩膀，大概想到了自己的妻子，那时她还没有死。

塔尼雅早已经忘了曾经对这个人怀有感激的心情，战争排挤了这种感情，正像排挤了其他许多事情一样。而现在她分外清楚地记起了这一点，突然说：

“要是没有您，我也早就活不成了。”

她这样说，仿佛她活着对于他极其重要似的。

“您活着，这很好。”他说。然后抹抹脸，问：“巴威尔告诉我，您到过……他家里。”

“是的。”

“我在四一年就是从那里上前线的。”

他说的好像是童年时代，好像是不知多么遥远的事情。说完，他站起来。

“我的时间到了。”

她也抬起身来站在他面前。她站着，不知道为什么有这样的感觉：这个人还会需要她的。

“您在哪一师？”

“一一一师。”他解开军用挂包，取出本子、铅笔，写了军邮信箱的号码，撕下半张纸交给塔尼雅。“您抄一张给那个中尉。要是找到彼别里亚耶夫，也抄一张给他。好不好？”

“好。”

她不愿意就此分手，辛佐夫从她脸上看出了这一点，只说：

“我会找到您的。”接着又添上一句——跟谢尔皮林的话几乎完全相同，“等我们把一切都结束了以后。在这以前恐怕不行。”

“你们还没有和六十二集团军会师？”塔尼雅问，她想起了谢尔皮林曾经当着她谈到过这一点。

辛佐夫笑道：

“这不是在童话里，没那么快。三天来除了这件事我们什么也不想。”

“也许我自己会找到您，”塔尼雅说，“我找起来大概比较容易。”

他点点头：你说容易就容易吧。然后疲乏地打一个呵欠。

“我是利用睡眠时间请假出来的。明天上午还有战斗。”

“我送送您。”

辛佐夫顺着铺位之间的通道走去，塔尼雅匆匆地跟在他后面，一边走，一边把皮袄穿起来。

板房外面停着一辆“爱姆卡”。

“瞧，这是我的汽车，现在我过得挺阔气，”他在黑暗中微微一笑，随后解释说，“不是我的。政治副师长夜里不用，他叫我坐了车来。就这样吧，再见了。没想到我们在此地见面。”

他伸出一只手，塔尼雅在黑暗中仓促迎上去时，起先碰到了他另一只裹着绷带的左手，直到车已经开走，她才想起自己始终没有问问他的手怎么样，也没有建议给他重新包扎一下，她感到惭愧。

第九章

辛佐夫回到自己营里比预想来得快。道路要通过白天刚占领的斯大林格勒近郊的一些阵地，在他去医院的这段时间内，路上的障碍清除了，地雷扫去了，路面也已被拖着大炮到前沿去的牵引车的履带着力辗压过了。现在德国人的炮弹一天比一天节约得更厉害，我们甚至把大口径的重炮也肆无忌惮地拉到前面去作直接瞄准射击。

辛佐夫以为必须早一些下车，但司机一直把他送到营部。汽车在这里要穿过一条街道——两排废墟之间的积雪地带。今天营部就设在左边第二幢废墟的地窖深处。

“看得出来，您不怕碰上地雷。”辛佐夫说。

“习惯了。有路无路团级政委反正命令要开过去。”司机的语调中同时既有不满，又包含钦佩。

辛佐夫笑了笑，走出汽车。

车可以通过的地方团级政委别列日诺依从来不步行，这一点司机不说辛佐夫也知道，他亲眼看见过。这个人胆子大得近乎发疯，却又如此懒于走路。

还是好久以前德国人在深雪中踩出来的一条小径从街上折向废墟深处。寒风割面。在这样的严寒中究竟能生活多久！

这就是第一条斯大林格勒的街道，我们的人从十号起便开始向这里走来。可是直至今天——第十六昼夜——才走到这条街上。如果所有的街道现在都变成这样，将来干脆还是在一个新的地方重建一座城市来得简单。究竟怎样很快就可以知道。

根据晚上的炮火声判断，德国人控制着的咽喉地带已经很窄，只剩三四条街，隔着它就是我们的人了。今天白天由于自己人的炮弹射得太远，有一个人被打死，三个人负伤。损失不算太轻；经过十六昼夜的战斗，营里的人剩下已经不多。

考虑到明天的战斗，辛佐夫想起了当他在六十二集团军时常到他指挥所来的炮兵营营长阿辽沙·申格拉亚。万一这个申格拉亚大尉明天一早用他那洪亮的格鲁吉亚嗓子下令拉动火药线向十六号地区开火，炮弹可能由于造化弄人而直接命中他的老朋友。想到这里，辛佐夫一笑置之，但还是打了一个寒战。

指挥所所在的一幢老房子有很深的地下室。地窖的墙壁厚，拱门低，因而保存了下来。十六昼夜以来，宿营的地点换过好多次：不但曾在战壕里用大油布架起的帐篷下歇夜，也睡过几乎完好的掩蔽部。但现在这次宿营是第一次住在城里，可以说是在屋顶下过夜的，尽管二楼和三楼已经不复存在。如果不去寻找布杜索夫，可以好好睡一觉。他这样想着穿过地下室，在入睡的战士们和值班电话员身旁经过，走到自己的斗室里去。

这座地窖有两间这样的斗室：伊林和扎瓦里欣占了一间，里边有两张德国行军床；另一间里放着一张铺着鸭绒被褥的双人床。昨天这张双人床上睡着一名德军营长，今天是你睡了。这个德军营长的证件被缴获了，可是本人没有在被打死的人中间发现，也没有被俘。俘虏为数不多。整整一天只俘虏了十七个人，大多是冻僵的半死人。

走进自己的斗室，辛佐夫发现有人用帽子遮住面孔躺在床上。传令兵伊万·阿甫杰伊奇正在调整装在弹壳里的灯捻。

“谁躺在那儿？”

“集团军司令部的一位中校。二十四点到的，问您在哪儿，然后说：‘等他回来把我叫醒。’”

“这倒新鲜！”辛佐夫说，他走到床前，看见阿尔杰米耶夫长着红棕色毛发的后颈露出在枕头上。回头向伊万·阿甫杰伊奇问：“晚饭招待了没有？”

“他不想吃，就躺下了。”

“那么您去弄两个人的茶来，我也饿了。”

“有豌豆汤，”伊万·阿甫杰伊奇说，“您刚走，就送来了热的汤菜。”

“那更好。”辛佐夫疲乏地在桌旁一张破旧的丝绒靠椅里坐下来。

“可以吗？”伊林撩起遮在门口的大油布向斗室里探进身来。

“你来干吗？不是说你在休息吗？”

“我吩咐等您回来就叫醒我。”

“什么要紧事？”辛佐夫问，“坐下。”

“我不坐，”伊林说，“一坐下就想睡。明天的情况有变动。炮火准备从七点改为九点，进攻改在十点开始。”

“这倒不坏，”辛佐夫伸一个懒腰，因为还可以睡一会而感到高兴，“为什么？”

“屠玛年来说，还准备调些炮兵来，并且要等到完全能看清楚再开始，免得打中自己人。”

“看来总算记取了教训。”辛佐夫又想起今天的四名伤亡。

伊林一定也在想这件事，因为他现在正提到这四个人中的一个：

“迫击炮手库里列夫上士从裹伤站回来归了队。我亲自和他谈了话。他说：伤不重，一定要把这一仗打完。”

“对，”辛佐夫说，“否则太委屈了。你去睡吧。”

但伊林不走，他靠在墙上用非正式的口气——称对方为“你”——问：

“你的连长找到没有？”

“找到了。”

“他讲了些什么？”

“暂时什么也没讲，”辛佐夫说，“光是掉眼泪。”一想起布杜索夫的面孔，他皱紧眉头，像什么地方作痛似的。

“晚上又抓到一名俘虏。”伊林说着，不知什么缘故微微一笑。

“你笑什么？”

“在这儿抓到的。他躲在床底下。”

但辛佐夫并不觉得可笑。

“都是饭桶！”他生气地说，“万一夜里爬出来扔一个手榴弹，我只好到阴曹地府去大笑。”

“俘虏还是很少，”伊林说，“害怕向我们投降。”

“当然害怕，”辛佐夫说，“干了他们所干的一切以后，要是我处在他们的地位，我也害怕。”

“他吩咐你来了叫醒他。”伊林向发出鼾声的阿尔杰米耶夫那边点一点头。

“来得及，我会叫醒他的，”辛佐夫说，“去睡吧。”

伊林出去了，辛佐夫舒舒坦坦地靠在弹簧松弛、催人入眠的椅子里。叫醒阿尔杰米耶夫既乐意又不乐意。在半个月以前第一次晤面的时候，主要的事情一下子都谈了。而其余的事情你和他大概都没有精力谈。精力是如此缺乏，好像连愿望也没有了，尽管这不是事实：愿望是有的，就是精力没有。

阿尔杰米耶夫在床上翻了一个身，帽子落到地上。“你到底很少变样，”辛佐夫望着他那平静、黝黑、深深地埋在枕头里的宽脸膛，心里这样想。

还在两星期以前刚会见的时候，辛佐夫就感觉到舅兄很少变样。他看来跟三九年春天他们在战前最后一次晤面时没什么两样。只是领章上的杠杠原来是一道，现在有了三道，胸前多了两枚勋章，受过伤的一条腿走路时微微有点儿瘸。这些年来一切都变了，可是他——简直奇怪——从前是怎样，现在还是怎样。他从十七岁进军校时起一辈子都在准备迎接战争，战场生涯应该是他期待了一辈子的事情，也许是因为这个缘故吧？虽然，即使对这样十足地道的军人而言，也未必能说这场战争就是他们所期待的事情。

可能，那天只是一下子没有细看，也顾不得细看，因为当时还有别人在场，会面的时间也比预想的短促。阿尔杰米耶夫是由列瓦绍夫陪着一同来的，而列瓦绍夫不知为什么在巴威尔述说玛莎的死讯时始终坐在那里不走。也许，他不走更好。后来伊林和扎瓦里欣回来了，也坐着表示同情。大概他们打算过一会就走，留下你们两个人谈谈，但由于德国人突然反扑，“过一会”全部落了空。那天真是才离枪林又遇弹雨。但也许这样反而更好。

那天阿尔杰米耶夫到你营里，开门见山地把玛莎的死讯说了出来。先是拥抱，接着他退后去站了一会儿，看着你的脸，立即直言相告。他认为不可能推迟到下一次再说。在战场上，谁知道推迟到下一次意味着什么？这不仅因为人人都旦不保夕，还由于很难知道什么时候恰好能到你营里来。如果没有命令，就来不成。又不宜在信上细述妹妹牺牲的经过。虽然他已经不是第一天知道妹妹死了，但他说这件事当然也不好受。他说的时候尽管没有形诸于色，但并不是一定得形诸于色的。你听的时候大概也不动声色。只觉得内心又空又冷，仿佛你身体里所有的东西都被榨尽了，又好像饿了好多天似的直恶心。列瓦绍夫甚至吓了一跳，摇摇你的肩膀问："你怎么啦？"

而今天听小大夫讲述的时候，你已经对这件事习惯了，就像在听一个很久以前的故事一样。前天夜里，自己也有伤心事的伊林，喝了二两以后，忽然说："打完了斯大林格勒这一仗，可能要被派到居民点去整编。我跟你如今是两条光棍，我们俩去娶一对姐妹，攀个亲戚吧"；当时你只是对"攀亲戚"这句话付诸一笑。难道还有什么能比这个营使你和伊林结成更亲的关系？所以一笑置之，并不搭腔。可是伊林以为把自己没结过婚的人和你这样的鳏夫相提并论得罪了你，所以解释说："我不是开玩笑。我对这个问题的看法和人家不一样。人家说，现在结婚等于制造孤儿，我认为这还不能断定。即使真是这样，那就让老婆把我的孩子生下来抚养长大。不依靠军饷，就依靠抚恤金。经过这样的战争以后，反正是男少女多。"

"到时候看吧，"那时辛佐夫说，"先把这儿的仗打完再说。"

这的确是他当时的想法。过去的已经过去了，未来的——只能到时候看。妻子死了一年多。要是对自己不撒谎的话，每当出现战斗的间隙时，他早就有这样一种时强时弱的感觉：没有女人真不好受。以前他也有这样的感觉，那时还不知道妻子的死讯。可是今后的日子将有多么长，不知道。

伊万·阿甫杰伊奇进来把一锅汤放在桌上。

"汤不太热。要是热一热，我怕您等不及吃就睡着了。"

"不用热了，"辛佐夫说，"给我们各倒二两酒。"他走到床前，把手搁在阿尔杰米耶夫肩上："巴威尔，起来吧。"

阿尔杰米耶夫睁开眼睛坐起来。

"我大概比你先尝了新。"他用头指指床铺。

"不错，我还没睡过。"

"到医院去找人找到了没有？"

“找到了。”辛佐夫说。

阿尔杰米耶夫从他的脸色看出，他不愿作更详细的回答。

“今天在师部根据晚上的形势我得出结论：或者是你，或者是你的左邻，明天很可能与六十二集团军会合。所以我跑到你这儿来过夜。我呆在你们师里已经第三天了！我奉命必须亲自和六十二集团军的第一个营长握手，然后才能上报。你今天推进得很远，竟然一下子到了这里！”

“是的，是猛冲了一下，”辛佐夫说，“看到那座战俘营以后，昨天和今天大伙都咬牙切齿。”

“我没有看到，没有时间去，”阿尔杰米耶夫说，“据说情况很惨。”

辛佐夫惨然一笑。

“所以昨天无论怎样三令五申，还是一个活的也没抓。直到今天傍晚才勉强把战士们说服。其实我心里却这样想：看到这情景以后才过一昼夜就抓了活的，可见我们的人还太不记仇。我是营长，我奉命提出这样的要求；倘若我是士兵，看到这情景以后难保自己不胡来。”

传令兵进来，把两杯伏特加放到桌上后，又出去了。

“来，把汤喝了，是豌豆汤……”辛佐夫说。

他把一半汤分在一只铝盆里推到阿尔杰米耶夫面前，自己喝锅里的。

“手怎么样？”阿尔杰米耶夫问。

“可以动……”辛佐夫从肮脏的绷带里翘出两个指头活动了一下。“只是大拇指好像缺了点儿什么，在冷空气里有些麻木……今天抓到一个冻伤的德国人。他从地窖门洞里爬出来的时候，用手撑了一把；忽然，这只冻伤的手的指头一个个断了下来，就像打碎的瓷器……要不是亲眼目睹，简直不能相信。”

“自己的人中间有冻伤的没有？”阿尔杰米耶夫问。

“我们竭力防止，经常注意，夜里常常把人们叫醒。怎么样，干杯？”

阿尔杰米耶夫点点头，把杯子里的伏特加干了，吃一块洒满了盐的面包干，然后默默地开始喝汤。

“今天我也饿了，”辛佐夫说，“到医院去以前，热的汤菜还没有送来，在医院里又多耽搁了一会。遇见了奥弗夏尼科娃。她就在这个医院里。从她那儿又原原本本听了一遍。”

“现在全部详情你都知道了，”阿尔杰米耶夫在沉默片刻以后说，“前些日子我在谢尔皮林那儿也见过她一面，我想告诉她你在此地，但当时情况不允许。”

“全部详情她也不了解。”辛佐夫说。

“她同样闯过了龙潭虎穴，居然活了下来，”阿尔杰米耶夫指的是塔尼雅，“也可能恰恰相反……”

辛佐夫心想：是的，也可能恰恰相反。可能玛莎活了下来，而小大夫落到德国人手里。尽管对于别人的死亡已经习惯，可还是很难把妻子的死归入战争以来早就形成的必然性之列。然而，如果玛莎活下来，而小大夫代替她被德国人抓去，认为这样就好了是不行的；同样，如果在明天的战斗中不是你被打死，而是伊林或扎瓦里欣被打死，认为这样就好了也是不行的。不应该希望某人代替某人死，只能希望人人永远活着。但这是空想。

“她是个出色的女人！”

辛佐夫默默地点点头，他明白，阿尔杰米耶夫说的是塔尼雅。

“细细看来，模样也长得不坏。”

“你怎么，已经看上了吗？”辛佐夫听了他这话忽然愠怒地问。

“我没有，”阿尔杰米耶夫说，“她自己在莫斯科对我好像有点儿意思。我不敢确定，但有这样的感觉。我倒并没有意思。我只是客观地评论：她是个出色的、好样的女人。如果不想当我这样的傻瓜，应该跟这样的人结婚……我不需要。你倒是需要娶这样一个女人。”

“我瞧着你寻思：你是聪明人还是笨蛋？现在是谈这些事情的时候吗？”

“那又怎么样？要是你们俩都能活下来，为什么不跟这样的女人结婚！何况，战争以来命运已经第二次把你们联结在一起。我完全看不出这有什么特别的地方。当然，她个儿小，而你几乎碰到天花板，人们也许会笑话……”阿尔杰米耶夫微微一笑，让辛佐夫明白，他无非也是说着玩的。而他说的话其中有一点是认真的：妹妹已经死了，不管辛佐夫多么爱她，这件事总得了结，并且顺从命运的安排生活下去。死者不会从阴曹地府看着我们，不会因为被我们忘却得太早而流泪，晚一点就高兴……

“她个儿小对我来说有一度倒是正中下怀，”辛佐夫也微微一笑说，“那时我背着她突围，因为她身体轻，我还受得了。”

“可是我恐怕不久得背上一件重得多的东西，”阿尔杰米耶夫说。虽然他脸带微笑，可是眼睛里闪出一点困惑的表情，因为接下去势必作进一步说明。“是这样的，我要结婚了，可能已经算结了婚……”

“这话到底该怎么理解？”辛佐夫问，“跟谁？”

“你说跟谁呢？……”阿尔杰米耶夫又是一笑，“还不是那老调——跟娜佳呗。我在坐飞机离开莫斯科之前上她那儿去了一次，结果就好像入了迷魂阵。不过你什么也不用对我说，”他用手制止辛佐夫开口，“你对她的看法，我早知道；你会说我什么，我也料得到——傻瓜！基本上也是对的。”

话虽如此，虽然他用手制止辛佐夫开口，其实内心却喜不自禁，因为他当初曾经爱过而后来好不容易迫使自己忘掉的那个女人，如今重新又属于他，并且居然做出换了任何别的女人都不敢做的事情——飞到前线来和他在一起呆了一夜；在这以后，现在她又要——甚至可以说硬要——做他的妻子。今天他上辛佐夫这儿来过夜，部分地也是为了想和他谈谈：自己为什么这样做；为什么尽管骂自己是傻瓜，心里还是感到幸福。而幸福在战争时期可不是俯拾皆是的。

“干吗不作声？”阿尔杰米耶夫好容易挨过了很久的冷场以后问道。

“说什么呢，好嘛。”辛佐夫说。

“撒谎。”

“为什么我要撒谎？既然你跟她觉得好——那好嘛。不过刚才你说‘算结了婚’，这话我不大懂。”

阿尔杰米耶夫告诉他，娜佳飞到集团军司令部找他时声称是他的妻子；第二天早晨谢尔皮林把她撵回莫斯科去，她临走时问阿尔杰米耶夫，是不是打算跟她结婚，并且要他给民事登记处写一封信让她带走：既然他在前线，她就一个人去把所有的手续全部办妥。她还要以合法妻子的身分上这儿来找他，让那个把她当一条狗从这儿撵走的谢尔皮林瞧瞧！

“她要嫁给你是出于一时的气愤？”

“这也是一部分原因。”

“等气消了，以后会怎样呢？”

“我和她有过一笔旧账，”阿尔杰米耶夫说，“虽然她后来嫁了别人，可是她跟任何人在一起都不觉得比跟我在一起更好。在这方面谁也骗不了我。”

“那么在其他方面呢？”辛佐夫明知阿尔杰米耶夫难以回答，故意这样问。

“在其他方面，应该说，她也是个不坏的女人，”阿尔杰米耶夫克制着自己说，“她能卷起袖子来擦地板，能洗衣服，也能做饭——干什么都不在乎……”

“那么除此以外呢？”辛佐夫穷究不舍。

“此外还有什么？”

“那就没有问题了。”

“对了，你可以向我道喜，”阿尔杰米耶夫说，“昨天我在师里和谢尔皮林通电话，他通知我说，被搁了一个时期的晋级公事批下来了……现在我已经是一名上校。”

“恭喜你，”辛佐夫说，他又想起了娜佳：她现在要嫁阿尔杰米耶夫，也许是因为相信他前程远大吧？试想，三十岁就是上校，只要不被打死，在战争结束以前她又是一位年轻将军的太太了①。

“我想添上第四枚领花，可是师部里找不到，谁也没有备用的留着，都在等发肩章。”

“我乐于效劳，”辛佐夫笑道，“但是无能为力。我们营里除了政治副营长都没有领花②。当然，他这个人哪怕最后的一枚领花也肯让

---

① 娜佳的前夫空军中将柯赛廖夫在战争爆发后不久就阵亡，见《生者与死者》第二章。

② 当时，军官在大尉以上，政治工作人员在一级政治指导员以上，领章上才有长方形领花。

出来，但我不允许。我在竭力改造他，要求他至少有一半军人的样子。”

“听你说这话有些滑稽，”阿尔杰米耶夫说，“我想起了三九年你参军以前的样子。”

“三九年已经是遥远的过去了……”辛佐夫淡然一笑。

“我跟你坐在这里，象征着军队的两个部分，”阿尔杰米耶夫说，“常备军和生力军。战前你是否想到会变成现在这样？”

“该想的难道我们都想了吗？”

“我们怎么睡法？”阿尔杰米耶夫问，“分两头？”

“危险，”辛佐夫说，“不知道你怎么样，传令兵告诉我，说我近来睡相不老实。你靠墙躺，离我远些，我再坐一会，现在不想睡。”

“等我睡了你还要去干自己的事情吗？”阿尔杰米耶夫问着开始上床。

“今天干不动了。反正炮火准备已改到九点，我可以睡到七点钟。”

“明天早晨我留在你们营里。”

“你自己决定。我们只按命令进攻。至于谁先完成任务，是不是我们，要碰运气！”

“估计是你们，”阿尔杰米耶夫说，“你自己说的，自从看到战俘营以后，你们个个都咬牙切齿。”

“枪炮可不管你咬不咬牙，切不切齿。要是命中了，你把牙根咬碎也得死。最近几天我总感觉到在我面前的敌人还很多，比我的人多得多。我们全凭火力方面的绝对优势取胜。否则寸步难行。”

“我跟方面军的侦察兵谈过，他们认为德国人的有生力量已经剩下不多。”

“我不知道他们是怎么估计的，”辛佐夫说，“我只知道：昨天和今天敌人在我的地段上留下了一百四十具尸体。可是我营里今天总共只有一百三十八个人。假定昨天早晨我们跟他们是一营对一营作战的话，那么在我面前的敌人已经空空如也！可是你瞧着，明天会怎么样！当然，敌人的抵抗力愈来愈弱：肚子饿，冻伤的人很多……”

“还没有动恻隐之心吧？”阿尔杰米耶夫忽然这样问。

辛佐夫叹息一声，没有答话。

“你叹什么气，我问的是正经。也许不好意思向我承认，可是尽管一再保证，说不定还是会动心……”

“我瞧着他们，老是想起四一年和四二年我曾经多少次处在他们的地位。我问自己：难道他们也会像我们一样，经过了这样的打击还有力量重整旗鼓，卷土重来？”

“关于在这里的那些人，已经不存在这样的问题。”

“我不是指他们。我是指其余的人……要是一开始，从第一天起，我们就这样揍他们，不知道会怎样，我也许会像你说的那样恻然心动。可是现在不会动心，因为目前这一切只是惩罚。还不是全部。我不怜悯他们。我只是不准打死俘虏。可有时候这样想：为什么要惩罚呢？”

“这话怎么说？”阿尔杰米耶夫不解。

“为什么起初要让他们欠下我们许多债，然后才开始还？难道不这样不行？”

“这个想法合情合理，”阿尔杰米耶夫说，“但现在已经是停止想这个问题的时候了。生活在前进……”

“可是我永远不能停止想这个问题，”辛佐夫隔了一会说，“战争结束了我要想，再过十年我还要想，再过二十年我仍旧要想……”

“这不过是想象罢了，”阿尔杰米耶夫说，“事实上等到把他们打垮，只要我们回到原来的边境线，那时大家的想法就会完全改变。”

辛佐夫不回答，他解开棉袄，脱去毡靴，仰面躺到床上，习惯地把两手枕在头下。躺下的时候，他以为只要把手枕到头下马上就能睡着，但好像有什么东西妨碍着他。大概是身体倒在软绵绵的鸭绒褥子上不习惯的缘故。这样默默地躺了一分钟，然后说：

“习惯了不正常的居住条件。现在屁股下面铺着鸭绒褥子反而不习惯。睡不着。”

“我倒是相反，暖烘烘的觉得挺好！”阿尔杰米耶夫说。

“那你就睡吧，”辛佐夫说，“不过我要问你一件事：你在最高统帅部的时候见到过斯大林同志没有？”

“见过一次。”

“你说说，他是怎么样的？”

“说什么呢，你自己不知道吗？”

“我还是想问问。”

“我只见过他一次。几乎就在我负伤以后刚到参谋总部当联络官的时候。半夜里突然召集我们所有负责联络斯大林格勒战线各地段情况的人，直接带去见斯大林。他招呼以后，命令我们按次序从右翼开始报告敌人的情况：每个人对自己的作战方向掌握哪些材料？我轮到第四个报告，当然很激动，再加上他向我提了两个问题。”

“答得上吗？”

“答得上，但是心里激动。”

“他提了什么问题？”

“把我那个地段的情况核实一下。显然，他事先已经掌握了敌人的情况，至于通过什么途径掌握的，我不知道，总之不经过我们；他问：敌人的第二线上还有没有什么新到的部队？我说预料将有党卫军的一个精选兵团开始卸载。于是他问：为什么不马上报告？我回答说，预料还未经证实，我认为不能作为事实报告。”

“他问你的时候态度怎么样？”

“态度可以说很镇静。但当他望着你的时候，你会产生这样的感觉：他在审查你，要把你看到骨子里。这能使你神经紧张。”

“他是怎么个模样？”

“跟像上一样。稍为老一些，矮一些；问话的时候正视着对方。他自己说话很慢，很稳，不慌不忙，虽然情况恰恰很严重。后来我们才明白，那天夜里把我们叫去是对未来的进攻作最初的估计。还有什么能告诉你呢？他听别人汇报时，一边走来走去，有时停下来看看对方，然后又继续踱步。他的靴子想必是软底的，走起路来很轻，好像……”

阿尔杰米耶夫起先想说像猫，后来想说像老虎，但两种比方都没有说出来，因为这两种比方都不便用于斯大林身上。

“一小时以后我们被准许离开。我个人有这样的感觉：我们很少能作出什么补充，他不听我们的汇报也掌握着大量的情报。这从他提的问题可以感觉到。”

“有意思。”辛佐夫说。

他听得津津有味。对他说来，阿尔杰米耶夫是第一个不只是普普通通谈论斯大林，而是亲眼看到过他的人，看到过他怎样踱步，怎样说话，怎样提问题。

辛佐夫希望知道这些。战争以来他一直多多益善地希望知道有关斯大林的情况，因为在他心坎深处，对于斯大林是怎样一个人这个问题的答案联系着对另一个主要问题的答案，那个问题是：为什么要到现在，打了一年多的仗，才开始对德国人进行真正的惩罚？

这个问题似乎是对斯大林的伟大程度和他的决策的正确程度表示怀疑。然而，既然营长辛佐夫自己在前沿度过了一年半战争岁月，至今还在斯大林是怎样一个人这一点上寻找答案回答另一个问题——为什么战争要这样进行，而不是别的样子？——这种寻找答案的方式本身就已经默认斯大林在辛佐夫的回忆和憧憬乃至整个生活中占有何等重要的地位。

“据说，斯大林不收到各战线的战报决不睡觉，是真的吗？”辛佐夫问。

“我们一些首长往往到天亮还不能睡觉，据此推测，大概是真的。至于更确实的情况我不可能知道。”阿尔杰米耶夫回答。他还是没有把那天见到和离开斯大林时自己所有的感想对辛佐夫解释清楚，心里不大痛快。他说了斯大林如何提问题，如何看人，还说到了软底靴……可是主要的感想却找不到语言加以表达。诚然，这些感想一下子不容易表达，但也可以谈谈另外一些情况，譬如：除去你这样一个小小的联络官不说，可以谈谈伊万·阿列克谢耶维奇怎样准备向斯大林汇报，怎样等候召见，汇报回来时又是怎样。他每次前去，如入枪林弹雨；回来时又好像渡过了一条江，——阿尔杰米耶夫回想这些情景时不带丝毫贬义，相反，他确信，既然是去向斯大林本人作汇报，那就应当如此……

辛佐夫闭上眼睛躺着，但没有入睡。

每当想问的事情太多的时候，就开始在想象中削减再削减，削到最后，几乎没有什么要问的了。

“我问你，”辛佐夫睁开眼睛说，“你现在和谢尔皮林共事，你对他的评价如何？”

“非常高。你问这干吗？”

“没什么。”辛佐夫说。

但这句“没什么”不是真话，因为“你对他的评价如何？”这个问题本身包含着他始终没有提出的另一个问题：既然你对他的评价非常高，我对他的评价也非常高，大家对于他的评价都非常高，那么为什么战前他会遇到这样的事，为什么有四年工夫他不是在修路，就是在伐木？固然，常言道：“伐树难免飞掉一些木片！”[①]但要知道他可不是什么小木片，而是集团军的参谋长。

最近，德国人挨打的局面越来越明显，于是各种各样的感觉都产生了。但主要的感觉是这样两种：其一，谢天谢地，总算盼到了这一天；其二，即是随之而产生的苦恼，恼的是何不一开始就这样。这种苦恼的情绪盘踞心中，并不断向你提出问题：为什么？为什么？

说实在的，当他问起阿尔杰米耶夫对谢尔皮林的评价时，指的正是这一点。但他没有把自己的想法完全说出来，因为这种想法即使跟亲近的人谈，也会绕上半天圈子还没触及中心。

“你睡着了吗？”

“没有。”

“有一次，我和营副官雷波奇金——他才十九岁，刚离开军校——两个人躺在一个弹坑里避炮弹。他忽然对我说：‘上尉同志，据我看，斯大林同志在战前对待德国这样具有高度文化的民族这个问题上做得不对。’我没有立即回答他，当时有一颗迫击炮弹飞过，我们把头都埋在雪中。后来我抬起头来说：‘你胡说些什么？你发疯了，想上军事法庭不成？难道斯大林同志应当命令我们在德国人面前举手投降吗？！你说，可不能信口开河！’他这样回答我：‘我说的不是这个意思。我明白，既然是打仗，有他们就没有我们！我是说，第一次世界大战以后我们和德国的关系不坏，那里的共产党又是欧洲最强的……为什么斯大林同志能听任他们那里的法西斯分子上台？’他这样对我说，我躺在弹坑里他的身旁听着，对他哭笑不得，因为他尽

① 意思是说：干大事难免出一些小偏差。

管口没遮拦，然而说的确有道理。事情不应当弄成这样！我受的教育告诉我：不应当这样！”

“那你是怎么对他说的呢？”阿尔杰米耶夫问。

“我说：‘你要斯大林同志挑的担子太重了。人家究竟是德国，不是俄罗斯，世上不是所有的事情都归他管的。’可是他瞧着我的那份神情好像我剥夺了他的信仰，我甚至开始觉得他可怜。‘瓦纽沙’在我们头上乱轰。我们头挨着头躺在那里互相看着对方。当时的情况可以说心里话。我正眼望着他，说：‘以后再也不要让我听到你谈这个题目，更不能对别人说。懂吗？’他说：‘懂了。’可是我从他的眼睛里看出：他什么也没懂。其实，你以为我懂了吗？我们之间的全部差别就在于：我懂得这话说不得，而他连这一点也不懂……巴威尔，你说说，你对自己的生活是不是满意？”

“你指哪一方面？”

“我是指以后会不会为现在的生活感到羞惭？”

“我就是在当副官那一阵子浪费了一点时间，”阿尔杰米耶夫说，“总的说来还满意。”

“我现在也满意，”辛佐夫说，“那么，你认为战前我们生活得怎么样，好不好？”

“你是不是就物质方面而言？”阿尔杰米耶夫问，从他的语调中辛佐夫觉得他好像在暗暗发笑。

“你愿意不愿意今后继续像战前那样生活？希望战后一切仍旧和过去一样？”

“等打完了仗再研究。”阿尔杰米耶夫说。

“有什么需要研究的吗？”

“哞……”阿尔杰米耶夫说，但并不回答他的问题，“我看你的性格变得够讨厌的了。下次想睡一觉我上别人那儿去。你把我的梦神全赶跑了……”

“算了，你睡吧。”辛佐夫向阿尔杰米耶夫一瞟，见他闭着眼睛，自己也把眼睛合上，默默地躺了一会。他和舅兄整整四年没有好好畅谈，现在不知阿尔杰米耶夫在想些什么。

“得叫醒他。”大油布外面传来熟悉的声音，那是列瓦绍夫。

辛佐夫从枕上抬起了头，坐起来，把脚伸进毡靴。

“你上哪儿去？”阿尔杰米耶夫闭着眼睛问，“外面什么事？”

“我去看看。”辛佐夫匆匆扣上棉袄的钮扣走出去。

地窖里站着三个人：雷波奇金、列瓦绍夫和另一个辛佐夫不认识的矮而结实的人，那人穿着太长的皮袄，太大的护耳帽一直拉到眉上。

“又是记者吧？”辛佐夫不悦地料想。他睡不着，但也不愿跟人家谈话。

“你跟这位同志认识一下……”列瓦绍夫指指这个穿着太长的皮袄的矮个子说，他的介绍有些奇特，在“同志”这两个字上什么也没附加。

辛佐夫从自己的斗室里出来时没有戴护耳帽，他垂手立正，自我介绍：

“营长辛佐夫上尉，”说罢握了一下对方向他伸来的手。

“凯勒。”穿太长的皮袄的人带着明显的德国口音说着和辛佐夫紧紧握手。他的手大而粗糙。

“你愣什么？”列瓦绍夫问，他注意到了辛佐夫脸上的表情。

“我不愣，”辛佐夫说，“请进去休息一下，喝一点茶。”他拉着大油布准备把它撩起来让客人进去。但列瓦绍夫把他挡住了。

“等一下。先交代公事。我们要在你营里挑一个地点，早晨让他从那里进行广播。我建议他夜里广播，这样终究安全一些；可是他要早晨搞。”

“夜里人家要睡觉。”那德国人说。

“反正拗他不过。但是地点必须夜里就挑好。”

“什么广播，是不是用传声筒？”辛佐夫问。

“不，夜里要把强力扩音装置搬到这儿来。把它安在一处比较好的废墟下面伪装起来……因为你比旁人冲入城里更深，所以我们到你这儿来。”

辛佐夫开始思索。强力扩音装置毕竟是安装在吨半卡车上的一整套流动设备。要是能推一百五十米把车推到丘贡诺夫的第三连，那里倒有一处合适的废墟——原来的汽车库。库地和地面相齐，角上有两面墙壁没有完全被毁。甚至还有一部分顶盖保存了下来。

“怎么样，能找到我们需要的地点吗？”列瓦绍夫问，“注意，除了其余的一切，还要在附近有一个可靠的避弹所。鬼子虽然拼命节省弹药，可是听到广播一定会往死里打——这是意料中事！”

“我想能找到。我们马上就去，只要让我束上皮带，”辛佐夫说，“也许，还是喝一杯茶再走吧？”

“如果有茶……”德国人说。

“有茶。东西回来再吃。”

“好吧，”德国人说，“的确，天气相当冷。”

伊万·阿甫杰伊奇不等吩咐已经把一张条凳拖到桌前，让营长有可能说：“请坐！”

辛佐夫撩起大油布走进斗室。阿尔杰米耶夫用一根指头做一个手势把他叫过去。

“是些什么人？我听不清楚。”

“政治副团长和一个德国人。准备通过无线电做宣传工作。你要不要起来？”

“去他们的，”阿尔杰米耶夫说，“我要睡觉。我已经安顿下来了。可你又得去喝西北风！”

辛佐夫耸耸肩膀，无言对答。

他束好皮带走出来，在桌旁坐下，帽子还没有戴。桌上已经放好几只杯子和一把搪瓷剥落的茶壶。

“我和凯勒同志有这样的矛盾，”列瓦绍夫用头指指德国人，说，“我奉政治部的命令，要保证他的头发也不得掉落一根；可是他恰恰相反，要在大白天里进行广播。”

“头发反正已经掉了。掉了很多，”德国人说着把护耳帽摘下，摸摸前额高耸、开始秃顶的脑袋。他微微一笑，可是在这淡淡的笑容之中蕴蓄着沉痛。“现在必须多做工作。做很多很多工作。”

他松开皮袄上端的两个搭钩：皮袄里面穿着棉背心，棉背心里面是带领章的军便服。

“甚至还穿着我们的军便服。”辛佐夫心想。他望着这个前额高耸、开始秃顶、眉毛又白又浓的人，忽然想起已经见过此人，绝对错不了。那是在九年以前，一九三四年的冬天，季米特洛夫受审以后不久。这个人——正是这个人——当时刚从德国逃出来，他曾经在他们共新学院的讲堂里作过演讲，向他们讲述什么是法西斯主义。不过那时他说的是德语，翻译跟他不上，特别是当他气愤的时候，他就合着说话的节拍用一个沉重的拳头当作锤子敲着讲台。他不姓凯勒，那是辛佐夫刚才没听清，他姓赫勒，恩斯特·赫勒。他写过一本关于汉堡起义的书，还是在他从德国逃到我们这儿来以前出版的，后来还写过一些关于西班牙的特写——他是从我国到西班牙去的，曾经在那里指挥国际纵队的一个营。

当然，这是他，就是到他们共新学院作过演讲的人。不过那时他的眉毛是完全黑的，而现在完全白了。

那德国人发现辛佐夫在凝视着他，就垂下眼睛，用两手捧住一杯热茶暖暖指头。

“赫勒同志，我见过您一次，”辛佐夫说，“三四年您到我们共新学院——共产主义新闻学院——来过。”

德国人很快地点点头，接着好像追补似的又点了点头，露出微笑。

“那时我的俄语说得不高明，”他说，“只知道一个俄语单词：‘罗特-弗朗特’[①]，对吗？”他的右手离开茶杯，握成一个大拳头作了半个姿势；他没有具体比划，只是用这半个姿势提示一下当时的情形。“‘罗特-弗朗特’，对吗？”

虽然他还在微笑，眼睛里却掠过一丝悲哀的神情，仿佛有关这个手势和这个单词的回忆给他带来了痛苦，仿佛这个手势和这个单词也被深深地埋在后来临到他们头上的全部灾难的废墟下面，以致他现在既不能像过去那样有力地说这个单词，也不能像过去那样有力地做这个手势。

“我读过您的书。”辛佐夫说。

“我没有读过，”列瓦绍夫说，“说来惭愧，但必须承认。”

---

① 这是德语“Rote front”的译音，意思是“红色战线”，大概这是不必译成俄语也能听懂的词，所以说它是俄语单词。

“您写的关于西班牙的特写我也读过。”辛佐夫说。

“在《国际文学》上看到的，是吗？”德国人问，“糟糕的战争，”他的眼睛里又闪现出一种痛苦的表情。“好样的人，但是糟糕的战争。赤手空拳对付坦克，对付‘容克斯’，对付‘密塞尔施米特’。”

“这我们知道，有亲身体会。”列瓦绍夫说。

“对，对。”德国人很快地、简直太快地说。

“他每天可以听到法西斯强盗在我们这儿干了些什么，”辛佐夫忖道，“虽然他在西班牙就开始和法西斯打仗，比我们更早，但他听到这些情况心情还是沉重的，因为他究竟是一个德国人。”

“瞧，您在这里遇到了自己的读者。”列瓦绍夫向德国人说。

那个德国人虽然点点头，但并不看辛佐夫。谅来他现在无心跟自己的读者畅谈，他自顾苦苦地思索着另一件主要的、也是困难的事情。

辛佐夫又喝了一口茶，然后站起来。列瓦绍夫用疑问的目光望着他。

“请允许我先走一步，去摸摸情况，”辛佐夫说，“我想，在丘贡诺夫那儿能找到我们需要的一切。不过我想自己去看看。你们再暖和一会。我会派人来请你们。”

虽然他请求允许，但口气相当坚决，这是有旁人在场时下级向上级提出请求的口吻，暗示着要做的事情他自己有谱。

列瓦绍夫点头同意，营长对情况毕竟更了解。也许他不愿马上把德国人带去，认为有必要把一些东西收拾好，不让别人看到为妙。

“让他先走，我们等一下，暖和一会，怎么样？”列瓦绍夫向德国人征求意见。

德国人在回答以前作了一秒钟的停顿。显然，他的意思相反，希望马上就去，但并不表示争议。

“好吧。”他说着抬起高前额、白眉毛的头来，向辛佐夫看了历时很长的一眼，似乎在尝试作不可能成功的回忆：九年前，他刚从德国逃出来，那时很多人听过他的讲演，他们还在移动座椅的砰砰声中高举拳头跟着他喊：“罗特-弗朗特！”当然，他不可能记住所有这些人的面貌。眼前的这个人，就是这些人中的一个——他个儿高大，一脸没有睡醒的样子，穿着棉袄，戴上护耳帽，用习惯的动作把冲锋枪挎上肩膀，然后向夜的黑暗中走出去……

在走向丘贡诺夫连里去的路上，辛佐夫始终想着那个德国人。列瓦绍夫的猜测是正确的，营长的确打算先去把一些东西收拾好。白天，那里德国人的尸体横七竖八的实在太多了，而有一些尸体的样子更是不看为妙。

就说现在吧，他在废墟堆中走，也老是撞到尸体。至于丘贡诺夫那里，恰恰在那个汽车库的地上，还有整整一大堆——是德国人自己堆起来的。大部分没有靴子，光着的脚上用铅丝串着半块德文丧葬号牌。按他们的规矩，号牌的一半沿缝折下留在尸体上，另一半或者寄给家属，或者寄到别的地方。

给丘贡诺夫做了指挥所的地窖里恐怕也得去一次，那里白天胡乱地倒着十来个德国人的尸体——那地方挨了许多手榴弹。丘贡诺夫在这方面当然是个讲究的人，八成已经收拾过了。但也可能来不及顾到。人的精力也有一个极限。在战斗中，士兵能执行命令，可是战斗结束后，只要把头随便靠到什么东西上——哪怕靠在尸体上也会睡着，——那时，不到天明你就什么事也甭想做成。

诚然，这个德国人见到尸体不会大惊小怪；在这里斯大林格勒，各式各样的尸体都有。但总好像有什么东西阻碍着辛佐夫作如是想。最好还是不要让那个德国人在到丘贡诺夫连里的时候被自己人的尸体绊跌。

辛佐夫在想象中不知不觉地用了“自己人”这个字眼，觉得不大妥当：对于这个德国人说来，这个字眼是不适用的。然而别的字眼也找不出。虽然他们不是他的自己人，但究竟还是自己人。他瞧着那些尸体，势必这样想：这个是什么人，那个又是什么人？你要是处在他的地位，看着这高高的一堆光脚上挂着号牌的尸体，将作何感想？在希特勒上台以前，这些死人中间谁投了法西斯的票，谁投了社会民主党的票，谁投了共产党的票，——你怎么能弄清楚？他们所有的人一概都被征召入伍。在国会纵火案件之前，有六百万人投了共产党的票。现在他们也躺在这些死人中间，怀疑这一点大可不必。

“是的，这个德国人心情是沉重的。”辛佐夫这样想。

丘贡诺夫睡得相当敏感。一听见有人到此，立刻惊醒，在铺上坐起来。他的地窖以前也是德军的某一个指挥部。现在越往城里推进，这些指挥部就越多。丘贡诺夫坐好了，想站起来，但辛佐夫按住他的肩头，自己在他对面坐下。

“瓦西里·阿历克赛依奇，我打扰了你的休息。”辛佐夫说，他由衷地为叫醒丘贡诺夫感到歉疚。“但是必须跟你商量一件事。”

“我本来也打算起身了。已经睡了五个钟头！”丘贡诺夫看看表，愉快地说。“今天可以说睡得很好。”

辛佐夫把德国人将要来做无线电广播的事说了一遍。

丘贡诺夫攒紧了眉尖。

“他打算什么时候开始广播？”

“天一亮。”

“炮火准备在九点，这么说，在这以前。”丘贡诺夫说，心里在盘算对德军的火力反击他得招架多久，因为既然广播从这里发出，德国人势必向丘贡诺夫的连开火。

“把人好好掩蔽起来，”辛佐夫说，“他要讲多少时候，我不知道。或许一下子就能说得他们开始投降。”

丘贡诺夫举目观察：他想断定，营长是认真这样说，还是在开玩笑；但始终没有从辛佐夫脸上找到所需要的答案。

“恐怕不一定，”丘贡诺夫说，“对付他们，我已经不把希望寄托在言语上。只能寄托在火力上。”

“基本上你是对的，”辛佐夫说，“不过还很难逆料。如果一个俘虏或者是来投诚的人，昨天还跟他们呆在一起，今天就从我们这儿向他们喊叫：‘我活着，平安无事，他们不杀我，还让我吃饱，’——这是一回事；可是，一个终生为反对法西斯而斗争的人，而且还是一位作家，他讲起话来，——那是另一回事。”

“这当然对，”丘贡诺夫说，“如果是这样的人，那当然是另一回事。”

虽然听他的话好像同意营长的说法，但辛佐夫明白，事实上丘贡诺夫根本不同意他的说法，不相信德国人听到广播会开始投降。他说“另一回事”，指的不是将要进行的无线电广播，而只是指那个人本身，意思是：那个人跟投诚者或俘虏比起来完全是另一回事；对后者只要好好相待，有伤给他们包扎，受冻让他们烤火，肚子饿管他们吃饱，——他们就会拿起传声筒来劝自己人投降。

当然，丘贡诺夫和辛佐夫都明白，对待投诚者和俘虏应该如此，他们通过传声筒讲话劝自己人投降也是好事。这一切谁都明白，然而，不论是丘贡诺夫或是辛佐夫，同样都不能克服当兵的对这些人不信任的感觉。别的理由不说，单说这一点就行：相反的情形他们记得太清楚了，战争以来他们也曾不止一次地听到过从那一边传来的俄罗斯话：“红军同志们，投降吧，我是某某人，现在受到很好的待遇，你们已经处于绝境……”听到这样的话，总是用所有的武器，怀着满腔的愤怒，向发出这种声音的地方狠狠地打。

当然，这个德国人是另一回事。要是这个赫勒落到法西斯手里，他们准在他背上剜出一颗颗星星，就像内战时期白匪对付红军那样！但辛佐夫现在还是不能完全把自己处在他的地位上代他设想。不能就是不能。在理智上能够了解，但在情感上有一道很难逾越的界限。是不是你的共产主义觉悟程度不够？还是一年半无情的战争使你变得自己对自己也已经不能彻底了解？

“我看得出，你把自己的地窖收拾过了。”

“按命令做了。”

“那么上面汽车库里呢？”

“您问那个‘柴堆’吗？”丘贡诺夫作了一个浅笑。

“是的。刚才经过时没有发现。是不是也收拾起来了？”

“堆到墙壁角落里去了。您是不是为那个德国人担心？他恐怕早已看惯了。”

“倒不是担心，可总觉得……”

“明白了。”丘贡诺夫说。

“列瓦绍夫命令我们保证这个德国人的安全，”辛佐夫说，“必须不惜任何代价做到这点，不准出岔子。我已经考虑过了。我们把广播车推到车库的角落里。如果火力太猛，关于掩蔽的问题——我看到那儿旁边有一辆被打坏的坦克，可以在坦克底下履带之间挖一个深一点的坑，铺上两张大衣皮子，万一得躲上一阵子，也不至于冻僵。”

“皮子也能办到，”丘贡诺夫说，“我还有两只化学暖手袋哩。”

“你可真是应有尽有！我连一只也没剩下。”

“我有，”丘贡诺夫说，“为了这种事我肯拿出来。我认为，如果有什么情况，呆在坦克下面还是比较妥当。您可以自己去瞧一下。”

他们走出地窖。前面，在车库的墙外，可以看到一辆坦克黑魆魆的轮廓。

“万一他被迫躲到坦克下面去躺着，冷倒是够冷的，”丘贡诺夫说，“伊万·彼得罗维奇，你看今天我们能不能和六十二集团军会师？”

“不知道。我不是上帝。”辛佐夫说。

第十章

在一一一师几乎呆了一整天以后，集团军司令巴久克中将晚上从那儿回来时恼怒达于极点。他恼怒有两个原因：第一点，尽管巴久克亲自督战，一一一师今天还没有突破德军防御，还没有和六十二集团军会合上；第二点，像师长库兹米奇将军这样一个看来非常随和的老头，巴久克暗自已经习惯于把他叫做“老好人”，今天却出乎意料地和他两个人之间发生了一场冲突。

和库兹米奇一道沿着战壕和废墟走了好多路，全师三个团的观测所也都去过了，巴久克觉得又累又冷，在回司令部之前，让汽车在师部停了一下，准备喝一点茶。这时，库兹米奇的面色突然白得像一张纸，他站起来道一声歉，一瘸一拐走到隔壁去了。巴久克素来缺乏耐心，便一个人开始喝茶，喝到后来心火上升，放下茶杯站起来，把通隔壁房间的一扇门猝然打开。

库兹米奇苍白的脸上一丝血色也没有，他坐在那里的一张条凳上，向自己的副官低声吆喝：

“给我一只干的毡靴！……”

“我不给，将军同志。”

“快，听见没有？……司令在等我！”

“什么事？”巴久克问，一边把目光从师长惨白的脸上移到脚上，他的一只脚从踝骨几乎一直到膝盖都裹着绷带。

“给我毡靴！”库兹米奇声嘶力竭地吼叫着。

副官把一只毡靴递给他，因疼痛而变了相貌的师长把一只脚伸进靴子，站起来。

“司令同志，请允许向您报告……”副官开口说，但在师长怒不可遏的目光下欲语又止。

“说吧。”巴久克看看这个，又望望那个。

副官用请罪的目光看看库兹米奇，然后开始报告：师长的老伤口裂开已经有好几天，虽然医生叮嘱他多躺着休息休息，可是他不肯躺下，加上今天走了一整天的路，把一只脚走得毡靴里满是鲜血。

“你的良心何在？”巴久克转向库兹米奇问，“我来的时候为什么不告诉我？既然你的伤口裂开了，你怎么还能当师长？坐下，干吗站着？你是想进棺材还是怎么着？……”接着巴久克骂了一句带娘的话。

库兹米奇并不坐下。

“能不能允许我向您一个人回答您的问题？您是不是打算还要在人前这样骂我的娘？”

巴久克什么也没回答，转身回到另一间屋里去。库兹米奇跟在他后面进来，把门关上，然后请求允许他坐下。

“你躺下来也可以！你当指挥员难道当糊涂了吗？居然和司令部捉起迷藏来了，”巴久克气咻咻地说着在库兹米奇对面一把椅子上坐下，“还不让骂你。要不是当着人，我还要骂得难听些。把师移交给皮金，然后进医院。”

“伊凡 · 卡比顿诺维奇，不要不问情由乱来，您还是先尊重一下对方，听我说一说。不管怎么样，我到底要比您大十岁。”

“一点也不错，”巴久克说，“早该到后方去训练后备团了，而不应该在这儿把自己的老命送掉。”

“到眼下为止，交下的任务我都完成了，以后我想也还能完成，”库兹米奇说，“等一宵睡过，天明我就到该去的地方去。该做的一定做到。”

“该做的你不见得全做了。你保证和六十二集团军会师，做到了没有？”

“能做的都做了，司令同志。您自己也明白……”

“能做的，能做的……”巴久克怒气冲冲截断他的话头，站起身来，“能做的你做了，可是换上别人能做得更多。”

“伊凡 · 卡比顿诺维奇，”库兹米奇向他苦苦哀求，“在这一仗打完以前，您不要碰我。您有没有心肠？！”

“你别跟我来这一套私人关系，”巴久克爆炸了，“有话你按规矩说。”

“既然按规矩说话，”库兹米奇立起身来站到巴久克面前说，“那么请您不要对我‘你’呀‘你’的，我在伏龙芝手下服过役，他对我可不是‘你’呀‘你’的……”

“您完了吗？”巴久克气势汹汹地问，他好容易没让自己用拳头敲桌子，“接到书面命令以后就办移交吧。”

他在盛怒之下离去，回到司令部以后，一连串当他不在时积压下来的紧急公事把他拖住了，由于首先得处理这些事务，因而才没有把自己提出的威胁马上付诸实现。

其时，一一一师的政治副师长别列日诺依非常激动地打电话给军事委员扎哈罗夫紧急求见。

“都这么晚了。既然有要紧事，那你就来吧，”扎哈罗夫说，“顺便告诉你，有人告你的状。等你来了一起研究吧。”

“告什么状？”别列日诺依问。

“你来了自然会知道。”扎哈罗夫放下听筒，向坐在他面前的集团军政治部副主任团级政委巴斯特留科夫斜瞅了一眼。半小时以前，巴斯特留科夫来到这里就一一一师政治处工作中的若干缺点提出意见，而不是像扎哈罗夫所说的那样来告状的。

“好吧，”扎哈罗夫说，“既然别列日诺依自己上门来，暂时没有您的事情。等他到了，我让你们当面对质。”他看看巴斯特留科夫不悦的脸色，暗自一笑。“去吧，巴斯特留科夫同志。”

扎哈罗夫想一个人留下来，在别列日诺依到来之前，自己先考虑一下如何处理这件煞风景的事情。

在形式上，巴斯特留科夫是正确的：他揪出了这桩事情，并且把它摆成这样的角度，使你从左从右都无法绕过。剩下的是这样一个问题：现在，正当大功即将告成的节骨眼上，他为什么要突然把这桩事情揪出来？事实上，只要再过几天，这桩事情便会在胜利的浪潮中自行沉没，谁也不会重新提起。可是他却相反，由于能显示自己的力量而得意洋洋，因为既然他来找我，我就不能对他说：“别来找麻烦，让事情自动平息下去算了……”对他这样的人不能说这样的话。

巴斯特留科夫除了告师政治处别的状以外，他此来是为了这么一桩事情：在一一一师的侦察连里有一名姓霍夫曼的战士。人们接触到霍夫曼这个姓氏，都习惯地认为他是个犹太人，其实他却是个地道的伏尔加河流域的德国人。据巴斯特留科夫说，这一点师里明知故瞒，不顾上级有命令严禁以任何借口把伏尔加河流域的德国人留在前线一带。可是这个德国人却在师里作战，并且不是在别的部门，而是在侦察连；进攻前夕，有命令要在一一一师地段抓一个“舌头”，这个必不可少的“舌头”恰恰是他抓来的，他还因此得到“勇敢”奖章。

本来事情过去就算了，可是负责集团军报纸工作的巴斯特留科夫同志，偏偏想到要翻阅一下没有付梓的材料。他这个人总是很卖力气，什么事情都担当起来，唯求没有剩余的时间到前沿去。他在未付梓的材料中发现一则报道霍夫曼立功的简讯，已经排了版。主编想必在那个姓氏上卡住了，没有让这条简讯通过：这叫做明哲保身。可是巴斯特留科夫看到了，就开始刨根儿。把简讯的作者叫来，——总之，根被他刨到了。他在军队里查出了一个德国人，并且把这个问题提到世界规模的高度。现在你就甭想堵住他的嘴巴！

集团军政治部的正主任是条好汉，但有一种从扎哈罗夫的角度看来是可以原谅的嗜好——不肯离开前沿。当巴斯特留科夫同志调来时，他得到了一个理想的副手，因为巴斯特留科夫整天埋头坐在政治部里包下了所有的工作，并且跟所有这号人一样，不断通过自己向上打报告，逐渐扩大自己的影响。最近一个时期扎哈罗夫对此有切身的感觉：巴斯特留科夫越来越勤地亲自前来向他汇报，并且越来越锲而不舍地把这一类教你无法摆脱的公文塞上来。每一份报告的末了都有他的签字。在方面军和总政治部里凡是赏识这一套的人中间，他正在为自己建立一个夙夜匪懈的干部这样一种声誉。此外，在莫斯科的总政治部里，巴斯特留科夫还有一位师级政委头衔的知交；就是这位知交把他安置到这里来的。虽然你是集团军的军事委员，被认为性格刚强，但和巴斯特留科夫同志还是得共事一个时期。你心里知道他是什么货，可不能马马虎虎对付。对付这号人，要像拔刺一样，不能让它断在肉里，否则会嵌得更深，那时就拔不出来。尽管你性烈如火，在这件事上你一定要沉得住气。沉不住气——难免出洋相……

“找我有什么事？干吗这样十万火急的？”扎哈罗夫问刚走进来的别列日诺依。他以为别列日诺依从电话里得到消息以后一到先要问：有人告师政治处什么状？但别列日诺依不从这个问题谈起。

“康斯坦丁·普罗科菲耶维奇，现在全指望您了。在这一仗打完以前不能把老头撤离师的指挥职务……”

“为什么不能？”扎哈罗夫问。他一下子就明白：巴久克到师里去了一次，那里一定出了什么事情，而别列日诺依以为军委已经全知道了。但扎哈罗夫碍于自尊心不愿在别列日诺依面前暴露自己对此一无所知——这与其说是碍于他个人的自尊心，毋宁说，他按照对自己作为军事委员的权限和职责的理解，认为不应当暴露。反正别列日诺依马上会自己把心底的想法一古脑儿全说出来，情况也就能清楚了。

别列日诺依果然把一切都说了出来。

“司令走后，我看到老头的模样，忍不住掉下了眼泪！”

“你本来就喜欢掉眼泪。”

“我已经爱上了这老头。”别列日诺依激动地说。

“好快呀！一个月还不到……”

“军委同志，有时候一眼就能爱上一个人。”

“对于政工人员来说，这是一种危险的品质，”扎哈罗夫说，“马特威·伊里奇，会不会由于我们今天觉得老头可怜而明天就得把他埋葬，会不会这样呢？”

“不知道，”别列日诺依说，“有一点我知道：要是明天把他撤换，——那么，您可以相信，明天就得把他埋葬。活活地埋葬。”

“你难道不替整个师着想一下？”

“我怎么不想？我们干得不比别的师差。皮金肯卖力气，我肯卖力气，老头也不吝惜自己。剩下这几天，如果你们要他在伤口裂开的情况下少往团里跑，那就给他一个作战副师长。我们本来就缺少这样一个人。”

“那是因为你们自己还在谢尔皮林当师长的时候就要求缓一下派人，等你们的谢尔巴乔夫出了医院再说。别人你们谁也不要。”

“可现在，既然发生了这样的情况，我们提出请求：派人来吧。”

“这还像话，”扎哈罗夫说，“我跟司令和参谋长商量一下。看看他们怎么说。”

“我想自己先去找谢尔皮林谈一下。”别列日诺依说。

“这可不是你的本分。你又不是他的姻亲族戚。为何要叨在旧谊去找集团军参谋长使他为难？”

“这叫做叨在旧谊？”

“你别装蒜。你明白我的意思，”扎哈罗夫说，“当然，也可能作出这样的决定：请集团军里的几位大夫会诊，根据他的健康情况鉴定他能不能执行自己的职务。”

“啊……”别列日诺依把手一甩，“一会诊就完了！司令命令说什么，大夫们就说什么。”

“你为什么把人家都看成混蛋？”扎哈罗夫勃然大怒，“我不喜欢你这种态度，好像只有你是好人，对别人动不动就抹黑，说坏话，而且还心安理得。你哪来这样的看法？老实说，我们的集团军卫生部主任的原则性着实可以让你学习学习。”

“我错了，说话没好好考虑。”别列日诺依说。

“这种习惯必须改正，”扎哈罗夫仍旧生气地说，“因为我给了你钉子碰，你才承认‘错了’；要是不给你钉子碰，你还以为自己对哩。”

扎哈罗夫拿起听筒，摇了一下电话机。

“司令在什么地方？”

电话里回答说司令上参谋长那里看形势去了。

“现在看来，”扎哈罗夫放下听筒说，“我和你还有时间。”

接着他又拿起听筒给巴斯特留科夫打了个电话。

“您来吧！……”然后转向别列日诺依，“我们马上就来讨论你们那些不成体统的事情。”

“什么事情不成体统，军委同志？”

“集团军政治部副主任会告诉你的，我不想剥夺他这份享受。”扎哈罗夫正眼望着别列日诺依，别列日诺依觉得他的神情有些奇怪。

其实没有什么奇怪，这个刚才挨过他骂的别列日诺依，在他心目中是个有价值的好人，他相信，在他们行将开始讨论的那件事情中，别列日诺依的行为也不失为一个有价值的人。而即将到来的巴斯特留科夫，在扎哈罗夫心目中却是一个不好的、没有价值的人，此人所掀起的这场风波也是毫无价值的。尽管如此，这个没有价值的巴斯特留科夫将当着他的面痛斥别列日诺依，而在既经形成的情况下他又不能加以阻止。

巴斯特留科夫按照命令随时准备着，所以几乎转瞬之间就到了。他打开一小时以前带来过的那个卷宗，戴上眼镜，开始述说对事情的看法。

他述说的程序和一小时以前已经向扎哈罗夫陈述的一样，只是在说到他不知道政治副师长对这件事的了解程度如何这句话时，稍微着重了一下，似乎在让别列日诺依有可能自己为自己找到一条出路。仅此一点区别。“几乎一字不差，”扎哈罗夫暗暗注意到。他看着巴斯特留科夫的脸，——这已经不是一张年轻人的脸，眼角有了几道皱纹，但肌肉还紧绷着，样子很结实、健康，——心想：“他明知道我不喜欢他，也不赞成他的这份报告，明知道，但不甘休，因为并不怕我。而他之所以不怕我，或者是由于他认为自己的位置坐得比我更稳，或者指望我受不了他这种性格，只好奉送一份出色的鉴定把他打发到别处去了事。”

别列日诺依坐在那里，剃光的脑袋垂得很低，眼睛看着面前的桌子。扎哈罗夫希望和别列日诺依的目光接触，默默地用眼色对他说：“别列日诺依，要明白你是在跟谁打交道，放聪明些。”但是别列日诺依眼睛不抬起来。

“我要说的就是这些。”巴斯特留科夫说。

“现在您回答吧，团级政委。”扎哈罗夫向别列日诺依说。

如果放聪明些回答，应该这样说：“我们调查一下，弄清楚了再上报……”一方面悄悄地把那个德国人从师里打发走，至于什么时候“弄清楚”和“上报”，根本不必着急，等斯大林格勒这一仗打完，那时大家的心思都不在这种事情上，再挑一个时机上报，说事情已经过去，今后注意就是！

但别列日诺依遇到这种场合就是不会做聪明人。他慢慢地抬起变成深红色的头来，说：

“我在想，关于我们的师，巴斯特留科夫同志哪来这么详细的情报？他很久没到我们那儿去了，我甚至已经忘了他的面貌！”

“你不要扯开去，”扎哈罗夫说，“谈正题。”

“如果要谈正题……巴斯特留科夫同志列举事实认为我们政治处的工作做得比其他师差，而我们至今还指望集团军政治部夸奖我们呢，因为我们往那边送的公文比人家少。既然现在挨批评，那我们就改正，把公文凑足一定的百分比。另外，他说在师政治处里形成了讲交情、要求不严格、丧失警惕性的风气。说到交情，是的，我那儿所有的政治副团长都是朋友，我在战争中爱上了他们，也不能保证从此不爱他们。说到我要求不严格，不妨让团级政委巴斯特留科夫同志到我们任何一个团里去担任一昼夜的政治副团长，等他完成了我在战斗中要求政治副团长们做到的一切，然后再由他向您报告我的要求严格不严格。说到丧失警惕的问题，我承认，的确有疏忽的地方：师里现在就有一位弄笔专家，他对我一句话也不说，却不断地给巴斯特留科夫同志写报告。我今后一定注意，加以改正……至于巴斯特留科夫同志作为主要事实报告的关于霍夫曼的问题，那完全对……”

“什么叫做完全对？”扎哈罗夫不懂他的意思。

“我们做得对，军委同志。这是我的看法。”

“你们还做得对？”

“怎么不对？人家出去侦察，抓来了‘舌头’，起初我们向他许下一枚‘红星’勋章，但是担心集团军里不答允，就在我们权力范围之内给了一枚‘勇敢’奖章。当然最好是给‘红星’，不过‘勇敢’也不坏。因此我认为做得对。”

“又扯开去了，”扎哈罗夫说，“现在不是问你奖励的事，而是问另一件事。”

“我认为两件事情分不开，”别列日诺依说，“他在九月的战斗中得了一枚‘勇敢’奖章，在十一月的战斗中又得了一枚，现在这是第三枚。他一共抓过七个‘舌头’。难道现在，给了第三枚‘勇敢’奖章以后，要把他从师里赶走？”

“军委同志，请允许向团级政委同志提一个问题。”巴斯特留科夫说。

“提吧。”

“有关的一项命令传阅到您没有？”

“传阅了。”

“您从什么时候开始知道您的那个战士原籍是德国人？”

“这我早就知道，”别列日诺依说，“甚至已经把这件事忘了。那项命令我以为跟他没有关系。因为还在这项命令下达之前，人家已经得了三枚‘勇敢’奖章。”

“准确地说不是三枚，是两枚。”

“准确地说是两枚。这两枚‘勇敢’奖章可不是任何人唾手可得的。我个人就没有把握。也许，您有把握？”

“哎，你这个矿工，说话可要留点儿神！”扎哈罗夫向别列日诺依发出警告。

“军委同志，我不在乎这些，”巴斯特留科夫镇静地说，“我需要把实质弄清楚。据我看，问题的实质现在清楚了。这是有意识违抗命令。政治副师长事先知道。”

“不但知道，”别列日诺依发作了，“而且是在我的建议和坚持之下做的，我负完全责任。您不必跟别人过不去。用不着费神！”

“矿工！”扎哈罗夫又是一声叱喝。

“请原谅，军委同志。”

“军委同志，我把所知道的都汇报了，”巴斯特留科夫说着把放在他面前的卷宗合上，“请原谅，但我意想不到政治副师长当着您的面对我的态度竟会如此缺乏党员的修养。我原来希望，至少您会制止他！我可以走了吗？”他站起来，竭力显示他已经履行了自己的义务，现在就让军委和别列日诺依两个人留下吧，想必别列日诺依跟他——巴斯特留科夫——不同，定能和军委找到共同的语言。

但扎哈罗夫不让他走。

“您慢一点走。我跟您还有话说。”

他转向别列日诺依，在对他说话之前，先站起来。别列日诺依跟着起立。巴斯特留科夫也在桌子的另一端站得笔直。

“从明天起，这个德国人不得留在师里，”扎哈罗夫直视着别列日诺依，说，“执行情况向我报告。”

“是。”

“要是以后再发生违令的情况，可不要怨别人。另外，根据巴斯特留科夫同志的报告，您再向我作一份书面检查，说明您怎样会做出违抗命令的事情来。我们将在军事委员会会议上对您的检查加以研究。这要等战斗结束以后。现在没有时间跟您算账。我们别的事情也忙不过来……您可以走了。”他生硬地说完末了一句话，向巴斯特留科夫瞟上一眼。

巴斯特留科夫绷着脸，不动声色地站在那里。他当然明白，军委已经为别列日诺依开脱了一半，并且使旁人无法穷究。他明白，所以默不作声，连眉毛也没抬动一根，直到别列日诺依在门外消失。

扎哈罗夫自己不坐下，也不请别人坐，他走到巴斯特留科夫跟前。

“您的报告中值得引起注意的地方我会加以考虑。不过我建议您从明天起就开始深入部队，免得再听到政治副师长们说刚才您听到的话。”

“是，军委同志，”巴斯特留科夫说，“不过到目前为止，我们的政治部主任一直是怎么样的，这您也知道。我们之中不论谁总得有人呆在这里。”他说这番话的神态活像是专背黑锅的可怜虫。他的脸部表情仿佛在说：我一个人挑大家的担子，整天被压在文牍事务和杂差堆里钻不出来，可还要为此受到指责！

“那就让别人呆着吧，”扎哈罗夫说，“如果需要您的时候我找不到您，如果我得到的回答是‘巴斯特留科夫到部队里去了’，我担保不会因此砍您的头。明天我去一一一师，希望在那里能遇见您。对我还有问题吗？”

他在目送巴斯特留科夫的时候，心想：“不，亲爱的朋友，我跟你决不罢休，要跟你拼到底，就像和鬼子打仗一样。你也别指望我按照‘送佛上天’的原则给你签署一份漂亮的鉴定！或者我栽在你手里，（你在挖我的墙脚，这一点我敢确信，）或者我把你的真面目彻底揭露。尽管这并不简单，因为这样的人不止你一个！……”

等巴斯特留科夫出去把门关上以后，扎哈罗夫给司令挂了个电话，巴久克已经回来。扎哈罗夫披上大衣——反正不需要走多远——到巴久克那里去。

巴久克在自己屋里和谢尔皮林两个人坐着喝茶。虽然喝茶是心平气和的事情，但根据扎哈罗夫在脱大衣时听到的只言片语推测，谈话的调子并不十分安闲。

“欢迎，欢迎，康斯坦丁·普罗科菲耶维奇，”巴久克看到扎哈罗夫走进来，说，“我们正在喝茶。”

“好吧，如果第三者不是多余的话。”扎哈罗夫说着在桌旁坐下。

“情况总的来看还不坏，”巴久克说，“我跟他商量了一下，”他用头指指谢尔皮林，“对明天的计划作了一些补充。我想，明天白天，或者在一一一的前方，或者在一〇七的前方，总能会合上了。”

“估计是在一一一的前方。”谢尔皮林说。

“你进来时，我们正好在谈一一一师，”巴久克说，“是这样的，我想还是把那个农民领袖式的师长撤去。何况他的伤口也裂开了……理由很正当，并没有委屈他。以后再撤就比较难办了。你还不了解情况，我来告诉你。”

“我了解，”扎哈罗夫说，“别列日诺依到我那儿作了汇报。”

“真快，已经开始绕道乱跑大诉其苦了……”巴久克带着嫉妒的口吻说。

“怎么是绕道？什么时候开始政治副师长为这样的问题来找军事委员叫做绕道？”扎哈罗夫问。他一贯不让巴久克唐突自己，现在也不让。

“算了，回到正题上来吧。”巴久克说。

“行。不过，为什么你把库兹米奇叫做农民领袖？我看倒是比较像工农式的[①]。一九一八年在顿巴斯他指挥过第一起义军……”

“问题正在这里，”巴久克说，“他虽然指挥过集团军，可是始终没有达到师长的水平。满嘴都是土话……跟他谈话，简直以为面前不

① 红军的全称是工农红军。

是一位将军，而是个庶务长。”

“您的看法不完全正确，伊凡·卡比顿诺维奇，”谢尔皮林说，“您可以理解，我对以前自己的师怀有妒忌的感情，但是，不论从成绩看，或是通过电话交谈，特别是通过跟皮金的交谈，可以料想库兹米奇指挥得不坏。应该说句公平话，他的仗打得相当在行，照我看来很有办法，尽管这个人有些与众不同……应当对他习惯下来。”

“我可没有时间对所有的人一个一个习惯下来，”巴久克说，“我每说两句话，你总有一句要抬杠，对你总算习惯了，——这你还得谢谢我哩。”说到这里，他笑了。

这倒是真话，他对谢尔皮林的确习惯了，最近甚至不大把谢尔皮林唤去作汇报，而是早晚亲自到他参谋部去看形势。他习惯于参谋长讲究目的性的作风，但如果在一个月以前你预言他会这样，他怎么也不相信！他的运气可也真好：先是得到一个好军委，现在又得一个好参谋长。这两个人都不容轻慢唐突。而巴久克在跟这样的人相处中，不知不觉地自己也有了进步。在没有阻力的环境中，他的性格发展到了专横武断的程度；遇到了阻力，却相反能使他回到健全的理智范围之内，而他绝不是缺乏健全理智的人。现在的情况就是这样。

“好，那么假定不是由我，而是由你来为以前你自己的师决定命运的话，你打算怎么做？”他突然这样问谢尔皮林。

“如果由我来决定，”谢尔皮林说，“在战役结束之前不去碰他。”

“要是他在旧伤复发的情况下彻底垮了下来呢？”

“那自然不存在问题，”谢尔皮林说，“但我相信他的良心。显然，他觉得自己能继续把一个师指挥下去。否则不会赖着不走，他不是这样的人。”

“他是怎样一个人，你不见得太清楚，”巴久克说，“昨天他就保证和六十二集团军会合，可是到今天也没会合上！”

“我们同样也向方面军提过保证，难道现在就要把我们撤职吗？”谢尔皮林说，“坦白说，我不认为这是我们的过错。敌人的抵抗力超过预料。方面军侦察部门的情报又出了纰漏。包围圈里的敌人剩下的不是三万，也不是四万，而是多得多。”

“等把他们吃掉以后再计算吧。”巴久克说。

“刚才别列日诺依向我提出了这样一个主意，”扎哈罗夫说，“一方面不要把库兹米奇撤职，另一方面明天就给他派一个作战副师长去，代替他到各团去跑。”

“这都不是根本解决的办法，”巴久克说，“当然，副师长可以给，也应当给。让你的皮金，”他向谢尔皮林点点头，“暂时代理师长职务，把老头送医院。我已经对他说过，他在等命令。”

“唉，伊凡·卡比顿诺维奇！”谢尔皮林说，“如果他的伤口在战役的初期或者中期裂开了，我一句话也不说。可是现在眼看着就要结束了……应当冷静地为他想一想：既然伤口裂开，而他已经五十七岁，这是他最后的一次战役了，这一仗不让他打完——对他来说等于死亡……我诚恳地请求推迟几天执行您的决定。”

巴久克紧锁双眉。从库兹米奇到此的第一天起，巴久克对他就不太器重：这个师长是在匆忙中被派来的，事先没有征求巴久克的意见；这老头给巴久克的第一个印象就有点儿古怪，使他产生这样一种感觉——上面把自己不需要的一个糟老头子塞到他的集团军里来。诚然，后来库兹米奇仗打得不错，但这并没有在多大程度上改变巴久克的第一个印象。巴久克认为，他仗打得不错是因为得力于师参谋长，而总的说来这个师长没有多大作为，偶然成了他的下属。可是今天，别的不算，居然把伏龙芝也抬了出来。哼，伏龙芝对他不是“你”呀“你”的！一副内战时期英雄的神气……这使巴久克特别恼火。他今天向库兹米奇说“办移交吧”这句话，并不是出于一时的气愤，而纯粹是由于一种不为别人着想的习惯；他跟下属说话一贯如此——想夸就夸，想骂就骂，什么都不加斟酌，这次也不加斟酌，明显地要对方知道：“老头儿，你的仗已经打完，到养老院里去吧！”现在，他在内心深处即使没有忏悔的感觉——还没有到这种程度，——至少也有一些不好意思。这种心情现在也妨碍着他的脾气发作，使他没有无视扎哈罗夫和谢尔皮林的劝阻而一意孤行。

“好吧，”巴久克沉默一会以后说，接着转向谢尔皮林，“早晨炮火准备过后，你到以前自己的师里去。看看他们那边总的情况究竟怎么样，必要时作一些修正，对师长仔细观察一番，不要怀着软心肠，应当公事公办。要是你得到的印象和我相同，回来后我们就向方面军报告，免去他的指挥职务。要是你认为能让他留下，也该适当减轻他的负担。你的那个作战科副科长是不是还呆在他们师里？”

“今天是第三天。”谢尔皮林说。

“你认为派他当副师长行不行？”

“我看可以。”

“那么你就跟师长谈妥了用我的名义任命。你看怎么样？”最后一句话巴久克是问扎哈罗夫。

“我同意。”

巴久克又转向谢尔皮林。

“费多尔·费多罗维奇，你到自己的师里去，要珍惜自己师的实力。不能因为怕将军伤心而不顾整个师的命运。倘使你得到的印象证明我是对的，可别摇摆不定。”

“我不是秋千。如果必须撤换，我不会犹豫。”

从司令那里一起出来以后，谢尔皮林已经向扎哈罗夫伸出一只手准备告别，但扎哈罗夫把他留住。

“你送我到寓所。一一一师侦察连有一个霍夫曼你可记得？”

“记得。我亲手发过两枚‘勇敢’奖章给他。怎么？知道他是德国人了？”

“是的，”扎哈罗夫说，“刚才有一个家伙到我那儿来大做文章，说是违抗命令等等，等等……我不得不把别列日诺依儆戒一通。”

“那也有我的份。”谢尔皮林说。

“不要紧，别列日诺依挨得起，会忘掉的，”扎哈罗夫说，“我并不为他担心。这个霍夫曼是怎么样一个人？”

“您给我七千个像他这样的德国人，我愿意把他们编成一个师，率领他们去打法西斯。我相信决不会后悔。”

“清楚了。我已经命令明天把他从师里打发走。”扎哈罗夫说，他认为没有必要向谢尔皮林解释这样做也是出于无奈：谢尔皮林自己会明白。

“那么把他打发到哪儿去呢？”谢尔皮林问。

“这问题你考虑一下，”扎哈罗夫说，“既然照你说他是那么好的一个人。我的责任已经尽到，”他勉强一笑，“现在瞧你的了。”

“我可以把他作为一名编制以外的译员留在我那儿的侦察科里，不久就会极其需要这样的译员。”

“留得太近，”扎哈罗夫说，“又会被打听出来，第二次大做文章。”

“那么我去接一下头，把他派往方面军侦察处去担任同样的工作。那边会抢着要。”

“用老办法：推说是犹太人？”扎哈罗夫笑问。

“我考虑一下，”谢尔皮林认真地说，“看跟什么人打交道。”

“行了。”扎哈罗夫说。

他们已经走到扎哈罗夫堂皇地称为寓所的一个地方，在门口站住。

“到自己师里去很乐意是不是？在参谋部呆腻了。”

“又乐意，又不乐意。”谢尔皮林说。

“为什么？”扎哈罗夫问。

“这差使很难办。五天以前，库兹米奇的伤口刚裂开，皮金就打过一次非正式的电话问我该怎么办。库兹米奇不许他们向外人道及，皮金的处境当然很尴尬。按制度似乎有责任报告，可是人人知道他日夜盼望能指挥一个师。不管结果怎么样，难免有人说：他想乘人之危得到这个位置。”

“你对他是怎么说的？”

“我对他说，万一出了什么事，他就算报告过了，不过我决定把事情压一压。如果情况拖不下去，我教他正式打电话来。”

“没来电话？”

“暂时还没有。”

“是啊，你的差使的确不好办，”扎哈罗夫说，“不过，说起来也是你自己讨的差使。”

“我讨这份差使，是因为看不惯这样对待一个人：人家做了所能做的一切，然后把人家一脚踢开！连一声谢也不说！事情怎么处理都行，但这样不行。当然，战争到处都把人推上昧良心的道路。有时候自己也会走上这条路……例如对待霍夫曼这个人就是如此。但不管怎样，我还是不能容忍自己或别人这样做。”

“是的，我们都不是圣人。”扎哈罗夫说。

“话虽如此，”谢尔皮林说，“可是总不甘心安之若素……我可以走了吗？”

第十一章

第二天，一月二十六日早晨，在历时很短、但火力极猛的炮火准备之后，集团军各部队继续发动已经进入第十七昼夜的攻势——摧毁德军防御，时而突破切入，时而只是往里挤压。

虽然一切迹象都表明德国人已濒于死亡的边缘，但他们还在负隅顽抗。火线上的战士对这一点的了解恐怕不比集团军司令部的将军们差，甚至可能更清楚些，因为战士们在更大的程度上有切身体会。最近几天，人们一鼓作气投入战斗，坦白说，这一股气中间，除了其余的一切，还包含着由于自身疲劳而产生的暴怒，包含着不耐烦的疑惑：我们一再说德国人只剩下最后一点力量了，这话说了已经不止一个星期，可是这最后一点力量到底什么时候才能完蛋?

在炮火准备过程中，谢尔皮林面对地图坐在电话机旁，考虑从昨晚开始精心策划起来的这一阵炮火轰击将显示什么结果，能挽救哪些未来的伤亡，而哪些损失还是不可避免。他还把夜里跟司令以及扎哈罗夫的谈话拿来对照可能终于在今天发生的事件——把德国人切断，和六十二集团军会师，——觉得在规模上相去太远了。

使霍夫曼不能留在前线的那项命令是明智的还是不明智，研究这个问题为时已晚，但它迫使你现在为一个德意志族侦察兵的命运伤脑筋，因为这个曾经获得三枚“勇敢”奖章的德国人性格倔强得很，不同意文书把他写成犹太人。

其实，跟即将发生的事件比起来，这项命令究竟有什么意义？甚至，库兹米奇将军还是在战役结束之前几天离开自己的师，还是庆祝了胜利之后再进医院，这跟即将发生的事件的规模比较起来，又算得了什么呢？……

然而，昨天还是不能对这一切无动于衷，今天也不能规避这些棘手的所谓个别问题，因为这一切也就是战争生涯。如果你不是一块顽石，就不能置之不理。巴久克这个人僵硬成这样，远远近近的人老是在他身上撞得鼻青眼肿，但昨天甚至连他也心有所动……

但是，炮火准备刚一结束，立刻没有时间考虑这一切，——第一批电话铃声和报告接踵而至。一个多小时以后，局面的轮廓开始显现。事情进行得相当顺利。照例，当情况不妙的时候，谁也不急于上报；如果成功略具雏形，再加上有把握不让所占领的阵地被夺回去，那时汇报不会延宕，准忙得你不可开交！……

根据皮金的来电判断，今天一一一师的情况特别好。

跟皮金谈过以后，谢尔皮林随即打电话给巴久克转达最近的一些汇报，并问昨天的决定有没有变动，是不是可以去了。

“行，你去吧，”巴久克说，“谁留下接替你？”

“作战科长。”

“去吧，”巴久克再说一遍，“在你回来以前，我不离开岗位。你别太耽搁了。”

“我应该在几点钟以前回来？”在这些事情上谢尔皮林是一丝不苟的。

“十六点以前。不过大体上你还是自己瞧着办吧。”

“是。”谢尔皮林放下听筒，接着向副官问，阿尔杰米耶夫上校从一一一师来了没有。

“我按您的命令叫过了，但还没有到来。”副官说。

谢尔皮林不悦地皱起眉头：他要在自己去师里以前把未来的任命先通知阿尔杰米耶夫。

“打听一下他为什么没到。等我一回来，叫他马上来见我。”

谢尔皮林已经在穿外衣，这时代替他坐在电话机旁的卡赞采夫上校请他接扎哈罗夫打来的电话。谢尔皮林回到那边拿起听筒。

“我是谢尔皮林，军委同志。”

“你去一一一师吗？”

“正要去。”

“车上有没有空位？”

“有。带谁？”

“我的一个政治部副主任。昨天我命令他天一亮就下去。可是不巧得很，他的汽车坏了。他刚刚才发现了通知我。你救救他吧！”

事情往往一耽搁再耽搁。跟扎哈罗夫刚谈完，谢尔皮林已经走了出去，忽然卡赞采夫又追出来叫他。这次是巴久克来电话。

“还没有走吗？到了一一一师，如果恰巧你在的时候他们会合上了，你就代表我向师长祝贺。”

“是。”谢尔皮林说。

当他带着传令兵终于走出去上自己的汽车时，看到后面停着另一辆汽车，车旁站着团级政委巴斯特留科夫。

“您好，”谢尔皮林说，“据我了解，我应当把您带走，是不是？”

“正是这样，将军同志，”巴斯特留科夫说，“但在军委跟您谈话的时候，我的车已经修好开来了。”

“那更好，”谢尔皮林说，“那就让您的车跟在后面，您和我坐在我的车上。”他打开车门让巴斯特留科夫先上，因为自己喜欢坐在右首，然后用手势招呼传令兵坐在前排。

扎哈罗夫在电话里请他救救因汽车出毛病而走不成的政治部副主任，当时谢尔皮林没有留意到扎哈罗夫的口吻带着嘲笑。他把扎哈罗夫的话信以为真，因此毫无其他用意地建议巴斯特留科夫和他同车而行，认为既然他们去同一目的地，这是很自然的。要说用意，他倒是有这样的兴趣：既然机会凑巧，他想在路上跟这个他还不摸底的团级政委谈谈，因为扎哈罗夫对此人的反应很坏，可是又容忍他担任着重要的职务。

“鬼知道他。”谢尔皮林心想，眼睛斜瞅着坐在他旁边的巴斯特留科夫，此人穿着一件白皮袄，皮带束得很紧，刮得光光的脸上肌肉紧张。“可能他并不是什么王八蛋，只不过是一个缺乏感情的人，这种人在前线谁也不喜欢，甚至他们自己对自己也不喜欢。他们所作所为好像处处循规蹈矩，可是于事或于人几乎每次都没有好处。尽管他们从不为非作歹，却能比任何王八蛋害及更多的人。他们中也有在应当的地方捐出生命的，可是甚至在他们死后，人们对这种人还是没法理解和表示惋惜，因为他们生前自己也不了解、不体恤任何人。也许，他就是这种人里边的一个？”

“我想问您，团级政委同志……”

“是，将军同志。”巴斯特留科夫立即向谢尔皮林侧过身来，谢尔皮林注意到，他那宽阔、丰腴、刮得光光的脸上虽然毫无表情，但正是这种毫无表情的神态隐约透露出他内心的惶恐。

“请您坦白告诉我，那一天我在食堂里批评我们的报纸，您对哪一点感到不满？军委后来把您的不满转告了我，要我注意，可是说老实话，我还不大明白。请您解释一下，以便消除误会。”

巴斯特留科夫用疑问的眼光向谢尔皮林看了几秒钟，心中不是在考虑问题的实质，而是在辨“要我注意”这几个字的味道。扎哈罗夫要他注意什么？要他注意参谋长这样谈论报纸是不对的呢，还是要他注意当着巴斯特留科夫这样说话不好？

“您为什么不开口？”谢尔皮林说，“我并不是见怪，我的确是想弄弄清楚。”

“这没有什么需要弄清楚的，将军同志，”巴斯特留科夫说，“据我看，事情很清楚。报纸用自己的篇幅主要报道使敌人遭受最重创伤的那些战斗片断，仅仅为了这一点就指责报纸对敌人估计不足，我认为这是不对的。”

“可是要知道当时我们谈的不是这一点！难道我反对宣传英雄事例？那我未免太愚蠢了。问题在于连续几天报上一期又一期地光写：德国人怎样被大批杀伤，就像割草一样容易，而我们却毫无损失。这样的报道写给谁看？谁会相信？您也知道，报纸不向后方传播，规定它只在集团军范围内发行，而战士们明明知道战斗的情况，如果报上对流血、伤亡总是一笔带过，英雄事迹本身就会失去价值，也不再有人相信。当然我是指那些嗅到过火药味的人。但报纸是红军的，明明是给他们看的！那天我向您谈的时候，指的就是这一点。”

“但我认为报纸应当用英雄事例——并且首先是用英雄事例——来教育人们。”巴斯特留科夫说。

“哎呀呀！”谢尔皮林说，“我跟您说东，您偏偏对我道西！……难道我们争论的是这一点吗？”

“将军同志，既然我们不是争论这一点，那么，就没有争论了。”巴斯特留科夫说。

“等一下。”谢尔皮林说。他已经感觉到跟巴斯特留科夫谈不到一块儿，但还是希望把问题彻底澄清。“昨天和今天的报我也看了。就算三天以前您是处在这样的心情之中：德国人明天就要完蛋了！但从那时起，又是三天艰苦的战斗过去了。战斗尽管是成功的，但也是艰苦的，我要着重指出。可是报上照旧是那一套！您说这对不对呢？敌人顽固、强大，但我们还是在摧毁他们，我们的英勇精神不正是表现在这方面吗？战士们的功绩不是因此显得更伟大吗？他们的自豪感不是因此更得到发扬吗？那么不禁要问，为什么在给战士们看的报纸上不让他们有这种感觉？”

“如何估计敌人的抵抗力量——这不是集团军报纸的事情。”巴斯特留科夫说着向司机和传令兵的背部看了意味深长的一眼，暗示即使他同意用更坦率的语气继续谈话，那也该在另一种场合，而不是现在。谢尔皮林注意到了这样的眼色，在这以前，他从大局出发试图说服巴斯特留科夫，情绪也一直是心平气和的，可是现在却着了恼。

“照您这样说，战士们对于他们的作战对象实力如何应当一无所知？照您这样说，不了解敌情的战士能把仗打得更好？”

“对不起，将军同志，但做任何事情都应当在一定的时间和地点。”巴斯特留科夫说。

“可是我跟您的地点只有一个：战争！时间也只有一个：如果我没有记错的话，我们是在打第五百八十五天的仗。我再补充一点，现在倒是一个适当的时间——我们正在把德国人往死里打，至少也接近这个阶段了。我跟您所在的集团军看来也是一支勇敢的军队，不怕敌人，不怕困难，不怕严寒，勇往直前。可是集团军里的报纸却是一份懦夫的报纸。我并不说它一贯如此，——在前任主编的笔下情况比较好。虽然他被提拔高就了，但未免可惜！至于那位新的主编，鬼知道他是怎么回事！我曾经三次把他叫来，每次指着他的鼻子要他对照战况实报再看看那些胡说八道，我用真凭实据戳穿他的谎言。当场他总是同意，不提出争辩，唯唯诺诺！可是第二天故态复萌。我甚至开始怀疑：此人给我最初的印象只是不中用，可他对自己的主张却很坚持！想必他每次挨了我的申斥马上去找某一个人，而这个人就对他说：‘别理他，你干你的……’团级政委同志，他挨了我的申斥是不是到您那儿去的？”

谢尔皮林冲着巴斯特留科夫的脸现出一丝苦笑。谢尔皮林心里明明白白，知道自己正面提出的这个问题本身以及对方如何回答都无关紧要，甚至坐在他旁边的这个人也不是事情的全部实质所在……

但巴斯特留科夫对于谢尔皮林的苦笑却有自己的理解，他认为对方不想使事态扩大。

“是啊，问题提得很尖锐，”他也似笑非笑地说，“我们的主编离开您以后到什么人那里去？这样的问题应当在军事委员会会议上提出来。”

“您是这样看的吗？”谢尔皮林收敛笑容问，“那好吧，到时候我们把它提出来。”

在这以后，他们有好几分钟没有说话。

“好吧，到时候把它提出来，”巴斯特留科夫忖道，“也许提到军事委员会会议上，也许提得更高。”他没有忍气吞声的习惯，现在也照例象在这类场合一样，他把整个这一次谈话刻骨铭心地记下来，正如把以前跟扎哈罗夫的几次谈话牢记在心一般。在这一意义上说，团级政委巴斯特留科夫不把头衔和职位放在眼里。他既会气，也会记，不管对方是何许样人。今天自下而上跟某人说话，来日在命运的安排下未必没有机会以平等的身份再见，甚至可能倒过来……因此一切都必须牢记在心，生活中什么都可能发生。

“谢尔皮林所以发这么大的脾气，”巴斯特留科夫在想，“一定是因为扎哈罗夫告诉他说，我曾经暗示过：他有这样一段历史。一定告诉了他，”他在想象中重复了一遍，并立即把这一点也记在自己心里的一份扎哈罗夫罪状的末尾。“那又怎么样呢？是的，我是暗示了。不是暗示，而是提醒，”他习惯地找到了理直气壮、自己听起来也比较顺耳的措辞。“因为忘记这一点是不应该的。即使他没有什么行动，他的嘴巴总是不安分的，单凭这张嘴就难逃第五十八款。”巴斯特留科夫这样默默地想着。

而谢尔皮林却一开始就想到巴斯特留科夫在末了想到的那一点。

“是啊，”谢尔皮林这样想，“在强烈的愿望和积极的努力下，必要时满可以把一系列情况串连起来：当初因为‘对法西斯武装力量表示赞赏’吃过官司，六年以后还坚持原来的立场，把报纸主编说得一文不值。是啊，只要愿意这样做，努力这样做，在适当的时机可以办到。而此公显然是既有愿望，也肯卖力的。不过我也可能看错人。”

这时，他忽然痛心地想起了儿子的事，冷不丁问道：

“团级政委，您有没有孩子？”

他这样问，因为心里在想：“我是这样一个人，儿子却在我的逼迫之下才上前线。不知道你的儿女怎么样，如果有的话，在哪里？”

“有。两个儿子，一个女儿。”巴斯特留科夫不大乐意地回答。只要不是他自己先发制人，而是别人首先搞到他头上，他总是由衷地认为自己受了委屈。

“他们在什么地方？”谢尔皮林问。

“在军队里。”巴斯特留科夫说。

“女儿也在军队里？”

“是的。”巴斯特留科夫还是那样绷着脸极简短地回答。在跟他所讨厌的人谈话中，他的家庭始终是他不喜欢涉及的一个部分，平时也不喜欢提到。

“是啊，”谢尔皮林心想，“他三个孩子都在前线。可是我的那一个至今还不知道在哪里。所谓‘有其父必有其子’，‘父亲的行为儿子不负责任’……这些都是空话。这些话对生活起不了多大的澄清作用，尤其是在我们的时代，更无助于澄清我们的生活。”他这样想着，默自把卡住在头脑里的那句话又重复了一遍：“父亲的行为儿子不负责任，”忽然，他仿佛向自己扔一块石头似的问自己：“那么儿子的行为父亲负不负责任？”这个想法来得如此突然，有一瞬间他甚至以为自己问出了声。

他不再面对巴斯特留科夫，开始向车窗外面看，等待着汽车经过最近几天攻占的一些他还没有去过的地方。这里左边的一座红砖废墟曾经是集团军的临时观测所，四天前他们在里边呆过，后来，他和巴久克在傍晚时分还朝着他们现在前去的方向坐车走过一段路，察看当天占领的阵地。过了这一段以后的地方，他只从地图上和汇报中知道，只能想象。前边，在通往一一一师和通往一〇七师的两条路分道处，应当有皮金派来的标兵等着。

果然如此。在道路正中央毫无掩蔽的地方停着一辆“爱姆卡”，车旁站着一个熟悉的身影，那是皮金的传令兵普切林采夫准尉。

见到有汽车开来，准尉定睛一看，举起一只手。谢尔皮林远远地就看见他在微笑，所以也答以微笑，没等汽车停妥就打开车门。

“您好，将军同志。”普切林采夫很高兴地在车旁立正。

“您好，普切林采夫，”谢尔皮林说着和他握手，“等好久了吧？”

“才五分钟，将军同志。皮金上校同志向您道歉，他不能亲自来迎接，因为战斗在进行中。”

“要是他来接我，我还要处分他呢。”谢尔皮林笑皮金的礼仪周到，对他的这个特点谢尔皮林已经开始淡忘了。

“允许我在前面引路吗？”普切林采夫问。

“告诉司机，让他开着车在前面走，”谢尔皮林说，“您跟我坐在一起。我想问问你们首长的近况。”

普切林采夫跑到前面一辆汽车那儿去了一次，回来后站在车旁，等谢尔皮林换坐到前排去。但谢尔皮林却在后排座位上挪动身子腾出一点地方。

“上来！”

“这样不方便，将军同志，请允许……”

“上来！”谢尔皮林再说一遍，“我懒得把头转来转去。”

普切林采夫侧身坐上了车，免得首长受挤，然后关上车门。汽车开动了。

“皮金上校近来好吗？自从摆脱了我以后，他变胖了没有？”

“相反，将军同志，您要知道，他的工作有多忙。”普切林采夫说，他用的正是那种副官们特有的语调，他们认为自己的首长——不论他担任什么职务——总是什么都管。

自从夏季战役开始一直到现在，普切林采夫是皮金的常任传令兵，他还比较年轻，三十来岁，学的专业是土地测量。他精通地形学，善看地图，纯粹由于偶然的原因没有进军官训练班就来到前线。

要不是在夏季的一片混乱中被皮金弄去当传令兵以后从此不放，他在前线也早当上军官了。按职位皮金没有军官衔的副官，但他在普切林采夫身上实在已经得到了一名副官。他把普切林采夫提升到准尉的军衔，之后暂时不动——等他自己的职位有了变动再说。

“今天仗打得怎么样？”谢尔皮林看看普切林采夫，心想皮金在对这个人的做法上毕竟有失公正——早就应该让他发挥比现在更大的作用了。

“屠玛年今天从早晨开始推进得相当顺利，”普切林采夫说，“茨维特科夫也不坏。不特别快，但是很稳，正像您过去常说的那样：茨维特科夫到底是茨维特科夫。”

谢尔皮林听到这句对他已经成了回忆的惯用语，禁不住微微一笑。

“从这里开始就是我们的地方了。”普切林采夫愉快地说。

“我们的地方”从紧靠路边停着的几辆完全被毁的德国坦克开始。说得准确一点，不是坦克停在路边，而是由车辆重新在雪地上辟出来的一条路绕过了坦克。

于是谢尔皮林进入了以前自己的师的驻地。

“自己的师”……对一个军人说来，尤其是在战争的日子里，“自己的师”意味着什么，别说对其他人，甚至对自己也很难解释清楚。它包括很多内容，简直太多了，几乎是一切。他不但被提升调离原先自己的师，而且似乎已经习惯了新的工作。而一旦像现在这样忽然来到自己的师里，会产生一种过时的惊讶心情：你离开了留在师里的这些人怎么能生活？他们离开了你又怎么能生活？

“到了。”普切林采夫说着跳下了车，这时汽车还没有停妥。

“您把我带到了什么人那儿？”谢尔皮林问，他看到废墟中一个地窖幽暗的入口处站着一名冲锋枪手好像是认识的。

“皮金那儿。”普切林采夫说。

“师长在什么地方？”谢尔皮林问。他原来决定首先到库兹米奇那儿去，这样做有好几点理由。虽然决定了，但汽车进入“自己的师”驻地后，引起他感触万端，以致忘了告诉普切林采夫，而普切林采夫当然把他带到皮金这里来。

“将军不在这里，”普切林采夫说，“夜里就到团里去了。”他的语气表示对此已习以为常。

“那么我们就先到皮金那儿去一趟，打听一下该上哪儿去找师长，”谢尔皮林说完，转向跟在他后面下车的巴斯特留科夫，“到师参谋长那儿去了解一下情况吧。”

“将军同志，我应当到师政治处去。”巴斯特留科夫说。

“去政治处得往回走。把汽车倒过头来，向道旁停着一辆小‘爱姆卡’的地方开过去。”普切林采夫说，“那是别列日诺依的小‘爱姆卡’，他恐怕也到团里去了。”

“我可以离开了吗？”巴斯特留科夫敬一个礼。

“请便。”谢尔皮林说。这次他和巴斯特留科夫分手以后，很久没有再想到此人。

皮金的参谋部和作战科同设在一座地下室。地窖里烟雾腾腾，中间生着一只铁炉子。

皮金从烟雾中出来迎接谢尔皮林，他们互相拥抱。

“瞧你，简直象大天使从云端下凡，”谢尔皮林说，“你这儿烟得厉害，眼睛也睁不开。”

“我们已经习惯了，只要暖和就行。”皮金说。

“用什么生火？”

“有什么用什么，包括德国人的冬季套靴在内，那是用经过压缩的麦秆制成的，把它拆松了，味道不好闻，可是能烧着。”

他们走到地窖的一角，皮金在那里放着一张桌子，桌上是一幅工作地图和一部电话，桌子后面照例安着一张行军床。提起此床来头大，它也为谢尔皮林所熟知。这床名叫“靳特尔”，那是厂家的名称，它把一张折叠式小床和一只行军箱组合成一件东西。“靳特尔”还是在第一次大战前皮金从士官学校毕业那天他父母送的礼物，它身经两次大战是怎么保存下来的——这是皮金的秘密。现在“靳特尔”安在桌后，“靳特尔”旁边的墙上挂着妻子送的壁毯。见谢尔皮林默默地观看着他——皮金——在生活中任何场合都保持不变的安适环境，皮金脸带笑容说：

“正是这样，一切照旧。”

但谢尔皮林抑制住和皮金畅谈一番的愿望，问道：

“师长在什么地方？”

“从柯洛柯里尼柯夫那儿来电话说，他到茨维特科夫那儿去了……您把外衣宽一宽吧。”

“不，我也直接到那边去，”谢尔皮林说，“你把情况介绍一下，有了哪些变化。”他一下子要使对方明白，在见到库兹米奇以前，他不准备向任何人打听有关师长的状况以及在师里形成的关系。

皮金作了报告。对照上一次的汇报，情况还没有多大变化。在屠玛年的中央地区，最近一小时以来发生了故障，而左右两翼——柯洛柯里尼柯夫和茨维特科夫——在继续推进。皮金根据最近一次汇报在地图上指出了茨维特科夫已经到达的地点。在六十二集团军的前沿和茨维特科夫的前沿之间，德国人还控制着的一条地带看来已经很窄很窄。

“只剩一条线了。”皮金说。

“从地图上看起来是这样，”谢尔皮林说，“看看具体是怎么个样子。”这是谢尔皮林通常在下基层以前的惯用语，听到这句熟悉的话，皮金有一刹那觉得他们一切都和从前一样：他一早开始报告情况，而谢尔皮林就到团里去看“具体是怎么个样子”。

谢尔皮林戴上帽子。

“你了解一下屠玛年那边为什么发生了故障。必要的话，可以打电话给卡赞采夫请派空军。让空军协助把屠玛年前面的障碍扫除。你们看的还是老皇历，忘了我们现在有这种可能性。结果造成不必要的损失。”

“是，我了解一下，”皮金说，“我不建议您用点心了。估计您将在我们这儿吃饭。”

“根纳季·尼古拉耶维奇，你的估计基本上是正确的，就像你所有的估计一样，”谢尔皮林说，“要是有修正，我从茨维特科夫那儿打电话来。车不必借给我，我坐自己的车去。团里的联系官在此地吗？”

“在，”皮金说，“不过我还是派普切林采夫送您去。”

“我要普切林采夫干吗？把联系官叫来。他应当比谁都熟悉到团里去的路。否则说明师里的秩序成问题，于是就想把我的嘴堵住，因为我是检查来的。”谢尔皮林笑道，但从他的话里透露出严厉的声调。他不能容忍别人把什么主意强加于他，哪怕对方用意是好的。而这一回皮金的用意也可能不是最好的：要是让普切林采夫跟去，他将直接知道谢尔皮林跟哪些人见了面，跟谁谈过话，包括师长在内，然后回去统统告诉皮金——到底是自己人嘛！这种好奇心自然可以理解，但没有理由加以满足。

“我想起了一件事：你要普切林采夫做你的传令兵呆到几时？”

“他自己不愿离开我。”皮金说。

“究竟呆到几时？”谢尔皮林问。

皮金生气地看了看他。

“干吗你向我逼问普切林采夫的状态几时改变？你最好还是说说我的状态几时才能改变。这件事现在明明取决于你。”他的目光这样说着。

“我让他在我身边学到的东西，”皮金嘴里这样说，“他在少尉短期训练班是学不到的。”

“话是对的。”谢尔皮林说，但没有把这句话续下去，心里这样想：“又对又不对。你让他在你身边学了不少东西，但也应当让他用自己的脚到战场上去走走，不要老是拉住首长的衣角，你就是没有养成他这种习惯。我喜欢你这个瘦高个儿，器重你。正因为如此，才特别要求严格。要是在别人身上，这么一点小毛病我会忽略过去，可是在你身上我就看见了……”

他们到达茨维特科夫那儿比谢尔皮林预料的要快。联系官闭着眼睛也认得这条路。

茨维特科夫继续向前推进。甚至他的观测所也已经不在一个半钟点前联系官到师里去的时候所在的地方，而是在前面三百米另一堆废墟里。在观测所里，谢尔皮林遇见了师长。

虽然打从谢尔皮林被任命为集团军参谋长以来，他在会议上见过库兹米奇三次，而且当初还亲自把师移交给他，但现在他们在此遇见，互相道了好，库兹米奇忽然回忆起他们第一次见面的事，仿佛那才是最重要的一次。

“还记得我们一起坐‘陶格拉斯’飞到顿河战线来的情形吗？”

谢尔皮林点点头。那次见面也许不十分重要，但他也记住了：他们曾在一条铁板凳上并排坐上几个钟头，一起喝“塔尔洪”土烧，各人都把吃的东西拿出来分享。当时，在飞机上，谢尔皮林自己很少说话，大部分时间只是默默地听着。一路上始终不能忘却妻子的死。对于库兹米奇将怎样指挥他的师，谢尔皮林当时未作推想，只感觉到他不是那种避重就轻的人。“想不到现在我上这里来要决定他的命运，”谢尔皮林望着库兹米奇，初步觉得库兹米奇给他的印象不像一个衰弱无力的病人。

茨维特科夫汇报了本团战线上最近一些事态，然后请首长观测一下战场的情形，不过与其说是出于实际需要，不如说是为了合乎礼仪，因为战斗已经推向市郊，很难观测清楚。

但谢尔皮林并不在这上头浪费时间，他倾听了一会战斗的声响，问茨维特科夫，他前面作直接瞄准射击的大炮多不多。

茨维特科夫报告说，团里所有的炮以及增援的两个炮兵营都在前面步兵的战斗队形中。

谢尔皮林满意地点点头，对他说：

“您做您自己的事去吧。”

库兹米奇挽住谢尔皮林的手，和他一起走出用钢轨封起来的壁龛，那里原来是一座教堂的门廊，现在观测所就设在此地，教堂本身已毁坏殆尽。他们沿着墙壁走去，走了大约十五步路，见附近一个人也没有，库兹米奇停下脚步。头上是天空，但砌成半圆形、还剩下两米高的墙壁多少能挡去一点风。

“费多尔·费多罗维奇，”库兹米奇说，“既然战斗把我们赶进了教堂，就该像作忏悔时那样说实话：你是不是来把我撤职的？”

“这完全取决于你的健康状况，其他毫无关系。”谢尔皮林说。

“其他毫无关系？”

“毫无关系，”谢尔皮林重申，“昨夜你睡了没有？”

“没睡。我在等待。他声称天一亮就把命令发下来。我一直没睡。按理应当考虑战斗，可是我在考虑自己。撇也撇不开。夜里我就坐了车往团里跑，根本没有躺下。”

“现在轮到你说实话了，”谢尔皮林说，“身体怎么样？”

“身体不好，”库兹米奇说，“但昨天本来并不比以前另一些日子更糟。无非是跟在他后面走的路太多了，偏偏他一整天到处跑，就像地上有火烤他的脚跟似的。结果出了毛病。我想熬到他走，可是实在熬不住。”

“那么今天呢？”

“今天和另一些日子一样，我熬着。今天因为能自己作主，我就自己保重。能站则站，能坐就坐……”

“你是怎么保重自己的，这看得出来。”谢尔皮林笑着说。

“要我呆在师部指挥战斗我不会。我没有这样的习惯。要是病得没法指挥，我会自己要求把我送进医院！夜里我出来的时候，心想，倘使他要把我撤职，让他到团里来找吧！我要对火线看上最后的一眼，还要跟人们告别，至少跟一个团告别！你说，他对昨天的事是不是有些后悔？”库兹米奇忽然这样问，他指的是巴久克。

“这我不了解。”谢尔皮林口气坚决地说，他是受司令的委托到师里来的，他不愿在接下去的正式谈话中把自己和司令分开。

“考虑到您的健康状况，派副师长的问题决定不再拖延，今天就给您。”

“那也好，既然你们认为必要，你们决定吧，”库兹米奇说，“或者是不是再等一下？战斗结束以后，我决不挡住要道，自己会住进医院去。”从他的话里可以感觉到，他对巴久克芥蒂甚深，到现在还耿耿于怀。

“我奉命跟您商量一下人选，”谢尔皮林说，“您看阿尔杰米耶夫上校如何？”

“我没有意见，”库兹米奇说，接着突然问，“这个副师长前途怎么样？”

“你管这些干吗？反正你要进医院了。”谢尔皮林差一点脱口说出这话。

“这一点暂时还没有考虑，”谢尔皮林用不太婉转的语气说，“基本上可以说是一名有前途的军官。”

然而，库兹米奇指的并不是谢尔皮林所理解的那个意思。

“我不是问基本上原则上，”库兹米奇说，“我是问师的事情。师里有现成的师长在——皮金。你以为玩这样的跳背把戏他乐意吗？人家从他身上蹦过去当师长，他老是把肩膀给人撑。”

“啊，原来你是在为他操心！”谢尔皮林心中怀着温暖的感觉想道。于是他说，他同意对皮金的高度评价，但未来的事情还不知道。目前的事情是战斗。但愿到战斗结束师里所有的人都在各自的岗位上安然无恙。

“是啊，眼下的事情是战斗……安然……无恙……”库兹米奇若有所思地说。

说罢，他看了看谢尔皮林，眼神中蕴含着疑问。

谈话到此结束，他们离开茨维特科夫和他的剪形镜走到这里来的目的已经达到，可以回去了。

茨维特科夫坐在一堆断砖上，脱去连指手套，把地图放在图囊上，用红铅笔在上面做着记号。电话员站在旁边给他拿着听筒，因为团长的两只手都不空。

“清楚了……明白了……”茨维特科夫向话筒里很快地说，“清楚了……明白了。那就行动吧。我马上到你们那里去。”看到谢尔皮林和库兹米奇走近，他站起来。

“团长同志，事情进行得怎么样？”谢尔皮林问。

“第一营又推进了一段。”茨维特科夫很有分寸地说，其实，从他脸上看得出事情进行得不坏，甚至很好，但他有这样的老脾气：战斗没有告一段落，汇报未经亲自核实，他不急于上报。

“到底怎么样？估计能不能最先会合上？”谢尔皮林问。

问题是正面提出的。茨维特科夫踌躇起来了，他实在太不喜欢把话说在事前。

“他不大肯作估计，”库兹米奇在茨维特科夫想好回答的话之前说，“他的邻团也正在这上头用心思。那个亚美尼亚人[①]爱面子得厉害，这一回势在必争！”

---

① 指屠玛年。

从他的口气听得出他在逗弄茨维特科夫，但不论在事情进行得顺利或不顺利的时候，茨维特科夫对于戏言一概充耳不闻。他颦眉蹙额，好像鼻孔发痒，随后请求允许他到第一营去，因为那边的情况需要他去。

“别撒谎了，”谢尔皮林说，“还是说老实话吧：你不喜欢上级在你旁边转来转去，你从来就不喜欢，所以想避开我们到营里去。怪不得那边一下子出现了非你去不可的情况。”

茨维特科夫站着一声不吭：他对自己毫无办法。他就是不懂得什么叫开玩笑。上级说笑话，他也不善于附和上级的口气。逢到这种场合，他总是如坐针毡，等着对方重新回到正式的语调上来。现在他就这样站着等候答复，他的请求不应由谢尔皮林，而是应该由师长答复。

“去吧，去吧，既然你这样死心眼儿，”库兹米奇说，“你是团长，你瞧着办吧。”

“集团军参谋长同志，请允许执行师长的命令。”茨维特科夫把身体向谢尔皮林那边略为移转几度，紧张地，甚至是严厉地盯着他瞧。

“执行吧。”谢尔皮林说。目送茨维特科夫走后，他转向库兹米奇。“关于授给他上校衔的公文已经发出去了。在等批转。以后的事情不由我们决定。”忽然他想起了一件事，就接上去说：“昨天我们批准了您的两名营长晋级——贺冷诺夫和辛佐夫。辛佐夫是在我离开以后到师里的。我签字的时候，一看，这个人的姓名我以前熟悉。我把档案调来对照，果然是他，我以为这个人已经死去，想不到他又复活了！四一年我们曾一起突围。有机会代我向他致意。”

“他是个不坏的营长，”库兹米奇说，“强的里头数得到。”

“可是四一年战争开始的时候还是傻里傻气的，”谢尔皮林脸带微笑说，“我恐怕该走了。您不打算回师部吗？希望您保重身体，不要让今天掩盖起来的问题不揭自开。”

“反正拗不过上帝的安排，”库兹米奇说，“我的命运像匹烈马，可我就是喜欢跟命运抬杠。请允许我送送您，然后留下来。”

谢尔皮林知道，不让他送上汽车一定办不到，因此不多谦让，库兹米奇就和他并排向停在不远处借另一座废墟作掩蔽的汽车那边走去。

他们刚走到一个没有遮蔽的地方，正好挨上六筒迫击炮的排炮。先是两颗炮弹同时爆炸，合成一响，而且离得很近，使他们几乎来不及扑到地上。紧跟着又是三颗，弹片刚从头上飞过的飕飕声已经被新的巨响所淹没。

“你怎样了？”谢尔皮林问卧倒在旁边的库兹米奇。

“活着。”

他们不爬起来，因为在等迟了一步的第六声爆炸。但是爆炸声再也没有了。

“起来吧，怎么样？”又等了半分钟光景，库兹米奇问，“不见得还有吧。”

谢尔皮林站起来，一边抖去皮袄上的尘土，一边用不自然的镇静口吻说：

“最近已经不大习惯了。”他听到自己这样的声音笑了。他笑得也不自然，挺勉强，因为惊魂甫定，犹有余悸。

“喂，”库兹米奇喊了一声，“有谁挨上没有？”

惊慌失措的副官从观测所向他们跑来。

“将军同志，您没受伤吧？”他问库兹米奇，随后用同样的话问谢尔皮林，“您没受伤吧，将军同志？”

“没有，”库兹米奇说，“德国人白白浪费了仅剩的弹药。鬼知道他们什么时候打什么目标！这表示他们还没有完蛋……”

“是啊。”谢尔皮林偶然向旁边一看，见一颗没有爆炸的炮弹的定向器从离他们三米的冰地里露出一截尾巴，忽然说。“瞧，那就是第六颗。差一点我跟您一同葬身在此地。”

库兹米奇看看那颗炮弹，一句话也没说。他站在旁边，忧虑地把一只套着毡靴的脚提起来又踏下去，试试疼不疼。

“怎么样？”谢尔皮林问。

“卧倒的时候碰痛了一点儿，”库兹米奇皱起了眉头，“鬼子也太性急了。”

“我走啦。请留步吧。让您的副官送我算了，”谢尔皮林坚决地说完，和库兹米奇握过手，头也不回就向自己的“爱姆卡”那边走过去。

“我跟切普佐夫以为你们被打中了呢。”当谢尔皮林走近汽车时，他的传令兵普季津说。

“难道我也像他一样吓得面无人色了吗？”谢尔皮林看看普季津，这样想着上了汽车。

司机一声不吱地踏动风门。各人的感受表现方式不同：司机的表现方式是急于离开。

“我们看烟雾散开了，可是你们还不起来，”普季津说，“正要想跑过去，你们站起来了，所以我们没有走近。”

“对。”谢尔皮林说。

“以后我再也不放您一个人走路了。”普季津说。从他脸上还看得出他吃的那一惊非同小可。

车行半公里以后，他们见对面开来一辆“爱姆卡”。“爱姆卡”停下来，从车里走出的是别列日诺依。

“您好哇，将军同志！”别列日诺依说，“我急忙赶来，想在团里跟您碰上。皮金这家伙没有立刻告诉我。可以拥抱一下吗？”

“你把我当姑娘看待不成？”谢尔皮林笑问。

“我自出娘胎从来没这样问过姑娘。”别列日诺依说着已经跟他拥抱在一起。

把谢尔皮林放开以后，别列日诺依压低嗓门，问：

“费多尔·费多罗维奇，能不能说实话，您是为什么事来的？把他撤掉还是让他留下？”

“团级政委同志，我不懂您的问题。”谢尔皮林声色俱厉地说，但在他微眯的眼角上却露出一丝笑意，它使这句答话的涵义大大改观。

“那么说，我可以认为这样的问题再也不存在了？我理解得对不对？”

“您正确理解了我的话，团级政委同志，”谢尔皮林说完，然后改变口吻，“再见吧，马特威·伊里奇，我要走了。一点时间都没有。”

“老是赶时间，赶哪，赶哪，”别列日诺依说，“总算还好，在路上把你抓住了。早不来，晚不来，偏偏这个时候来了我的顶头上司！”

“你的顶头上司恰好是我给带来的，”谢尔皮林说，“路上跟他作了一次愉快的谈话……”

别列日诺依看看他，表示不解，但谢尔皮林没有细说，只问了一句：

“他在哪儿？”

“在我后面不远。”

“上哪儿去？”

“他爱上哪儿就上哪儿。他说今天要把三个团都走遍。”

“真快，”谢尔皮林说，“再见了。实在没有时间。”

“老是赶时间，赶哪，赶哪……”在谢尔皮林坐上“爱姆卡”去的时候，别列日诺依再一次败兴地说。

两部汽车刚刚背道而驰，后面又纷纷响起了炮弹的爆炸声。行车中，谢尔皮林打开车门，皱眉蹙额往后一看。德国人的六筒迫击炮又在打茨维特科夫的驻地，不过比上一回偏左和偏远了一些。

谢尔皮林关上车门，大约一百米以后，汽车刚刚经过分道处，——来的时候联系官曾经向他解释，这里向右的一条路是通屠玛年团里去的，——这时他看见又有一辆“爱姆卡”迎面驶来。

那辆车的前排司机旁边的座位几乎全被一件白色的皮袄占了，在两部“爱姆卡”擦身而过的时候，谢尔皮林看到了巴斯特留科夫的脸——他嘴唇紧闭，眼睛紧张地、一眨不眨地望着前方。

“假装没看见我，”谢尔皮林心里明白，“不知道他现在往哪儿去：上屠玛年那儿，还是上茨维特科夫那儿？”他回过头去向后面看。巴斯特留科夫的“爱姆卡”在分道处停了一下，然后向右拐弯，上屠玛年那儿去。在茨维特科夫那边的地平线尽头，不久前几声爆炸腾起的黑烟还在苍白的空中飘浮。“大概是这一排炮把他吓退了吧？”想起巴斯特留科夫紧张的眼神，谢尔皮林作出这样的猜测。

在对别列日诺依说实在没有时间的时候，谢尔皮林看在皮金分上撒了一个小小的谎。不管在哪儿，反正必须挤出半个钟点吃一顿饭，而既然已经答应了皮金，就到他那儿去吃吧。

他到师部的时候，皮金正好站在电话机旁，身体差不多保持着立正的姿势，好像在检阅军旗似的。看起来一定是听到了什么意义特别重大的汇报霍然起立——他有这样的习惯。谢尔皮林进来时，皮金只向他斜看了一眼，但并没有改变姿势。

“会师了！”他一只手捂住话筒说，耳朵继续在听。

“是，向司令报告……知道了……”然后他自己打断自己的话头，另说：“集团军参谋长正好在我旁边。”说罢，把听筒递给谢尔皮林。

“将军同志，”谢尔皮林听到了库兹米奇洋溢着幸福的声音，“刚接到报告：茨维特科夫和六十二集团军会合了！我现在马上跟别列日诺依到那儿去。”

谢尔皮林说了一声“我向您祝贺”，然后想起了巴久克的话，又以他的名义向师长祝贺，这才放下电话。放下以后，他产生了一种不可遏制的愿望，想亲眼看看是怎么样和在哪里跟六十二集团军会合上的。但他依靠意志的努力把自己控制住，因为想到现在有另一些事情比他亲自到和六十二集团军会师的地点去更为重要。

“饭准备好了，”皮金说，“我想，逢到这样的事件……”

“逢到这样的事件应当把吃饭的事搁一搁。”谢尔皮林说，“既然把德国人切成了两截，我们现在应当按计划转向北方……草案当然已经有了，但草案归草案，现在我的工作将会……”

他没有把话说完：即使不说，这一切皮金也应该明白。

“想谈谈还是没谈成。”皮金感慨地说。

“你错了。跟你还是有话要谈，不过话很短。在茨维特科夫那儿，我和师长险些乎被‘瓦纽沙’打中。这且不说，可是回来的时候又有排炮声。显然，你们没有把自己面前的敌人火力侦察清楚，没有把位置全部测定。”

“全部测定是不可能的。”皮金说。

“但必须努力争取做到。可是这样的努力在你们这儿暂时我还看不到。假如你们的炮兵侦察能搞得更好一点的话，可能已经把那一批‘瓦纽沙’探明，把他们干掉……自己干不了，就该往上汇报，请求派大口径重炮干。当然，上级比较喜欢较少求助的下属。但是，让上级喜欢你，这还算不得英雄。”

“我又不想讨上级喜欢。”皮金委屈地说。

“你不想讨好，可是结果好像在讨好！当然，今天既然会师了，你们立了大功！但今后要注意。也要让炮兵司令注意。还有师长。你把我的不满转告他们。”

“是。”

谢尔皮林看看皮金拉长的脸，心想：

“没关系，他受得了！可要是不让他从我的嘴里知道师里决定了哪些事情，未免太对不起他。因为问题的性质不同。”

“关于上次你在电话里跟我谈过的那件事，已经作出了决定：暂时让你们一切维持原状。另外我们派阿尔杰米耶夫当你们的作战副师长。现在，事情已经决定了，你个人有什么意见没有？”

“根据库兹米奇目前的健康情况，我不知道他能不能坚持到这一仗打完，”皮金说，“但我个人并不乐于在这样的时刻把师从他手里接过来。”

谢尔皮林望着他的眼睛，为了感谢他所说的话，感谢他能够这样说，还感谢他说到这里为止，不提旁的问题，——为了这一切，谢尔皮林紧紧握住了皮金的手。

归途中，谢尔皮林自始至终在逐一思考，由于出现了新的形势——把德军切成南北两股以后，在集团军范围内有哪些事情要做；这些问题事先已经考虑到会发生，还就其中一部分交换过意见。

今天，毕竟正是以前你自己的师，而不是别的师最先与六十二集团军会合！你为此当然感到高兴，这不必对自己隐瞒。想到这里，谢尔皮林眼前又出现了别列日诺依和皮金败兴的脸；别列日诺依说：“老是赶时间，赶哪，赶哪，……”皮金说：“想谈谈还是没谈成”……两个人的话其实是一个意思。

他们两个人都对，也可以说都不对。以前，谢尔皮林和他们一起在师里的时候，也老是赶时间，互相也没有把要谈的话谈完，因为精力不够。不论你在哪儿服役，不论和什么人共事，这种情况始终不会改变，一直要到战争结束。今后还是要赶时间，还是不能把要谈的话谈完，事后还是要懊悔，而接下去又得赶时间，又不能把要谈的话谈完……

回到司令部，他立即向副官问阿尔杰米耶夫上校到了没有。

“您一走，他就到。”

“把他叫来！”

阿尔杰米耶夫进来报到。

“叫您的时候，为什么不及时来到？”谢尔皮林问。

“将军同志，我在营里宿夜，以便一早就到达会师地点。我从营里来的时候，不巧跟您相左。”

“懂了，”谢尔皮林说，“现在已经会师。最早是茨维特科夫。”

“坦白说，将军同志，我舍不得离开。我在师里呆了三天三夜，就等着这一刻……”

“没关系，”谢尔皮林说，“您离开那边是暂时的。军事委员会打算任命您为一一一师的副师长。有没有问题？”

“没有问题。”阿尔杰米耶夫说。谢尔皮林平时不喜欢显示自己时间紧迫，但根据他开始这次谈话的速度来看，阿尔杰米耶夫明白，参谋长现在每一句话、每一秒钟都在节约，而任命的事早已经决定了。

“如果没有问题，那您现在就去，”谢尔皮林说，“您在师里呆了三天，对情况已经有所了解。我想您不需要什么临别赠言。如果需要，现在提出来。”

“不，不需要，”阿尔杰米耶夫说，“感谢领导的信任。我可以走了吗？”当阿尔杰米耶夫走出来以及在门外穿衣的时候，听到谢尔皮林已经在向副官交代别的事情：

“把作战科长叫来见我，并且了解一下后勤部主任在什么地方，什么时候可以回来。再给炮兵司令打一个电话去，问问他在不在；还有，通知联络部长，我在十七点等他来……”

第十二章

昨天看来是一个永远忘不了的日子。但紧接着的今天从头到尾在战斗中度过，一开始辛佐夫就没有时间想昨天的事情，没有时间去想布杜索夫，想塔尼雅，想妻子的死，想与阿尔杰米耶夫的会见以及想那个德国人——为了他，辛佐夫和丘贡诺夫夜里在那边的一辆坦克旁险些被打死。

战斗在进行，顾不上想昨天的事情。再加上炮火准备结束后一下子推进得很快，每个人都感觉到：眼看着就要和六十二集团军会合了，而且不是在别处，正是在此地。整整一个上午，营里挤满了首长。虽然阿尔杰米耶夫旋即不见——他突然被召回司令部；其余的首长将近中午才一哄而去，那时成功的苗头估计是在左边茨维特科夫团里。屠玛年也一早就到营里来，回团里去以后，一再通过电话施加压力，还出口伤人，质问起先冲得很快为什么后来停滞不前。其实屠玛年不肯让茨维特科夫先拔头筹，所以频施压力！以前谈到屠玛年，往往说他不善施加压力。看来现在已经学得不坏！当实力充足的时候，一般都沉得住气；到了剩下的人数少得可怜，而名称还照旧叫做一个团的时候，每个人渐渐都能学会这套本领：上面压你，你就往下压，向人们提出几乎越出可能范围的要求。

今天辛佐夫自己也相当暴躁。他得罪了丘贡诺夫——在电话里对这位连长大叫："你们呆在哪儿？难道落在我后面了吗？"他听到的回答是："您来看看好了。"诚然，在这以后他还硬着头皮去看了一下。路上差点儿呜呼哀哉，后来看到丘贡诺夫，毕竟有些难为情。

但丘贡诺夫无论怎样好，他的连在中午十二点以后没有再向前推进。他们一鼓作气插入了德军阵地深处，以后无法继续前进，也转不过身来。

后来，经过了三个多小时，丘贡诺夫终于占领了右翼一座孤立的废墟，那里敌人的机枪火力最猛。但对于这一成功当时还不特别重视，只是发现德国人左边的火力也转弱了。究竟是怎么一回事，始终还没来得及弄清楚，忽然，在很近的地方，大约三百米外另一座废墟顶上，出现了一面红旗。

最近一些日子大伙一心一意追求着这个目标，可会师还是发生得如此突然！一看到红旗，战士们立刻站起来直接向那边奔跑，路上又牺牲了两个人：有一挺德国人的机枪从左面打来。大伙怒从心上起，集中火力压住那挺机枪，另外几个战士爬过去用手榴弹把那里的人全部报销。

距离飘红旗的废墟剩下的最后一百五十米是一口气冲完的，完全不考虑掩蔽，好像已经什么也不可能发生了。事实上的确什么也没有发生——德国人没有开枪，他们或者跑了，或者被手榴弹解决的那挺机枪是他们在此地的最后一个火力点。这些事情已经顾不上深思。脑子里只有另一件事情：会师了。

他们跑到了飘红旗的废墟前，这里总共只有七个人：一名中士排长，五名战士和一个二级政治指导员。在丘贡诺夫的第三连占领我们那边最后一座废墟的同时，他们七个人代表六十二集团军占领了这一座废墟——他们这边的最后一座。

红旗是六十二集团军的小伙子们预先准备好的，这是节日作横幅用的一块红布的残片，上面原有一条战前的标语，现在还保留着几个白色印刷体字母的痕迹。它用缴获的电话线系在一截窗帷杆子上。辛佐夫和丘贡诺夫一起跟随战士们跑到这里时，看到的就是这样一面旗帜。跑到以后，听最初的几句话辛佐夫就知道，最近几天他念念不忘的理想——与自己过去所属的师相遇——实现了。应该说，这不仅仅是一个理想，因为最近几天从地图和地形看起来，他的营的挺进方向正好是他过去所属的师从十月份起守卫着的那几条斯大林格勒的街道。但他还是不敢相信这样的巧遇——你想，在六十二集团军内部队不知经过了多少次换防和调遣！然而结果却什么也没有改变：那个师原来守备在这一带，后来就从那里一米一米地开始向德国人进攻。虽然，他遇到的人不是他原来那个营里的，甚至也不属于辛佐夫以前所属的那个团，而是另一个团的。这位政治指导员不知道邻团哪些人现在还活着，哪些人死了；辛佐夫问他，指挥邻团的是否仍旧是沙甫罗夫少校，他回答说，姓氏好像差不多，但他不是少校，而是中校。关于那些衔头比较小的人，那就更不必问了。

“团长不是受伤了吗？前天我亲眼看见他被送走的！”中士排长突然说。

“那是我们的团长普罗宁，可上尉问的是邻团的团长！”

“那我们不晓得。”中士说。

附近哪儿也没有德国人向他们射击，枪声戛然而止。战斗的声响从左面和右面传来，听来好像很远，那是不习惯的缘故，因为整天的枪炮声太近了，始终就在耳边。

从六十二集团军那一边没有别人来到。政治指导员匆匆写了一份简短的报告——只写会见了兄弟部队，——派一名战士送往自己后方。辛佐夫也这样做了。

伊万·阿甫杰伊奇在充满烟硝味的雪地上靠墙铺好一块大油布，各人把所有的干粮都倒在油布上，两壶伏特加也拿出来请客：辛佐夫的一壶已经喝过一点，而丘贡诺夫的一壶还是满满的，碰到了盖子。二十个人每人可以分到一口。让六十二集团军的六个人先喝，算是对他们的集团军和对他们本人的当兵生涯表示敬意。虽然他们从十一月末已经转入进攻，但在打了这么几个月的仗以后，却有一种好像刚刚突围出来的感觉，因为在那几个月里，只要后退一步，马上会掉进伏尔加河里去。可惜他们第七个人运气不好：没喝酒就被差去送报告了。大伙想起了他，都表示遗憾。

“我从来没有坐过牢，”政治指导员喝了一口酒以后说，“可是，凭良心说，现在真像从监狱里走出来一个样。以前老是钉头碰石头似的顶着！”他握紧两个拳头碰在一起，比拟他们跟德国人互相对峙的局面。“现在哪怕上莫斯科也行。”说到这里，他把手在空中挥动一下。

“现在不需要上莫斯科，”一丝不苟的丘贡诺夫说，“现在需要向哈尔科夫进发。”

“我不是这个意思。”政治指导员笑得有点儿窘：难道他们不懂得他的意思?

但他的意思人家完全懂得，甚至丘贡诺夫所作的纠正也只是如仪而已。现在要向哪儿进攻，政治指导员知道得不比他们差，他无非道出自己心中油然而生的自由之感罢了。

辛佐夫带着他的营身历其境的这个历史性事件想不到竟如此简单，甚至平淡无奇。左边和右边，在战线的其他地段，早半小时或者晚半小时也发生了同样的事情，气氛也未必更庄严隆重一些，虽然这一事件的直接后果是德军第六集团军作为一个统一整体已不复存在，保罗斯上将只得发布一道绝望的命令：全部北股部队由于被切断了和他的联系而失却指挥，从此不再归他管辖，一切行动和生死存亡概由该部自行决定。

人的命运和部队的命运在一场战争中照例有几个最高点。这些最高点通常要到事后才能完全、彻底认识清楚。对于辛佐夫以及他的营来说，和斯大林格勒部队会合的一刹那就是这样的一个最高点。他们心中百感交集：有体会到事件的意义重大而产生的喜悦，有战斗过后的疲劳，也有一种莫名其妙的心情：难道真的会师了？这一切怎么这样简单？……还有对未来抱着某种彷徨的态度：不知道将有什么命令下来？很清楚，总有新的命令下来：或者朝某一个方向转弯，或者调走，或者投入其他地段的战斗，或者抽到第二线去……

除了这些大家都一样的感受之外，辛佐夫另有他自己的感受。这次战役开始以来，他第一次被无形中和他的营、他的人分开，因为他和以前的营还保持着内心的联系，那个营想必就在附近，现在的的确确可以走到那里去，跟营里所有还活着的人见面。这是完全现实的，因为在他和他以前的营之间已经没有德国人；然而这又完全办不到，因为如今他在另一个师里指挥另一个营，只要战役还没有完全结束，离开现在的营连想也不可能想。

“政治指导员同志，您姓什么？”辛佐夫问六十二集团军的那个二级政治指导员。

“纳乌莫夫。”

“您呢，中士同志？”

“崔边柯。”中士说。

辛佐夫掏出军用笔记本把他们和战士们的姓名记了下来。不知什么力量促使着他这样做，甚至不考虑是否用得着。也许用得着：给扎瓦里欣写政治汇报或者跟战士们谈话时派用场，不去管它。也可能仅仅是遗忘了的记者习惯突然漏了出来，谁知道……

“好吧，”辛佐夫一边把军用笔记本塞回背包里去，一边向着丘贡诺夫说，“瓦西里·阿历克赛依奇，你暂时留在这里，拉电话线的事等一等再说。我先回去了解一下，也许已经有什么指示了。”

回去——那就是往回走半公里路，在作最后一次冲锋前，他在那边一座毁存各半的地窖里匆匆忙忙设下了最后一个指挥所。

“等一下，上尉，”六十二集团军的政治指导员说，“我在旗上给你题几个字，请代我们转交你们的师。”

辛佐夫不懂他怎么个题法，但不多问。政治指导员躺到大油布上，在一个战士给垫好的一块烧焦的胶合板上铺开旗帜，吩咐把角拉好，自己再把旗帜扯扯平整，然后从皮袄口袋里取出一小截化学铅笔，每写一个字母就蘸一下口水，他在旗帜上用很大的字体歪歪斜斜地写着：“献给一一一师的战士们　　斯大林格勒部队赠”。日期只写“26ян.”[①]。他在“ян.”后面就加上了点，不知是铅笔不够，还是耐心不够，然后站起来，把旗帜交给默默地站在那里等着的辛佐夫。甚至没有考虑到写上自己师的番号，他代表经受了一切考验、如今名震全国的斯大林格勒部队作为一种奖赏把旗帜授予辛佐夫。在这一瞬间，他的眼睛，包括由于疲倦以及喝了伏特加以后在眼角出现的一颗泪珠，都流露出这样的神情……辛佐夫把旗帜连同半截杆子接过来，从右手换到左手，右手和政治指导员的手握了好久，感觉到自己的眼泪正欲夺眶而出。

“上尉同志……”后面传来雷波奇金的声音。

辛佐夫回头一看，见和雷波奇金同来的还有一个穿白色新皮袄的人，就迎上前去。他心想：“这个人是谁？”

“团级政委同志，我把您带到了营长这儿。”雷波奇金兴冲冲地说，他感到高兴既是因为把首长带到了地方，同时也因为看到了六十

---

① “一月二十六日”。俄语正月是“январъ”，简写一般应作“янв.”。

二集团军的战士和这面旗帜……

“我是集团军政治部副主任，”巴斯特留科夫说，但没有报自己的姓名，“报告到达的时候，我在你们营部。”接着，他不面对任何人，向着空中大声问：“这里谁是六十二集团军的？”

站得离他较远的政治指导员带着中士和战士们走过来。

团级政委移动肥硕的身躯向他们迈出一步，很快地跟每一个人握了手。跟辛佐夫、丘贡诺夫以及自己集团军里其他的人，他一概不握手，好像对于自己人无此必要。然后，和迈出时同样迅速地后退了一步，说一声“祝贺你们”，旋即转向继续擎着旗帜的辛佐夫。

“谁搞的？你们还是他们？”

“他们，”辛佐夫回答，随后又补充说，“送给我们师作纪念的。”

团级政委向那面红旗斜瞅了一眼，似乎在品评它的外表是否漂亮，后来发现旗上写着字，就伸出一只戴着手套的手，——手套和皮袄一样新，一样白，——拉开旗帜看了一遍，把手放下，转身向雷波奇金说：

“收下，拿到汽车里去。”

雷波奇金伸手去拿旗帜，辛佐夫给了他，在给了以后，才说：

“团级政委同志，这是送给我们师的。”

“你们的师也在我们的集团军里，”团级政委用谆谆教导的口吻说，“我们把它带到政治部去，可以环绕它进行工作。怎么样，上尉，能理会吗？”

“是，能理会，团级政委同志！”辛佐夫悻悻地说。他自己还不知道在生什么气，也许他恼恨这种仓促的做法，恼恨这种过于官腔的解释，恼恨末了那一句“能理会吗？”——仿佛团级政委说了一通特别高深的道理，在这以后非这样问一问不可：能理会吗？

团级政委已经不再面对着辛佐夫，不知为什么，他向四面看看，再看看天，然后向雷波奇金作了一个命令的手势，很快地往回走，好像人家把他拖住太久了，而除了他所说的和所做的以外，他在此地再也没有什么要说和要做的了。

雷波奇金跟在他后面走了三步，尴尬地回过头来。但辛佐夫向他摆一摆手，意思说："算了，我们只好认晦气，你按团级政委的命令办吧，你有什么办法？……"

按说，辛佐夫也需要向他们去的方向走。想必团级政委把汽车掩蔽在早晨他们的第一个指挥所后面，其他没有地方可停。但辛佐夫不愿同行，何况团级政委也不命令他同行。"随他去吧。"辛佐夫气愤地想，不知为什么，这面旗被团级政委拿走以后，辛佐夫有一种失窃的感觉。

"你们暂时没有人会来吗？"他问六十二集团军的政治指导员。

"暂时没有。"政治指导员说，他的头向着迅速远去的团级政委和雷波奇金的背影一扭。"动作好快啊！我起先以为是电影摄影师来给我们拍电影呢。后来看到他没有带任何东西。"

"我走了，"辛佐夫说，"我派政治副营长到这儿来。如果需要联合搞什么活动，你们可以两个人研究。"

"主要的活动已经进行完毕。"政治指导员的头向伊万·阿甫杰伊奇一摆，后者正在雪地上把大油布卷起来。

"再见吧！"辛佐夫握握他的手。在最后的一秒钟他想请求：万一遇见沙甫罗夫团长，请代他以前的营长辛佐夫问好，——但结果没有说。政治指导员未必能遇见其他团的团长，何必多此一举。于是他向六十二集团军的战士们说了一声："再见，同志们，"并向丘贡诺夫点点头，意谓：有你在这里，一切都没有问题，——然后带着伊万·阿甫杰伊奇回营里去。

途中他想去看看会师前用手榴弹解决的最后一挺德国机枪，于是朝着来时所经过的那个凹地略略偏右的地方走过去，忽然碰见了丘贡诺夫连里的庶务长。他和一名士兵正在把我们一个战士的尸体沿着一个小山岗往上抬。

"你们把他抬到哪儿去？"

庶务长和士兵把尸体放在雪地上。

"抬到那儿岗顶上去，上尉同志，"庶务长说，"连长命令把尸首集中在那儿。我们昨天就从工兵们那里搞来了一点战利品炸药。准备炸一个坑，自己凿太费劲。"

"战斗刚刚结束，丘贡诺夫已经什么都安排妥帖了，"辛佐夫心想，“收尸、集中、埋葬，一件也不漏掉。炸药还在昨天就张罗好了。他的连在这方面毫不马虎——从来没有丢下过一个自己人！”

“一共几个？”辛佐夫问。

“三个收了，还有一个，比亚塔科夫，二号机枪手，正在找。”

“好，行动吧。”辛佐夫说完继续走去。

那挺德国机枪横倒在一座变电所废墟的门口。

手榴弹把变电所的亭子炸得稀烂。周遭的雪地里都是衣服和人体的残片。亭内满是死人，估计当时有整整一个排在里边取暖。亭子坐落在一座小山上，四面围着战壕，来往有两个方向的交通沟。但战壕里没有死人，全在亭子里。显然，德国人冻得不顾任何命令一齐挤进了亭子，对寒冷的恐惧压倒了纪律和保命思想。

亭子里有些什么，有哪些人，多少人——已经无法弄清楚。早晨，那个白眉毛的德国人还在冒着生命危险争取使他们活命。他通过无线电讲的话你即便不大懂，单听他的语调也可以明白。但这些德国人还是不明白，或者不相信。

过了变电所，在往下走到凹地里去的时候，辛佐夫看见紧挨一所毁坏的房屋墙基有一个坑，坑里有一个自己人的尸体。这个死人两手向前伸直，脸朝下躺着；死的时候正在匍匐爬行。他的头发剪得很短，洒着雪粉的头上一个黑色的窟窿面积遍及整个脑勺。被子弹打飞的帽子落在头前一步的地方。死者身穿棉袄，背上系着一只差不多空的士兵口袋，一支冲锋枪压在一只伸出的手下面，脚上还套着毡靴。这说明夜里德国人向发出声响的地方开枪打死了他，而白天没有看到，如果看到了，准把毡靴脱去。

“不是我营里的，”辛佐夫默默自语，“昨天夜里派出去侦察的人没有伤亡。会不会这是六十二集团军的侦察兵夜里通过德国人的阵地向我们这边爬来？”

“翻过来看看，”他对伊万·阿甫杰伊奇说，“也许身上有证件。”其实他明白，如果是侦察兵，八成不带证件。

他们把尸体翻过身来，从死者的脸上可以看出，他年纪已经不轻，眼睛粘满了雪。伊万·阿甫杰伊奇解开他的棉袄，每一只兜里都摸了一下。没有证件。但有一只衣袋上面别着一枚近卫章。看来，在侦察前舍不得把它摘下，这是违反规定的。

“不是我们的。”伊万·阿甫杰伊奇看到了徽章，说。

“必须告诉丘贡诺夫，叫他把这个战士和自己人一起埋了。”辛佐夫这样想着，他走了几步，向还在死人身旁磨蹭的伊万·阿甫杰伊奇喊了一声：

“您在那儿干吗？”

“就来了，上尉同志。”

辛佐夫自顾走去，伊万·阿甫杰伊奇赶了上来。现在他带着两支冲锋枪，一支挂在脖子上，另一支挎在肩后，除了自己的士兵口袋，他肩上还背着从死人身上解下来的空口袋。

“您就非这样做不行吗？”

“绳索扣得很紧，天冷手僵解不开。我摸了一下，只有几块面包干和一罐焖肉。不过，扔下不是可惜吗，上尉同志？”

辛佐夫摆手不答。的确如此，干吗要扔下？士兵有士兵的想法……

雪积得太久都冻成了冰，踩在肮脏的、沟辙纵横的雪地上，脚下的碎弹片窸窣作声。碎弹片似痘斑一般嵌满了雪地。

在这儿的雪堆和废墟下面，到春天将有多少尸体因为化雪而被发现？这些都是下落不明的失踪者，就像伊万·阿甫杰伊奇刚才解下的那个口袋的主人一样……

“上尉同志，”伊万·阿甫杰伊奇忽然兴奋地叫他，“洛沙科夫押着一个鬼子！……”

辛佐夫扭过头去，看见洛沙科夫正在暮色苍茫中向他们走近来；他是二连连长的传令兵，和伊万·阿甫杰伊奇一样上了年纪，但像洛沙科夫这样岁数而又那么滑头滑脑的人却很少见。

矮个子、罗圈腿的洛沙科夫走在前头，在他后面距离三步跟着一个身高体大的德国人。

“您好，上尉同志。”洛沙科夫停下来，举手碰到护耳帽向营长敬礼。那德国人像听到命令似的在洛沙科夫后面三步路外站住，也把手举到船形帽上。

“您怎么不让俘虏走在前头，反而像牵着母牛赶集似的押在自己后面？”辛佐夫问。

“我不怕他，他是自己向我投降的，”洛沙科夫说，“我把他押在后面，是怕天黑人家看不清会把他打死。他这么大个儿，要是我走在他后面，人家看不见我。”

洛沙科夫和往常一样在耍滑头，也知道营长了解这一点，但他耍滑头正是为了引人注意，让人家以后可以谈论他是怎样押鬼子的。

“上尉同志，这个德国人是个指挥官。他说：‘我是连长！’”

“谁命令您把他押到后方去的？”

“中尉命令的，他说：既然鬼子是向你本人投降的，你就亲自把他押去。这样的机会可是千年难得呀！……再说，这个德国人来头又这么大，跟彼得大帝差不离。”

“军官？”①辛佐夫问德国人。

“Kein Offizier, kein Offizier!”②德国人急叫，“Kamerad...”③

“他说‘连长’④，”洛沙科夫插嘴说，“他自己承认了。”

“等一下，洛沙科夫，让我听他说说。”辛佐夫说。

“Kamerad ...”德国人又重复一遍，显然，他满怀希望，——这回他的话有人懂了，——所以操着德语很快地说起来：

“Ich bin selbst übergelaufen. Habe heute Rund-funksendung gehört, habe selbst kapituliert ... Ich bin kein Offizier, ich bin Bataillonsschreiber ... Ich war früher Mitglied der Sozial-demokratischen Partei ... Ich habe kapituliert, nach dem die Rede des Genossen Heller gehört habe. Genosse Heller ver-sprach, das allen, die kapitulieren, das Leben erhal-ten bleibt ...”⑤

虽然那德国人十分急于把他认为可以保障他安全的话全部说出

---

① “军官”一词在俄语和德语中发音基本相同。

② 德语：“不是军官，不是军官！”

③ 德语：“同志……”

④ 因德语“同志”与俄语“连长”发音略似，故生误会。

⑤ 德语：“我是自己投降的。我今天听到无线电广播，就自己投降了……我不是军官，我是一个营书记员……我以前是社会民主党的党员……我是听了赫勒同志的话投降的。赫勒同志保证，凡是投降的人，一概可以保全生命……”

来，但大意辛佐夫已经连听带猜弄懂了，所以就把他的话头打断。

“Warten Sie. Wenn Sie kapitulieren，alles gut.Gehen essen.”[①]然后转向洛沙科夫，说：“把他押走，用我的名义吩咐给他吃饱。”

但洛沙科夫遇见了营长，不愿这么快就跟他分手。

“上尉同志，请问他对您说了些什么？他承认自己是谁了吗？”

“承认了，承认了，”辛佐夫说，他不愿扫洛沙科夫的兴，“走吧……少说废话……”

洛沙科夫继续走去，照旧让德国人跟在后头。辛佐夫和伊万·阿甫杰伊奇不多一会儿已经快到自己指挥所门口，见扎瓦里欣瘦弱的身影正迎着他们走过来。

“我正想上你那儿去，以为你还在丘贡诺夫那边。”扎瓦里欣说着摘下眼镜，用手帕小心地擦擦镜片，其中一片正中有了裂缝。

“你自己想到去跑一趟，那很好，”辛佐夫说，“我本来也要派人来叫你。如果那边还要搞什么庆祝会师的活动，别忘了你政治副营长的身分！瞧你这样子，胡子也没刮！这样的好日子也不肯刮一下……”

“会师的经过怎么样，到底怎么样？”扎瓦里欣急不及待地问。

“基本上很好，”辛佐夫说，“丘贡诺夫会向你汇报的。下一步做什么，团里有指示没有？”

“伊林恰好在接团参谋长来的电话。”

“那你走吧，我进去了。”辛佐夫匆匆说。

他走进地窖时，伊林还在接电话。

“清楚了。”伊林举目看看辛佐夫，一边继续在地图上做记号。“这也清楚了……”他又做上一个记号，“我都清楚了……遵命，在炮兵到达以前不开走……祝您健康！”

“怎么样，是不是亲自跟他们握了手，像我跟您这样？”他放下电话，紧紧握住辛佐夫的手问。

“亲自握了。”辛佐夫说。

“见到自己人没有？”

---

① 德语：“不用再说了。既然您投降了，那很好。去吃东西吧。”

“自己人没有见到，”辛佐夫说，“那些人也是我以前那个师里的，可是我不认识他们，我认识的人他们也一个都不知道。”

“这是常有的事！”伊林说，“多少日子过去了……您在十二月初负的伤。从那以后什么都起了变化。十二月初，我们的营长还是塔拉霍夫斯基呢……”

“这儿有什么新闻没有？”辛佐夫问。

“我马上汇报，”伊林说，“不过您还是先讲一讲会师的经过。”

待辛佐夫三言两语把经过叙述一番以后，伊林懊丧地干咳几声，说：

“唉，我们怎么没想到这一点！我们也应该搞一面旗帜给他们！为了迎接这一时刻，准备了十七昼夜，结果连这一点也没想到！”

旗帜被团级政委收去这件事没有引起伊林强烈的反应。但六十二集团军准备了旗帜而我们没有准备，——这件事却很使他懊恼。他在这些事情上很爱面子。

“告诉我，有哪些新闻？”辛佐夫问，同时在桌旁坐下来。

“新闻很多，”伊林说，“您瞧，上面命令我们今天一个晚上和一个夜里要开到这里。”他用铅笔向左划到一条线外，那条线还是昨天标在地图上的，表示敌人的前沿。铅笔穿过友邻部队——茨维特科夫团——昨天的阵地，停在两公里以外。

“呣，”辛佐夫说，他对事态演变之快感到惊奇，“那么茨维特科夫将在哪儿？”

“茨维特科夫目前还在我们要去的地方。不久将继续向右推移，他把自己的地段移交给我们以后，就要走出地图的边线，逼近伏尔加河。和我们一样，从现在起他将转弯向正北方进军。”

“是啊，茨维特科夫今天推进得很远。”辛佐夫说。

“他今天最先和六十二集团军会合，”伊林说，“差不多比我们早一小时。您派通信员送会师消息来的时候，新任的团参谋长车尔尼绍夫和屠玛年已经都来向我问罪：为什么茨维特科夫会合上了，而你们还在磨洋工？！唉，我们没有福气成为全军范围内最先会合的部队！您大概以为自己……”

“别说了！……”辛佐夫生气地打断了他的话，因为在会师的时候，辛佐夫的确有这样的想法。现在作一番事后的回味，实在不太好受。

“没关系，”伊林说，“让屠玛年去吃茨维特科夫的醋吧，好歹在团的范围内我们是最早的。总的来说，现在到处都会合上了，就像梳子的牙齿跟牙齿对齐。现在上级主要操心的是怎么样减少混乱，所以正在安排什么部队开到什么地方去。”

辛佐夫不搭腔。他两手支住脑袋，默默地望着地图，思想缓慢地开始认识在这短促的冬日行将告终时突然出现的新形势。新的形势是：在他的营前面没有德国人了。前面是自己人，一直到伏尔加河边都是。德国人是在这道狭窄的地带被切断的，从此分成了左右两股。现在，天已经黑了，在我们这里以及在六十二集团军那里，想必到处都在调整部队的进军方向：一部分南下对付留在斯大林格勒中心区的德国人；另一部分北上对付盘踞在工厂区的德国人。一一一师的方向是北上。这从伊林画在地图上的路线可以明白。

“我们这个地方将成为炮兵团的团部。”伊林说。

“清楚了！”辛佐夫说，眼睛并不离开地图，心里在想另一件事：营开往新的集中地点去的行进路线，将经过他早已熟悉的那些地方，当初他看的也是这张地图。不过那时情况恰恰相反：德国人从这里进攻，我们的师在那一边进行防御。

“您还在看什么？我全都标清楚了！”

“等一下。”辛佐夫说。地图上许多地点他都熟悉，譬如：这里是德国人的师部，这里是和他的营作战的德军某团的团部，那里是德国人的炮兵阵地，他曾经多次提请我们的炮兵向那里开火。

“集中地点在这个记号附近，”伊林指着地图说，“是一个废墟区。现在茨维特科夫的第三营在那里，但他们将向右推移。”

“废墟区，”辛佐夫说，“这算是什么定向标记？这儿周围到处都是废墟区……算了，反正能找到。”

他在军用挂包里掏了一阵，掏出一张又小又旧的自画示意图，上面画着三座房屋和附近的街道，那是当初他的营作战的地方。他把示意图放在地图旁边，地图上的“×”记号离这些地方很近。

他把这一点告诉了伊林，并说：

“鬼知道是怎么回事：由于我过去在六十二集团军呆过，从那一边打过仗，今天的感觉如同自己遇见了自己一个样。”

“是啊，可以说，你在那边和在这里都走运。”伊林说。

“走运，要始终在一个部队里作战才叫走运。”辛佐夫说，稍后，他意识到这样回答对不起伊林，同时也无形中对不起营里其他所有的同志，于是补充说：“当然，现在和你们在一起我很高兴。不过，说老实话，开始的时候，因为出了医院没有回到老地方去，我闹过情绪。”

他现在所说的第一点，第二点，第三点，——都是真话。

“总的来讲，当然是这样。”伊林表示同意，他虽然感到不太痛快，不过心里很明白：话说到头，经过了十七昼夜的战斗，他们现在的这个营对于辛佐夫几乎已经是整个世界。无论如何，这是他的现在；至于其他的一切，不管怎么去想它们，终究是过去的事了。

“列瓦绍夫来过没有？”

“没有。”

“奇怪。”

“根据电话往来推测，”伊林说，“他差不多整天在席良诺夫那里。”

由上校降为中尉的席良诺夫，在进攻开始的第一昼夜曾经当过辛佐夫的副营长，现在，他指挥邻近一个营已经有十天了，三天前还一下子跳过一级得了大尉的军衔。

“为什么整天在席良诺夫那里？”辛佐夫问。

“席良诺夫从早晨起就钻进了一个口袋，情况很严重，后来茨维特科夫冲到前面，才解了他的围。”

“茨维特科夫今天大出风头。”辛佐夫说。

“对了，”伊林想起了一桩事，“头条新闻忘了告诉你！车尔尼绍夫在电话中通知我，说新任的作战副师长已经到了师里。你猜是谁？”

“谁？”

“你的大舅子，阿尔杰米耶夫。他在我们师里呆了几天，没想到再也走不了啦。”

“他只会高兴。”辛佐夫说。

“那还用说？”伊林说，“参谋人员调任指挥官照例都说高兴。高兴的自然有，不高兴的也说高兴。”

“这么说，今后我要在亲戚的领导下服役了……在和平时期这不合规矩，”辛佐夫莞尔一笑，“一被发觉，立刻拆散！”

“现在是战争，不在乎这些，”伊林说，“万一要拆，”他笑开了，“把他调到哪儿去都行，我们反正不让你离开我们的营，哪怕要把你升调，我们也不同意。”

伊林不大喜欢嘴上天花乱坠，他说这席话的一片挚情，使辛佐夫打心窝里高兴起来。

战役开始以来升到中尉的伊林，现在硬是一块当营长的料，这一点他自己也很清楚。但他还是说了那一番话。辛佐夫突然觉得，自己来到营里的第一天晚上跟人们的第一次见面，好像是很久很久以前的事；那些人中间有两个——鲁宁和奥斯金——已经死去，两个——鲍高斯洛夫斯基和卡拉耶夫——进了医院，其余的——伊林、扎瓦里欣、雷波奇金、丘贡诺夫、哈尔钦柯——至今还在原来的岗位上和他以及另外的人一起作战，另外的人有老的，也有新来的，跟后者相比，他自己在营里已经算是老营长了。伤亡管伤亡，但整个营还是打不死的！第一也罢，不是第一也罢，今天终究跟六十二集团军会了师，这一点不可抹煞！

“哎，伊林！”辛佐夫从桌旁站起来说，感情十分冲动，“哎，伊林！”他又说了一遍，把双手按在伊林瘦削的肩膀上。

“什么事？”

“没什么，我无非感到高兴，我们在一起总算活到了这一天。”

然后，他松开伊林的肩膀，戴上护耳帽，说：

“我带几个侦察兵，自己先按行军路线去走一趟。这些地方我熟悉。回头给你派向导来。”

“我已经通知除了丘贡诺夫以外所有的连长都到这里来。我预先就感觉到要向他们交代搬家的任务。现在快来了，”伊林说，“您不留一会吗？”

“既然这样，我就等他们来了再走。”辛佐夫坐下来，帽子不脱。“回头你把这里的一切料理完毕，把家私收拾干净，什么也不要丢下，也不能让人掉队和迷路。这份心要你操一下。”

“一切都明白，”伊林说，“不过，遗憾的是剩下的家私已经不多了。”

他发出一声短叹，这三言两语和一声短促的叹息为他们的谈话抹上一层凄凉的色彩，撇开这一点来估计营里目前的状况，就不可能得到真实的概念。纵然今天是了不起的一天，使他们向着在这里斯大林格勒的最后胜利前进了一大步，但明天他们的营又得打仗，而打仗的“本钱”却越来越少，其中今天一天的“支出”也是够惊人的。

第十三章

那个废墟区确实是辛佐夫熟悉的，这大大减少了他这一夜的麻烦。他先是从茨维特科夫团的一个营长手里接管地段，跟着他在废墟堆中钻进爬出，派自己的人替换要开走的人。然后再设法确定，哪儿是左右兄弟部队的胳膊肘，在黑夜中这也不是一下子能弄清楚的。

设为营部的地窖里有几具德军尸体需要拖出去，这些人都裹着绷带，不像在战斗中被打死的，八成是白天还没咽气就被扔到这里来等死的伤员。

后来，部队陆续开到，辛佐夫和连长们具体商定哪个部队该屯扎在哪里。但夜里单在地图上确定一下还不够，每一个地方必须亲自用手去摸一摸，用脚去走一走。他和雷波奇金一起又在这上头花去了两个钟头。

不错，现在营的地域并不太大，也很集中，但是这块不大的面积被炸得兜底翻了身，到处是坍塌的墙垣、烧毁的装备、碎裂的砖堆和冻硬的尸体，叫魔鬼在这儿走也得把腿折断。

在丘贡诺夫连里核查他们连的驻地时，辛佐夫问起会师的高地上后来的情形如何。

“后来从他们那边来了好多人，”丘贡诺夫说，“开了一个庆祝会。”

“开得怎么样？”

“不坏，挺好，”丘贡诺夫说，“政治副营长会讲给您听的，他讲起来比我漂亮。”他实事求是地说，毫无嘲弄之意，他认为自己的本分是做事情，至于讲话，别说扎瓦里欣，任何人都比他高明。

但扎瓦里欣还不来。他和伊林一起在料理其余的事情。其实并不奇怪：事情很琐碎，何况是在夜里。

到各连驻地巡走一遍以后，辛佐夫和雷波奇金一起回到营部，地窖里已经略事收拾，但电话还是哑的。伊万·阿甫杰伊奇真是无价之宝！他用德国无水酒精煮开了一锅茶。辛佐夫和雷波奇金每人喝了一杯，啃了几块面包干。

“要不要热一热焖肉？”伊万·阿甫杰伊奇问。

“大概就是那一罐。”辛佐夫想起了从被打死的侦察兵身上解下来的那个口袋，就拒绝了。由于疲乏的缘故，甚至东西也不想吃，茶是另一回事。

“上尉同志，您瞧，这副眼镜给一级政治指导员合适不合适？”伊万·阿甫杰伊奇又走到桌旁来，把一副角质圆框眼镜放在辛佐夫面前。其中一块镜片有裂痕。

“跟他的一样，也有裂缝。”辛佐夫说。

“他的碎在正中央，这一副碎在边上。完好的现在上哪儿找去？”伊万·阿甫杰伊奇不满地说，“您吩咐以后，我已经请战士们觅了三天，哪儿也觅不着，都是碎的！”

辛佐夫从桌上拿起眼镜试了一下——眼前的一切立刻如在雾中。度数很深，扎瓦里欣也许能用。

可是伊林和扎瓦里欣还不见到来。和团里还没有接上联系——团部还没有搬好家。

“您以前是不是在这一带打过仗？”雷波奇金一句话又勾起了辛佐夫的回忆，那些回忆本来已经被夜间的忙碌挤到了一边。

“是的，你怎么知道？”

“您记得吗，最初有一次我们问您以前在哪儿作战，那时我就在自己的斯大林格勒平面图上做了记号。”

“你倒是有备无患，连平面图也准备着！”辛佐夫说。

“还在十二月份应召离开军校时，我在市立图书馆从一本战前的书上把这张平面图用透明纸描了下来。那时我们都幻想被派到斯大林格勒来。”

“是啊，一个好小伙子，伊林常这样说他，可以说是一个非常好的小伙子！”辛佐夫在想，“要是能活下来，准能成一个艺术家，他朗诵的诗棒极了。”

“我自己作战的地点并不在这些房屋里，”辛佐夫说，“这里有一个时期是我们团的团部。我作战的地点要偏右一些——现在席良诺夫所在的地方，——可能他的指挥所就是以前我呆过的那所房子。那里有一座很好的地窖。”

“以后您不上那儿去看看吗？”雷波奇金问。

“要是能抽出时间，我要去看看。当时我们管那里叫做‘带椋鸟窝的房子’。”

“为什么？”

“那边院子里插着一根柱子，上面架着给椋鸟住的小屋子。现在当然不见得还在。”他看看雷波奇金，见他的头正在往桌上越垂越低。

“躺下吧。”

“还是您躺下，营长同志。”

“你睡一会。我要睡会叫醒你的。放心，我不会可怜你。”

雷波奇金从桌旁倒下，平躺在一块铺板上，立刻就睡着，再也没说一句话。他才躺下，桌上的电话随即响起来。现在和团里联系上了！

“我是九号。”

电话是团参谋长车尔尼绍夫大尉打来的。

“你在哪儿？”

“指定的地点。”

“具体说一说。”

辛佐夫说了一遍。

车尔尼绍夫提了几个可提可不提的问题，然后说：

“恭喜你，跟你还有账算。”

“谢谢。”辛佐夫说，听对方的话，似乎团部对于团里数他的营最先和六十二集团军会合这一点还是给予应有的评价。

“该算的账我不赖。”

“听你的口气不像太高兴。”车尔尼绍夫说。

“有什么可以太高兴的，”辛佐夫说，“战争还没有结束。”

“随你的便，”车尔尼绍夫说，“我的话完了。”

辛佐夫搁上听筒，听到后面有脚步声，以为是伊林。但这是列瓦绍夫。

“你这儿怎么样了？”列瓦绍夫没坐下就问。

“基本上集中了，”辛佐夫说，“我在等伊林，他会把其余一部分人带来。请坐。我有茶水招待。”

“不用了，我回去再喝。从中午起我就不在团里，一直呆在席良诺夫那儿。他仗着自己有经验，结果孤军深入，差点儿吃了德国人的大亏。他老是想显显颜色。从一方面看固然好，从另一方面看却不好。冒冒失失能把命送掉，而且还不只是他自己的一条命……谁在打鼾？”

“雷波奇金。”

“打得可真响。”列瓦绍夫说。

辛佐夫走到雷波奇金跟前，把他用护耳帽盖着鼻嘴的头转过去。他立刻像孩子一般发出深沉、均匀的呼吸。

“给你。”列瓦绍夫把手探进皮袄兜里取出一件包在报纸里的小东西，“恭喜你。这是我从自己储存中拿出来的。”

辛佐夫不解地对他看看，把纸包打开；里边放着两枚簇新的长方形领花。

“怎么，升大尉了？”

“难道还是我最先告诉你？”

“这对我是新闻。”

“新闻？白天屠玛年就对我说了。”

“对您说了，对我可没说。除了死催活逼，一整天我就没从他嘴里听到过别的。”

“这家伙死要面子，”列瓦绍夫说，“因为茨维特科夫最先会上了师，他气糊涂了！连自己的营长升了军衔也顾不上祝贺。我本来打算离开席良诺夫直接到团里去，后来一想，还是来绕一个弯把领花带给你。”

“谢谢。”

“阿甫杰伊奇！”列瓦绍夫喊了一声，等伊万·阿甫杰伊奇进来，就指着辛佐夫对他说，“给大尉安上领花，让他的服装跟军衔相称。”

辛佐夫卸去皮袄，再把军便服脱下。

“给我安牢一点。”

“把皮袄披上。”列瓦绍夫说。

辛佐夫把皮袄披在肩上，想起团参谋长来的电话，不由得哑然失笑。

“你笑什么？”

“车尔尼绍夫在电话里向我道喜，可是我误解了。他说我不够高兴，我回答说战争还没有结束。我误解为他在向我祝贺会师的事！”

“不管你是否误解，你所回答的话反正是愚蠢的”，列瓦绍夫说，“怎么能不高兴呢？难道要等战争结束时才开始高兴？胡扯淡！要是在战争过程中对大大小小的喜事一概不表示高兴，按我的性格根本活不到战争结束。怎么样？会师的一刹那漂亮吗？”

辛佐夫把这一刹那的情形讲了一遍，现在重述起来，当时他曾经产生的平淡无奇、甚至有点失望的感觉减退了，消失了，他自己也开始觉得这一刹那相当漂亮。他讲到士兵们把旗帜铺在一块胶合板上，二级政治指导员开始在上面写：“献给一一一师的战士们……”这时，他的声音甚至有一点点发抖。

“旗帜现在哪儿？”

“没有了，已经被人家拿去。”

“被谁拿去了？”列瓦绍夫面露不悦之色问道；他不喜欢有人在这些事情上对他耍花招，背着他自作主张。

“从集团军政治部跑来一位团级政委把旗帜拿走了。我向他提出，这是给我们师的，但是看来我在这方面是个傻瓜。大概我的觉悟不高，他把我教训了一顿，结果还是被他拿了去。看他的样子匆忙得很。”

“他姓什么？”列瓦绍夫眯着眼睛问。

“他没有告诉我。”辛佐夫说。

“这人是怎么个模样？”

“怎么个模样？”辛佐夫突然觉得这个问题很难回答，因为此人的外表在他记忆中没有留下任何印象，只不过是一个穿着白色新皮袄的团级政委。面貌也许不无特征，但没有记住，只记住了官腔十足而又匆匆忙忙的口吻以及把旗帜弄到手以后往回走时快得出人意表的动作。但这一切辛佐夫没有对列瓦绍夫说，因为这种越来越强烈的反感他自己还不大理解。他只笑着说了一句：

“穿一件新皮袄。”而在心中却恼恨地这样补充着，“雪白雪白的，没有在地上爬过，没有在战壕里躺过，可是见了旗帜——立刻咬住不放！”

“准是他，王八蛋，没有别人，”列瓦绍夫愤愤地说，“不过我觉得奇怪，他怎么会到你那儿去。当时你那儿枪炮声停息了没有？”

“已经停息了二十分钟。”辛佐夫说。

“这就对了。他是往平静的地方走的，结果碰上了六十二集团军。这条狗真走运！这下又可以在报上大吹他亲身参加了会师！”

辛佐夫愕然望着列瓦绍夫。

“是老相识吗？”

列瓦绍夫没有立即回答。先是冷冷地哼了一声，似乎“相识”这字眼就够使他心火直冒。后来他微微一笑，带着幻想的神情说：

“我肯自愿到惩戒营里去当一名排长，只要我这位相识巴斯特留科夫同志归我管！那时他别想靠辩证法逃出我的手掌。那里是硬碰硬的！要么挺起胸膛跟德国人干，要么一颗子弹请你归天！”

他的语气怒不可遏，甚至使拿着军便服正想走进来的伊万·阿甫杰伊奇倒退了几步。

“没关系，你进来。”列瓦绍夫说。

辛佐夫从伊万·阿甫杰伊奇手里接过军便服。旧领花留下的小孔被细心地缝没了，新领花毫厘不爽地安在规定的地方。

“谢谢。”辛佐夫说，一边把军便服套上，见传令兵站着不动，有些纳罕，因为伊万·阿甫杰伊奇只要有可能走开，素来不喜欢在首长身边耽搁。

“大尉同志，我想问一句。”伊万·阿甫杰伊奇从背后摸出一只水壶，“为了这样的喜事，营级政委同志肯不肯开一开戒？”

“哪怕有天大的喜事我也不喝。这个戒太重了。等我走后，让营长跟你喝吧。你放心，回头我们可以通过政治副营长进行检查：要是他不喝，我们给他批评处分，还要登入档案。”

“好吧，既然开了头，我就说到底。”等伊万·阿甫杰伊奇出去后，列瓦绍夫说，他的眼睛又眯细了。

从他的叙述中辛佐夫明白，战争开始时他和巴斯特留科夫在一起服役，一起在敖德萨打过仗，那时候师的政治委员巴斯特留科夫已经是个出类拔萃的混蛋；而在克里米亚的紧急关头更做出了让人万万想不到的事情。当时沿海集团军的部队还没来得及到达彼列科普，就在茫茫无边的克里米亚草原中被德军迂回包抄，因为德国人已强行通过彼列科普。集团军面前放着两条路：或者走还没有被切断的路开往刻赤；或者不顾一切开往塞瓦斯托波尔。军事委员会决定：去塞瓦斯托波尔！于是集团军司令命令列瓦绍夫——当时集团军参谋部的政治委员——去把已经开往刻赤的一个师追回来，那是列瓦绍夫以前所属的一个师。

列瓦绍夫坐一辆小型装甲车冲过德军封锁线，在某一列纵队的前头找到了师长和巴斯特留科夫，向他们口头转达了命令，再把书面命令交给师长，这时德机开始轰炸，列瓦绍夫没有等轰炸过后就坐上小型装甲车再到炮兵团去，因为还必须把那个炮兵团也追回来。

他离开以后五分钟，师长还来不及下命令就被炸死了，谈话时在场的一名副官也死了，而团级政委巴斯特留科夫却坐上一辆保存下来的“爱姆卡”，赶在各团队前面到刻赤去了。直到傍晚，由于从师里还没有来报告，司令部另外派一名军官去打听，这才发现师里根本没有人知道这个命令。两个团总算被拉回来转向塞瓦斯托波尔，还有一个团已经来不及追回了。

关于巴斯特留科夫坐上汽车、对谁也没说一句话就到刻赤去了这一情况，师里的人告诉了那个军官，至于巴斯特留科夫后来怎么样，始终没有弄清楚，因为塞瓦斯托波尔之战使人们无暇顾及其余的一切。

“可是那天我在一生中第一次被司令骂为下流东西，他骂我胆小怕死，没有把命令送到师里。司令不把我交军法审判，自己拔出毛瑟枪要枪毙我。他完全可能这样做，手绝不会发抖。我保持立正姿势，一声不吭。我知道马上就要作为一个下流东西被打死，任何人也无法证明我不是下流东西，因为我没有带回收据——命令是在炸弹下面递交的。而司令之所以没有把我枪毙，因为我既不哀求，也不分辩，我站着一句话也不说。既然失去了信任，反正我也不想活了。结果他放下毛瑟枪，说：‘滚，不要再让我看见你。’后来，到了晚上，他才知道至少师里我是去过的。可是其余的一切总是被认定了：收据没有带回，除了巴斯特留科夫同志，又没有活的人证。他保住了命可不是为了证实经过情形，——他还想活下去！今天我在师里看到他以后，把这件事翻来覆去不知想了多少遍，连自己也害臊了！战斗在进行，席良诺夫的情况很严重，人们在牺牲，可是我尽想着这条粪蛆！但又忘不了！”

“干吗要忘掉它呢？”辛佐夫说，“把粪蛆忘掉，它还会爬一辈子。”

“说得对，它还会爬，”列瓦绍夫说，“我料想不到他还活在世界上，我以为他在逃跑的路上进了鬼门关呢。今天，我刚把那个德国人和广播设备亲自送回师政治处去，忽然见一个熟人穿着白皮袄和别列日诺依在一起。仔细一看，简直不相信自己的眼睛：原来正是巴斯特留科夫同志！

“别列日诺依还指着我对他说：‘这是三三二团的政治副团长列瓦绍夫！您一定得到他团里去走走！’可是这位大人连眉毛也不抬一抬。他向我一看，点点头，满不在乎地说：‘您好，营级政委同志！’就好像我不是我，他不是他。”

“那你又怎么样呢？”

“我怎么样？我看着他，心想：会不会他没有认出我来？不，我想这不可能，因为我们双方都还是老样子。他仍旧是他，我仍旧是我。我按规矩行了个举手礼，然后转向别列日诺依问：‘团级政委同志，我可以回团里去了吗？’于是向左转身就走。一边走，我一边在想：要是巴斯特留科夫同志眼睛里能射出子弹的话，一定把我的背脊打穿！”

“往后你打算怎样？”

“往后？”列瓦绍夫说，“往后还得跟德国鬼子打仗，正像到现在为止一样。”

“就这样把这件事搁下吗？”

“十二月里我偶然听人提到他的姓氏，”列瓦绍夫不正面回答问题，“我还问过一个视察员，他们政治部里那位巴斯特留科夫是哪儿来的，是不是从克里米亚？他说不是，恰恰相反，是从卡累利阿战线来的。你瞧他窜得有多远！”

“那么你到底打算怎么办？”辛佐夫固执地追问。

“你问现在我打算对他怎么办？在庆祝斯大林格勒胜利的当儿告他四一年的旧状？万一在这段时间内他已经成了英雄呢？难道没有这样的事吗？你不是看见了吗，他还到你那边前沿去过，要是在四一年，你拉住缰绳拖他到团里去也拖不动……”

“但你对我说的克里米亚事件，这样的例子太不寻常了！”辛佐夫说。

“那时不寻常的例子多着哩！”列瓦绍夫说，“要是看看他的履历表，从那以后一定干了不少各种各样的好事！要不然怎么会提升？可是我就不相信他干的是好事，不过我拿不出证据。再说，我也不愿为他弄脏了自己。”

“要是下一回碰到另一个紧急关头，他又出卖良心，那将是谁的过失？”辛佐夫愤激地问。

“滚他……”列瓦绍夫骂了一声，“顺便告诉你，我滴酒不入——那要归功于他。那时我到他们师里去，因为神经紧张，路上从壶里喝了几口。要是不喝的话，也许不会忘了带回收据。自从在司令的毛瑟枪瞄准下站了那一会，我立誓在战争结束以前不再喝酒。要是活不到，一小杯也不喝。你干吗不作声？不同意吗？”

“不同意。”

“不同意就去你的。”列瓦绍夫忽然用怀疑的眼光向辛佐夫看了一下，“难道你以为我怕跟他斗？”

“我不是这个意思。”

“那就好了，”列瓦绍夫说，“其余的由我拿主意，我也正在拿主意。”

他用双手揉揉面孔，打一个呵欠。

“我走了。”

辛佐夫把他送出地窖。他想再送一程，但列瓦绍夫谢绝了。

“团部已经到了地方，路我认得。有费奥克季斯托夫跟我在一起，万一遇上几个迷路的德国人，哪怕他们三个对付我们一个，我也不怕。”他用头指向身边又高又大的传令兵，听听远处的枪炮声，兴奋地大声说：“到底把这帮狗娘养的法西斯砍成了两截，像用锹子切断了一条毒蛇：头在这里，尾巴在那里！……”

列瓦绍夫走后，剩下辛佐夫一个人在突然显得不习惯的、间或被炮声微微震动的天空下站了一会儿，然后他回到地窖里，把雷波奇金唤醒。

“在伊林没到以前，你在电话旁守一会，我到席良诺夫那儿去去就来。”

“去看看从前呆过的地方吗？”雷波奇金同情地问。

“嗯。我把伊万·阿甫杰伊奇带去，再打发他回来，好知道我在什么地方。等伊林一到，马上派他来找我；即使伊林还没到，只要有事情，就来叫我……”

“怎么样，伊万·阿甫杰伊奇，还站得稳吗？”辛佐夫问，这时他们两个人走出了地窖。

“打早晨起没喝过。”伊万·阿甫杰伊奇说。

“我不是问这个。您今天一定累了吧？”

“如今谁不劳累？仗打了一年多，人人都累了。”伊万·阿甫杰伊奇说完保持沉默，他在捉摸营长的意思。

“我也累了，可是呆不住。”辛佐夫说，口气略带歉意，因为他现在去的地方并不是非去不可的，但他自己去不算，还把传令兵也拖去。“升了大尉我是高兴的，”他好像在向亲人说体己话，事实上伊万·阿甫杰伊奇对于他确是这样的人。

“哪能不高兴，”伊万·阿甫杰伊奇说，“头衔到底是头衔。”他以长者对小辈的口吻说，他本人已经不计较这些，但他明白这对别人意味着什么，尤其是对年纪比较轻的人。尽管伊万·阿甫杰伊奇貌不出众，还有意识地练就一套不惹人注意的本领，辛佐夫却早就明白，他是一个聪明人，对人有坚定的看法，包括由于职务的缘故与他结成一定关系的那些人在内。对于他的前任首长鲍高斯洛夫斯基，他抱着一种体谅的善意态度，把对方看作一个软弱、但是不坏的人。至于比鲍高斯洛夫斯基更早，命运还曾经把他和某一个大尉联结在一起，这个大尉是辛佐夫所不知道的，——提起此人，阿甫杰伊奇公开说他是个笨蛋。有一次，伊万·阿甫杰伊奇正谈起那个大尉，年轻、庄重的伊林忽然走来听见了，就把他的话头截住，说：

“不应当这样谈论指挥官！”那时伊万·阿甫杰伊奇立正了问：

“中尉同志，他虽然是大尉，可实实在在是个笨蛋，那怎么办？”

辛佐夫感觉到伊万·阿甫杰伊奇几乎像父亲一般待他，主要的并不在于这个传令兵的年龄够做他的父亲，而是在于伊万·阿甫杰伊奇显然愿意把他看作儿子，同时又承认他是首长。

说了“头衔到底是头衔”这句话以后，伊万·阿甫杰伊奇跟在营长后面默默地走了几步，突然问：

“大尉同志，您听说过一位姓郭洛赫沃斯托夫的少将没有？”

“没听说过。”

“他在我们方面军里指挥一个师。第一次世界大战时，我和他同在一个机枪班。我是一号，他是二号。内战时，我是红军战士，他是机枪连长。内战结束后我复了员，他进军校。现在他是少将，我重新当列兵。我们俩都是一八九〇年出生的。您瞧，头衔这玩意儿到底是头衔。”

辛佐夫没接话头，听他再说些什么。

“刚才您不在，我跟雷波奇金中尉闲聊来着。我把郭洛赫沃斯托夫的来历告诉他，他说：‘既然五十三岁在指挥一个师，这说明他走得不远，老了。’照他这样说，郭洛赫沃斯托夫这样的年龄指挥一个师已经老了。而我这把年纪在当兵反倒不老。”

“您的意思该怎么理解？”辛佐夫问，“到底谁的话对？”

“都对，大尉同志，”伊万·阿甫杰伊奇说，“给谁什么头衔，谁就担当什么职务。战争人人有份。至于从雷波奇金中尉那儿听到的议论，那是愚蠢的，他到底还年轻。旁的没有什么。”

“您有没有给这位郭洛赫沃斯托夫写信，让他把您调去？”辛佐夫问。

“我写信给他干吗？”伊万·阿甫杰伊奇不悦地说，仿佛对方问起的事情是不体面的，甚至是可耻的。

他们走了大约三百米到席良诺夫营前，辛佐夫从哨兵那儿问明席良诺夫的营部的确在这个地窖里，就打发伊万·阿甫杰伊奇回去。

“我还是在这儿等您一会。”

“您回去，如果有事情需要我，”辛佐夫说，“您就上这儿来，免得到处找。”

“明白了。”伊万·阿甫杰伊奇说，然后整整肩上的冲锋枪，消失在黑暗中。

现在给席良诺夫做了指挥所的地窖正是那个地方，错不了。辛佐夫被任命为营长的时候就驻在这里，后来守不住了，才从这里撤到下一条街上去。

“你好，邻居！”席良诺夫从板床上站起来说，“我打算明天自己去看你，喝一杯贺贺你，不想你先来了。”

“你是怎么知道的？”

“现在看到了你当然知道，不过早先列瓦绍夫已经说过。恭喜你又赶上了我。”席良诺夫说这话轻松愉快，没有妒意；从他的话里可以感觉到，他对自己又有了信心，只要不被打死打伤，要不了多久就能捞回失去的一切。“这么说，仗在打，文牍事务仍旧有人管，军衔还在授给该得的和不该得的人。怎么样，庆祝一下吧？”

“不，谢谢。跟自己人还得……”辛佐夫说。

“怎么，我不是你的自己人？过去我也是你的部下，”席良诺夫大方地说，“按我那时的心境，要是给一个狗娘养的当副手，准保重新回惩戒营去。”

“那么今天的心境怎么样？”

“不好不坏。有吃有赔。在德国人几次反攻中，我们把他们打得雪地里都倒满了，可是我们伤亡也很多。要是像今天这样再打三天——连裤子也剩不下。叶甫格拉福夫，你说说，我的心境怎么样？”他向坐在地窖深处的一个人喊了一声，“你比我清楚。”

“依我看不坏，”坐在地窖深处的那个人说，辛佐夫听声音有些耳熟。那是“谍见愁”驻团工作组的三级特派员。战役开始的头几天，他几乎常驻在辛佐夫营里，最近好像不大看见了。

他起身迎出来，默默地握了一下辛佐夫的手。

“我跟叶甫格拉福夫相处得挺和睦，”席良诺夫说，“今天还跟他一起用手榴弹打退德国人。他掷手榴弹很高明。看他不出。有一套保命的办法。”

“别缺德了。”叶甫格拉福夫说。

“你不用见怪，我是捧你。”

“营里情况怎么样？”叶甫格拉福夫问辛佐夫。

“还可以，”辛佐夫说，“你自己来看看吧。”

“有命令我会去的。”

“来吧，我们没意见。”

“这不由你们作主，”叶甫格拉福夫说，“有意见也要去。”然后转向席良诺夫。“我走了。”

“生气了吗？”席良诺夫问。

“你装什么糊涂，大尉，”叶甫格拉福夫说，“你明知道白天就有人叫我到团里去。”

“白天叫你，白天就该去，既然没去，就留下过夜吧。我担心会派一个吹毛求疵的家伙到我这儿来代替你。还是你留下的好。”

“谢谢。”叶甫格拉福夫说。

“别生气，来拉拉手。”席良诺夫说，语气是真诚的。

“再见了，”叶甫格拉福夫说，“跟你打交道非吃人参不可。”

“关于这一点你警告一下你们工作组里的人，”席良诺夫说，“要是别人不愿意跟我打交道，还是你来吃回头草。”

叶甫格拉福夫不理他，向辛佐夫点点头，然后走出去。

“我喜欢逗他，”席良诺夫说，“这家伙像根桩子似的老钉在我这儿，我甚至打了报告请求发他一枚‘勇敢’奖章。”

“跟他逗逗没关系，跟别人会逗出乱子来。”

“出乱子就出吧，”席良诺夫说，“我已经横了心，把性命豁开了。”

他们站在地窖中央，席良诺夫发现辛佐夫在向周围仔细打量。

“你瞧什么？比你那儿好吗？”

“这地方曾经有两个星期做过我的指挥所。”辛佐夫说。

“什么时候？”

“去年十月。”

“真的是这里吗？”席良诺夫好像还不大相信，“那就来庆祝你旧地重游！”他向桌上的水壶摆一摆头。

“我来以前你一定已经喝过了。”辛佐夫说。

“跟特派员一起喝过一点点，向他表示敬意，因为他是像大家一样的人。我倒是舍不得他走。真的，没准会派一个混账东西来替他，他们那里这路货有的是。”

“既然你喝过了，而我待会儿还得喝，那么现在就免了吧。”辛佐夫说。

“免就免，”席良诺夫一口答应，“今天我自己也担心喝多了。这一天实在太紧张。德国人还抵抗得挺凶……你别看墙壁啦。坐下吧。”

“四面有墙究竟不坏。”辛佐夫说着坐下来。

“这话不假。还记得进攻的第三天在樱桃山沟过的那一夜吗？”席良诺夫说，“山沟名叫樱桃，可是雪齐脖子深。那一夜差点儿把我的五官四肢统统冻坏。我用雪不断地擦，暗暗对死神说：不，你别吓我，我还能派用场！我年纪还轻，四十也不到。”

“真的？”辛佐夫觉得奇怪。他以为席良诺夫四十出头了。大概是因为头发花白了的缘故，也可能是曾经沧桑的结果。

“不到四十，才三十七。我十三岁就跑出来参加内战。我在科托夫斯基[①]旅里当过小侦察员。你看过《红小鬼》这部影片没有？那是描写我的。”席良诺夫纵声大笑，“你看我干吗？真是描写我的。我也跟马赫诺匪帮[②]打过仗。到他们那儿去侦察过敌情。总而言之，和事实相差不远。”

辛佐夫站起来，再一次慢慢地移动目光把地窖环视一周，然后说

① 科托夫斯基（1881—1925），苏联国内战争时期的英雄，与夏伯阳齐名。1918—1925年间，曾先后指挥红军的步兵和骑兵部队，后遭富农暗害。

② 苏联国内战争时期在乌克兰武装反对苏维埃政权的反革命无政府主义富农集团。

该走了。

“有事情他们会派人来找你的。”席良诺夫说。

“说起来也可笑，”辛佐夫说，“有时候嫌他们一会这、一会那把人烦死，心里就想：去他们的，难道没我就不成啦？可是只要一个钟头不来找我，两个钟头不来找我，就会开始这样想：难道不需要我了吗？”

“你在六十二集团军的时候属哪一师？”席良诺夫问。

当辛佐夫说出师的番号时，席良诺夫叫了起来：

“哎呀，我的老天爷！一个钟头以前，他们师政治处有一个视察员跑到我这儿来取过暖，是个一级政治指导员。”

“什么模样？”

“一张麻脸，扁扁的鼻子，头发跟我们一样，也是淡褐色的。”

“布尔金？”

“也许是布尔金，也许是布尔银，”席良诺夫说，“姓什么我没记住。他被派来检查有没有他们师的人落下。”

“嗬！”辛佐夫拖长了调子表示怅惋，接着叹一口气；要是能在这里遇上布尔金，就可以打听到大家的近况，什么人活着，什么人死了。现在又不知哪年哪月才打听得到……

“我简直不敢相信自己的眼睛！我们从这些地道里被逼了出去，现在又回到这里。如今我站在这个地窖里，好像是在做梦。那时我们处在什么地位，现在又处在什么地位？整个局面一天又一天地逐渐改变，改变，终于颠倒过来了！”

“没问题！”席良诺夫笑着说，“你叫伊万，我也叫伊万，我跟你都是俄罗斯式的不倒翁[①]：不管怎样把我们翻来倒去，我们不会躺下。德国鬼子现在要习惯自己的处境可就难了。最近几天抓到的俘虏，有一半是神经错乱的。你注意到没有？”

“我注意到了另一点，”辛佐夫说，“投降的还不多。”

“这日子也会到的，”席良诺夫说，“一支军队也像一个人那样，有一根主要的血脉：这根血脉不破裂，还撑得住；一旦破裂了，那就

---

① 俄语“不倒翁”的原文直译为“万卡，站起来”，万卡是伊万的小名之一。

完蛋！回头你庆祝自己升大尉喝酒的时候，算我也参加了！”

差不多已经走到自己指挥所前，辛佐夫碰上了迎面而来的伊万·阿甫杰伊奇。

“伊林差您来的？”

“他没差，刚才我听您吩咐过雷波奇金，等伊林一回来，就去叫您。”伊万·阿甫杰伊奇说。

“对。扎瓦里欣在哪儿？”

“当然也回来了。”

走进地窖时，辛佐夫以为伊林、扎瓦里欣和雷波奇金三个人都在那里。可是伊林不知为什么不在。扎瓦里欣睡了，雷波奇金独自从一个角落走到另一个角落，口中念念有词，同时用拳头给自己鼓劲，——他不停地走来走去背诵诗句，怕坐下来会睡着。

“你在念什么？”

“没什么，随便念念。”

“是不是自己作的诗？”

“不，不是自己的。”雷波奇金说，但从他脸上看得出来是自己的。

“伊林在哪儿？”

“走了，”雷波奇金说，“一到就走，他要亲眼去看看各连的指挥所设在什么地方。”

“自然喽，我看了不够，他非亲眼看过不可。”辛佐夫不大痛快地想。看到伊林忙得劳累不堪，辛佐夫有时候出于同志的感情努力把他的担子减轻一些让自己来挑，但往往毫无结果。今天也是这样。又是白费力气。营长已经走遍了各连的指挥所，可是在他之后参谋长又去了。

“扎瓦里欣一来就躺下睡觉，”雷波奇金说，“您也睡吧。”

“你呢？”

“我代表大家向您祝贺，”雷波奇金说，“我是第一个道喜的人。”

“可见，伊万·阿甫杰伊奇已经向他们全体汇报了，”辛佐夫心想，“这也是意料中事。”

“谢谢，”他说，“好吧，我就睡下。可是雷波奇金中尉什么时候睡呢？等到战后吗？”

“等伊林回来，我也躺下。至于什么时候为您的晋级干杯，您自己决定。下酒小菜我有——一罐茄汁大头鱼。”

“既然有菜，回头我们抽个时间喝一杯。”辛佐夫说，一边观看哪儿能睡，然后在板床上紧靠墙壁的扎瓦里欣旁边凑合着躺下。

“扎瓦里欣躺下的时候，故意这样挨着墙壁，好让床上再睡一个人。”这是辛佐夫入睡前想到的最后一点。

他是听到一个女人声音醒过来的，醒来时不知道自己睡了多久。虽然在蒙眬中听到一男一女两个人的声音，但光是扎瓦里欣的声音不会使他醒来，还是因为那女人声音的缘故。他听着觉得耳熟。

“我只需要两个人，天明就还给你们。要是我们自己的人到得早一些，就可以更早一些还给你们。我诚恳地请求您……”

辛佐夫还没有睁开眼睛，他用手不知在谁身上一撑，坐了起来。伊林好像按立正的姿势把整个矮小的身躯挺直，睡在刚才扎瓦里欣躺的地方。有人在他身上撑了一把，他还是一动也不动。辛佐夫最后睁开眼睛，看见了站在地窖中央的扎瓦里欣伛偻的脊背，在他前面是穿皮袄、戴护耳帽、脖子下面挂着冲锋枪的塔尼雅·奥弗夏尼科娃。她站在扎瓦里欣面前活像一名冲锋枪手在让摄影师照相，右手按着枪托，左手放在枪筒上。

“看守人员我可以给您，我还要自己到那边去一趟，”扎瓦里欣说，“不过您夜里呆在德国人身边大可不必。现在您到我们营里来——这样很好。”

“不，我还得回去。”塔尼雅说。

他们俩都还没有发觉辛佐夫醒了。

辛佐夫把解松的别着那干式手枪的腰带束一束紧，站起来的时候，因为没有醒透，觉得身子有些摇晃。

“您好，大夫。想不到我跟您每天夜里都有机会见面！”

“您好。”塔尼雅没有把握地说，听口气她一下子没认出他来。

及至认出以后，她高兴得像小狗似的叫了起来：“喔，我运气真好！”使辛佐夫忍俊不禁。

“运气好不好待会儿再研究。您先坐下。不要把冲锋枪对着我的政治副营长。别看他的样子不够威风，他既不怕上帝，也不怕魔鬼。”

“好，我坐下，”塔尼雅说，“不过我很急。”

她把冲锋枪卸下来的时候将帽子碰落在地。辛佐夫想过去捡，但扎瓦里欣动作比他更快。

“谢谢。”塔尼雅说，她把帽子放在桌上，不戴起来。

“您打哪儿来？”辛佐夫问，旋即自己打断自己，“想喝茶吗？”

“说实话，想喝，不过不能多耽搁，有人在等我。”

“我去搞茶水。”

扎瓦里欣走了出去。

“谁在等您？在哪儿？”辛佐夫问，“您到我们这儿来为了什么事，刚才我迷迷糊糊没有弄清楚。”

“傍晚，我临时被指定看守一座德军医院，到天明为止，”塔尼雅说，“我们给了那边食物和一部分包扎用品，因为我懂德语，所以把我留了下来。据说，到早晨要把他们从这儿送走。可是具体怎么搞，我不知道，据我看……”她耸耸肩膀，没有把这句话说完。“我和两名冲锋枪手被留下来。那两名战士是占领医院的师留下的。他们的师已经开走，有一名中士夜里跑来叫他们快一点走，否则要掉队了。既然整个队伍都到别的地方去了，他们就向我提出要走。我恳求他们稍等一下，让我另外去找人担任看守。”

“为什么要‘恳求’？您应该命令他们。您是军官。”辛佐夫说，不过心里明白，一个军医大尉，再说又是女的，要向其他部队里两名老资格的冲锋枪手下命令，事情并不简单。

“我当然向他们下命令，”塔尼雅说，“我说：如果你们再啰嗦，马上给我滚去见鬼，我一个人留下来对付德国人。”

“这可没有必要！”

“可是他们对我说：”塔尼雅忍住了笑，“‘军医同志，我们不能把您撇下，您跟我们一起走吧，这些半死不活的鬼子哪儿也跑不了。

要是您真的不放心，那我们干脆把他们统统变成死人也行。’”

“说这话的一定是混蛋……”

“那是其中的一个说的。”

“反正是混蛋。”

“他们在那边等我。”塔尼雅说。

“您的枪哪来的，他们给的吗？”

“不，这是罗斯里亚科夫给我的。”

“罗斯里亚科夫是谁？”

“我们后送科的科长。本来我打算一个人留在那边，我不怕那些德国伤兵。但是万一有健康的人带着武器混在里头，怎么办？”

“完全可能。”辛佐夫表示同意。

塔尼雅看看他裹着绷带的手，抱歉地说：

“昨天我甚至忘了问您的手怎么样。”

“已经好了。昨天早晨换了最后一次药，”辛佐夫说，“我要找的第二个人——彼别里亚耶夫——您在那边找到了没有？”

“还没有。不过我一定自己或者托人给您打听清楚！一定！”

“茶不太热，”这时扎瓦里欣端着一壶茶进来说，“不过还可以……”

“我无所谓。我不愿喝德国人那边的……走出来含一口雪，可是雪充满了烟硝味，教人恶心。”

“这里周围的雪都浸透了火药味，”辛佐夫说，“跟喝海水一个样，甚至更糟。”

扎瓦里欣给塔尼雅倒好了茶，她开始大口大口贪婪地喝着。

“给你弄到了一副眼镜。度数好像很深。你试过没有？”辛佐夫问。

“的确很深，可惜相反了，”扎瓦里欣笑了起来，“我是近视眼，可这一副是给视力为正三的远视眼戴的。”

辛佐夫从桌上拿起自己的空水壶，往里倒一点点茶，漱一漱，把茶泼去，重新把茶灌进去，灌得满满的。

“这壶茶给您带去。要不要给您一点伏特加？”

“不，不要。”塔尼雅自己倒了第二杯茶。

“扎瓦里欣，你怠慢了我这位老相识，”辛佐夫说，“你可知道她和我的交情有多么深？现在，她可以说是我在世上认识最久的一位朋友了，战争开始时我们就认识……您把面包干带一点去。”他从盆里抓了一把面包干。

“干吗呀？教我往哪儿搁？”

“随便往哪儿……就搁皮袄里吧。不要紧，您喝茶！”他绕过桌子走到她后面，把面包干往她皮袄兜里塞。她忽然变得很听话，乖乖地坐着。

“那座医院在什么地方？”

“离这儿不远——大约五百米。”

“是不是在地窖里的？”

“那不算地窖，”塔尼雅说，“那是一些半圆形的回廊，搞不懂是什么。”

“那是啤酒厂的仓库，”辛佐夫说，“我知道在什么地方。那么您到底要什么？给您两名冲锋枪手替换那两个，到天明为止？”

“是的，两名也就行了。”

“好大的口气，两名‘也就行了’。您以为就这么容易？人当然给您。我们要跟您一起去瞧瞧您的那些鬼子。话可得说在前头：天明时，人我自己需要。”

“我们自己人答应夜里就给我派卫生兵来，或者派庶务排的战士来。”

“答应了，可是没兑现！”在这以前一直保持沉默的扎瓦里欣说。

“一定是走错了路，正在找，或者出了什么事情。”塔尼雅为自己人辩护。

“没有出什么事情，只是良心丢了。竟然教一个女人看守整整一座德军医院。”扎瓦里欣说。

“女人又怎么样？”塔尼雅气鼓鼓地问。

辛佐夫没有等这场争论得出结果，自顾出去安排人的问题。他心中已经决定，除了两名战士，他还要派伊万·阿甫杰伊奇随塔尼雅到那个德军医院去。老头儿靠得住，万一有哪个德国人蠢蠢欲动，逃不过他的眼睛。辛佐夫想起当初曾经和佐洛塔列夫把她留在瘸腿看林人小屋里听天由命，当时毫无办法保护她……可是现在能保护她，有这样的可能了。即使没有真正的危险，以防万一也是好的。

他从营部警卫人员中抽了两名战士，另外叫醒两个在休息的人替代他们，伊万·阿甫杰伊奇一叫就醒：和往常一样，只要碰一碰肩膀，他立刻跳起来。

“伊万·阿甫杰伊奇，准备一下，跟我走。”

吩咐完毕，他回到地窖里，见塔尼雅戴好帽子、套上冲锋枪坐在那里等着，扎瓦里欣正在把腰带束在皮袄外面，也准备走。

“人安排好了，”辛佐夫说，他对扎瓦里欣望望，“你上哪儿？”

“我送她去，如果你同意的话。”

“我不同意，我自己去。我对你说过了，她是我的老朋友。我还欠着一笔旧账。当初我曾经把她一个人丢在林子里……”

“您干吗这样说？”塔尼雅说，“一级政治指导员还以为真的把我丢下了呢！”

“当然丢下了，”辛佐夫不顾塔尼雅生气的手势，说，“现在决不再丢。您生什么气？我一半是开玩笑。主要是因为再一次看到您我很高兴，能送送您，哪怕跟您谈半个钟头，也是好的。以后什么时候再有机会？这一点您不能告诉我，我也无法告诉您！扎瓦里欣，你说对不对？”

扎瓦里欣不答话，兀自摘下帽子放在桌上，把皮袄解开。然后，好像已经时过境迁，他说：

“我考虑到自己懂他们的话，必要时跟德国人打交道比你省事。”

“必要时我也能打交道，”辛佐夫说，“我们跟他们已经打了快两年的交道！走吧，军医大尉同志。告诉您一件事，从今天起我也是大尉了。所以现在我们是两个大尉……战前有过这么一本书[①]。看过没有？”

---

① 指苏联作家卡维林所著长篇小说《船长和大尉》，在俄语中“船长”和“大尉”都是“卡比坦”，原书名就叫做《两个卡比坦》。

“我是这个冬天在莫斯科住医院的时候才看的。”

“喜欢吗？”

“很喜欢。您呢？”

“我已经记不得了。您在医院里呆了多久？”

“两个月。”

“伤在什么地方？”

“腹部。”

他们已经出了地窖，在废墟中间迂回曲折地走着。伊万·阿甫杰伊奇和两名战士跟在后面，雪在他们的脚下嚓嚓作声。

“昨天什么都谈到了，就是没有谈您的事，”辛佐夫对塔尼雅说，“您的伤重不重？”

“差点儿死掉，”塔尼雅说，“幸亏当夜用飞机送了出来，输了血。”

“我们离开了您，后来那个看林人怎么样？”辛佐夫问。

“我被抬走的时候，他还活着。他有一个女儿您可记得？她给您看过她的共青团证。”

“记得，怎么？”辛佐夫问，他已经产生了不祥的预感。

“给德国人绞死了。她是我们的交通。”

辛佐夫联想到玛莎，他试图撇开这个念头，但撇不开。不论再过多少年，只要谈到这样的事，他一定会想起她来。

他一语不发，塔尼雅明白他为什么不作声，也就默默地走着，等他自己先开口。

“自从把您留在那里，后来我和佐洛塔列夫好几次想到，您曾经要求我们不要把手枪带走……”

“当时德国人没有把我们怎么样。在屋子里搜查过后就走了。要是给他们发现了手枪，那就……您没有答允我是对的。”

“当时我也料不到这些，”辛佐夫说，“现在才知道没有答允您是对的。但也可能恰恰相反。今天为什么突然派您看守那些德国人？”

“那是偶然的，”塔尼雅说，“他们匆匆忙忙问医生中谁能说德国话，我这个傻瓜自己凑了上去。但这是临时的。明天我就离开那儿。让他们找别人干这活，我不干了。”

“德国话您是在他们后方学会的吗？”

“我在中学里就学得不错。大学里除了拉丁文也有德语。当然，在后方也学到一些。我在市立医院当过半年护士。我们那儿的区委员是德国人。不光是他，还有……”她没有说下去，辛佐夫也感觉到她不愿把这一切都说出来。

相反，他却想把后来的情形都告诉她：他和佐洛塔列夫怎样离开那里，他怎样负伤，被俘，逃跑。甚至还可以谈谈柳辛的事，是的，关于柳辛也可以谈谈。辛佐夫想把这一切都告诉她，因为这一切的开头她都知道。大概是这个原因。

“据我所知，我们快到了。”他说。

“是的，”她说，“过了这堆废墟拐弯就是。”

地窖的入口用两层冻硬的油布遮着。油布后面靠门口点着一盏油灯。一个冲锋枪手脑袋靠在肩上睡着了，另一个坐着，把枪放在大腿上，枪口朝着地窖里边。刹那间他举枪对准进来的人，但一看到塔尼雅、辛佐夫和几个士兵，他露出了告慰的微笑。

“军医同志，您到底没有骗我们。”于是他开始推醒睡着了的伙伴。

辛佐夫嗅嗅空气。远远地从点着另一盏油灯的地窖深处透出一股难闻的医院臭味。

“他们这儿谁是头？”辛佐夫问塔尼雅。

“一个主任大夫，我跟他谈过了。”

“把他叫来。”辛佐夫向那个冲锋枪手说，他好容易才把他的伙伴叫醒。

“军医同志，是不是老是来跟您叽叽咕咕的那个人？”

“对。”

“他也来找过我们，叽叽咕咕不知说些什么。我用手势警告他，不许他走到三步以内！”

“我只要喊一声就够了，”塔尼雅说完，用德语喊道，“Herr Oberarzt，kommen Sie schnell zu uns！”①

---

① 德语：“主任大夫先生，快到我们这里来！”

三十步外立刻有人应声：

“Gleich，ein Augenblick！”①

“Schnell，Herr Oberarzt…”②

“大尉同志，”冲锋枪手甲说，“请允许我们走吧，要是天明不能赶到，人家会当我们开了小差。”

“我已经把你们的情况向大尉同志说了。”

“该到哪儿去知道吗？”

“刚才中士来对我们讲了。迷不了路，”冲锋枪手甲高兴地说，然后转向塔尼雅，“军医同志，祝您幸福！”

冲锋枪手乙一句话也不说，皱着眉头整整枪带，揉揉惺忪的睡眼。

“可以走了吗，大尉同志？”

“马上让你们走，”辛佐夫说，“你们谁向军医建议把医院里的人全部打死？是不是您？”他向似醒非醒的冲锋枪手乙问。

“大尉同志，他是闹着玩儿的。”健谈的冲锋枪手甲代答，到现在为止老是他一个人说话。

“我问他，不问您。是不是您说的？”

“是我说的。”冲锋枪手乙答道。

“从前我手下有一个战士，”辛佐夫说，“我派他押送一批俘虏；他教他们排成一列，一个个前后对准，然后用步枪顶着最后一个的脊背打进去。可能他也认为只是闹着玩儿：试试一颗子弹能打穿几个人。试验的结果他知道了，可是自己没活着过夜。按军法枪毙了……懂吗？”

“懂了。”冲锋枪手乙说，眼睛继续含着敌意，阴沉沉地看着辛佐夫。

“你如果想多杀几个法西斯，就该练成神枪手，不要去押送俘虏。”

“可他们明明是野兽！”冲锋枪手乙忽然带着歇斯底里的音调似

---

① 德语：“就来，马上就来！”

② 德语：“快一点，主任大夫先生……”

哭非哭地大叫，并且全身抽搐起来，像一个癫痫病患者。

“试问你是不是人？”

“我是人。”

“那就得好好做人。你们可以走了。”辛佐夫说。等他们俩出去以后，他对塔尼雅说，刚才抽搐的那个，几乎可以担保过去是个刑事犯。“这号人动不动就大发神经，也喜欢开枪打俘虏。有一次我接到这样一批补充兵员，大约十五个人。一部分还好，可是其余的都有歇斯底里症，心地残忍，跟这个家伙差不多。”

“Herr Kapitän，ich bin Oberarzt.”[①]一个骨瘦如柴的德国军医在离辛佐夫两步的地方站住立正。

“您可以把我的话译给他听吗？”辛佐夫问塔尼雅。

“可以。”

“请翻译：我代表某师指挥当局说话，目前您是在我师的驻地。”

那德国人本来就端端正正地站着，听塔尼雅译完，身躯更加挺得笔直。

“向您提一个问题：您有没有把健康的军官和士兵藏在你们医院里？”

辛佐夫等塔尼雅译好，知道德国人马上想回答，但辛佐夫把他拦住。

“第二个问题：你们医院里是否有武器？”他又没让德国人回答，“如果有健康的人，教他们出来投降。如果有武器，也缴出来。倘若以后被我们发现，——您将要被枪毙。”辛佐夫再一次用手阻止德国人开口，先问塔尼雅：“都译了吗？”

“都译了。”

“现在让他回答。”

“我们任何人都没有武器，”德国人说，“我们这里没有健康的人，也没有轻伤员。我们这里都是重伤员和冻伤者。”

塔尼雅把德国人的话译了出来，但她还没译完，辛佐夫已经感觉

---

① 德语：“大尉先生，我是主任大夫。”

到这个因疲乏和饥饿而摇摇欲坠的德国军医说的是真话。同时，他尽管处于无法自卫的状态，但在说这一番真话的时候，仍保持着自尊心。

“告诉他，明天我们将尽自己所能向他们提供帮助。”

“这我已经对他说过。”

“再说一遍。”

塔尼雅翻译完毕，德国人说了一声：“Danke schön.”[①]辛佐夫点点头，说德国人没有事了，他可以回到自己的伤员那里去。

德国人听罢，向左转身，走到地下室的深处去了。

“我不知道集团军卫生部将怎样决定，”辛佐夫说，“但我今夜马上要向我们师长报告。”他使劲嗅了一下浊臭的空气。“这个地下室有坟墓的味道。”

“是的，那里很可怕，我去过。”塔尼雅说。

辛佐夫望着她，心里明白，不论自己多么希望把她从这里带走，但这件事不能考虑，于是他向伊万 · 阿甫杰伊奇说：

“上士，您和两名战士跟军医在这里留到早晨八点。如果卫生部的人来得早，你们提早回去。”

“他们一定快来了，不可能不来。他们明明知道。”塔尼雅这话与其是说给辛佐夫听，不如说是给一老两少三个士兵听的，因为这份差使对于他们绝不是什么惬意事情，这一点从他们脸上可以看得十分清楚。

“我想我们还会见面的。”辛佐夫握住塔尼雅的手说，并且不由自主地往这句极平常的话里注入极殷切的希望，使塔尼雅不可能不感觉到……说完，他转身走出去，到了外面，听到有人跟在他后头出来。

“要送送您吗？”伊万 · 阿甫杰伊奇憋着一肚子委屈的声音在黑暗中说。

“您留下吧，我能走到，”辛佐夫说，然后又添上一句早就想说、但当着别人不能说的话，“我把您留在她这儿，您不生我的气？”

---

① 德语：“谢谢。”

“自己人好算账，大尉同志。”

回到自己地窖里，辛佐夫发现，他一到，那里的谈话戛然而止，但末尾有两句他还是听到了：

“你该把我叫醒，或者自己去一趟。”伊林在生气地说。

“我要去，”扎瓦里欣也生气地说，“可是我们那位‘双料’偏要亲自出马。”

“双料”这个雅号辛佐夫不是第一次听到。他知道人家在背后这样称呼他。还称呼他骆驼。他知道，但不以为忤。现在，走进来以后，他甚至并不装出没有听见的样子。

“伊林，别骂扎瓦里欣了。还是去搞一只酒杯来。我们来为我升大尉庆祝一番。”

第十四章

在顿河战线，后来被德国军事史家称为“第六集团军悲剧的最后一幕”已经演到第五昼夜。

阿尔杰米耶夫以一一一步兵师副师长的身份参加了这最后一幕。一一一师和其他兄弟部队的任务是歼灭被包围在斯大林格勒工厂区的所谓北股德军。背后，斯大林格勒中心区的战斗声向南方越去越远，——第六集团军的主力还在那里作困兽斗；根据反击力量估计，这里北股的德军也还有几万人在作战。

这五昼夜以来，阿尔杰米耶夫跟库兹米奇互相配合得好极了。他们这种关系是由库兹米奇的坦率奠定基础的；一般说，他的坦率似乎并不是十分必要的：给你派来了一个副师长，那就让他按规矩工作好了。但是看来库兹米奇认为有必要采取这样的坦率态度。

“战役结束后我要进医院养伤。你听说过没有？他们没对你说过？”他让阿尔杰米耶夫在自己对面坐下，这样问他。

“没听说过。”

“可见皮金和别列日诺依是正派人：我要他们不向外人说，他们的确没说。因为你是外人，是上级派来的耳目！现在是自己人了，现在也应当让你知道。至于说，出医院以后我不打算回前线，——这是撒谎！我还打算回来！但要再回到这个师里——已经不可能，他们也不会等我回来，我要离开多久，以后干什么，他们都不晓得。所以，关于怎样和我工作得合拍这个问题，你不用伤脑筋。

“你只要设法和皮金合得来。我走了以后将由他担任师长，你得和他共事。现在既然你来了，就帮帮我这个老头儿的忙。派你来的目的也是为了这个。工作要求全心全意干。要不然我们的关系就搞不好。在师里我和皮金是两个老头儿，他还结实，但也五十多岁了。你是少壮派。这很好。我习惯的指挥方式是先发布命令，然后让参谋长留下，自己到下面去看命令的执行情况。据说现在正在考虑换一套指挥方式。不过这种新的方式眼下我还见得不多，只是听说。你是科班出身，你更懂得一些。不过我认为，暂时还没有别的更好的办法想出来。那么结论是什么呢？我的结论是：由于身体不好，凡是我不能去的地方，你就代我去。通常，部下用电话向我报告前沿的位置，我总是喜欢亲手去摸一摸，是不是确实在那个地方。懂了吗？”

“懂了，”阿尔杰米耶夫说，“我争取做到任何人没有理由指责我胆小。”

“你还是没懂我的意思，”库兹米奇说，“问题不在胆大胆小。而是要使人们在习惯看到我的地方也能看到你。特别是柯洛柯里尼柯夫团里。据说他过去是个好团长，可是到我手里好像一颗子弹已经脱力。做汇报颠三倒四，夜里还喝酒。甚至不喝酒早晨就鼓不起勇气来。人总是难免的！常言道，铁也会觉得疲劳。现在撤换于心不忍，只得暗中代他指挥——这副担子要你来挑。这就是你们当副手的责任。你指挥过团吗？”

“指挥过。”

“那更是驾轻就熟。你就呆在柯洛柯里尼柯夫那儿，别的团可以根据需要再去。”

就是这一次谈话奠定了他们工作关系和私人关系的基础。

这五天以来，阿尔杰米耶夫已经确认，库兹米奇是一个品德高尚的人，说话异乎寻常地坦率，甚至有些过分，在战斗中却具有百折不挠、坚忍不拔的真正俄罗斯性格，这种性格最清楚不过地体现在他的一句可以应用到生活中任何场合的口头禅中：“该咋办，就得咋办！”他还有其他一些常说的话，五天来阿尔杰米耶夫已经听惯了。每当库兹米奇对什么事表示惊奇，他就很快地说：“你道新鲜不新鲜！”责备的时候，他就问：“怎么我不在你们的脑袋瓜儿就想不到？你们人多，我只有一个。这就是我们军事艺术的全部历史。”如果他对某人的评价不高，就笑着说：“我说不出他哪儿不好，可是更说不出哪儿好。”

有一次，他们亲眼看到一个年纪轻轻的中尉被打死了，库兹米奇忽然对阿尔杰米耶夫说："老实讲：在我师里打仗的都还是些毛孩子！这是他们参加的第一次战争。"他说这话的语气，好像愿以两颗自己这样的老头儿脑袋去换年轻中尉的一颗。

他们第一次谈话诚然是推心置腹的，但老头对如何使用阿尔杰米耶夫这个副手却有成竹在胸。遵照老头的意思，阿尔杰米耶夫在这五昼夜里几乎四天四夜没有离开柯洛柯里尼柯夫的团——事实上也确实有此必要。

老头本人虽然照旧到各团去跑，但比起过去来，对自己的性格作了一些控制：他决计不愿在胜利以前垮下。

所有这些日子阿尔杰米耶夫干的都是琐碎的杂务，如果不考虑具体情况，从纯粹的军事观点严格说来，这不是那种可以表现全部才能的工作。但不考虑具体情况看待自己的工作是不可能的。

在良心，而不是在恐惧的驱使下，一方面不吝惜自己，另一方面尽可能保存早已剩下不多的兵力——这样一天又一天地周而复始，分不清哪儿是第一的结束，哪儿是第二的起点！形势的规模还不能彻底看清楚，在历时较长的战役中往往有这样的情况。前天推进两百米，昨天三百米，今天又是一百米。

当然，也不是单单计算米数。德国人整整一个集团军正面临末日。目前发生的事情在四五个月以前人们想也没有想到。这些事情的意义如何，人们心中有数，虽然表面上总是这么一些日常工作，汇报也是平淡无奇的：推进了多少米……占领了哪些阵地……歼灭多少……俘虏多少……伤亡多少……

战报和往常一样并无庄严的特征。可是生活却充满了对伟大事件的期待。但到今天还不能现实地设想：难道这一切真的会突然结束？尽管期待殷切，还是不能想象。

昨天阿尔杰米耶夫住在柯洛柯里尼柯夫团部。昨天是成功的一天：柯洛柯里尼柯夫向前作了楔形的推进。现在他和友邻的屠玛年一起呈合抱之势把整整一块以前是某工人新村的废墟区一半包围了起来。这里的德军尸体多得教人走也走不过去。其中有一半是冻死的。昨天俘获的两名德军上尉样子虽然比他们的士兵略胜一筹，但虚弱、饥饿也已达于极点。这些死人和这些俘虏比什么都明显地透露出行将闭幕的消息。

皮金一早就来电话通知今天的计划——昨夜阿尔杰米耶夫从柯洛柯里尼柯夫团里提出的建议已经批准：在一段不长的战线上先进行猛烈的炮轰，然后由柯洛柯里尼柯夫和屠玛年从两面发动攻击，以便把德军在新村废墟里完全包围起来。

阿尔杰米耶夫已经和柯洛柯里尼柯夫为执行命令作好各项准备，但皮金又打电话来：开始行动的时间决定推迟一小时，阿尔杰米耶夫先得去见正在屠玛年团里的师长，和他接洽互相配合的事宜。

皮金流露出不满的口吻：这样拖拖拉拉的做法使他生气，他认为自己从参谋部也能把两个团的行动协调好，不一定要阿尔杰米耶夫到库兹米奇那里去。

但库兹米奇按他事必躬亲的老脾气作出了自己的决定。

阿尔杰米耶夫坐的汽车急急忙忙在紧靠前沿的地方绕过德军陷入的口袋，经过废墟之间的空当时挨了一梭子机枪弹，他又一次暗暗埋怨老头儿把自己叫去。“爱姆卡”的车顶被子弹打穿了两个地方，司机在后半段路上不时昂起头来，老大不乐意地看看那两个窟窿：风呼呼地从窟窿外面吹进来。

阿尔杰米耶夫在屠玛年的指挥所见到了库兹米奇，这里原是德军一座相当好的掩蔽部，圆木顶盖新近还整修过。看得出，工兵们夜里在此地干过活，其实，阿尔杰米耶夫已经注意到：屠玛年的指挥所在任何时候、任何地方总是最像样的。

库兹米奇坐在铺板上，照例在毛皮背心外面穿一件短小的棉袄，外束一条带铁扣的士兵皮带。他把帽子摘了，未经梳理的花白短发竖得笔直，盖在大腿上的皮袄遮住套着毡靴的脚：他知道保护自己的痛处。

“皮金转达了你的命令，要我来谈配合的问题。”阿尔杰米耶夫说。

“等一下，”库兹米奇出人意外地说，“需要的话，我们一下子就能谈妥；说不定根本就不需要了。回头自会明白。”

阿尔杰米耶夫诧异地望着他，想到被子弹打穿的“爱姆卡”，可真有点儿恼火。

“坐下，巴威尔·特罗菲莫维奇，”库兹米奇笑容满面，“站着不是正经。”

阿尔杰米耶夫侧目向屠玛年投了疑讶的一瞥，看到他几乎从来不笑的脸上似乎也泛出一丝笑意。

“正当我跟你打算把他们围歼的时候，他团里，”库兹米奇用头指指屠玛年，“那个三营营长发了大财！他带着几个侦察兵不知是通过哪一条路或是什么地道悄悄摸进一所房子，把鬼子的一个师长俘虏了，你道新鲜不新鲜！在电话里是这样报告的。马上就会把他押来，看看他们的将军是副什么神气……说不定他能劝说自己整个师投降。他们是讲究规矩的。没有将军，仗怎么打下去？不过我有点儿怀疑：那所房子离前沿这样近，怎么会有将军？”

“难道没有这样的事吗，将军同志？”屠玛年并不掩饰这句问话带有讥诮的暗示。

库兹米奇向他一瞟，愉快地用鼻子大声吸一下气。

“在我们这儿是有的，因为我们不按规矩打仗；可是在他们那儿没有。这是头一遭。当然，在围困中人们什么都干得出来。四二年春天，我在维亚兹玛附近的森林里漂荡了两个月。本来以为打开了缺口，可是以后怎么也走不出来。我告诉你们，在围困中粮食倒还在其次，最伤脑筋的是：在林子里的针叶地上躺下来睡觉，喝一点水，吃两块泡软的面包干，考虑明天用什么东西开枪？会不会给你空投下来？在围困中一个战士的心理是这样的：只要吸一口马合烟，再给几发子弹上在弹盘里。无线电兵又是另一种心理：他连马合烟和面包干都愿意放弃，但求给无线电台投一些电池下来，否则就会又聋又哑。”

“那么，将军同志，在围困中将军的心理又是怎样的呢？”阿尔杰米耶夫笑问。

“将军的心理是：最好母亲干脆没把我生下来！看得出，你没有在包围圈里呆过，所以这样问。”

“没有。”

“希望你不要尝到这滋味。”

遮住入口的大油布掀动了一下。第一个走进来的是辛佐夫，他后面跟着一个年老的高身材德国人，头戴冬季呢帽，身穿毛皮领子的军大衣。扎瓦里欣最后进来，站在德国人旁边。

库兹米奇向德国人看了一眼，撂开腿上的皮袄站起来，脚上的疼痛使他皱了一下眉头。

“将军同志，”辛佐夫很快地上前两步，把德国人留在后面，“被俘获的德军第二十七步兵师少将师长……”他由于激动的缘故顿了一下，把德国将军的姓氏给忘了。

“殷斯菲尔德。”扎瓦里欣在后面提示。

“……奉您的命令带到！”

辛佐夫纳罕的是库兹米奇站着用好奇的眼光默默地望着他，而不是看那德国人。换了别人，现在一定会看那个德国人，可是库兹米奇却望着他——辛佐夫。

“伊林在电话里向我们汇报，说你亲手俘虏了一员将军，是吗？”

“是这样。我甚至自己也没料到。我带了侦察兵通过一条旧的地雷坑道钻进一所房屋的地窖，在那里我们刚一开始行动，立刻撞见四名军官。他们举起了手。后来……”辛佐夫并不转身，只用头指指后面的德国人，“他带了他的副官走出来，没有经过抵抗也投降了。”

“真是个将军吗？”库兹米奇问，这才第一次仔细看了看那个德国人。

“这是他的证件，上面有军衔和职别。”辛佐夫把德国人的军人身份证递给库兹米奇。

库兹米奇接过来很快地翻阅了一下，把它交还给辛佐夫，然后向扎瓦里欣问：

“他懂不懂俄语？”

“据我看，不懂。他拒绝回答我们的问题，只拿出他的证件，声称要见到我们的将军才肯回答问题，”扎瓦里欣说到这里，转身向着德国人，“Wir haben Ihre Bitte erfüllt und Sie zu unserem General gebracht！”[①]

---

① 德语：“我们实现了您的请求，您已被带到我们的将军跟前。”

“Wo ist der Herr General?”[1]德国人问。

库兹米奇不用翻译也懂得他这句讶异的问话，但并不见怪，相反现出满意的笑容，把棉袄的衣襟翻开一点点，露出军便服领章上的将军级星形标志，对扎瓦里欣说：

“你问他相信了没有，要不要给他看证件？反正我不会这样做。究竟不是我当了他的俘虏，是他当了我的俘虏。”

但这个问题已经没有提的必要。德国人把鞋跟一扭，把手举到特种兵帽檐上，清清楚楚地报了自己的姓名、军衔和职务。

“我是一一一师的师长库兹米奇少将，你翻给他听，”库兹米奇说，“搬一张凳子给他，让他坐下。”

“我可以回营里去了吗？”辛佐夫问。

“等一下，”库兹米奇说，“我还没有向你道过谢哩。”

他走到辛佐夫跟前，紧紧握住了他的手。

“我打心眼里想跟你拥抱一下，可是当着他的面我不愿意。别让他自以为多么了不起。你是怎么发现这个地雷坑道的？”

“我还在以前所属的师里时就知道有这回事，”辛佐夫说，“那时我们的工兵在马路底下从我们那儿向德军阵地挖一条地道，打算把地雷埋到他们下面去，可是后来一颗重型炮弹落下来，在地道的半路上把顶盖爆破了。这件事不是出在我们团里，可是全师的人都知道这次行动的失败。昨天，我听了汇报，发现地点相符，心想：会不会地道就在那里？结果不出所料。”

“是啊，”库兹米奇说，“怪不得这几天团长老是夸你仗打得好。现在明白了，你是熟门熟路。当然，这样的条件对于傻瓜仍旧不顶事，只有聪明人才懂得利用。既然真是一个将军，”他转而对屠玛年说，“你打电话给皮金，让他再往上报。”

“我立刻给您接上。”屠玛年说。

“给我接干吗？是你团里的人抓到的，你才有福分报告，”然后库兹米奇转向扎瓦里欣，说，“问问他，这是怎么回事：为什么他把

---

[1] 德语：“将军阁下在什么地方？”

指挥所设在前沿上？”

扎瓦里欣把库兹米奇的问话译给德国人听，等他回答完毕以后，说：

“他说，最近这几天指挥所的地点换了两次，昨天晚上和部队失去了联系，企图在夜里恢复联系，但派去的人没有回来。”

“这是我们干的，”辛佐夫说，“一共三个人，一个是军官。”

“大体上已经清楚，”库兹米奇说，“昨天把他们逼得走投无路了。你告诉他：既然他已经投降，我们会按投降条例保证他的生命安全。”

“他说他随身带着投降条例，他知道，”扎瓦里欣说。

“既然知道，待会儿我们给他一只无线电传声筒，教他告诉自己那些还活着的士兵和军官，说他当了俘虏，并劝他们也投降吧。”

趁扎瓦里欣在给德国人翻译这一段话的当儿，库兹米奇在听屠玛年和皮金的谈话。

“怎么样？”

“皮金吩咐不要挂断电话，等他和集团军司令部联系了再说。”

库兹米奇重又转向扎瓦里欣，问：

“他怎么回答？”

“他说，既然他和自己的师已经不在一起，他的命令不再起作用，师的指挥职务已由参谋长接替。他拒绝通过无线电宣布自己当了俘虏。如果我们认为有必要，我们可以自己宣布。”

“他师里到今天为止还剩下多少人？要确切的数字。尽管不一定能得到回答，但不妨问问。他是不是知道？”

德国人摇摇头。

“告诉他，”库兹米奇向扎瓦里欣说，“这一点我不再问他了，让他守着自己的誓词吧。告诉他：赶明儿把他的师全部歼灭以后，他不说，我们也能知道他们还剩下多少人。”

德国人听完，耸耸肩膀。他那疲态毕露，但经过仔细整修的脸上有一种万念俱灰的神情：他越过了一条线，过了这条线，他似乎不再考虑自己师的命运。

“阿尔杰米耶夫，把你的‘卡兹别克’[1]给他，我看见你好像带着。”

阿尔杰米耶夫取出一包烟递给德国人。

德国人摇摇头，向扎瓦里欣说了些什么。

“他不抽烟。”

“还是个不抽烟的。”库兹米奇向德国将军又看了一眼，然后转过身去向掩蔽部里所有的人说，“第一次大战以前，我在龙骑兵团里超期服役。我们的名誉团长是弗里德利希-威廉太子殿下。我们的骑兵连长也是个德国人，叫迦尔登堡。当时有过这么一回事：一年夏天，这个弗里德利希-威廉骑马旅行越过边界到我们团里。我们驻在波兰王国紧靠边界的地方。那时举行了一次检阅，我到现在还记得他这个人：像根电线杆似的又瘦又长，穿着骠骑兵制服，一脸的雀斑，好像给苍蝇撒满了屎。他骑马从我们面前经过时，眼睛瞪着我们，”库兹米奇向德国将军那边扭了一下脖子，“跟这家伙现在的样子差不多。他用俄国话向我们招呼。检阅后吩咐赏给每个士兵一个卢布，军士赏五个卢布。我也得了他五个卢布。你问问他是哪年出生的。”库兹米奇又向德国将军那边扭了一下脖子。

“一八八七年。”扎瓦里欣翻译了出来。

“我是一八八六年生的，”库兹米奇说，“只差一岁。”说完，他开始思索一件大概不能明说的事情，思索了很久，仿佛把那个德国将军以及周围的一切都忘了。

“皮金请您接电话。”屠玛年打破了冷场。

库兹米奇费劲地站起来，拖着一条有毛病的腿，穿旧了的毡靴软软地踏着掩蔽部的地面走到电话机前。

“谢谢，”他向电话里说，“清楚了。”接着又重复一遍：“清楚了，立刻送去！我们也没有工夫在这儿跟他之乎者也。”他放下听筒，问屠玛年：“让你的营长离开半天行不行？能不能奖给他半天假期？”

“如果您下命令，可以让伊林代替他。”屠玛年说。

---

① 一种纸烟牌名。

库兹米奇转而面向辛佐夫。

“你自己把俘虏带往集团军司令部去见参谋长谢尔皮林将军。坐我的汽车，带两名和你一起抓住他的战士去。”

“将军同志，我不通德语，总共只知道百来个单词。”辛佐夫说了实话，同时他又担心提到这一点于自己不利。可能会改变决定派扎瓦里欣押去。

“你押着他，不用开口。并没有命令要我们问他口供。让他也沉默一会，想一想。反正有事情可想。他谅必在上一次战争中已经是军官老爷，受过高等军事教育，先是向威廉高呼‘吾皇万岁！’然后又喊‘希特勒万岁！’如今忽然当了一名前龙骑兵团军士的俘虏！教他怎么想得通！”

“要译给他听吗？”扎瓦里欣问，他发现德国人在紧张地谛听个别几个熟悉的单词。

“你只说要把他解往集团军司令部。其余的话不是讲给他听的。”

扎瓦里欣照办了。从库兹米奇开始说话，德国人就离开座位一直站着，这时他突然露出不安的神色很快地向扎瓦里欣说了些什么。

“他请求保障他的安全。”

“把他带出去。”库兹米奇同时向扎瓦里欣和阿尔杰米耶夫说，对于德国人的请求置之不理。“至于你，”他转向辛佐夫说，“再等一下。能赶上去。”等阿尔杰米耶夫和扎瓦里欣带着德国人出去以后，他正眼望着辛佐夫的脸，问：“你认识集团军参谋长本人吗？”

“过去认识。”

“我记得你们是认识的，”库兹米奇说，“他托我向你问过好。你们曾经在一起突围，是吗？”

“是的。”

“那你就把德国人给他带去！”他抱住辛佐夫吻了一下，“我们要在这里开始往回打。你不必太急。要是参谋长招待你吃饭，你就吃。他请你和他一起喝伏特加，你就喝。你当之无愧。夜里必须回来，因为我放你的假没有权利超过这个期限。告诉政治副营长，教他马上打报告为战士们请奖。要是傍晚能写好，明天我就给每一个人发‘勇敢’奖章！”

“你这家伙真走运！”阿尔杰米耶夫对辛佐夫说，这时德国将军已经被安置在汽车里两名冲锋枪手中间。“战前要是有人对我说伊万·辛佐夫能俘虏一个德国将军，我准会笑死！你别见怪，说真的，我到现在脑子还转不过来！当然，我羡慕你！羡慕得要命！”他用手指在脖子上一抹①，现出开朗的笑容，辛佐夫顿时觉得心头一松，阿尔杰米耶夫开头几句话造成的不愉快印象也随之消失。

他告辞后，坐到司机旁边，车开了。开始时他努力不回过头去看德国人，心里对于这一切发生得那么突兀而又简单继续感到惊异不置。

关于困在那所房屋废墟中的德国人被切断了和自己人的联系，这一点辛佐夫昨天傍晚就感觉到了，那时战士们打死了从废墟中钻出来的三个人。辛佐夫和炮兵们洽妥，由他们在天明以前调集两个炮兵营来直接瞄准废墟再轰它一阵，——也许德国人呆不下去，会不战而降。最近几天已经有好几个这样的例子。但是火力管火力，另一方面决定还是夜里先去摸一摸有没有通那边废墟的路径，万一炮兵不能解决问题，就采取别的措施。

摸路的时候，侦察兵们突然发现马路中央有一个坑。他们报告说，这个坑有些奇怪，好像是带出入孔的……于是辛佐夫自己到那边去。他到了现场一琢磨，心想：会不会这就是那个没有挖到底被炮弹打穿的坑道？他们把出入孔扫清，在里边找到与泥土冻成一块的两名工兵的残骸，坑道被打穿的时候那两名工兵正好在头里。在他们附近还找到了一件毁坏得不成样子的工兵用具。

一次夜袭就这样开始了。最初辛佐夫只带一个人去作了一次侦察，然后，将近黎明时，他们一共十个人穿过坑道潜入那所房屋的废墟。措手不及的德国人没开一枪就投降了。

直到现在，这一切在头脑里似乎还有些容纳不下。试想，为了抓一个“舌头”，往往要耗费多少力气和鲜血，多少人为之付出生命的

① 俄罗斯人往往用这一动作表示程度之高。此处意谓羡慕已极。

代价！可是这一回抓了一个将军、五个军官，士兵且不去算它，竟然连头发也没有从任何人头上掉落一根。的确太走运了！

阿尔杰米耶夫直率地说：没有料想到！“他自然料想不到，我自己也没有想到。可是抓到了。真的抓到了。”辛佐夫想到这里甚至笑了，他想最好能尽快再一次见到小大夫塔尼雅·奥弗夏尼科娃娇小的身姿，把这样罕见的好运气告诉她。为什么想起了她？是不是因为当初曾经一起在包围圈中辗转流浪，她比任何人更容易了解你？当然，原因不在于此，这是瞎扯。无非想看到她。归根结蒂，还没有到垂老暮年——总共才三十岁……

他又想回过头去看看德国将军：不知此人现在的脸部表情怎样？

尽管辛佐夫的情绪很好，他还是克制住自己，只用愉快的声调问坐在后面的冲锋枪手：

“小伙子们，那德国人怎么样？是不是乱扭乱动？”

“不——，挺老实，”冲锋枪手之一说，口气满不在乎，“要不要给他烟抽？”

“在团里已经给过，他不抽烟。”

“不抽烟也许喝酒？”冲锋枪手之一接口说，“我壶里还剩下一点。我看他老是牵动一面腮帮子，八成是在发冷。”

“没关系，很快就到目的地，那里认为必要，会给他喝的，”辛佐夫说，“可要注意，别让他吞下一颗什么毒药升了西天！”

“放心，吞不了！”另一个冲锋枪手说，“我们把他挤得紧紧的。”

“大尉同志，您看怎么样，”第一个冲锋枪手隔了一会问，“像今天这样，我们是不是都有奖赏？”

“这要看上面怎么说。”辛佐夫用严厉的口吻回答，他被这一问问得不大高兴。

“您误解了我们的意思，”那个冲锋枪手笑了起来，“我们的要求不高！我们问的是您会不会吩咐庶务长在宿营前给我们双份的定量犒赏一番？”

“你们猜会不会呢？”

“我们想，您会的。”

“那算是给你们猜着了。”

辛佐夫满意地伸伸懒腰：今天他自己也想喝酒。喝一点酒，暖和暖和身子，把皮袄盖在身上，一连睡它十二个小时，或者更多些，睡一个够。想到这里，不禁淡然一笑，笑自己的愿望无法实现。

“奖章师长可以发给你，勋章集团军司令可以发给你……”辛佐夫在想，“可是你—— 一名营长——既不在医院里，也不在第二线，而是在前沿阵地上自己的营里，如果想一连睡上十二小时，在战场上就连上帝也没法满足你的希望。”

“您先一个人进去。”副官向自己刚走出的门那边摆一摆头。

辛佐夫和德国人一起坐在谢尔皮林办公室外面的副官室里，他见德国人也想站起来，就对他说：

“Warten! Setzen Sie sich!”[①]然后一个人走进谢尔皮林办公室去。

“将军同志，奉一一一师师长的命令，德军第二十七步兵师少将师长殷斯菲尔德已带到集团军司令部。”

当辛佐夫进来关好了门在门旁立正的时候，谢尔皮林用左手的手指撑着桌面站在桌旁。他把手从桌上抽开，肩膀稍微扯动一下表示接受了报告。他脸上的神色使辛佐夫以为谢尔皮林没有认出他来。

“谢谢。”谢尔皮林说，脸上还是那种使辛佐夫感到奇怪的淡漠和不认故人的表情，接着，他向辛佐夫跨近两步，伸出手来。“你好，伊万·彼得罗维奇，想不到你变成了这样！”

“您一下子没认出来吗，将军同志？”

“师里事先来电话说了由谁押来，否则恐怕认不出来。”

“翻译官过五分钟到。”副官在辛佐夫背后说。

“那么我们还可以谈五分钟。你坐下。”

谢尔皮林在桌子侧旁坐下，一手托着腮帮，向辛佐夫默默地看了一会。

① 德语：“等着！坐下！”

“不，还是能认出来。你坦白说：当初我们突围的情形你忘得了忘不了？”

“永远也忘不了。”辛佐夫说。

“我也是，”谢尔皮林说，“想忘也忘不了。也许正是要我们记住这一切？”

他这样说着，一边似乎还在想另一件事情。看来他的思想距离他所谈的事情既可以说很近，也可以说很远。

“我到集团军里的头一天就看见过您，只隔五步路。”辛佐夫说。

“那你为什么不招呼我？”

辛佐夫顿告语塞。因为连带着势必需要说明他曾经目击谢尔皮林和集团军司令闹得面红耳赤的情形，这样的话说起来毕竟有些不便。

“当时您正忙着。”

“不管怎么样应该招呼我。那是在什么时候？”

“一月九号，进攻的前夕。”

“不错，进攻的前夕……”谢尔皮林不知为何叹了一口气，忽然，仿佛丢开了到现在为止一直妨碍着他跟辛佐夫谈话的心事，换一种声调说：

“我在电话里向集团军司令汇报的时候，他说，‘这是我们活捉的第一个将军，该发勋章！’因此你可以认为已经到了手。祝贺你。”

辛佐夫从凳上站起来。

“为苏联服务[①]！”

谢尔皮林想作一个手势叫他坐下，但一看表，自己也站了起来。

“是啊，当初他把你我赶得好远。”谢尔皮林向门那边点一点头，那德国人就坐在门外的另一间屋子里。“可惜人死不能复生。所有的死者都值得惋惜。尤其是那些再也不能俘虏德国将军的死者。他们甚至做梦也看不到了……你是一个营长，今天，俘虏到一个将军以后，你从自己本位的角度估计，他们还能支持多久？”

---

① 苏联军人受到奖励时的答话。

“从我本位的角度很难估计，将军同志……”

“这话不对，”谢尔皮林打断他说，“恰恰相反，撇开了你的意见，对这个问题才不容易作出判断。”

“据我看，长不了啦。”

“具体说呢？”

“再两三天。”

“你营里还剩下多少人作战？”

“到今天为止还剩一百零九个人。”

“不算多，”谢尔皮林说，“好吧。你向副官要一张移交德国人的收条，然后坐车回去。既然据你看只有两三天了，那就尽可能自己保重。”

“问题不大，”辛佐夫说，“自从和您分别以后，我已经负过四次伤。该到此为止了。”

谢尔皮林凝神看着他，忽然问：

“你是哪一年出生的？”

“一九一二年，将军同志。”

“嗯，”谢尔皮林若有所思地说，他又变得心不在焉的样子，“你去吧。”

他和辛佐夫握了手，转身走向自己的办公桌，等他坐下抬起眼睛时，辛佐夫已经走了，站在门口的是副官。

“翻译官在哪儿？六分钟过去了。”

“还没有到。”

“那你为什么报告说过五分钟就来？等他一到，叫他马上和德国人一起进来。待会儿德国人在我这里的时候，不要给我接电话。如果有紧要电话，你来报告，我上你那儿去听。完了。”

副官走了出去。看他带着认错的表情随手关好了门，谢尔皮林在桌旁坐下来长叹一声。甚至在跟辛佐夫见面时，他也未能完全掩饰住内心的感受，——刚才他觉察到大尉曾以诧异的眼光看着他。

现在无论如何得集中思想迫使自己开始考虑那个德国人，把自己和儿子的事放一放。今天上午，第九十六坦克旅的政治副旅长营级政委切尔诺夫——虽然谢尔皮林与他素不相识，但估计是个心地善良的人——通过军邮信箱寄来关于谢尔皮林儿子的阵亡通知，附带还叙述了经过的情形。

信上写着，他儿子在该旅某营当技术副营长，在战场上由于受到致命重伤而死去。经过情形就是这样，很简单，太简单了，甚至可以肯定比营级政委切尔诺夫所写的更简单，因为营级政委似乎努力要证明他的儿子确实是英勇牺牲的。仿佛这还需要什么特别的解释似的！

如果某人在战场上死去，除非人人皆知他是一个下流东西，死有余辜，否则，在通知家属的时候总要写上“英勇牺牲”的字样……写得对，应该写。不如此又能怎样呢？一般说，这在大部分情况下是符合真相的，尽管并不说明很多问题。

从切尔诺夫的来信中可以知道，这个旅从军用列车上卸下以后过了一星期第一次投入战斗，就在这第一次战斗的末了，一发炮弹打中了儿子乘坐的坦克，那时他正想去把另一辆受了损伤的坦克从火力下拖走。他从坦克中被抬出来放到雪地上，几分钟以后就死了，知觉始终没有恢复，也来不及进行急救。如此而已。他在自己这第一次战斗中有些什么感想，担心哪些事情，都已经无法知道。只有一点是明白的，他考虑过自己可能牺牲，如果发生了这件事，他希望谢尔皮林立刻知道。营级政委切尔诺夫信上就是这样写的：“您的养子瓦季姆·瓦西里耶维奇·托尔斯蒂科夫在战斗开始之前曾向我提出请求，万一他阵亡或者负了重伤，要我同时通知您和他的妻子安娜·彼得罗芙娜……”

“安娜·彼得罗芙娜……”“请把为我保留的住处让给安·彼·托尔斯蒂科娃和她的女儿奥尔迦。”谢尔皮林像机械一般准确地回忆起他曾经写过这样一份申请书，当时他儿子坐在他对面。儿子是否已经把她接到莫斯科了？也许她还住在赤塔？营级政委切尔诺夫给她也发了通知，但没有说明发往什么地方，想必他以为谢尔皮林知道。可是谢尔皮林并不知道。

“怎么，你愿意只剩下自己一个人吗？”谢尔皮林想起儿子在他们分手前最后一分钟问的这句沉痛的话。不，他不愿意只剩下自己一个人，但当时他不能不这样做。他没有，也不可能有选择的余地，不管怎样，他有责任要求儿子上战场，不要在莫斯科厮混。如果说，对儿子的爱在他心中毕竟没有泯灭，那正是因为儿子当时服从了他的意志。

爱子之心固然未死。可是儿子死了。战争按自己的意志行事，在儿子的第一次战斗中就把他杀死。战争似乎要使谢尔皮林变成一个彻头彻尾的罪人。

他想，现在该把自己的军饷寄给这个女子和一个小女孩了，这母女俩他从未见过，也不知道她们现在何处——在赤塔还是在莫斯科。必须先打听清楚，才能把军饷寄往她们名下……

他又想到：这个女子对于他和儿子的关系哪些知道了，哪些还不知道？

营级政委切尔诺夫信上只写“致命重伤”，但这个致命伤在哪里，没有写明。不写明通常意味着伤在面部或头部，把这一点告诉家属最困难；谢尔皮林自己有这个经验。

他想到这里，见大尉翻译官走进门来，后面跟着身材高大的德国将军——身穿墨绿色直领制服，脖下挂一枚“骑士十字章”，带着参加四一年冬季战役负过伤的条纹标志。将军两鬓斑白，双目深陷，颧骨高耸。他的弗连奇式上装[①]显然太肥了。

“想必挨了饿，”谢尔皮林思量着不由自主地对这个和士兵共命运的将军产生了一点敬意。

德国人停住脚步，急遽地向前抛出一只手。他的左颊神经质地抽动了一下，但他还是鼓起勇气来不顾自己所处的境地做了这个动作。然后把手放下，报了自己的姓名、军衔和职别。

翻译官开始翻译，但被谢尔皮林挡住了。

“您只要译我说的话。我能听懂德国话。有不懂的地方我会问您。告诉他我是谁，并用我的名义请他坐下。然后问他为什么竟敢用法西斯的方式向我——苏联军队的将军——敬礼？”

德国人回答说，他所用的敬礼方式如今是德国军队操典规定的方式。

这一点即使他不说，谢尔皮林在理论上也知道。只不过这是第一

---

① 一种腰部可调节松紧的四贴袋军服上衣。

个敢于在他面前用这种方式敬礼的德军俘虏。他留神观看在用手指揉搓面颊的德国人，开始问他的履历。

德国人回答说，他在一九〇八年毕业于士官学校，第一次世界大战开始时任连长，参加现在这次战争最初的身份是军参谋长。在莫斯科郊区的冬季战役中负了伤，回德国去疗养，从一九四二年五月起担任第二十七步兵师师长。

“问他师里还余下多少士兵。”谢尔皮林对于是否能得到回答并无把握。但德国人回答了，五天前，当北股部队被切断与主力的联系，脱离集团军管辖时，根据名册统计，他师里包括后勤部队在内还有四千六百人。但自那以后的伤亡很大，实际上已不再统计人数。所以今天他不能准确地回答这个问题。他请求相信他说的是真话——最近几天以来，尽管士兵们英勇苦战，然而第六集团军已经溃不成军。

说到这里，德国人耸耸肩膀，身体略略前倾，好像要强调此话与翻译官无关，面向着谢尔皮林一个人添上一句：

“遗憾的是看来我们将教会你们怎样作战！”

“而我们却要教你们忘掉怎样作战！Wir werden es euch abgewöhnen！”[①]谢尔皮林斩钉截铁地说，然后转向翻译官，“您问他，他所说的关于第六集团军的话是否意味着他认为继续抵抗是徒劳无益的？”

“是的，”德国人说，“自从一月二十六日北股与南股被切断以后，大势已去。”

“既然他认为这样，为什么到今天才投降？”

德国人回答说，他今天清晨投降是因为与自己的部队失去了联系，处于绝境之中。但他的师必将继续进行抵抗，因为到目前为止还没有接到停止抵抗的命令。

“畜牲，既然你这样服从纪律，那就该顽抗到底，”谢尔皮林想道，“据报告，和你在一起有五个军官、十名士兵，都带着武器。既然你没有接到别的命令，就该进行抵抗，直到被打死为止。照你的说法，今天你自己处于绝境之中，所以举手投降。可是你所有的部下昨

---

① 此处谢尔皮林自己把自己的话译成德语。

天就被切断了和你的联系，他们难道还不在绝境中吗？难道他们还有希望绝处逢生？你这个畜牲，法西斯强盗！”谢尔皮林在想象中又骂了两句。

不可否认这个德国人有他个人的胆量，这完全可能，但既然他在五昼夜以前就承认抵抗是无益的，甚至自己已经投降了，却声称他师里的士兵还要继续抵抗，不接到命令就不投降，——这里头毕竟有着某种畜牲的特征。而且，这个畜牲说这一番话的时候又是如此心安理得！他把责任推卸得有多快！试问他的士兵应该等候谁下命令投降呢？

“您问他，”谢尔皮林厉声说，“既然他做师长的成了俘虏，那么应该由谁命令他师里的官兵投降？”

“参谋长，他在执行我的职务。”德国人说。他没有忽略谢尔皮林语气的变化。于是，显然为了缓和局面，他补充说，他拒绝劝自己的部下投降，理由不在于他认为必须继续抵抗，而是在于他劝也没有用，因为他师里的官兵不再服从他的命令。如果将军阁下还有别的问题，只要是他能回答的，他愿意回答。说完，他在相当长的时间内保持沉默等待着。

谢尔皮林也沉默着。他很想对这个德国人说：“晚了！企图抬高自己的身价已经晚了，回答我们感兴趣的问题也晚了，因为严格说，今天这些问题已经不存在。昨天一天就俘虏了一千多人，你们的军队的分布情形、部队的番号、饥饿程度、伤亡情况我们都已经知道。虽然方面军司令部来电话教我不要把你久留，因为详细的审问将在那里进行，但是，老实说，我看不出这样的审问会有多大收获。今天，一九四三年一月三十一日，你所能告诉我们的全部重要情报是：你那个到了伏尔加河边的该死的第六集团军已濒于灭亡的边缘，如果在最近几天内再不投降的话，将全军覆没。但是这一点你不说我也知道。比你还清楚。我们之所以认为你重要，并不因为你能提供一些我们不知道的情况，我们认为重要的是在我们集团军战线上俘虏了第一个德国将军这一事实本身。这说明，事情已经到了这个地步！”

谢尔皮林默默地望着德军第二十七步兵师师长殷斯菲尔德少将，现在他觉得坐在他面前的这个法西斯分子是造成他生活中全部不幸的罪魁祸首。妻子的死，儿子的死，他跟儿子在莫斯科那一席可怕的谈话，他——谢尔皮林——因“宣传法西斯武力优势”被关到集中营去，以及一九三六年以后我们的军队里一切都变得颠三倒四，凡此种种，都得归咎于这个德国人。谢尔皮林现在觉得法西斯在德国取得政权也是这个德国人的罪过。事情全由德国法西斯而起！正是由此而起！当初是不是我们吓慌了，于是愚蠢的事情一件接着一件、荒唐的行动一桩连着一桩地干出来？……

“可是‘我们’指的是什么人？‘我们’指的是什么人？”谢尔皮林一再自己问自己，“不，当时我没有被德国人吓慌，我明白他们是强大的，但我没有被他们吓慌，相反，从一开始我就考虑，我们必须怎么做使自己比他们更强，哪怕他们有军事传统，有最高统帅部，有甘愿效忠法西斯主义的将军们……我考虑的是这个，我说的也是这个……最后，我讲的课也是关于这个，当时我正因为讲了这样的课而被关起来。不，我没有被吓慌。那么谁被吓慌了呢？……被吓慌的是把我关起来的那个人，被吓慌的那个人一方面害怕知道有关法西斯力量的全部真相，另一方面又疑心几乎我们每一个人都准备在法西斯力量面前低头，准备把自己出卖给它。我们经历了一个多么可诅咒的时代，它使我们付出了什么样的代价！在一九三七年，三八年，我们的军队里发生的事情简直是在为他们战胜我们铺平所有的道路，当时，这个如今坐在我面前的法西斯分子一定高兴得手舞足蹈，得意忘形！”

在自己的一生中，即使是在最痛苦的时刻，谢尔皮林也从来没有像现在望着这个法西斯分子的时候这样怒不可遏地考虑这个问题。

在所有这些思想的压力下，他甚至忘了应该让德国将军吃饭，忘了事先吩咐准备好的午餐在隔壁房间里等他。

是的，在把他押往方面军去以前，这是必须做的。谢尔皮林原先打算自己坐下来和这个德国人一起吃饭，但现在他想到这一点就不愉快。

“饭准备好了没有？”谢尔皮林问忽然把门打开一点点的副官。

副官说，一切都按命令照办了，但方面军参谋长来了电话。谢尔皮林走去接电话，顺便关照副官把第三份餐具收去：让德国将军和翻译官两个人一道吃饭。

“俘虏在您那里为什么不报告？”方面军参谋长在电话里问。

谢尔皮林嗫嚅起来：他没有撒谎的习惯。一小时以前他向方面军司令部报告，德国人正在从前沿解来，旋即给正在某一个师里的巴久克打了电话。巴久克非常满意，他教谢尔皮林稍微拖些时间：他要亲眼看看被俘的德国将军，“一旦解到方面军去，再也没机会看到！”这话不无道理。但巴久克还没有来，而方面军参谋长却要求把俘虏立即送去。

谢尔皮林说，在继续解送之前，想让德国人吃一顿饭，同时把巴久克的意图也直说了。

看来，方面军参谋长也能理解集团军司令想亲眼看看被俘的德国将军的愿望。

“给您三十分钟，再多不行，”他说，“不管司令回来不回来，三十分钟以后把俘虏解出，并向我报告！”

“遵命！”谢尔皮林明白，方面军司令部的决定应该说是正确的。

德国人坐在那里等着，姿势跟谢尔皮林离开他时丝毫也没有两样。说句公道话，他很善于控制自己。

“您译给他听，”谢尔皮林说，“他马上要被解往方面军司令部。但在这以前我请他吃饭。”

德国人听完，鞠了一躬。

“现在再对他说，他将和您一起吃饭。”

从德国人脸上的表情看得出，他思想上作的是另一种准备。他把薄薄的嘴唇紧紧合拢，匆匆站起身来。

“去吧，”谢尔皮林对大尉翻译官说，“给您半小时时间。不要拖延。”

德国人紧张地站着等翻译官把谢尔皮林的话译给他听。但翻译官只说了一声：

“Bitte...”①

---

① 德语：“请。”

说着向门那边一摆手。

德国人嚓的一声把鞋跟靠在一起，然后走出去。

谢尔皮林目送着他，想起了自己四一年被围于斯摩棱斯克森林的情形，当初和他在一起的二级政治指导员辛佐夫现在俘虏了这个德国人，并把他带到这里。那时谢尔皮林穿着破旧不堪的靴子，褴褛的军便服，左边领章上的菱形领花是用帽檐剪成的。突围的那一夜，他两条腿都受了伤，要不是战士们把他放在军大衣上抬走，他可能就当了这个或者另一个德国人的俘虏……不，俘虏还是不会当的——他会毫不犹豫地先用枪自杀，他作好了这样的准备。

“然而，不管怎样，”他忽然想到，“要不是把我放在军大衣上抬走，我也可能成为阶下之囚，因为我可能失去知觉，或者自杀未遂，或者由于别的什么偶然因素，这些因素曾经使别人成为俘虏，他们肯定丝毫不比你差。”

他拿起电话听筒开始寻找巴久克。师里回答说集团军司令刚刚走。

“恐怕遇不上德国人了。”谢尔皮林感到遗憾，他想起了昨晚的战报上谈到沃罗涅日战线各部队继续在顺利地进攻，并缴获大量战利品。根据营级政委切尔诺夫来信的日期以及其他一些迹象推测，儿子很可能是在沃罗涅日战线上牺牲的。

是啊，疯狂的战争车轮在转哪，转哪，每天要辗死人，现在他的儿子第一次参加战斗就被辗死了。当然，儿子如果有此愿望的话，一年前早就可以走上前线，但经过了种种波折他偏偏在自己的第一次战斗中牺牲，主宰着这件事情的力量缘何如此残酷，教人怎么也想不通。

电话铃声打断了他的思路。从巴久克刚离开的那个师里来报告说：俘虏了一名上校——德军炮兵团团长。谢尔皮林才放下听筒，另一个师又来报告说：抓到了一名夸尔梯尔迈斯特[①]——不知是集团军的，还是军里的，尚未弄清楚；据报告中的解释推测，他们还不太明白，夸尔梯尔迈斯特究竟是什么职位。

---

① 德语“作战科长”一词的音译。

现在眼看着大功即将告成，刚才接连的两次电话更增强了这样的感觉。“是的，我们逐渐习惯于打胜仗了。”

他看看表，又开始打电话。巴久克还没来，可是德国人应当解往方面军司令部去了。

翻译官在门口出现。

“很准时。”谢尔皮林暗暗注意到这一点。

“将军同志，第二道菜快吃完了，第三道还没有吃。请吩咐怎么办？”

“等一下，”谢尔皮林说，他从听筒里听到了方面军参谋长的声音，问道，“中将同志，德国人饭还没有吃好，要不要给您解去？”

“让他吃完吧，现在不必急急忙忙了，”方面军参谋长的声音出人意外地高兴，“情况起了变化。保罗斯和他的整个指挥部已经向舒米洛夫投降。一下子有十六个还不知十七个将军。目前正在计算中。”

方面军参谋长挂断了电话。显然，他们那里正在大起忙头。

谢尔皮林也放下话筒，从今天这个对他说来是颇不好受的早晨起，他第一次露出笑容，问翻译官：

“第二道快吃完了，你们第三道菜是什么？”

“糖渍水果。”

“让他吃糖渍水果吧，小心别哽了喉咙。在他吃第一道和第二道菜的时候，我们已经把保罗斯和他的整个指挥部统统拿下……”

第十五章

保罗斯投降的消息几小时内传遍了全军。

塔尼雅从自己的上司罗斯里亚科夫那儿得悉了这件事，——他来检查塔尼雅是否结束了把德军医院后送的工作。原先说定塔尼雅在那里只呆一夜，结果足足呆了五天五夜。

集团军拿下了八所这样的德军医院，塔尼雅吃了懂德国话的亏。第二天罗斯里亚科夫继续教她留下，说：“您还是跟鬼子们呆在这儿吧，这活您干得挺好。”

谁知道她到底干得怎么样。也许的确比别人好一些。至少伤兵没有挨饿——这一点她努力做到了，虽然不免跟有关方面吵了好几场架，特别是第一第二两昼夜。对德军医院的供应事先谁也没有列入计划，都是从自己的份额中抽出来的，运输力量也很缺乏。虽然如此，嘴里大骂那些德国人：“死了倒干净！”结果还是尽可能匀了出来：看来，俄罗斯人的性格就是这样，——塔尼雅不仅从别人，甚至从自己身上也发现这种性格而惊奇不迭。她试图用回忆游击生涯的办法使自己的心肠变硬。但是，回想在可恨的德军后方的那些鬼子，并不能促使她恨此地这些住在她医院里的德国人。医院是德国人的，但这几天以来她习惯于把它当作自己的医院考虑。甚至开口“我的德国人要吃！”闭口“我的德国人要……”唉，竟落到这般地步！

她竭力使自己相信，她医院里的这些德国人和斯摩棱斯克那些鬼子完全不同。他们的确不一样。她眼看着这些人死去的死去，好转的好转，他们贪婪而又感激地吃着东西，哼哼唧唧或者熬着疼痛，焦虑不安地问从俘虏营里能不能写信，并且已经先在写了。有几个人还把他们孩子的照片给她看，塔尼雅无法迫使自己怀着仇恨的心情看这些“法西斯劣种”。孩子就像孩子，躺在医院里的德国人也像普通的人；为了他们，她常常和自己人发生争执，例如今天还闹了最后的一场，那已经是在把伤病俘虏后送的时候，规定不能走路的抬上汽车，能行动的编成纵队，——当时她就要求卡车多载一些伤兵，少留一些人步行。

现在，谢天谢地，一切都已经过去：昨天就有命令下来——把前沿附近的后备医院房子腾出来准备接受全面投降。伤病俘虏的纵队从上午开始就向后方出发，罗斯里亚科夫在十六点——限定后送完毕的时间——到来时，恰好送走最后一辆卡车，他称赞塔尼雅如期完成了任务，并告诉她，和保罗斯一起投降的将军有十五六个，他们的部队已开始放下武器。

“这是别处的情况，”罗斯里亚科夫补充说，“在我们集团军的战线上还没有停火。”

“也许他们还没有得到消息？”

“谁知道他们！”罗斯里亚科夫说，“慢慢自然明白。我答应派一个男人接替您，结果没兑现，您一定恨我吧？”

“没关系，后来我已经惯了。”

“您居然还吵到一一一师的政治副师长头上，说您的德国人没有吃足定额！他对我说：‘你打哪儿弄来这么个凶得要命的女游击队员跟我吵架？她几乎用手枪对准我说：‘想活命就把吃的拿出来！’”

塔尼雅哈哈大笑。

“他这是开玩笑。我倒是真的找过他，也找过政治副团长。大家都帮了忙。”

“要是我们有‘慈悲’奖章的话，我一定为您请领，”罗斯里亚科夫说，“可是既然没有这种奖章，那就为您请发一枚‘勇敢’。一个女人对付八百个德国人终究不简单！”

他们已经走到他的“爱姆卡”车前。

“怎么样，走吧？”

“我没有理由得任何奖章，这简直可笑，”塔尼雅说，“但要是您真的愿意让我快乐一下，那么……”

“怎么？”

她顿了一下，但还是说了：

“那么让我在这儿呆到明天。我要在这个师里找一个人。”

罗斯里亚科夫用惊奇的目光看着她。没料到她竟会这样坦率。就事论事，这个请求是完全办得到的。在明天以前他反正不打算派她去任何地方，他事先就曾这样想：让她把她的德国人送走以后休息休息。

塔尼雅抬头望着不吭声的罗斯里亚科夫。

“您放心，我很守时，明天上午九点准到。”

“我担心您会不会留在这里干脆不走了。”罗斯里亚科夫打趣说。

“不会，”塔尼雅说，“目前他们师里没有空位。我已经问过了。怎么样，可以吗？”她微微一笑。“算是代替‘勇敢’奖章。”

“得了，您留下吧，”罗斯里亚科夫把手一甩，“要不要带您到师部？车反正要经过那里。”

路上他没有再问别的，过了一公里，他让塔尼雅在师部门口下车，自己继续赶路。

现在师部就设在五天前塔尼雅遇到辛佐夫的那一座地窖里。天色开始转暗，要走到向前远移的营里本来可不太简单，但塔尼雅今天的运气真好。她目送罗斯里亚科夫的汽车开走以后，刚向站在师部门口的一名冲锋枪手走过去，见从里边出来几个人，她认识其中一个是三三二步兵团的政治副团长。塔尼雅曾经为她的德国人的事找过他两次。

“向集团军医务工作者致敬，”列瓦绍夫说，“您又来为您的德国人要什么？母鸡，鸡蛋？”

“他们什么也不要啦。我已经把他们送往后方。”

“您别难过。保罗斯的事大概听说了吧？已经 Hände hoch! [1]赶明儿会另外送一批德国人来归您领导！”

“谢谢！”

“您以为我在开玩笑吗？刚才我们这些政治工作人员就被叫来开会，开导我们怎样向全体官兵做好工作准备受降。昨天还说：打，狠

① 德语：举起手来！

狠地打；明天可就连碰也不能碰了！正好像在开足马力的时候来一个急刹车。再见吧，我要回团里去了。”

“回团里去？”塔尼雅喜出望外。

“当然！”列瓦绍夫说，“既然我被开导了，现在我得去开导别人。自上而下。”

“我能不能跟您一同走？”塔尼雅问，“我想见见辛佐夫大尉。记得吗，我托您向他问过好？”

“当天就照办了。我是他的常客。不过我担心今天他可能被灌醉：打早晨起，他就成了我们的英雄。他俘虏了第一个德国将军。亲手俘虏的。”

塔尼雅又是高兴，又是扫兴。辛佐夫俘虏了一个德国将军，这当然可喜。但她在这五天中所想的事情实在太严肃了，断不能让她看到辛佐夫烂醉如泥。

“真的吗？”

“您问抓到将军的事？我以少先队员的称号保证！”

“不，您说他现在想必喝醉了，是真的吗？我从来没想到……”

“您想得对。我是说说笑话。他多喝几杯全不在乎。那天我把您的问候带到，您可知道他有多么高兴？”

“真的吗？”

“您这是什么习惯：真的吗，真的吗？……您要是个男人，脖子上早就挨了两下。”

“要是我不对，那您就打吧。”塔尼雅笑道。

“唷！我自己的老婆也没打过。甚至我从医院回到家里，发现她另外有了人，也没有动她一根毫毛。我只在男的秃顶上拍了两下，——那时他保持着立正姿势，生怕丢了命，——我对我老婆说：‘跟你的美发小伙子过下去吧。’生活里就有这样的事，军医同志……”

“那男的是个什么人？”

“那号人多得很。我比他既年轻又漂亮，但他向我老婆保证在战场上不死掉。我可保证不了。”

“您就不能原谅您妻子？”塔尼雅忽然这样问。

“怎么？要我去代替她的那个被我在秃顶上拍过两下的新相好，重新跟她睡觉，同时玩味那家伙当时的模样吗？”

“当然不。”塔尼雅说。

“您知道我为什么想起这件事来？”列瓦绍夫说，“因为今天得悉保罗斯投降了，我第一次考虑到自己战后的生活。”他默默地走了几步，然后说：“我把您的字条交给辛佐夫的时候，他向我谈到了您。”

“谈了些什么？”

“你们一起突围的情形。”

“噢——，”别的她什么也没说。

“既然您开了头，能不能让我提一个问题？他跟您之间是不是已经……？”

“暂时还没有。”

“您真是一个奇女子。想什么就说什么。”

“这样不好吗？”

“不，这样好。”列瓦绍夫说。

“好什么？”塔尼雅在心里说，“我这样说是因为：如果发生了这件事，他们反正会知道的，包括罗斯里亚科夫，包括这位政治副团长，还有他们营里的政治副营长……因为这里的任何事情都是在众目睽睽之下做的。所以根本谈不上好。至于我不怕，那是另一回事。在一起突围的时候，他和佐洛塔列夫救了我，当时我对他只是感激，没有别的。如果说当时我已经心有所动的话，那完全是我现在的胡思乱想。虽然不能对他直说，但事实上，我第一次把自己和他连在一起考虑，是在医院里我向他叙述了玛莎的牺牲经过以后。在他临走的时候，我感觉到自己想再一次见到他。那一回我到他营里，发现他看到了我是那样高兴，我确信我们之间的关系一定还有下文。后来我左思右想，一再骂自己：‘你这样的信心是哪儿来的？’然而这种信心还是存在，并且比最初产生的一刹那更增强了。”

现在，她跟列瓦绍夫在一起走，心中忧虑地想着以前从未想到过的事情。这五天以来，她虽然处在德国人中间，但她对辛佐夫的感情却有增无已，而且变得跟过去不同了。那么他呢？他会不会也在想她？他是否顾得上她？他能不能理解她的心意？如果不理解，那就什么也谈不上。说不定今天看见她去还会觉得奇怪。

“这样吧，从团部到营里的一段路，我派传令兵费奥克季斯托夫送您，”列瓦绍夫说，“您跟着他走。”

“谢谢。”塔尼雅说。

“我到了他营里，头一句该说什么？我祝贺他们俘虏了一个将军。接下去说什么呢？我告诉他，我答应他的事情已经打听清楚，他的两个伙伴都活着，健康正在恢复中。他当然会高兴和感激。那么以后又该怎么办呢？嗳，想把所有的一切事先都考虑好——这是多么愚蠢的习惯！”她暗暗骂着自己，忽然向列瓦绍夫问：

“您看我们集团军明天还会有战斗吗？”她虽这样问，但考虑的不是集团军，而是辛佐夫，因为已经有好几天她为他的生命忧虑比为自己的生命担心更甚。

“说老实话，我盼望着鬼子投降，”列瓦绍夫说，“他们死亡的景象可以说已经使我看腻了。至少我个人如此。我们该洗洗澡、烤烤火、恢复一下人样了。要是到了现在还看不见白旗，战士们会不顾一切把德国人磨成粉末。实在是腻了！如果能立刻投降就好，”他又一次说，“您知道我担心什么？”

“什么？”

“担心寂静。不知什么缘故我有这样的想法：不久将出现一片寂静，那时我就睡不着觉。医学对这种现象是怎么解释的？”

“不知道。我一生中睡得最不好是在游击队派我进城接关系的时候。在游击队里拿惯了武器。可是进了城，特别是开始一个时期，一个念头老在我脑袋里转：任何一天夜里法西斯都可能来抓我，可是我手无寸铁。我觉得自己像光着身子一般。”

“每个人发疯的方式各有不同”，列瓦绍夫想起自己的妻子，感慨颇深，“我们到了。要不要进去暖和暖和？还是让费奥克季斯托夫马上送您去？”

“可以的话，我想马上就去。”

塔尼雅走到营里的时候，辛佐夫在睡觉。

列瓦绍夫的传令兵、金刚那么一尊的费奥克季斯托夫把她带到一座过去想必很高的大房子的大地窖里，在那里她看到一个中尉坐在电话机旁。她一进地窖，中尉迅速起立迎着她走过来。他个子很小，但相当严厉，见面就问：

“您找谁？”

她说明想找辛佐夫大尉。但中尉颇为生气地说，辛佐夫大尉在睡觉，那神气仿佛即使将军驾临他也不让叫醒他的营长。

“您估计他什么时候能醒来？”塔尼雅问。

严厉的小个子中尉根本不回答，反而问她有什么事。作为营参谋长，也许他能代替大尉？

看到他那一本正经的模样，塔尼雅微微一笑，说不行，他不能代替大尉；她来是为了私事。

“那就请坐着等吧，”小个子中尉不客气地说，“两小时以内我决不把他叫醒。”

“对。”塔尼雅坐了下来，“您贵姓，中尉同志？”

“伊林，尼古拉·彼得洛维奇。”略一迟疑后他又添上一句，“可以光称尼古拉。”

但她没有使用对方同意的称呼。

“中尉同志，如果不妨碍的话，我就坐一会。”

他对她注视良久，忽然莞尔一笑。

“您笑什么？”

“我自己也不知道。大概是很久没有看到女人的缘故。”

“我已经到过你们营里，那是在五天以前。不过那时您在睡觉。”塔尼雅回想起那一夜有一个小身材的人盖着皮袄躺在醒过来的辛佐夫旁边。

伊林又仔细看了看她，好像想起什么事，于是叫了一声：

“伊万·阿甫杰伊奇！……”

阿甫杰伊奇不知从侧边什么地方的大油布后面走出来，他似醒非醒地整一整头上的护耳帽，皱眉向塔尼雅斜睨了一眼，轻轻地——完全是老年人的样子——把一只套着毡靴的脚向另一只脚靠拢。

“您好，三级军医同志！”

“您好！”

塔尼雅很高兴看到他，因为那天夜里辛佐夫派阿甫杰伊奇和她一起在医院里值夜，起初他也是这般睡眼惺忪，由于从梦中被叫醒而挺生气的样子。而后来却显出他是个心地极好的人，并且他什么都有：装满水壶的热茶，食盒里的黍米压缩干粮，还有马合烟。尤其是那一夜他还坚持要她睡一会。跟这个老兵在一起，想到自己衔头比他大简直是可笑的。他执着地说：“你睡觉！”她服从了，就像在基督怀里一样安稳地足足睡了四个钟头。

根据小个子中尉和阿甫杰伊奇现在交换的眼色推想，塔尼雅感觉到这里的人曾经不止一次地谈到她，只不过谈的不知道是好话还是坏话。

“大尉睡得熟不熟？”

“跟死人差不多。平常他总是把手枕在头下，今天是脸朝下睡的，真象死人一样。要不要叫醒他？”

伊林看看塔尼雅。她明白，不管刚才他是多么严厉，现在只要她说：“叫醒吧，”——他还是会把辛佐夫叫醒的，不过心里并不赞许。但她却相反希望得到他的赞许，而主要是由于听到阿甫杰伊奇说辛佐夫反常地脸朝下睡着，这使她对辛佐夫产生了一种像母亲疼儿子似的感情。

“不要叫醒他。我自己也累了，想睡。要是可以的话，先让我在你们这儿随便什么地方躺一会儿。”

“本来我们可以为您叫醒他，”听了她的话以后，伊林的口气软了下来，他认为现在可以解释不肯叫醒大尉的原因了，“他实在太累了。上一夜一宵没睡：他出去搞侦察，活捉了二十七步兵师的师长殷斯菲尔德少将。”

“我听说了。我正是为这件事要向他祝贺。”

“对。的确有喜可贺……后来他把俘虏带到团里，后来再带到集团军司令部。回来以后跟侦察兵们吃了顿饭。两天两夜没有合眼。人总是需要睡觉的。”伊林脸上浮现出笑容，“难道我们将来又能像战前那样睡觉吗？前天夜里我在电话旁边睡着了，您猜我梦见了什么？梦见我睡着，没有人叫醒我……”

塔尼雅笑出声来。

“不久大家都可以睡一个痛快。”

“是有点儿像，”伊林说，“明天的进攻令还没有下来。”他问阿甫杰伊奇：“让军医同志到哪儿去休息一会？”

“可以到大尉那儿去。扎瓦里欣被叫到团里去了，不会很快回来。”

“好吧，那您就去张罗一下，”伊林说，“我们营长睡着一点声音也没有，不会打扰您的。”他暗暗一笑。“可是我，别瞧我又瘦又小，睡起觉来连屋子里的玻璃窗也会被我震动。您是不是想吃一点东西？”

“不，谢谢。”塔尼雅说。

她想快一点见到辛佐夫，旁的什么也不要。甚至连觉也似乎并不想睡。

她跟随阿甫杰伊奇走到一幅斑斑点点的德国军用油布后面去，刚才阿甫杰伊奇就是从那里出来的。到了那里，塔尼雅大为惊奇：地窖的这一部分简直是一个很像样的房间。正中放着一张能拉开和拼拢的长桌，几把软靠椅跟她在娜佳家里看到的几乎完全一样。地上铺着地毯——诚然，已经践踏得很脏了；壁角的餐具柜旁有一张宽大的、弹簧松弛的皮沙发。塔尼雅以为辛佐夫不在这里。她正为此事纳闷，发现另外还有一幅德国军用油布靠弯曲的支架托住从顶上垂下来把屋子的一部分隔开；辛佐夫想必睡在这幅油布后面。

“今天抓到的鬼子少将以前就住这儿，”阿甫杰伊奇说，“大尉正睡在他的床上。不过那张床并不阔气，可以折叠起来，上面只有一条士兵被子。您就躺在这儿吧。”他从钉上取下一件皮袄往沙发上一扔。“用它盖起来。”

说完，他走出去。

塔尼雅爬到沙发上，脱去毡靴，把脚裹在皮袄里。她很想把脚伸回到毡靴里去，走到房间的另一边，撩开斑斑点点的德国军用油布，看看辛佐夫怎样躺着睡觉。她努力克制着这个愿望侧耳谛听。果然，辛佐夫睡得非常安静。但她仍旧觉得可以听到他疲乏的呼吸声。人家相信她，让她到这里来休息一会，不怀疑她会弄醒他们的营长。她觉得走到辛佐夫那里去未免对不起这些人，正是这种感觉阻止着她这样做。万一有人进来，撞见她站在他床前，岂不羞煞。而她不论现在或者将来都不愿在人前感到羞惭……

她在睡梦中听到金属刺耳的咔嚓一声，身子蓦地一震，醒了过来。辛佐夫背向她站着，他旁边还有一个高身材的人，也背向着她。辛佐夫悬空拿着一支德国冲锋枪，塔尼雅觉得他好像在向墙上瞄准，不知为什么。

“所以昨夜我不带你去，你连使枪还没有学会，”辛佐夫生气地低声说，“战利品你喜欢，可就是不会用。德国冲锋枪有什么毛病你知道吗？弹匣的弹簧不灵。要是装满了子弹一两天不打，也不检查，它会教你吃苦头——卡住了打不出来。就像你今天这样。这有多糟糕？”

“这还是头一回，大尉同志！”

“让你家里接到阵亡通知可不需要两回。当时要不是阿甫杰伊奇在你旁边，现在我已经在给你妈妈写阵亡通知书了。这可不是有趣的事情。”

“没想到会有人来向您告发。”

“不是告发，是报告。重复一遍！”

“没想到会有人来向您报告。”

“对了！去吧。我没有在战士们面前把你揍一顿，还算是饶了你。下回可不饶了。把你的冲锋枪带走。我用不着，再说又那么脏。”

高个子从辛佐夫手里接过冲锋枪，一边走，一边怪委屈地扭动一下肩膀。

辛佐夫向塔尼雅转过身来，见她睁开眼睛躺着。

“醒来好久了吧？”

“不，刚醒。”她坐起来，“您在数落谁？”

“我们的雷波奇金，副官。是个有种的小伙子，不过得教育教育。”

塔尼雅嫣然一笑。

“您对他说话的神气自己至少有五十岁。”

“在战场上有时会觉得自己比实际年龄大。”辛佐夫说时不带笑容，他向后伸出一只手，眼睛不看，把一张靠椅拖到自己身下，面对塔尼雅坐下来。“你简直想象不出我是多么高兴见到你！”他紧紧握住她的手，似乎想继续握着，但还是放开了。

他第一次用“你”称呼她。以前从未这样说过。虽然早就可以改口了。甚至在突围那时以及后来和佐洛塔列夫轮流背她的时候，也始终称“您”。她也称呼他“伊万·彼得罗维奇”。她对佐洛塔列夫称“你”，可是对他却用“您”。

塔尼雅望着他的脸，默默无言。

“到我们这儿来呆多久？”

“原则上可以呆到明天上午。”

“那么，从所有的情况来看，你将在我们这里过夜。早晨我们送你走。”

“是的，从所有的情况来看就是这样……”她在心中默想，“情况其实简单得很——我想来就来了，你撵我也不走……”她向他看看，好像这些话都是出声说的。

“我打听到了您的伙伴的情况。他们两个人都活着，正在恢复健康。”

“太谢谢了！您见到他们了吗？”他又转而称“您”。

“没有，我是通过别人打听到的。我在我的那些德国人那儿一直呆到现在。今天十六点钟才结束他们的后送工作，就直接来到您这里。”

“好极了！”他又紧紧握握她的手，然后又放开。

“当然好极了！”她暗自微笑着默默思量，“现在可以看出，我们双方都有这个需要。不过我主动做了。”

“你说，现在几点了？”她终于也第一次说了“你”。

他看看表。

“二十一点整。”

“我想梳洗一下。”她站起来，心中有些懊丧，因为时间剩下太少了。

“在他们那个医院里呆了这些日子，我劝你干脆洗一个澡吧，要不要？”他问，“当然，我们没有什么特殊条件。但至少有一间贮藏室用油布遮着，我们可以给你一只水盆，一壶开水——这些还办得到。”

她什么也不回答，只是高兴地点点头，于是他把床头一端的油布一撩，从枕头底下抽出一条毛巾递给塔尼雅。

“干净的。”

“你们准备在这里干什么？”她用头向桌上点了点问。

她现在站了起来，才发现桌上呈圆圈摆着好些杯盘盆碟，当中还有东西用报纸盖着。

“打算庆祝一下保罗斯被俘虏，另外，我们营里今天也有一桩事情……”

这桩事情她已经从列瓦绍夫和伊林那儿知道，现在等他自己对她说，但是他没有说。

“总之，大伙凑了一点口粮和战利品。正想叫醒你一起来坐。”

“那我不耽搁你们吗？”她把毛巾向上一挥，问。

“没关系，等你一会。”

“我很快就好。”

他们一道走到隔壁的地窖里。现在那里不是伊林坐在电话机旁，而是刚才被辛佐夫数落的那位高个子雷波奇金。

他站起来，从桌旁好奇地望着塔尼雅。

“干吗愣着，来认识一下。”辛佐夫说，等雷波奇金走过来跟塔尼雅招呼过以后，问他：“伊万·阿甫杰伊奇在哪儿？”

“出去了。”

“我陪她到洗澡的地方去。你把伊林和扎瓦里欣叫来。我们马上吃晚饭。”

辛佐夫和塔尼雅一起走了几步，但这时电话铃响，拿起了听筒的雷波奇金在后面喊：

“大尉同志，您的电话！”

辛佐夫回去接过听筒，向雷波奇金点点头，说：

“你带她去！”

“我是九号，”塔尼雅跟雷波奇金走出去的时候听到辛佐夫在说，他的声音很响，并且有些紧张——至少她有这样的感觉。她心想：“莫非要把他叫到什么地方去吗？”

辛佐夫哪儿也没有被叫去。塔尼雅回来时，他们都已经在桌旁坐好了等她。

“身上轻松啦！”扎瓦里欣说着让她坐在他和伊林之间，正对着辛佐夫。

她向扎瓦里欣点头微笑。和上次一样，他那善良的脸上依然是没有睡醒的样子，眼镜也还是其中一片玻璃正中有裂痕的那副。

“你们这儿可以说有一个真正的澡堂。我把头也洗了。”

“等把鬼子收拾完毕，我们要为所有的人准备一个真正的澡堂子，”伊林说，“暂时只能各人自己想办法，视环境和性格而议。譬如伊万 · 彼得罗维奇，”他用头指指辛佐夫，“每天早晨用雪擦上身；可是雷波奇金，如果他愿意每隔一天把耳朵后面擦擦干净，已经不错了！”

“你算了吧！今天他已经挨了我一顿抢白。”辛佐夫拿起壶来最先给雷波奇金斟上。

大伙先为今天主要的大事——保罗斯被俘——干杯，然后，按扎瓦里欣的说法，“为我们营的战利品”干杯。雷波奇金面朝着塔尼雅，试图用高亢的调子描写营长在这次行动中如何大显身手，但辛佐夫不让说，向他连连甩手，使雷波奇金欲语又止。塔尼雅甚至认为他怪可怜的：她觉得雷波奇金虽然挨了辛佐夫的训诫，但他仍想克服委屈情绪，从原则出发对营长在没有带他参加的情况下建立的功勋给以应有的评价，可是偏偏被堵住了嘴，又受了委屈。塔尼雅对所有这些人都怀着一片好心肠，她觉得他们每一个人都各个不同地爱着她今天来找的那个人。

“现在我要为塔尼雅干杯，”辛佐夫突然说，眼睛盯着她瞧，“小伙子们，你们大家也为她干一杯，因为我非常爱她。”

在他盯着她瞧的当儿，不知谁还说了些什么，接着，似乎大家都干了杯，她也干了，喝的时候眼睛并不看杯子，手在桌子上瞎摸一阵，摸到一块面包干用来下了酒，牙齿把面包干嚼得格格直响。

辛佐夫还盯着她瞧。他的脸显得朝气蓬勃。塔尼雅记不起，四一年被围时他有没有当着她的面说过“小伙子们”。突然，她产生这样一种想法：为什么他们不早一些遇见？为什么不在尼古拉出现之前，在战前，在后来她生活中发生的一切还没有发生以前遇见？想到这里，眼泪也涌了上来。

“你怎么啦？”辛佐夫问，他隔着桌子伸手用一根指头轻柔地从她腮帮上抹去一颗泪珠。

她并不答话。她没有意识到这种想法是愚蠢的，不合情理的。她由衷地以为，七年前，她还没有爱过任何人，还没有在任何人身上浪费自己的情感，那时的她比现在的她情感要丰富些。殊不知那时才十九岁的她，比如今置身战场、坐在辛佐夫对面的二十六岁的她，情感要贫乏得多。

“干吗您老是啃面包干？”伊林问，“吃一点巧克力！饥饿，饥饿，可是将军的床底下还藏着巧克力！”

“还是先来一块土豆，”塔尼雅笑道，“这样的油煎土豆我记不得还是多久以前吃的！”

“土豆就土豆！”伊林把一只平底煎锅推到她面前，“把皮袄脱了吧，热死了！”

“对，真是这样。”塔尼雅把皮袄扔在椅背上。

“今天我们的运气不坏，”伊林说，“有标准款式的德国火炉，还有焦炭。我们过它一天贵族的生活，把炭烧一个精光。就像你到我们营里来的第一夜那样。”最后一句他是对辛佐夫说的。

“你可真喜欢暖和。”扎瓦里欣说。

“谁不喜欢暖和？哪怕是一条看家狗也喜欢暖和。我可不打算厉行节约，因为明天反正要被撵走。”

“被谁撵走？”塔尼雅觉得奇怪，以为他指的是德国人又要回来。

“还不知道。谁衔头大，谁就来撵。也许是屠玛年，他已经在打主意，问我们安顿得怎么样。也许是师部。也许是别人。反正不会把这所住宅留给我们无福之人。因为资格不够。而既然要被撵走，干吗不烧！”

“你们还有这么一个自私自利的富农。”塔尼雅点头指指伊林，笑着向辛佐夫说。

“参谋长应该有一点富农性格。我总是把什么都克扣一点，所谓积谷防饥。弹药也罢，粮食也罢，还有伏特加——留备上司驾临……”

“关于伏特加的话他是在撒谎，”扎瓦里欣说，“他克扣的是自己的份额。”他向着桌上所有的杯子点点头。“他自己恐怕有一个星期没喝了。”

“我不太欣赏它的味道，”伊林说，“我宁可喝浓茶。您呢？”

“我从战争以来习惯了。甚至还尝过自酿的白酒。我们在游击大队里自己酿过。手术前让伤员喝了代替麻醉剂。头过酒则用来洗伤口。”

“要不要再给您斟上？”伊林问。

“谢谢，不要了。你们这儿已经挺暖和。”

“您在我们这里感到温暖，这很好。”扎瓦里欣忽然说。他的声调使塔尼雅禁不住看了看他的眼睛。

原来，在大家干杯的时候他没有干，现在他才举起自己的杯子。

“我们营里大伙相处得挺和睦，这当然弥补了我们缺乏的很多东西。但究竟不能弥补一切。譬如现在您来和我们坐在一起，虽然我们很高兴见到您在我们身边，然而我们望着您，同时又感到奇怪，好像每人都掏出来一张相片，想起了过去……您懂我的意思吗？我开头说的什么，您还记得吗？”

“记得。”

“我就为这干杯。为了您在我们这里感到温暖，也为了我们跟您在一起感到温暖！”他喝完了，转向雷波奇金。“现在你来朗诵一首诗，算是最后一个节目。”

“为什么作为最后一个节目？”伊林问。

“因为该睡觉啦。来，念吧。”扎瓦里欣又说了一遍。

“念哪一首？”

“我心爱的那首，别的什么也不要。如果你要念别的，可以排在前面，把那一首留在最后。”

“我马上就给你念。”雷波奇金说着耸耸肩膀，似乎不大高兴。

“那更好。”

雷波奇金低下头来开始吟诵：

兄弟，有几句话想对你说，
这里只有你和我。
人家道我命不长，
留在世间的日子已经不多……[①]

他的声音出人意外地低回、深沉，全无半点孩子气。塔尼雅甚至全身一凛，因为这些扣人心弦的诗句对于和她坐在一起的每一个人都有着太直接的关系。

这首诗在学校里曾经读过，塔尼雅也背得出来，但直到现在这一刹那才理解它的意义。

她一边听，一边望着辛佐夫；当雷波奇金开始念的时候，辛佐夫也垂下头来面对桌子发呆。塔尼雅望着辛佐夫，她觉得这首诗句句写的是他，威胁着他，用死亡的气氛包围着他。

他一动不动地坐着听，然后抬头看看塔尼雅，发出一声短叹，似乎想告诉她，不论是她，还是他，都无法保证为对方留存自己的生命。

雷波奇金朗诵完毕。念完以后，他的容貌和他的声音重又露出一派孩子气，不像男子汉。

“那么就散场吧。”伊林说着站起身来。

大伙纷纷起立。塔尼雅也离了座。

“您留在这儿。营长把他的床让给了您。”伊林指指用油布遮住的角落。“在您洗澡的时候，已经为您铺好了干净的被褥。保险您像睡在天堂里一样。”

“你们对待我简直像一群保姆！”

“正是这样，”伊林说，“正因为一个孩子有四个保姆，那就绝不能再照看得不周到。”

“那么营长？……”塔尼雅说时不看辛佐夫，而是面向扎瓦里欣，因为在这一瞬间她觉得这样比较妥当。

“我和伊万·彼得罗维奇分两头睡在这张沙发上。我们不妨碍

① 这是俄国诗人莱蒙托夫《遗嘱》一诗的开头几句。

您吧？”

“当然不。”

“我们也这样想，”扎瓦里欣说，“伊万·彼得罗维奇，我到丘贡诺夫连里去一个钟头，你别趁我不在伸手挺脚占满了沙发，我回来可推不动你。”

“你回来八成我还没睡呢。”辛佐夫说。

这是他说了“我非常爱她”以后隔了这么多时间所说的第一句话，好像他不愿再说任何别的话。

塔尼雅和离去的人们道了别，她以为辛佐夫马上也要跟他们一同出去。但他留了下来，坐在原来的地方。等塔尼雅在他对面也坐下来以后，他微笑着说：

“战争终于把我们安排在一块儿。”

“不是战争安排，”塔尼雅说，“是我自己来的。”

“对，那当然。但还是战争安排的。否则我们怎么可能先是在医院里，后来在我那儿一次又一次重逢？”

“还有今天。”

“不，今天已经是必然的了。这些日子我一直在想如何跟你见面。就是没有机会。”

他伸出两只手握住她的一双，半晌一语不发。

“你在想什么？想玛莎，对吗？”她毫不畏惧地问。因为早晚反正要向他问起这件事。

“是的，”他说，“但你在这里使我高兴。现在我不能想象自己生活中还有什么比这更好。”

这是真话，虽然他不能把自己所想的对她统统说出来；人们想这一类的事情，差不多总是不能把所想的全部说清楚。他想到了玛莎，也想到自己这时候并不愧对玛莎，不知什么缘故。他握着另一个女人的手，怀着迫不及待的心情看着这个女人，是不是现在她自己来了他才对她有这种想法呢？不，他在五天以前就开始想了，但他并不因此感到惭愧。“她死了，我却……”他曾经试图责备自己，“我却怎么样？……说呀，我却怎么样？是的，我成了鳏夫。话虽愚蠢，但事实如此。谁也不需要我继续做我的鳏夫，这对任何人都没有好处。”

“塔尼雅，你说，当初我和佐洛塔列夫背你的时候，我们谁想得到今天？”

她没有马上回答。

“不知道。现在我觉得好像那时候我对你已经产生某种想法，你可记得，那个看林人曾经问你：我是不是你的妻子？不过这大概是现在瞎猜的结果，当时我什么也没有想过。”

“巴威尔认为你在莫斯科好像看上了他。”辛佐夫说。

“这倒不假，”塔尼雅说，“后来我上妈妈那里去的时候，一路上还想着他。可是现在对这件事简直完全不能想象。”

“你将永远这样说全部真话吗？即使没有人问你也说？”

“对你我将永远这样。”

塔尼雅轻轻地抽出被他握住的手，然后站起来，绕过桌子，辛佐夫听到她在后面把用帘圈挂起来的油布拉开又拉上。

他没有回过头去。

“他会来吗？”她问，指的是扎瓦里欣。

“不会。”辛佐夫说。

他坐着，等待着。她走到他背后，默默地搂住他的脖子。于是他在生平第一次吻她以前，先吻了一下贴在他嘴上的军便服翻袖口，——她的布制军便服相当旧了，隐隐透出一股消毒剂的气味。

“我没想到你会这样粗野。”塔尼雅说，一边用手指轻轻按在他的眼睛上，以此缓和这句话的语气。

他们并排躺在德国军用油布后面一张折叠式的德国货小床上。

他不做声，心里感到惭愧。后来他说：

“以后我再也不这样对待你了。”

“要是以后整整一年见不上面呢？”她问。

“那就不知道了，”他说，“你说得对，刚才大概正是因为这个缘故。此外，还因为这些日子实在把我累坏了，所以我突然害怕自己已经完全无能为力。说起来真惭愧……”

“没什么惭愧。反正对得起任何人。”她说。

“你独身多久了？”他问。

“半年。以后我再告诉你。”

“随你的便。”

“要我现在说也行。”

“随你的便，”他再重复一遍。

“不，现在我不想说。不过，也许你需要现在就知道这件事？”

“我不需要知道。永远也不需要。这一点你得永记不忘。”

她向黑暗中微微一笑，笑他这句气嘟嘟的“永记不忘”。

“我们这样说话，就像你我是夫妻似的。”

“难道不是吗。”他说。

“是的，也许你说得对，”她说，“只要你和我在一起身心愉快。”

“跟你在一起我非常愉快。”

“这你自己还不知道，我也不知道。”

她在想，要是以后他们也像开始几分钟这样双方都不愉快，她不会做他的妻子，因为这样会两败俱伤。但她不相信他们以后还会如此，因为她对他怀着一片如水的柔情，如果不是双方都愉快的话，这种感情大概不可能单独存在。她想尽快地再尝试一次，看究竟会觉得怎么样。难道他们果真又会觉得不愉快？但她记得，他说他实在太累了，于是她一动不动地躺在他身边，突然问：

“你有纸吗？”

他一时不懂她的用意。

“做什么？”

“想卷支烟抽。”

“有现成的烟卷。”

“有没有马合烟？我对马合烟比较更习惯。”

“马合烟也有。”

他拿出马合烟来，再撕下一角报纸。

她卷好一支烟，当他喀嚓一声拧亮打火机的时候，她看到他的脸上微露惊异的神色。

“你对我还没有习惯。你以为我是一个女人吗？其实我早已成了一名军人。首先是一名军人，然后才谈得上其他。”说完，她这样想："我的天，这种日子毕竟太不好过！我是多么希望战争快些结束！现在寂静无声，明天想必已经没有战斗，而且，在把我们调到别的战线去以前，大概有整整一个月，也许更多一些日子，我们谁也不必打仗，这真是幸福。"她怀着如此强烈的愿望想这件事情，要是在别的时刻，她会因此把自己狠狠地骂一顿。

"你的头发还没有干。"

他从后面把脸埋在她的头发里，她的脑勺感觉到他的呼吸，她为自己洗了头而高兴，现在她的头发又清洁，又柔软，就是还有一点儿潮湿。

"烟抽完啦？"

"没有。"

"别抽了。"

"好吧。"

"给我。"

他接过那截自卷纸烟，吸了两口，然后在黑暗中隔着她的身体把手伸过去将烟头在地上捺熄。

"别害怕，"他说，那只手已经沉重地压在她肩膀上不再抽开，"我再也不会那样粗野。永远不会。你还怕不怕？"

"不怕。"她说着咬紧牙关，担心他们又会感到不愉快。

第十六章

他们起得很早。她在夜间就说六点半要走，否则不能按时回到卫生部。

“那时天还很暗。”辛佐夫说。

“那正好。”

凌晨，他在睡梦中有两次感觉到：她拿起他的手翻过来凑到眼前看手表的夜光针面。到了六点半，她在他耳边悄悄地说要起身了，当他用拥抱回答她的时候，她在他胸前紧紧地贴了短促的一会儿，然后迅速地离开了他。

她的动作表明她立意甚坚，使辛佐夫不敢强留，他一个人躺了几分钟以后，也起身开始穿衣服。

“你的打火机在哪儿？照一下，我的皮带不见了，”她说，一边在黑暗中瞎摸。

他拧亮打火机，见她已经穿好了皮袄。

“你的皮带在靠椅上，”他说，“我来把‘喀秋莎’点上。”

“那更好。”她说。

他走到桌旁，点着了用“喀秋莎”炮弹壳做成的油灯。她的皮带连手枪果然放在靠椅上。但是塔尼雅拿起了枪带不束，却把它搁到自己面前的桌上，人在靠椅里坐下来，看着站在她前面的辛佐夫，深深地叹了一口气。

“你不知道我是多么幸福而又多么疲倦，”她说，“两条腿直发软。”

“那你就和衣在这儿躺一会，”辛佐夫指着扎瓦里欣的空沙发说，“别不好意思。反正谁也不会说一句话。”

“我不是不好意思。的确该走了。我向罗斯里亚科夫保证九点赶到，要是到不了，那才不好意思。至于人家爱怎么说，就由他们怎么说。你爱怎么说，怎么想，也悉听尊便。”

“现在我自己也不知道对你有什么想法，”辛佐夫说，在略一迟疑以后又添上这么一句，“据我看，我爱你。”

塔尼雅注意到他犹豫了一下，她想问：“那么怎样安排对她的怀念，你也不知道吗？还是已经有了办法？”这话几乎脱口而出，因为她无法把自己对他的看法和这样一个念头调和起来，那就是：他竟然这样快就忘怀了他的妻子。

“我已经坐了一会。”说罢，她站起来，要问的话结果一句也没有问。

“我送你走。”

“你可以离开吗？”

她不愿自己提出要他送。怕他的职务不允许。

“暂时可以。送你到炮兵阵地。可能他们那里有去后方的回头车，您可以搭车回去。”

他走过来轻轻吻了她一下。她笑了。

“你笑什么？”

“你吻我的样子怪不好意思，好像我是去工作，而你却留在这里睡觉，吊儿郎当什么也不干。”

“觉已经睡不成了。说到什么也不干——完全可能。天一亮，我们这儿的鬼子投降了，那就没有活干了。”

“你相信会这样吗？”她怀着希望正视他的眼睛。

“关于没活干这一点当然是说说笑话，事情总会忙得不可开交；至于投降的可能性我完全相信。昨天他们已经被打得可以说……”他怎么也找不到恰当的字眼形容昨天德国人被打得怎么样。“我们走吧？”

伊林在隔壁地窖里的桌子旁边睡觉，一只手搁在电话机上，似乎认为那只手比他自己的耳朵更靠得住。

他们一出来，他就醒了：手先在电话机上摸摸，然后睁开眼睛，迷迷糊糊地身子一晃。

“我去送她，”辛佐夫头一摆指着塔尼雅说，“送到炮兵阵地。顶多三十分钟就回来。”

“知道了，”伊林站起来说。

“您好，”塔尼雅发现伊林在望着她，就向他走过去，主动伸出手来。“再见了。谢谢你们的一切。”

她说这话所需要的勇气和内在的力量使辛佐夫佩服。他再一次这样想：尽管他跟她被糊里糊涂地扔到了一块儿，他还是爱这个女人。而伊林大概满以为早晨塔尼雅见到他会难为情，不料现在他自己反倒难为情起来，结果很不恰当地问了一句：

“怎么样，在我们这儿睡得好吗？”

“好。”塔尼雅认真而大方地回答。

她走在辛佐夫前头穿过地窖，没有再回首顾盼。到了外边，她停下脚步，在黑暗中把手伸到后面去摸到了辛佐夫的手，说：

“我自己也不敢相信最后终于遇上了你。”

“那么往后怎么样呢？”他问。

“不知道。我们该朝哪一边走？是不是朝这一边？”

“对。”

他们开始上路，塔尼雅又一次默默地寻思：“不知道。”并不是不知道自己对他的感情往后会怎么样，她的意思仍旧是指不知道德国人会不会投降，是不是还有战斗？如果还有，那就是说，他又得打仗。可能今天再过几小时就要开始。这个念头像一道符咒在半夜里就把她缠住了死也不放。同时，这个受到诅咒的念头又说明她有了幸福，因为现在世界上有了这样一个人，那是她的人，她最最担心的就是这个人万一有什么好歹。

“你问往后怎么样，”她力图撇开这个交织着喜和忧的念头，说，“我会想尽办法跟你见面。不放过任何一次机会。”

“我也要这样做。”他说。

他的语气爽朗，坚定，但心里明白，“不放过任何一次机会”这句话说起来容易，做起来就会遇到无数次的“不可能”——或受阻于人，或羁身于事，或为自己的军人责任感所不容。

然而，听到这样的话毕竟教人痛快！要是能够活下来，跟一个女人重新在一起，那时突然充分体会到活下来的意义——这该有多么妙哇！

“话又得说回来，往后我们到底怎样，还是应该冷静地谈一谈。”他在想象中提醒自己。

但现在他恰恰不愿意冷静地谈，也不愿冷静地想。现在只愿意相信：一切都会顺利。

夜里她告诉辛佐夫，最初她曾经请求谢尔皮林派她到团里去，到卫生连去。这个请求可以再提一次。即使不下卫生连，能派到他们师的卫生营里来也好。

按理他应当考虑到，在集团军卫生部工作比在卫生营或在团里工作安全一些，但他没有这样想。这个娇小的女人身上有这样一种气质，它不容许别人违背她的意志为她瞎操心。

她在黑地里绊了一下，辛佐夫立刻把她拉住，没让她摔倒。

“一月份夜长，天还那么黑，”她说，“不过今天已经是二月了。”

经她一说，辛佐夫想到今天果然已经是二月一日，也就是进攻开始以来的第二十三天。

“前天，我在路上看见一匹马拉的雪橇拖着团里一门迫击炮，一个战士跟在后面走。到了岔道口，我一看：马向一边走，那个战士向另一边走。我叫了一声，原来他走路的时候睡着了。你想想，人们累成了这个样子。”

“你也差不多。”她说，因为从夜里到早晨自始至终光想着他。

他们刚刚走近炮兵发射阵地，还没有到达，已经听到前边不远有一辆吨半卡车发出呜呜的声音。大概司机在等卸炮弹的时候不愿让引擎冷却。

从黑暗中走出辛佐夫认识的炮兵营营长。

“向战神[①]致敬！”辛佐夫说，“你这儿有空车要往回开吗？”

“有一辆马上要开走。”炮兵营营长说，他正在不解地看着辛佐夫旁边那个娇小的身影。

“这么说，炮弹还是给你补充了？”

---

① 对炮兵的谑称，寓决定战局之意。

“还是补充了。你有什么事情？”

“我想让这位军医，”辛佐夫用头的动作指指塔尼雅，“搭这里的车。她要到集团军卫生部去。”

“可以带到岔道口。跟我来，”炮兵营长说。

他们走到吨半卡车前。

“就是这一辆。”炮兵营长对辛佐夫说，自己绕过车身走到后面有士兵谈话声的地方去。

辛佐夫把驾驶室的门打开。

“上去吧。”

塔尼雅爬上踏脚蹬在驾驶室里坐好。他站在旁边，靠得很近。然后，不让她脱下手套就匆匆握了一下她的手，身子退开去。

“我给你把车门关好，冷得很。”

但她不在乎冷不冷，只希望他在旁边再呆上几秒钟。所以她把一只套着毡靴的脚搁在脚蹬上，不让他关车门。

“瞧你，”他推了一下车门，起初不懂为什么关不上，“这样会把你的脚轧断的。”

她把脚缩了进去，因为司机已经从另一边钻进了驾驶室。于是辛佐夫也把这一边的车门关上，汽车向前一冲，开走了，留下他和炮兵营长两个人。

“你怎么大清早已经在阵地上？”辛佐夫问。

“我在这儿过的夜。从傍晚开始就对人们做工作。”

“做什么工作。”

“要求大伙今天火力达到超级命中率，把有生命的一切全部摧毁……”

“这样说来，你们的首长并不指望鬼子一早就‘Hände-hoch’[1]？”

“看样子不像，”炮兵营长说，“夜里把弹药基数全部补足了。”

“嗬，”辛佐夫说，“昨天听到保罗斯被俘的消息，我以为我们这里的鬼子也会投降。”

---

① 德语：举起手来。

“怪不得，我看你是受了和平思想的影响，夜里不睡，一清早给年轻的女军医送行……”

辛佐夫不接话头。是的，也许是受了影响。

“好吧，我走了，”过了一会他说，“既然夜里给你们补足了弹药基数，少不了一早也要给我们安排精彩的节目。”

天亮得很慢。在他往回走的路上，天色始终没有亮透。只是逐渐逐渐地从寒冷的晨雾中现出废墟零落残缺的轮廓。

管它天亮不亮！说实在的，这一切已经不愿再看了。

他忽而思量着今天是不是将有战斗，忽而又想起他关上车门送走的那个女人，两条思路老是纠缠在一起。现在他又独个儿面对着自己的日常生活——战争。

夜里他曾经为早晨的离别感到不安，不料事情竟是这样简单。这完全是她使事情变得简单的。早晨他们互相都没有说任何多余的蠢话。可是夜里他对她说了不少多余的蠢话。他自己也觉得奇怪，他以为自己已经没有能耐向女人奉献如许的温存和表示这样的感激。

他说了许多，她一声也不响。后来她说：“你真温柔。”最初她说：“我没想到你会这样粗野，”——将近早晨时却说：“我没想到你能这样温柔。”

想起来也不足为怪。他自己早就忘了他会怎样对待女人：粗野，温柔，还是别的样子。既不知道，也没想过，干脆忘了。有时候也想女人，想她们是怎么样的，因为一年半没有和女人在一起了。可是他自己会怎样对待女人，已经无从想起。

谁知道，也许这一年半以来，他利用对妻子的回忆所点起的烈火燃烧着自己，结果把这些回忆都烧光了。也许只是今天才有这样的感觉？早晨，在他对塔尼雅说“据我看，我爱你”之前，曾经略一停顿，那时他想到的正是这一点。

他说这句话的时候，没有往“爱”这个字里倾注什么特别的、不寻常的意义，使这个字和其他一切字眼区别开来，并使它莫名其妙地凌驾于它们之上。一般地说，这个字本身并不意味着什么，当时他只不过因为找不到别的字眼扼要地向她吐露最主要的感想：他已经不能在想象中把自己和她分开。这是真情。他们之间的这一切固然是糊里糊涂就发生了的，但丝毫不能影响上面那句话的真实性。

是的，他们之间发生的事情简直是奇迹。他一面走，一面笑着玩味这个奇迹。他就这样笑眯眯地走进自己营部的地窖，见伊林坐在桌旁喝茶，就在他对面坐下来，自己还没有注意到自己在笑。

伊林从茶壶里默默地倒了一杯茶推到辛佐夫面前。无论在这一切刚开始的昨天，或是在事情已经结束的今天，年轻、严厉的伊林都没有责备辛佐夫。自从他们共事以来，在伊林眼中，辛佐夫始终是一个什么都愿意干的人，而且总是挑最重的担子；如今这样一个人忽然交上了桃花运，何况又是淌来的艳福，旁人有什么理由去指摘他呢？完全无可非议，——伊林认为如此。至于说到羡慕，那是另一回事！

为了玉成营长和这个女人的好事，伊林做了需要他做的一切，现在她走了，伊林认为有权利听一听营长的自白。

“你跟她过得怎么样？”等辛佐夫喝了半杯茶，伊林问。

“一切都好。好得不能再好。谢谢你们，小伙子们。”辛佐夫举目望着伊林。

他的眼神虽然挺和气，甚至喜气洋洋，但又别具一种力量挡住了伊林欲知详情的企图。

“给我倒满茶。”

“没有别的问题了。”伊林给他添满一杯茶，“喝吧。你出去的时候，屠玛年来电话。召集各营长九点整到团部开会。”

“昨天召集我们政工人员开会，”扎瓦里欣说（他是在伊林说话的时候进来的），“对我们讲应当怎样宽恕德国人，如果他们投降的话；可是今天却要对你们讲应当怎样把他们往死里打，如果他们执迷不悟的话。”

“恐怕是这样，”辛佐夫说，“我到了叶尔马科夫的炮兵营里，他们已经补足了弹药基数。”

“那就是说要打。”扎瓦里欣言下不胜感慨，“凭良心说，昨天夜里已经没有作战的情绪。”

“你没有作战的情绪，可是营长……”伊林忍不住说。

但辛佐夫用一只沉甸甸的手掌轻轻地按在伊林手腕上，把他的话头截住。

“伊林，关于我的情绪我已经告诉过你：我的情绪挺好。可不要扫我的兴。懂吗？”

“我全懂，”伊林说，“可是你该走啦，屠玛年就要用一双明亮的眼睛看着你。脸还刮不刮？”

“要刮，还来得及，”辛佐夫看看表。他喝完了最后一口茶，又倒了半杯，“为了节省时间，只好蘸茶涂肥皂。”

在屠玛年主持的会议上，各营长奉命继续积极行动，同时为预定明晨开始的全面进攻作好准备。由此可见，根据我们的情报，这一带工厂区的德军目前还不打算投降，我们最迟再等到明天。

散会以后，辛佐夫多留了一会，以便向过去的邻居席良诺夫表示祝贺：两天前屠玛年提升他当了副团长。

“你爬得可真快！”

“当初摔得猛，现在只好爬得快一些。”

“坦白说，”辛佐夫说，“屠玛年在战役快结束前把你从营里调走，我甚至有些纳罕。”

“他可有心计哩，”席良诺夫说，“他风闻师长有意把我调去当柯洛柯里尼柯夫的副手，就先下手为强。说到结束战役，只要还没有把他们彻底解决，那就结束不了。子弹他们还有，迫击炮弹也有，工事坚固得很……尽管肚皮饿，估计一个星期还能够打——问题在于意志！假定我去指挥他们，谁要是举手投降，我就亲手干掉谁，自己最后一个倒下，也不投降。”

“不是每个人都这样对待生死问题的。”

“可是，当俘虏的生又是什么样的生呢？当他们的俘虏怎么样，当我们的俘虏又怎么样？”席良诺夫把手一甩。

“幸亏他们并不全像你这样死心眼儿！保罗斯带领十五个将军不是降了吗？……”

“有风声传来，”席良诺夫悄悄然说，“昨夜集团军里举行军事委员会会议，讨论的问题是——在保罗斯投降后该怎么对付我们这里的鬼子：等他们饿极而降，还是往死里打？据说只有我们的库兹米奇一个人主张等待！结果挨了一顿臭骂。”

“你要到我们营里来吗？”临走时辛佐夫问。

“明天要是你打得糟糕，我要来加压力，”席良诺夫笑着说，“今天恐怕不必了吧。”

他们互相心照不宣。在回营里去的路上，听着从前沿传来的稀稀落落的枪声，辛佐夫还在想这件事。所谓“继续积极行动”，同时准备明天进攻，究竟意味着什么？从下到上人人都心照不宣：既然这样，那就做一番姿态上报了事，实际上保存实力准备明天使用。这已经形成一种习惯，无非自己骗自己：通常认为，发动攻势的一方无时不在进攻，像开足了马力的机器一般。其实，虽然我们不吝惜自己，究竟不是天天都一样，暂息的机会还是有的，否则在战场上根本活不下去。凡是聪明人都懂得这一点，但要是遇上一个笨蛋，事情必然弄糟！

他回到营里把命令转达以后，引起了不同的反应。扎瓦里欣大概抱着另一种希望，因而垂头丧气，他说马上就下连队去跟群众谈谈。雷波奇金则相反感到满意。由于昨天辛佐夫没有带他参加那次活捉将军的行动，他到今天还在怄气，现在显然希望在明天的最后一仗中露一手。伊林当着别人的面只沉着地表示：“那就准备吧！”可是等到只剩下他和辛佐夫两个人的时候，却咬牙切齿地痛骂德国人：

“还不肯投降，这些狗杂种！”接着骂了一些极难听的话，这还是破题儿第一遭。

辛佐夫看着在地窖里气咻咻地走来走去的伊林，对他的心情完全能理解，因为他自己也有同样的感受。在最近三星期的战斗中，曾多次产生这种恨德国人死不投降、迫使我们一再去送命的心情。如果自己人表现这种气概，我们会说：“好样的！”可是德国人抱这种态度，我们就骂：“狗杂种！”既然为了这些狗杂种明天又得去送命——送多少还不知道，但多多少少总得送上几条！——那么，他们不是狗杂种，还能是什么？昨天听到保罗斯投降的消息，最初的一刹那产生了这样的幻觉：在这里斯大林格勒，你的责任已经了却。即便还不是所有的地方所有的德国人都已投降，再过一两个钟点总要投降。那就完事了！再也听不见枪炮声了。可是今天看来，枪炮声不会自动停止，要它停还得前进，向发出枪炮声的地方冲过去。如果不去，想等它自己停下来，那时一切就不再取决于你，而要取决于德国人了。假定上级说：“你自己瞧着办吧！”不知道你自己会做出什么样的决定。不知道你能有多大的耐心呆在原地等待枪炮声停下来。相反倒是十分可能冲向前去——随便怎么样，且把这又一段战争的道路抛到后面去再说，然后把领口敞开，身体挺直，用掌心擦擦军便服里面的胸膛，对自己说：能做的都做了！

“《最后消息》看到没有？已经出版了号外！”伊林停止来回地走，从桌上拿起一份号外，上面印着俘获保罗斯的消息。

“在团部看到了。”

“胜利可以说已成事实，可是我们还得打仗，”伊林叹息一声，忽然问，“你看他们会不会不等到明天就投降？”

辛佐夫耸耸肩膀。

“既然他们不跟伙伴一起投降，恐怕不加劲推一把还不会塌下来。”

“好吧，推一把就推一把，”伊林说，“要是凭开始时拥有的实力推起来就好了。现在只能在没有补充的情况下尽力为之！”

“废话！这样我们又会互相发一阵牢骚。可是发过以后又怎样呢？”

“以后就打仗呗。”伊林暗暗发笑。

“当然，从一方面看，我们的牢骚也是合情合理的，”辛佐夫隔了一会说，“可是从另一方面看，在最近几次战斗中，粗略算起来平均我们每五个人就有一门炮。战争开始以来，我们还从未拥有过这样的炮兵力量。”

“话虽不错，”伊林说，“但不是处处都能靠大炮解决问题的。”

于是他们着手具体计算，就他们的营来说，明天该用什么方式，组织哪些力量去推德国人。

上午就在忙碌中过去，下午，库兹米奇来给活捉德国将军的侦察兵们颁发奖章。侦察兵们照例被安置在营部附近。他们既是编制上所没有的侦察兵，也是最后一支预备队，必要时也担任营部的警卫工作。样样都是他们。

将军亲自给九名侦察兵佩上奖章，还有一枚奖章留在匣子里。侦察兵崔边柯昨天傍晚给炮弹打伤了：他从炊事房出来，手里端一只饭盒，一块大的弹片把饭盒从他手里打飞，一块小的削去了他的鼻尖。血流了很多，但伤势不重，不出卫生营就能解决问题。

“他的鼻子本来实在太漂亮，罗马式[①]的，”侦察班班长柯列索夫笑着说，“鬼子嫉妒他的鼻子，所以把它削短一截。现在崔边柯不再是我们的美男子了。”

“不要紧，”库兹米奇说，“我的脑袋瓜儿在内战中被白匪像砍白菜似的砍得全是伤疤，可是娘们到现在还越瞧我越喜欢。”说完，他自己带头笑了起来。

侦察兵们以为仪式已经完毕，大概可以走了，但库兹米奇又一次向副官招招手，从他手中接过一份证书和一只匣子。

“现在当着大家的面我来给你们的营长授奖……”

辛佐夫简直愣住了，虽然他昨天听谢尔皮林说过，但想不到会这样快。

当库兹米奇给他佩上红星勋章的时候，辛佐夫回忆起自己在莫斯科郊区从奥尔洛夫将军手里得第一枚勋章——也是红星——时的情形。他甚至想起奥尔洛夫将军的手伸到军便服里边时带进来的一股冷气。当时也是这样冷，他们也是这样站在废墟旁，靠一堵墙作掩护，可是半小时以后，奥尔洛夫将军就在他的近旁被打死了。“他和库兹米奇一样也是矮个子，给我佩勋章的时候得踮着脚。”辛佐夫想到这里，突然忧急起来，但他把这个念头赶走了：不可能每天有好端端活着的将军一下子被打死！

授奖完毕，库兹米奇同意留下来吃饭，但情绪并不好。伏特加他只沾了一口，一直默默地坐着，后来忽然说：

“要是让一个人一下子就担负起太重的责任，他会像潜水员一下子被放到海底那样，从耳朵里冒出血来……”

他说这话是什么意思，始终是一个谜，又不便问他。

后来他问：

“投降的德国人过伏尔加河的情形从你们这儿一点也看不

---

① 轮廓端正、鼻梁高耸的大鼻子。

见吗？”

伊林说，这里没有一处能看到伏尔加河，因为视线被厂房的废墟挡住了。

“刚才我从茨维特科夫那里来，”库兹米奇说，“他那里有一个地方用望远镜能看到河上。德国人从一清早就开始渡河，看过去像一条长长的黑蛇。已经有好几千人过了河。我们看得见，他们也看得见。”他把头一扭，辛佐夫和伊林明白他指的是还在他们师的战线前方顽抗的德军。“他们看得见，可是不肯跟着投降。上午我们又通过传声筒采用了攻心战术，可是这等于对牛弹琴……我吃了你们的热汤，旁的不吃了。要是有茶，让我喝一点就走。”

在给他煮浓茶的时候，他坐着默不作声，继续在想心事。席良诺夫向辛佐夫透露的风声是确实的。夜里的确举行过军事委员会会议，会上讨论了如何对付北股德军的问题。等还是打？不知为什么，巴久克最先问库兹米奇的意见。如果库兹米奇不是第一个回答，先听听别人的见解，也许会开始怀疑自己的看法未必正确，那事情也就改观了。但因为巴久克第一个问到了他，他就把自己头脑里的想法直接说了出来：

“司令同志，何必为这些饿鬼浪费我们的人呢？人我们以后还用得着。我看还是再等一等，肚子饿会使他们的头脑清醒过来……”

他这样说，是因为白天得悉了保罗斯投降的消息就以为事情已经完结，甚至下令把战役开始到现在的全部伤亡作出了统计表。从表上来看，即使能把负伤住院的一部分自己人捞回到师里，至少也得补充三分之二的定员。

他就是怀着这样的心情去出席军事委员会会议的，心里怎么想，嘴上就怎么说了。

巴久克听了不置可否，立刻让别人说话。其他各师的师长开始发言，都提出了相反的意见：不能等待，建议花一昼夜工夫进行准备，然后就打。

库兹米奇最初指望谢尔皮林会支持他。但谢尔皮林也不支持他，只是向其余的人提出了警告：

“如果有人认为一昼夜太少，可以马上提出来。准备工作必须做得万无一失，要把德国人一举消灭！”

巴久克在总结这次军事委员会会议的时候只字不提库兹米奇，根本当他不存在。巴久克表示，看到军事委员会会议上大家的意见一致，他很高兴，随后宣布了他的决定：二日上午进攻。直到和师长们告别的时候，他才用不太高的、平稳的声音在大庭广众之前向库兹米奇说了一句话，这话看来是预先准备好了的：“我把您略过不提完全是因为看在您的白发分上，不愿让您出丑……再说您还跟随伏龙芝打过仗哩！”

但对于库兹米奇来说，主要的还不是生这句话的气，主要的是由于在军事委员会会议上陷于孤立地位而苦恼。在回到自己师里去的路上，他苦苦思索着这件事。毫无疑问，军事委员会会议上有两三个人是巴久克的应声虫，但库兹米奇并不认为其余的人亦然如此，其余的人所持的意见确实与他不同。

“怎么会这样的？”他不得其解，“难道我真的老朽没用了，丧失了锐气？这样的人也有。眼下就有一个——柯洛柯里尼柯夫……我自以为爱惜人们，现在看来不是这么一回事，说穿了不过是鼓不起这最后的一股劲。”

今天一早他就到团里去。先到柯洛柯里尼柯夫那里，高兴地看到了这几天阿尔杰米耶夫在不伤害团长自尊心的情况下越过他把秩序作了一番整顿。库兹米奇心头宽了一些，然后再到茨维特科夫团里，在那里茨维特科夫忽然跟他单独在一起，向他说了一些很奇怪的话——那些话别人说也许不算意外，可是出于茨维特科夫之口却万万想不到！

茨维特科夫先是详尽地汇报了他为执行进攻命令所采取的措施，然后用一种异样的声调问：

“将军同志，能否容许我请求作一番解释？”

“说吧！”库兹米奇回答，他不知道茨维特科夫葫芦里卖的什么药。

于是茨维特科夫——这个一贯绝对服从的茨维特科夫——压低了嗓门说：

“将军同志，请为我解释一下，为什么我们不能再等上三四天，把人保存下来呢？今天我亲自审问过七个德国人——他们最后一点口粮也吃完了。将军同志，我一贯执行所有的命令，可是现在要请求解释一下。为什么我们不想把人保存下来？经过了历次的战斗，每一个有经验的士兵都贵如黄金。将来补充的兵员再好，骨干总是他们！为什么要把这样的人胡花乱用？将军同志，我个人认为这次的决定失当。”

在库兹米奇记忆中，茨维特科夫这是头一遭对命令表示怀疑。“失当”这两个字从他口中说出来就像两颗子弹！他心中的问题实质就在于此。只要他认为命令是恰当的，哪怕一天要他豁出自己两条命也愿意；一旦认为命令失当，不论是自己的或是别人的生命——都不愿献出来。

“你完了吗？”库兹米奇听完了茨维特科夫的话，问。

“完了。”

“我不能向你解释。我可以重复命令。要不要重复一遍？”

“命令我知道。”

“知道了就执行！”库兹米奇说完就走。起先他想添上几句：“你按命令办事，不过同时尽可能保存人。”可是这样说有什么用呢？提醒茨维特科夫要珍惜人——这是多余的。也许可以在另一种意义上向他暗示：我心里同意你的话，所以你不必太卖力气，不必压得太凶。然而，不必太卖力，不必压得太凶——这又意味着什么呢？是不是让别人去卖力气，让别人去狠狠地压？不，不管对这个或那个命令同意还是不同意，库兹米奇可不习惯靠友邻部队的血过日子。直到现在坐在辛佐夫这里，这个疙瘩他还是解不开，因而心神不宁。

“我走啦，我还得到别处去。”他喝完一杯极浓的茶，站起来以前先顿了一下，怕一不小心着力在那一只痛脚上。“明天这个时候我再来，亲自听你们报告任务已经完成。”

“一定报告，将军同志！既然要打下去，就要继续走在人家前头，”爱面子的伊林说。

“对，”与其说库兹米奇在回答伊林的话，不如说在回答他自己的思想。“既然有命令，总得有人最先执行。兄弟部队也是人，也不愿意死。你说是不是，辛佐夫？”

“是的，将军同志。”

“那就继续走在人家前头吧。”

“好吧，那我们就继续走在人家前头。”辛佐夫把库兹米奇送上了车，这样想着回到营部。师长的话使他产生一种兴奋的、与他本性不合的冒险情绪。他觉得明天也一定能像最近几天那样无往不利，伤亡也不会太大。十分可能，明天这个时候就将大功告成。好歹只剩下一天一夜了。

“昨天和今天我已经把一切提前庆祝完毕，”在他的想象中塔尼雅也包括在内，“现在该把还没有被歼灭的部分全部歼灭。”他这样想着，好像欠下了某人一笔债似的。

白天，时间在照常前进。德国人的火力射击甚至比昨天更积极了些。他们显然神经紧张，无非借射击在壮自己的胆。当初我们自己也有过这种情况。

饭后，辛佐夫走了两个连。没有什么重大事件，也没有伤亡。根据谈话了解，人们的情绪大体上跟他自己差不多：大伙在不同程度上怀着不耐烦以及对自己的生命感到忧惧的心情等待着明天，希望事情快一些结束，也愿意为此而作战。

丘贡诺夫虽然对命令中间所有微妙的涵义领会得不比别人差，知道在明天以前不需要他做什么事，但他还是从上午开始就按照命令的每一个字行动，还在不丢一个人的情况下作了一些推进。

傍晚，辛佐夫从连队回去，发现屠玛年到底还是接收了昨天他们住的将军府，把他们挤到同一幢建筑物废墟中另一个小地窖里去。其实，这一切现在已经不必计较。

在废墟的入口附近，两名侦察兵一个用斧头、一个用工兵锹在劈一支一米半长的“雪茄”，德国人每夜都用降落伞向自己人空投这种东西。最近一些日子，已经有好几支这样的“雪茄”落在营的驻地上。它们的外壳用经过压制的硬纸板做成，尖头部是包铝的，相当软，着地时有减震作用。可是硬纸板的外壳却结实异常，非用斧头劈不可。

每支这样的“雪茄”内容都是一样的：大部分是德国小口径战炮

的炮弹、子弹——这些都只好扔掉。但也有一部分可以派用场：代面包的淡饼、香肠、巧克力、压缩干粮。

白天没有飞机来扔“雪茄”。可见这支“雪茄”还是伊林昨天克扣下来的，今天给了侦察兵，让他们从里边捞出一部分补充口粮作为奖赏。

“小心别在这最后关头砍断了脚，”辛佐夫对一个侦察兵说，那战士用一只套毡靴的脚踏住“雪茄”，正抡着斧头往硬纸板上使劲地劈。

“没这样的打算，大尉同志，”侦察兵笑嘻嘻地回答，“我还要靠我这双脚走到原来的边界哩……”

“唔，原来的边界……”辛佐夫想起了战前他工作的报社所在地格罗德诺。他的女儿跟丈母娘也留在那边。女儿要是活着，快三足岁了！当时她一岁又三个月。难道还活着吗？……这样的希望他早已认为非常渺茫。在他自己四一年也经历过的这一场浩劫中，一个老妇人带着一岁多的小女孩逃出格罗德诺的火海，在战争的道路上如果能死里逃生，这几乎是难以置信的。

但昨天夜里塔尼雅向他问起了女儿，她努力安慰他，说小女孩完全可能活着。人们会把一个老妇人和一个小女孩藏起来的，或者收留她们住在乡下什么地方。她还从自己的游击生活中举出几个例子来安慰他。

是的，说不定战后在格罗德诺附近某些他不认识的人家里会找到这个小女孩——他的女儿。这件事想起来实在有点儿异乎寻常。

“她要是能活下来，而我们也能活下来的话，那就一切都好——战后我们大家住在一块儿……”他在想女儿，想自己，想今天早晨离开他的那个女人。夜里她这样热烈地要他相信小女孩活着，她一定也在这样想——他的女儿可以成为她的女儿。

他觉得自己这些过早的想法未免可笑，但它们还是一个劲儿往脑袋里钻，毫无办法。

原来的那个地窖被屠玛年接收以后，现在他们搬到另一个地窖里。这里没有将军府那些设备，但善持家政的伊林已经作了一番张罗：靠墙地上铺了干草，干草上面盖着一块熟悉的油布，那还是在进攻的第二天从一辆德国汽车上揭下来的。

扎瓦里欣穿着皮袄，不脱毡靴睡在油布上，保持睡觉时习惯的姿势：两手捂住耳朵，好像请求别人不要吵嚷。

“一级政治指导员说有事就叫醒他。”电话员从地窖角落里轻声说。

“他睡了多久？”辛佐夫问。

“大约十五分钟。”

“我也打一个盹，”辛佐夫说，“有事马上叫醒我……”

他在扎瓦里欣身旁仰面卧倒，照例把两只手枕在头下。每个人都有自己睡觉的习惯。雷波奇金还画过一幅漫画，把各人睡觉的姿态画在一张纸上，包括他自己在内。

“但愿一切保持原状。”辛佐夫在想，这一回指的是他们四个人——扎瓦里欣、伊林、雷波奇金和他自己，——他不仅考虑到明天的战斗，还考虑到将来。但愿谁也不要被打死打伤，谁也不被调走，一切保持原状。

他刚闭上眼睛，就听到近处一声沉重的轰响，地窖的墙壁已经把声音减低了不少，——这说明我们的空军在天黑以前又在请德国人吃一顿炸弹。早晨已经请过一顿。后来由重炮从左岸打了两次，每次一小时，而现在又在轰炸——总之，为了尽可能减少明天的伤亡，正在采取一切措施。

他这样想着入了睡乡，醒来是由于脚的一边站着不知从哪儿出现的列瓦绍夫。辛佐夫向自己左边一看，扎瓦里欣已经不见，于是就把身子一撑坐在油布上，打算站起来。

“你躺着，”列瓦绍夫说，“我要谈的事情已经跟扎瓦里欣谈了。我纯粹是因为想念同志所以来看看你。”

“那就坐吧。”辛佐夫迷迷糊糊地试图推测自己究竟睡了多久。

“不但要坐，我还要躺下来。今儿个不大舒服。”

当列瓦绍夫还站着的时候，辛佐夫借角落里电话机旁一盏“喀秋莎”油灯的微弱的灯光就注意到他有点异样，及至列瓦绍夫在旁边躺下来，辛佐夫才看到他的军便服敞开了两颗钮扣，整个脖子一直到颏下都裹着绷带，还有棉花露出来。

“你这是怎么回事？生疖了吗？”

“打早晨起喉咙就疼，”列瓦绍夫说，声音又低又哑。“我教费奥克季斯托夫搞一块浸伏特加的压布，他索性把我的脖子统统裹了起来。”

“你不躺下干吗用压布？反而会着凉。只要裹暖和一点就行，什么压布也不要。”

“你也懂不了多少，”列瓦绍夫还是那样嘶哑地说，声音近乎耳语，听起来很陌生。“不过……”他在暗暗地笑，不知笑什么，忽然问道：“往后你打算跟你的小大夫究竟怎么办？”

辛佐夫不悦地对他瞧瞧。

“你瞧什么？”

“我好像没跟你说过……”

“你没说，可是我知道。”

“谁告诉你的？”

“扎瓦里欣。”

“想不到。”

“这不能怪他。也是凑巧，昨天她到你们营里来，路上遇见了我，还是我派费奥克季斯托夫给她带的路。她没告诉你？”

“没有。”

“大概她认为无关紧要，”列瓦绍夫说，“我知道她到你们这儿来过，所以问扎瓦里欣。而他在这些事情上老实得像耶稣·基督……你自己也知道。”

“你可以问我嘛。”辛佐夫还是不高兴地说。

“你在睡觉，我又急于知道，”列瓦绍夫微笑着说，“现在你既然醒了，我就问你：往后怎么办？”

“往后？”辛佐夫说，“往后，等下一次见面，我问她愿不愿意嫁给我。”

“如今女人很少会拒绝求婚。可是往后的具体问题怎么办？”

“具体问题还不敢考虑。看她的意思是想到我们这里来，调到团的卫生连或者师的卫生营。”

“你已经能知道她的想法吗？才一夜工夫是不是太早了些？”

“我和她度过不止一夜；在这以前我和她一起度过好多天好多夜……只是性质不一样。”

“那好吧，”列瓦绍夫说，“既然如此，事情很可能办到。要是明天结束战斗，马上就要开始大调动。有的上去，有的下来。师里安置一名军医总不成问题。只要你确实没有看错，别搞上一只破鞋……”

“这不可能。”辛佐夫说。

“战前我结婚的时候也曾这样想：这不可能，”列瓦绍夫说，“可是后来发现：这恰恰是可能的。我这个傻瓜真是瞎了眼，还算是个教育人的政工人员呢……是啊，大调动就要开始，”他又说了一遍。“可能在这次调动中我要离开这个团，如果得到一个新的头衔的话。”

“那太可惜了。”辛佐夫说。

“从一方面看，我也舍不得，”列瓦绍夫说，“但从另一方面看，又不可惜。昨天我跟师长谈过，我希望当指挥员。他向我暗示，要是在重新考核中能授我少校的军衔，他将不反对派我去当柯洛柯里尼柯夫的作战副团长。”

“会不会一下子就给你一个团？”辛佐夫问，他想起了进攻的第一夜自己和列瓦绍夫以及古尔斯基的谈话。

“恐怕不会。我早已死了往上爬的心，但求不摔下去就好。看起来安分守己，可有时候还是难免说溜了嘴。而政工人员说话连一个字也错不得。如果从一个队列军官那里听到，可以只当没听见；但如果你是政工人员，那还得了！……其实我是一块当队列军官的料——从战争一开始我就感觉到。坦白说，确实愿意指挥一个团！我有信心在指挥员的岗位上表现自己的才能。你瞧着，将来我还要指挥一个师……一个人的天赋跟他走的道路往往是两码事！”

列瓦绍夫沉默了一会，忽然问：

“你对席良诺夫的评价怎么样？”

“相当高。你问这干吗？”

“昨天我为他写了重新入党的介绍。他没有请你做介绍人？”

“我自己还是候补党员。去年十月才重新入的党。”

“对。我忘了。那好吧，你高兴的话再躺一会，我要起来啦。”

“我也不躺了，还有许多事情。”辛佐夫又坐起来，“费多尔·瓦西里耶维奇……”

“什么事？”

“还记得我们那次谈话吗？”

“什么谈话？”

“关于你那位克里米亚朋友……”

“你怎么想起他来了？是不是巴斯特留科夫同志又来啦？”

“没有来，”辛佐夫说，“可是这件事始终忘不掉。难道你不打算揭他的底？”

“目前大概没有这个打算。”列瓦绍夫说。

“那么什么时候打算做呢？”

“等我改变了性格。”

“这不是正确的态度！”

“我本来就不是一个正确的人。”列瓦绍夫发出嘶哑的笑声，一手立刻按住脖子，“喔，疼哪，这鬼毛病……”

辛佐夫把列瓦绍夫送出地窖。送他走后，在外面站了几分钟，并不急于回去。天空出奇地洁净，还缀着繁星点点。

“难道明天会出太阳？”他怀着诧异的心情想道，仿佛战斗没有结束就不可能、也不应该出太阳似的。

第十七章

我们保持沉默，可是德国人一夜到天明没有停止射击，忽儿从这里，忽儿从那里，像发癫痫病似的，——显然，他们的神经支持不住了，末日的预感越来越增强。这倒是值得高兴的，因为这样就更有理由认为，今天的战斗确实是最后一次，而且是速决战。

我们的炮火准备已经开始，列瓦绍夫来到了营里。他走来扳住正在观测爆炸情况的辛佐夫的肩头，对准他的耳朵嘶哑地说：

“今天我跟你们在一起。”

他的脖子还像昨天那样用绷带裹着，目光特别兴奋，近乎狂热；看得出他在发烧。

“营级政委同志，少了您难道人家就会寂寞吗？”辛佐夫在爆炸的间隙中说。其实他心里很高兴，因为在这最后一次战斗中恰恰跟第一次一样，列瓦绍夫也在他营里。

“会寂寞的。”列瓦绍夫笑眯眯地说，显然在暗示昨天谈过的那件事，——他即将离开这个团去担任指挥员。

炮火准备已近尾声。今天使用的主要是中等口径的大炮，夜里，凡是可以挨近了作直接瞄准的地方，都布置了这样的大炮。虽没有大口径重炮在近处轰击时所引起的那种地动山摇的感觉，但周围的隆隆声、哒哒声不绝于耳，有一个炮兵营在很近很近的地方向德国人开火，宛如有人一直在你耳边咔喇咔喇咬着其大无比的核桃。

炮火声也有各种各样：有时候使人苦恼，像水滴在空桶里那样惹人心烦；有时候它那山崩地裂的声势如果与足以置人于死地的那一小块铁对照起来，其不成比例的程度却也令人发呆。现在，在这最后一次炮火准备期间，炮火声听来响亮而欢快，爽朗而清脆，大约是由于天寒地冻以及太阳从晴冷的空中普照大地的缘故。

前天夜里宿营的那座房子的废墟——也就是再前一夜活捉德国将军的地方——现在落到后面才两百米，而这里，在辛佐夫和伊林、雷波奇金带着通讯兵准备发动冲锋的地方，已经是不折不扣的前沿了。在这一地段，前沿就是从德国人手中夺下来的工人新村靠边三幢房屋的废墟。前面是八十米的开阔地，隔着这块开阔地是工厂的一堵混凝土围墙，不太高，大约两米左右，已经被炮弹打得百孔千疮。炮兵们直到现在还在向那里开火。

昨天傍晚以前，德国人就躲在这堵墙后面，从那里用机枪和冲锋枪扫射。

可能现在他们已经退到里边车间中去了，这要过几分钟等连队发动第一次冲锋以后才能知道。大家都在等待这一时刻。丘贡诺夫也在等，他的第三连蹲在左边离此不远的地方。他刚才曾经探出头来发布一道命令，辛佐夫看见了他。埋伏在右边另一堆废墟中的第二连也在等。机枪手也在等，他们将用火力掩护连队冲锋。他们昨天白天就测定了德国人全部火力点的位置，夜里还根据火光作进一步观测。二连距离围墙极近，丘贡诺夫离得比较远。开阔地毫无掩蔽，雪几乎没有，路面上结着给炮火熏黑的冰。有几处地方可以看到一些弹坑以及被炸飞的铺路石子。有一截铁轨从冰下竖起来，扭曲成一个疑问号的形状。一辆烧毁的电车残骸倾倒在地上。这就是全部景物。另外，视野内还密密麻麻躺着三十来具德国人的尸体。想必还是很久以前被“喀秋莎”排炮打死在这里的。

等一会连队发动第一次冲锋时，辛佐夫和营本部的人员不准备立刻跟上去，而是同掩护冲锋的机枪手留在这里。如果冲锋成功，辛佐夫也马上带着通讯兵跟随连队冲到那边去，利用围墙作掩护。万一发生故障，那就看情况请炮兵帮忙，再一次直接瞄准这一地段把障碍扫清，然后再作尝试。也许还需要亲自站起来带领人们上去。各种可能都有。不过今天不相信会发生这样的故障，似乎一切都将马到成功，甚至还有这样的希望：炮火准备刚一停止，我们还没有冲过去，从围墙后面就会出现一面白旗，据说两天前在斯大林格勒市中心便是这样。

但这个希望他暂时无人可以相告，现在应当要求自己和别人做的事情不是等待这个希望实现，而是战斗。

耳边接连发出最后两声核桃的炸音后，出现了一刹那的冷场，旋即响起一声哨笛，接着又是一声，顿时喊声四起，人们从左右两面穿过开阔地向还没有开过一枪一炮的围墙那边奔过去。人们在越过开阔地，可是德国人不开火。后来，在辛佐夫视野内有一个人忽然倒下。“到底开火了。”辛佐夫心想，但马上就明白，那个士兵只是摔了一跤。又有一个人在路面上一滑，摔倒了，接着就爬起来，继续向前跑。

白旗看不见，但德国人没有开火。三四分钟以后，规定第一次冲锋应当到达围墙前面的人，全部都已到达目的地：一部分在墙外蹲下来；一部分已经在穿过大大小小的窟窿往墙内闯。机枪手不待下令就已经离开原来的阵地开始向前跑，这时，墙后终于开火了。

左边远远地传来“瓦纽沙”零零落落的爆炸声。“他们果然把这几发迫击炮弹节省下来留到最后才用。”这个念头在辛佐夫脑中一闪，他转身向通讯兵说：

“拉好线，上！”

从废墟堆向开阔地爬出去的时候，他发现伊林和雷波奇金在左边十五步的地方也爬了出来。辛佐夫一边跑，一边回头看了一下列瓦绍夫在哪儿。列瓦绍夫慢了一步：他在解开枪套上的皮带扣。解开后，把出壳的那干式手枪塞在皮袄的襟怀里。

墙后继续在射击。

辛佐夫向左一看，见机枪手们带着“马克辛”已经奔到墙前，从一个窟窿里把机枪拖进墙内去了。根据我们已经有许多人进入墙内这一点推测，那里一定有掩体，可能是以前德国人的战壕。想到这里，他又向右边电车的残骸看看，看见车门上插着一柄铜钥匙。他想到，司机离开电车每次都要拔走这柄钥匙，可是它竟几个月没被人拔去。他想到，距离围墙剩下不到三分之一了。别的他什么也没来得及想。左手忽然受到猛力的一击，使他失去平衡滑了一下向右侧跌倒。他用冲锋枪撑在冰地上站起来，向左手一看，简直不相信自己的眼睛。皮袄的袖子还在，可是下面既没有手指，也没有大拇指和食指中间那道白色的裂创疤痕，除了从血淋淋的腕关节处露出来的嶙峋残骨以外，什么也没有。

他右手仍握着冲锋枪，左手向旁边撒开，好像怕它碰痛身子似的，就这样继续向前奔，直到围墙前才停下。停下以后，见阿甫杰伊奇在旁边用牙齿扯开急救包，辛佐夫悲愤地说：

“狗娘养的，把我的手打断了！”

他背靠在墙上，感觉到阿甫杰伊奇把他受伤的那只胳膊的肘子上部扼住，他咬紧嘴唇把脸扭向一边。他知道马上就要忍受多大的痛苦，但还希望自己不至于叫起来。他扭过脸去的时候，注意到墙内还在继续射击，再看看后面这片开阔地，那里没有人躺着。这就是说，除了他，没有任何伤亡。然而，一秒钟以后，见列瓦绍夫的大个子传令兵费奥克季斯托夫抱着列瓦绍夫正向他径直地走过来。起初辛佐夫还搞不清是怎么回事。但费奥克季斯托夫抱着的是列瓦绍夫，这一点绝不会弄错：他抱着的那个人身上穿着列瓦绍夫的黄色皮袄，脚上套着列瓦绍夫的黑色毡靴。帽子不见了，脑袋倒垂着晃来晃去。

辛佐夫靠墙站着，看费奥克季斯托夫抱着列瓦绍夫向他越走越近，同时感觉到阿甫杰伊奇正在对他的胳膊进行疼痛难忍的处理，他透过紧咬着的嘴唇哼出声来。费奥克季斯托夫抱着列瓦绍夫还在向他走过来，走到以后，他不把列瓦绍夫平放，而是让他坐在墙边雪地上。但列瓦绍夫坐不稳，马上开始倒向一边，因为他的整个咽喉被一大块弹片打穿了。从被撕破的绷带和棉花里面溅出一些淡红色和灰色的东西，皮袄的前襟染满了血。

但费奥克季斯托夫还不明白列瓦绍夫已经死了，因为传令兵没有看他的脖子，只看他的脸，而这张脸并未改样，还睁着眼睛。为了不让列瓦绍夫的身体倾倒，费奥克季斯托夫在旁边的雪地上坐下来，两手捧住他的脑袋，察看他的眼皮，正像医生想要确定病人是否咽气了那样。

而辛佐夫继续站在那里看着列瓦绍夫和费奥克季斯托夫，他明白列瓦绍夫已经死了，因为除此以外没有别的可能，但还是无法设想事情确已发生。

胳膊开始痛得要命，他心里明白：立刻就要沉不住气，像一条狗似的号叫起来。但他不让自己放声哀号，把下唇松了一下又重新咬紧，眼睛眯成两道缝，只觉得疼痛使他泪如泉涌。他闭上眼睛，心想，阿甫杰伊奇为什么还没有把他的手裹好，——一定是在用第二个急救包进行包扎，——这时忽然出现了一片寂静。他背后的围墙里边，战斗的声响戛然而止。哪儿也不再有人射击。当阿甫杰伊奇用第一个急救包替他包扎的时候，射击还没有停止。现在，他的胳膊尚未包扎好，枪炮声已经归于沉寂。斯大林格勒一战结束了。他丢了一只手，列瓦绍夫送了命。

他还站着把眼睛眯成缝，这时阿甫杰伊奇不再碰他的胳膊，不知为什么扳住他的脑袋使它脱离围墙。他睁开眼睛才明白，阿甫杰伊奇把吊住胳膊的绷带套上了他的头。

当他睁开眼睛的时候，立即看到自己那支短了一截的胳膊包扎得和马蹄相仿，简直不像一只胳膊。

他感到一阵腿软，说了声“让我坐一会”，就在雪地上由费奥克季斯托夫继续扶住肩膀的列瓦绍夫旁边坐下来。

“他已经死了，你还没看出来？”阿甫杰伊奇说。

费奥克季斯托夫向阿甫杰伊奇望了望，像是听不懂他的话，然后向他提出请求：

“你把他扶一下，我去捡帽子。”

他说“把他扶一下”这句话的口气充满了信心，使阿甫杰伊奇同意照办，在墙边坐下来扶住列瓦绍夫的脑袋。费奥克季斯托夫头也不回，朝着电车骨架那边走回去，列瓦绍夫的帽子就掉落在电车旁边的冰地上。

“颈动脉都断了，他还要去捡帽子。”阿甫杰伊奇说。

虽然一切都已明明白白，辛佐夫也看到了，但他身上总有一股力量拒绝相信列瓦绍夫已经死去，拒绝相信死亡在一秒钟内就这样倏然而临，一个人从此休矣，而周围却已经出现了一片寂静。

三四分钟以后，伊林跑来了。听说政治副团长被打死，营长负了伤，他立刻抛开一切从墙内回出来。事情是怎样发生的，仓猝中没有注意到，因为当时他朝另一个方向成斜线奔跑，到了目的地，就和雷波奇金一起冲进围墙。

现在他作这一番解释，仿佛都怪他没有及时发现。他向辛佐夫说话，眼睛却看着列瓦绍夫，没法把视线移开。

费奥克季斯托夫已把帽子捡回来，但不再扶住列瓦绍夫：现在全明白了。他和阿甫杰伊奇把死者平放在墙边的雪地上。现在列瓦绍夫头上戴着帽子，从皮袄襟怀里露出一支那干式手枪的枪柄。列瓦绍夫死了，而手枪居然没有跌落。

“把我的手打断了。”辛佐夫向伊林说，这也就是他已经对阿甫杰伊奇说过的那一句话。

被打断的正是曾经带给他不少苦恼的那只手。上次挂彩时，为了继续留在队伍里，费过不少口舌。在创口愈合的过程中，也有相当长一段时间感到不便。如今这只手突然没了，他实在于心不甘！

“大尉同志，这是您的表。”阿甫杰伊奇说。

辛佐夫起初有些摸不着头脑，后来看到阿甫杰伊奇手掌中托着他的黑面夜光表，他明白了，原来阿甫杰伊奇在为他裹伤的时候，没有忘记取下手表。他明白的不单是这一点，他还明白，现在阿甫杰伊奇毫不拖延地把表递给他，也许是不自觉地提醒他——辛佐夫——要和他的营永别了。眼前他还和他的营在一起。他将离开他们到医院里去，这手表他在医院里也许用得着，但那时他只有一个人了。

“表走不走？”辛佐夫问。

“在走。”

他接过手表，撩起皮袄的下摆，把表塞进裤袋，在这样一个再也无法摆脱的念头支配下，他对伊林说：

“从此算是我把营移交给你了。”

“是。”伊林说。

“那边怎么样？”

“德国人纷纷带着被单毛巾爬出来投降。俘虏已经开始列队陆续出发。我把雷波奇金留在前面。扎瓦里欣也在那边跟德国人讲话。”

“你也去吧，”辛佐夫说，“好好把他们搜一下，别让留下武器。”

“人多得很。不可能把每个人都搜遍。”

辛佐夫站起来，感觉到体力还能对付，还能走，就和伊林一起沿着围墙走到第一个大窟窿前。果然，远远地在最近一个车间的废墟旁可以看到一长列德国人排成的队伍，前头打着一道白色的横幅，另一列队伍正在穿过空地从另一个车间里出来。

“喝，这么多人！”他惊讶地说，“你去吧。你的事情多着呢，我要上卫生营去。”

“卫生排接到命令带着拖架立即会来把你送去，他们离这儿大约三百步。”伊林说。

“不用拖架。我跟伊万·阿甫杰伊奇自己能走到。”

“我派雷波奇金送你去。”伊林说。

“不用叫雷波奇金，”辛佐夫说，“我们能走到。”

伊林看看他，忽然用严厉的语气——已经是顶头上司的身份——对阿甫杰伊奇说：

“要把大尉送到医院，不是单送到卫生营就完了。回来向我报告，让我们知道确切的地点床号好去看他。明白了吗？”

“明白了，中尉同志。这有什么不能明白的？”

伊林又一次看看躺在墙边的列瓦绍夫，咬牙切齿地用两手在自己皮袄上拍了一下。

“这是六筒炮干的，狗杂种！……把这样一个人给打死了！”

“骂街已经晚了，”辛佐夫说，“还是跟扎瓦里欣一起写一份报告，说明他直到生命的最后一分钟始终和我们在一起。或许会追授他一些什么。”

“一定写。可是有什么用呢？难道勋章能往坟墓上挂吗？”

“这不去管它。至少让亲人知道也好，”辛佐夫说，接着想起了又说，“不过他曾经告诉我，他什么人也没有了。”

“我们马上向团里和师里汇报，”伊林说，“很快所有的人都会跑到这里来。你现在还是关心你自己吧。”

“好吧，你就在这里指挥，我们走啦。”辛佐夫用一只好手和伊林作临别的拥抱。后来，走了大约十步路，又回头看看。

伊林还站在列瓦绍夫旁边，他抬起头来喊道：

“明天我们去看你，你等着！”

就这样，辛佐夫第二次把营移交给伊林。这一次是永远的移交了。

在走向卫生排的路上，阿甫杰伊奇安慰他说，差不多整只手腕都保存了下来，就是没有手指头，但大拇指的下指骨好像还留着。

辛佐夫一语不发——既没有力气说话，也不想说。直到走近昨夜宿营的地窖，才吩咐阿甫杰伊奇进去取他的行李袋。阿甫杰伊奇进去了，辛佐夫留在外面，不敢下去，怕在黑暗中被什么东西碰痛了胳膊。

他站在那里等着。天空跟战斗开始时一样地明朗。周围静悄悄，太阳当空照，可是他却告别了战场。难道永远告别了吗？显然是这样。正当一切实际上已经成了定局的时候，他告别了战场……

阿甫杰伊奇带着行李袋从地窖里钻出来，于是他们再往前走。一路上阳光迎面照耀。偏偏在一切告终之前的几分钟发生这样的事情，这使他气得简直不堪再想。

差不多已经走到卫生排，他们遇到了皮金。

和皮金并排走的正是那位穿白皮袄的团级政委，上次就是此人拿走了他们的旗帜。他步履矫捷，甚至常常把腿很长的皮金抛在后面，——想必急于去看投降了的德国人。现在任何人都兴致勃勃，哪怕一次也没到过前沿的人也敢往前沿跑了！

走到距离皮金三步的地方，辛佐夫把手举到护耳帽边敬礼。皮金也停步答礼。

“您怎么啦，营长？轻伤还是重伤？”

“手指头打掉了。”辛佐夫说。

皮金攒紧眉头，甚至懊丧地发出一声干咳。

“我和团级政委正要到你们营里去。据报你们俘虏了大批军官。可是您负伤的事还没有报来。其他团前面的德国人在炮火准备刚一结束的时候就投降了，一枪也没有打。”

辛佐夫耸耸肩膀。

“谁知道，为什么别处都投降，而我们这里偏不，”辛佐夫在想，“为什么我负伤的事还没有报告，也不得而知。报喜总比报忧快……这么说，列瓦绍夫的事也还没有报告……”

“您把营移交谁了？”

“伊林。”

“营里的伤亡怎么样？”

“据我所知，除了我，没有人受伤。”

按理他应当向皮金报告列瓦绍夫的死讯，但他没有说。他不愿当着这个为列瓦绍夫所切齿痛恨的穿白皮袄的肥脸家伙说这件事。反正五分钟以后他们自己会知道一切。

“是啊，”皮金说，“真是背运，在最后的几分钟里出事。接受我的同情吧。”临别他握住辛佐夫的手。“回头我向师长报告见到了您。我们要去看您。您争取不要让医生把您弄出集团军的范围。”

“我尽力争取。”辛佐夫说，心中端的不明白皮金是认真这样说，还是仅仅为了安慰他，因为既然手指头打掉了，就得永远离开部队，那么医生是否把他弄出集团军的范围——这还跟谁有关系？有什么关系呢？

胳膊疼得像有无数钉子接二连三地在钉进去。他拼出最后一点力气加快了脚步。

在卫生营里，洗伤口之前人家先给他喝三两伏特加，然后让他上了救护车。今天只有为数不多的几名伤员要送往医院。辛佐夫在驾驶室里坐好，觉得痛稍微减轻了些，几乎马上就睡着了。

他醒过来是因为汽车停下不开。不知一种什么紧张的空气使他醒了过来。车停着，车外很近很近的地方有什么东西在移动，发出沙沙的声音。

辛佐夫睁眼从关着的车窗里望出去，看见德国人每四个人一排列成纵队打旁边经过向汽车的前方走，他们的肩膀擦在车身上发出沙沙的声音。

车不知为什么停着。司机也不在。八成是路堵塞了；前面看得见另外还有几辆车。德国人在道旁紧挨着车身还没有走完。

辛佐夫隔着玻璃看到他们——看到他们的肩膀，他们的面孔，他们的帽子，他们竖着领子的大衣，他们在船形帽外裹着围巾或布条的脑袋，他们没刮胡子的瘦削腮帮；当他们向他这边转过脸来朝驾驶室里张望的时候，辛佐夫还看到他们的眼睛。

车外走着解除了武装的德国俘虏。人数很多很多。炮火声停下才几小时，他们已经被排成队伍押往后方。他们走着，走着，时而绊绊跌跌。辛佐夫看到有一个人摔倒了被挟着两腋扶起来继续前进。后来队伍中断了，看起来德国人像是已经走完。其实并非如此：几分钟以后，又有一列纵队在车旁擦肩而过。前头走着几名军官，也都形销骨立，满脸胡碴，有的戴船形帽，有的戴着放下帽耳的毛皮暖帽。跟在他们后面的又是士兵，大批的士兵……

司机匆匆爬上汽车，带进来一股冷空气，砰的一声关好车门，脚踏在起动器上。现在已经不是德国人从车旁经过，而是汽车从他们身旁经过。辛佐夫在一公里到一公里半的路程内始终望着他们，这幅景象使他久久不能把视线移开。

辛佐夫隔着驾驶室的玻璃窗望着他们，现在他既不感到憎恨，也没有幸灾乐祸的心情，唯有惊讶而已。难道我们俘虏了他们这么多人?

汽车终于把纵队的排头抛到后面，走上可以畅行无阻的道路，这时司机说：

“跟战场告别啦，大尉同志。”

辛佐夫向他扭过脸去，以为司机说的是他，但从对方脸上的表情可以看出说的不是他，而是指他们的车刚刚经过的那些德国人。

“是的，跟战场告别啦，”辛佐夫嘴上说的是德国人，心里想的是自己，“那么我呢?”是的，你也跟战场告别了。所有这一切都已成了往事：你被任命为营长时，皮金问你：“怎么样，干得了吗?”——你回答说：“干得了。”——第一次跟所有后来在一起作战的人见面——不露笑容的屠玛年——现在已经死去的列瓦绍夫——雷波奇金和他的诗——“十二月党人”扎瓦里欣——接替了营长职务的伊林。第一次战斗，最后一次战斗，以及其间的一切——都已经成了过去。未来只是代号为一五三的医院。

这个代号已抄给伊万·阿甫杰伊奇，尽管他要继续相送，辛佐夫还是没有把他带往医院。他搂住阿甫杰伊奇热烈地吻了好几下，但不让他再送。现在伊万·阿甫杰伊奇也离开他了，想必正在回营里去，也许已经走到。行李袋妥帖地放在驾驶室内你的脚下，里边除了你的全部财产，还瞒过你贮藏着几听罐头——这是阿甫杰伊奇为你做的最后一件事情。

不，这话不对！他还能做一件事，也一定会做到。临别的时候，辛佐夫要求他在军医奥弗夏尼科娃再到营里来的时候把负伤经过如实告诉她，既不要添油加酱，也不要有所隐瞒，再告诉她医院的代号。辛佐夫有一刹那曾经这样想：负伤时她要是在身边就好了。但立刻又认为这个念头要不得。

汽车已经赶过德国俘虏的队伍，辛佐夫不再看着他们，现在，胳膊又感到疼痛不止。他从棉裤口袋里掏出手表，看看几点钟。眼睛望着表，耳朵犹如在梦中听到天尚未明时她说的话："我该走啦。"

这一切难道是前天夜里的事？从那时到现在过了还不足两天一夜。当时她在他身边，几次拿起他的手翻过来，看这块黑面夜光表，现在，他忽然想把这块表送给她留作纪念，让她去戴。问题在于不知道什么时候能见到她。也不知道如今他们之间的一切又该怎么办。他并不认为由于失去了一只手就必须重新考虑自己和一个女人的关系。塔尼雅身上显然有一种力量不容许他作如是想。他只是在想，现在他们的全盘计划都打乱了。他的未来将怎么样？伤愈以后，他将到哪里去？哪些要求他能够达到，哪些不可能达到？他将被安排在什么地方，而她又将在什么地方？现在都没法知道。

怒火又涌上他的心头：事情竟发生在停火前五分钟！全营只你一个人负伤！就这样离开了战斗的行列。无论怎么说，他已经六次负伤，该适可而止了。可是战争竟如此慷慨。

他试图本着清醒的头脑平心静气考虑这件事情，但毫无结果。他始终无法撇开战争考虑自己，也无法撇开自己考虑战争，任何清醒的头脑都顶不了事。

他清楚地回忆起自己的一切宣告结束的那个地方：覆着黑冰的广场，左边是成疑问号弯弯地崛起的铁轨，右边是一辆电车的残骸，前面是混凝土的围墙。

不知道列瓦绍夫将埋在何处？列瓦绍夫曾立誓要争取把苏联英雄、营长波里瓦诺夫安葬在斯大林格勒的烈士广场上。可是现在他自己又将埋在何处？当然，人们亏待不了像他这样的人。他的葬礼上将要鸣炮，各营都会派代表参加，今天或者明天就会给他竖上一块临时的纪念碑。也许，那堵围墙附近将来是一个工厂的小花园或者别的什么所在。也许，那地方将来什么也没有——既没有花园，也没有工厂。战后可能要把遗留下来的废墟全部铲平，在新的地方兴造新的建筑物！

上午你对列瓦绍夫说过："少了您难道人家就会寂寞吗？"没想到一句戏言竟成了谶语，真后悔。这件事你一定终生不会忘记。而你的一生还长着哩，如果从此离开部队的话。

关于那个在克里米亚逃跑的团级政委，列瓦绍夫和他的账还是没有算清，这本账也随之进了坟墓。可是那个人还毫无病痛地活着，从此再也没有谁能证明他是一个衣冠禽兽！生活中任何事情都拖拉不得，尤其在战场上。绝不能拖拉！

末了一句他是出声说的，说得很响，司机甚至向他转过头来。辛佐夫仿佛还在跟列瓦绍夫辩论。

列瓦绍夫说过，他没有亲人了。既然没有亲人，那么谁会记住他呢？当然，我会记住他。是的，只要我活着，就不会把他忘记。伊林会不会记住他呢。会的。雷波奇金也会记住他，经常跟他吵架的屠玛年也会记住他。还有费奥克季斯托夫。虽然他说一个亲人也没有了，但记住他的人仍旧要比另一些人多得多，尽管那些人身后留下母亲、父亲、妻子、儿女、外甥、内侄……

"又赶上了，你瞧！"司机惊异地说。

果然，他们又赶上了长长的一队俘虏。队伍走得很慢，在从大路上向右边闪开的时候纷纷跌倒在雪里；德国俘虏跌倒了又爬起来，互相攀住了又跌倒。他们连走带跌，跌倒又爬起，眼睛并不往把他们从大路上挤开的汽车看——种种神态无不显露出过度的疲乏和绝望。

"这就是那些德国人，"辛佐夫默默思量。虽然他们每一个人都各有一副可怜的模样，虽然他自己既感到疼痛，又因残废已成定局而精神颓丧，但眼前又一列德国俘虏纵队长得望不见尽头的景象，在他心中重新隐隐约约地激起了胜利的回响。

这一次使救护车中途耽搁的交通壅塞现象是谢尔皮林造成的。他几乎在这同时经由同一条路从斯大林格勒的工厂区回集团军司令部去，他坐的吉普车赶过一长列俘虏纵队，在队伍前头停下，使后面的卡车都无法通行。他向负责押队的一名中尉问明了给他们指定的方向，重又坐上汽车，吩咐副官记下来，因为需要在各条通道上安排指路的标兵，免得俘虏队伍夜里开到各后勤部队的驻地发生射击或其他流血的误会。

抓紧时间把俘虏从斯大林格勒的废墟中尽快地打发走——这样做当然必要，可是，应当把哪些队伍在天黑以前带到什么地方，让他们在哪儿过夜，今天和明晨在哪儿给他们吃东西，——一系列问题都没有安排妥帖，还在一片混乱之中。

战争开始以来还从未俘虏到这么多人。在这以前，恐怕想象不到我们对德军的胜利具体规模究竟如何。“也许到现在我们还想象不出。”谢尔皮林望着又一列纵队心想，这已经是他的吉普车赶过的第六列纵队。

打今天早上起，他不像平时那样留在参谋部里，而是和巴久克、扎哈罗夫一起在临时搬到前面去的指挥所里。自从他担任参谋长以来，在工作上总是竭力抑制自己固有的指挥员性格，但现在还是露出了本性：最后一次战斗了，不免心有所动，总想挨前一些！

天一亮，扎哈罗夫立刻离开指挥所到前沿去。巴久克不耐烦地等着接到了报告德国人投降的第一次电话，然后也到前边去，只剩下谢尔皮林一人坐镇。但不多一会，第八十三师的师长柯尔都诺夫上校来电话报告，在他作战地段的德国军长坚持只肯向将军投降，谢尔皮林只得前去受降。他吩咐把这一情况向巴久克和扎哈罗夫汇报。半小时以后，谢尔皮林已经坐着他的吉普车通过原来是我军火线和原来是德军前沿的地方。

他把危险置于不顾，因为这一带经过了几番风雨，我们的和德军的地雷埋在什么地方，谁埋的，几时埋的，这一切反正世上已经没有人能搞清楚。汽车顺利地把他带到一座巨大的工厂车间废墟前，德国军的指挥部就设在它的地窖里。

谢尔皮林看到了一种别开生面的现象。解除了武装的德国兵由各营长和连长带头已被带出工厂的范围。车间附近浸饱硝烟味的雪地上徘徊着几十名也解除了武装的德国军官——那是军参谋部的成员。但军长以及另外两个将军带着副官和警卫人员依旧呆在地窖里。

“当然，将军同志，我们把他们封锁了起来，”迎接谢尔皮林的师长柯尔都诺夫上校说，这位师长年纪已经不轻，留着浓密的小胡子，神态疲倦，对于不肯向他投降的德国人十分恼火。“按我的意思绝不跟他们婆婆妈妈，早把他们……”他一时无法倾吐胸中的块垒。但他不说，谢尔皮林也能理解。本来，无论柯尔都诺夫上校本人，或是他的部下，都不会理睬德国军长这种投降还要挑对象的倨傲态度。早就飨以五枚手榴弹，把他以及所有和他留在一起的人统统送往极乐世界。奈何有禁令发布在先，而且森严异常，使柯尔都诺夫不敢造次，只得忍气吞声。

他当然可以请兄弟师的师长来解围，那位师长是将军，必定欣然允诺，但这已超出柯尔都诺夫上校自尊心所能容忍的限度，他决定不向兄弟部队求援，而是打电话上报：这样毕竟好受一些。

“他们在哪儿？”谢尔皮林问。

“在最底层。战争开始时，这里生产过钢盔。在地窖下面还有一个试验钢盔的混凝土打靶场，他们就呆在这个打靶场里。您要不要到他们那里去？”

“我去干吗，”谢尔皮林说，“您这儿有没有翻译？”

“有。”

“您下去通过翻译告诉他们，说集团军参谋长来受降了。让他们走到外面来。”

趁柯尔都诺夫带着翻译下去执行命令，谢尔皮林站在吉普车旁边冷眼观察那些德国军官。走在队伍里的那些军官，根据他们极度衰弱和肮脏的外貌看起来，在围困中大概和士兵们同样受罪；而这些横排成两行的参谋人员却还保持着一定的军容，衣着也比较干净，脸上远看似乎也比那些队列军官丰满一些。

德国军长在另外两个将军以及若干名军官陪同下走出地窖，后面还有一群被解除武装的士兵开始从地窖下面爬出来，他们直到最后一分钟还担任着军部的警卫工作。

军长是个身材不高的弯腿中将，他全身严装：头上是高高的将军帽，身上军大衣，足蹬皮靴。他的脸色不佳，苍白如纸，显然是在地下室里呆得太久的缘故；脸上鼻梁隆起，颧骨像鞑靼人那样突出，这却是一个意外。如果不穿制服，谢尔皮林怎么也不会把他当作德国人。

另外两个将军穿着皮领大衣，戴着护耳帽。军长胡子刮得很干净，他昂着脑袋和光光的脖子站在严寒中；而那两个将军没有刮脸，垂头丧气缩在他背后趑趄不前，——或者是冷，或者是怕，也可能既冷且怕。

谢尔皮林通过翻译说明了自己的军衔和职位，然后听三个将军一一自报姓名、军衔和职别。军长表示，如果将军阁下有什么问题，他愿意回答。谢尔皮林说，他没有问题要提，军长以及另外两个将军将在上校陪同下即刻用汽车送往集团军司令部。谢尔皮林说着指指在他之后到此的集团军肃反科长尼基津上校。

“另一辆车只好借您的了。”谢尔皮林转向师长说。

“遵命。”在柯尔都诺夫特别明显的服从口吻中包含着自我嘲讽的意味：我俘虏了他们，可是要你来受降，而现在我还得把自己的车让出来载送他们到你指定的地点去。有什么办法呢，遵命是我们军人的本分。

“我的军官们不和我同去吗？”德国军长问。

“不，他们将另外被送走。”谢尔皮林说。

“既然这样，请允许我在离开以前和本部的军官们告别。”军长移动鞋跟，手举到制帽边檐，以此强调这一请求的郑重性。

翻译官译完了这句话，用疑问的眼光望着谢尔皮林。站在翻译官一起的尼基津也随着紧张起来——这一点谢尔皮林注意到了，但还是不改变一下子在自己心里作出的决定。假如战斗还在继续，如何处理这样的请求也许要费一番斟酌；可是现在反正一切都已结束，那就让他们告别吧。

“告诉他，说我同意。”

军长又一次举手到帽檐，然后转身走向站得较远的军官们。另外两个将军在原地不动。

这段时间内一直按“稍息”姿势站在雪地上的德国军官们整了一下队伍，全体立正。

“军官先生们，”军长用自己控制不住的声音说，“你们勇敢地熬过了斯大林格勒的浩劫，你们勇敢地熬过了俄国的冬天。我希望你们同样勇敢地熬过作俄国人俘虏这一关。再见了！”他抛出一只手敬一个法西斯礼，然后转身回到“爱姆卡”那边去。“爱姆卡”的两扇车门都敞开着，尼基津等在车旁。

军长踏着均匀的步子，眼眶里噙着泪水。是的，看他的举止，听他的讲话，完全有可能对他肃然起敬，而眼泪在这样的时刻并不说明软弱，相反多半表示坚强。然而，这一切尽管曾在谢尔皮林的脑海中闪过，他看着这个德国人的时候，所想到的主要还不是以上的第一点和第二点，而是另外的第三点。他想到跟他们的战争还不会很快结束，可能还有很长一段时间。现在打了胜仗不大愿意这样想，但是耽溺于这份感情是不行的。

尼基津带着三个将军乘坐自己的和柯尔都诺夫的各一辆“爱姆卡”走了，谢尔皮林命令师长腾出四辆卡车把德国军部的军官们也送到集团军司令部去。

“上校，干吗垂头丧气的？因为那德国人不肯向您投降生气了吗？算了，有什么了不起！反正他和他的整个军部是被您和您的师俘虏的，不是被我或者任何别人。不过德国将军我们要抓活的，不要死的，所以不得不遵守礼节。”

“一切都明白，将军同志，”柯尔都诺夫说，“坦白说，在我的部下面前实在难为情：我是他们的师长，我们把他俘虏了，可是他竟拒绝向我投降。”

“这有什么难为情，”谢尔皮林说，“让那个德国人去难为情吧：他是一个中将，军长，可是您一个上校就把他连同他的指挥部全体人员都俘虏了，其中光是上校就有十来个。今天你们抓了多少俘虏？”

“目前毛估起来超过四千。”

“师里到今天为止剩下多少人？”

“不到两千……”

“您瞧，”谢尔皮林说，“平均每一个士兵抓到两名俘虏，您还在那里难为情。”

“这都可以理解，将军同志，”柯尔都诺夫说，“打胜仗当然是事实！”

虽然他这样说，但从他脸上委屈的神情还是看得出，对于德国中将拒绝向他本人投降这件事，他气犹未平；其实，柯尔都诺夫上校早就够资格当将军，可是几乎到手的头衔两次都被硬克不放，到如今还添来这番麻烦！

谢尔皮林从他的眼睛里看到了这无言的责备，但什么也没有回答，和他握了握手，回集团军指挥所去了。

在路上谢尔皮林带着一丝冷笑回想起刚才的一桩事：那个德国中将和他的军官们告了别，表现了令人敬佩的——不管你愿意不愿意——那种自制力以后，已经准备上车，这时他转过头来，眼眶里带着还没干的泪花，向谢尔皮林说：

“将军阁下，按照投降条例，我希望我们所有的私人财产……”

谢尔皮林作一个姿势没有让德国人说下去，他指着尼基津，这一次不通过翻译就直接用德语回答：

“关于你们的私人财产问题同上校接洽。”

他没有放过机会这样说，其他不再附加一个字，就掉头走开，不过在他们走后，他还是建议柯尔都诺夫派专人看管将军们的那些手提箱。

“他们讲究手续清楚，凡是合乎投降条例规定的东西，全部会向您要。您负责一下，别让斯拉夫人落一个坏名声。”

回到集团军司令部，果然不出所料——那里根本顾不上庆祝胜利。当然，今天每个人心里都像在过节，可是事情忙得转不过身来！巴久克比谢尔皮林先回司令部，他在电话里第一桩事情就是要求在发晚间战报之前把各师俘虏的人数以及缴获的战利品造出详细的统计表，还叮嘱切不可漏掉他们集团军各部队通过战斗所占领的地区的准确界限。巴久克要显示成绩，自己的功劳不能让友邻部队占了去，要是有某一辆被缴获的坦克或者一门高射炮恰恰在分界线上，那么，不管友邻怎么算，我们反正把它记在自己账上。万一漏掉了什么，可后悔莫及，因为这是最后一次战报了。

所有这些事情非埋头干到深夜完不了。

巴久克又来过几次电话：先是吩咐谢尔皮林立刻填好嘉奖集团

军参谋部军官的申请书，“免得事后诉苦”；后来又要求澄清一桩误会——据各师所报，今天集团军共俘获将军五人，可是方面军声称他们那里只解到四个，第五个丢了。幸亏谢尔皮林知道这件事，他解释说：报告没有错，集团军的确俘虏到五个将军，那第五个发生了疑问的将军其实并无疑问；希特勒三天以前才通过无线电授给他将军头衔，而他穿的还是上校的军服，这是他在投降的时候自己说的。巴久克这才放心。

“您还有事吗，司令同志？”

“没有了，”巴久克说，“还有一桩。回头签署了晚间战报，我们一同吃晚饭。我们到底还是不是人？”

但是晚间战报要到二十三点钟签发，在这相当长的一段时间内，巴久克还来过电话，师里也有电话来。最后，已经很晚了，谢尔皮林又被叫到扎哈罗夫那里去与他以及后勤副司令一起讨论有关今后集团军的供应和给养等一大堆问题。

他们讨论了很久。当整个集团军需要从一条轨道转上另一条轨道的时候，简直什么问题都产生了！在战斗中是一回事，那时每天抱着马上就要结束的希望；停了火又是一回事，人们在极度紧张的情况下到达这个境界，总想暖和一下，洗洗澡，在比较像样的条件下睡它几觉。可是，单单让所有的人好好洗一下澡，换换制服，又谈何容易呵！多少士兵的内衣要洗，多少毡靴要打掌子，多少皮靴要打补钉！此外，德国人住过的地方难道不需要消毒吗？闹起伤寒来可不是闹着玩的，而他们身上普遍长着虱子。汽车从俘虏纵队旁边经过，每次可以看到他们在搔痒……尸体也得收拾收拾，至少先得把通道上的收拾开，这还不包括每一座地窖里都整齐地堆着的那些。这些活谁都不乐意干，可总得有人干。

他们甚至抱着一种自私的希望：但愿他们的集团军尽快调出斯大林格勒。到一个新地方尽管困难很多，麻烦总比在此地的废墟堆里要少一些。当然，这里势必有一部分人要留下来，那时他们就是主要的替罪羊。打扫战场，清除地雷，收拾尸体，全派到他们头上。但愿不要派到我们头上。最后终于谈妥了所有的问题，后勤副司令回到他的第二线去了。谢尔皮林也打算回去催下属早一些把战报搞出来，以便余下一点时间自己再看一遍。但扎哈罗夫留住了他：

“你有十五分钟吗？”

怎么回答呢？他不但希望有十五分钟，最好有一个钟头，两个钟头，仰靠在椅背上，伸伸懒腰，取出一支烟在匣盖上敲两下，不慌不忙地点火抽起来。但这一切还不可能。而十五分钟当然有。任务交下去了，机器已经转动起来。

“怎么样，费多尔·费多罗维奇，坦白说，是不是已经把所发生的一切都装在脑袋里啦？拿我来说，还没有完全装进去。”

谢尔皮林据实回答，说他也有同感。这一天固然已经盼了很久，可现在还是保留着这样的感觉：难道这是真的？难道真的结束了？

接着他以等待的目光望着扎哈罗夫，他懂得这不过是开场白，在这样忙碌的时刻扎哈罗夫把他留住不是为了说这几句话。

“费多尔·费多罗维奇，我想问问你的心境怎么样？”扎哈罗夫问，稍隔一会又附带说明，“不是我自己要问，是方面军表示关心。也许还不仅是方面军。”

“他们对什么事情表示关心？”谢尔皮林警觉地问。

“关心你的情绪。我自己直到今天才从他们那里知道你的不幸。你并没有告诉我。”

扎哈罗夫的话流露出埋怨的意味。从他们良好的关系来说，这种埋怨是有理由的。谢尔皮林没有告诉他，因为这件事若要和盘托出，说来话太长。今天把他留住原来是为了这件事！开头他还以为扎哈罗夫要问他别的与这完全不相干的事情……

“教我怎么回答好呢，康斯坦丁·普罗科菲耶维奇？请原谅我没有先告诉你。如果我想对别人说，那一定第一个对你说。”谢尔皮林解开军便服的袋扣，取出一封信，“你拿去看吧。关于姓氏的问题你不必奇怪，他用的不是我的姓。”说到这里，从扎哈罗夫的眼光看出他并不奇怪，这说明关于姓氏的问题他已经知道。

扎哈罗夫慢慢地把信看完，折好了还给谢尔皮林。

“为什么不说呢，费多尔·费多罗维奇？难道一个人憋在心里比较好受吗？”

“这是特殊情况。”谢尔皮林作了一个苦笑，“你先回答我，哪些你知道了，哪些还不知道。”

“大概全知道。”扎哈罗夫说。

“你是怎么知道的？”

“你的好朋友伊万·阿列克谢耶维奇到我们这儿来过，把这件事告诉了我。”

“那又为了什么，何必呢？”谢尔皮林生气地问，他认为伊万·阿列克谢耶维奇这一回不该越俎。

“当时曾经考虑将来把你的儿子调到我们集团军里来担任适当的职务。”

“也不征求一下我的意见？”谢尔皮林依旧生气地问。

“当然要征求你的意见。我们打算等战役结束以后，开始补充人员的时候，再跟你开诚布公谈一谈……”

“目的是什么呢？”

“想使你们父子和解。我们认为，这样对你对他都有好处。”

“战争已经使我们和解了。”谢尔皮林站起来，开始在房间里来回踱步。

“你坐下，不要激动。”扎哈罗夫说。事先他就预料到这次谈话相当棘手，但又不能不谈。今天白天，正当最忙的时候，方面军突然来电话，这样的电话一定事出有因。扎哈罗夫在这方面有足够的经验，他知道方面军司令部这次电话绝非空穴来风，一定涉及某一桩对谢尔皮林未知是祸是福的事情。根据电话推测，大概是福。不过这一类事情很难逆料。

他坐着等待在房间里来回踱步的谢尔皮林开口。但谢尔皮林还走了好久，一直不开口，后来才停下，用沙哑的嗓音问：

“不管怎样，关于迫使他上战场这一点，我是正确的，其余的事情我作不了主。但即使他在我们集团军里，那又怎样呢？……”他想说，在他们集团军里每一个人到了火线上都难保不死，但没有把这个意思完全说出，又开始在房间里来回踱步。

他一面走，一面在想儿子。爱或者不爱，爱的程度如何——所有这些说法都不足以表达实际感情于万一。试想：在自己身边抚养一个人到二十一岁，对他无话不说，满以为在你身边成长的是你的一部分，可是一旦发现：不然，这不是你的一部分。这种心情岂仅是爱或者不爱一言所能蔽之？这里涉及的问题要大得多，它关系到全部生活。

谢尔皮林坐下来，点一支烟，问：

“要不要向你作一番自白，啊？”

“你自己决定。”扎哈罗夫说。

“我看得出，你认为自己有责任听取我的自白。但是，你以为谈起来轻松吗？”

“说到责任，在某种程度上确是这样，”扎哈罗夫说，“我的身分到底是什么呢？说穿了，无非是一名高级政工人员，有责任听取人家的自白。”说罢，他淡然一笑，以此表明这话一部分是辛酸的玩笑，一部分又是十足的真情。

“当然，心情是沉重的，”谢尔皮林说，“且不谈他有妻子和女儿——我还没有见过她们的面。除了这一切，尽管我一再使自己相信自己做得对，事实上也确是对的，可总是无法否认是我把他推上了死路。不管对不对，反正是推了。”

“是啊，”扎哈罗夫说，“伊万·阿列克谢耶维奇把这件事告诉了我，当时我就想过：我们又能对他们作哪种程度的评判？”

“为什么不能评判？”

“我不是说不能，而是说——作到哪种程度？既然开始自白，那么我也说件事情给你听听。一九三七年，在沃罗涅日，我的一个最好的朋友被捕，住宅也被查封，当时我没有让他的妻子到我家来住。后来我通过自己的妻子接济她，但始终没让她住到我家来。我是这样想的：对我的朋友我无力相救，如果让他的妻子来住——我自己遭殃。昨天他的家被查封，明天也可能查封我的家。如果现在问我：当时我这样的想法对不对？我会回答说：看来是对的。对固然对，可是惭愧。三九年他回来的时候，第一个就来找我。关于妻子的事他知道，但他谅解到：如果我让她来住——我等于自杀。他纵然能谅解，可是我并不因此于心稍安。从此以后，我们见面总是他主动来找我。他见我无所谓，可是我没有脸见他。虽然当时也可能恰恰相反：不是他的家被查封，而是我的家被查封；不是他的妻子来找我，而是我的妻子去找他。当时也有人告我的状。”

谢尔皮林默默地吸着烟卷。

“你干吗不作声？”

“我在听，”谢尔皮林说，“确实如此。我同意你的话。”他把纸烟捺熄，立起身来，站着说：“说老实话，你把我留下来，开始我还当是为了另一件事。”

“你以为是什么事？”

“我以为也许尼基津告了我的状。”

“尼基津为什么要告你的状？”

“怪我自己愚蠢，”谢尔皮林说，“两天以前，副官出去了，我打开他的办公桌抽屉想找地图，偶然看到一本本子，本子里写着有关我的事情：‘今天谢当着我说……’‘今天谢当着我说……’我没有看下去，当下把抽屉推上，白天看到了尼基津，就冒冒失失地说：‘您去跟我的副官谈谈，教他明天就请求调工作，如果他不提，我要把他撵走。我以为他是我的副官，其实他是您的副官！’尼基津向我干瞪着眼睛，说：‘我不懂您指的是什么。’当时我正处在这样的情绪之中，居然会向他说：‘虽然军队里必须有肃反科，可是并不需要笨蛋！’说完，我掉头就走，否则难保还会说出什么别的话来。我回到参谋部，副官迎面走来。我劈头就问：‘你每天都把我当着你说的话写下来吗？’他说：‘是的，我认错，今后再也不写，我懂得。’我问：‘你懂得什么？’他说：‘我懂得写日记是被禁止的，我知道。’就这样他一句、我一句谈了起来，最后他把自己写的愚蠢的日记全部拿给我看，原来他幻想成为一个作家！就有这等事！看到别人这样大惊小怪，我会眼睛里冒出火来；可是一旦临到自己头上，也会不问情由胡来——结果冤枉了人！我以为尼基津恨我，向你告了状，要你教育教育我。”

“他半句也没有提到。”

“那更使我惭愧。”

“你没有把副官撵走？”扎哈罗夫说。

“现在还能把他撵到哪儿去？作为一名副官，还不合理想，可是世上的事情谁也拿不准，难保他不会真的成为一个掉笔杆的专家。我可以走了吗？”

“伤亡统计出来没有？”扎哈罗夫边问边送谢尔皮林到门口。

“粗略的数字已经算出来，”谢尔皮林说，“昨天和今天各师一共伤亡三百多，其中死了大约五十人。”

“好在今天终于把德国人歼灭，没有拖下去，”扎哈罗夫说，“要是拖下去的话，也许损失更大。”

“也许如此。也许并不如此。”谢尔皮林说，故意避免为自己作事后的辩解。这个问题在前天的军事委员会会议上他已经为自己解决了，当时他主张立即行动，认为牺牲不会太大，而为了尽快地摆脱羁绊准备走下一步棋子，作一些牺牲也是必要的。

“巴久克邀请了你没有？”扎哈罗夫问。

“请了。”

“那么，等签发了战报，我们还要见面！”

谢尔皮林回到参谋部，外衣也不脱，就问：

“战报怎么样了？”

副官回答说，战报正在打字誊清，再过几分钟就可以放到他桌上。

“好了马上报告，我到外面去站一会，透透空气。”

他走出木屋，两手抄在背后，抬头向空中望了一会。天空暗无星光。

“天气还是变坏了，我在忙碌中根本没有留意。”他想。忽然隐约传来飞机在高空飞行的低声哀鸣。有几架“容克斯”正想瞒过高射炮手从北方绕过斯大林格勒，准备向陷入重围的自己人作夜间空投：他们还不相信，一切都已经结束。

第十八章

飞机一起飞，天气就不好。大地时而露面，时而被掩住，后来飞机在能见度为零的情况下飞了很久。当大地重又露面时，飞行员从驾驶舱里出来，走到谢尔皮林身旁站住，说：

“我们打算还是不要在萨拉托夫着落。那里以及莫斯科的天气都不好。怎么样，将军同志？”

“何必问我？”谢尔皮林说，“我是乘客。”

“是，将军同志。同时我们还想把女伤员尽快送到！我去跟她谈谈，问问她的感觉怎么样。”飞行员从谢尔皮林旁边经过向机尾走去。

“让他们自己去决定，”谢尔皮林暗自默想，“一切听其自然。”他在想象中所说的后面那一句话已经不是针对天气而言，而是指突然被召往莫斯科去这件事。

昨天夜里，他已经铺开了床，脱去靴子，不料扎哈罗夫来电话要他去一次。只得重新穿好衣服前去，心里直纳闷：什么事情这样紧急？战斗已经结束了两天，明天烈士广场上要举行集会，他想在这以前好好睡一觉，带着清醒的头脑，精神抖擞，像过节那样前往参加。会不会是集会将有什么变动？在见到扎哈罗夫之前他这样想着，并没有作旁的推测。

“准备一下，费多尔·费多罗维奇，明天九点坐飞机上莫斯科，”扎哈罗夫说，“方面军军委来了电话。瓦西里耶夫召你去。”

“原来如此。”谢尔皮林情不自禁地喘一口气，喉咙由于激动而被勒紧，“瓦西里耶夫”在最近几个月里是斯大林的代号。

“到那里找谁？难道就这样直接去？”

“不知道，”扎哈罗夫说，“其余的事不在我们的管辖之内。既然召你去，到那里会有人接你。”

“集团军参谋部的工作向谁移交？”

“这一点暂时没有说明。”

扎哈罗夫摆开等待的架势看着他，但谢尔皮林顶住了这道眼光。他写给斯大林的信所涉及的事情不能随便跟别人说。他自己打定了主意，自己写的信，自己亲手寄出。如果事与愿违，他一人做事一人当——没有跟谁谈起，也没有跟谁商量过。

他硬着头皮不回答扎哈罗夫疑问的目光：宁可使对方见怪，也不使其为难。

“司令已经知道了吗？”

“知道了。他托我转告，明天七点钟要你上他那儿去一次。现在他已经睡了。不过恐怕不一定睡着，”扎哈罗夫暗暗在笑，“在气平以前，他干脆不愿意跟你说话。他在电话里一时火起连娘也骂了出来。他说：‘我跟参谋长刚开始合拍，已经有人拆我的台脚——要把他挖走！’你跟他居然搞得这样合拍，我可没注意到。”

“谁想得到呢？”谢尔皮林说，“你在这方面做了多少工作，换上别人恐怕谁也做不到。说实在的，形势也帮了忙。要是在连遭挫折的日子里，我跟他想互相了解恐怕更困难。你可以让我走了吗？”

“等一下！”扎哈罗夫从卷宗里取出刚从莫斯科后勤总部接到的两份密电给他看。一份说，鉴于集团军消灭了在斯大林格勒的德军以后，已落在战线三百公里以外，部队的给养标准应当改为二级。第二份说，根据同样的理由，建议停发战地津贴。

“这怎么能够理解？”扎哈罗夫抓起电报，把它们在谢尔皮林的鼻子前面抖了几下，“这样两纸公文教士兵和军官们怎么想得通？战斗刚刚结束了两天！难道他们俘虏了最后一个德国人，就应当受处分吗？！”

“全明白了，康斯坦丁·普罗科菲耶维奇，我懂得你的意思。”谢尔皮林说，他完全与扎哈罗夫同感，此外，他也清楚地懂得，扎哈罗夫就这两份电报发的脾气并非一时冲动，实际上是在向他暗示：如果你见到斯大林，哪怕头破血流，也一定要把这件事对他说。要是你不说，那我算是看错了人！

当飞机起飞以后在空中调整方向的时候，机翼下面又一次掠过斯大林格勒的废墟，那是几乎被战争夷为平地的一个个街区组成的灰白色的方格图案。

谢尔皮林想起有一次在中亚细亚进行操练的情形，他在沙漠上空作超低空飞行，忽然发现沙漠里平躺着几副人和骆驼的骨架，尸肉大半已被飞禽衔散……目前斯大林格勒的废墟就像那些沙漠里的骨架。

现在，飞机已经飞了一个多钟头，这一切已经远远地落在后面了。

“如果直接到莫斯科也好，”谢尔皮林心想，“索性睡一觉，到那边让机轮着地把我震醒过来！上一回飞往莫斯科去的时候，一路上老是想着妻子：是不是还活着？可是现在，已经没有人需要我担心是不是还活着这个问题了。”

他从军便服口袋掏出儿子阵亡的通知书，戴上眼镜又看了一遍。然后把信放回原处，但眼镜没有摘去，就这样戴着眼镜又坐了好久。他寻思着：儿媳是不是从赤塔搬到莫斯科了？如果还留在赤塔，事情比较简单——只需打听到她的地址，把军饷寄去。如果搬来了，少不得要谈一谈。可是怎么谈呢？不知道。因为不知道哪一些情况她已经了解，哪一些还不了解。

飞行员重又回到驾驶舱里。那就是说，他已经去跟那个女伤员谈过了。

这架飞机是多用性的。前面六个座位是软的靠椅，后面两旁排着铁凳，中间，在让乘客入座之前，先把一副担架安置稳妥，上面躺着一个青年女飞行员。甚至还系好了支索，以免飞机波动时担架随之震荡。

女飞行员是妇女轰炸团里的。她把德国人轰炸了整整一秋一冬，但这一次却不是在战斗中负的伤。昨天她在一次被迫降落中摔断了脊椎骨。她又年轻，又漂亮，才二十一岁，一动不动地仰卧在飞机中央，对每一个走近她的人总是盈盈微笑。

上飞机以前，谢尔皮林和一位女少校——轰炸团的团长——一起站在舷梯旁边等里边安置担架：少校是来送她团里的女飞行员的。

站在飞机外面忽然跟这位女少校认识，这倒是一桩奇怪的事情。

五年以前，一九三八年，当他第一次听到她的名字时，如果设想将来他们会在战场上相遇，他一定觉得不可思议，简直荒诞不经。

一九三八年，三个女飞行员在莫斯科—远东之间作不着落飞行的消息，他们是从一个前商务代办那里知道的。当时他们在集中营里，那个前商务代办在营管理处洗完了地板回营棚睡觉，把这个消息告诉了他们。

那次飞行的航线经过的最近之点离他们的集中营不算太远，大约在偏南三百公里的地方，但那是另一个世界里的另一种生活，这种生活与他们似乎永远绝了缘。然而，当商务代办把他在擦地板的时候听到的这个消息告诉他们的时候，他们居然还能够为之庆幸，庆幸那另一个与他们绝了缘的世界里这样的事情照旧在进行中。看起来，上面毕竟没有睡大觉，试验远程活动半径的飞机说明正在继续准备同法西斯发生战争。

"我们的女人真是好样的！"格林哥说，当时他们住在同一座营棚里。

"女人，可不是你的！"有人挖苦他说。

但格林哥不甘示弱：

"不，是我的。要是没有我，也不会有这些女人。要是我不把邓尼金[①]从奥勒尔赶到罗斯托夫，她们现在飞得成吗！"

谢尔皮林听女少校叙述她的女飞行员因伤致残的经过，他想起了这件事。后来，当他在飞机里向前走到自己座位那里去的时候，经过躺在担架上的姑娘身边，曾稍作逗留，把手举到毛皮高帽上敬一个礼。在靠椅里坐下来以后，他还念念不忘那女飞行员躺在背后，由于脊椎骨折永远成了残废。

有时候想到战争这样对待人的肉体，会使他突然愤慨起来。他难得这样想，但愤慨却更甚。打仗的时候，不可能时时刻刻记住，你接到的和发布的命令几乎每一道都包着血淋淋的苦馅，那是由人的死亡和残废做的馅。在他看来，几乎战场上发生的一切都是十分自然的：每天有人负伤、死亡，有人因为胆怯或不服从命令被枪毙，也不可避

① 苏联国内战争时期被红军歼灭的白匪头子之一。

免地有人成为自己人火力的牺牲品，或者被自己人埋下的地雷炸死，以及其他各种大大小小的流血事件，反正战争和流血一天也分不开。然而，有时候一个人蓦地走进熟悉的房间，会突然换一种眼光来看它；同样，他偶尔也感到愤慨：为什么要有战争？为什么战争每天、每小时、从早到夜把活人的肉体撕碎、截短、摧残？譬如现在躺在飞机里他背后的那个姑娘，就是被战争摧残的。她还在微笑，可是上半身已经死了……

飞机在萨拉托夫没有着落，但莫斯科暂时又不接受，只得中途在梁赞着落。在梁赞机场停留很久，为了不让女伤员受冻，把她从机舱里抬到值班场长办公室去，后来天气转好了，又把她抬上飞机。现在她不再微笑，看来，事先为忍受旅途劳顿储存的毅力已经耗尽，她不可能预料到在这里还要把她抬出抬进折腾一次……

人们重新坐上飞机，谢尔皮林从姑娘身旁经过的时候，又想起了格林哥，想起他在三八年骄傲地称那位女少校和她的同伴为“我们的女人”。难道格林哥的问题果真能够圆满解决？难道他没有被处决，没有瘐毙，可以恢复自由，而且还来得及打一阵子的仗？

一月份，谢尔皮林回前线去就任新职的时候，决意要为格林哥的事给斯大林写一封信，他准备在战役结束以后挑一个最适宜于读这样一封信的时机办这件事。可是实际上并没有按计而行。十九日，我军突破了德军的第二道防线，集团军司令部换了新的地方，移到格列穆奇村附近一条很深的山沟里。但是对于谢尔皮林说来，这个新地方却是非常熟悉的老地方，因为一九一八年他在这里呆过。尽管事隔已久，但决不会弄错。

当年，这条山沟里驻有红军哥萨克的一个骑兵连，它是某步兵旅的后备队，旅长是在沙皇军队里当过上尉的普拉符杜兴，后来格林哥接替了他的职务。当斯大林来到他们阵地的时候，格林哥还是团长。他们的观测所就设在这条山沟西南两百俄丈、环绕一座小高地的战壕里。右面另一座高地是炮兵营的观测所。

在集团军司令部移到这个地方的第一天，谢尔皮林就带了传令兵普季津到当年——一九一八年——所在的那个高地去。这里积雪很少，有些地方雪完全被风吹散，露出冻僵的斑纹草。路上看到三个弹坑，是我们的大口径炮弹炸成的，弹坑周围躺着被炸死的德国人。

高地四周都已翻耕过了，可是高地本身看来始终没有翻耕。先前向上通观测所的那条交通沟连影子也没剩下，可是说也奇怪，当年挖在坡脚下的一道战壕竟然保留着痕迹：一条蜿蜒曲折的小沟至今犹依稀可辨。沟里有少许积雪，使它显得比周围的一切都白。当年这是一个全掩体。伊万·阿列克谢耶维奇——那时的团参谋长——亲自督工，要求团里的战壕挖得合乎标准。说起挖战壕，团里的人们简直太在行了——在第一次世界大战中几乎每个人都挥过三年铁锹，——但是大家懒得干这活，因为都干腻了。由于伊万·阿列克谢耶维奇要求太高，人们背地里骂他“当官的”，并散布流言，说他是个旧军官。甚至有人在夜里向他放过一次冷枪。

当时斯大林步行走到他们那儿，汽车停在离阵地还有一段路的地方。他恰恰称赞他们的全掩体挖得好，并说要在革命军事委员会上给其他的防御部队作榜样。

看过战壕以后，他沿着交通沟向上走到观测所去，用望远镜向草原上看了一会，又回到战壕里。那一天相当平静，白匪哥萨克一直到晚上都没有射击。

一锅茶在篝火上煮好了，他们五个人一起喝着：斯大林、格林哥、伊万·阿列克谢耶维奇、谢尔皮林以及随斯大林同来的一个沉默寡言的人——不知是副官，还是警卫员。当他们坐下来喝茶的时候，斯大林用一根指头向那个人作了一个手势，那人就从挂在腰间的军用挂包里取出一个纸包，向锅盖上抖出一些舂得很小的糖块。斯大林笑了起来，他说：

“你们的茶，我们的糖。”

当时他在他们那里没有坐太久，问了一下士气和戒备状态，回答了他们几个问题，然后说他该走了。

二十五年过去了，现在，谢尔皮林站在当年察里津[①]战壕遗留下来的一条白蛇似的雪沟旁边，回忆着那时候的全部情景：篝火堆在什么地方，喝茶的时候各人坐在什么位置。他记得，靠边是那个穿皮

① 1925 年改名为斯大林格勒。

茄克的沉默寡言的人，然后是斯大林，斯大林旁边是格林哥，谢尔皮林和伊万·阿列克谢耶维奇坐在另一边，面对着斯大林。他记得，糖块舂得很细很细，喝完了茶，当斯大林站起来走开时，那个穿皮茄克、不爱说话的人还拿起锅盖把剩下的糖倒回纸包里去。

后来，谢尔皮林和伊万·阿列克谢耶维奇留下，格林哥去送斯大林上车，回来后，他称道斯大林对他们所提的有关粮食以及共和国各战线形势的问题作了坦率的回答，并不讳言情况的严重。

这是一九一八年的事情……

传令兵普季津在谢尔皮林背后等得不耐烦，他搞不懂将军在这块荒地上发现了什么新大陆，可是谢尔皮林站在那里思量着：除非永远不为格林哥的事给斯大林写信，否则今天就写，因为今天命运不仅把他带到了这个地方，而且可以说是向他发出了命令：快写！

夜里，他写好了信，可以设想，现在他被召往莫斯科就是为了这封信的事。信的开头他这样写：现在，一九四三年，他又来到了一九一八年斯大林同志来看过他们的那个地方。归根到底他请求对格林哥的案件予以重新甄别。信上说，他不但从共事中了解格林哥这个人，而且可以证实，即使在囚犯营里格林哥也始终忠于苏维埃政权，忠于斯大林同志本人。末尾他写上："亲爱的斯大林同志！我认为有义务向您报告，军长格林哥对祖国的忠诚并不亚于我，他能够和我同样地保卫祖国，抗击法西斯侵略者。如果您相信我，那么，我和军长格林哥两个人都应当在我所在的前线；如果您不相信我，那么，我们俩都应当在他所在的地方。"

写完了信，当他重新读到这一段时，不禁打了个哆嗦，几乎想把这一段删去，但没有让自己这样做，就把信发出了。信寄出以后，一连好几夜，虽然疲劳困倦，还是长久不能入睡。一直过了一星期，才算能够迫使自己不去想这件事。他像在战斗中一样抱定这样的看法：事前不管怎样多番斟酌，犹豫再三，一旦向前冲了出去，再考虑该不该这样做——已经晚了。

飞机在莫斯科中央军用机场降落，当谢尔皮林第一个出机舱下舷梯的时候，从一辆直开到飞机跟前的"爱姆卡"里迎着他走出一名高个子少校，佩着嵌蓝条子的金色肩章，一只手举到护耳帽边，问道：

“是谢尔皮林少将吗？”

“是的。”

“我是来接您的。”

“我的东西在机舱里，”谢尔皮林说，“一只手提箱和一只行李袋。”

“司机会拿走的，”少校说，“我和您先去打一个电话。电话就在这里不远。”

少校指指几十步外一座漆着迷彩斑点的两层楼房。谢尔皮林记得，一月份他和阿尔杰米耶夫曾在值班场长那里避寒，等候起飞。

“走吧。”他沉住气不问要给谁打电话。只瞟了一下少校的肩章，问：“你们这儿莫斯科新制服换了多久？”

“一个星期。”

他们登上二楼，但没有到谢尔皮林避过寒的值班场长室去，而是走进另一间钉着“场长室”牌子的房间。

“谢列兹涅夫在吗？”少校问一个从副官桌旁站起来的中尉。

“在起落场上。”

“我们进去打一个电话。”

少校向房间里边一扇门点一点头，不等回答就把那扇门打开，好像这是他自己的办公室似的。他让谢尔皮林先走进去。

“我马上报告。”少校走到放着四架电话机的桌旁，拿起其中一部的听筒拨了号码，耳朵紧贴着听筒等了足有一分钟，然后用紧张的声音说了一个名字请那个人接电话，谢尔皮林曾听说此人是斯大林的助手。

“……我是鲁达科夫，现在向您报告。谢尔皮林少将已经到达。目前在机场上。是！我让他接电话……”

谢尔皮林接过听筒，刚刚说出“我是谢尔皮林”，就听到电话里一个嘶哑的声音生气地说：

“您跑到哪儿去了？斯大林同志已经问起过您，可是您还没到。”

“飞机停在梁赞等天气。”谢尔皮林说。

“时间被耽误了，”那个声音还是那样生气地说，“您在莫斯科有没有寓所？”

“有。”

“那就到寓所去等着。不得离开。明白了吗？”

“明白了。”

“叫接您的人听电话。”

谢尔皮林既没有听到一句“您好”，也没有听到一声“再见”，就把听筒回递给少校。

“我是鲁达科夫，”少校说，“明白了。是！明白了。是！”他放下听筒，看看谢尔皮林。“您的寓所在什么地方？”

“伏龙芝军事学院附近。”

“有电话吗？”

“有。”

“那好。如果寓所太远，或者没有电话，我奉命送您到‘莫斯科’饭店去。我们走吧？”

“好，”谢尔皮林说，“不过我需要问一下。这儿哪一部是市区电话？”少校告诉了他，他开始拨号，心想：“也许没有人接电话反而好。我还是到旅馆去等。”

电话好久没有人来接，他正想挂断，忽然听到一个陌生的年轻女人声音说：

“喂……”

“请叫一下玛丽雅·亚历山大罗芙娜。”谢尔皮林说。

“她不在，上班去了。”

“那么叫她的儿子听电话。”

“他也不在。”

“您是哪位？”谢尔皮林问，心中已经猜到了几分。

“他们的邻居，”年轻女人的声音说，“有没有话要转告他们？”

但谢尔皮林什么也没回答，放下听筒，转身对少校说：

“走吧。”

到了楼下，汽车已经停在门口，后座上放着谢尔皮林的行李。少校打开前座车门让谢尔皮林坐上，自己坐在后面行李旁边。谢尔皮林说了地址，汽车开动了。

“将军同志，要看报吗？”

“好的……”

谢尔皮林接过当天的《真理报》，把它展开，只看看标题，直到过了一半路程才勉强看下去，因为心里一直惦念着从机场打的那次电话以及那个生气的声音：“斯大林同志已经问起过您，可是您还没到……”

头版的情报局早晚通报中已经不提顿河战线。西南战线、南方战线、北高加索战线、外高加索战线、沃罗涅日战线、列宁格勒战线、沃尔霍夫战线各部队正朝原来的方向发动攻势，可就是不提他们的顿河战线。这条战线再也不存在了！当然，具有这样的战斗经验的方面军司令部会保存下来，转移到新的作战方向。但是哪几个集团军将被带走，哪几个将留作最高统帅部的后备军或调到其他战线上去——这又是另一个问题。“至于你本人的问题，更在未定之天，”他又想起了显然仅仅在两三小时以前刚问起过他的斯大林。

他折好报纸，向后递回给少校，说：

“谢谢。”然后对司机说：“就在这里，向右拐弯！”

汽车逐渐驶近他住的公寓大楼。

“将军同志，您没听说什么时候把保罗斯解到莫斯科来吗？昨天有消息说今天要解到。刚才机场上还有人猜测会跟您同机到达。”少校匆匆地问。按纪律是不能问的，但是好奇心压倒了纪律性。

“不知道，我不了解情况。”谢尔皮林说。

“您看见过他吗，将军同志？”

“我见过别的要人，没见到他。”

汽车在大楼门口停下。

“我再送您到寓所。”少校说。

谢尔皮林不说什么，下了车，向司机点点头，踏着楼梯走上去，一边在想，到了上面如何跟儿媳见面，还不知道她是否已经得悉所发生的事情。少校拿着手提箱和行李袋靴声橐橐地跟在后面。

电铃仍旧没有安上，只得敲门。门开了，谢尔皮林跨进一步，看到面前一个年轻女子还握着门的把手，她穿一件印小花的绒布连衫裙，肩上披着皮袄，套一双毡靴。在她后面，一个三岁左右的小女孩，穿着同样的绒布连衫裙，握住另一扇半开着的房门的把手，站在他的房间门外。

他继续站在门口，看着那女子毫无表情的脸，向她伸出一只手，说：

“我是谢尔皮林。”

“我叫安娜。”她机械地说，接着，皮袄从肩上掉下，她扑过来把脸埋在他胸前，粗硬的卷发擦着了他的嘴唇。旁边的小女孩哭了起来，跑过来扯母亲的衣服。

“看得出，她已经得悉，但事情并不因此变得简单！”谢尔皮林忖道。

他感觉到少校在后面用肩膀把他推开拿着行李挤进门来。挤进来以后，少校继续提着行李，隔着安娜的头向谢尔皮林看看，听候吩咐。

“谢谢。请放在这儿。”谢尔皮林说。

少校把手提箱和行李袋竖放在地板上。行李袋倒了下去。他把它扶直，让它靠在箱子上；然后，又一次用疑问的目光看看谢尔皮林，敬了一礼，侧着身子挤出门去。可以听到他飞奔下楼的声音。

“先把孩子哄住。”谢尔皮林说着关好了门。

安娜从他胸前退开，用手擦去脸上的眼泪，打了个苦噎，又擦擦脸，然后用近乎平静的声音说：

“她不懂事。看见我哭，她也跟着哭……”

还拉住母亲衣裾的小女孩也收住了啜泣，不再抽噎，向谢尔皮林望着。

“您得悉很久了吗？”谢尔皮林问。

“今天是第五天……路上我还不知道……”

安娜张大了嘴，谢尔皮林以为她又要嚎啕大哭。但她没有哭出来，只是像吞下了一团很大很大的东西一般，甚至胸膛里边因而感到疼痛，但见她痛苦地皱了一下眉头。

“我们把您的房间占了。”

“对，”谢尔皮林说，“我很快又要走的。”

他从地板上把安娜掉落的皮袄捡起来，不知道如何是好：是交给她，还是挂在衣架上。他觉得屋里比他上次来的时候暖和了些。但安娜接过皮袄，仍旧把它披在肩上。

“有暖气，可我还是觉得冷。”

这是一件旧皮袄，打着补钉，使用时间已经进入第二期，说不定已经是第三期。“瓦季姆离开远东的时候没有缴回公家，留给了妻子……”谢尔皮林心想。他又一次看看站在他面前的女子，这才发现她个子长得很高。她和瓦季姆走在一起一定不比他矮。他想起了政治副旅长来信中的字句：“从坦克里被抬出来……没有恢复知觉……”可是“抬出来”的是什么呢？关于战地现场的情况还是知道得越少越好！

“到房间里去吧。”安娜说。谢尔皮林脱去外衣的时候，她在他背后悄悄地把手提箱和行李袋从穿廊搬到房间里去了。

他走进房间，小女孩正站在手提箱前全神贯注地把锁簧舌头嘎嗒嘎嗒打开又关上，关上又打开。

“别动。”母亲说。

“让她玩吧。”谢尔皮林在桌旁坐下来。安娜坐到他对面。

那一天夜里他和儿子就是这样坐在桌旁。他和现在一样坐在这一边，儿子坐在安娜那一边。现在，这个女子坐了下来，一手托着腮帮现出寡妇的愁容，另一只手在皮袄下抱住自己的肩膀，似乎很怕冷的样子。她的容貌年轻、美丽而又寻常：鼻子哭得有点儿红，宽阔的嘴唇被咬得裂开了，头发还是很久以前烫的，现在用一把小梳子马马虎虎夹着。这是一张美丽而不起眼的脸，这样的脸在俄罗斯要多少有多少。

不知什么缘故，在他想象中儿媳是另一个样子：个儿不高，讲究整洁，对自己的外貌很注意。那天夜里他对相片匆匆一瞥得到的印象便是这样。

“我是三十一号在前线接到通知的，”他说，“您呢？”

“我是到了以后……他的一个同志受他委托在火车站接我。这位同志用车把我送到这里才告诉我……路上我还不知道，连想也没想。瓦季姆上前线去我也不知道，我以为他在莫斯科。他叫我们搬来的信上没有写这件事，怕我不肯离开赤塔。我以为他会来车站接我们。结果是他的那个同志菲里蒙诺夫来接的，他告诉我说，瓦季姆上前线去了。一直把我们送到这里以后，才说他已经牺牲……”

她又发出一声悲叹，现在代替她的眼泪的是喉头又重又硬的一团东西，她好不容易把它吞下去，又疼得皱紧眉头。

“第二天，玛丽雅·亚历山大罗芙娜把他的信交给我。他写的是这里的地址，让信在这里等我。信寄到的时候他还活着。我拿给您看……”

她站起来，走到一座书架前，从一方绣花小巾下取出一封信，把它放在谢尔皮林面前的桌上。

小女孩还在角落里嘎嗒嘎嗒玩弄手提箱的锁簧。

“我忘了问，您路上辛苦，大概想吃东西了吧？”

“是的，我饿了。”谢尔皮林说，其实他自己也不知道饿不饿，完全忘了肚子。他告诉她，行李袋里上面一半都装着食物，教她看看是些什么东西。

“我们这里有，”她说，“我熬了够两天吃的汤，还有第二道菜。他在这里给我们留下了自己整整一个月的口粮。我们什么都有……”

说到这里，她发出的不是哽咽，而是一声痛苦的号叫。然后走到小女孩那边，把她从手提箱前面拉开。

“走吧，乖乖，我们到厨房里去。”

儿子写给她的信是一封普普通通的家书。他写道，他们的部队正在痛击法西斯侵略者，他平安地活着，一切都好。他预先对她搬到莫斯科来住表示欢迎。信上说，她要找工作可以跟菲里蒙诺夫商量，那位同志会作出安排。他在信末拥抱她，吻她，给女儿还画了几只长尾巴耗子。就是这样一封家书！可是写这封最普通的家书的人已经不在世上，因而读起来心情沉重。信末有几句涉及谢尔皮林。儿子要求妻子不要移动任何物件，让一切保持母亲生前的原状。否则，要是父亲突然从前线回来，看到房间里有什么地方和母亲生前不同，会不高兴的。

“关于他和我之间以及他和母亲之间的一切，究竟哪些她已经知道，哪些还不知道？全部知道恐怕不见得，不过肯定知道一部分。多年生活在一起，不可能一无所知。想必他总得解释为什么母亲始终不复他的信。”

他向床罩弄皱了的床上看看，被回忆引起一阵内心的寒栗。在痛苦的心情驱使下，他用拳头捶了一下桌面：这个遭到诅咒的家！简直不是家，是停尸室！

当他用拳头捶桌子的时候，不知什么东西发出叮铃一声响。电话？他霍地站起来，侧耳谛听——不，这是他的幻觉！

“如果他召见我，我要告诉他，”他想象中出现了斯大林，“三七年这一年单是在我们一家就造成了什么样的后果……当然，我不会说，也不敢说。即使我有胆量，只要仗还在打，毕竟不是谈这个问题的时候。”

甚至到了现在，儿子已经死了，他依然认为当时不可能用别的方式对待儿子。不管怎样，当时他没有对儿子表示绝望，仍然把他当作一个人，才要求他这样做。如果他处在儿子的地位，他也会对自己提出同样的要求。儿子照办了。人也死了。如果那天夜里儿子不是自己发起这次谈话，单单说明一下来意——请求同意让他的妻女搬来，——那么，儿子现在肯定还活着，还在他的汽车管理局服务，也会到火车站去接妻子，和她一起睡在这张床上，安然无恙……

“她到厨房里去了好半天在做什么？”谢尔皮林从桌上拿起那封信，走到书架前把它放回原处——一方绣花小巾下面。“让一切保持母亲生前的原状……”既然母亲已经不在世上，还有什么能保持母亲生前的原状？哪怕把所有的东西全部倒翻过来也无所谓——甚至反而好些！反正已经家破人亡。剩下的只是他孤单单一个上了年纪的人，还有他留在斯大林格勒的传令兵普季津，他也上了年纪，暂时——战争期间——也是孑然一身。此外便是这个女子——安娜——和她的女儿，也是他的孙女，现在他必须为她们做些什么，必须采取某种态度对待她们。不管你愿意不愿意，从现在起，这一切也是你生命的一部分了！

他想给伊万·阿列克谢耶维奇打电话，对他说：“伊万，我来了！”但是纵然很想这样做，还是把这个愿望抑压下去。在你的信吉凶未定之前，跟伊万·阿列克谢耶维奇通电话或者见面都没有好处，相反可能在非你所愿的情况下连累人家。

安娜从厨房里拿来了一份刀叉勺匙和一盆汤。小女孩端着一只小盘跟在她后面，盘里盛着一片一片切好的面包。她走过来，把盘子放到桌上，又跑到房间角落里手提箱那边去。

安娜走出去，回进来时带着一只干净盆子和一只长柄锅。她说：她们把所有的餐具都放在厨房里，饭也在那里吃。

“我也可以到……”谢尔皮林才开口，可是安娜不让他说下去。

“您说哪儿的话！”并在对面坐下来，“要喝茶吗？”

“好的。那么你们呢？”

“我们也喝。您喝完了茶，想必要休息休息吧？路上辛苦啦。”

“暂时还不想。”

“待会儿我给您把被单、被套换去，柜里有干净的，”她再向床上点点头，“我把这些搬到沙发上，我们就睡在那儿。”

“这又何必？……”谢尔皮林说，“你们还是在老地方睡，我睡沙发。很可能还有命令来叫我去，所以暂时我不想脱衣服休息。”

“那有多不方便。”安娜说；从她脸上看得出，她的确因为自己呆在这个房间里而感到不便，并不只是说说而已。

谢尔皮林喝完了汤，不让她把第二道菜放在另一只干净盆子里。

“就搁在汤盆里也行，何必多洗家伙？别搁太多！我以为自己饿了，其实一吃就饱。今后我们这样说定：这里从此再也没有我的东西——被褥也罢，床单也罢，一切都不再是我的。这里的一切从此都是您跟她的。”他向小女孩那边点点头。“房间也是你们的，希望您这样对待这个问题……万一我以后再来，我就睡这张沙发。瓦季姆在信上提到了工作，那是什么工作？”

“他指的是让那个菲里蒙诺夫把我安排到汽车管理局去当打字员，我会打字。可是我不愿到那里去。”

“为什么？”

“我不愿意。”

她没有说明理由。或者不喜欢打字工作，或者不喜欢菲里蒙诺夫这个人。她不作解释，但谢尔皮林看她耸肩膀的神态明白，她是不会去的。

“我决定到被服厂去。在火车上，同车厢一个女乘客告诉我，她母亲在缝纫车间当工长。她们那里是做制服的。今天我已经打过电话给她……”

“到厂里去必须有真正的缝纫技术，光会缝缝补补是不行的。”

“我干得了。我们在保育院里从五年级开始有裁剪和缝纫课。后来我还在缝纫工厂干过两年。”

“这么说，您是在保育院里长大的，”谢尔皮林说，“父母都没有了？”

“母亲死得早，”她说，“父亲不久就离开了，把我扔给了姑姑，姑姑再把我送进保育院……”

“现在父亲在什么地方？”

她耸耸肩膀。

“不晓得。”

“那么您几时到厂里去？”

“从星期一开始。我一个人跟她在这里实在呆不下去。”她指指小女孩。

“她怎么办呢？”谢尔皮林问。

“据她们对我说，那里有一个幼儿园。明天我自己去了解一下。要不是她，我就到部队里去啦。”

“去当什么呢？”

“当什么都行。战前我用步枪和那干式手枪作任何姿势射击都考到‘优等’。您可知道，在远东，我们这些军官妻子……”

说到“妻子”两个字，她稍许顿了一下，但没有让自己哭起来。

“我知道……”谢尔皮林说。

“可是带着她怎么能到部队里去？我舍不得把她送进保育院，我自己在那里呆过也就够啦。当然，我们在保育院里过得不坏，但我既然活着，决不把她送去。信您看过了吗？”

“看过了，”谢尔皮林说，“我把它放在老地方。”

“他没有给您写信？”

“没有。一个月以前，在料理母亲丧事的时候，我和他在这里见了最后一面。以后他没有来过信……”

“您在一个月以前见过他，可是我已经快一年了……自从他离开赤塔，再也没见过面。他打电报给我，说母亲的丧事已经料理完毕，并且见到了您，说您同意让我们到这里来住。另外又打了一份挂号电报，叫我们搬来……”

“看起来，关于那天夜里我们之间的谈话，儿子完全没有对她提起。”谢尔皮林心忖。

“我去拿茶来……”她把盆子收去，说，“奥尔迦，开门。”

小女孩把门轻轻打开，跟在母亲后面走出去，在她关门的时候，看到她小小的指头按在门的边沿上，谢尔皮林担心她会轧痛了手。

他把行李袋解开，在里边掏了一阵，取出没有包装纸、只用报纸包着的厚厚一条战利品巧克力。他打开报纸，把巧克力放在桌上。

安娜端来一壶浓茶和一壶开水。接着又去拿来两只茶杯，最后一次又拿来一只茶杯和一罐炼乳。看她一连走进走出好几次，谢尔皮林这才发现她有些跛相。

“您的腿怎么啦？”

她把茶杯和炼乳放到桌上，撩起裙裾，露出裹着绷带的膝盖。

“他们给包扎得我连袜子也不能穿。只好包上绑腿布套在毡靴里。”

“您在什么地方弄伤的？”

“在巴拉宾斯克，都是为了她，”安娜指指小女孩，“我向一个女人买了一杯热牛奶，付钱的时候，火车开了。我把牛奶交给女列车员，自己急急忙忙想上车，不料摔了一跤，膝盖在站台上摔破了……幸亏在鄂木斯克车停了很久，铁路医院看我可怜，给我洗了伤口，涂药包扎好。可是我在那里裹伤的时候，这小鬼差点儿从火车上跳下来，她急死了：‘妈妈哪儿去啦？’也难怪，我们老是两个人在一起，习惯了。您已经看到，她总是钉着我，一步也离不开……”

她说话的时候把茶倒好，然后往一块面包上涂了炼乳递给小女孩。

“吃吧。这是她最喜欢吃的东西。”

“还有巧克力！”谢尔皮林忽然想起来。

他拿起巧克力掰成好几块。

“她从来没看见过这东西。”安娜说。

“是战利品，德国货。德国人最近用降落伞向自己人空投这些东西，可是降落伞往往落到我们手里。”

“那里一定很可怕。”她说；谢尔皮林明白，在失去了丈夫以后，她目前还处在这样的状态中：一想到战争，心里就只有一个念头——那里一定很可怕。一个人本来活着，一下子死了，岂不可怕。

“对爷爷说：谢谢。”

由于不习惯，谢尔皮林起先甚至没弄清楚这个“爷爷”是谁。在听到乖乖的细声音说了“谢谢”，并且看到沾着巧克力的翘鼻子以后，他这才现出笑容，说：

“你吃吧。我口袋里还有很多，我不爱吃。”

说完，只见那小孩眼睛里流露出不相信的神情，她似乎听到了明显的谎话和怪事。“吃吧，吃吧，我不爱吃。喝吧，喝吧，我不爱喝，”——这一类话她肯定不是第一次听到，虽然才三岁，可已经懂得怀疑……

“我真的不爱吃，不骗你！”

“走吧，乖乖，我们去洗杯盘。”安娜站起来，把一只茶杯递给小女孩，其余的自己收拾起来向门外走去。

谢尔皮林望着她的背影，心想，虽然她现在穿着毡靴，走路一跛一拐，微微拱着背脊，一点也不注意自己的外貌，但她还是相当高大、美丽，更主要的还是一个非常年轻的女子。不管她现在心里多么悲伤，生活对于她还没有结束。

一九二一年，内战结束以后，他受托来到自己未来的妻子、瓦西里·托尔斯蒂科夫的寡妻那里，当时她非常孤独，随时愿意接受他的爱情，以致他起初简直不相信自己的幸福。他对这件事毫无思想准备，因为那时托尔斯蒂科夫死了才两年半，而瓦林琴娜·叶果罗芙娜不但在以后，而且在年轻时也是个很严肃的女人。然而悲痛一旦过去，那也就过去了；一旦爱上了人，那也就爱上了。至于因为亲戚邻居人言可畏而守节——她可不是那样的人！当时瓦季姆还不满五岁，不比他的女儿现在大多少……

安娜一个人回进来。谢尔皮林用目光向她提出疑问。在这段时间内，他已经习惯于小女孩老是在她后面尾随不舍。

“她吃了您的巧克力正在洗脸。我这就安排她睡觉。您一定要在沙发上睡吗？”

“我已经说过，何必再提？”

她点点头。

“瓦季姆跟我谈起过，说您的话说出以后就不再更改。”

“此外他还跟你谈过我一些什么事情？”谢尔皮林心里想这样问，他看着安娜背向他正在把床罩一折二、二折四折叠起来。

“菲里蒙诺夫告诉我，瓦季姆被埋在车站上一所学校附近，他把站名抄给了我。据您看，我们可以到那边坟上去一趟吗？”

他向她看看，稍稍犹豫一下，但还是直说了：

“恐怕不行……何况目前战线还不远。”

“人们顾不上我们，是不是？”她问。

他点点头，满意地认为这女子头脑还清楚，也不老是哭鼻子，她在悲痛中并不只考虑自己，还能为别人着想。他认为，不但现在，即使将来她也不必到那个地方去。在进攻中，加上又是冬天，死者一般都是就地埋葬，充其量不过插上一块小木牌，可是一星期以后已经什么都无法辨认，一切都被雪盖没了。

她走出去把小女孩带进来。

谢尔皮林离座起立。

“您安置她睡觉，我出去抽一支烟……”

“您尽管在这里抽，您一定习惯在房间里抽烟。瓦林琴娜·叶果罗芙娜也是抽烟的，瓦季姆说过。”

“是的，她的奶奶会抽烟，”谢尔皮林说，他因为能控制住自己的音调而感到高兴，“不过我还是出去抽……”

“奶奶，爷爷。”他一边想，一边在狭窄的穿廊里来回踱步。这些称呼很不习惯。小女孩的奶奶和姥姥都死了，而她的外公逃跑了二十年……如今很可能在前线某一个地方……这些适龄的爷爷、外公现在战场上多的是。传令兵普季津从十二月起也当了爷爷——他接到了家里来的信。

为什么儿子临去前线还要把家眷接到莫斯科来？是不是这里的居

住条件比她们那里好？是不是指望伙食会好一些？还是估计在战争结束以前他没有机会到赤塔去，而到这里来还有可能？甚至会不会事前就考虑到自己可能牺牲，那么如果她们在莫斯科父亲的住所，父亲总会照顾她们？这样的想法也是合乎情理的。

谢尔皮林在电话旁边走过，被胳膊肘碰到的听筒晃了一下。他已经想过好多次的一个念头又出现了：这电话到底什么时候响起来？要等多久？

安娜把门打开一点点，走到穿廊里。

“你让她睡了吗？”谢尔皮林不知不觉地开始称她为“你”，当他对某人开始有好感的时候，差不多总是这样。

她叹一口气。她的脸色很疲倦，看得出她自己也想睡觉。

“我按照您的意思没有给您铺被褥，只把一个枕头搁在沙发上，其余的东西都准备在椅子上……您要不要先这样睡下？”

“我马上去睡，”他说，“你先去睡好，我看你也跟女儿一样想睡，你躺下以后叫一声，我就进去。”

她点点头进去了。她才进去，电话响了。

谢尔皮林抓起听筒，听到了伊万·阿列克谢耶维奇的声音。

“你干吗躲着？人既然到了，可……”

谢尔皮林再也没听到什么。电话里发出喀啦一声，线断了。他喊了几声：“喂，喂，”只好挂上听筒，稍等了一会，等是不是有第二次电话打来。后来，他决定自己打过去——反正对方已经知道，——于是拨了伊万·阿列克谢耶维奇参谋总部的电话。

当他请中将接电话时，一个姓名陌生的少校回答说，伊万·阿列克谢耶维奇不在，并问：

“要不要向马尔登诺夫中将报告？”

“不，不用了。”谢尔皮林说完挂断电话，他已经明白，参谋总部里人事有了更动。副官换了人，而伊万·阿列克谢耶维奇的职位显然由那个马尔登诺夫接替了。

他好容易回忆起伊万·阿列克谢耶维奇家里的电话——他有很久很久没往那里打过电话，——于是拨了号。只不过想碰碰运气，几乎不抱希望，但电话里才响起第一阵铃声，他就听到熟悉的声音：

“喂！”

“伊万·阿列克谢耶维奇！我是谢尔皮林。”

“我给谢尔皮林打了电话，可是此公不愿谈话，把电话挂断了！”伊万·阿列克谢耶维奇带着吃吃的笑声说，“要是你有空，地址还没有忘记，那就到我家里来吧。要不要派车来接你？也许你有车？”

“告诉你，是这么回事……”谢尔皮林说。

电话里又发出喀啦一声，线又断了。紧接着，另一个声音——已经不是伊万·阿列克谢耶维奇——在很近很近的地方问：

“是谢尔皮林吗？”

“我是。”谢尔皮林说。

“下楼吧，汽车来接您了。”

第十九章

听到领路的人说“请进”，谢尔皮林先打开一扇门，再打开第二扇门，当他走进斯大林的办公室时，觉得房间里好像没有人。他走了几步，停下来，看见斯大林突然出现在房间深处，想必是从另一道门里出来的。谢尔皮林站住不动，斯大林两手反抄在背后，从办公室深处迎着他走过来。

斯大林身穿不常见的元帅制服，佩着宽阔的金色肩章，镶红条的裤子散着裤腿。他走起路来有些摇摆，甚至好像微露跛相，但同时脚步却又那么轻软，仿佛他穿的不是皮鞋，而是高加索的软靴。

这就是谢尔皮林得到的第一个印象，然后他报了到，迎着斯大林伸出的手把手伸过去，从近处看到了斯大林的脸，从而产生一种奇异的、几乎是不现实的感觉，以为一个人从肖像上走了下来站到他的面前。

“从我上次看到您以后，您稍稍变了样。”斯大林现出一丝瞬息即逝的笑容；谢尔皮林始终不明白他笑的是什么。

“可是您很少变样，斯大林同志。”谢尔皮林说。

斯大林向他看了一眼，用握着烟斗的左手作了一个不满的手势，表示这样不真实的话他已经听腻了，右手慢慢地、不大乐意似的向靠墙一张长桌那边一摆，说：

“坐。”

自己转身走向长桌较远的一端，那里放着一张靠椅——是他的座位。

谢尔皮林没有撒谎：自从上一次在一九三七年五月各军事院校联合毕业典礼上从近处看到斯大林以后，斯大林确实很少变样。只是背脊开始呈现老态，但在刚才斯大林转身向桌子那边走去以前还看不出。

“他是一八七九年出生的，比我大十六岁。”谢尔皮林这样寻思着跟在他后面向桌子那边走，在这以前他从未考虑过斯大林长他几岁。

谢尔皮林走到桌旁，坐在和斯大林相隔三把椅子的地方。在这样的长桌旁似乎不好意思坐得再近。

斯大林向他看看，用一根火柴剔着烟斗，暗暗一笑。

“这里不开政治局会议，不妨坐近些。”等谢尔皮林换了座位，斯大林突然开门见山地问：“您写信给我，说我们逮捕二级集团军司令格林哥同志是冤枉的。”

格林哥是军长，不是二级集团军司令，斯大林搞错了，但谢尔皮林不敢纠正。

“斯大林同志，我在对质的时候以及在营里都见过他。他对您极为忠诚。”

“这话我已经从信上看到，”斯大林说，“我现在问您：您是否绝对确信我们冤枉了他？”问题提出以后，他直盯着谢尔皮林瞧。

这样专注的目光表明他对于自己的权力之大已经习以为常，在他的逼视下，谢尔皮林开始感到不自在。他感到恐惧，但如果一开头不马上把这份恐惧从自己身上赶走，以后就赶不走了，所以他用生硬的、在空室里显得意外地宏亮的声音回答——由于紧张的缘故，听来甚至包含一种挑战的口吻：

“绝对确信。就像相信我自己一样。”

斯大林带着奇怪的面部表情看着他，似乎对于还有人敢这样跟他说话表示惊讶，然后站起来。谢尔皮林也跟着起立，不明白这意味着什么，是不是意味着谈话已经结束？但斯大林作一个柔和的命令手势把他留住，自己开始沿着长桌踱步。谢尔皮林被斯大林命令坐下以后，在椅子上向着他那边移转身躯。

斯大林默默地走到长桌的另一端，回过来，又走过去，在谢尔皮林面前经过的时候，再一次用专注的目光看看他。斯大林第二次走到长桌的另一端，还没有转过身来，这时他自言自语说了句什么话，声音很轻，谢尔皮林全凭自己处在极度紧张的状态中才勉强听到斯大林这句自言自语：

“要是找得到，再甄别一番。”

斯大林回到原位上坐下，眼睛不看谢尔皮林，那神情似乎知道他说的每一句话别人一定会听到，对这一点他从未产生过怀疑。他问道：

“有其他的问题要向我提吗？”

“有一个问题，斯大林同志。”谢尔皮林说。直到现在，他才开始意识到斯大林背朝他自言自语说的“再甄别一番”这句话的全部意义。

“说吧。”

谢尔皮林说了昨天夜里从扎哈罗夫那里听到的情况：后勤总部在取消战地津贴和把部队给养标准改为二级这两件事情上有些操之过急。

“他们太急了，”斯大林说，“我们已经加以纠正。现在我有几个问题要向您提。第一个：为什么还穿旧的制服？”

谢尔皮林绝没有想到斯大林会提这样的问题。

“斯大林同志，我们那里还没有新的，”谢尔皮林说，“今天到了莫斯科我才第一次看见。”

“这么说，此地有了，你们那里还没有，”斯大林说，“这件事他们倒不着急。认为此地重要，你们那里不重要。

他们给我们发了新制服，对于你们却不忙换发。可是在别的问题上相反又操之过急！”

他沉默了几秒钟，似乎忘了还有什么事情要问谢尔皮林，然后略微露出笑容，说：

“第二个问题涉及的已经不是形式[①]，而是内容了。如果要您担任集团军司令的职务，您意下如何？”

“我服从命令，斯大林同志。”

“四一年十一月您寄给我一封信，不顾自己的健康情况请求派您去前线。现在您的健康情况怎么样？”

---

① 俄语中“制服”和“形式”是同一个词。

“比那时好多了，斯大林同志。”

“既然您没有异议，那么我们就任命。”斯大林又微微一笑，看到谢尔皮林眼神里有问题，他默默地向对方表示可以提出来。

“斯大林同志，我什么时候走，去什么地方？”

“地方还是老地方，”斯大林说，“巴久克同志在集团军司令的位置上停留太久了。战争一开始他就指挥集团军。没有升得更高。现在有人提议把他升调。让他有更广阔的天地发挥他的才能。”

斯大林的话中包含着某种讽刺意味，这是毋庸置疑的，但猜不透何所指，因为明明说的是升调，不是降职。

“第三个问题，”斯大林说，“您可以根据自身的经验谈谈已经结束了的这次战役的教训，对于部队的状况以及接受新任务的准备程度，也希望谈谈您的看法。”

谢尔皮林如实作了回答：部队在已经结束的这次战役中表现得不坏。由于大多数人还是第一次参加这样大规模的进攻性战斗，某些错误的造成与这一点不无关系；然而，导致伤亡过大的原因往往是那种一味追求全线推进的老一套还没有根除。上级的指示要求每天在任何地方向前推进，哪怕是前进一步也好！这样做有时得付出很高的代价。为了占领几百米不解决任何问题的地带，往往要白白牺牲不少人的生命，其实这几百米地在占领某一关键性阵地以后立刻就能够转到我们手里。关于炮兵的问题也说了：某些综合性部队的首长在炮兵力量的使用方面尚待改进。在现代战争中，要求步兵推进必须同时使火力也跟上去——对于这一点看来还没有足够的认识。

他在说这些话的时候，因为斯大林听着并不打断他而感到高兴。他表面上说得很平静，内心却非常激动，他明白这才是他必须说的最主要的问题。因为，他自己的命运，不论他当参谋长还是司令，终究只是一个人的命运；甚至格林哥的命运也只是一个人的命运。而他现在说给斯大林听的事情，每天、每小时都关系到千千万万人的命运，关系到指导战争的作风，关系到这样一股压力——据圈内人透露，压力来自最高当局，——有时候它驱使着下面的人追求表面的成绩，造成无谓的流血。

谢尔皮林明知谈这个题目是危险的，但还是谈了，不过措辞颇为谨慎。

斯大林听着，眼睛不向他看。在谢尔皮林沉默下来之后，斯大林说：

“过去的已经清楚了。现在谈谈未来吧。您对自己的集团军今天的状况如何估价？”

虽然谢尔皮林明白这个问题十分自然，可是斯大林的话伤了他的心。难道他说的一切都是在说过去的事情？他的着眼点完全不在过去。他并不诿过于人，而是作为自身的经验教训谈到那些错误，这不仅因为他懂得，在这间办公室里对某人作出不好的评价会导致什么后果，同时也确实认为这并不是实质所在。问题不在于过去，更何况过去已经以胜利告终；问题是要使这些错误不再重复，无谓的牺牲不再增多。难道最主要的问题斯大林没有理解？这委实不可能！

谢尔皮林怀着惶惑的心情开始谈自己集团军今天的状况。斯大林立刻改变淡漠的沉思姿态，一下子有了精神，好像这才听到了他真正感兴趣的事情。他开始忽而打断对方，忽而提出问题：问各种武器的损耗数字、运输能力、人员缺额、接受并训练补充兵员所需要的时间。虽然问题提了很多，但可以感觉到他只对一件事有兴趣：什么时候可以把集团军作为一支完整的兵力重新投入战斗？

回答问题的时候，谢尔皮林忽然说出了战争以来曾不止一次在脑中盘旋的想法：我们的士兵受了伤，只要一出卫生营的范围，照例不再回原来的部队，其实这是不对的；如果让他们伤愈之后回到原来所属的部队，虽然运送要多费一些周折，却能从部队战斗力的提高得到补偿而有余。

斯大林听完了，但是据谢尔皮林看来，这一次他仍然把谢尔皮林希望使他相信的主要之点抛在一边，他提了一个只跟目前情况有关的问题：就集团军的规模而言，在最近三个星期内，这样做能为前沿额外补充多少具有斯大林格勒战斗经验的人员？谢尔皮林说了几个大概的数字。在三星期的时间内，效果当然不会十分可观，但谢尔皮林的意思是必须摧垮那一整套使伤员不能回到原来部队里去的制度！

“是啊，”斯大林忽然说，“我们要为夏季作好准备。”他把视线从谢尔皮林旁边经过投到挂在墙上的一幅地图上，问道：“我们的

‘T－34’型坦克在战斗中表现得怎么样？”

谢尔皮林说，据他看来，“T－34”型坦克挺好，但他本人对这个问题并无研究：虽然在四一年冬天第一次看到了这样的坦克，但到目前为止还没有大规模地和这些坦克配合作过战。

“早在四〇年，我们就用这样的坦克装备了一批坦克营。”斯大林说。

他的语调好像对于谢尔皮林这么晚才看到这些坦克表示有些奇怪。于是谢尔皮林自己也感到意外地说了完全不必要说的话：

“斯大林同志，四〇年我还在尼古拉·伊凡诺维奇那儿做客。”

“哪个尼古拉·伊凡诺维奇？”斯大林问，对方出乎意料的回答甚至引起了他浓厚的兴趣。

“我们一些军人在被监禁的时候，私底下这样称呼叶若夫。”谢尔皮林说；退却已经太晚，既然脱口说溜了嘴，就得说一个明白。

斯大林纵声大笑。后来他住了笑，一只手轻轻按在谢尔皮林肩上，带着揶揄的责备口吻说：

“亏你想得出这个时候去吃官司！”他把身体连同靠椅一起从桌旁挪开了些，目光从谢尔皮林脸旁滑过，手指使劲转动烟斗，甚至因而发出吱的一声。“叶若夫已经受到我们的惩罚。”

这话说得谢尔皮林毛骨悚然，斯大林站起来，横贯整个办公室走过去。谢尔皮林目送着他的背影渐渐去远，心想：“我要立刻把我藏在心坎深处关于那个时期的全部感想统统说出来！我要说：不单是我，也不单是格林哥，几乎所有我在集中营里遇到的人，包括军人和非军人，几乎全部都是平白无故遭到诽谤、告密，因为登上了不知从哪儿来的黑名单而身陷囹圄；对于所有这些人，只要现在为时尚未太晚，都应当采取措施——重新甄别、询问、了解，不能从审讯记录上去了解，应当派调查组去彻底了解事实真相：当初这一切究竟是谁搞的鬼，目的何在？总不见得是叶若夫一人之过，不管他是何等卑劣的恶棍！”

“采取措施吧，斯大林同志！趁现在还不晚，趁这些人还活着，还继续把希望寄托在您身上，采取措施吧！”谢尔皮林真想这样向他大声疾呼。

斯大林转过身来，现在脸朝着他正往回走，谢尔皮林有一刹那回忆起这张脸在三七年五月各军事院校联合毕业典礼上的模样。当时斯大林的脸色也和现在一样安详，可是一星期以后，图哈切夫斯基、雅基尔被捕，加马尔尼克自杀，一切的一切都开始了！

最初，在军事法庭第一次秘密开庭以后，谢尔皮林大吃一惊地相信了阴谋确实存在。他不可能不相信，因为除了确实存在这样一个可怕的、直到最后一刻才被揭露的冒险性阴谋而外，他想不出有别的理由枪毙这些人，要知道他们在一个月以前还被认为是军队里拔尖儿的人材。但是后来，荒乎其唐、骇人听闻的罪状临到了他自己头上，他和某些人一样做梦也没有想到会蒙受这般冤枉，——直到那个时候，已经不是在监狱里，而是到了集中营里，他才开始陷于迷惘：最初那些人会不会跟后来他以及另外一些人遇到了同样的情况？

他望着越走越近的斯大林，心想："我这就对他说：'斯大林同志，请您派人把事情查一个水落石出！把事情从头调查，必须从头查起！'"

斯大林走到靠椅前坐下，上身向前探出，凑着烟灰碟剔烟斗。谢尔皮林在情感的冲动下已经准备把想说的话一齐说出来，忽然，他从很近很近的地方看到斯大林一双毫不动情的眼睛里盘旋着某一个遥远而残酷的念头，也许是由于提到了叶若夫而产生的念头。谢尔皮林看到这双眼睛，恍然明白了在这以前始终不敢设想的一桩事情，那就是：有冤无处伸！

"您是不是有什么话想说？"斯大林问；有这么一秒钟，谢尔皮林以为斯大林看透了他心里所想的一切，但这一秒钟过去了，他明白，斯大林看着他显然表示再也没有问题要问，等着他请求告辞。

"我可以走了吗，斯大林同志？"谢尔皮林起身问。

斯大林始终没有把烟斗点起来，他向旁边略微摆一摆握着烟斗的右手，意思说："您要走就走吧，我不留您……"

这个手势既显得倨傲，同时也流露出好客的风度，仿佛他们的地位虽然悬殊，斯大林毕竟不能完全忘记自己做主人的身分。他让这只手保持这个悠闲的姿势逗留片刻，然后缓慢地站起来。

"再见，谢尔皮林同志。您有什么个人请求没有？"

“我可以立刻动身回集团军去，斯大林同志。但如果可能的话，请给我二十四小时在莫斯科料理一些私事。”

斯大林举目望着他，似乎想问：这算是什么个人请求？但他没有问，只说了一句：

“我同意……”接着用幅度很小的动作向门那边指了一下，“您只要告诉他们一声……”

谢尔皮林移动脚跟转身走出去，在关门的时候还感觉到斯大林的目光投在他的背上。

斯大林目送他好久，然后并不改变方向，跟着他向门那边走过去。

谢尔皮林离开时，以为他的命运已经在和斯大林的谈话中完全决定了。其实，最终决定他命运的时刻不是在谈话的刚才，而是在斯大林默默地望着他的背影的现在。他常常这样，不是看着人们的眼睛，而是当人们离去时望着他们的背影才最终地决定他们的命运。

斯大林走到谢尔皮林关好的门前，慢慢地转身往回走，又同样慢慢地再次走向门前。

“这些军人在囚犯营里居然用本名和父名称呼叶若夫为尼古拉·伊凡诺维奇。他们把这个太渺小的人物未免看得太了不起。从政治观点来看并不太坏，但是究竟可笑！”

斯大林回忆着叶若夫在这张桌子旁边最后一次和他谈话时的模样，回忆起来以后，他在办公室中央立停，独自一个人发出不太响的笑声。随后走到桌旁，伸手去拿电话听筒，但又缩回来，重新开始踱步。他想打电话核对一下自己的记忆力，问问关于那个人的情况——刚才他向谢尔皮林说：“要是找得到，再甄别一番……”指的就是这个人。但当他伸手去取电话听筒的时候，把记忆力集中了一下，好像想起来了……

电话不必打。一九四一年十月，莫查依斯克失守以后，局势岌岌可危，当时他曾下令把还被监禁的人中间许多人处决，他认为，——可能有根据，可能并无根据，——总之他认为，如果战局一败涂地，这些人对于他是危险的。那份名单上没有这个人。但后来，在四二年七月，他再次估计形势已经绝望，就打电话吩咐贝利亚再开列一份名单，——在第二份名单上有这个人……

如果他记错了，如果这个人当时没有被枪决，现在可以核查一下，把他放出来派到前线去。但斯大林不喜欢核查自己有理由引为骄傲的记忆力。他之所以不喜欢核查，倒不是因为可能有人把他记忆的错误当作话柄，——老实说很少有人敢这样做，——而是因为，自从很久以前他开始无情地践踏自己周围的人以来，他一直在自己造成的真空状态之中独断独行，自己指责自己记忆的错误以及其他的错误——或者更确切些说，指责那些他扪心自问间或承认自己做错了的事情。

以前的二级集团军司令格林哥于一九四二年七月在监禁地点被枪决了……斯大林的记忆发现了一处出入，这一点出入是存在的，但先前他没有注意到。这个谢尔皮林在信上写的是“军长”……可是那份名单上写的却是“前二级集团军司令”。是的，名单上确实是这样写的。

一九三七年，他曾经打算派这个人到白俄罗斯去接替别洛夫，他已经吩咐授予这个人集团军司令衔，并吩咐把他从远东召往莫斯科，可是第二天改变了主意……当时他对于这个格林哥的看法还摇摆不定……

当时的情形现在斯大林完全想起来了，再想起谢尔皮林，对他信末最后几行坚决的语气付诸一笑，说什么：如果斯大林同志相信他，那么这个格林哥应该和他一起在前线；如果斯大林同志不相信他，那么他应该和这个格林哥一起在囚犯营里！

信发出以后，谢尔皮林曾几次担心这句句子会把事情弄糟。但结果适得其反。首先，这句语气激烈异常的话促使经手的那些人立刻把这封信报告斯大林，不管他们对事情本身抱什么态度。不如此处理包含这样一句话的信件是危险的。其次，斯大林听了报告，看了信，这句话引起他注意的程度远远超过关于一九一八年在察里津郊外那次会见的回忆，尽管谢尔皮林显然指望通过这些回忆打动他的心灵。斯大林对这些回忆正如对其他许多往事一样无动于中。在他漫长的一生中，回忆实在太多了，这些回忆通常是被认为能教人承担某种义务的，但他却毫不在乎地跨了过去。和大部分回忆联系在一起的那些人，他认为有必要永远摆脱。如果他会在某些回忆面前退却，而不是一跨而过的话，他就不会自命为一个政治家，一个能决定革命命运，同时任何力量，包括他自己的回忆都不能使之退却的政治家。

谢尔皮林的回忆丝毫没有打动斯大林。引起斯大林注意的是这封信坚决的语气。斯大林专横地要求别人绝对服从，这已经成了他的规则。与此同时，在他残忍的天性中，作为这条规则的反面，也感到需要接触一些例外。在他身上间或也会像即闪即逝的火花一般对这样的人产生兴趣：他们敢于冒险，敢于提出和他既经形成或被认为可能形成的看法背道而驰的见解。由于对自己有了解，他对这样做的危险程度也能了解，因而更能赏识敢于冒这种危险的胆量。间或有这样的情况。但是相反的情况要多得多，这正是危险所在。

谢尔皮林写信时没有考虑这些，但信的激烈措辞不但引起了斯大林浓厚的兴趣——他对人们产生浓厚的兴趣，结果往往是人们遭殃，——还引起了昙花一现的敬佩心情。在这种情况下，有时他会如此匆忙地提拔某些人，仿佛急于在自己对他们尚未失去那种变幻无常的信任之前把他们的命运决定下来。

通过落到斯大林眼中的信上最后一句话，谢尔皮林让自己的命运直接取决于斯大林同志对他信任的程度，而不是取决于他自己有理还是无理。如果斯大林同志完全相信我，那他也应当相信我所担保的那个人；如果不相信我，那我也不想活了……

斯大林看到这一段得到的印象就是这样，他用蓝铅笔把最后几行划出来，把信交给助手，吩咐等斯大林格勒一役完全结束之后提醒他。昨天，在助手提醒他以前，他自己想了起来。他在和方面军司令通长途电话时，忽然问他对谢尔皮林作为一个集团军参谋长的评价如何。对方回答说，评价相当高。

“是否够得上升为集团军司令？”斯大林问。

“原则上没有问题。”方面军司令回答，在这样的场合他认为必须采用一些外交措辞。不论他对自己部下某人的评价如何，刚打过胜仗是不会撤换司令员的。

“别说原则上怎么样，您本人的意见怎么样？”斯大林问，在一阵很久的间歇之后，又说：“我们打算把巴久克同志从你们那里调走，提升他去当方面军副司令。”他确信会得到肯定的答复，但不愿在自己见到谢尔皮林之前得到这样的答复，就说：“您考虑一下。这个问题以后再谈。”

现在问题决定了。凭一封信给他留下好印象的那个人，在见面时也给他留下了好印象，斯大林对此感到满意：他很欣赏自己的洞察力——包括真正的和虚假的。

有一瞬间他甚至感到自己记起了谢尔皮林在一九一八年的样子，虽然事实上他并不记得。他对自己的察里津之行记得很清楚，至少因为这几乎是他唯一的一次到部队里去。别说现在，就在那个时候他已经不喜欢到部队里去，他在内心深处惧怕那些和他距离不够远的人。最初，他还常常推说不必要去，其实是不想去，而现在索性不再费神找理由来解释，甚至对自己也如此。他对那些日子里自己做的事以及自己的思路记得很清楚，但对于当时在前线会见的那些人几乎没有印象。这并不是因为他的记性比他们差，而是因为他绝少有必要回忆与他们的会见，比起他来，他们有多得多的理由回忆与斯大林同志的会见。

想到刚才谢尔皮林为巴久克担心的样子，他禁不住暗暗发笑。这种担心由于它的毫无意义使斯大林觉得可笑，因为他昨天虽然要方面军司令“考虑一下”，事实上巴久克的命运在前天就已决定。前天，一份侦探报告从负责这方面事务的人那里呈上来，出现在他的办公桌上，报告记录了巴久克显然趁打胜仗之兴喝了几杯带着几分醉意说的一席话。巴久克中将怀着感激的心情高度评价斯大林同志派到前线来的炮兵威力之大，同时他提到曾经和斯大林同志在第一骑兵军一起作战，现在可以说斯大林同志成了战争的主宰，但在内战时期，他得向斯大林同志讲解，炮弹是从炮口还是从尾部装进去的。

当然，斯大林从来没有向这个蠢货提过这样愚蠢的问题，这无非是一个笨拙的人说的一个笨拙的笑话，大可充耳不闻。有时候他对这样的事情最初会一笑置之，虽然这一笑也不是什么好兆头。但这一回却不同，他一下子就感到被触犯了尊严，——尽管他自以为对这样的事情并不介意，可是实际上未必见得。他一方面把人不当人看待，另一方面到底还没有丧失例如能够生人们的气这样一种人之常情。他早就知道巴久克这个人值得几何，他之所以在巴久克一生的各个阶段一再提拔这个人，并非由于对巴久克的才能估计过高，而是出于一种旧的好感，或者说得确切些是一种旧的习惯，此其一；其二，在这些疑云密布的漫长岁月里，他觉得巴久克执行任何命令都相当可靠。原先，在斯大林的心目中，这个人身上有一种东西可以弥补才能和知识的不足，因此巴久克在战前能扶摇直上，升任一个接着一个出缺的职位。要不是斯大林同志大力提掖，为巴久克扫清道路，战争爆发时巴久克绝不可能当上军区司令。

只有傻瓜才可能不懂得这一点，也只有傻瓜才料想不到战时由于连遭挫折曾有人主张撤去他的集团军司令职务。看来，巴久克的确不懂得，否则不会说这样的笑话。他不想一想，笑话说到了谁的头上；也不想一想，当着什么人说笑话。可见这是一个双料的傻瓜。那就让这位炮兵学权威领取他参加斯大林格勒一役应得的“库图佐夫”勋章之后，到北方的沼泽地带去，给以前他军区里的一名团长充当副手；对于这个当年的团长，斯大林同志没有帮过忙，没有大力提拔，他是在战时——不是战前——自己崭露头角的。

斯大林走到桌子跟前，按了一下铃，在按铃的时候已经把谢尔皮林和巴久克忘了。

“海军将领来了没有？”斯大林问一个应铃声进来的助手。

“从机场来的报告说已经上了汽车。”

“一到就请他们进来。”斯大林说，然后向铺着地图的一张桌子那边走去，地图上标着到今天上午为止的形势。

斯大林格勒附近的几个集团军已经腾出来了，但是参谋总部、方面军司令以及军事情报局局长在报告中异口同声地要求给比他预期来得多的时间进行补充和调遣。在那条战线上，进攻是从一月十日开始的，如果战役能在他给他们拟定的期限——一星期——之内全部结束的话，那么，原先估计让这几个腾出来的集团军准备投入新的战役所需的时间大致符合实际。可是现在与实际脱节了，原因是他们那边没有在他拟定的期限内完成任务。

斯大林格勒围歼战的军事成就是非常伟大的，而政治效果更是不可估量！但在最近的将来，有很多事情令人担心。高加索的德军没有被包围起来，使德国人得以分批逐步把他们的南线各军通过罗斯托夫抽往乌克兰。不久前西线上收效不大的战斗表明，面对着莫斯科仍旧有一股强大的兵群没有被击溃！当然，那些人照例用这样的理由为自己的战绩不佳辩解：他给他们的技术装备太少了！

某坦克工厂来报告，说在产量增长过程中时常出现停滞现象。他们不自己想办法扭转局面，反而向上面诉苦，在电报上自己把自己描绘成善心人，请求改善粮食供应情况。再也想不出什么新的办法！在冬季战役进程中，各坦克军团装备的损耗大得出乎意料。他们在前线都是这样，只图眼前，一味请求补充装备！装备只得给他们一些，其中一部分按计划是准备夏季使用的。这第三个夏季将会怎么样呢？盟国照旧仅限于打打电报祝贺胜利，含糊其辞地允诺利用一切可能打击德国，从这些诺言中有一点可以看得很清楚：今年夏天还是不会开辟欧洲第二战场。

他愤恨地想起罗斯福和丘吉尔最近的一通措辞特别含糊的联名来电。今天他还没有力量迫使他们按他的需要行动。这种无能为力的感觉和孤立无援的心情合在一起，有时会气得他手脚冰凉。在这场复杂的、大量消耗精力的赌博中，他一个人要对付他们两个：现在，信电往来，他一个人要对付两个；将来，到他们终于会晤的时候，他还是要一个人对付两个。事实的逻辑就是这样，尽管他不打算容忍之。

对他来说，个人智谋较量的因素在外交上当然占有极重要的地位，如果外交上遭到挫折，他那无法抑制的、虽然是难得外露的虚荣心就会受到损害。但是，现在他想到盟国的时候由于力不从心而引起的狂怒，却是一种复杂得多的心情。

经过长期残酷的斗争，他终于把人们置于自己稳定的控制之下，对于这些人，他是不喜欢的。但是，这些人生活的国家，也就是他的国家——多年来，他已经心安理得地把自己和这个国家等同起来；现在，他又把这个国家在资本主义世界里暂时不可避免的孤立状态视为个人的负担，因为整个资本主义世界虽然被战争撕成了两半，然而在排斥我们这一点上归根到底是一致的。

这一次他在想象中正是用了“我们”这两个字，虽然在极大多数场合他习惯地使用的“我们”仅仅是说给别人听的，实际上是他想象中的“我”的代用语。

门开了，于是他从办公室的一角迎着进来的海军将领们走过去，手指把玩着烟斗，眼睛望着地板，不让进来的人看到他眼睛里尚未熄灭的怒火。当他抬起头来的时候，脸上又现出那种多少年来精心练就的表情，在这些人面前，斯大林同志应当有这样的表情——他在想象中称呼自己“斯大林同志”为时已经很久，有时在说话中间也用第三人称这样称呼自己。

海军将领们曾经奉他的命令飞往远东，现在应当来向他报告为了加强海防和太平洋舰队所采取的措施，以备对日本作战。

“但是这一切都不是根本办法。他们说得对：我们一天不收回南库页岛和千岛群岛，我们在那里的舰队就一天不能摆脱束缚，在这样的情况下不可能有多大作为，”他怀着这样的想法跟进来的海军将领们一一握手，问他们从海参崴飞来路上可好。

从离开斯大林的办公室一直到家里，谢尔皮林精神上受到震荡之余始终未能平静下来。他机械地做了该做的一切：在接待室中央和斯大林的助手擦肩而过时向他道别，接过签了字的出入证，先后在三个地方交验了三次。当他已经上了汽车，坐在陪送他往返的少校旁边，准备离开克里姆林宫时，还交验最后的一次。

看起来一切都很顺利，他们明天即将开始在囚犯营里寻找格林哥，只要能找到，就能恢复自由。就你自己来说，今天还实现了你的一个最大的愿望，尤其重要的是你对自己有坚强的信心，相信作为一个集团军司令你比巴久克强，能比他作出更大的贡献。这种信心谁也夺不走，它不完全是你个人的，其中也有那些大变迁的颗粒，随着战争的进展，军队里正在越来越明显，越来越不可避免地发生着这些变迁。战场上各种各样的职务交到真正能胜任的人手里这样的事越来越多，而那些以前只是被认为能胜任的人，有很多正在体面地或不体面地离开战争的要津退到旁边去。

看起来一切都很顺利。可是死死地压在心上的分量却是那么沉重！为了克制震惊的余悸，谢尔皮林像一切具有健全头脑的人一样，在想象中把好的方面摆在第一位来分析所发生的事情。但是他始终未能恢复内心的平静，因为他从斯大林眼睛里所看到的实在太可怕了，即使像他这样性格坚强的人也会不寒而栗。

这一连串的事情犹如一条长廊。首先，对于是否相信格林哥这个问题，你回答说如同相信自己一样；接下来被任命为集团军司令；当你解释“尼古拉 · 伊凡诺维奇”是何许人的时候，他纵声大笑；之后，他把一只手轻轻按在你肩上，说：“亏你想得出这个时候去吃官司！”还说：“叶若夫已经受到我们的惩罚。”——但在这条回忆的长廊尽头，就像在死胡同里一样，乃是一双眼睛，这双眼睛告诉你的是：有冤无处伸！虽然只有一刹那的工夫，但这件事算得上谢尔皮林一生中最可怕的发现。这个结论他是从这样一个人的眼睛里得出的：这个人领导着一个国家进行了一年多攸关生死存亡的战争，而且为了争取胜利，显然正在做他所能做的一切——这一点谢尔皮林不容自己怀疑。尽管谢尔皮林从斯大林的眼睛里作出了如此可怕的发现，斯大林在谢尔皮林心目中仍然是这样一个人：如果有人向这个人开枪，必须毫不犹豫地用自己的身体去保护这个人。想到这里，谢尔皮林全身一震，他突然自己问自己：“三七年那时也许真有人打算向他开枪，于是一切由此而起？”是的，谢尔皮林现在会用自己的身体去保护这个人，这不仅是军人的天职，它还体现着一个信念：相信这个人的死对于一个战争中的国家会是一大不幸，它的后果将不堪设想。

谢尔皮林怀着憎恨的心情想到，如果这个人死了，德国人将会多么高兴；他回忆起当初带了一个团到莫吉廖夫附近去驻防，在行军中的一个休息日听到斯大林的广播演说。当时，除了他们听到的消息以外，斯大林突然开始讲话的口吻也使他们震惊，——他的口吻跟往常不一样，表明共同的灾难把他和他们全体联结在一起，并将在一起熬过这一场灾难。

当时，这些令人觉得突兀的话——“兄弟姐妹们，我的朋友们，我向你们……”——究竟是在怎样一种感情支配下说出来的呢？这仅仅是出于一时的激动，还是由于大难临头忽然重新意识到必须依靠人民群众？

谢尔皮林未加深思，但这一段回忆本身对于他非常重要，它的重要性一直保持到现在。

起先他甚至不明白为什么要抓住这一段回忆？其实因为这段回忆能冲淡他今天看到斯大林的眼睛以后所产生的念头，能帮助他往另一方面去想：他从这双眼睛里看到的可怕的东西现在已经成为往事，也只是往事而已。斯大林接信以后召见了他，并答应寻找格林哥，在谈到叶若夫时还说了那样的话——所有这些迹象岂不是都在为另一种想法提供例证？

他力图使自己相信事情确是这样，不可能不是这样，而且差不多已经相信了，但总有一件事情继续妨碍着这种得来不易的告慰心情。总觉得有什么地方不对头，就好像不知不觉中穿反了衬衫那样。他忽然明白了：障碍在于斯大林今天听他谈到不必要的伤亡时那种漠然无动于中的态度，好像认为那个问题早已由他自己作出了一成不变的决定，从此变得无关紧要。

谢尔皮林这样想着，不觉汽车已经到了他家。他本想要求直接把他送到伊万·阿列克谢耶维奇的寓所，但旋即打消这个念头，下了车，心想：

"我上去先给他打一个电话，然后就去。走着去甚至更好。"

谢尔皮林用钥匙开了门，走进穿廊，只见格利沙·普利瓦洛夫立刻从自己房间里迎着他跑出来。

"你好，"谢尔皮林握着他的手说，"干吗还不睡？是不是刚回来，在外面闲逛？"

"我回来已经有一个钟点。我在等您。安尼雅[①]告诉了我。"格利沙指指谢尔皮林的房间，那里的房门开着一点点。在提到谢尔皮林儿子的寡妻时，格利沙的口气好像指的是自己学校里一个小姑娘。"您这次来能呆多久？"

"明天还不走，我们可以谈一谈，"谢尔皮林说，他已经拿起了电话，在拨号之前问道："你母亲呢？"

"在值班。"

"她怎么样？"

---

① 安娜的小称。

“精神不正常。”格利沙说，他沉痛地摇摇头，使谢尔皮林体会到他对母亲的同情之深。

“好吧，明天我们谈一谈。”谢尔皮林再说一遍，开始拨号。那少年点点头，但不走开。谢尔皮林向电话里说：“是伊万·阿列克谢耶维奇吗？”

“你到哪儿去了？”

“我被召见了。”谢尔皮林说。

“我们的谈话被打断时，我也这样料想，”伊万·阿列克谢耶维奇说，“你来不来？是不是另有打算？”

“我马上就走来。”谢尔皮林说。

“为什么要走着来？”

“我想散散步。也许还要在你那儿过夜，要是有铺位的话。”

“铺位倒有，只是睡不着，”伊万·阿列克谢耶维奇说，“我已经戒除了睡觉的习惯。目前正在重新养成习惯，今天是第二天。来吧，我等你。”他挂断了电话。

谢尔皮林也把电话挂上，看到格利沙脸上不大高兴。可想而知，他指望谈话的时间不是明天，而是现在。

“您要出去？”

“要出去。”

“您有夜间通行证吗？”

“我能通行。”

“我已经给您煎好了土豆。”少年又用头指指房门，“她说您快回来了。”

“好吧，”谢尔皮林说，“既然煎好了，那就吃了你的土豆再走。我们到厨房里去。”

“为什么到厨房里去吃？”

谢尔皮林转过脸来，见安娜站在房门口，她仍旧穿着那件绒布连衫裙，套着毡靴。看得出她还没有睡，在等他回来。

“到房间里来吃，”她说，“我去把茶热一下，我把茶壶裹着。”

“你怎么还不睡？谁要你等我回来？”

她不答话，自顾把房门开大了些，说：

“进来吧。”

“不会把小姑娘吵醒吗？”

“不会。她只要一睡着，以后就……”她作一个手势表示无所谓。

谢尔皮林走进房间，向沙发上看看：一端搁着枕头，另一端铺着一张报纸，以备他和衣连鞋躺下；旁边一张椅子上放着叠好的被子床单，以备他脱去衣服睡觉。他再向床上看看。小女孩睡在母亲给她安置的一角。其余的被褥没有走样。这说明母亲还没有上床，在独自徘徊。她得悉到今天才第五天。换了别人还在那里放声大哭呢。

谢尔皮林在桌旁坐下；安娜把遮在台灯上的报纸揭去。

“您为什么要住到别的地方去？这样不是被我们挤走了吗？”

他把头侧向一边，不愿当着格利沙谈这样的话，但格利沙不在：取土豆去了。

“别说蠢话。我要去看一个同志。工作上有些新情况想告诉他。总不能把他叫到这里来妨碍你们睡觉。”

“你们谈好啦，我可以到走廊里去。”她执拗地说。

儿子挑中这个女子眼力不坏。也可能不是他挑中了她，而是她挑中了他？一般在习惯上总认为是男的挑女的，事实上谁的个性比较强，谁就主动挑选，问题不在于谁系裙子，谁穿裤衩。谢尔皮林望着她，说：

“你不要见怪。你自己想想：人家到这儿来，你退到走廊里去，教人家过意得去吗？再说，我跟他需要两个人单独谈谈。你要热一热茶，就去热吧，我喝了马上要走。”

她默默地走出去，格利沙端着土豆走进来，在门口和她擦肩而过。

“你自己吃过了没有？”

“吃过了。”

“跟新来的女主人搞熟了吗？”谢尔皮林问，同时开始吃土豆。

“搞熟了，”格利沙说，他似乎猜到谢尔皮林想听听他对安娜的意见，所以又附加说，“她挺不错，很勤快。”

“你母亲对她的看法怎么样？”谢尔皮林问。

"母亲根本不考虑，"格利沙说，"母亲老是想着父亲，不想别人。"

"还没有平静下来？"

"相反。"

那少年又沉痛地摇摇头。

"成绩怎么样？"谢尔皮林问。

"我在一号给您写过一封信。汇报整个一月份的成绩。"

"我还没有收到。那就听你口头汇报吧。"

"全部五分，只有德语三分。"

"为什么德语三分？"

"学德语提不起劲来。"

"扯淡，这可不行，"谢尔皮林说，"我自己跟德国人打交道也提不起劲来，可是没有办法。"

"我没说我不肯学，"格利沙说，"我一定把这个三分消灭。"

"坐下，干吗站着？"

格利沙坐下来，两只手放在桌上。谢尔皮林注意到他的手虽然洗干净了，但和上次一样，在刺破和擦破的伤痕中嵌着煤屑。

"又去卸煤啦？"

"嗯。"

"那得向你道歉，刚才我说你在'闲逛'。"

"闲逛没有时间，"格利沙说，"一月份一共卸过九次煤。现在有暖气的地方到底多起来了。"

他的话流露出自豪的心情，似乎这恰恰应该归功于他。不过事实也的确是这样。

"因为他们卸了煤，所以昨天发土豆给他们，"安娜端着茶壶进来，"现在他就拿来请客。昨天请我们也吃了。"

"提这些干吗？"格利沙不大高兴地说，那神气好像他比安娜年长，"你还是别讲话！"

谢尔皮林已经把土豆吃完；在召见以前那一餐他自己也不知道是怎么吃的，现在倒是真的饿了。安娜给他斟了茶，他很快地一口口呷着，向她问道：

“你明天什么时候到厂里去，一早就去？”

“不，她们叫我中午去。”她回答说。谢尔皮林又一次想到他已经考虑过的一件事：对，应该让她去；军饷我会寄来，但还是应该让她去工作。

“我明天上午来，能碰到你吗？”

“能碰到。我煮茶给您喝。您要是夜里睡不好，白天再躺一会。我带小奥尔迦到街心公园去，让您在这儿睡觉。”

“您还要回前线去吗？”等谢尔皮林喝完茶站起来时格利沙问。

“要。”

“以后老是在那里？”

“暂时没有把我调到后方来的打算。你可以往老地方写信，军邮信箱号码没有变，”谢尔皮林暗暗笑着说，他笑自己忽然童心勃发想吹夸一番：这回他是以集团军司令的身分到前线去了。

“那就清楚了。”格利沙说。这一声“清楚了”意味着：他没有忘记，并希望谢尔皮林也不要忘记上次的信约，因而现在他不愿多提希望去前线这件事。等到夏天他初中毕了业再谈，暂时一切都清楚明白。

“是的，你是一个严肃的人。”谢尔皮林在心里说。他起了一个不可能、也不正确的念头：后天立刻把这个严肃的人从母亲身边弄走带到前线去。

是啊，独自一个人生活委实够呛，即使你是司令，你有副官，有传令兵，还有公家的给养和制服，孑然一身日子毕竟很不好过，但愿生活不是沙漠。

“我用打火机给您照路。”格利沙说，这时谢尔皮林已经穿好外衣正在开门。

“你抽烟啦？”

“有时捡到烟头也抽几口。”

谢尔皮林没有发表意见。如果在别的时候，对别的少年，也许会说几句，可是对这个已经在做工的人，他没有发表意见。

下了一段楼梯，谢尔皮林侧过脸去，看到格利沙被火光照亮的脸上翘着短小的鼻子，还是十足的孩子气，就说：

“明天提醒我送给你一件战利品——德国手电筒。在我的行李袋里。别忘了！”

“忘不了！”格利沙高兴得叫了起来，他隔着栏杆把上身尽量前倾，伸出拿着打火机的手，给谢尔皮林把直到底层的楼梯全部照亮。

第二十章

伊万·阿列克谢耶维奇亲自开了门。家里只有他一个人。他们互相吻了几下，从穿廊走进餐室。

“我看你这儿不太井井有条。”谢尔皮林说。

这间餐室勾起了谢尔皮林对昔日的回忆。三十年代，他常常和妻子一起到伊万·阿列克谢耶维奇家里来。他们就坐在这张大餐桌旁，有时四个人，有时还有别人，其中有的至今还活着，有的早已死去。现在这里全都变了样。餐桌被移到壁前，上面放着一盏台灯；椅子不知都搬到哪儿去了，只剩下两把；熟悉的大沙发上铺着被褥，上面盖一件熟悉的毡斗篷，靠餐具柜搭好一张轻便的折叠床。

“是给我睡的吗？”谢尔皮林问。

“不错。过去副官有时也睡在这里。”伊万·阿列克谢耶维奇说。

谢尔皮林留意到“过去”二字，含笑说：

“活像一座夜店。”

“四一年，卧室和书房里的暖气管破了，我就搬到这儿来；等到夏天管子修好，我在这儿已经习惯了。”

“你还不想把玛丽雅·伊格纳季耶芙娜接来？”谢尔皮林问。

“我就要把她接来，”伊万·阿列克谢耶维奇说，“秋天以前没接，是因为闹轰炸；最近，我自己像快要掉落的牙齿似的摇摇晃晃，所以决定再等一下。否则，让她呆在身边，跟我一起发愁，这又何苦？现在我要上前线去，可以把她接来了。让她呆在这儿搞修葺工作。在胜利以前反正闲不了她。她的脾气你也知道。”

伊万·阿列克谢耶维奇笑了，谢尔皮林也忍俊不禁，虽然这里头可笑的成分不多。玛丽雅·伊格纳季耶芙娜是个善于持家的主妇，她总是把一切都收拾得干净光亮，她做的馅饼也颇负盛誉，毛巾的干净达到发脆的程度；有时谢尔皮林住在他们家里，——还不是在此地，而是当他们在中亚细亚军区服役的时候，——她拿出来的被单全部都是上浆的。如果她和伊万·阿列克谢耶维奇不是无话可谈，那么他们私下谈些什么体己话，——这一点谢尔皮林和他们认识这么久始终不明白。由于不明白这一点，其他好多事情也就不得其解。不过实质上他只有一件事不能理解：他们俩居然合得来，虽然都是好人。为什么伊万·阿列克谢耶维奇需要这样的家庭生活？谢尔皮林没有问过，也没有和他谈起这件事，认为这是多余的。但上次听伊万·阿列克谢耶维奇说他一个人住在莫斯科，没有把妻子接来，谢尔皮林却不觉得奇怪。

“我打电话到参谋总部找你，才知道那里有了变动。你要上前线去担任什么职务？”

“等一等，”伊万·阿列克谢耶维奇说，“先谈你的事情。见到本人了吗？”

谢尔皮林点点头。

“我已经猜着了，”伊万·阿列克谢耶维奇说，“第一次电话被截断，第二次又被截断。我有经验。不过昨天我就听说正在把你召来，原因没有说明。不说明原因，——通常是他要召见。事情怎么样？”

“好，”谢尔皮林说，“不过我想先……”

“那么我来告诉你，”伊万·阿列克谢耶维奇含笑说道，“既然你的事情挺好，现在也可以谈谈不妙的事情。前天他把我撤职了，事先没有通知。他把我叫去，说：‘办移交吧。’我当然遵命。他说：‘您曾经表示愿意到前线去，我们决定迎合您的愿望。暂时先休息休息。’我说：‘是！’虽然我没有向他本人提过这样的愿望，只是一般地表示我不怕去前线。但我认为问题不在这里。”

“在哪里呢？”

“问题在于我的某些预测被证实了，你上次来的时候我们还谈过这些事情来着。”

“哪些事情？”

“首先，在科帖耳尼科沃一仗之后，我预料德国人已无法突围。

其次，原定在一星期内要把他们在斯大林格勒全部解决，我估计我们会力不从心。当然，我对你们的行动评价很高，但当时我就不信一星期能解决问题，理由并不是担心你们打不好仗。当时的情况是明摆着的：我们的第六十二集团军在河岸边最后的几小块地方坚持了两个月，终于站稳了脚跟，可是德国人事实上还控制着防御坚固的广大地区——一千五百平方公里！因此我不相信一星期内能把他们消灭。”

“过去对他们的兵力估计很不准确。”谢尔皮林说。

“凭良心说，在这方面我没有未卜先知。我和大家的看法一样。也和大家一样估计不足。不过在期限上我是对的。要是决定把他们围困在斯大林格勒，一个月以前就能从你们那里抽出三个集团军去加强西南战线和沃罗涅日战线，这会给我们造成多么有利的形势，现在他自己也感觉到了。只要事态发展顺利，现在我们已经能够从北方直指罗斯托夫，把高加索的德军全部包围起来！正因为这个缘故，他觉得我呆在这里会起反光作用。看到我这个人，就会想起我的建议来！”

“那么后来又怎样呢？”谢尔皮林问，他虽然不能确信伊万·阿列克谢耶维奇是对的，但还是为他抱屈。

“在我们之间说说，事情的结果并不太坏，”伊万·阿列克谢耶维奇说，“和我同名的……”他说出了一个方面军司令的名字，“对于我被撤职并没有顾虑，一下子就要我去任参谋长。看样子已经得到同意。不过我还不知道这件事。”伊万·阿列克谢耶维奇把一根指头按在嘴唇上，表示他觉得挺可笑。

“怪不得你还能自得其乐。”

“为什么不乐？”伊万·阿列克谢耶维奇说，“我认为还是便宜的呢。他从十二月份起就生我的气，我也心中有数，早就准备栽一个比现在重得多的斤斗。显然，你们的胜利提高了他的情绪，也帮了我的忙。当然，参加策划战役应得的勋章对我说来已经告吹，照例可以晋升的军衔也轮不到了，至于其他的一切迟早总想得开。”

“要是你肯定他在生你的气，那的确算是便宜的。”谢尔皮林说，他想起了斯大林的眼睛。

“不过，我告诉你，现在他一般不把我们这批人乱扔了，”伊万·阿列克谢耶维奇说，“现在用得着我们，因为只有这么些人可用，别的人上哪儿要去？只有在战争的过程中才能出人。再说，只要战争还在进行，就不会有多余的人。凡是真正能打仗的人每一个都用得着！我的情况就是这样。现在该听听你的喽？”伊万·阿列克谢耶维奇不再在房间里来回地走，他站在谢尔皮林面前，身体前后晃动着，把重心从脚跟到脚尖移来移去，两手插在裤袋里，挺出宽阔的胸膛，虽然他按居家式样穿着齐脖子的棕色驼毛衫代替制服上衣，仍能看出他的肌肉相当发达。

“这家伙还不老，”谢尔皮林在想，“肚子也不大，脸上也没有皱纹，光溜溜的，好像刚刚刮过准备上床。也许真的刚刮。这一次的事情对他精神上影响很大，但他沉得住气，不同于另一种人。”

“那就坐下来谈，我大概要讲上好半天。我们不比你们，不是每天能见到他的！”

“你不必羡慕我们，”伊万·阿列克谢耶维奇一笑置之，“要不要喝茶？”

“已经喝了。”

“谁给你喝的？”

“这是另一个题目，回头再谈。你坐下，我也坐下。”谢尔皮林说。

他把自己和斯大林的谈话经过叙述了很久，很详细。从头至尾什么也没有漏掉，只略去最痛苦、最可怕的一点感想——斯大林一双眼睛给他的印象。

“我跟你这一次见面可以说是在我们一生的关键时刻，”在谢尔皮林叙述完毕以后，伊万·阿列克谢耶维奇苦笑着说，“你终于铤而走险，为格林哥的事给他写了信。等回音的时候有没有提心吊胆的感觉？”

“我竭力不去想它，”谢尔皮林说，“好在战斗使我分了心。”

“你想它也罢，不想它也罢，既然给他写了信，那就不可能把它丢在脑后，”伊万·阿列克谢耶维奇说，“在当年，凭你现在写给他这样一封信，我们俩任何一个第二天就已经是‘人民的敌人’。在当年，哪怕所有没有被捕的人在一天之间同时写信为所有被抓起来的人请命……即使如此，我也不敢肯定会有结果。”

“伊万，我们还是不谈这些吧……”

“行，不谈就不谈，”伊万·阿列克谢耶维奇说，“其实我们谈的无非是：一九一八年他到我们那里来的时候，我们三个人一同在团里服役；如今一个还在，第二个总算死而复生，第三个暂时只能认为下落不明……但本来事情可以不弄成这样。今天，你已经被释放归来，格林哥要是活着，也能够回来。由此可见，我们都是清清白白的。本来，战争开始时你不应该只指挥一个团，一开始就该指挥一个军……是的，斯大林同志向你说得对，的确亏你想得出这个时候去坐牢！你还得把这句话仔细咀嚼一番！你看，他把问题提得多妙？可是我们连想也没有想到。好吧，我们不谈这些，何况还有别的题目要谈。他第一个问题就问制服，你说你感到奇怪，是不是？”

“是的，坦白说，这出乎我的意料之外，我简直愣住了！”

“不要紧，这个问题对你个人来说也许恰恰是吉兆，没准他还会一举手给你一个中将衔头！至于说到意外，我自己也没料到他对这个问题这样感兴趣。还在去年秋天，战事正处于白热状态，一天夜里我飞奔进去送战报，只见他的接待室里坐着三个人，我以为自己眼花了，甚至擦了一下眼睛：三个人都佩着带流苏的肩章，其中一个还挂着穗带，——原来是军服工场做出来的试样！后来听说做这样的肩章要用很多很多白银，另外还要用金线等，可当时我们正面临着极大的威胁！”

伊万·阿列克谢耶维奇发出一阵辛酸的笑声，他走到餐具柜前，从里边取出一瓶不满的白兰地和两只小酒杯放到桌上。

“你荣任新职终究应该庆贺一番。”

“暂时还没有上任呢。”

“放心，事情已成定局。当然，这样的大喜，两个男子汉喝这一点白兰地太少了。前天夜里被我喝去了半瓶，我一到家里就喝。一方面是浇愁，一方面是庆幸没有把我往死里揍。主要是想一觉睡到天亮，因为我是奉命休息来的。不过昨天一口也没有喝，今天也不想喝。”

他斟了酒，和谢尔皮林碰杯。

“为了你的集团军。说不定你们还能当上近卫军……对某些部队正打算授予这样的称号。”

“恐怕轮不到我们，”谢尔皮林说，“多半将从丘依科夫、舒米洛夫开始，他们在斯大林格勒城内挑的担子比谁都重……”

“这话也对，”伊万·阿列克谢耶维奇说，“可是换一种角度来看，要是从夏季算起，那么大家都挨过打。所有的集团军都各有过自己的紧急关头：包括托尔布兴、巴托夫、查多夫、加拉宁、契斯佳科夫。就拿你们的集团军来说，在退守时吃过苦头，在进攻中也表现得不坏。这一回就是巴久克不走运。四一年他在南线吃了败仗——没有被撤职；去年夏天突围损失又是那么惨重——也没有撤职；现在总算打了胜仗——反而被撤了职！”

“你为什么说他被撤了职？”谢尔皮林问，他想起了斯大林提到巴久克时那种奇怪的声调。

“撤职有各种各样的撤法。可以往下撤，也可以往上撤，”伊万·阿列克谢耶维奇似笑非笑地说，“要是你还不懂这个道理，往后记住。目前还有人看在旧交分上告诉我一些消息。从一次谈话中我可以猜到正在打算把他往哪儿提升。大概要派他到这样一条战线上去当方面军副司令：那里部队的人数比一个集团军多不了多少，至于装备设施则更不如。这样的提升能把颈骨摔断。”

“你为什么有这样的想法？”谢尔皮林问。

“为什么？！我对巴久克的评价你也知道，他早该下台了！可是事情为什么不发生在人人都一目了然的一年或一年半以前，相反却发生在今天他依靠你的辛劳似乎攒到了一笔资本的时候，——这我不敢妄加推测，也不是我所能了解的。等我看完了《战争与和平》，也许能悟出些道理来！这里头什么都有！”

伊万·阿列克谢耶维奇从桌上拿起用眼镜匣当书签夹着的一本书挥动了一下。

“我不知多少次想把它重新看一遍，可是在被撤职以前，老是挤不出时间！”

他把书放下，喝完了白兰地，挺起胸膛，手插在裤袋里，开始在房间里来回踱步。

“昨夜看到三点钟，早晨七点起床，平日这时候才上床；天还没亮足，我沿着德米特罗夫斯基公路到别墅去了一趟……”

“我还是头一回听到，”谢尔皮林微微一笑，“我不知道你有了别墅。”

伊万·阿列克谢耶维奇现出负疚的笑容。

“我自己没有考虑过。玛丽雅·伊格纳季耶芙娜坚持要搞一所，一共两间屋，附带夏令厨房。她偏偏挑了四一年那个时候搞！布置环境，种花，忙这个，忙那个，把我的全部积蓄都花光了……她以为七月里我可以在那边度假期了。结果假期是在戒备状态中度过的。因此这所别墅完工以后的样子我还没有看到过。直到今天才决定去一趟，在新鲜空气中让头脑清醒一下……下车后走了两公里，然后和司机两个人轮流用铲子铲出一条土沟才能走进别墅。这样走了一阵子路，扫清了几条道，神经安定了下来。别墅的屋壳还在，可是里边空空如也，这一年多来，不知进出过多少人！邻近一座村庄就有德国坦克到过。是啊，战争到过离莫斯科很近的地方，现在也还不远。在莫斯科前面至今还有一支人数很多的德国军队。不久前曾尝试把它打垮，但是因为装备不够，结果没有成功！”

“你对今后不久的局势有些什么看法？”谢尔皮林问。

“如果融雪以前能够收复顿巴斯——就算达到了目前可能范围的极限。至于愿望是没有极限的。当然，斯大林格勒这一次打击对德国人来说是空前的，但必须注意他们正在缩短加固战线，他们的后备力量还没有耗竭，迟早会转入死守。我凭自己的经验对这一点了解得很清楚。可是在我们的侦察报告中已经显露出对这一点注意不够的倾向。这是危险的！我认为侦察部队并非故意歪曲真相，但上面的情绪形成一种压力，于是他们不去探究堪虑的真实情况，然而真实情况必须探究。否则我们可能因盲目冒进而挨揍。你认为我的话对不对？”

“我认为：到今天为止，我们证实了自己具有跟德国人旗鼓相当的作战能力，如果掌握了优势，我们也能够打他们。”

“一位斯大林格勒的将军得出这样的结论未免太谦虚，”伊万·阿列克谢耶维奇淡然一笑，“这样的高论我劝你少发表为妙！”

“我也不打算发表。当然，斯大林格勒这一仗永远是我们的光荣！但斯大林格勒是在伏尔加河畔，不是在布格河[1]畔，我们后退了一年半才赢得这份光荣，作为一个军人，我没有权利忘记这一点。如果第一次打胜仗就认为已经无敌于天下，那我还不够资格当集团军司令！”

“你说这是第一次打的大胜仗，是不是步子跨得太大了些？难道在莫斯科郊区粉碎德国人进攻这回事你忘了吗？”

“怎么会忘了？我没有忘记。当时我指挥着一个师，很有些事情可以回忆……但我也记着另一件事：我想，你也记得，粉碎了这次进攻以后，我们怎样退到伏尔加河边。现在，在斯大林格勒这一仗结束以后，我们没有权利后退。”

“那么当时难道有权利吗？”

谢尔皮林叹了口气：伊万·阿列克谢耶维奇不知为什么忽然想跟他抬起杠来，这使他大为生气。

“去年夏天我们在大地上铺下的白骨太多了，因此环绕这个题目打哈哈就大不应该……我们做了能力范围内的一切，可是我们的能力当时还不够。现在我们正在恢复原有的水平。”

“我不想环绕这样的题目打哈哈，”伊万·阿列克谢耶维奇说，“你误会了。我不过想把话说得更准确些，事实上任何人任何时候都没有赋予我们这种权利。现在我回顾从前：这种旗鼓不相当的局面究竟是什么时候开始形成的？我想你也会同意：在一九三五年和三六年，我们不但没有落在德国人后面，在某些方面还走在他们前面。可是到四一年却落后了。”

“的确，蠢事干得太多了。”谢尔皮林说。

“我不能断定你说‘蠢事干得太多了’这句话的时候是否充分意识到它的规模。我们往往只是在想象中列举一些名字：某某人不在，否则他顶得了事。就拿格林哥来说吧。他可以指挥一个集团军，可是战争开始时没有他参加。情况当然是这样！但实质要深刻得多。

---

① 苏波边境的一条河流，苏联卫国战争开始时最先受到德军袭击的布列斯特就在它的右岸。

四〇年秋天，已经在对芬兰的战争结束以后，一位步兵军监要对各团的团长进行一次考核，我因职务的关系看到一些材料。当时集中了两百二十五名步兵团长。你猜猜，其中有多少是从伏龙芝军事学院毕业的？”

“不猜也能知道，”谢尔皮林说，“根据在这以前发生的事件来看，显然不会很多。”

“可是如果我说一个也没有，你相信吗？”

“这不可能……”

“要是你不愿相信，那就不要相信。可是，你知道这两百二十五个人中间多少人在正规军校毕了业？二十五个！其余两百名只在少尉短期训练班或者团队的学校里受过锻炼。”

“我不相信。”谢尔皮林说。

“你又不是大姑娘，我何必来说服你。那时我自己也不相信自己的眼睛。纵使这还不是所有的团的统计数字，但两百二十五个团就是七十五个师，相当于和平时期的半支陆军——这终究是一幅可怕的景象！”

“我不相信，无论如何不相信军队遭到了这样的摧残。”谢尔皮林用嘶哑的声音一再重复着。他开始在房间里从一个角落向另一个角落走过去。当他走回来的时候，伊万·阿列克谢耶维奇生平第一次看到他眼睛里噙着泪水。

“再看看德国人的情况，”伊万·阿列克谢耶维奇说，——他看到了这两颗在谢尔皮林脸上从未见过的眼泪，声音有些发抖，“一年半以来，据我所知，所有被俘或被打死了以后身上保留着证件的团长，都在第一次世界大战中就已经以军官身份取得战斗经验，没有一个例外。在团一级的水平上就看得出，战争开始时他们拥有什么，我们又拥有什么！你干吗不开口？”

“教我说什么呢？”

谢尔皮林走到窗前。他眼前的防空布帘从上到下把整个窗框遮得不留一丝隙缝，宛如伸手不见五指的秋夜的天空。他站在那里，默默地望着这幅遮得如此严实的黑色窗帘，心想，从战争一开始，人们还是把这样一副力不胜任的重担挑了起来。首先就是伊万·阿列克谢耶维奇提到的那些人。“在战争刚爆发的那些日子里，你指挥一个团比其他许多人高明，你把这件事引为骄傲，事实上，在和平时期你已经是旅长、师长了！现在听了伊万·阿列克谢耶维奇这番话，才知道应当感到惭愧！一个团难道你还指挥不了？茨维特科夫也是从战争的第一天起就接受一个团的指挥任务投入了战斗，虽然他当时还只是一名大尉，既没有进过军事学院，也没有在其他正规军校毕业。今天他是师里最好的团长。但他是怎么达到这一步的？下了多少苦功？对于茨维特科夫这样的人应该致敬！战前那几年，他们当排长的直接担任营长，连一级的一下子跳到团一级，这不是他们的过错……后来战争爆发了，就得作战！那时已经无暇考虑这样的问题：为什么要我提前指挥一个团？那时只有两条路：或者把本领学到手，或者把一个团葬送！我见过把队伍葬送的，也见过用功的，——都见过。但对于战争前夕的部队全貌还是想象不到。它超过了理智所能相信的限度……不，战争开始时我们处于这样的状态，这不是人们的过错。而现在我认为我们有能力跟德国人进行旗鼓相当的战争，这话我是怀着骄傲的心情说的，希望不要把什么估计不足之类的帽子扣到我头上来。我相信我们还要给他们点厉害瞧瞧，看他们下一次是不是再敢来犯！想当初战争已经迫在眉睫，可是两百二十五名团长里边竟没有一个是在军事学院毕业的！‘希特勒先生，您好，我们恭候大驾已经八年，什么都准备好啦！……’伊万·阿列克谢耶维奇问我：‘你干吗不开口？’我不开口是因为：如果我把这方面的感想统统说出来，非骂爹肏娘不可，可是骂得再凶也不能消我心头之恨！”

“一桩事情继续教人担心，”谢尔皮林从窗前走开，出声说，“我们有些人从战争开始以来好像对于巨大的伤亡习以为常了；改变这种局面所需要的决心，还不是经常可以看到。”

“从你的叙述中我了解到，你今天就这个题目已经发挥过了。”

“我尝试了。”

“但他对这个问题并不感到太大的兴趣，是吗？”

“不知道，”谢尔皮林说，“也许我没有讲清楚。”

伊万·阿列克谢耶维奇耸耸肩膀。这个动作意味着：“我们只能作如是想。”他走了几步，然后说：

“十二月末，我建议用较少的兵力封锁斯大林格勒，在某一点上也可以归结为避免可以避免的伤亡……”

“关于这个问题，我不同意你的看法。”

“有意思，”伊万·阿列克谢耶维奇说，“我知道自己不对，因为命令已经否定了我的建议。但是作为例外，我还是有兴趣听听你老朋友的意见，为什么我的看法不对？”

听了这几句话，谢尔皮林有些后悔；他没料到伊万·阿列克谢耶维奇反应会这样激烈，虽然这样激烈的情绪想必不完全是意气用事。然而，话既经说开了头，留也留不住了。

“作为一个参加者，我的看法也许不够客观，但我无法想象我们可以呆在他们周围等待。经过了从战争开始以来所经历的一切，需要尽快把他们解决的愿望实在是太强烈了。把三十万法西斯军队一举歼灭！——这一行动不论在前线，在后方，还可以肯定在全世界将造成如此深远的精神影响，为此目的，让你所说的那三个集团军在战斗中受一点损伤，迟一个月被腾出来，我认为不能说犯不上。”

“我已经向你汇报过了，我没有争辩的资格，”伊万·阿列克谢耶维奇说，“但我仍然这样想：迟一个月同样可以造成不坏的精神影响！从纯粹的军事观点出发，我也可以毫不隐讳地对你老朋友说：你的逻辑站不住脚！”

“可是这个问题的规模太大了，光从军事观点来看是不够的。”

“这样的话我也听说过。你正好捞到了一张王牌。好吧，你就把我当落水狗打吧！”伊万·阿列克谢耶维奇说着现出一丝苦笑。

“我不是当你落水狗打。我不过是把我的感想说出来罢了，其余一概不论。难道你被撤了职——我就不能说话了吗？我不承认我们的关系是这样的。”

“话是不错，虽然说不上温柔。”

“哎，伊万！我现在看着你，心里这样想：要是没有你，我既不能得到释放，也不会活着。我该用什么来报答你呢？用生命吗？目前还没有这样的必要。既然目前没有这个必要，那就该用真话来报答你。此外没有别的东西了。”

“你别以为我在生你的气。你没有把我说服，但我并不生气。”

“这我也知道，从你脸上看得出来。”

“那可不一定，”伊万·阿列克谢耶维奇把手一甩，“气早已经沉到了心底，脸上顶多只有九个气泡。你奉命什么时候归队？”

“给了我一天时间料理私事。”

“要到墓地去一趟吗？”

“有这个打算。”

“要是你不反对的话，我们一道去。”

“也好。”

“干吗回答的时候若有所思的样子？也许你愿意一个人去？”

“不，跟你一道去比较好。起初我只是愣了一下。对于你会有空我还不习惯。”

“我自己也不习惯，”伊万·阿列克谢耶维奇叹道，“我也不想习惯下来。我们喝一点茶吧。你是不是被灌饱了，到现在还不想喝？”

“不，可以喝。”

“你在哪儿喝的茶？谁给你喝的？”伊万·阿列克谢耶维奇从餐具柜上取下一把电热茶壶，“刚才你说这还是一个专题呢。”

“在家里儿媳妇给我喝的。儿子被打死了。”

“被打死了？！怎么被打死的？”伊万·阿列克谢耶维奇放下了茶壶。

“正像别人被打死一样。”谢尔皮林说。从他喉头起的一阵痉挛可以推想他自己也感觉到自己说的完全不是真话。因为别人被打死是怎么一回事，他知道；可是一旦自己的儿子被打死，那种心情在事情发生以前谁也体会不到。

他们躺在一间房间的两个角落里，时间已近凌晨。谢尔皮林睡着了，可是伊万·阿列克谢耶维奇还躺着想心事。他把台灯搬到椅子上，戴起眼镜，上身靠在垫得高高的枕头上，——因为从傍晚开始心脏隐隐作痛，——他在把《战争与和平》中一个地方重新再读一遍：这个地方以前不太触目，可是今天忽然引起了他的注意，他往下看了三十来页再回到这个地方。托尔斯泰在这个地方就伟大以及好、坏这三者发表议论。“伟大似乎不能用好坏的标准衡量，”托尔斯泰在书上这样说，“凡伟大者必排斥坏。没有一种灾祸可以归咎于伟大的人。”接下去他又提出争议：“谁也不会想到，承认伟大不能用好坏的标准衡量，无非是承认自己的渺小和微不足道……”还有一个地方，也是谈这个问题：“离开了纯朴、善良和真理，也就谈不上伟大。”

伊万·阿列克谢耶维奇把书放下，摘去眼镜。

“他发明了某种统一的尺度，想用它来衡量一切，当然算得上一位唯心论者。然而，这些话有一点还是触到了痛处，你不禁要问问自己：在你一生中各个时期所经历的好些事情上，伟大和善良相去太远了，而你是不是花了太多的精力去理解那些事情，并为之辩解？的确，关于斯大林这个人，不但说起来困难，甚至想想也不容易，因为你的一生有许多事情都和他分不开。当然，最近想到他的时候，总是把他和战争联系在一起考虑。在这方面也有好些事情值得深思。像他这样的人，掌握着不容争议的偌大权力，尤其在战争时期，应该怎样行事？这就值得深思。我们尽自己的力量和他事先作出的决定、和他的既成之见作斗争，只要他听取意见，我们便自安自慰，可是心里知道，他对别人的忠告还是听取得不够。确实如此！但忠告来自各个不同的方面，有时候还互相矛盾。至于超越了怎样的范围就不能再听取——这是需要决定的。战场上大大小小的指挥官都会面临这样的时刻。但最重要的问题是要使人们对任何人——不管他的地位怎样高——都敢于提出忠告，使人们没有必要去猜测他的意图，并使这种必要逐渐成为不必要，否则甚至最好的人也能变成坏蛋。当然，这跟提忠告的人也有关系，但主要取决于听忠告的人。人们是否害怕向他提出忠告——这首先取决于他。托尔斯泰说：离开了纯朴、善良和真理就谈不上伟大，——这话也许有道理吧？看起来似乎太幼稚了，和识字课本上差不多，可是要反驳这识字课本上的话，你会发现是桩难事，尽管你毕业于两所高等军事院校……”

第二十一章

塔尼雅坐在病房里辛佐夫的床边，正在向他讲述斯大林格勒的近况；她渡过了伏尔加河，刚刚穿过斯大林格勒到这里来。

“地雷到现在还没有清除完毕……昨天我们一辆救护车出了乱子：引擎被炸飞了，司机和驾驶室里的一个医生被当场炸死。可是车厢里的人连皮也没有擦破一块。有些废墟因为墙壁倒塌也压伤了一些人。看起来好端端的一堵墙，可是一倒就倒……现在已经下了命令把那些墙炸掉。通道上的尸体都清除了，可是废墟下面据说还有成千上万……开春以前反正不可能都挖出来。天气一暖和，传染病也会跟着来。总而言之，大家都忙得够呛！城里的居民还很少。广场上举行大会的时候好像到得很多，可是我刚才坐车从城里经过，几乎一个也没有碰见。雪地里到处都有钢铁挡住车轮，司机叫苦连天……”

她滔滔不绝地讲着斯大林格勒的近况，辛佐夫坐在床位上她的身旁听着，脑际盘旋着昨天被地雷炸死一个司机和一个医生这件事。今天他们已经被埋在斯大林格勒的地下或者伏尔加河彼岸……然而昨天和那个司机坐在一起的完全有可能不是那个医生，而是现在和他——辛佐夫——一起坐在床上的这个医生。

听她的描述，现在斯大林格勒的市容的确不太吸引人。潜伏在废墟堆里的死神时刻在伺机攫取人们的生命！昨天有三个这样的人被送到他们医院里，生命垂危，虽然战争已经打到六百公里以外——前天拿下了罗斯托夫，今天无线电广播说，哈尔科夫也收复了……

“你还是呆在伏尔加河对岸自已单位里为妙，不要再来回跑啦……”他说。

塔尼雅骤听之下生了气。她仍旧在后送科工作，有机会到各医院去；但是，在这一时期内，她从目前集团军卫生部所在地的伏尔加河彼岸到他住的医院来过三次，这也不是容易的事情，她每次都得硬着头皮提出个人请求。难道他自己想不到这一层吗？难道还需要告诉他吗？她已经开始生气了，但马上又明白他不是这个意思，他是听了她脱口说出的炸死司机和医生的汽车事故给吓坏了。于是她说：

“你别胡思乱想。要是现在就开始这样想，我和你在战场上还能干些什么？那时我们的计划就全垮啦……”

“垮不了！目前在医院里我才这样神经衰弱。一旦回到战场上，就能恢复正常。”

“这些日子有没有人来看过你？”

“没有。你来的同一天上午，扎瓦里欣来过一趟，此后一个人也没有来过。想必大家都太忙了。”

“忙得要命，”她说，“何况你们的师现在已经在伏尔加河那边四十公里的地方。”

“我还不知道，”辛佐夫说，“那就怪不得他们。”

“昨天我们那儿传说不久快要开始把设备财产载上军用列车，”塔尼雅说，“三所医院的伤员都已经后送了，明天就可以开始装载。”

“那么我们的医院呢？”辛佐夫忧虑地问。

“目前还没有决定要不要把你们的医院撤销。”

“要是撤销的话可就糟啦，”辛佐夫说，“那时一定身不由主。可是我已经向司令打了报告，请求把我留在我们集团军内。”

“几时打的？”

“你来的那天。我请求伤愈以后派我担任什么工作都行，只要认为我干得了。回营里去我已经不考虑了。”他稍微抬动一下裹着绷带、用一条头巾吊在脖子下面的胳膊。

塔尼雅对于露在病员制服袖子外面这只没有指头、短了一截的手还没有习惯。事实上，别说这样的手，甚至被截到齐肘或齐肩的，她也看到过不知多少，但对他这只手却连看也不敢去看，唯恐他觉察到她还没有习惯下来。她还记得，当他到医院里来寻找他的连长布杜索夫，意外地和她相遇的时候，他曾经把一双份量很重的大手按在她肩上。她没有忘记，所以更不能习惯下来。她已经下决心爱这只被截短的、一下子变得稚弱可怜的手，像爱他的眼睛、头发或者结实而微拱的双肩一般爱这只手。爱的决心是有了，可是还是不能习惯下来。

“不知道能不能在团部或师部给我找到一份工作，”他说，“再远我不愿意。当然，这要看上面怎么说。如果上面派我担任这所医院的政治副院长——我也愿意干。好歹我有一点经验，我已经是第四次住医院了。”他勉强一笑，塔尼雅明白他无非是说说笑话：当医院的政治副院长他一定不干，他决不会轻易放弃自己的要求。

“昨天我盼你来……”

“昨天办不到，”她打断他的话头，“说什么也办不到。”

“我又没说你办得到。我只说我盼你来。前天我也盼你。大前天也盼。你白天来过，我晚上又盼。”

“这可有些荒唐。”

“当然荒唐，”他含笑说，“可是除了盼你，教我还能干什么？昨天我盼你来，自己第一次刮了脸。”

“把脸全刮破了。干吗要这样乱来？”

“她总是这样，”他暗自思忖，“总是说换了别人不可能说的话。别人一定会夸奖我，说：你真行，光靠一只手能刮得这样好。可是她反而骂我。”

“干吗要这样乱来？”她气鼓鼓地又说了一遍，“你想显示对自己的手已经习惯了吗？这又何苦？请人家刮一下不就完啦！瞧你把脸刮成这个样子！最初我简直不愿意问你。”

“我没法用另一只手拉开皮肤，所以刮破了几处。”

“干吗这样性急呢？谁催你来着？等伤口长好以后，你尽可以用这只手做你能做的一切。”

她自言自语似的对他说着，完全不考虑对他什么能说，什么不能说。她认为什么话都能对他说，正像对自己一样。

“伤口愈合太慢了，真教人不耐烦。”他说。

“完全不是这样，我问过你们的外科主任大夫。他说愈合得很快。这样的伤口一般要很久才能愈合。而且将来还会疼痛，你要作思想准备。你别生气，我故意这样对你说，让你在要求出院或考虑请派工作的时候记住这一点。至少开头一个时期还会疼的。”

她不打算安慰他，她要和他一起考虑他未来的生活，这比任何绵绵情话更有力量。上次和今天她都没有说这一类的情话，她在考虑问题的时候已经不能把自己和他分开。

“怎么样，你决定了没有？”他问，“我已经全部打听清楚了。”

他还是指上次已经提过的那件事：打听在军队里他们要成为夫妻应当到哪儿去登记？有哪些手续要办？听到他问：“你决定了没有？”她认为她没有什么事情需要决定。只需要考虑一下怎样做比较妥当。一星期以前，他谈起这件事的时候，她没有给他答复，因为她在考虑别的事情——为他担忧。他自己不知道当时差一点还要作第二次截肢手术呢。

可是今天他的气色大不同了，不是躺着发烧，而是坐在床上，甚至自己动手刮了胡子，以致刮破了大小五处。上面也许真的能批准他的报告，把他留在集团军里。何况决定这件事情的是谢尔皮林。诚然，谢尔皮林这个人永远不做违背良心的事情，但这难道会违背良心吗？这不会违背任何人的良心！

“我也想过这件事，”她说，“如果这样做能使我们呆在一起，那就照你的意思办。可是我得先把离婚声明寄给塔什干的母亲，教她跑一趟民事登记处，把证明给我寄来。因为在我的履历表上填的是‘已婚’。”

“我不知怎么的认为这道手续你已经办妥了。”

“我从来也没有办过！”

现在她感到后悔；托母亲去办这件事实在不愉快。又不知道母亲是不是一下子就会办妥。说不定母亲还会先来信劝说一番。母亲对她生活中的一切并不完全了解，大概永远也不会完全了解。

“而在这件事悬而未决之前，他一定会闹情绪。”她看着辛佐夫，暗暗思量。她恼恨自己在塔什干的行为傻得不能再傻，连这样简单的一件事都没有做，为此她觉得对不起他。

“今天你就去写信。”他在沉默片时以后说。

“好。”她说，接着不由自主地用手摸了摸自己的额头。

“你怎么啦？”

“没什么。”她佯装只是用手指在额上抹了一下，“我想起该走了。”

虽然她的确应该走了，但这仅仅是遁辞，真正的原因在于最近这几天她老是害怕病倒，现在坐在他身旁，她忽然感觉到自己似乎真的在发烧。

一星期以前，也就是上一次她从他这里回去，忽然有五个姑娘在同一天一下子都害上了斑疹伤寒，她们都是洗澡洗衣队里的，塔尼雅曾和她们一起给从俘虏营里解放出来的我军俘虏作卫生处理。下一天，营级政委斯捷潘·尼坎诺雷奇这个小老头儿也病倒了。后来又一下子病倒四个姑娘、两个卫生兵和一个理发员。大伙在这件事情上还是疏忽了，起初虽然也考虑过，但没有切实注意。罗斯里亚科夫这几天脸色阴沉，跟谁也不说话，尤其从昨天两个姑娘和斯捷潘·尼坎诺雷奇死了以后，他更意识到自己应该负责。大家都很难过，包括塔尼雅在内。但已经毫无办法可想——只有等潜伏期结束：看自己挺得住挺不住？昨天是第二十天，也是最后一天，没有其他的人病倒，她不再为别人和自己担心，可是现在忽然打起寒战来了。也许是心理作用，也许只是昨天洗澡的时候着了凉，跟伤寒无关。她试图使自己宽心，但效果很差，因为她对伤寒实在怕极了。辛佐夫为她在尚未清除地雷的城里来来往往而担心，其实在这方面她一点也不怕，简直想也没想过。可是对伤寒她怕得要命。很可能还由于这样的原因：起初他们的一切非常顺利，可是后来他的手突然出了乱子。而现在，她刚刚为他松一口气，会不会自己又病倒？

今天她来的时候，辛佐夫立即注意到她换了新制服。他笑她的军便服大得不像样：塔尼雅匆匆忙忙换上新装，甚至没有按自己的身材挑一件比较合适的！她也没向他解释，只用几句笑话对付过去，事实上既没有时间挑选，也没有挑选的余地：伤寒一发生，凡是跟这件事情有过一点点关系的人，一律再经过一次卫生处理，所有的衣服，从护耳帽一直到绑腿布，全部送去消毒。

幸而目前还没有消息传到这儿来，否则更加糟糕！虽然你知道自己从衣服到身体都是干干净净的，作为一个医生，你也知道不可能把病毒传染给他，但今天在他床上坐下来的时候，最初的一刻还是不敢和他接触，也不敢挨得太近，后来才克服了这种愚蠢的想法。上帝保佑，哪怕害肺炎也行，什么都行，只要不是伤寒！

“我该走啦。”她看看表，又说了一遍。上次他把他的黑色字面的手表送给了她，并一定要她戴上。“罗斯里亚科夫要我十四点整等在车旁。他将在十四点以前把这里的事情办完。”

“你先去看看。也许他还要耽搁一会。”

“不会的，他十分准时。”

辛佐夫明白，现在再说什么只会使她痛苦，所以当她从床边站起来的时候，他也跟着下了床。

“不能多下床走路，”塔尼雅叮嘱他，“你不久以前还有热度。”

“知道了，以后注意就是。”

“应该听大夫的话。”

“你算是我的哪一科大夫？你自己想想，你算是我的哪一科大夫？”他用右手搂住她的肩膀，塔尼雅被紧紧地抱在他怀里，幸福得喘不过气来，但她还是说：

“小心碰了那只手！”

他们走出病房，在门口的走廊里站住。

“这儿风很大。”塔尼雅说。

“好吧，就送你到这里。”

现在他们开始大声说话，在病房里老是小声低语，虽然和辛佐夫同室的两个人——他们都能走——到别的病房串门去了，另外还有一个蒙着被头在睡觉。可是他们俩——时而是辛佐夫，时而是塔尼雅——总觉得他没有睡着。

“你们现在到哪儿去？”辛佐夫问。

她说，她跟罗斯里亚科夫还要到铁路上去检查一个后送接收所。

“以后呢？”

“以后大概再从你们这里经过回卫生部去。”

“但愿突然刮起一阵暴风雪来！”他说，“晚上你们回到这里汽车抛了锚，只好在这里过一夜。”

“你别折磨我。”她抬头望着他，“你要知道，我自己也巴不得这样。”她说出了自己的感受，并在心里高兴地自己对自己说：“我完全没有病，这纯粹是心理作用。热度也是因为老是想这件事想出来的。”

“那么对不起。”他说。

“要是我有办法可想，我一定想办法。懂吗？”

“懂了，大夫同志。”

“不许叫我‘大夫同志’，要不我揍你。总之，在我要走的时候，根本就不该说这样的话。”

“你要走就走吧。”他用右手把她抱住了从地上抬起一点点，在她嘴唇上吻了一下，然后放她下来，嘻嘻地笑着。

可是她惊恐地感觉到他的嘴唇是冰凉的，终于明白这不是心理作用，她的的确确在发烧。她一句话也不说，很快地转身就走。

辛佐夫回转病房，和衣躺到床上，把头蒙在被里。

是的，他爱她，这次出乎意外而又与众不同的爱情比他一生中迄今为止所产生的任何感情更强烈，甚至强似他对玛莎长期热烈的爱情。他感觉到作这样的比较极不应该，这种心情还没有在他心坎深处消失，但他已经不是头一回在想象中把二者进行比较。他越来越相信这次新的爱情强似以前那一次。也可能他本身对另一个人的需要在这时候——战争的中期——比以前更为迫切，因而爱情似乎也显得更为炽烈。

她今天一到他这里，头一句话就说：

“我太幸福了，简直不知道怎么办才好！”

她这样说，仿佛应当想一个办法使自己不要感到这样幸福。可是一个人既然感到幸福，又该怎么办呢？难道必须做点儿什么不成？相反，恰恰是什么也不必做！

躺在医院里毕竟会变得愚蠢起来！你会不自觉地多考虑自己的事，比在战场上的时候多得多，并因此而变得愚蠢起来。离开了在自己营里已经习惯了的一切，你会觉得自己像一颗沙粒。不是在战场上，而是在医院里，你才真正觉得自己像一颗沙粒，虽然恰恰是在这里你对自己的考虑和关心最多。

这一回，战争终于达到了目的——把手截短了，把你报了废！如果你不甘心认命，那是你个人的事情。你以为战争少不了你吗？少了你照样可以。你自己少不了它，那就另当别论了！

他情绪愤激地想着这件事情，还带一点自暴自弃的成分在内：

你算是老几！但这种愤激和自暴自弃的想法多少有点儿不应该，他自己也感觉到这一点。什么叫做少得了少不了？为什么要扯到这上面去？难道我请求不要让我复员是因为我少不了战争？才不呢！我巴不得明天就没有战争，要是明天一下子全部结束就好了。问题不在这里，我对战争也没有任何癔癖。对战争染上癔癖根本就是荒乎其唐的事情。我只不过习惯于呆在战场上罢了，因为战争还在进行。住医院的人也有各种各样。有些人因为已经不能归队而闹情绪；有些人则相反，因为不可避免地还要回到战场上去而懊丧，恨伤势为什么不严重到可以永远退伍的程度。如果伤势可以交换的话，某些人倒是乐于成交。但任何人无法这样做，出院的时候每个人都面临着自己命定的未来。至于未来是否符合你的愿望，生活不会向你征求意见。而顶着生活的逆流走去可不是件容易事。

早晨和晚上，医院走廊里的扬声器一天两次发出吱吱嘎嘎的沙音，凡是能移动的人，走的走、爬的爬纷纷聚集到那只黑色的喇叭纸盆前面去听广播。我军每天在高加索、顿河流域和乌克兰收复一个又一个的城市。

当然，集团军司令看了你的报告，可以找一份适当的工作，把你留在集团军内。只要他愿意。可是，如果你们这所医院日内将被撤销，把伤员分别安置到其他各医院去，那只要一昼夜的工夫，就可能被弄出集团军的范围，甚至弄出方面军的范围。到那时从别的地方再打报告，希望可就渺茫了！事情也可能这样：你的目的结果终于达到，可是不能回到自己集团军里。但愿一切如愿！手的问题倒不大，凭这样的手在战场上还能够过日子。

辛佐夫想起昨天出院的一个炮兵少校，某团的参谋长。他是由于头部受到弹片轻伤住到辛佐夫这个病房里来的，以前，在四一年冬天，他在莫斯科郊区也丢了一只手——现在他的腕部装着一只包黑皮的假手。

“你瞧我怎么使唤它。”昨天出院以前他给辛佐夫作了一场精彩的表演，用那只黑色的假手灵活自如地拿东西，夹东西，例如面包头、毛巾、烟卷、火柴。他擦亮火柴给别人点烟；他还自己用理发剃刀刮脸，一边用假手帮忙拉开皮肤……

想起了这位独手少校，辛佐夫蒙在被头下面带着微笑寻思：有多么好的人生活在世界上！这时，他忽然觉得有人走到床前。起初他以为是护士来量体温，可是掀开被子一看，原来是政治副院长——一个上了年纪的一级政治指导员——站在床前。刚才辛佐夫还开玩笑地向塔尼雅说过：万一要他接替这个人的职务，他也干。

“大尉，起来刮脸！”

“我刮过了。”

“那就没有问题！集团军司令来了。正在各病房给某些卧床的伤员授勋章。他问起了你，马上就要来看你！”

辛佐夫在床上坐起来，用右手把套在衬裤脚管外面的病员线袜拉拉直。

“八成是为了你打的报告。”政治副院长说，辛佐夫的报告是通过他呈上去的，所以他知道这件事。他听了一下走廊里的声音。“来了！把床铺整整好！”

谢尔皮林走进病房，他在军服外面套着医院的白罩衫。院长和副官跟在他背后站住。

辛佐夫从床上下来立正。

“看到你平安健康，也没有离开我们的集团军，我很高兴。”谢尔皮林说。

“还没有完全恢复健康，司令同志。”院长在他背后说。

“可是他在给我的报告上写着完全恢复了。”谢尔皮林回过头去说。

副官以为他回过头来想找座位，就搬了一张凳子给他。但谢尔皮林并不坐下。

“他还得在这儿呆上多久？”他用头指着辛佐夫问院长。

“在伤口愈合过程良好的情况下，也至少要两星期。”

“清楚了！现在大概没有您的事了，”谢尔皮林对院长说，“您也可以请便，”他向政治副院长点点头，“我不再耽搁你们的时间，干你们自己的事情去吧。”他撩起罩衫的袖子看了看表，对副官说：“我们过二十分钟走。向他们借一辆‘斯蒂倍克’带到十字路口以防万一，免得像来的时候那样中途抛锚。”

“雪好像从桶里倒出来那样下着，简直比整整一冬下的还多。好像嫌我们目前的困难太少，还要增添一些！”这是谢尔皮林在其余的人都出去以后所说的头两句话。“你躺下来。别在我面前装出健康的样子。”

“您刚才自己也说过，司令同志。”

“我是当着大夫们才这样说的，让他们不要把你留得太久。而你的气色还不佳。”

“如果您允许的话，那我就坐下来。”辛佐夫说着面对谢尔皮林坐到床上，后者已经先在凳子上坐下。

谢尔皮林没说什么，只点了点头。

“你的报告我接到了。我也向你们团长以及你们师的新师长征求了意见。”

“已经任命了新师长代替库兹米奇，”辛佐夫心想，“不知道是谁。八成还是皮金。”

“他们对你的评价都不坏，认为你以营长的身分在战场上发挥了自己的才能。但是，如果冷静地考虑一下，在负了这样的伤以后，你不适宜再担任营长。这是不合理智的。还是不要勉强的好。”

“我并不请求回去再当营长，司令同志。”

“那事情就比较好办，”谢尔皮林说，“对你对我都比较好办。我担心你要求回去继续当营长，那就无法满足你的要求。虽然很遗憾，因为我们究竟是从战争一开始就认识的，一起挨过打，分享过最初的青紫块和大疱疱。”

“我没有把这一点作为理由提出，司令同志。”

“你没有提，可是我没有忘记。在师部或集团军司令部找一份其他的工作是可能的。等你恢复了健康，就来报到。那时再决定。如果到集团军司令部，我可以自己决定；如果到师部，那不单单取决于我，也要看师长怎么决定。”

“不过皮金上校对我个人了解得不多。”

“这不干皮金什么事，”谢尔皮林说，“三天以前阿尔杰米耶夫已被任命为你们一一一师的师长。”

“那么皮金呢？”辛佐夫禁不住问。

“调到集团军司令部去了。”谢尔皮林说，至于调什么职务，他没有说明。

如此说来，现在阿尔杰米耶夫成了师长；凭着这一只手，叨在亲谊要求到他那儿去——这是不堪设想的事情。听了谢尔皮林提到阿尔杰米耶夫的第一句话，辛佐夫一下子就决定不再要求回自己师里去。别的师可以去，自己的师里决计不去。

“全明白了，司令同志。出院以后，我会按照您的命令前来报到。”

谢尔皮林向他看看，微微一笑。

“你说‘全明白了’这句话应该如何理解？是不是下逐客令？可是我还想跟你谈谈，同时——说起来也许奇怪——我还有一点时间，你同意吗？”

辛佐夫只微微一笑代替回答。

“是的，”谢尔皮林严肃地说，“当初，在情况最糟糕的时候，你和那个头发蓬松的摄影记者一起到莫吉廖夫郊区来见我，那时我想不到你将来能成为一个营长。当然，军人不是天生的。在和平时期培养一个好营长需要十年。但战争本身是另一种大学，在这里并非每一个和平时期的优秀生都能取得人们所预料的成绩。”

谢尔皮林沉默下来，有几秒钟他的眼神显示出他在考虑另一件与话题离得很远的事情。

“总之你来报到以后再说，我们总能给你找到一份工作，使你得到一名军官应有的作战和成长的机会。”

谢尔皮林一边说，一边在想，像辛佐夫这样的人完全可以到集团军作战科工作。这个人既有文化，又有战斗经验，即使由于禀赋不合不能培养成一个好参谋，至少可以放心派他到前沿去了解和报告情况，因为自己当过指挥员、懂得其中甘苦的人要比别人少出纰漏。象他这样的人一定会到达前沿，不让人家打马虎眼，对于火力下现场上愿望与可能之间的界限，也照例能够明白，并如实上报。

“你有没有考虑过回到战争开始的起点？”谢尔皮林回忆起在莫吉廖夫时的情景，问道。

“司令同志，但愿千万不要回到起点。”辛佐夫说，虽然他懂得谢尔皮林指的是他的记者老本行，然而对往昔的回忆突然涌上心头，使他说了这句充满余悸、简直可笑的话。但谢尔皮林并不觉得奇怪。

“回到战争开始的起点——这个问题不存在，也不会再发生，”谢尔皮林说，“目前存在的是另一个问题：战争还要进行多久？这很难逆料，因为往往愿意向着对自己有利的一方面去推测。但不论仗还要打多久，这一个冬季，反正是他们完蛋的起点。”接着他又回到本题上来：“我还没有明白你的意思：你对老本行是否完全失去了兴趣？”

“不知道，”辛佐夫说，“很久没有考虑这个问题了，暂时也不想考虑。”

“不想考虑——就不要考虑。从前和你一起的那个头发蓬松的人现在哪儿，你知道吗？”

“他牺牲了，”辛佐夫说，“当时他离开了我们没有能冲出去[①]。”

“事情往往如此，”谢尔皮林说，“你以为某人能够脱离虎口，某人则难免牺牲，但结果会恰恰相反。当时什马柯夫从被困到突围始终不愧为一个真正的政委，后来被调回讲师团，坐飞机到刻赤去讲课，不料给炸弹炸去了一条腿。他写信告诉我，他现在拄着拐杖在斯维尔德洛夫斯克拐来拐去讲政治经济学。”

“营级政委列瓦绍夫在战斗的最后一刹那被打死了，”辛佐夫说，“我从来没想到会亲眼看到这个人死去！”

“是的，非常可惜，”谢尔皮林说，“他被追授了红旗勋章，可是这件事通知不到任何人。我在师里的时候相当器重他。他虽然喜欢说说粗话，但不愧为一个出色的政治工作人员。”

“司令同志，您能不能再花三分钟时间听我说几句话？”

谢尔皮林看看表。

“五分钟也行。”

“我想跟您谈谈列瓦绍夫。他在牺牲前不久的夜里到我营里来过，我们谈过一件事。既然他死了，这件事又没有旁人知道，我认为

---

① 指摄影记者米什卡·瓦依什金，参阅《生者与死者》中译本118—119页。

应该把这件事告诉您。我想我应该这样做，”辛佐夫重复了一遍。

“你别拐弯抹角。干脆说吧。”

“我们集团军里有一个人，必须把这个人揭一揭底，”辛佐夫说，“这个人就是集团军政治部副主任团级政委巴斯特留科夫。”

听到这里，谢尔皮林抬头望着辛佐夫；在辛佐夫急于将巴斯特留科夫的事说完的那三四分钟时间内，谢尔皮林目不转睛地注视着他，对所听到的这件事丝毫不表示自己的态度。然后问道：

“完了？”

“完了。”

“假如你认为这件事不能小看，把你对我说的话写成正式的报告提交集团军军事委员会研究。”

“我没有考虑到写报告，”辛佐夫说，“我只决定跟您谈。”

“我再说一遍：假如你认为这件事不能小看，把它写成正式的报告，”谢尔皮林说。辛佐夫从他的眼神看出，他不愿意谈这件事，甚至除了上面重复过两遍的那句话以外，不愿再多说一个字，不知是何道理。

辛佐夫甚至觉得谢尔皮林的眼睛里出现了一种冰冷的神情。“是不是他在鄙视我？认为这是告密？”想到连谢尔皮林也会不了解他，不相信他，于是辛佐夫就像在生活中遇到这种情况时那样暗暗咬紧牙关，下定决心，执着地说：

“我认为这件事不能小看，我要写成报告，不让这个人逍遥法外。”

看到谢尔皮林的眼睛一下子眯成两道缝露出不再是冰冷，而是略带嘲笑的神情，辛佐夫明白了，谢尔皮林并不是鄙视他，只不过由于某些原因不愿和这件事发生非正式的个人接触罢了，宁可让这件事通过正式的公文途径去进行。

“不，老弟，事情不像你想的那样简单！”他那略带嘲笑的眼神仿佛在说。

谢尔皮林从凳子上站起来，忽然看到辛佐夫床头小柜上斜靠一叠破旧的书放着一张塔尼雅的小影。这是她刚获得勋章时在克里姆林宫照的，她那吃慌的模样有些可笑。她第一次到医院里来探望辛佐夫，在准备回去的时候，突然从军便服口袋里掏出这张小影，——因为没有别的照片，——默默地塞给了他。

现在谢尔皮林站着看到的，就是塔尼雅脸上带着吃慌的表情、胸前挂着红旗勋章所照的这张模样可笑的小影。

“这不是奥弗夏尼科娃吗？你在此地遇到她了？”

“遇到了。”辛佐夫回答的声音使谢尔皮林向他脸上看了一下。

他看看辛佐夫，再看看塔尼雅的照片，重新又看看辛佐夫，忽然以长者身分问：

“怎么，恋爱啦？”

“恋爱啦。”辛佐夫说。

“这很好。”谢尔皮林说着大概想到了自己，因为辛佐夫惊愕地看到他奇怪的面部表情与他说的话互相矛盾。

“这很好。”谢尔皮林再说一遍，这一次的语调仿佛表示，他所不想说的另一种看法是不好的，非常非常要不得。“祝你早日恢复健康。可是你不用着急。留给你打的仗还有的是。在可能范围内好好休息。我走啦。自从把集团军接下来以后，一直忙得要命，连喘一口气的时间也没有！”刚才他的语调低沉、疲乏，现在说这话却精神抖擞，声音宏亮，好像谈到了幸福！

谢尔皮林出了病房，但辛佐夫想目送他一程。他把门打开一点点，向走廊里望去。

谢尔皮林微拱着宽阔的肩膀，迈开大步沿着医院的长廊很快地愈走愈远，白罩衫的衣襟合着他的步伐向两旁飘拂。在医院的长廊里走着的是这样一些人中间的一个：对于他们，人们很少考虑到他们自己的妻子死了，或者儿子牺牲了以及其他等等；人们往往把他们和战争压在他们宽肩膀上的事情——指挥一个集团军或方面军的重任——直接联系起来考虑；在估价他们的行动时，就像谈论一匹马似的说，——这辆大车某某人拖得动拖不动。

但这句听起来似乎粗俗的话却包含着对几万、几十万人生命的深切忧虑。战争把如此重大的责任正是放到了这个人肩上，而不是放到别人肩上。和这般重大的责任比较起来，几乎谁也没有多余的时间和精力去考虑那总共两三个人的生命，尽管那两三个人组成了，或者曾经组成这个人的家庭。人们考虑他的时候，很少考虑那两三个人。否则的话，他自己也会觉得奇怪起来。

现在，望着谢尔皮林愈来愈小的背影，辛佐夫也像大多数可能处在自己这地位的别人一样，并不去考虑他曾经听人谈起的谢尔皮林生活中的个人部分，而是在考虑这个沿着走廊愈去愈远的人身上他认为最重要、实际上的确是最重要的部分：这样的人来指挥集团军是件好事，因为这样的人拖得动这辆大车，而且能拖得很好，——比他的前任要好得多……

作者的话

在结束这一工作的时候，我想对所有那些在前线和后方参加过伟大卫国战争并向我提供他们个人回忆的人们表示感谢。没有他们同志式的帮助，我这本书也写不出来。其中一部分人读了本书初稿，曾经提出善意的批评，使我得以避免许多谬误，对于他们，我要致以加倍的谢忱。